Siempre vienen de noche

Siempre vienen de noche

Alberto Caliani

Papel certificado por el Forest Stewardship Council®

Primera edición: junio de 2024
Primera reimpresión: octubre de 2024

© 2024, Alberto Caliani
© 2024, Penguin Random House Grupo Editorial, S. A. U.
Travessera de Gràcia, 47-49. 08021 Barcelona
© 2024, Miquel Tejedo, por la ilustración

Penguin Random House Grupo Editorial apoya la protección de la propiedad intelectual. La propiedad intelectual estimula la creatividad, defiende la diversidad en el ámbito de las ideas y el conocimiento, promueve la libre expresión y favorece una cultura viva. Gracias por comprar una edición autorizada de este libro y por respetar las leyes de propiedad intelectual al no reproducir ni distribuir ninguna parte de esta obra por ningún medio sin permiso. Al hacerlo está respaldando a los autores y permitiendo que PRHGE continúe publicando libros para todos los lectores. De conformidad con lo dispuesto en el artículo 67.3 del Real Decreto Ley 24/2021, de 2 de noviembre, PRHGE se reserva expresamente los derechos de reproducción y de uso de esta obra y de todos sus elementos mediante medios de lectura mecánica y otros medios adecuados a tal fin. Diríjase a CEDRO (Centro Español de Derechos Reprográficos, http://www.cedro.org) si necesita reproducir algún fragmento de esta obra.

Printed in Spain – Impreso en España

ISBN: 978-84-666-7820-9
Depósito legal: B-7.842-2024

Compuesto en Llibresimes, S. L.

Impreso en Liber Digital, S. L.
Casarrubuelos (Madrid)

BS 7 8 2 0 9

*Para mis lectores, que no paráis de darme satisfacciones.
Ojalá que siga siendo así por muchos años*

Personajes principales

LAS NIÑAS MUERTAS
(por orden cronológico)

Rosalía: hija de Mencía, la Lobera, 1537, 13 años.
Braulia: hija de Javier Moreno, el carnicero, 1537, 12 años.
Regina: hija de Catalina López, viuda de Fantova, 1538, 17 años.
Daniela: hija del comendador de Nuévalos, 1539, 16 años.
Silvia: hija de Venancio Prados, el carcelero, 1541, 13 años.
Ofelia: hija de Manuel Lebrija, abogado, 1542, 16 años.

PERSONAJES RELEVANTES

Alicia Gómez: comadrona. Trabaja en la casa de caridad de los Fantova.
Andrés: ayudante del pastelero, amigo de Cosme, el alfarero.
Antón Gamboa: espadachín, guardaespaldas de Sarkis Mirzakhanyan.
Antoñita: criada de los Cortada, ayuda a Juana a cuidar de Daniela.
Argimiro: monje encargado de la iglesia de San Julián, en Nuévalos.
Ataúlfo Martínez Miramón: médico del hospital de San Lucas, en Nuévalos.
Barceló: soldado de la guarnición.
Belarmino: soldado veterano de la guarnición.
Belmonte: soldado de la guarnición.
Blanca: hija del sargento Elías.

Cabrejas: sargento de la guardia del alcázar de Toledo, antiguo compañero de Dino D'Angelis en sus cacerías de protestantes.
Cadernis: procedencia desconocida. Encargada de El Parnaso y mano derecha de Sarkis Mirzakhanyan.
Catalina López Villalta: viuda de José Fantova y Giso (primo de la esposa del comendador). Propietaria de la casa de caridad de los Fantova.
Cosme: alfarero de Nuévalos.
Charlène Dubois: piamontesa, aya de los príncipes y médico de la corte de Carlos V.
Daniela de Cortada: hija de Ricardo de Cortada, comendador de Nuévalos.
Darin de Fulga: poco se conoce de él.
Dino d'Angelis: turinés, agente de Carlos V.
Doncel: soldado de la guarnición.
Elías: sargento de la guarnición, hombre de confianza del capitán Heliodoro Ventas.
Enríquez: soldado de la guarnición.
Fernanda: esposa de Javier Moreno, el carnicero.
Ferrán Gayoso: soldado de la guarnición.
Francisco de los Cobos y Molina: secretario de Carlos V, uno de los hombres más poderosos del Imperio.
Francisco de Puebla y Cornejos: abad del monasterio de Piedra.
Halvor Solheim: noruego, cazador, antiguo compañero de la Lobera.
Heliodoro Ventas: capitán de la guarnición de Nuévalos, amigo personal de Ricardo de Cortada.
Hugo Ventas: hijo del capitán Ventas, sirve a las órdenes del gran duque de Alba.
Ignacio Sánchez: novicio lego del monasterio de Piedra, es quien encuentra a Daniela de Cortada.
Javier Moreno: carnicero, padre de Braulia, una de las niñas muertas.
Juana: criada de los Cortada, cuidadora principal de Daniela.
León Álvarez: orfebre, judío converso.
Liborio: soldado de la guarnición.
Lozano: soldado de la guarnición.
Lucía: madre de Sebastián.

Manuel de los Monteros: hermano bibliotecario del monasterio de Piedra, enterró a Daniela de Cortada.
Manuel Orta: cazador, sobrino de Mencía, la Lobera.
María: esposa de Cosme, el alfarero.
Mariela: esposa de Víctor de Cortada, murió durante el parto, en 1540.
Marina Giso Valera: esposa del comendador de Nuévalos, madre de Víctor y Daniela.
Martín González: hermano lego, portero del monasterio de Piedra.
Mencía, la Lobera: cazadora. Vive en una cabaña, al norte de Nuévalos, que solo habita unos meses al año. Es madre de Rosalía, una de las niñas muertas,
Méndez: soldado de la guarnición.
Neuit: joven de la tribu aipari, hijo adoptivo de Dino D'Angelis. Su nombre original es Facuyamua; el cristiano —que nunca utiliza— es Domingo de los Ángeles.
Olmos: soldado de la guarnición.
Pepón: hijo adolescente de Pilaruca, la cocinera.
Petronila: esposa del sargento Elías.
Pilaruca: cocinera de los Cortada.
Quirós: soldado de la guarnición.
Rafael: esposo de Lucía, padrastro de Sebastián.
Ramiro: hijo del sargento Elías.
Regina Fantova López: hija de Catalina López, una de las niñas asesinadas.
Ricardo de Cortada y Foces: comendador de Nuévalos.
Sarkis Mirzakhanyan: yazidí, heredero de una poderosa familia de Oriente y dueño de El Parnaso.
Saúl Riotijo: mozo de la hospedería de la casa de caridad de los Fantova.
Sebastián: joven conocido en el pueblo, por quienes no lo aprecian, como el Carapez. Sufre una discapacidad mental. Curiosamente, es el enlace entre el pueblo y los demonios.
Torcuato: esposo de Pilaruca.
Venancio Prados: alguacil, carcelero y verdugo de Nuévalos. Padre de Silvia, una de las niñas muertas.
Víctor de Cortada: hijo de Ricardo de Cortada, licenciado universitario.

DIOSES Y DIOSAS DE EL PARNASO

Hefesto, Hermes, Apolo, Zeus, Aria, Artemisa, Asteria, Aura, Delia, Demetria, Eris, Gaia, Hera, Idalia, Lisa, Némeris, Selena, Temis, Diana y Vesta.

PRIMERA PARTE

El regreso de Daniela

1

*Alrededores del monasterio de Piedra,
mediados de marzo de 1543*

La joven corría por el bosque, y la noche la perseguía.

Desbocada, sin rumbo, tropezaba a cada paso, impulsada por el miedo.

Un miedo primigenio e irracional, porque su razón había quedado atrás hacía tiempo, acurrucada en algún rincón tenebroso de su mente.

La hojarasca crujía bajo sus pies descalzos, asaeteados por las ramas caídas y mordidos por los guijarros. El cabello, enmarañado, le cubría unos ojos que apenas eran capaces de esquivar las siluetas sombrías de los árboles que parecían salirle al paso con la intención de detener su huida. Monstruos aterradores de múltiples brazos.

No la volverían a coger. Antes muerta.

Jadeaba, y lo hacía como un animal acorralado. Detrás de ella, el sonido de pasos presurosos la impulsaba a correr aún más deprisa. Ni una sola luz alumbraba su carrera, apenas una luna mortecina que asomaba entre las nubes de vez en cuando para dibujar sombras siniestras frente a ella.

Un muro de piedra surgió de la nada para bloquearle el paso. Lo tanteó con frenesí, como si pudiera derribarlo con las manos. Echó la vista atrás con desesperación. No podía verlos, pero sabía que sus perseguidores se acercaban.

Corrió en paralelo al muro sin dejar de palparlo con los dedos; era la única forma de orientarse en la oscuridad. Trastabilló dos veces antes de torcer la esquina del recinto.

Fue entonces cuando vio la luz.

El novicio volvió la cabeza al oír los gruñidos que se aproximaban. Eran tan guturales que creyó, por un momento, que se trataba de un jabalí. Adelantó la antorcha para poner el fuego entre él y la bestia, pero la alzó enseguida al descubrir que era una joven quien corría hacia él.

—Jesús, María y José —murmuró el lego cuando la mujer casi lo arrolla; Ignacio, joven y fuerte, detuvo la huida de la desconocida con un brazo y esgrimió la antorcha como un arma.

Se acercaba alguien más.

El novicio apenas distinguió unas sombras que se detuvieron en seco, lo bastante lejos para no dejar de ser bultos en la oscuridad. La joven seguía gruñendo, aferrada a su brazo derecho. Babeaba. Las uñas se clavaban en la piel de su salvador a través de la lana del hábito marrón. Él aguantó el dolor mientras conminaba a las tinieblas.

—¡Atrás! ¡Retroceded, en el nombre de Cristo! —empezó a pedir auxilio a pleno pulmón—. ¡Socorro! ¡Socorro!

Las granjas colindantes al monasterio de Piedra despertaron, alertadas por los gritos. Se oyeron voces lejanas y ladridos de perros. Las hojas caídas susurraron una maldición en la oscuridad, y el sonido de los pasos al alejarse arrancó un suspiro de alivio a Ignacio.

Lo que fuera que perseguía a la mujer huía.

Sin dejar de amenazar a lo invisible con el fuego de la tea, retrocedió hasta la puerta de conversos del muro que rodeaba el monasterio y echó el cerrojo por dentro. Los establos, la cochera, el granero y los demás edificios que ocupaban el exterior del convento estaban vacíos a esas horas.

Tenía que llevar a la desconocida con los hermanos de coro, aunque las normas de san Benito le impedían tener contacto directo con ellos. Los monjes de verdad, como los legos solían llamarlos. Ellos sabrían qué hacer. La mujer seguía agarrada a su brazo. Intentó tranquilizarla, pero ella rehuyó el contacto con un empujón y echó a correr hacia las luces encendidas del monasterio.

Ignacio reprimió un juramento, se arremangó el hábito y fue detrás de ella.

La persecución no se prolongó demasiado. La muchacha estaba exhausta, y cayó a gatas frente a la entrada principal del convento. Las antorchas adosadas a la fachada flanqueaban la puerta con un resplandor siniestro. Ignacio se detuvo a unos pasos de ella, pero no se atrevió ni siquiera a acuclillarse a su lado.

—Pero ¿qué te ha sucedido? —preguntó, sin esperar respuesta—. ¿Qué te han hecho?

La joven no le devolvió la mirada. Siguió con ella clavada en el suelo, respirando con dificultad y mostrando los dientes en una actitud lobuna que inquietó al novicio. Su aspecto era el de un muerto que acaba de escapar de la fosa escarbando con las uñas. Cuando el novicio trató de cogerla del brazo para ayudarla, obtuvo un alarido infrahumano a cambio.

Ignacio la soltó, sobresaltado. Los monjes despertaban, y a él le tocaría dar explicaciones de por qué se encontraba fuera del monasterio. Decir la verdad no era una opción, y mentir era pecado. El abad no entendería que el joven abandonara el recinto sacro para aliviar las cosquillas del deseo carnal, a pesar de que escapaba de sus muros como muestra de respeto, por no mancillar la santidad del convento. Era humano, un pecador, pero don Francisco de Puebla y Cornejos era demasiado estricto para entender ese tipo de desahogos que él interpretaba como danzas con el diablo.

Resignado a un posible castigo, decidió que ya improvisaría alguna excusa y daría cuenta de la mentira en la confesión comunal del día siguiente.

—¡Socorro! ¡Socorro!

La joven no reaccionó a los gritos. Tan solo se dejó caer de espaldas sobre el empedrado. Estaba agotada. Fue la primera vez que el converso pudo distinguir sus facciones con claridad. Quizá fueran hermosas tiempo atrás, pero lucían cortes, arañazos y un ojo hinchado por el golpe contra un árbol que no pudo esquivar a tiempo. A pesar del miedo que le producía su aspecto, Ignacio no podía apartar los ojos de esa cara desprovista de humanidad. Fue el resplandor de los faroles lo que lo arrancó de aquella malsana fascinación.

Los monjes de coro, aquellos con quienes no podía tener contacto, se acercaban. Al contrario que él, estos eran sacerdotes y vestían el hábito blanco del Císter. No se lo quitaban ni para dormir, siempre prestos al trabajo y la oración.

Para su aflicción, quien encabezaba la comitiva formada por cuatro monjes era fray Francisco de Puebla, el abad. Su expresión ceñuda se tornaba aún más aterradora por las sombras que proyectaba el farol desde abajo. Las ascuas que tenía por ojos se fijaron primero en la mujer y luego en la faz preocupada del novicio.

—¿Me puedes explicar qué está pasando aquí? —preguntó el abad, a la vez que hacía añicos con la mirada el poco valor que le quedaba a Ignacio—. ¿Qué hace una mujer en el patio del monasterio con un novicio converso?

El muchacho conjuró toda su entereza para no tartamudear, pero su entereza se rio de él en su cara y se despidió con un pañuelo.

—Esta joven... apareció por el bosque, corriendo. Alguien la perseguía.

El abad se agachó para ver mejor a la muchacha. Esta soltó un gruñido y se cubrió los ojos con las manos, como si la luz directa le doliera. Los otros monjes la rodearon, alumbrándola con los faroles. Fue entonces cuando el más viejo de los religiosos, fray Manuel de los Monteros, el bibliotecario, apartó a fray Francisco de un tirón y soltó una exclamación preñada de terror.

—¡Dios nos proteja! ¡Rediviva!

El abad se volvió hacia el monje sin disimular su irritación. No estaba acostumbrado a que le tironearan del hábito.

—¿Se puede saber a qué viene esto, fray Manuel?

El rostro del anciano palideció a la luz anaranjada de los faroles.

—Conozco a esta mujer —balbuceó.

En el patio delantero del monasterio se instaló un silencio que se prolongó hasta que la joven lo rompió con un gruñido siniestro.

El bibliotecario se santiguó.

—Yo mismo la enterré hace cuatro años.

2

Puerto de Sanlúcar de Barrameda, mediados de febrero de 1543
Un mes antes

Dino D'Angelis lanzó una última mirada al bergantín del que acababa de desembarcar, con la promesa firme de no volver a subir en uno, y menos hacia el Nuevo Mundo. Así lo nombraran virrey y lo cubrieran de oro de los pies a la cabeza.

Oro: el objetivo principal por el que había zarpado de las costas gaditanas cinco años atrás, y que no había visto ni de refilón en su viaje. Agua sí. De agua se había hartado. Dulce y salada, inacabable en cualquiera de sus dos versiones. Agua que convertía la tierra en barro y en traicionera la hojarasca. Agua en océanos tempestuosos, en charcas infestadas de sanguijuelas y en ríos que ocultaban cien muertes distintas. Agua en forma de lluvia constante y humedad continua, que calaba las botas, pudría los huesos y servía de caldo a la fiebre.

Pero oro... El oro y las riquezas solo fueron espejismos y quedaron en promesas.

Sacó su reloj de bolsillo en un gesto mecánico, lo que evocó un desfile de aventuras en su memoria. Aquel objeto, que lo había acompañado durante muchos años, ya no funcionaba. La selva lo había matado, igual que a tantos otros. Lo que una vez fuera una de sus posesiones más preciadas descansaba en paz, convertida en un cadáver oxidado.

También había matado otra cosa, pero de eso, a Dino D'Angelis le costaba mucho hablar.

El Nuevo Mundo no era para viejos, y a sus cuarenta y siete años, D'Angelis se consideraba un carcamal vomitado por la jungla. Alguien demasiado mayor para bregar con la muerte y la enfermedad día tras día en una tierra hostil. Arthur Andreoli, su amigo y compañero de viaje, tenía aproximadamente su misma edad, pero afrontaba la aventura con el brío y la ilusión de un jovenzuelo. De igual forma la encaraba Sanda Dragan. Ambos se habían hecho hueco en la compañía de Francisco de Orellana, a pesar de ser extranjeros, y Sanda, para colmo, mujer. Dino también había formado parte de la tripulación del conquistador, pero el turinés no tuvo la fuerza ni la determinación de sus amigos para embarcarse en el segundo viaje que planeaba el capitán.

Un viaje para remontar un río infernal que atravesaba el Nuevo Mundo y que Francisco de Orellana había bautizado como el de las Amazonas.

Cada vez que pensaba en lo que había vivido en aquel río, Dino se echaba a temblar.

«Estoy demasiado viejo, qué cojones».

Unos tirones impacientes lo arrancaron de sus tribulaciones. El que fue espía de Carlos V se enfrentó a los ojillos rasgados y entusiasmados del joven indio que había acogido bajo su protección hacía tres años. Imposible conocer con certeza su edad, pero Dino calculaba que oscilaría entre los trece y los quince. Las finas líneas tatuadas que cruzaban el rostro de piel aceitunada acompañaban una sonrisa de dientes grandes e irregulares. La nariz, chata y de orificios amplios, recibía la mezcla de olores del puerto de Sanlúcar con aparente agrado; una amalgama de sal, brea, aceite, pescado y humo que no conformaban el mejor perfume del mundo. La camisa y el pantalón, dos tallas más grandes, se ceñían a la cintura con una cuerda repleta de bolsas donde guardaba hierbas y polvos traídos de su tierra, además de otros chismes misteriosos que Dino prefería ignorar. El chico se negaba a usar calzado: no había suelas tan duras como las plantas de sus pies, curtidas por años de trotar por la selva. El muchacho portaba sus escasas pertenencias en un hatillo de tela, además de un arco fabricado por él mismo encajado a la espalda y un carcaj con unas cuantas flechas.

Al enterarse de que el impronunciable nombre del pequeño —que era algo así como Facuyamua— significaba «hijo de la noche», Dino decidió llamarlo Neuit.

Noche, en piamontés.

Al chico le gustaba aquel nombre.

—Dino. —Neuit dejó de sacudirle la manga en cuanto captó su atención—. ¿Esto es *Dalufía*? —Aún conservaba el acento indígena, a pesar de que el único idioma que había hablado en los últimos años era español—. ¿Llegaremos hoy por la noche a *Matrî*?

—Andalucía —lo corrigió Dino, que tuvo que apartarse para que un porteador cegado por los fardos que cargaba no lo empujara al agua desde el muelle—. Todavía nos quedan semanas de viaje hasta Madrid. —Frunció el ceño y lo señaló con un índice acusador—. Llegaríamos mucho antes si superaras tu miedo a montar.

Neuit retrocedió un paso y negó con la cabeza, enfurruñado.

—Caballo no —gruñó; por alguna razón que Dino no lograba entender, el muchacho sentía un rechazo irracional hacia los equinos. Si bien soportaba la presencia de los animales, subirlo a uno era impensable—. Tú, caballo; yo, pie. Corro más que caballo, tú sabes.

Dino sopesó la opción y el petate que contenía sus pertenencias. Lo cierto era que Neuit podía mantener un ritmo de carrera inhumano. También trepaba a los árboles como un simio, y se desplazaba por la jungla como si formara parte de ella. Según contaba el chico, su tribu, los aipari, sabían ser invisibles al enemigo. Lo cierto era que D'Angelis jamás lo había visto cansarse en tres años, y hubo ocasiones en las que lo vio correr durante horas sin sudar ni jadear.

—Podría funcionar —ponderó, sin dejar de caminar por el muelle atestado de barcos en dirección a los edificios del puerto—. Buscaremos a alguien que nos venda un caballo en cuanto pongamos en orden nuestras cédulas de composición.

—Sí, pero yo no monta —advirtió de nuevo Neuit, que seguía a Dino dos pasos por detrás de él—. ¿Tú tienes mi *cétula*?

D'Angelis se detuvo en seco y se dio una palmada en la frente. Neuit clavó en él una mirada asustada.

—Acabo de recordar que se la dejé al capitán para que la firmara —murmuró el turinés, con expresión desconsolada—, y don Francisco se quedó en Lisboa. Imposible recuperarla. No me quedará más remedio que venderte a alguna familia que quiera un hijo ya crecido...

—¡Dino!

—Tranquilo, encontraremos una que te pegue poco. O también

podría venderte a un circo, es una vida maravillosa. ¿Recuerdas que te conté que trabajé como actor?

Neuit le pegó dos veces en el brazo, con los orificios nasales transformados en cuevas de pura ira. El turinés se echó a reír a la vez que palmeaba la cartera de cuero que llevaba en bandolera.

—Deja de lloriquear, anda. Tengo tus papeles aquí.

—¡Tú muy malo, tú cabrón, Dino D'Angelis!

—Me lo dicen desde pequeño —reconoció—, así que supongo que será verdad. A propósito, ojalá pronunciaras todo igual de bien que las palabrotas.

Abandonaron los muelles y llegaron a la explanada del puerto. Los carruajes cargados de mercancías la invadían con su traqueteo irritante. Frente a las fachadas de los edificios portuarios había un sinfín de puestos de lo más diverso. Muchos exhibían productos exóticos procedentes de las Indias. Los mercaderes pregonaban tan fuerte su género que era imposible entenderse sin gritar. Algunas mujeres ofrecían servicios íntimos entre susurros y caídas de pestañas. Una joven, más atrevida que sus compañeras de oficio, trató de pellizcar la entrepierna de Neuit, pero este la esquivó con un brinco hacia atrás y la reprendió con una retahíla de improperios en su jerga indígena. Ella se echó a reír, divertida, se chupó dos dedos con lentitud y se despidió de él con un gesto lascivo.

—¿Qué quería esa? —preguntó a Dino, asustado.

—Pegarte unas purgaciones —respondió este, sin inmutarse. Neuit puso cara de asco; no había entendido el término, pero le sonó aterrador—. Conozco mujeres de confianza en Madrid, si un día te pica la almendra, me lo dices y te las presento. —D'Angelis lo detuvo con la mano—. Espera aquí y no te muevas. Vuelvo enseguida.

El turinés se acercó a un hombre de mediana edad, bien vestido y con aspecto de funcionario. Ambos se saludaron un momento, intercambiaron un par de frases educadas y se despidieron con una inclinación de cabeza.

—Ya he averiguado dónde está la oficina de aduana —informó a Neuit—. Vamos, estoy deseando perder de vista el mar.

—Sí. El mar, *apook*...

El chico forzó una arcada y fingió vomitar.

—Y que lo digas. El mar, *apook* —corroboró Dino—. El agua, en general, *apook*. Por eso prefiero el vino —reflexionó.

Entraron en el edificio de aduanas. En el mismo recibidor encontraron a seis personas que hacían cola frente a la mesa de un funcionario que revisaba documentos detrás de unas gruesas lentes. Los cristales le transformaban los ojos en globos inmensos, y Neuit estuvo a punto de echarse a reír. El individuo arrugaba la nariz y mostraba los dientes superiores al leer, como si el texto le diera asco. De vez en cuando mascullaba un «ajá» casi inaudible, suspiraba con desidia o gorjeaba palabras ininteligibles. Una a una, fue firmando las cédulas de composición sin escatimar condescendencia.

D'Angelis estudió hasta el último detalle del rostro de aquel tipo. Recordó otros tiempos, cuando su trabajo de espía lo obligaba a caracterizarse y adoptar otra identidad para pasar inadvertido. En cuanto llegara a Madrid, donde esperaba reencontrarse con el baúl en el que guardaba sus postizos y maquillajes, se disfrazaría de aquel tipo, solo por diversión.

Por fin les llegó el turno. Dino desdobló los pergaminos y los extendió delante del funcionario.

—Dino D'Angelis —leyó este—. Turinés, afincado en Madrid. Aquí dice que estuvisteis a las órdenes de don Francisco de los Cobos y Molina. —Los ojos del hombre se agrandaron aún más detrás de los cristales—. ¡Don Francisco de los Cobos y Molina, el secretario del emperador! Trabajasteis para su católica real majestad, Carlos...

—Entre otras cosas —rezongó Dino, restándole importancia.

Los ojos del funcionario empequeñecieron de inmediato al quitarse las lentes para contemplar al hombre que tenía delante. Era delgado, con el rostro anguloso y mejillas chupadas; la boca y la nariz estaban rodeadas de pliegues tensos que le daban un aire triste. Le faltaban tres años para cumplir cincuenta, pero aparentaba unos cuantos más. Su indumentaria, completamente negra y ajustada, estaba desgastada en codos y rodillas. Aunque la había usado poco durante su periplo en el Nuevo Mundo, el cuero no había aguantado bien los viajes, a pesar de estar guardada dentro de un baúl. Del cinturón, de hebilla ancha, colgaban una espada de hoja fina y una daga algo más grande que la que llevaba encajada en la caña de la bota. La pluma roja del sombrero también había conocido tiempos mejores. En cierto sentido, Dino D'Angelis era la imagen de un héroe en decadencia.

No solo la imagen, él estaba convencido de que lo era.

El funcionario volvió a ponerse los anteojos y siguió revisando los pergaminos anexos con la nariz levantada y los dientes proyectados hacia fuera. Neuit se puso a mirar con atención desmedida un cuadro al óleo cercano para disimular la risa.

—Así que hicisteis escala en Lisboa, procedentes de Cubagua —prosiguió—. Formasteis parte de la tripulación de don Francisco de Orellana. —Dejó de leer para mirar a Dino por encima de las lentes—. Sois una caja de sorpresas. ¿Es cierto eso que se cuenta, que ha descubierto un río inmenso en el que hay mujeres que disparan arcos como si estuvieran poseídas por el demonio?

D'Angelis no estaba de humor para contarle batallitas al funcionario ni para recordarlas. Quería abandonar Sanlúcar cuanto antes, pernoctar en algún albergue cercano y emprender viaje a Madrid al día siguiente. Decidió mentir.

—No creáis todo lo que se cuenta —dijo; lo cierto era que se ponía enfermo al recordar las penurias pasadas en aquel maldito río—. Cuando los aventureros no encuentran aventuras, las inventan.

Decepcionado, el empleado de aduanas repasó por encima los documentos de embarque que acompañaban la cédula de Dino y pasó a comprobar la de Neuit. Los ojos aumentados por los cristales obsequiaron al muchacho una mirada que bailaba entre el desdén y el desprecio.

—Aquí pone que Domingo de los Ángeles está bajo vuestra tutela. ¿Sois el padre?

—Como si lo fuera.

—Veo que este salvaje fue bautizado en Quito.

La hilaridad dejó de ser un problema para Neuit en cuanto escuchó las palabras del funcionario. Conocía el significado de «salvaje» y sus connotaciones. Lo habían llamado así infinidad de veces, más de las que era capaz de recordar. Sus ojos se entornaron un poco más, pero se mordió los carrillos. Dino le había enseñado que es mejor tragar que vomitar. El ritual del bautismo no fue más que un chapuzón para Neuit, que se sacudió la fe católica a la vez que el agua del pelo. Jamás usó su nombre cristiano, ni tampoco el apellido españolizado de su amigo. Lo de rezar e ir a misa, tampoco iba con él.

—Está bautizado y con los documentos en regla —le recordó Dino al empleado de aduanas—. Yo me responsabilizo de él.

—Si yo fuera vos no le permitiría llevar arco y flechas a la vista. A mucha gente le disgustan los indios, y aprovechan cualquier excusa para meterse con ellos. Más os vale decir que es vuestro esclavo; los delitos contra la propiedad están más castigados que dar muerte a un salvaje.

Neuit estuvo a punto de saltar, pero un gesto disimulado de Dino le recordó que debía mantener la calma. Mejor no buscar problemas.

—Tendré en cuenta vuestras sabias palabras —prometió D'Angelis.

El funcionario siguió leyendo la cédula del indio. Movió la cabeza varias veces, soltó un par de expresiones que nadie entendió y le devolvió los documentos a Dino con la fecha de la entrada firmada. D'Angelis se permitió dedicarle una sonrisa falsa y una pregunta.

—¿Seríais tan amable de recomendarme algún comerciante de caballos?

—Caminad hacia el interior, dejad a la izquierda el castillo de Santiago y dirigíos a la Puerta de Sevilla. Justo después encontraréis los establos de Ramón Balaguer, el chalán. Decidle que vais de parte de Pereda, de la aduana. Así os engañará un poco menos.

Dino y Neuit abandonaron Sanlúcar alrededor de las dos de la tarde. Los equipajes colgaban de la curva de Barlovento, el ruano que Balaguer vendió a D'Angelis al mismo precio que le cobraría a su propio hermano —eso juró en tres ocasiones—, con manta, silla y arreos de regalo, por ser recomendados de Pereda. Dino lo montaba, y el indio correteaba al lado de la bestia incluso cuando esta aceleraba a trote corto, lo que despertaba miradas de incredulidad a los viajeros que se cruzaban en el camino.

A media tarde, después de dejar atrás unas marismas que recordaban a los humedales de la selva peruana, llegaron a la posada que el mercader de caballos les recomendó para pernoctar; un edificio recio, de reciente construcción, que contaba con establos bien apertrechados y amplias cocheras. Un letrero de madera pintada mostraba el nombre del establecimiento: LA FONDA DEL NORTEÑO. Dino dio una propina a los zagales que se hicieron cargo de Barlovento y entraron en el albergue. Para su sorpresa, encontraron el local muy concurrido. Así, por encima, D'Angelis contó cerca de treinta clientes repartidos por las mesas del comedor principal.

El dueño del mesón atendía el mostrador, contrataba habitaciones, discutía con viajeros y coordinaba al personal con presteza de malabarista. Su esposa, sus dos hijos y una hija adolescente servían mesas y cocinaban en una suerte de danza que los llevaba de la cazuela a la sala, de ahí a la bodega subterránea, y de allí a atravesar el local con bandejas atiborradas de jarras que parecían siempre a punto de caer, pero que nunca caían, por mucho que los jóvenes esquivaran pies, sillas, equipajes en el suelo o borrachos tambaleantes. Neuit retrocedió un paso.

—Mucha gente. No me gusta.

Dino lo tranquilizó con una palmada en el hombro y lo condujo hasta el mostrador, donde el dueño cobraba la estancia a un huésped recién llegado a la par que rellenaba dos jarras de vino y llamaba a su hijo Pedrito a silbidos, como a un perro. Pidió paciencia a D'Angelis con una seña cómplice, despachó los asuntos pendientes con el viajero, y una vez que este se encaminó a las escaleras que subían al albergue, atendió al espía. Su acento era montañés y su voz ruda, como si estuviera acostumbrado a hacer gárgaras con cantos rodados.

—Vos diréis.

—Deseo una habitación para mi hijo y para mí.

El hombre comparó las facciones del extranjero y del salvaje que lo acompañaba, así que decidió cobrarle dos monedas de más por la mentira.

—Doce reales de plata. ¿Traéis caballos?

—Uno.

El posadero pidió ayuda a una viga del techo para calcular mejor el precio.

—Ciento sesenta maravedíes, que son... cuatro reales por el animal —dictaminó, después de estrujarse la sesera—, y lo trataremos como si del mismísimo Carlos V se tratara. Pago por adelantado —añadió, a la vez que rubricaba su exigencia con una sonrisa que fracasó en el intento de ser agradable.

D'Angelis dejó los dieciséis reales encima del mostrador. El mesonero usó la llave de la habitación para señalar la misma escalera por la que había desaparecido el viajero al que acababa de despachar.

—Os aconsejo que cerréis por dentro —recomendó—. A veces mis clientes beben de más y deciden probar suerte con las estancias. No querréis amanecer encamado con un borracho.

—Si supierais la de gente rara con la que me he despertado a lo largo de mi vida —rezongó Dino—. ¿Podemos comer algo después de dejar nuestras cosas arriba?

—La cocina cierra cuando cena el último —informó el posadero—. Tomáoslo con calma y bajad cuando os apetezca. —Observó a Neuit con curiosidad; se notaba que no estaba acostumbrado a ver indígenas—. ¿Acabáis de llegar del Nuevo Mundo?

—Así es —reconoció D'Angelis.

—Pues bienvenidos a la civilización.

Dino y Neuit pasaron junto a mesas ocupadas por viajeros y vecinos de fincas próximas a la fonda. Resultaba evidente que el establecimiento era el recreo de los granjeros de la comarca. La madera de los escalones apenas crujió bajo el peso de los huéspedes, muy distinta a la del barco en el que habían cruzado el Atlántico hasta Portugal. Después de estar a punto de morir mil veces en el Amazonas, creyeron que no llegarían a puerto tras zarpar de Cubagua. Por fortuna, el Marrajo, la nao que los trajo de Lisboa a Sanlúcar, parecía una embarcación de lujo comparada con los bergantines en los que viajaron desde el otro lado del mundo.

La habitación disponía de dos camastros infames que a Dino y Neuit les parecieron camas dignas de un rey. El mobiliario lo completaban un cofre desvencijado, un candelabro de cuatro brazos con velas de sebo y un bacín sobre un soporte de madera, además de un espejo mal pulido que mostraba una versión monstruosa de quien fuera lo bastante valiente para asomarse a él. Al menos las ventanas, sin cristales ni pellejos traslúcidos, cerraban bien.

—¡Esto maravilloso! —exclamó Neuit—. Todo cómodo. —Se sentó sobre el colchón de lana y los tatuajes faciales se torcieron con el gesto—. Demasiado cómodo.

—Tranquilo, seguro que acabaremos durmiendo al raso en más de una ocasión durante el viaje. Estarás como en casa, con los bichos picándote el culo.

—¿Tu casa tiene selva? ¿Bosque?

—Mi casa está en una calle, dentro de una ciudad —dijo Dino—. Hay adoquines, no hierba o tierra. Es pequeña, de dos pisos.

—¿Y tu amiga curandera? ¿Vive allí?

Dino no pudo evitar una sonrisa al recordar a la joven a la que llevaba sin ver una eternidad, y a la que consideraba una hija. ¿Cuántos años tendría? Lo calculó rápido: veintiocho. ¿Se habría casado en su ausencia? ¿Seguiría en la corte?

—Si las cosas no han cambiado desde que me marché, vive en Toledo, en el palacio del emperador. Recuerdas que te expliqué lo que era un emperador, ¿verdad?

Neuit asintió, con expresión solemne.

—Un cacique de caciques. El más importante de todos.

—Pues bien, Charlène es quien cuida de los hijos de ese gran cacique, y los cura cuando enferman.

Los ojillos del muchacho centellearon.

—¿Iremos a verla?

D'Angelis sonrió de medio lado. Lo cierto era que se moría de ganas de hacerlo.

—Algún día, cuando nos instalemos en Madrid. Bajemos a comer algo. Partiremos con la primera luz del día.

3

Monasterio de Piedra, mediados de marzo de 1543

Ricardo de Cortada y Foces era un hombre religioso y supersticioso a la vez.

Su hijo Víctor era todo lo contrario.

Los dos abandonaron el castillo del Nuévalos al amanecer, después de que el novicio Ignacio Sánchez les transmitiera el mensaje del abad entre jadeos. El muchacho había recorrido de madrugada los más de tres kilómetros que separaban el convento del pueblo, alumbrado por una antorcha y aterrorizado por la posibilidad de encontrarse con los perseguidores de la aparecida con la que se había topado horas antes.

Perseguidores que podrían no ser humanos.

Porque de todos era bien sabido que el mal se paseaba por los alrededores de Nuévalos y el monasterio de Piedra por las noches.

—Excelencia, no me matéis —rogó al señor de Nuévalos—, porque lo que vengo a deciros a esta hora intempestiva no es ninguna broma: vuestra hija, la que creéis muerta, está en el monasterio de Piedra.

El comendador agarró al novicio por el cuello del hábito, y este palideció en el acto. Aquella noche Ignacio no ganaba para disgustos. Por fortuna, la mano calmada de Víctor, el hijo de don Ricardo de Cortada, frenó la de su padre.

—Escuchémosle, padre —recomendó—. Debe de ser un error.

Lo escucharon.

Con la primera luz del día, Ricardo y Víctor cabalgaron rumbo al monasterio de Piedra. El comendador tenía sesenta y dos años y una nariz gruesa que predominaba sobre una barba canosa e hirsuta, a juego con su cabellera larga. Todavía conservaba los ojos del guerrero que fue en décadas pasadas, capaz de hacer temblar al más valiente. Jamás participó en batalla alguna, pero sí en escaramuzas contra grupos de bandidos a quienes mandó a la tumba sin remordimiento alguno. Se mantenía en buena forma, erguido sobre el caballo, ceño fruncido y mirada al frente. Silencioso. Muy silencioso. Tanto que había ignorado cualquier intento de su hijo por entablar conversación.

Víctor se había convertido en el mayor de los hermanos, después de que el tifus se llevara a Eduardo, el primogénito, diez años antes. Seis años después, la vida le propinó otro revés al comendador de Nuévalos.

Cuando los demonios asesinaron a su hija.

Era imposible que Daniela estuviera viva. Ricardo había visto su cadáver. Un cadáver tan espantoso que le dejó una imagen indeleble que lo había atormentado desde entonces. Hizo bien en no permitir que Marina le diera el último adiós. ¿Para qué condenar a una madre al recuerdo contaminado de su hija?

Lo que el diablo toca queda maldito para siempre.

La muralla que rodeaba el monasterio apareció en cuanto remontaron la última pendiente, rodeada de bosque. Por la orografía de la comarca, un cúmulo de montañas, riscos, laderas, valles y vaguadas —toda plagada de árboles, donde la mano de los monjes no había allanado el terreno para el cultivo—, era imposible ver qué te aguardaba a pocos metros por delante. La empalizada, de piedra, basta y no demasiado alta, no tenía un gran valor defensivo. Era, más bien, una pared para delimitar el perímetro del convento y poco más.

El día comenzó a clarear. Padre e hijo rodearon la muralla al trote corto, dejando a la izquierda los extensos sembrados, desatendidos a aquella hora. Los monjes estarían ocupados con alguno de sus muchos rezos. Llegaron a la torre del homenaje. Bajo el arco encontraron a un monje corpulento y barbudo vestido con hábito marrón. Un lego, o converso, como también los llamaban. Se apoyaba en un cayado grande, y su cara era la de alguien a quien no le interesa hacer amigos. Su expresión amenazadora se relajó en cuanto Ricardo de Cortada se presentó como comendador de Nuévalos.

—Dios os guarde, excelencia —saludó el hermano, dejándolos pasar.

Cruzaron el arco y desembocaron en una plaza presidida por un edificio en construcción, rodeado de andamios de madera, además de por barracas de adobe y madera donde vivían los trabajadores que, sin ser ni monjes ni conversos, araban las tierras y pastoreaban el ganado del monasterio. La iglesia se alzaba frente a ellos, majestuosa. De su interior brotaba un canto gregoriano que ponía los pelos de punta. Unos jóvenes se apresuraron a hacerse cargo de las monturas de los Cortada. Uno de los chavales, un mozo churretoso y espigado, tuvo a bien dar explicaciones a los recién llegados.

—Los monjes están en laudes —informó—. El hermano Peláez, el cillerero, me indicó que os dijera que os atenderán en la sala de descanso.

—Sé ir —aseguró el comendador, que se encaminó a su destino seguido por Víctor.

Pasaron por delante de la iglesia gótica. Tenía la verja del nártex echada y la puerta principal cerrada. El hermetismo de los cistercienses en sus oraciones excluía al resto del mundo de su privilegiada conexión con el Altísimo. Ricardo, hombre muy creyente y temeroso de Dios, envidiaba la dedicación de los monjes al rezo y al trabajo. El *ora et labora* llevado al extremo. En su juventud se planteó ingresar en alguna orden religiosa, pero su padre lo desvió hacia el camino de las armas. No se le dio mal, aunque el paso de los años y la tranquilidad en la frontera mermó el ejército de los Cortada a veinticinco hombres, algunos tan veteranos que sería difícil que los aceptaran en cualquier otra guarnición.

Víctor, en cambio, aprovechó el tiempo en otros menesteres. Se licenció en artes en la Universidad de Huesca, donde se especializó en aritmética, geometría y astronomía. También se interesó por el humanismo, a espaldas de su padre, lo que en cierto modo lo distanció de la educación religiosa que recibió en casa. A sus treinta años, y después de haber perdido a su esposa y a su hija durante el parto, creía más en la razón y en la ciencia que en la intervención divina. Las plegarias que sus padres dedicaron a la salvación de Mariela rebotaron en el artesonado del castillo y no llegaron al cielo. Y si llegaron, nadie respondió. Si en lugar de rezar hubieran llamado a don Ataúlfo Martínez, el médico del hospital de San Lucas, su pequeña tendría tres años y Mariela lo esperaría en casa, con aquella sonrisa perenne que lo enamoró desde el primer día en que la vio.

Rodearon el monasterio hasta llegar a la cuesta que descendía a la puerta principal. Las obras de ampliación habían comenzado hacía poco, y los muros a medio construir de lo que sería el nuevo claustro se alzaban como promesas de algo mucho más grande. Una hilera de andamios de madera, acompañados de pilas de piedras ya talladas, indicaba con claridad hacia dónde crecería el complejo. Los primeros albañiles, algunos de hábito y otros de paisano, aparecieron por los alrededores, dispuestos a afrontar otra jornada de trabajo. Ricardo era conocedor de que fray Hernando de Aragón, arzobispo de Zaragoza y nieto de Fernando el Católico, había patrocinado la ampliación. Su predilección por el monasterio de Piedra no era un secreto: en él se ordenó sacerdote diecinueve años atrás, en 1524.

Ricardo y Víctor encontraron la puerta principal abierta. Un monje barbudo, de pómulos prominentes y sonrisa afable salió de la portería, a la izquierda de la entrada. Padre e hijo reconocieron a fray Antonio Peláez al instante. El hermano cillerero, responsable de los almacenes del monasterio y de tratar con conversos y obreros, los recibió con un breve movimiento de cabeza. El monje se permitió palmear el hombro de Víctor, al que conocía desde niño. Este agradeció el gesto con una sonrisa.

El comendador, en cambio, mantuvo una expresión fúnebre en el rostro.

—¿Es cierto lo que cuenta el novicio que nos ha sacado de la cama?

Fray Antonio se mordió los labios y levantó los ojos hacia Ricardo, que casi le sacaba una cabeza. Era evidente que el abad le había dado instrucciones de no adelantar nada hasta que él llegara. El monje se limitó a señalar uno de los bancos adosados a las paredes del corredor.

—Os ruego que esperéis a fray Francisco —pidió—. La oración de laudes terminará pronto.

Víctor interrogó al religioso con la mirada.

—¿Y vos, hermano Antonio? ¿No rezáis?

—El abad me ha dispensado para recibiros —explicó, encogiéndose de hombros—. De todos modos, he orado en la portería. No paramos de hacerlo. Hay mucho por lo que rezar —añadió, misterioso.

Ricardo apremió a su hijo a sentarse en el banco. Estaba sin barnizar, mordido por el tiempo y descolorido por el uso. Desde él dominaban la galería del claustro que llevaba a la zona de servicio que daba paso a la cillería. A pesar de la distancia, distinguieron barriles, cajas y sacos de provisiones. El eco de los gregorianos llegaba lejano, como si una brisa inexistente arrastrara las notas y las esparciera por el edificio. No tuvieron que esperar mucho. En cuanto terminaron las laudes, hermanos de coro y conversos abandonaron la iglesia por sus respectivas puertas y regresaron a sus faenas. El *ora* había terminado, para dar paso al *labora*. Víctor reflexionó acerca de la vida monacal.

«Menudo aburrimiento», concluyó.

Fray Francisco de Puebla apareció por el claustro seguido por fray Manuel de los Monteros, el hermano bibliotecario. Él fue el encargado de dar sepultura a la hija del comendador, primero, y un año más tarde a su nuera y a su nieta recién nacida. Tres muertes demasiado seguidas para una familia ya azotada por la pérdida de un hijo, años atrás. Ricardo de Cortada se había entrevistado con el abad en un par de ocasiones, pero no tenía demasiado trato con él. Padre e hijo fueron a su encuentro.

El superior trazó la señal de la cruz en el aire. Ricardo y Víctor recibieron la bendición con una inclinación de cabeza. El padre buscó la mirada de fray Manuel, al que consideraba amigo.

—Manuel, ¿qué es eso de que mi hija está viva?

Fray Francisco no dejó contestar al bibliotecario.

—Todavía no sabemos si está viva o no —dijo—. Ha regresado, don Ricardo, pero no como os gustaría.

El comendador guardó silencio. Víctor se sintió incómodo y molesto a la vez. Para su mente racional, oír ese tipo de cosas le parecía un despropósito que resbalaba en las fronteras de lo ridículo. Si su hermana se movía, estaba viva, no había más que hablar. Y los vivos, cuando mueren, no regresan de la tumba.

—Fray Manuel, ¿estáis seguro de que se trata de mi hermana?

—Estoy seguro, Víctor, pero deberíais verla con vuestros propios ojos. Está en una celda abajo, en el calefactorio. Por su seguridad —añadió.

El abad no disimuló su disgusto. No se recibían seglares más allá de la entrada del monasterio, y solo en casos excepcionales se les invitaba a entrar en el recinto sagrado. Fray Francisco, muy a su pesar, decidió que aquella ocasión merecía saltarse la regla, como se la habían saltado metiendo a una mujer en el convento.

—Por aquí —dijo.

No tuvieron que andar mucho. El calefactorio estaba justo después de una puerta cerrada tras la que se oían martillos y sierras. Entraron en una sala pequeña y cálida que conectaba por el piso inferior con la cocina, contigua al refectorio. En ese momento un monje afeitaba la coronilla a un hermano joven, que se dejaba hacer la tonsura con rostro circunspecto. Ninguno de los dos saludó, como si no compartiesen el mismo plano de existencia con los recién llegados. En el muro de la derecha, una escalera de madera llevaba a los dormitorios de la planta superior, a la que solo los hermanos de coro tenían acceso.

Fray Manuel encabezó la marcha escaleras abajo, en fila de a uno por la estrechez del pasadizo. Ricardo y Víctor lo seguían de cerca, con el abad pisándoles los talones. El techo era tan bajo que tenían que andar agachados. Después de girar por un corredor tan angosto como la escalera, llegaron a una puerta tosca, con dintel redondo. El viejo bibliotecario se dirigió al comendador. Parecía angustiado.

—Ricardo, ten cuidado, por favor —advirtió—, y no te acerques demasiado.

Manuel abrió la puerta muy despacio y se asomó al interior de la estancia. La joven dormía sobre un montón de paja. Los monjes no se habían atrevido a asearla o vestirla con ropas limpias, por lo que su aspecto seguía siendo deplorable. El pan y el vino que dejaron a su alcance estaba intacto. Todo parecía tranquilo. El bibliotecario invitó a Ricardo a pasar con un gesto amable.

El comendador se acercó a la durmiente, que reposaba de costado, con las piernas encogidas y la cara sobre las manos. Se agachó a su lado y examinó sus facciones. Víctor contempló a la muchacha por encima del hombro de su padre. Este comenzó a mover la cabeza de un lado a otro, primero muy despacio, pero cada vez más deprisa. Su hijo retrocedió un paso y buscó la mirada de fray Manuel. Encontró en ella una mezcla de comprensión, desasosiego y desconcierto. Llamó la atención de su progenitor, que todavía cabeceaba, incrédulo.

—¿Padre?

El sonido que brotó de la garganta del comendador no pasó de ser un susurro ahogado.

—No puede ser.

El abad y el bibliotecario observaban la escena desde la puerta de la diminuta celda abovedada.

—¿Es vuestra hija? —preguntó fray Francisco.

—Enterramos a Daniela hace cuatro años —musitó el comendador, más para sí mismo que para responder al abad—. Es idéntica, pero no puede ser ella. Es imposible.

Víctor se agachó al lado de su padre y examinó más de cerca las facciones de la joven.

—Padre —dijo al fin—, es Daniela. No tengo la menor duda.

—Tu hermana está muerta —insistió al tiempo que se ponía de pie—. Los demonios le robaron el alma y la mataron, yo vi su cadáver. Esta no es tu hermana.

El hijo del comendador no daba crédito a lo que acababa de afirmar su padre.

—Pero...

En ese momento ella abrió los ojos. Se sentó sobre la paja de un brinco y se arrastró hacia atrás como un animal acorralado hasta que la espalda chocó con una estantería repleta de cachivaches. Algunos le cayeron encima. Un frasco de vidrio se rompió contra el suelo, llenándolo todo de fragmentos cortantes y salpicaduras de algo pegajoso.

Gritó.

Víctor y su padre se taparon los oídos, abrumados por la intensidad del bramido. Fray Manuel se santiguó, y el abad se abrió paso entre ellos, esgrimiendo el crucifijo como Ignacio había hecho con la antorcha, horas atrás.

—¡*Vade retro*, Satanás! —aulló—. ¡Silencio, en nombre de Cristo!

La muchacha profirió un último alarido y se encogió al fondo de la celda, en posición fetal. Su agresividad había dado paso al miedo. Envalentonado, el abad la arrinconó aún más. Ella se protegió la cabeza con los brazos, como quien espera recibir un golpe. Víctor se volvió hacia el comendador.

—Os lo imploro, padre, está asustada. ¿No os preguntáis qué le ha podido pasar?

Ricardo se dirigió al bibliotecario.

—Dame una explicación a esto, Manuel.

Este no dudó en contestar.

—Es una rediviva. Ha regresado de entre los muertos.

Víctor se volvió hacia el anciano con determinación.

—¿Y si lo fuera? ¿Acaso no volvió Jesús de entre los muertos?

—Eso es una blasfemia —lo reprendió fray Francisco, olvidándose por un momento de la muchacha para centrar su atención en el hijo del comendador—. ¿Cómo os atrevéis a comparar a esta energúmena con el hijo de Dios?

—¿Y Lázaro? —contraatacó Víctor—. Él era un simple mortal, y Jesús lo resucitó. Miradla, os lo ruego. Yo no veo una endemoniada ni una aparecida. Yo veo a mi hermana asustada. Ida, tal vez. ¿Y si hubo un error? ¿Y si no fue a Daniela a quien enterrasteis ese día?

Ricardo había abandonado la celda y se apoyaba en la pared de la galería. Parecía ausente. Víctor fue a su lado.

—Padre, recuerdo que no nos dejasteis ver el cuerpo de Daniela antes del sepelio. ¿Por qué?

—Era demasiado horrible —gruñó.

—Pero ¿por qué? —quiso saber—. ¿Acaso estaba desfigurada?

Ricardo golpeó la pared con el canto del puño y le gritó a su hijo en la cara.

—¡Los demonios le robaron el alma! —Parecía al borde del llanto—. No tienes ni idea de cómo la dejaron. ¡Desde entonces la imagen de su rostro me persigue!

Víctor miró de nuevo a Daniela, angustiado. Había oído que la Santa Inquisición abordaba algunos casos de posible posesión diabólica con brutalidad. Si el exorcismo fallaba, pasaban a la tortura. Golpes, pinchos, hierros al rojo...

No podía permitir que su hermana —porque tenía la certeza de que lo era— sufriera algo parecido. Su aspecto era el de alguien que ha pasado por cosas horribles, no se merecía más castigo. Su padre se alejó unos pasos por el corredor y se acuclilló, vencido. Las rodillas chasquearon al doblarse. No tenía buen aspecto. Parecía veinte años más viejo. Víctor se dirigió al abad.

—Reverendísima, dejad que me lleve a mi hermana de aquí.

—Es lo mejor —convino fray Francisco; la visita del arzobispo Hernando de Aragón era inminente, y lo último que quería era que se encontrara con un problema de ese calibre nada más llegar—. Entre estos santos muros no hay espacio para una mujer. Si necesitáis nuestra ayuda, decídselo a fray Argimiro y oficiaremos un exorcismo en la iglesia de San Julián.

El comendador volvió el rostro hacia la conversación. Parecía ausente. Víctor se acercó a él y se agachó a su lado.

—Padre, os lo ruego. Sé que dudáis de que esa de ahí dentro sea Daniela, pero imaginad que os equivocáis. Pensadlo por un momento: jamás os lo perdonaríais. —Ricardo no contestó; volvió a dejar la mirada perdida en la pared de piedra—. Por favor, padre, os lo suplico, llevémosla al castillo.

Los ojos cansados del comendador se posaron de reojo en los de Víctor. Las bolsas que tenía debajo parecían llenas de pesar.

—¿Y si es una endemoniada, como dice el monje? ¿O una rediviva?

—Todo apunta a que ha perdido la razón —repuso Víctor.

—¿Y si al final lo es?

Víctor desvió la mirada a los monjes.

—Entonces le suplicaré a fray Francisco que nos ayude.

Ricardo se puso de pie. Las rodillas volvieron a crujir. Antes de doblar la esquina del corredor que conducía a las escaleras del calefactorio, se detuvo para pronunciar unas últimas palabras.

—Enviaré un carro para que la lleven al castillo. Tú, Víctor, serás responsable de ella. —El comendador hizo una pausa que resaltó el silencio—. Y ay de ti como traigas la ruina a nuestra casa...

4

El centenar de hogares que formaban Nuévalos se repartían por la cima de un monte y su ladera, entre los ríos Piedra y Ortiz, a más de setecientos metros de altitud en mitad de una zona montañosa. Los riscos que se elevaban sobre el pueblo se quebraban en fallas que revelaban su vejez en estratos multicolores.

Las calles eran estrechas y empinadas, y el olor de las brasas se imponía al de los corrales anejos a las casas. El castillo se encontraba en lo más alto. El bastión, construido en el siglo XII y perteneciente a la orden militar del Santo Sepulcro desde 1372, fue cedido en préstamo a la familia Cortada tres generaciones atrás, desde que el bisabuelo del actual comendador defendiera la plaza de los ataques castellanos.

Bajo el mando de los Cortada, Nuévalos nunca cayó.

Cerca del castillo, desde la cima de un precipicio que dejaba sin aliento, la iglesia de San Julián dominaba el pueblo y la vaguada por donde descendía el río Piedra. A la izquierda, las casas más apartadas del centro se alternaban con pequeños huertos que crecían en plataformas esculpidas en la falda del monte.

Al sur de la media montaña, los dominios del monasterio de Piedra se extendían entre colinas y valles de un verdor insultante, como si Dios hubiera legado a los monjes un pedazo del paraíso terrenal. Corrientes alegres de agua cristalina, cascadas y saltos de agua alimentaban una vegetación tan exuberante y variada que enamoraba sentidos y encogía corazones. Los huertos plantados en claros talados por los religiosos rodeaban senderos abiertos por la mano del hombre que se internaban en la espesura. Una espesura tan frondosa que convertía un día soleado en un crepúsculo sombrío.

Pero aquella selva tenía una frontera. Una frontera diabólica que el abad había prohibido traspasar para prevenir males mayores.

Una frontera que apareció de la noche a la mañana, seis años atrás.

Poco antes de que los demonios se dejaran ver por primera vez y asesinaran a la primera niña.

Seis años, desde que el pueblo comenzara a encerrarse en sus casas por las noches.

Ni siquiera el comendador, con su pequeña guarnición, se veía capaz de combatir a un enemigo sobrenatural. Ojalá hubieran sido hombres, aunque formaran un ejército imparable y cruel. Al menos, él y sus soldados se reunirían con Dios Nuestro Señor en el reino de los cielos. Pero Ricardo de Cortada estaba convencido de que cuando un demonio roba una vida, arrastra su alma al infierno.

Los soldados, como los clérigos, se limitaron a esconderse y rezar.

Los monjes también prefirieron mirar hacia otro lado. Lo único que hicieron fue invitar a los novalenses a mudarse a las tierras del convento, donde estarían —en teoría— más seguros. Algunos aceptaron el consejo, otros se negaron a abandonar sus casas.

Lo cierto era que el monasterio de Piedra tampoco se hallaba ajeno a la maldición. Poco antes de que comenzaran las muertes de las niñas, los demonios sobrevolaron la cascada que llamaban La Caprichosa ante la mirada aterrada de varios monjes y seglares. Al día siguiente aparecieron símbolos paganos poco más allá del salto de agua, lo que el abad interpretó como indicadores de una frontera.

A partir de ese día nadie osó traspasarla.

Pero la vida, tanto en el monasterio como en Nuévalos, seguía.

Nadie prestó atención al carro que ascendía por la cuesta que llevaba al castillo alrededor del mediodía. Bajo el toldo, fuera de la vista de los curiosos, viajaban Víctor de Cortada y su hermana Daniela. Esta iba atada y amordazada, para prevenir que sus gritos y aspavientos alarmaran a la población. Fray Antonio, el cillerero, la había drogado con una esponja impregnada en una mezcla de opio y mandrágora para facilitar el viaje.

Dos soldados cerraron la puerta del muro del castillo en cuanto entró la carreta. El bastión era pequeño y estaba bastante deteriorado en algunos puntos. A excepción de la torre del homenaje, construida en mampostería y tapial dos siglos atrás, el resto de los edificios anejos a las murallas eran de ladrillo y madera. Los establos se encontraban a la izquierda del patio, frente a una cochera abierta con un tejadillo que protegía los carros de la lluvia. Un poco más allá se alzaba el barracón de la guardia, frente a un comedor y unos almacenes. Al fondo, más allá del pozo, la torre albergaba un salón grande, además de las cocinas y las dependencias familiares.

Los soldados estaban al tanto de la llegada de aquella misteriosa invitada, pero desconocían su identidad. El comendador no les había comunicado de quién se trataba, aunque a Marina, su esposa, le había adelantado alguna información. No demasiada, sin usar palabra alguna que pudiera encender la llama de la esperanza. Que juzgara por ella misma, y si el demonio engañaba sus sentidos, que así fuera.

Heliodoro Ventas, el capitán de la guarnición, se acercó al carruaje mientras Víctor y el cochero bajaban a la joven dormida. Su andar era lento pero erguido, muy distinto de cualquier otro a punto de abandonar la cincuentena en su siguiente cumpleaños. Una cicatriz profunda dividía su rostro en diagonal, recuerdo de un hacha castellana en tiempos del abuelo de Víctor. La barba no crecía donde mordió el acero, y sus canas semejaban la ribera de un río de sangre. Los ojos, oscuros y cansados, se fijaron en la cara de la joven que acababan de sacar del carro. En cuanto la reconoció, se paró en seco y se santiguó.

—Ni una palabra, Helio —advirtió Víctor, anticipándose a cualquier reacción de sorpresa que pudiera atraer la atención de guardias cercanos—. Vamos dentro.

El cochero, un soldado joven y musculoso, cruzó una mirada elocuente con el capitán Ventas, que los siguió hasta la puerta de la torre sin pronunciar palabra. El oficial no solo no sabía qué decir; en ese momento dudaba de su capacidad para articular una frase.

Dos criadas cerraron la puerta de la torre del homenaje en cuanto entraron. Víctor y el cochero recorrieron el pasillo que conducía al salón principal con Daniela en brazos. Ventas iba detrás, en silencio, seguido por las sirvientas. Ricardo de Cortada y su esposa aguardaban en la estancia. Marina era de mediana estatura y tenía una mirada bondadosa y triste. La piel de las mejillas colgaba flácida, víctima de la pérdida de peso que la había hecho mermar en la última década. A pesar de tener cuatro años menos que Ricardo, parecía mayor que él. Un pañuelo negro ocultaba las canas recogidas en un moño prieto. No se atrevió a acercarse mientras Víctor y el carretero acomodaban a la joven dormida en una silla. Marina miró a su esposo, como si le pidiera permiso para acercarse a ella. Este se lo concedió con un único cabeceo.

La mujer reconoció a su hija a mitad de camino. Anduvo dos pasos antes de caer redonda al suelo.

Las doncellas, el comendador y su hijo acudieron en su auxilio a la vez. El cochero permaneció junto a la inconsciente Daniela, no fuera a caerse de la silla. El capitán Ventas seguía paralizado. Había sobrevivido a varias escaramuzas, pero no estaba preparado para ver a la hija del patrón regresar de entre los muertos. Las criadas se hicieron cargo de su ama y entre las dos la llevaron a sus aposentos, en el piso de arriba. Víctor despachó al conductor del carro y se plantó frente a su padre, que mantenía la vista fija en Daniela. Ventas hizo ademán de marcharse, pero Víctor le pidió que se quedara.

Ricardo desvió la mirada hacia su hijo. El comendador parecía más calmado, después de reflexionar y darle vueltas a aquel inesperado reencuentro con su hija muerta.

—La habitación está preparada —informó—. He ordenado instalar un cerrojo por fuera, no solo por su seguridad, también por discreción. Helio, informa a la guarnición que le cortaré la lengua a cualquiera que hable del regreso de Daniela fuera de los muros del castillo.

—Así lo haré.

—Me gustaría que don Ataúlfo visitara a Daniela —dijo Víctor.

El comendador señaló a su hija con el mentón.

—¿De verdad crees que *eso* es cosa de médicos?

—Quiero que la examine —insistió—. Puede que vos estéis convencido de que el estado en que se encuentra mi hermana es cosa de Satanás, y lo respeto... pero al igual que el cuerpo enferma, la mente también lo hace.

—La mente enferma porque el demonio la corrompe.

Ventas puso las manos a la espalda y cerró la diestra, dejando el pulgar entre el corazón y el índice. La figa, el antiguo gesto contra el mal de ojo. Miró a Daniela de soslayo. Estaba pálida, sucia y magullada, una versión doliente de la niña hermosa que recordaba. La había visto nacer, como al resto de sus hermanos. Helio llevaba toda la vida con los Cortada, y ver de nuevo a Daniela le producía emociones enfrentadas de alegría y miedo.

—Padre, sé que tus convicciones te hacen rechazar la ciencia, pero créeme, no están reñidas. Deja que don Ataúlfo examine a Daniela, ¿qué mal puede hacerle?

Ricardo dio un breve paseo por el salón y se dejó caer en un escabel.

—Helio, envía a alguien al hospital de San Lucas y que traiga al médico. Regresa en cuanto des la orden. —Una de las doncellas apareció por la misma puerta por la que se habían llevado a la señora de la casa, justo cuando el capitán salía de la torre. Era una joven recia, con unos brazos tan fuertes como los de un hombre y una cara que, sin ser desagradable, era más masculina que femenina—. Juana, ¿cómo está doña Marina?

—Sigue desmayada, mi señor, pero respira bien. Antoñita está con ella.

—Que el médico la vea también, ya que estamos —decidió el comendador, con desdén—. Víctor, ayuda a Juana a subir a… —hizo una pausa, como si dudara— tu hermana a su habitación.

Víctor la agarró por debajo de las axilas; Juana, por las piernas. Entre los dos la llevaron al piso superior y la depositaron sobre la cama. El hijo del comendador se dio cuenta de que habían retirado cualquier mueble u objeto con el que su hermana pudiera lesionarse. La ausencia del espejo había dejado una marca más clara en la pared. En la alcoba solo quedaban la cama, una silla y una mesa. Ni siquiera había orinal. Víctor dio instrucciones a la criada.

—Avísame si despierta. Es probable que grite, y es espantoso cuando lo hace, pero no te asustes: no creo que vaya a hacerte daño.

—No me asusto, don Víctor —afirmó Juana, con determinación—. Soy lo bastante fuerte para controlarla, si es necesario.

El hijo del comendador se fue tranquilo, seguro de haber dejado a su hermana en buenas manos. En caso de pelea, cualquiera apostaría por Juana antes que por él. Divertido por aquel pensamiento absurdo, regresó al salón. Helio había vuelto de cumplir las órdenes de su padre.

—Hay algo que me preocupa más que el regreso de Daniela —dijo Víctor—, y es dónde ha estado todo este tiempo.

—En el infierno —gruñó Ricardo.

—Sí, padre, pero imagina, por un segundo, que no ha estado en el infierno, que no ha estado ni siquiera muerta. ¿Dónde ha pasado los últimos cuatro años? ¿Quién la ha retenido? —El comendador

Lo intenté con el monasterio, y me respondieron que rezarían por nosotros; escribí dos cartas al abad del Santo Sepulcro en Calatayud, por si podían enviar a alguien, y no obtuve respuesta alguna. Y eso que Nuévalos pertenece a los monjes y que este castillo no es en realidad nuestro, sino propiedad de la orden. Nadie vendrá a socorrernos, Víctor, olvídalo.

El hijo del comendador discutió con su padre un buen rato. El capitán Ventas apenas intervino en el debate; era un hombre valiente, pero el asunto de los demonios lo superaba con creces. Al final el pueblo se había acostumbrado a protegerse en sus casas y a aceptar la pérdida de alguna niña de vez en cuando. Mala suerte. Más almas se llevaba la peste y el hambre, en comparación con el tributo que se les exigía. Al fin y al cabo, la desgracia era más llevadera cuando uno se resignaba a ella.

Aún andaban enzarzados en la charla cuando apareció Ataúlfo Martínez Miramón con un morral cruzado al torso. Era un hombre apuesto y educado, cercano a los cincuenta. Su coronilla calva contrastaba con el espesor de su mostacho, que parecía acompañar a los labios que ocultaban en cada sonrisa. Además de médico, tenía profundos conocimientos de herboristería y una merecida fama como cirujano.

Después de los saludos de rigor, Ricardo y Víctor acompañaron a Ataúlfo escaleras arriba, hasta la habitación de Daniela. El capitán Ventas se quedó abajo. La muchacha seguía dormida. Juana se apartó, sin perder de vista lo que hacía el médico. Este le levantó el párpado a la paciente y le examinó el ojo. Volvió la cabeza hacia el comendador.

—Se parece mucho a vuestra difunta hija —apreció.
—Los monjes del monasterio afirman que lo es —dijo Ricardo.
—Y vos, ¿qué opináis?
El comendador contraatacó con otra pregunta.
—¿Está viva?
—Lo está, sin duda alguna —aseguró Ataúlfo—. Respira y su corazón late.
Víctor intervino.
—Los monjes le dieron algo para dormirla —explicó—. Despierta se muestra agitada..., grita.
—Como una posesa —apuntó Ricardo, que no perdía ocasión para reiterar su tesis.

— 46 —

escuchaba a su hijo sin pronunciar palabra—. Llevamos seis años dándole la espalda a un problema terrible, sin atrevernos a hablar de él, como si trajera mala suerte.

Helio le dedicó una mirada grave.

—No podemos luchar contra las fuerzas del averno, Víctor.

—Seis niñas de entre doce y diecisiete han desaparecido en los últimos seis años —recordó el hijo del comendador—. Y durante ese tiempo, muchos afirman haber visto a los demonios recorrer las calles del pueblo por la noche. ¿Y qué hemos hecho nosotros para impedirlo? Nada.

Ricardo se levantó del escabel. Sus palabras, a pesar de pronunciarlas despacio, rezumaban rabia contenida.

—Hace seis años, cuando se llevaron a la hija de la Lobera, batimos los bosques, desde el monasterio a Ibdes. Dos días después desapareció la primogénita de Javier Moreno, el carnicero, y poco después la hija de la prima Catalina. Los demonios dejaron claro que se llevarían a todas las niñas del pueblo si tratábamos de perseguirlos.

—También asesinaron a dos de nuestros soldados —rememoró Ventas—. Eran jóvenes, estaban bien entrenados, y no tuvieron ninguna oportunidad. Esos demonios vuelan, Víctor, hay gente que los ha visto volar. Y tienen pezuñas y garras.

—Hay gente que *dice* haberlos visto —puntualizó el hijo del comendador—. Yo, desde luego, no. ¿Y tú, Helio? —Se dirigió a su progenitor—. ¿Tú los has avistado en el cielo alguna vez, padre?

—Los monjes los vieron volar por encima de la cascada de La Caprichosa. ¿Por qué iban a mentir?

Víctor puso los ojos en blanco. Si alguien decía haberse tropezado con la Virgen en un sendero, al día siguiente habría diez más afirmando haberla visto también. La gente se dejaba arrastrar por las habladurías, y parecían sentirse mejor si formaban parte de ellas.

—El miedo es un arma terrible —aseguró Víctor—. Mientras sigamos asustados, nos tendrán en sus garras. Acabamos haciendo lo que ellos quieren para evitar males mayores.

—¿Y qué sugieres? —preguntó Ricardo, molesto—. Te recuerdo que más de la mitad de la guarnición ya ha cumplido los cuarenta. Un ejército de viejas glorias —farfulló.

—Pidamos ayuda.

—¿A quién? —El comendador elevó la voz sin darse cuenta—.

na. Él es el único que podría ayudar a vuestra hermana, pero no creo que esté a vuestro alcance.

—Si es por dinero... —repuso Ricardo.

—El dinero no tiene nada que ver —aclaró Ataúlfo, con un gesto algo amanerado que parecía espantar moscas—. El problema reside en la posición que ostenta. Su nombre es Klaus Weber. Ejerció como médico personal de su católica real majestad Carlos V en sus campañas europeas, junto con Francisco López de Villalobos. He oído que Villalobos se retira este año, así que es posible que Weber tenga que asumir parte de su trabajo. —Ataúlfo se quedó pensativo; Víctor apreció que tenía las manos muy cuidadas—. Aunque Weber debe de ser muy mayor... Hará diez años que lo vi por última vez y ya era anciano. Puede que tenga un sustituto más joven.

—¿Y hay alguna forma de saberlo? —quiso saber Ricardo.

Víctor respondió por el médico.

—Hay una —dijo—. Preguntárselo a él.

Ricardo volvió la cabeza hacia su hijo como si acabaran de darle una bofetada.

—¿Hablas de ir a Toledo?

—Necesito que redactes una carta. —La determinación de Víctor acababa de dejar mudos tanto a su padre como a Ataúlfo—. Iré a buscar ayuda médica para Daniela y militar para Nuévalos. Ya es hora de que sepan en la corte lo que está sucediendo aquí.

—Siempre hemos sido enemigos de Castilla —le recordó el padre—. Te echarán de allí a patadas.

—Castilla y Aragón ya son una —repuso Víctor—, y si bien su católica majestad no nos pide más que pleitesía, sin meterse en nuestros fueros, este pueblo forma parte de su imperio. El no ya lo tenemos, y yo voy en busca del sí.

El comendador iba a decir algo cuando la voz de Ventas le hizo volver la cabeza.

—Disculpadme, no he podido evitar oír la conversación. Mi señor, si me permitís, querría acompañar a vuestro hijo a Toledo. Os prometo que lo traeré de vuelta de una pieza.

Ricardo buscó complicidad en Ataúlfo Martínez, pero este se limitó a encogerse de hombros. Aquella no era su guerra.

Y por lo que podía ver, don Ricardo de Cortada acababa de perder la suya.

—Os ruego que salgáis de la estancia —pidió Ataúlfo, sin querer entrar en un debate entre ciencia y fe—. Ella, que se quede —añadió, refiriéndose a Juana—. Quiero examinar a vuestra hija.

Ricardo y Víctor salieron a la galería y se apoyaron en la pared, uno frente al otro. Los minutos se hicieron eternos hasta que un alarido al otro lado de la puerta rompió el silencio, seguido del ruido de un breve forcejeo. Oyeron la voz del médico y la de Juana, además de algunos quejidos y lamentos. Ataúlfo hacía preguntas que Daniela no contestaba. Ricardo estuvo tentado de entrar en la alcoba, pero decidió quedarse fuera con su hijo, que movía el pie de manera involuntaria y mantenía la mirada en el suelo.

Un rato después el médico abandonó la habitación. Daniela emitía un canturreo extraño entre dientes, pero parecía más tranquila que al principio. Juana se asomó un momento al pasillo y cerró, quedándose con la hija de la señora. Era evidente que unos gritos desquiciados no bastaban para asustarla. Ataúlfo se dirigió al comendador.

—No me ha dejado examinarla a fondo, pero por lo que he visto, no hay marcas en el cuerpo que indiquen torturas o maltrato, solo magulladuras propias de haber corrido descalza por el monte. Arañazos y hematomas, pero ninguno grave.

—Entonces ¿está bien? —preguntó Ricardo, impaciente.

—Físicamente, sí —respondió el médico—. Pero su mente... Su mente parece dañada.

—¿Se ha vuelto loca?

—No me atrevería a afirmarlo de forma tajante —respondió Ataúlfo, prudente—, ni tampoco podría asegurar que su estado sea irreversible. Mis conocimientos se enfocan en la sanación del cuerpo.

Víctor intervino.

—Entonces ¿no podéis hacer nada para ayudar a mi hermana?

La respuesta fue desoladora.

—Solo esperar.

—¿Y no conocéis a nadie que sepa cómo tratar una mente enferma?

Ataúlfo se acarició el bigote. Bajó la vista un instante y luego volvió a levantarla hasta encontrar la de Víctor.

—Conozco a un viejo médico que estudió en profundidad no solo el cuerpo, sino también el funcionamiento de la mente huma-

5

Madrid, mediados de marzo de 1543

El alguacil mayor lo repitió por tercera vez.
—Sin escrituras, no podemos hacer nada.
Dino se encontraba al borde de la desesperación.
—Ya os he explicado que las escrituras estaban dentro de la casa que me han usurpado. Tenéis que creer en mi palabra: he sido agente de su sacra católica majestad, bajo las órdenes directas de don Francisco...
El jefe de los alguaciles lo interrumpió. El hartazgo de la discusión se hacía cada vez más evidente en su cara.
—De los Cobos y Molina, sí. También que salvasteis al papa Clemente VII en Roma, y que habéis cenado con el emperador. —El alguacil suspiró—. Creedme si os digo que confío en la veracidad de vuestro testimonio, de otro modo no habría accedido a recibiros en mi despacho. Pero entendedme: sin una prueba fehaciente de que esa casa es de vuestra propiedad, no puedo enviar a la guardia a desahuciar a esos bellacos que decís que ahora la ocupan.

D'Angelis se acarició el mentón, nervioso. Después del fatigoso viaje desde Sanlúcar de Barrameda hasta Madrid, el peor de sus temores se había hecho realidad.

Había encontrado su casa ocupada, y no por una familia normal y corriente, sino por lo que parecía ser una banda de estafadores, contrabandistas, o quizá algo peor. Gentuza pendenciera que le había cerrado su propia puerta en las narices no sin antes amenazarlo con una paliza de muerte. Antes de quedarse mirando la fachada de su domicilio como un pasmarote, había contado cuatro hombres. Y seguro que eran más.

Neuit asistía a la reunión sin enterarse del todo de lo que pasaba, pero no había que ser un genio para darse cuenta de que su amigo estaba al borde del derrumbe. El indio le había sugerido a Dino esperar a que los usurpadores fueran saliendo de la casa y matarlos uno a uno. D'Angelis le dijo que las cosas se hacían de forma diferente en Madrid.

Había que acudir a la justicia.

Para Neuit, una justicia que permite que unos desaprensivos le roben la casa al propietario, no debería llamarse así.

—¿Qué puedo hacer? —preguntó Dino, al fin.

—Pedid una copia de las escrituras al registro donde las firmasteis —sugirió el alguacil mayor—, y rezad para que ningún incendio o inundación las haya destruido. Traédmelas con un notario, y actuaré de inmediato por tratarse de vos, os lo prometo.

D'Angelis asintió muy despacio. Le dio las gracias al alguacil mayor y abandonó el cuartel cabizbajo.

—¿Hay solución, Dino?

Este se detuvo frente a la calzada para dejar paso a dos carros repletos de mercancías. Los alrededores de la plaza del Arrabal estaban plagados de puestos, tiendas y talleres, alternándose los negocios con conventos, asilos y hospitales que se sucedían hasta la Puerta de Vallecas. La calle era un hormiguero. Neuit había acabado acostumbrándose a las multitudes. Cuanta más había, más desapercibido pasaba. «Muchas personas igual que una selva», le había dicho a D'Angelis, «entre ellas, invisible».

—¡Dino, contesta! —lo apremió el muchacho, al ver que no respondía.

—No tengo escrituras —confesó—. La compraventa se cerró con un simple apretón de manos, maldita sea la hora. —Neuit lo miraba fijamente, sin entender demasiado lo que D'Angelis le explicaba—. No puedo probar que sea mía —dijo al fin—. La he perdido.

—¿Nosotros seguir posada?

—No por mucho tiempo —suspiró Dino—. El dinero se acaba, amigo mío.

Cruzaron la calle y caminaron durante un rato entre vendedores vociferantes, compradores insatisfechos, mujeres apresuradas y golfillos expertos en molestar a los viandantes y apropiarse de lo ajeno. Dino y Neuit caminaban en silencio, como un cortejo fúnebre detrás de un entierro inexistente. Fue el joven quien quebrantó el duelo.

—¿Y vas a quedar así, sin hacer nada?

D'Angelis se paró en seco y miró al frente.

—Te he dicho muchas veces que es mejor tragar que vomitar, ¿verdad?

—Sí.

—Y también que hay veces en las que hay que pasarse ese principio por los cojones.

Neuit asintió.

—Pues bien..., hoy es uno de esos días.

La noche cayó sobre el arrabal de Santa Cruz.

Las tiendas estaban cerradas, los puestos recogidos, y no había ni un alma después de la campana de queda. A partir de esa hora, ningún vecino podía circular por la calle a no ser por causa de fuerza mayor, y si lo hacía, debía ir desarmado y portar una luz para facilitar su identificación.

D'Angelis llevaba un farol y la tizona al cinto. Si se tropezaba con la ronda, tendría que dar muchas explicaciones.

Se detuvo frente a su casa robada. Contempló la fachada y rebuscó en su memoria. Encontró muy pocos recuerdos. Aquella vivienda tenía más futuro que pasado, aunque ahora daba igual, ya no era suya. La había habitado poco, siempre de viaje por el Sacro Imperio Romano Germánico, en busca de protestantes y demás enemigos de Carlos V. Su morada, su retiro, estaba ahora en manos extrañas, carentes de remordimientos.

Respiró hondo y llamó a la puerta.

El ventano se abrió para revelar el rostro furibundo de uno de sus ocupantes. Le faltaban varios dientes, y los pocos que tenía estaban negros en las raíces. Con la barba de dos días se podría lijar el casco de una galera.

—¿Tú otra vez? Ya te hemos dicho que le compramos esta propiedad a Joaquín el Malagueño. Lárgate, si no quieres que te echemos nosotros.

—Vengo a hablar. ¿Tenéis un jefe, o algo parecido?

—Nos comimos al último —rio el tipo tras el ventanuco—. En serio, idiota, vete a tomar por culo y no vuelvas por aquí, o te arrepentirás.

Antes de que cerrara el ventano, Dino le hizo una última súplica.

—¡Espera, por favor! —Barba Lija lo fulminó con una mirada intimidadora que D'Angelis fingió no ver—. ¿Os importaría devolverme el baúl donde guardaba los disfraces de mi época de actor? No tienen más valor que el sentimental.

Una voz ebria, con acento andaluz, se oyó detrás del hombre del ventanuco.

—¿Ese mojón lleno de pelucas y potingues de marica? —preguntó a gritos—. ¡Lo tiramos *to* y vendimos el baúl! Que se vaya *pal* carajo de una vez, o voy a salir y le voy a *partí er* culo...

—Ya has oído —dijo Barba Lija—. Que te vayas al carajo de una vez, o el Pelao va a salir y te va a *partí er* culo.

El ventano se cerró con un chasquido.

D'Angelis permaneció unos segundos frente a la puerta cerrada. Dejó el farol en el suelo y caminó hasta un abultado saco de arpillera que había en el suelo, al principio de la calle. Pesaba. Se lo echó a la espalda y regresó a la casa. Lo abrió con toda la tranquilidad del mundo y sacó su contenido.

Una vasija de barro.

La destapó, y un olor inconfundible le inundó las pituitarias.

Vertió aceite en la puerta, en el escalón de la entrada y en cada una de las ventanas de la planta baja. Se oían risas en el interior, seguro que a su costa. Rodeó el pequeño edificio por completo, sin dejar de regar las paredes con movimientos de vaivén. Le sorprendió lo que una arroba de aceite daba de sí. Derramó el sobrante en el empedrado frente a la entrada, hasta no dejar ni una gota en la tinaja.

Sin mover un músculo de la cara, le dio una patada al farol.

El fuego se inició delante de la casa y se propagó por las paredes a velocidad sorprendente. A los pocos segundos, el exterior del edificio era una pira. El resplandor alertó al vecindario antes que a sus ocupantes.

D'Angelis se quedó de pie, delante del incendio. Las llamas se extendieron por el canalón de madera. En el interior, el aceite que se había colado a través de las fisuras de las ventanas cerradas también ardió, prendiendo una cortina. Un grito coral le advirtió que los usurpadores se acababan de dar cuenta de que eran garbanzos en una cazuela de barro.

La puerta se abrió para revelar el rostro aterrado y enfurecido a la vez de Barba Lija, que se encontró con una barrera de fuego que le cerraba el paso. El tipo pudo ver a Dino plantado de pie, detrás de las llamas, impasible. Lanzó una maldición al aire y se atrevió a cruzar las llamas.

En realidad, lo intentó.

Una flecha le atravesó la pierna justo por encima de la rodilla y lo hizo caer encima del aceite ardiendo. El dolor de la herida no fue nada comparado con el que sintió cuando el fuego le lamió la cara y se aferró a sus ropas.

Una ventana del lateral de la casa se abrió, y la corriente de aire que se produjo al hacerlo avivó el fuego que invadía el interior. Del balcón del primer piso, todavía libre de llamas, salió un hombre calvo que no paraba de proferir imprecaciones —el Pelao—. Llevaba una ballesta cargada.

No le dio tiempo a apuntar el arma. La flecha procedente del tejado de la casa de enfrente le atravesó el cuello. El Pelao dejó caer la ballesta, pareció estrangularse a sí mismo con ambas manos y cayó de rodillas al suelo, incapaz de respirar algo que no fuera humo y su propia sangre.

D'Angelis contemplaba extasiado cómo las llamas abrazaban las vigas de madera que servían de base a los balcones de la planta superior. Los gritos y maldiciones que se oían dentro eran la letra de la canción crepitante del fuego. Otra ventana se abrió y otra flecha mordió carne. El arco de Neuit era el dedo que empujaba a los caracoles de vuelta a la olla de agua hirviendo. Los ojos de Dino reflejaban el resplandor anaranjado del incendio con un velo de melancolía. Acababa de sacrificar el lugar en el que tantas veces había soñado vivir sus últimos días. Su vejez, su tranquilidad. Un techo sobre su cabeza, después de años de vivir al límite en una selva que hacía que el infierno resultara acogedor.

Uno de los usurpadores consiguió abandonar la casa por una ventana trasera. Su ropa ardía. Así y todo, tuvo las agallas de correr hacia D'Angelis con un hacha en la mano. Este no había desenfundado cuando otra flecha atravesó el torso del atacante, que apenas logró dar cuatro pasos antes de caer de bruces sobre el empedrado.

Los dos últimos ocupantes consiguieron escapar por la ventana trasera. Ambos fueron lo bastante inteligentes para huir en dirección opuesta y esfumarse por una callejuela perpendicular mientras trataban de apagar las ropas chisporroteantes a palmetazos. Al contrario que el incendio, los gritos se extinguieron. El crujido de la estructura en llamas tomó protagonismo.

Muchos vecinos salieron de sus viviendas. Por la situación de la casa, era muy improbable que el fuego se propagara a los edificios colindantes. Dino seguía parado frente a ella. Sentía un calor intenso en el rostro, pero no retrocedió ni un paso. Un hombre fuerte y barbudo se acercó a él por detrás y le puso la mano en el hombro. El contacto inesperado sacó al turinés del trance.

—Era vuestra, ¿verdad? —le preguntó el vecino.

D'Angelis asintió, sin pronunciar palabra.

—Esos bastardos llevan aterrorizando al arrabal desde que se instalaron ahí —continuó el hombre, que fue hacia el muerto que yacía en la calle; le arrancó la flecha de un tirón y lo empujó con el pie hasta el incendio. Arrojó la saeta a las llamas y se volvió hacia los vecinos que se arremolinaban alrededor de Dino—. ¡Aquí nadie ha visto nada, ¿entendido?! ¡Esos bastardos borrachos se han peleado entre ellos y han incendiado la casa! Eso es lo que ha sucedido, ¿verdad?

Hombres y mujeres asintieron con energía. Todo apuntaba a que el barbudo tenía cierta relevancia en el barrio, y que el destino final de los bandidos había sido del agrado de los habitantes del arrabal de Santa Cruz. El hombre se dirigió a D'Angelis.

—Nadie os delatará, os doy mi palabra —prometió—, pero os aconsejo que os marchéis: la ronda no tardará en llegar, y tendrán muchas preguntas.

D'Angelis dio las gracias al vecindario con un breve cabeceo y se alejó del incendio. Dejaba huellas de tristeza al andar. Neuit se dejó caer del tejado desde el que había asediado la casa y caminó a su lado. Vieron pasar una patrulla corriendo por una calle paralela a la que transitaban. El joven compartía la aflicción de su amigo.

—Ya no casa —murmuró—. ¿Ahora, qué?

—Ahora no nos queda más remedio que buscar ayuda —suspiró Dino—, y solo se me ocurre una puerta a la que llamar.

Neuit asintió y le dio una palmada de consuelo.

Los dos desaparecieron en la noche madrileña.

Dino acababa de convertir en una ruina humeante lo poco que le quedaba en la vida.

— 54 —

6

Nuévalos, mediados de marzo de 1543
La noche siguiente a la aparición de Daniela

Seis años desde que comenzara la pesadilla.
Seis años de impotencia y terror.
El miedo había invadido las calles de Nuévalos desde la muerte de la primera niña, una niebla de desasosiego contra la que era inútil luchar. Dormir de un tirón resultaba imposible hasta en las noches más tranquilas. Cualquier ruido, por muy leve que fuera, sacaba a los novalenses de sus camas. El único sonido que podía oírse de madrugada, dentro de las casas, era el murmullo quedo de las oraciones.
Porque siempre venían de noche.
Pero cuando se oían las campanas en el exterior de la muralla, el pueblo dejaba de respirar. Era la señal de que los demonios se acercaban.
Esa noche las campanas comenzaron a tañer poco antes de las doce. La pareja de guardias que hacía la ronda se encontraba cerca de la entrada este del pueblo, por donde solían aparecer las criaturas. Vestían sobrevestas con el blasón de los Cortada bordado en la pechera: un escudo rojiblanco con leones rampantes, rematados por un yelmo con corona y fondo laureado; ambos iban armados con lanza y espada al cinto. En cuanto oyeron la primera campanada comenzaron a sudar debajo del morrión de acero. Cruzaron una mirada asustada y corrieron hacia la muralla.
Ningún forastero habría entendido lo que hicieron a continuación.
Cualquier habitante del pueblo, sí.
Abrieron las puertas de par en par.

Otra se abrió a su derecha, la de la casa de Cosme, el alfarero. La llama del candil temblaba al compás de la mano que lo sostenía. Su esposa, María, estaba medio escondida detrás de él, con un rosario en la mano. El hombre los invitó a entrar con gestos apremiantes.

—Pasad, rápido. Ya casi están aquí.

Los guardias se refugiaron en la vivienda. El taller estaba en la sala contigua, y el aire olía a arcilla y humedad. Las sombras de los tres hijos del artesano, uno de ocho años y dos gemelas adolescentes, se ocultaban entre cántaros, vasijas y tornos. La hermana soltera de Cosme, que vivía con el matrimonio, orquestaba los rezos de sus sobrinos con nerviosismo, hincada de rodillas. Todas las contraventanas estaban cerradas, excepto la más próxima a la puerta, que se encontraba entornada. El más joven de los guardias, que ya había pasado de largo los treinta, espió el exterior a través de la rendija.

—¿Qué querrán esta vez? —se preguntó en voz alta.

—Siempre buscan algo —susurró Cosme, que dejó caer una mirada compungida en sus hijas adolescentes—. Ojalá no vengan a por...

Fue incapaz de terminar la frase. Ahogó el llanto con la mano, como si temiera que los demonios lo oyeran. Su esposa se mesó el cabello, en silencio. Sus ojos eran pozos de desesperación. El guardia más veterano se aferraba a su lanza mientras clavaba una mirada empañada en las vigas que sostenían el techo. Habría preferido vivir los últimos años en una batalla continua, antes de tener que pasar la vergüenza de no poder defender a los paisanos. Cerrar la puerta a los soldados de Satanás era inútil: volarían por encima de la muralla y arrasarían Nuévalos desde las alturas. Mejor no enfadarlos.

Una o dos niñas al año, era mejor que el holocausto de todo un pueblo.

Las campanadas sonaban cada vez más próximas.

El guardia joven cerró la contraventana. La oscuridad impidió ver su rostro desencajado.

—Ya están aquí.

Nadie se atrevía a acercarse a las ventanas.

Los perros ladraban, los gatos callejeros huían despavoridos y las ratas corrían a sus agujeros. Los braseros que alumbraban las calles vacías amenazaban con apagarse al paso de la comitiva. Las campanas de mano seguían tañendo.

Una zarpa marcó la puerta del alfarero con tres arañazos paralelos en la madera. El chirrido resonó en la noche.

Dentro, nadie osaba respirar.

Las figuras ascendieron la empinada pendiente de la calle principal, que atravesaba el pueblo hasta donde se alzaban el castillo y la iglesia de San Julián. Avanzaban muy despacio, como si el pueblo les perteneciera.

Lo cierto es que era así.

Nuévalos era suyo.

Sebastián Pérez tenía dieciocho años, pero decían que pensaba como un niño de cuatro.

Él sabía que no era cierto, pero no se atrevía a discutir eso con nadie.

Menos aún con el esposo de su madre.

—¡Carapez, ya suben por la cuesta! —lo apremió Rafael, su padrastro, que espiaba el exterior desde detrás de la ventana; hablaba muy deprisa, nervioso y asustado—. ¡Sal, a ver qué quieren esta vez!

Sebastián protestó con su voz gangosa. Si había algo que detestaba más que que lo llamaran Carapez, era acatar órdenes de su padrastro. Un hombre brusco, bebedor y violento, que les pegaba a su madre y a él. Maldición, solía llamarlo. Y ¡ay de Sebas si le contestaba! La correa lo volvía a meter en vereda. O peor todavía: a veces era la madre quien recibía la paliza en lugar del hijo.

—No quiero salir, tengo miedo —lloriqueó.

Rafael agarró al muchacho por el hombro del jubón de lana. Los ojos redondos y ahuevados de Sebas se cerraron mucho, en un tic involuntario. Casi se muerde la lengua, que tendía a asomar por los labios gruesos y brillantes. Su cuerpo, rechoncho y cheposo, se encogió ante la amenaza.

—Solo tú puedes hablar con ellos —le recordó, con los dientes apretados—. Tú no tienes alma que puedan robar, eres el único al que le dicen lo que quieren.

—Por favor...

La bofetada fue sonora y dolorosa. Lucía, la madre de Sebas, entrecruzaba los dedos en una especie de plegaria muda, pero no se atrevía a intervenir. Vivía con el temor de que, cualquier día, su esposo acabaría matando a su niño. Ese niño bondadoso y eterno, cuya mente parecía no cumplir años. Ese pequeño grandote al que los demonios consideraban su único interlocutor válido, solo Dios sabía por qué.

Un empujón terminó de colocar al joven en la embocadura de la calle de San Antonio, delante de donde se alzaba su choza. El empellón fue tan violento que Sebas estuvo a punto de caer de bruces en el empedrado. La escasa luz de los faroles reveló a la siniestra compañía que remontaba la cuesta.

Eran cinco, y caminaban en formación de punta de flecha. El primero, al que conocían en el pueblo como el Príncipe, iba en cabeza. Sebas lo había visto varias veces, pero no se acostumbraba a su aterradora presencia. La cabeza de macho cabrío lo miraba con sus ojos muertos. Sus dientes caprinos sobresalían de unos belfos contraídos en una sempiterna mueca de odio; los cuernos, tan retorcidos como el alma de la bestia, si es que tenía alguna. Los hombros, peludos e inmensos, sugerían una fuerza sobrehumana. Erguido sobre dos patas enormes, terminadas en extrañas pezuñas, señaló al muchacho con un tridente de aspecto amenazador.

Le indicó con un gesto que se acercara.

Los cuatro demonios menores no eran menos terroríficos. Dos de ellos llevaban las campanas con las que anunciaban sus visitas. Se desplegaron muy despacio alrededor del joven, como lobos que rodean a una presa desvalida y temblorosa.

Sus rostros parecían arrancados de cuajo de jabalíes mutilados. Sus cuerpos eran peludos, y se cubrían con harapos oscuros y desgarrados, ceñidos por arneses de cuero negro. Unas alas membranosas, similares a las de los murciélagos, se plegaban detrás de sus espaldas. Se desplazaban con una gracia tan extraña como siniestra, que a Sebas le recordaba al movimiento de los insectos.

Pero lo peor eran sus garras.

Tres uñas largas y brillantes en cada mano, capaces de destripar a un buey.

El Príncipe se acercó a Sebas, que cerró los ojos, asustado. Le rodeó la nuca con la mano medio humana y lo acercó hacia su boca. Visto desde fuera, el gesto podría considerarse cariñoso. Sebas frunció la nariz ante el extraño olor del monstruo. Apestaba a cuero viejo. Un hilillo de saliva resbaló por el labio inferior del muchacho. El Príncipe le habló al oído, tan bajo, que solo él pudo oírlo.

—No —respondió Sebastián, a la vez que negaba con energía—, nadie ha traído al pueblo a una mujer. —El Príncipe volvió a hablarle—. Yo no he visto nada, lo juro.

La bestia le susurró de nuevo al oído, y Sebas escuchó en silencio. Una lágrima solitaria rodó por su mejilla. El monstruo retrocedió un paso y lo liberó.

—Está bien —sollozó Sebastián, con los ojos anegados—, lo... lo diré.

Los demonios retrocedieron unos pasos y comenzaron a bajar la cuesta en dirección a la puerta este. Cuando estuvieron lo bastante lejos, Rafael salió de la casa y metió a su hijastro dentro con la misma violencia con la que lo había sacado.

—Ven acá, cabrón —le dijo, agarrándolo por el cuello del jubón—, te voy a purificar a golpes, antes de que nos contamines a mí y a tu madre con la mierda que te habrán pegado esos engendros.

La puerta se cerró.
Se oyeron golpes.
También llantos.

Cosme y su familia rompieron a llorar de alivio en cuanto los guardias volvieron a cerrar la puerta este. Las gemelas se habían salvado, al menos esa noche.

Los guardias subieron por la calle principal. Sabían dónde dirigirse. Como de costumbre, los demonios habrían comunicado su voluntad a la única persona de Nuévalos que era incapaz de volverse más loco de lo que estaba.

Sebastián, el Carapez.

Conforme se acercaban a la plaza, comenzaron a oír los juramentos de Rafael, los ruegos de Lucía y los llantos del muchacho.

—Date prisa —dijo el más veterano—, antes de que ese animal lo mate.

7

Nuévalos, mediados de marzo de 1543
Al día siguiente

La forma de caminar de Catalina López Villalta era peculiar.
Incluso cuando lo hacía en completa soledad, parecía ir detrás de una procesión invisible. Sumida en sus oraciones, abstraída del mundo, con los dedos entrecruzados y pasos lentos. Sus cincuenta y siete años le habían curvado la espalda y restado estatura. En Nuévalos había quien achacaba esa corcova a la pena. Otros, a la santidad de doña Catalina, a quien veían como una versión femenina del santo Job.
A veces Dios disfruta castigando a sus hijos predilectos.
A su lado caminaba una joven alta, de mirada dulce y sonrisa fácil. Alicia Gómez era la comadrona del pueblo. La muchacha, de veintitrés años, era la única hija de Sabela, la anterior matrona de Nuévalos, a quien la enfermedad apartó de sus funciones. En realidad, la dolencia de Sabela le impedía todo, menos respirar y farfullar incongruencias.
Catalina no paraba de rezar ni cuando devolvía el saludo a los novalenses que tanto la querían. A todos les dedicaba una sonrisa o un gesto, sin interrumpir jamás el padrenuestro, el credo o el avemaría de turno. Los del pueblo la bendecían a su paso, porque aquella señora se había dedicado en cuerpo y alma a los más desfavorecidos desde que su difunto esposo, don José Fantova y Giso, se reuniera con Dios, doce años atrás.
Y luego vino lo de sus hijos…
Una desgracia mayúscula.
Dos años después del fallecimiento de su marido, Catalina su-

frió la pérdida de su primogénito. Gabriel murió al otro lado del mundo, durante la toma de Cuzco. Su madre se enteró de la tragedia seis meses después. Recibir los restos mortales prolongó la agonía seis meses más. Según le contaron a Catalina quienes entregaron el cuerpo, su muerte fue rápida e indolora.

Pero Catalina sabía mucho de mentiras piadosas. Ella misma las dispensaba a diario, y no había duermevela en la que su imaginación no recreara una versión atroz de los últimos momentos de *su niño*.

Hasta podía oír los alaridos de dolor en el silencio nocturno, los gritos de súplica llamándola.

«¡Madre, ayúdame!».

Pero ella no había estado allí para atender su llamada. Y cuatro años después, cuando comenzaba a recuperarse de aquel revés, los demonios le arrebataron a Regina y la dejaron más sola que nunca. Sola con Dios, y con aquellos pobres desgraciados a los que este daba la espalda y que ella acogía en la casa de socorro en que convirtió la residencia familiar, poco después de enviudar.

Catalina había transformado la masía de su esposo en una casa de caridad que daba cobijo a quien nadie más se atrevía a acoger: ancianos cuyas mentes habían dejado este mundo antes que sus cuerpos, enfermos incapaces de cuidarse por sí mismos, tullidos que necesitaban ayuda hasta para lo más básico, pacientes desahuciados sin más futuro que la tumba... Incluso había ampliado el edificio —casi había duplicado su planta, además de adosar construcciones más pequeñas alrededor— para habilitar un espacio para enfermos infecciosos.

También financió la construcción del hospital de San Lucas, en el que ejercía Ataúlfo Martínez. Al final, la docena de edificios que rodeaban el lazareto formaban algo parecido a una pequeña aldea.

Esa mañana Catalina recorrió los dos mil pasos que separaban Nuévalos de la casa de caridad de los Fantova; el lazareto, como lo conocían en el pueblo. A su lado, en silencio, caminaba Alicia, la joven matrona. La lluvia las acompañó todo el trayecto, pero ellas parecían ajenas a las gotas que cubrían las capuchas de sus abrigos y resbalaban por mangas y rostro. Cruzaron la misma puerta por la que los demonios entraron la noche anterior y saludaron al guardia con un cabeceo. El alfarero las vio pasar frente a su negocio, para luego enfilar la cuesta de la calle principal, rumbo al castillo.

Catalina saludaba en silencio a todos los que se cruzaban con ella. Alicia se limitaba a repartir sonrisas. Encontraron corrillos que se refugiaban de la lluvia en los portales de las casas. Parecían preocupados. Era evidente que había pasado algo. Una mujer de mediana edad abandonó el grupo en el que se encontraba y fue al encuentro del dúo. Esta vez la viuda no tuvo más remedio que pararse.

—Dios os bendiga, doña Catalina —saludó, para luego sonreírle a la matrona—. Hola, Alicia, qué gusto verte por aquí.

—Gracias, doña Claudia.

Catalina la tomó de las manos.

—¿Ha pasado algo en el pueblo, Claudia?

—Anoche vinieron.

Catalina tragó saliva.

—¿Ellos? —preguntó.

—Sí.

Alicia palideció.

—¿Los demonios?

Claudia asintió, y la comadrona se santiguó tres veces, aterrada. Los ojos de Catalina, redondos y ahuevados, pero con una luz especial en la pupila, se ensombrecieron.

—¿Han pedido algo?

—No lo sabemos —confesó Claudia—. Hablaron con el tonto, como siempre, y la guardia se lo llevó de madrugada al castillo.

—No lo llaméis así, por favor, doña Claudia —pidió Alicia con delicadeza—. Los niños como Sebas son santos inocentes, y él más que nadie.

La mujer resopló y levantó una ceja.

—Será todo lo inocente que quieras, pero bien que lo buscan los demonios cuando vienen. Es el recadero de Satanás.

—A Jesús también se le apareció el diablo en el desierto —intercedió Catalina.

—Pero Sebas no es Jesús, mi señora —rebatió Claudia—. Sabe Dios qué querrán esta vez… ¿Y si quieren también niños? —conjeturó.

Catalina espantó la idea con la mano, como quien espanta moscas.

—Anda, anda, no seas bocacabra. —La viuda bajó un poco más la voz; las tres mujeres que quedaban en el portal tenían las orejas más tiesas que un perro de caza—. ¿Ha pasado algo más, Claudia?

—Nada más, gracias a Dios, doña Catalina. ¿Qué más queréis que pase?

La viuda le quitó importancia a la pregunta con un gesto y le dio un apretón en el brazo a la mujer.

—Solo preguntaba.

Así que lo que le había contado Ignacio Sánchez, el novicio, era cierto.

Nadie en el pueblo se había enterado del regreso de la hija del comendador.

Al menos, todavía.

Catalina decidió que ya estaba bien de charla, y la dio por concluida con una excusa y dos palmadas cariñosas en el dorso de la mano de Claudia. Esta regresó al portal donde fue acribillada a preguntas que respondió con un simple encogimiento de hombros. La viuda prosiguió su camino.

—¿Por qué habéis preguntado si había pasado algo más, doña Catalina? —se interesó Alicia, inquieta.

—Por nada —respondió esta—. Veo a la gente muy preocupada.

—Que vengan esos monstruos es motivo suficiente para estar preocupados.

—En eso tienes razón.

Ferrán Gayoso, el soldado que hacía guardia en la entrada del castillo, reconoció a Catalina nada más verla y la dejó pasar. Al fin y al cabo formaba parte de la familia: su difunto esposo era primo hermano de la señora de Nuévalos.

—Quédate aquí, Alicia —dijo la viuda de Fantova—. No tardaré.

—Por aquí andaré. —La matrona se dirigió al soldado—. ¿Puedo ver a Sebastián? Me han dicho que está aquí.

Ferrán le dedicó a Alicia una sonrisa desagradable con un toque de lujuria.

—No puedes, órdenes de don Ricardo. —A continuación bajó la voz—. Pero si cuando termine mi turno me haces un favorcillo, quizá te deje verlo.

Alicia le dedicó una mirada congelada, dio media vuelta y salió del castillo.

Esperaría fuera a doña Catalina, aunque se empapara.

Antoñita, la doncella más joven, recibió a la viuda de Fantova en la entrada de la torre del homenaje con una media reverencia. La muchacha tenía aspecto de no haber pegado ojo en muchas horas. Catalina le acarició la mejilla con el dorso de los dedos, en un gesto amable. Conocía a Antoñita desde recién nacida. La criada aparentaba menos de los dieciséis años que tenía. Sus facciones eran pequeñas y redondeadas: boca diminuta en forma de corazón, nariz respingona y ojos de expresión soñadora. Era bonita.

La víctima perfecta de los demonios.

—La señora está arriba, ¿la aviso?

Catalina rechazó la oferta y se encaminó al salón principal. Encontró a Ricardo de Cortada sentado a la enorme mesa, al fondo de la estancia, junto a la puerta doble que daba a las cocinas. El reloj de la iglesia no había dado las nueve, y la viuda observó que el comendador jugueteaba con una copa. Este se puso de pie en cuanto la vio. A pesar de no existir parentesco de sangre con su esposa, los Cortada consideraban a Catalina de la familia. Antes de que Ricardo tuviera ocasión de preguntarle por el motivo de su visita, ella puso las cartas sobre la mesa.

—Me han dicho que Daniela ha regresado de entre los muertos.

Ricardo se paró en seco, como si acabara de recibir un flechazo en mitad del pecho. No estaba borracho, pero el arrebol de sus pómulos delataba que llevaba, al menos, un par de vinos encima. La línea vertical entre las cejas casi se transforma en zanja.

—¿Ya lo sabe todo el pueblo?

Catalina lo tranquilizó.

—No, me lo ha dicho el novicio que la encontró —reveló—. Sabe que somos familia, y también que hemos pasado por lo mismo. Por lo que he visto y oído en la calle, nadie se ha enterado del regreso de Daniela, no te preocupes por eso. ¿Y Marina?

El comendador se dejó caer en una silla cercana. Estiró el brazo y recuperó la copa.

—En sus aposentos —dijo—. Esto va a acabar con ella.

—¿La ha reconocido?

—Sí, y no. Se parece a Daniela. Es Daniela..., pero no actúa como ella.

—Y Marina, ¿qué dice?

—Ayer se desmayó tres veces —gruñó Ricardo—. Entró a verla por la tarde, y esa energúmena casi se la lleva por delante del disgusto. —Clavó la mirada en los ojos de la viuda—. No la has visto, Cata, es como un animal. Fue ver a su madre y empezar a bramar como un becerro al que le están cortando el pescuezo. Hemos tenido que atarla a la cama. Si no fuera por mi hijo y por Juana, que no se ha separado de ella desde que llegó, te la habría llevado al lazareto para que te la quedes con tus locos.

Catalina no se tomó el comentario en serio y se sentó a su lado.

—¿Crees que está…?

El comendador no le dejó terminar la pregunta.

—¿Endemoniada? Estoy casi seguro de que sí, pero ni se te ocurra decirlo delante de Víctor. Tu prima no opina, solo se lamenta y llora; y mi hijo me ha apartado de esto de un empujón, y casi se lo agradezco. —Ricardo hundió la mirada en el fondo de la copa de metal, la movió hasta provocar un pequeño remolino y le dio un buen trago—. Estoy viejo, Cata, cansado de luchar. Y para colmo, anoche los demonios se presentaron en el pueblo. Otra vez.

—Lo sé. Me he enterado nada más llegar.

—La guardia me trajo al retrasado de madrugada, al hijastro de Rafael.

—Sebas.

—Ese mismo. Los demonios exigen que les devolvamos a Daniela, viva o muerta, les da igual… o se llevarán a cinco niñas antes del Viernes Santo.

Catalina se puso lívida.

—Eso es en tres semanas —calculó.

—Esto es secreto, por favor, no lo digas o cundirá el pánico —advirtió—. ¡Cómo me gustaría decirle al pueblo que recojan sus enseres y se marchen de una vez! Le prendería fuego hasta a la última casa de Nuévalos y que los monjes se queden en su paraíso, donde no hay niñas que raptar. Pero los engendros de Satanás lo dejaron bien claro en uno de sus primeros parlamentos, por llamarlos de algún modo: si intentamos abandonar el pueblo, nos aniquilarán a todos antes de salir de la comarca.

Catalina también conocía los terribles puntos del acuerdo unilateral de los demonios.

Todos en Nuévalos los conocían.

—¿Y qué vas a hacer al respecto?

—Si por mí fuera, devolverla —manifestó—. Aunque Víctor sostiene que mientras exista la mínima posibilidad de que eso que está arriba sea mi hija, y de que pueda haber una cura, tendré que convencerme a mí mismo de que lo es.

Catalina posó la mirada en la punta de sus zapatos. Estaban manchados de barro, con briznas de hierba pegadas. Parecía bucear entre oscuras reflexiones.

—Ricardo, desde que me enteré del regreso de Daniela, no dejo de pensar en la posibilidad de que mi Regina vuelva también…

—¡Reza para que no lo haga! —exclamó el comendador—. No has visto cómo ha vuelto ella.

—¿Puedo verla?

—Si te da igual no dormir en una semana…

—He visto de todo en mi casa de caridad.

—Como lo que vas a ver, te aseguro que no.

Subieron al primer piso de la torre. La puerta de la alcoba de Daniela estaba abierta. A su lado, Juana luchaba contra el sueño sentada en una silla. La criada se despabiló en un santiamén y se levantó de un brinco en cuanto vio a su señor y a Catalina.

—Está dormida, mi señor —informó, apartándose de la entrada.

Ricardo se alegró por Catalina.

—Mira por dónde, te vas a librar de los aullidos infernales.

Justo cuando estaba a punto de cruzar el umbral, Catalina se paró en seco.

Parecía turbada.

—Lo he pensado mejor —se arrepintió—. Prefiero no verla.

Al comendador le sorprendió el súbito cambio de opinión de su prima política. Esta lo miró con unos ojos que parecían los de un borrego a punto del sacrificio y movió la cabeza muy despacio, con pesar.

—Ricardo, queda tranquilo: no hablaré de esto con nadie.

—Entonces ¿no entras?

—No. ¿Me acompañas a la salida?

El comendador y la viuda bajaron hasta el corredor que llevaba a la puerta de la torre del homenaje. Catalina se dio la vuelta para enfrentarse a la mirada de su anfitrión, al que los vinos comenzaban a hacerle efecto.

—Ricardo, hay muchas niñas en Nuévalos.

—¿Y qué me quieres decir con eso?

—Que puede que tu idea de devolver a Daniela a los demonios no sea tan descabellada como parece a simple vista.

Dicho esto, Catalina se despidió de su primo y abandonó la torre. Ricardo de Cortada permaneció varios minutos con la mirada perdida en la pared del fondo del pasillo.

Se encontraba en mitad de la peor encrucijada de su vida.

8

Toledo, 21 de marzo de 1543

Neuit parecía de mejor familia.

A su paso por Illescas, tuvieron la suerte de encontrar un sastre con ropa de la talla del muchacho en los estantes. Dino invirtió parte de los escasos fondos con los que contaban en comprarle unos pantalones de paño negro, una camisa y una casaca en tonos marrones con mangas abullonadas en rojo, además de un abrigo pardo que viajaba enrollado sobre las alforjas de Barlovento. Era una vestimenta cómoda y elegante a la vez, una indumentaria perfecta hasta que la mirada descendía a ras del suelo y se encontraba con unos pies descalzos cubiertos con roña de dos continentes. Por mucho que se los lavara, era imposible dejarlos limpios del todo. Pero todavía era más imposible calzarlos.

Para rematar el atuendo, D'Angelis había gastado unos maravedíes en una mochila y una capa verde bajo la que podía disimular el arco y el carcaj, además de pagar a un barbero de Cabañas de la Sagra para que transformara las greñas asilvestradas del chico en algo más civilizado.

Lo cierto fue que el joven aceptó su nuevo aspecto con orgullo. Cada vez que se veía reflejado en un espejo o un cristal, sonreía satisfecho.

Dino había aleccionado a Neuit sobre cómo comportarse en el alcázar: mantener una actitud respetuosa siempre, no hablar a no ser que se le preguntara, no explorar el edificio por su cuenta; pedos y eructos prohibidos, al igual que el uso de palabras soeces. En caso de que los invitaran a comer en la corte, nada de hacerlo con las manos, como las nutrias. El indígena le preguntó a D'Angelis si verían al cacique entre caciques, y este le contestó que era improbable, ya que Carlos V solía viajar por todo el Imperio. De todos modos, le advirtió que debería mantener la compostura en todo momento, por si aparecía alguien de alta alcurnia con quien no conviniera quedar mal.

Llegaron al alcázar de Toledo sobre las once de la mañana. Aunque los trabajos de ampliación y reforma arrancaron en 1535, todavía se veían andamios en algunas zonas del palacio. Mantener un edificio tan enorme, de sesenta por sesenta metros de lado, era una tarea inacabable: no se terminaba de arreglar algo, cuando surgía otra cosa que reparar. El trajín de albañiles y carpinteros llenaba el aire con sonidos de obra.

Ataron a Barlovento a una argolla en la fachada, bajo la mirada atenta de un joven que se ganaba unas monedas vigilando las monturas de los visitantes. Se dirigieron a la entrada principal, custodiada por dos alabarderos jóvenes y recios. D'Angelis les mostró su cédula y uno de ellos llamó a voces al sargento de turno. Un hombre de unos cuarenta y cinco años apareció por la puerta del cuerpo de guardia, rascándose una prominente barriga. Su rostro tenía esa expresión de hastío eterno tan típica de quien se ha abandonado a la rutina. Pero esa expresión se iluminó de pronto al reconocer al visitante.

—Me cago en mi puta madre —maldijo con una sonrisa feliz—. Pero ¿tú no estabas en las Indias? Me dijeron que te habías ido para allá, con Orellana.

D'Angelis agarró al sargento Cabrejas por los hombros.

—Te informaron bien, amigo mío, pero me largué de allí. Esas tierras son una mierda. Si no te mata algo que ves, te mata algo que no ves… y si nada te mata, te mueres tú solo del asco.

—Y del oro, ¿qué? —preguntó el sargento, que había oído leyendas de taberna sobre las riquezas del Nuevo Mundo—. Dicen que la gente se hace rica allí.

—Todos, menos yo. Debe de ser que solo se enriquecen los listos, Cabrejas.

—Calla, calla —rio este—, no he conocido a nadie más inteligente que tú, por mucho que te empeñes en hacerte el tonto. Anda que no cazaste protestantes, Dino…, que solo te faltó traerle a Lutero atado por los huevos a don Francisco.

El sargento se refería al secretario imperial, Francisco de los Cobos. D'Angelis le quitó importancia al asunto.

—No era para tanto: yo solo señalaba dónde estaba la basura y don Francisco os enviaba a vosotros a limpiarla. Me manché las manos en contadas ocasiones. ¿No echas de menos el baile, Cabrejas? Me acuerdo de cuando no eras más que un pipiolo y formabas parte de los escuadrones. Se notaba a leguas que disfrutabas desinflando barrigas.

—Recuerdo esos tiempos con nostalgia, pero ya sabes, Dino: tengo mujer y cuatro hijos. Este destino es más tranquilo. —El sargento cambió de tema—. Cuéntame, ¿estás de visita para charlar de viejos tiempos, o don Francisco te ha mandado llamar?

—Lo último que me dijo don Francisco, antes de prescindir de mis servicios, fue que me avisaría si volvía a necesitarme, y eso no ha sucedido. Vengo a ver a Charlène. ¿Sigue en la corte?

—Sí, y está mejor que nunca. ¿Cuánto hace que no la ves?

—Cinco años, desde que el secretario me dijo adiós, muy buenas.

—Sigue pareciendo una chiquilla. —Cabrejas se fijó en el aipari—. ¿Y este mozalbete? ¿Ya gastas escudero?

—Es Neuit, mi socio en la miseria. Es lo único bueno que me traje de la selva. Lo adopté en Perú y le prometí una vida mejor, pero ya sabes: también lo he engañado a él, como al resto de los mortales.

El sargento puso cara de preocupación.

—¿Tan mal te fue la cosa, Dino?

—Hasta he perdido mi casa —suspiró—, con eso te lo digo todo.

Cabrejas se envaró y elevó las cejas.

—No me jodas. ¿Cómo?

—Ya te contaré —prometió—. ¿Dónde puedo encontrar a Charlène?

—En la biblioteca...

—... como de costumbre —dijeron Cabrejas y Dino a la vez.

Los viejos compañeros se despidieron con la promesa de compartir unos vinos antes de que D'Angelis se marchara de Toledo. Neuit, que había sido obediente y no había hablado en ningún momento, siguió al espía a través del patio. Se sintió muy pequeño a la sombra de los arcos sostenidos por columnas con capiteles corintios, que se elevaban a dos niveles en sendas plantas. Dino, que conocía bien el alcázar, enfiló una de las puertas bajo la galería y subió la escalera que conducía al primer piso.

Neuit alternaba su admiración por las baldosas del suelo con la que sentía por los artesonados del techo. Si se hubiera quedado dormido en la selva, y hubiera despertado en aquel palacio, habría creído estar en la residencia de los dioses. El chico le contó a Dino que los había visto en una ocasión, cerca del río que su gente llamaba Unu Rono, pero el espía no le creyó. Los habitantes de este lado del mar le parecían incoherentes: creían en un dios que nunca habían visto —y que representaban torturado, lleno de heridas y medio muerto— y despreciaban a unos dioses que a veces se mostraban a los mortales.

Caminaron por la galería del segundo piso hasta una puerta que tenía la doble hoja abierta. Dino inspiró hondo. Se sentía nervioso por reencontrarse con aquella mujer que consideraba una hija y a la que llevaba tanto tiempo sin ver. ¿Le reprocharía su ausencia? ¿Se habría olvidado de él?

Para colmo, se presentaba con una mano delante y otra detrás. Bien sabía Dios que el motivo principal de su visita no era pedirle auxilio, pero ponerla al corriente de su situación estaba en la agenda del viaje. Estaba desesperado, y cualquier ayuda sería bienvenida.

Aunque fuera pelando patatas en las cocinas del alcázar.

Neuit no entendía por qué Dino no cruzaba el umbral de la puerta, así que lo azuzó.

—¿No entramos?

D'Angelis dio un paso adelante.

La biblioteca se alzaba en un salón grande y rectangular, con estantes de madera noble del suelo al techo y miles de volúmenes y rollos de pergamino ordenados con pulcritud germana. Un par de mesas de lectura grandes presidían el centro de la estancia, con candelabros y candiles apagados por ser hora matutina. Al fondo, junto a una de las ventanas, vio dos siluetas menudas sentadas al lado de un escritorio pequeño. Ninguna de ellas reparó en la presencia de los recién llegados.

El sonido de un instrumento de cuerda surgió de la esquina donde estaban. La melodía era dulce, y la ejecución, precisa. Dino se acercó sin hacer ruido. Era experto en eso; el sigilo siempre había formado parte de su trabajo. Cuando estuvo más cerca, reconoció a Charlène en compañía de una niña de unos ocho años que tocaba el laúd, muy concentrada en la posición de los dedos de la mano izquierda.

La sonrisa de Dino afloró sin que él se diera cuenta.

Charlène apenas había cambiado: sus ojos color miel, con aquel sutil toque de tristeza; su nariz pequeña y aquellos labios finos capaces de iluminar el universo cuando su habitual media sonrisa dejaba de ser media. Su peinado era lo único diferente. D'Angelis recordó la primera vez que la vio en el hospital de Santa Eufemia, en Turín, cuando lo apuñalaron por salvar a una mujer y sus dos hijas de ser violadas por unos saqueadores borrachos. Aquel cabello castaño, cortado a trasquilones, era ahora largo, ordenado por unas trenzas que coronaban la cabeza y encauzaban el sobrante en una cascada que fluía por la espalda.

Y su atuendo, negro y dorado, con un breve escote cuadrado que dejaba al descubierto un collar de oro y perlas digno de una noble...

Qué diferente a la pordiosera maltratada que fue un día.

Charlène estaba hermosa, y Dino sintió que el orgullo se anudaba en su garganta.

La mirada de Charlène se levantó del mástil del laúd un segundo y se quedó petrificada al ver a los recién llegados. La pequeña seguía tocando, ajena a ellos. La boca de Charlène dibujó una «o» de asombro.

Dino D'Angelis era la última persona del mundo que esperaba ver ese día. Y allí estaba de pie, sonriente y con una emoción que escapaba por las rendijas rematadas de arrugas de sus ojos.

No pronunció palabra. Abandonó su asiento de un brinco y se abrazó al cuello del espía. La niña detuvo el acorde y contempló la escena, perpleja, y algo molesta por la interrupción. No recordaba a Dino, era demasiado pequeña cuando lo vio por última vez.

Charlène se separó un poco de D'Angelis para darle un repaso de arriba abajo. Estaba algo más viejo y puede que más delgado. Desde luego, más curtido. Le extrañó ver una espada en el cinturón, pero ya habría tiempo para preguntarle al respecto. También le sorprendió verlo en compañía de un muchacho que era, claramente, indígena. Dino y ella permanecieron un buen rato sin hablar hasta que la pequeña protestó.

—Charlène...

Dino miró a la niña y sonrió.

—¿Es quien creo que es?

—Doña Juana de Habsburgo y Avis —recitó Charlène—. Alteza, él es Dino D'Angelis, uno de los más leales servidores de vuestro padre. Alguna vez os he hablado de él.

Juana compuso una mueca divertida.

—¡Claro! ¡El que emborrachó al papa y tuviste que coser muchas veces! —recordó.

Charlène se mordió los carrillos para no reírse. Neuit, que no tenía muy claro quién era aquella niña, se limitaba a mirar a unos y otros sin atreverse a pronunciar palabra.

—Charlène exagera, alteza —puntualizó Dino, que hizo una reverencia quitándose el sombrero emplumado—. Solo me cosió en dos ocasiones. Lo del papa sí que es cierto.

Juana intuyó que la sonata había terminado, y lo que vendría luego sería una aburrida clase de anatomía, o algo peor, así que cogió el laúd y decidió poner tierra de por medio.

—Encantado de conoceros, maese D'Angelis —dijo, muy educada; su mirada se posó en Neuit, que no le quitaba sus ojos almendrados de encima—. Y a vos también, joven de tierras lejanas. Os dejo para que podáis hablar.

—Alteza... —se despidió Charlène, con una leve genuflexión.

La hija menor de Carlos V abandonó la biblioteca. Dino y Charlène la siguieron con la mirada hasta que desapareció.

—Habla como una adulta —comentó el espía, admirado.

—En varios idiomas —informó Charlène—, y hasta lee latín. Aparte de tocar el clavecín, el laúd y la viola.

—Has hecho un gran trabajo con ella.

—El mérito es de doña Leonor de Mascareñas —reconoció—. Además de sus enseñanzas, le ha procurado los mejores mentores. Ya tendremos tiempo de hablar de la familia imperial. ¡Te hacía en las Indias!

Dino puso los ojos en blanco y bufó.

—El Nuevo Mundo ha podido conmigo, Charlène —admitió, apesadumbrado—. Allí siguen Arthur y Sanda, pero yo no he podido aclimatarme a esas tierras. Humedad, enfermedades, enemigos invisibles... —D'Angelis chascó los dedos junto a la cara, como si acabara de caer en algo—. Hablando de enemigos invisibles, este es Neuit. Echaba de menos tener a alguien por el que preocuparme, y me hice cargo de él.

Charlène le dedicó una sonrisa al muchacho y este se la devolvió cargada de dientes irregulares. Todavía no sabía qué demonios pintaba él en aquel lugar tan elegante y tan lleno de libros que en su vida conseguiría entender.

—Así que se llama Noche. —Como piamontesa que era, Charlène conocía el significado del nombre—. ¿Hablas nuestro idioma?

—Sí. Yo, Neuit, y tú Charlène, la curandera. Yo te conoce.

—Las palabrotas y blasfemias se le dan mejor que conjugar verbos —apuntó Dino.

Ella le dedicó a su nuevo amigo un leve cabeceo.

—Encantada, Neuit. —Volvió a centrar su atención en Dino—. Entonces ¿has vuelto para quedarte?

—Esa era mi intención, pero unos hijos de puta ocuparon mi casa...

—Ahora, todos muertos —lo interrumpió Neuit, con expresión feroz—. Él quema con fuego, yo mata con flechas.

Dino lo fulminó con una mirada corrosiva. El indígena lo había dejado a los pies de los caballos.

—Te he dicho que no le cuentes eso a nadie —le reprobó, entre dientes.

—Charlène no nadie —protestó él, con gestos vehementes—. Tú dices Charlène hija, pues Charlène tiene que saber, coño.

La joven miró a Dino, incrédula.

—¿Has quemado la casa... con ellos dentro?

El pie de D'Angelis comenzó a taconear, como siempre que se ponía nervioso. En ese momento recordó que no había taconeado en absoluto cuando prendió fuego a la casa.

—Me buscaré un buen abogado para el juicio final, a ver si tengo suerte y me perdona Dios...

—¿Y no podías haberlo denunciado a las autoridades?

—No me hicieron demasiado caso, la verdad..., y me dejé llevar.

Charlène levantó una ceja y frunció los labios. Sabía que Dino solo mataba cuando no había más remedio. Pero de ahí a quemar gente viva...

—Que mi barbarie no empañe nuestro reencuentro, Charlène —declamó D'Angelis, tratando de cambiar de tema a cualquier precio—. Háblame de ti, ¿cómo te ha ido en estos últimos cinco años?

—Pues estudiando mucho —respondió ella—. Esta biblioteca engorda sin parar.

Dino se fijó en el grueso volumen que reposaba, abierto, sobre una de las mesas de lectura. Le sorprendió ver el dibujo de un miembro viril que parecía cortado transversalmente. Al examinarlo con más detenimiento, descubrió un canal que recorría el pene hasta lo que parecía ser la vejiga. Leyó la descripción en voz alta.

—Uretra. ¿Se supone que yo también tengo eso?

Charlène se echó a reír.

—Claro. Es el conducto por el que sale la orina... y lo que no es la orina.

—Y desemboca en el agujerillo —murmuró D'Angelis, que frunció la nariz—. La uretra... La palabra me produce mareo. Mejor no saber lo que tenemos dentro.

En ese preciso instante, un hombre que rondaba la ancianidad se personó en la biblioteca. Iba ataviado con un abrigo forrado de piel, a pesar de que la temperatura de marzo no lo justificaba. El gorro, a juego, dejaba escapar mechones canosos por los bordes. Una gran cruz de Santiago le colgaba del pecho y varios anillos adornaban los dedos. La expresión de su rostro era la de alguien que se sabe tan poderoso que condena o perdona vidas a su paso. Dino se volvió hacia él y esbozó un gesto divertido. Con el sombrero emplumado todavía en la mano, ejecutó una reverencia exagerada e inició una perorata que tenía todo el aspecto de un chiste.

—¡Dios guarde muchos años al hombre más poderoso del Imperio...!

No había terminado la frase cuando Neuit se lanzó a los pies del recién llegado y se postró de rodillas ante él, con el culo en pompa, la nariz en el suelo y los brazos a ambos lados de la cabeza.

—¡Juro lealtad, cacique entre caciques! —entonó a voces—. ¡Yo vuestro más leal siervo ahora! ¡Yo morir por ti! ¡Yo venir de muy lejos para proteger tú, familia y casa grande!

Dino no daba crédito a lo que estaba viendo.

—Pero... ¿Qué cojones haces? ¿Quieres levantarte, idiota? Que este hombre no es quien crees. —Neuit seguía proclamando promesas de fidelidad como Dios le daba a entender, mezclando español con su lengua natal; por la postura, lo único que le faltaba era empezar a tirarse pedos. Dino pareció pensárselo mejor—. Qué coño, haces bien, no te levantes. En el fondo, este hombre manda más que el propio Carlos...

Francisco de los Cobos y Molina asistía entre divertido y confuso a las alabanzas de aquel muchacho de cara tatuada que afirmaba ser su mejor siervo. Algo apurado, le pidió a Neuit que se pusiera de pie, pero lo único que consiguió fue que se callara. Ahí se quedó, postrado e inmóvil. El secretario del emperador avanzó hasta quedar a un par de pasos de Dino. Lo contempló unos instantes, y este le dedicó —ahora sí— una reverencia respetuosa. Don Francisco recordó con cariño la época en la que tuvo a sus órdenes a D'Angelis. Nadie como aquel maldito turinés, deslenguado e irrespetuoso, para localizar fugitivos, resolver enigmas, desmontar tramas y abortar conspiraciones. Un tiparraco capaz de dirigirse con la misma desfachatez al mendigo que al emperador, sin que eso fuera óbice para que, a la hora de trabajar, fuera condenadamente eficaz.

Y a Francisco de los Cobos, que vivía en un permanente y estricto protocolo, Dino D'Angelis lo divertía muchísimo. En más de una ocasión había lamentado prescindir de sus servicios en los últimos cinco años.

Lo echaba de menos.

—Mi buen amigo Dino D'Angelis, no podéis imaginar el placer que me embarga al veros de vuelta por Toledo. Me dijeron que estabais en las Indias. —Volvió la cabeza un instante hacia Neuit, que seguía postrado—. Y ya veo que os habéis traído un... recuerdo.

—Podría hablaros durante horas del Nuevo Mundo, don Francisco, pero no os aburriré y seré breve: no es para mí.

El secretario dejó escapar una risa.

—Vos siempre fuisteis animal urbano, Dino. Nadie como vos para husmear en lo más bajo, para escarbar en lo más sucio, para indagar entre los más ruines...

D'Angelis meneó la cabeza.

—No sé si es un cumplido o un insulto...

—No os lo toméis a mal —dijo—. ¿Estáis solo de paso?

Dino iba a responder algo ingenioso, pero no tuvo fuerzas para seguir con la ironía.

—Lo cierto es que las Indias pudieron conmigo, don Francisco —reconoció—, y en mi regreso tampoco me ha ido bien. —Fue al grano—. He venido a ver a Charlène, y también a buscar ayuda.

Charlène posó la mano en la manga de su amigo.

—Dino...

Este le hizo un gesto de «no pasa nada».

Pero sí pasaba.

El secretario del emperador escuchaba con atención.

—Traje a este mozalbete de la selva para librarlo de la muerte y aquí estoy, en tierras del Imperio, sin un techo donde cobijarme y con un puñado de maravedíes en el bolsillo. Si pudierais conseguirme algún trabajo, lo que sea...

Esta vez fue don Francisco de los Cobos quien posó la mano sobre la muñeca de D'Angelis.

—¿Me estáis diciendo que estaríais dispuesto a aceptar cualquier trabajo que os encomiende?

Dino tardó unos segundos en responder. Su orgullo no estaba en su lugar habitual, sino escondido en algún rincón donde era incapaz de encontrarlo. Así que contestó con algo a lo que no estaba acostumbrado.

Con humildad.

—Así, es, don Francisco. Cualquier cosa.

El secretario le dedicó una sonrisa enigmática antes de pronunciarse.

—Pues resulta que tengo un trabajo a vuestra altura. —Desvió la mirada hacia Charlène—. Y ese trabajo también os incumbe a vos, mademoiselle Dubois. Seguidme, os presentaré a alguien.

Dino y Charlène dejaron que don Francisco de los Cobos encabezara la marcha. Cuando Neuit iba a levantarse del suelo, el espía lo detuvo con un dedo.

—Tú no, tú quédate ahí hasta que regresemos —lo conminó—. Y no levantes la cabeza, ¿de acuerdo?

Neuit respondió con algo que nadie entendió.

Una sonrisa divertida iluminó la cara del secretario del emperador.

Dino D'Angelis había vuelto a casa.

9

Dino había visitado el despacho de Francisco de los Cobos en un par de ocasiones. Mientras duró la guerra contra Francia, sus reuniones podían tener lugar en cualquier rincón de Europa, ya fuera en uno de los palacios de Carlos V o bajo el precario techo, abombado por la lluvia, de una tienda de campaña en mitad de un monte perdido. D'Angelis había viajado por todo el Imperio y aprendido a hablar francés, alemán, inglés y español sin apenas acento. Según él, debía esa facilidad para los idiomas a sus dotes de actor.

En el fondo, nunca había dejado de serlo. Para ser un buen espía, hay que ser un magnífico actor. A ese nivel no te juegas un abucheo, o que te tiren verduras podridas al escenario cuando cometes un fallo. Cuando eres espía, una mala interpretación te puede costar la vida.

La estancia era amplia, con una chimenea flanqueada por estantes repletos de libros que compartían baldas con pequeñas esculturas y recuerdos de la colección privada del secretario. Cada trozo diáfano de pared estaba cubierto por cuadros al óleo enmarcados en madera y pan de oro. Algunos todavía olían a pintura fresca. La política y los asuntos de estado dejaban tiempo a don Francisco para el mecenazgo, una de sus grandes aficiones. El escritorio, grande y empapelado de documentos, se enfrentaba a una mesa de reuniones ovalada y estrecha. Dos personas ocupaban sendas sillas: un militar veterano con el rostro cruzado por una terrible cicatriz y un hombre de unos treinta años ataviado con ropajes lujosos manchados de polvo y barro.

Los dos se levantaron en señal de respeto y saludaron a don Francisco y compañía. El secretario cerró la puerta por dentro, invitó a Dino y a Charlène a sentarse a la mesa e inició las presentaciones.

—Don Víctor de Cortada y Giso, esta es mademoiselle Charlène Dubois, alumna aventajada del difunto Klaus Weber y depositaria de su conocimiento, además de una gran estudiosa del cuerpo humano y sus dolencias. El propio Andrés Vesalio, el médico personal de su sacra majestad, la tiene en gran consideración. Él es Dino D'Angelis, puede que una de las mentes más sagaces del Imperio.

Heliodoro Ventas hizo un esfuerzo por disimular su escepticismo. Habían viajado durante una semana en busca de una eminencia, que había resultado estar criando malvas, y el secretario ofrecía a cambio a una joven con más pinta de aya que de médico y a un tipo flaco como la muerte en lugar de un destacamento de soldados.

—Charlène, don Víctor es hijo del comendador de Nuévalos —informó don Francisco de los Cobos—. Su hermana, a quien dieron por muerta hace cuatro años, reapareció hace unos días en el monasterio de Piedra, en un estado de enajenación. En estos momentos se encuentra recluida en el castillo familiar. No reconoce a su familia, apenas come, grita sin motivo aparente y muestra un comportamiento violento que ha hecho sospechar a su padre que está bajo la influencia del Maligno.

Charlène estudió a los aragoneses. Leyó desconfianza y enojo en el militar y desconcierto en el joven. Este tenía ojos oscuros, con mirada solemne y preocupada. La nariz era grande y afilada; el rictus de la boca, tenso. No era muy alto ni muy fuerte, y sus dedos parecían demasiado delicados para ser hombre de armas. Charlène intuyó que estaba ante alguien culto e instruido, pero en esas circunstancias daba igual: por muy inteligente que fuera su interlocutor, el hecho de ser mujer siempre era un obstáculo para resultar creíble. Necesitaba esforzarse el doble para demostrar la mitad que cualquier hombre.

—Entiendo que alguien os recomendó a Klaus Weber —dedujo Charlène.

—El médico de Nuévalos —confirmó Víctor—, Ataúlfo Martínez.

—No me suena.

—En cualquier caso, mademoiselle…

—Podéis llamarme Charlène.

Víctor agradeció el detalle.

—En cualquier caso, Charlène, estoy aquí porque rechazo la

teoría de la posesión diabólica, y más aún la de la resurrección. Mi padre, el comendador, duda de que la mujer que apareció en el monasterio de Piedra con la ropa hecha jirones sea mi hermana, y temo que pueda tomar alguna decisión drástica que culmine en una desgracia.

—¿Me permitís una pregunta, don Víctor? Es simple curiosidad...

—Por supuesto. Y dirigíos a mí como Víctor a secas, os lo ruego.

—¿Sois hombre de ciencia?

—Me especialicé en aritmética en la Universidad de Huesca.

Charlène esbozó una media sonrisa.

—Entonces nos entenderemos —vaticinó—. Si buscabais a Weber para solucionar un problema en el que el diablo anda de por medio, es porque tenéis más fe en la ciencia que en las oraciones.

Francisco de los Cobos se sintió incómodo por la sinceridad de Charlène. Ser representante del Sacro Imperio Romano Germánico debería ser incompatible con el humanismo, pero el secretario daba por perdida aquella batalla con la joven, con Weber y con los demás científicos de la corte. De D'Angelis, mejor no hablar: por mucho que él lo negara, el turinés no creía ni en el Padre ni en el Hijo ni en el Espíritu Santo. A pesar de todo, el consejero del emperador sabía sacar partido de los conocimientos de aquella panda de descreídos. El pragmatismo es una herramienta muy versátil.

—Estoy convencido de que Daniela ha sufrido alguna calamidad que ha provocado que su mente se marche de su cuerpo —confesó Víctor—. Deberíais verla: ni siquiera parece del todo humana..., pero no pararé hasta agotar la última posibilidad de cura.

Charlène no movió un músculo de la cara, pero agradeció sobremanera que aquel desconocido estuviera dispuesto a aceptar su ayuda aunque fuera mujer.

—¿Qué esperabais exactamente de mi mentor?

La piamontesa aguardó la respuesta con la barbilla alzada en estudiada insolencia. Cuando hablaba con desconocidos, sobre todo si lo hacía de temas médicos, endurecía la expresión y congelaba la mirada, siempre previendo el rechazo, la condescendencia e incluso la burla. Una armadura. Cuánto echaba de menos a Weber. El viejo galeno jamás la había tratado con prepotencia. Es más, se lamentaba de que no permitieran a Charlène entrar en la universidad y ejercer la medicina.

«El talento no tiene sexo —solía decir Weber—, pero quienes carecen de él, se lo imaginan con pene».

—Necesito que alguien que comprenda los misterios de la mente humana examine a Daniela —respondió Víctor—, antes de que mi padre recurra a los monjes del monasterio y sea peor el remedio que la enfermedad.

Charlène desvió la mirada hacia don Francisco, que había ocupado su asiento detrás del escritorio y asistía a la reunión en silencio, como mero árbitro. El secretario se la devolvió sin pronunciar palabra, como si no quisiera intervenir todavía en la conversación. Ella se dirigió de nuevo al aragonés.

—Entonces ¿queréis que vaya a Nuévalos a visitar a vuestra hermana?

—Os pagaré por ello, y bien —prometió Víctor.

Fue entonces cuando el secretario imperial tuvo a bien intervenir.

—No os preocupéis de eso —lo tranquilizó—. La corte correrá con los gastos como gesto de buena voluntad con Aragón. Estoy al corriente de que muchos paisanos vuestros todavía piensan que al estar la sede del Imperio en Castilla nos desentendemos de ellos. Os aseguro que no es cierto, y aunque vuestro pueblo sea una gota en el mar, atenderemos vuestras necesidades. —Se dirigió a Charlène—. ¿Aceptáis viajar a Nuévalos, mademoiselle Dubois?

Charlène miró a Dino y luego al secretario.

—¿Él vendrá conmigo?

—Por supuesto —respondió Francisco de los Cobos—, no solo es necesaria vuestra presencia en Nuévalos, también la de nuestro mejor agente.

A D'Angelis le sorprendió la forma en la que se refería a él la mano derecha de Carlos I de España y V de Alemania. Hasta hacía un rato se había imaginado limpiando cagajones de caballo en las cuadras con una pala o haciendo recados por Toledo para los chupatintas del alcázar. Y ahora resultaba ser «el mejor agente».

—Algo muy extraño sucede en ese pueblo —avanzó el secretario—. Que os lo expliquen ellos.

—Mi nombre es Heliodoro Ventas —se presentó el mayor de los dos—, capitán del ejército de la familia Cortada. Desde hace seis años, unos demonios extorsionan a nuestro pueblo... Unos demonios que siempre vienen de noche.

D'Angelis ladeó la cabeza, como si no hubiera oído bien las palabras de Ventas. El turinés disimuló tan mal la sorpresa que el capitán interpretó su expresión como una burla y se sintió ofendido de inmediato. Víctor le pidió paciencia con una patada en la bota. La cicatriz que cruzaba el rostro del militar parecía a punto de cobrar vida, como una víbora roja, sedienta de venganza. El hijo del comendador decidió dar las explicaciones.

Víctor les habló de los asesinatos de las niñas, entre las que se encontraba su hermana Daniela, que de manera incomprensible había regresado cuatro años después de haber sido dada por muerta. También contó que los supuestos demonios amenazaban con exterminar hasta al último habitante de Nuévalos si alguna familia con hijas entre doce y diecisiete años abandonaba el pueblo.

—Y vos no creéis que esos demonios sean reales —apostó Charlène, segura de la respuesta.

El hijo del comendador no dudó.

—No, pero parece que soy el único que cree que son unos impostores que utilizan el miedo y la superstición para cometer crímenes y quedar impunes.

—Hay quien los ha visto de cerca —afirmó Ventas con una mirada amenazadora; no estaba dispuesto a tolerar que se burlaran de él—, y son reales.

Dino se rascó la barbilla.

—Procuradme los materiales adecuados y confeccionaré un disfraz de Satanás que os impedirá cagar en dos semanas... o puede que os caguéis encima. —Ventas se sintió ofendido por segunda vez, y estuvo a punto de levantarse de la mesa; D'Angelis se apresuró a pedir perdón—. Disculpad mi forma de hablar, pero es que mi español no es demasiado bueno —mintió—. Soy de Turín, piamontés, y muy bruto en el uso de las palabras. Pero no lo toméis como algo personal...

—Le habla así a todo el mundo —corroboró Francisco de los Cobos—. Estáis delante del hombre que emborrachó al papa Clemente VII.

El espía fingió sentirse herido.

—Al final pasaré a la historia por eso. —Cambió de tema—. Y esa hueste de demonios, ¿cuántos son?

—A veces han contado cinco —recordó Ventas—; otras, tres. Y siempre vienen de noche —insistió.

—¿Y cómo exponen sus exigencias? —quiso saber Dino—. ¿Dejan cartas, se entrevistan con el comendador, envían mensajeros?

—Hablan con el Carapez —respondió el capitán—, un pobre retrasado. Para ellos, es el único interlocutor que existe, nadie sabe por qué.

—Atacan a cualquiera que se crucen por la calle menos a Sebastián, que es como se llama de verdad ese muchacho —corroboró Víctor—. Siempre vienen al pueblo de noche, y anuncian su visita tocando campanas.

—¿Las de la iglesia?

—Campanas de mano, como los leprosos.

—¿Y nunca les habéis plantado cara?

—Me avergüenza decirlo, pero mi padre se ha dado por vencido, y con él toda su guardia.

—La única vez que nos enfrentamos a ellos nos costó dos muertos —recordó Ventas—. Los demonios destriparon a dos de mis mejores hombres. Una doncella al año es un precio razonable, si tenemos en cuenta que Nuévalos tiene más de seiscientos habitantes. —El enfado velado en el tono de las palabras del capitán dejaba entrever una bochornosa resignación—. ¡Como si la enfermedad o los accidentes respetaran a las niñas!

—Lo peor es que el tiempo corre en nuestra contra —expuso Víctor—. Esos bastardos le dijeron a Sebastián que, o les entregábamos a mi hermana viva o muerta, o asesinarían a cinco niñas el próximo Viernes Santo. Mi padre mantiene al muchacho retenido en el castillo para que no se vaya de la lengua. Lo único que nos falta es que el pueblo entre en pánico.

D'Angelis se acarició el mentón, en silencio.

—Y bien, don Francisco —le dijo al secretario—, ¿cuál va a ser mi cometido en este asunto? Porque a mí lo que me preocupa es enviar a Charlène a un lugar donde unos cabrones disfrazados de demonios campan a sus anchas.

—La seguridad de la dama estará garantizada en todo momento —prometió Víctor.

—Por mí no os preocupéis, sé cuidarme sola —dijo ella, que también se dirigió al secretario del emperador—. Entonces ¿cuál sería la misión? La de ambos.

—Por vuestra parte, atenderéis a la hija del comendador de

Nuévalos —respondió don Francisco—. Maese D'Angelis investigará de dónde han salido esos demonios, o lo que sean. No hace falta que os enfrentéis a ellos —aclaró—, me conformo con que averigüéis su procedencia. Si son mortales, enviaré un destacamento para erradicar el problema.

—Doy por hecho que sangran —afirmó el espía, que no creía en fantasmas ni demonios—. Lo difícil será quitarle de la cabeza a los... ¿nuevalinos?

—Novalenses —rectificó Ventas en tono glacial.

—Mil disculpas, ya os digo que hablo castellano con el culo. —Ventas se quedó con ganas de responderle. Aquel cínico lo hablaba mejor que muchos, nacidos en España—. Lo que decía: en tierra de monjes, difícil será convencer a sus habitantes de que dejen de creer en Lucifer. —Dedicó una mirada elocuente a los aragoneses—. Me gustaría hablar un momento a solas con don Francisco, si no les importa a vuesas mercedes.

Víctor le hizo una seña a Ventas.

—Por supuesto —concedió—, esperaremos fuera.

Abandonaron el despacho y cerraron la puerta al salir.

—¿Cuál es el trato, sin ambages? —preguntó Dino.

Francisco de los Cobos no se anduvo con rodeos.

—Si sois capaces de resolver este enigma, demostraréis estar en plenas facultades. No es extraño que se produzcan asesinatos, secuestros y demás crímenes que las guardias de las ciudades y la Santa Hermandad no logran aclarar nunca. Queremos que el Imperio sea lo más seguro posible, y vos tenéis aptitudes excelentes para ayudar a conseguir ese objetivo.

—Vos tampoco creéis que esos demonios sean reales, ¿verdad, don Francisco? —preguntó Charlène.

El secretario soltó una risa ronca.

—Si pensara que son demonios, no os enviaría a Nuévalos —afirmó—, pero en ese pueblo pasa algo muy sórdido, y si logramos detener esas muertes y castigar a los culpables, la voz correrá por todo Aragón, y eso me interesa tanto como a maese D'Angelis recuperar un empleo bien pagado.

Dino miró a Charlène de reojo.

—No lo hagas por mí —rogó—. No me gusta la idea de ponerte en peligro.

—No sabes cuánto deseo escapar de la rutina y que alguien me tome en serio como médico de una vez —manifestó—. La infanta estará bien atendida por doña Leonor de Mascareñas, así que no tengo excusa para no acompañarte. —Charlène se dirigió a don Francisco—. Partiremos cuando vos digáis.

El secretario se levantó.

—Les diré a esos dos que vuelvan a entrar —dijo—. Todavía tienen cosas que contarnos.

10

31 de marzo de 1543
Cinco días antes del Viernes Santo

El viaje a Nuévalos duró nueve días.

Por suerte, el buen tiempo acompañó. Charlène viajó con Dino en Barlovento, y Neuit, como de costumbre, corrió al ritmo del animal sin cansarse. Víctor de Cortada y Heliodoro Ventas no daban crédito al fondo físico del aipari. Su energía parecía ilimitada.

Dino tuvo tiempo para pensar en cómo enfocar la investigación. Una vez aceptó el trabajo, Víctor y Helio —como llamaba el hijo del comendador al oficial— revelaron nuevos datos que, para D'Angelis, resultaron ser vitales. Por lo pronto, los demonios exigían que les devolvieran a Daniela, sin importarle su estado.

—Si quieren recuperarla, es porque se les ha escapado —dedujo—, y si les da igual que sea viva o muerta, es que les preocupa lo que ella pueda contar. Lo que me pregunto ahora es: ¿dónde la tenían retenida?

La respuesta que dio Ventas, «en el infierno», carecía de valor para Dino.

Algo que también inquietaba al espía era la amenaza de los demonios en caso de no cumplir sus exigencias: asesinarían a cinco niñas el Viernes Santo.

Dentro de cinco días, el 5 de abril.

Dino odiaba trabajar con el tiempo en contra. Cuando lo hacía, acostumbraba a consultar su reloj con compulsión, pero este ya no funcionaba; de hecho, ni siquiera lo llevaba consigo. Cuando le comentó a don Francisco de los Cobos que la humedad de la selva lo

había inutilizado, el secretario extendió la mano cual mendigo con ropas de hidalgo.
—Dejádmelo, a ver qué puedo hacer con él.
D'Angelis se lo entregó sin rechistar. Aquel pequeño tesoro era otra pérdida más. Una máquina de gran utilidad durante años, que ahora no era más que un mal recuerdo. Su único consuelo era que la vida le había dado la oportunidad de empezar de nuevo, y no es que fuera a hacerlo ligero de equipaje.
Lo hacía con lo puesto y un caballo entre los muslos.
Menos es nada.
Dino no compartió con Víctor, ni con Ventas, la estrategia que seguiría en su investigación. Quería enfrentarse al caso desde cero, y para él, no había inocentes hasta que se demostrara lo contrario, ni siquiera ellos dos. No pensaba fiarse de nadie hasta no escuchar sus testimonios y observar por sí mismo cada movimiento que hicieran. Así se lo hizo saber a don Francisco de los Cobos, y este decidió otorgarle un permiso especial para darle absoluta libertad de acción. El secretario lo redactó sobre la marcha, pero en un momento dado se interrumpió para hacerle una advertencia a D'Angelis.
—Importante. —El secretario le apuntó con la pluma de ganso con la que escribía el documento—: que no se os ocurra blasfemar.
Dino se hizo el ofendido. Abatió los hombros y mostró las palmas de las manos, de una forma tan dramática, que semejaba un mártir escapado de un cuadro al óleo.
—Don Francisco, ¿cómo me decís eso?
—Esas tierras pertenecen al Císter, y es posible que tengáis que tratar con monjes. Este documento os convierte en representante del Imperio, así que confío en que lo honraréis. Ah, y nada de borracheras ni meretrices.
El espía besó la cruz que formó con el pulgar y el índice.
—Palabrita del Niño Dios.
Don Francisco de los Cobos se imaginó al Niño Dios temblando en el pesebre al oír aquella promesa de labios de Dino D'Angelis.

Cruzaron la puerta norte de Nuévalos alrededor del mediodía, después de dar un rodeo por caminos empinados que bordeaban los riscos que se alzaban al oeste. El terreno era escarpado y boscoso, perfecto para esconderse.

Víctor y Helio encabezaban la comitiva, seguidos por Dino y Charlène a lomos de Barlovento y Neuit a pie, justo detrás. Los habitantes del pueblo detuvieron sus quehaceres al verlos llegar. De vez en cuando, algún forastero aparecía por el pueblo, lo justo para entrar por la puerta norte, salir por la este y proseguir camino hacia el monasterio de Piedra o la hospedería que había al lado del hospital de San Lucas. Pero este trío era particularmente extraño: un hombre de unos cincuenta años, con sombrero emplumado y tizona al cinto, una mujer menuda y elegante y un muchacho de facciones inconcebibles para los novalenses, que andaba descalzo a pesar de ir bien vestido. De no ser porque iban acompañados por Víctor y Ventas, los habrían echado del pueblo a garrotazos.

Los guardias cerraron las puertas en cuanto la comitiva entró en el patio de armas del castillo. Dino examinó el recinto con la misma atención con la que había estudiado cada edificio, callejuela y rostro con el que se había cruzado en su breve ascenso a la fortaleza de los Cortada. El baluarte era viejo y no muy grande, un pedazo que quedaba en pie de una fortificación mayor que ya no existía. Los muros, agrietados, no resistirían un asedio con armas modernas. Calculó que un par de cañones lo reducirían a escombros en apenas una hora. Un guardia se hizo cargo de Barlovento en cuanto Charlène y él descabalgaron. D'Angelis se echó al hombro las alforjas, que contenían el equipaje de ambos. Neuit llevaba su inseparable mochila a la espalda.

El hijo del comendador les rogó que lo siguieran.

La relación de Víctor y Ventas con los enviados de Francisco de los Cobos fue escasa durante el viaje. Era evidente que al capitán no le caía bien el turinés, y ambos se habían limitado a tratar de ser corteses el uno con el otro. Neuit hablaba poco, solo lo hacía con Dino, y en contadas ocasiones con Charlène. Parecía que al indio le costaba asimilar que tenía algo semejante a una hermana y a veces se mostraba reservado con ella. D'Angelis pensó, en un primer momento, que Neuit sentía celos de Charlène, pero luego se dio cuenta de que sus temores eran infundados. Lo que le sucedía al muchacho era que su experiencia con el sexo opuesto era, más bien, nula. En general tuvieron poco tiempo para hablar unos con otros. Pasaban la mayor parte del día a caballo, y el resto lo dedicaban a descansar por separado en las posadas en las que pernoctaban. Dino compartía habitación con Neuit, Víctor con el capitán y Charlène con un libro de medicina, heredado de Klaus Weber, que trajo de Toledo para aprovechar las noches en soledad.

Víctor los condujo hasta el salón principal. Heliodoro Ventas fue a buscar a los señores de Nuévalos para informarlos de la llegada de los enviados del emperador. Dino dejó el equipaje en un rincón y observó la austeridad de la enorme estancia, sin apenas adornos ni trofeos. Era como el exterior del castillo, un vestigio de otro tiempo. Incluso el uniforme y las armas de los soldados que formaban la guarnición del castillo parecían del siglo pasado.

No tuvieron que esperar demasiado para que Ricardo de Cortada y su esposa, Marina, se personaran en el salón acompañados del capitán Ventas. Víctor se adelantó para saludarlos. Si sus padres ya tenían mal aspecto cuando se despidió de ellos dos semanas antes, ahora parecían almas en pena.

—¿Cómo sigue Daniela? —preguntó.

—Igual —gruñó el padre, que miró por encima del hombro de Víctor para estudiar a los tres desconocidos—. ¿Ese es el médico alemán? —preguntó en voz baja, refiriéndose a Dino—. Tiene pinta de rufián.

Marina se puso tensa.

—Ricardo, por el amor de Dios.

—Klaus Weber murió hace tres meses, padre —susurró Víctor—. La médico es ella, Charlène Dubois, su mejor alumna...

—¿¡Una mujer!? —En esta ocasión, Ricardo habló lo bastante alto para que el eco de su voz se propagara por todo el salón—. ¿Y quién es el tipo del sombrero? Y ese... niño raro.

—Padre, os lo ruego.

Charlène iba a decir algo, pero Dino le dio un toque en el brazo y le susurró en piamontés:

—No te enfades, es normal que se sorprenda.

Ella levantó la nariz en un gesto que era una mezcla de ira y orgullo. Neuit no pudo evitar que una expresión enfurruñada le arrugara la cara tatuada. Intuía que no eran bien recibidos por los señores del lugar, lo que le pareció una falta de respeto y una muestra imperdonable de ingratitud. De todos modos guardó silencio. Dino le había explicado la importancia del éxito de aquella misión para el futuro de ambos, y se había grabado a fuego la consigna que le había dado: «No la cagues».

—¿Entiendes ahora por qué es inútil pedir ayuda a las autoridades? —A pesar de que el comendador había bajado la voz para reprender a su hijo, la furia de su rostro resultaba más ofensiva que cualquier grito—. Se han reído en tu cara, enviándote a un trío de extranjeros inútiles, sacados de Dios sabe qué rincón del Imperio.

—Por favor, padre —suplicó Víctor—. Esa mujer sabe más de medicina que cualquier médico varón que conozcamos.

Marina, que había roto a llorar, agarró a su esposo por la manga del jubón.

—Ricardo, no prejuzgues y dales una oportunidad. Estamos desesperados.

El comendador reprimió una maldición.

—¿Me permitís que os los presente, padre?

Ricardo apartó a su hijo y caminó hasta plantarse frente a Dino, Charlène y Neuit. Este retrocedió con disimulo hacia la silla en la que había dejado el arco y el carcaj. Aquel viejo no le gustaba un pelo.

—Soy el comendador de Nuévalos, Ricardo de Cortada y Foces. Esperábamos a Weber y a un destacamento de soldados.

D'Angelis se quitó el sombrero con una reverencia y le tendió el documento redactado por Francisco de los Cobos. Rezó por que supiera leer y no lo tomara como una burla. Para su alivio, don Ricardo separó la carta todo lo que pudo de la cara para enfocar la vista y la examinó con atención. Se la devolvió de malos modos.

—Así que sois agente del Sacro Imperio Romano Germánico y tenéis autoridad de juez en lo concerniente a este caso —recitó el comendador con cierta sorna—. Según esto, podéis hacer y deshacer a vuestro antojo. Y bien, ¿qué se supone que tengo que hacer? Habláis castellano, supongo...

—Suponéis bien, excelencia —respondió Dino—. En realidad, vos no tenéis más que facilitar la investigación. Mi misión es desenmascarar a esos impostores y ayudar a que la justicia se haga cargo de ellos.

Ricardo dejó escapar una risa amarga.

—Vuestro escepticismo me sorprende. Tenemos pruebas de que los demonios son eso, demonios.

D'Angelis alzó las cejas.

—Entonces ¿por qué os decepciona la ausencia de soldados imperiales?

Al comendador el contraataque le pilló por sorpresa. Dino se obligó a reprimir una sonrisa de triunfo. Le había sido facilísimo cazarlo.

—Todo esto me parece una falta de respeto —bufó Ricardo—. Pedimos ayuda a Toledo y nos envían a... vos.

—Excelencia, os ruego nos deis una oportunidad. —D'Angelis señaló con la mano abierta a Charlène y a Neuit—. Charlène puede ayudar a vuestra hija...

—Si es que realmente lo es —lo interrumpió el comendador.

Dino ignoró el comentario.

—No tenéis nada que perder —prosiguió—. Si estáis en lo cierto y quienes asesinan a esas niñas son demonios reales, me llevarán con ellos al infierno y no os molestaré más. Me reuniré con viejos amigos en las calderas, al menos no me aburriré, y vos os libraréis de mí. Respecto a Charlène, os ruego que os olvidéis de que es una mujer. —D'Angelis se desabrochó el cinturón con la espada y el puñal y se lo pasó a Neuit, para a continuación desabotonarse la chaqueta y remangarse la camisa por encima del ombligo—. ¿Qué os parecen estas cicatrices? La más grande casi me manda al otro barrio.

Ricardo se agachó para verlas más de cerca.

—Están bien cosidas —reconoció.

D'Angelis se volvió hacia Heliodoro Ventas con la camisa aún remangada y el estómago plano y peludo al descubierto.

—Capitán, ya os habría gustado tener a Charlène cerca cuando os hirieron, en vez del carnicero que os remendó —soltó—. ¿Qué opináis de estas costuras?

A Ventas le habría encantado romperle los dientes a D'Angelis en ese preciso instante, pero le había prometido a Víctor respetarlo, por muy mal que le cayera. Dino se bajó la camisa y volvió a abotonarse la chaqueta de piel. Neuit le devolvió el cinturón.

—Excelencia, confiad en nosotros —insistió mientras se abrochaba la hebilla del cinto—. Cuando uno cuelga de un precipicio y alguien le tiende la mano desde el borde, no se detiene a pensar si será lo bastante fuerte para soportar el peso. Y, según vuestro hijo, vos y vuestro pueblo estáis al borde del abismo.

Ricardo guardó silencio, como si le costara digerir el mensaje. Doña Marina acarició el brazo a su marido y luego dedicó una mirada de agradecimiento a Dino. Este agachó la cabeza a modo de saludo. La esposa del comendador tendió la mano a Charlène, y esta la aceptó.

—Os llevaré a la alcoba de mi hija.

Charlène desapareció por el arco del corredor que conducía a la escalera. Ricardo las siguió con la mirada hasta perderlas de vista. Con gesto hosco invitó a todos a sentarse a la mesa. Dino, Víctor, Ventas y Neuit ocuparon sendas sillas; el comendador, en la presidencia.

—No sabéis dónde os metéis —advirtió don Ricardo.

—En eso tenéis razón —aceptó D'Angelis—, no lo sé. Pero ese ha sido mi trabajo durante años: explorar territorio desconocido y destapar secretos.

—¿Y vos os vais a enfrentar a esos demonios en solitario? Por muy afilada que esté esa espada que lleváis en el cinto, me parece que esto os queda grande.

—Tuve el mejor maestro de esgrima de Europa —alardeó el turinés—. Pero, de todos modos, mi arma principal no es el acero, excelencia, sino esto. —Dino se señaló por turnos los ojos, las orejas y la frente—. Soy capaz de ver lo que nadie ve, oír lo que nadie oye y pensar en lo que nadie piensa.

El comendador se recostó en el respaldo y sopesó la situación. Escrutó la mirada de Víctor, que iba de su padre al enviado del emperador y viceversa. Como buen militar, Ventas esperaba órdenes en silencio. Ricardo desvió la vista hacia Neuit, que miraba a unos y otros sin enterarse de nada.

—Joder —refunfuñó el comendador, dándose por vencido; en los últimos tiempos era lo habitual en él—. Podéis instalaros en los aposentos de mi difunto hijo Eduardo —concedió—. Tenéis mi permiso para moveros libremente por el pueblo e interrogar a quien os plazca, pero con una condición: mantened a Víctor apartado de vuestra investigación.

—Padre, no entiendo por qué...

Ricardo interrumpió la protesta.

—No te mezclarás en esto —zanjó—. No quiero perderte como a Eduardo y Daniela. Eres el único hijo que me queda.

—Daniela sigue viva —le recordó Víctor, cansado de discutir aquel asunto con su padre y de que este lo siguiera tratando como a un crío.

—Ya veremos qué dice esa Charlène, si es verdad que tiene alguna idea de medicina. Helio, ponte a las órdenes de maese D'Angelis y encárgate de su seguridad en todo momento.

El capitán se puso tan nervioso que llamó al comendador por su nombre de pila, como cuando estaban solos.

—Ricardo… Señor, yo tengo que encargarme de la guardia.

—La guardia funciona sola. Si hace falta, yo mismo me ocuparé de ella.

—Pero…

—Ya basta, Helio, es una orden.

D'Angelis miraba al capitán con expresión solemne. Cuando este volvió la cabeza hacia él, la cara le brillaba en rojo furia. Dino le habló en tono pausado.

—Capitán Ventas, os aseguro que no os daré problemas —prometió, para luego inclinar el torso hacia la presidencia—. Excelencia, me extraña esa reticencia de don Heliodoro a trabajar conmigo, cuando es alguien a quien admiro profundamente y cuenta con toda mi simpatía. —Volvió a dirigirse a Ventas—. Seguro que acabaremos siendo grandes amigos.

La cicatriz roja latía de rabia.

—Seguro que sí —masculló en tono amenazador.

El sonido de un llanto desgarrador, procedente de la planta superior, interrumpió la charla. Era Marina quien lloraba. Se oyó de fondo la voz grave de Juana, la criada, que trataba de consolar a su ama a cualquier precio.

—¿Qué coño pasa ahora? —se preguntó Ricardo, irritado.

Charlène se personó en el salón y caminó hasta Ricardo de Cortada, que la miró desde su asiento sin intención de levantarse.

—¿Por qué llora mi esposa? ¿Ha pasado algo?

—Excelencia, ¿Daniela ha sido madre alguna vez? Vuestra esposa lo niega —añadió.

—¿Qué demonios? —maldijo el comendador—. Claro que no.

—He examinado a vuestra hija a fondo —dijo Charlène—. Y no me cabe la menor duda: Daniela ha tenido hijos, y por lo que he podido ver, estoy en posición de afirmar que ha parido más de uno.

Se oyeron más sollozos.

Sin embargo, en el salón no reinó más que el silencio.

11

La novedad sobre la maternidad de Daniela fue difícil de digerir para los Cortada.

Marina no dejó de llorar hasta que Antoñita la obligó a tomar una infusión de hierbas de San Juan. Ataúlfo Martínez, el médico, había recomendado fuertes dosis de hipérico —como él llamaba a la hierba— para calmar los ataques de ira de Daniela, además del uso de esponjas somníferas con una solución de diferentes plantas que él mismo elaboraba en su laboratorio para las crisis más violentas. Aquel preparado incluía, entre otros ingredientes, cicuta, amapola, beleño y mandrágora, un combinado capaz de dejar inconsciente a un buey durante horas.

La reacción de Ricardo de Cortada ante la mala nueva atravesó diferentes fases. La primera fue de negación, hasta que Charlène le dio detalles que él habría preferido no saber; detalles que le dejaron claro que aquella mujer sí sabía de lo que hablaba. La segunda fue la cólera: se puso a dar vueltas por el salón, bramando que los demonios habían fecundado a su hija y que ahora era abuelo de solo Dios sabía qué engendros. Víctor y Ventas se las vieron y desearon para apaciguarlo. La tercera, la más humana y comprensible, fue ir a sus aposentos y unirse a su esposa en el llanto.

Víctor parecía más tranquilo que sus padres, a pesar de estar anonadado por la noticia de los embarazos de Daniela. Le pesaba la cabeza y sentía que flotaba al caminar, como cuando lo aquejaba la fiebre. Se acercó donde estaba sentada Charlène, en el extremo opuesto de la mesa. D'Angelis y Ventas permanecían en sus sillas, en silencio, esperando a que pasara la tormenta. Resultaba difícil ponerse en la piel de la familia. Neuit, al lado de Dino, sabía que acababa de pasar algo muy grave, pero se limitó a mirar a unos y otros sin hablar.

—¿Podéis darme más detalles sobre el estado de mi hermana? —pidió Víctor.

—Juana me ha dicho que la mantienen drogada casi todo el tiempo —comentó Charlène—. Ya he dado instrucciones para que no vuelvan a usar las esponjas somníferas hasta nueva orden, necesito examinarla despierta. Las magulladuras de las que me hablasteis han desaparecido, por lo que sana bien y no parece sufrir más enfermedad que la de la mente.

Víctor la interrumpió. No era eso lo que le interesaba.

—Yo me refería a... ya sabéis. ¿La han...?

Charlène no se anduvo por las ramas.

—Si tratáis de preguntarme si la han violado, no lo sé. De lo que sí estoy segura es de que ha sido madre. Desconocemos dónde ha estado estos últimos cuatro años. No podemos descartar que se fugara con alguien, mantuviera una relación de concubinato y luego perdiera la razón, aunque todo apunta a que esos demonios, o quien sea, la han retenido en contra de su voluntad.

—Mi padre afirma haber visto su cadáver —murmuró Víctor—. Esto es una locura.

—Pues la mujer a la que he examinado está viva.

—¿Y cómo estáis segura de que ha sido madre?

Charlène intentó ser lo más aséptica posible.

—Algún parto tuvo que ser difícil. Daniela tiene la cicatriz de un desgarro entre la vagina y el ano. Alguien cosió esa herida, mal, pero la cosió. Y sus pechos son de una mujer que ha amamantado, pese a que ahora estén secos de leche.

—¿Y los recién nacidos?

Charlène respiró hondo.

—No quiero ni pensarlo.

Un silencio grave se instaló en el salón. Dino se trasladó al otro lado de la mesa, frente a ellos.

—Si vuestra hermana ha logrado escapar de esos hijos de puta, hay algo que está claro, y es que su guarida no está lejos. Apareció en el monasterio de Piedra, ¿verdad?

—Así es.

—¿Tenéis un lugar donde podamos trabajar los cuatro? —quiso saber Dino—. Me refiero a vos, al capitán Ventas, a Neuit y a mí. Necesito poner mis pensamientos en orden para decidir por dónde empezar. Necesitamos una mesa grande —añadió.

—Ordenaré que suban una a vuestra habitación. —Se volvió a Charlène—. Vos podéis ocupar la contigua, la de invitados. Ambas quedan lejos de la de mi hermana, no os molestará con sus gritos y podréis descansar cuando no estéis con ella.

Charlène agradeció la hospitalidad. Jamás había olvidado quién era ni de dónde venía, ni siquiera después de vivir durante catorce años rodeada de todas las comodidades de palacio. Víctor no podía imaginar en los lugares en los que había dormido de niña. Callejuelas infestadas de ratas y chinches, soportales que apenas la protegían de la nieve, graneros donde se colaba de noche, cuando nadie la veía… Siempre con un cuchillo cerca, temerosa de que una mano malintencionada la arrancara de su sueño para hacerle daño.

Víctor tampoco podía sospechar por lo que pasó aquella niña tras la muerte de su madre, cuando su padre se metía con ella en la cama, borracho, y la forzaba a ocupar el lugar de su difunta esposa.

En todos los sentidos.

Aquel doloroso bagaje la había acompañado desde entonces, y le era imposible desprenderse de él. La paz del olvido era un deseo inalcanzable. Cada vez que algún joven había intentado cortejarla, el fantasma de su padre se manifestaba para recordarle que la mancha de su recuerdo jamás se borraría. Cada roce, cada palabra gentil susurrada al oído, se transformaba en el tacto de su progenitor y en aliento a vino rancio.

Entendía demasiado bien por lo que habría pasado Daniela de Cortada.

Por eso haría todo lo posible por ayudarla.

Dino tomó la palabra de nuevo.

—Necesito ordenar las muertes, conocer los lugares donde ocurrieron, hablar con los familiares de las niñas… —Se volvió hacia Ventas—. Capitán, sé que no os caigo bien, y también que mi sentido del humor es difícil de entender y que no puedo evitar ser un bocazas, pero os ruego que hagáis un esfuerzo para que podamos trabajar juntos. Si os suelto alguna inconveniencia, algo que seguro haré sin darme cuenta, sentíos libre de responderme con total rudeza. Os juro que no me ofenderé.

—No acostumbro a permitir faltas de respeto —silabeó Ventas—. Ni tampoco que un desconocido se tome confianzas conmigo, por muy enviado del emperador que sea. Tampoco apruebo el lenguaje soez, y eso que a veces me vienen blasfemias a la mente que me mandarían al infierno de cabeza.

—Os aconsejo que las soltéis sin miramiento —respondió Dino—. Dios castiga por pensamiento, obra y omisión. El pecado es el mismo, pero si lo decís en voz alta, al menos os reconforta.

—Veo que sabéis mucho de teología —rezongó Ventas, irónico.

—Mi mejor amigo durante años fue arzobispo en Turín. Resultó ser un cabrón hijo de puta: fue el que peor me rajó de todos los que lo hicieron. Casi me arrastra con él al *patio los callaos*, como decía un gaditano que conocí en las Indias. —Se le escapó una risa, al acordarse de él—. Tenía gracia, ese puto gaditano… por ahí andará, metido en el fango, si no es que la ha *palmao*, como también solía decir.

—No entiendo cómo don Francisco de los Cobos confía en vos —dijo el capitán sin disimular su desprecio—. Por ahora no he visto en vos más que charlatanería.

—¡Helio! —lo reprendió Víctor—. ¡Ya basta!

—No pasa nada, don Víctor —lo tranquilizó D'Angelis—. Os aseguro que acabaremos llevándonos de maravilla. El capitán Ventas me recuerda a un oficial que conocí, Yannick Brunner. Al principio me odiaba a muerte y luego no podía vivir sin mí.

Ventas clavó la mirada en el artesonado del techo y resopló, hastiado. Si había algo que deseaba en ese momento, era estamparle una silla en la cabeza al turinés. Charlène aprovechó la tregua para hablar. Su acento, que aún conservaba flecos de francés e italiano, daba un empaque especial a sus palabras, dotándolas de una enjundia efectiva y elegante.

—Dino D'Angelis es el hombre más valiente que he conocido jamás, y he conocido a muchos, capitán Ventas. —Charlène mantuvo su mirada fija en el militar—. Me acogió como a una hija cuando no tenía a nadie, sin apenas conocerme ni pedirme algo a cambio, lo mismo que ha hecho con Neuit. —El indio desvió la vista hacia ella al oír su nombre—. Salvó a una mujer y a sus hijas de un destino horrible, y casi le cuesta la vida; se jugó el cuello para rescatar a unos hombres inocentes de prisión, y se enfrentó a la familia más poderosa de Turín, con la que había trabajado durante años, para impedir que asesinaran a Clemente VII. Y ha detenido conspiraciones de protestantes que podrían haber acarreado dolor y muerte a muchas familias. Por muy malhablado e insolente que sea, algo que no niego, ha hecho más por la cristiandad que millones de creyentes dándose golpes de pecho al son de una misa en latín que ni siquiera entienden. Así que os ruego que os lo penséis dos veces antes de menospreciarlo.

Dino hizo lo imposible por no llorar después de oír el alegato de Charlène. Ventas aguantó el chaparrón con mucha gallardía y cierto atragantamiento. Le había sorprendido el discurso de la piamontesa, por quien sí empezaba a sentir un sincero respeto e incluso un atisbo de admiración. No estaba habituado a recibir reprimendas, menos de una mujer, pero se tragó el orgullo. Muy serio, se levantó para apoyarse en la mesa. Estiró el brazo y le tendió la mano a D'Angelis. Este también se inclinó sobre el tablero, con una sonrisa que acentuó los pliegues de su rostro enjuto, y la estrechó.

—¿Veis? Ya empezamos a ser amigos —celebró.

El capitán volvió a sentarse, y Dino retomó el tema que los ocupaba.

—Si os parece bien, lo primero que haremos será instalarnos —propuso—. Víctor, además de la mesa, necesito papiros, pluma y tintero. No quiero que se me escape nada. No podemos permitirnos un mal paso.

—Tendréis lo que necesitéis.

—Pues bien. —D'Angelis se levantó y recogió las alforjas donde guardaba su equipaje y el de Charlène; ella, además, llevaba una bolsa cruzada donde transportaba su material médico—. Si sois tan amable de conducirnos a nuestras dependencias...

—Por aquí —indicó Víctor, que se encaminó hacia el corredor.

Dino estuvo a punto de llorar de emoción al ver la habitación que les habían asignado. Hacía años que no disfrutaba de un lugar tan confortable. Para Neuit, era toda una novedad. La noche que pasaron en el alcázar durmieron en los barracones de la guardia por deseo expreso de D'Angelis, siguiendo el dictado de lo que él consideraba el undécimo mandamiento de las tablas del Señor:

No molestar.

Había compartido camastro y suelo con Neuit en infinidad de ocasiones, y soportaba con estoicismo las patadas del joven indio, pero en esta ocasión había espacio suficiente para escapar de los indómitos pies de su pupilo. Dino calculó que en aquella alcoba cabrían cuatro personas con comodidad. Neuit se dedicó a saltar sobre el colchón de lana hasta que su tutor tuvo que recordarle que no estaba en la selva. El muchacho le soltó una fresca y cambió su entretenimiento por subir a la plataforma de la torre del homenaje. Desde allí se dominaba todo Nuévalos: las calles estrechas, las casas con corrales adosados, los pasajes empedrados y sus alrededores agrestes. Había personas en la calle, y parecían ajenas al infierno que la noche les traía. Desde lo alto, la villa daba la impresión de estar libre de todo mal.

La guardia subió la mesa más grande que cabía por la puerta de la habitación, además de un buen fajo de papiros, varias plumas y un tintero. Dino había guardado su equipaje y el de Neuit en un armario de madera demasiado grande para sus pocas pertenencias. La única ventana de la estancia era estrecha y proporcionaba la claridad justa en un día soleado. Varios candelabros dotados de velas gruesas y unos cuantos candiles garantizaban suficiente luz para trabajar a cualquier hora del día.

Alguien llamó a la puerta con los nudillos. Dino esperaba ver a Neuit de vuelta de su excursión, pero a quien encontró en el quicio fue a Víctor y a Ventas. El turinés los invitó a entrar con un gesto.

—¿Y vuestros padres? —preguntó a Víctor.

—Algo más calmados. Antoñita le ha dado a mi padre una buena dosis de poción de San Juan. A este ritmo no vamos a ganar para drogas en esta casa.

—¿Y de vino cómo andáis?

La pregunta pilló por sorpresa a Víctor.

—Bien —balbució, para luego confirmar—. Bien.

—Pues traed una redoma y cuatro jarras —dijo—. Para trabajar con la sesera, nada mejor que aclararla con buen vino.

12

Dino comprobó que todas las copas estaban llenas y alzó la suya.

Neuit lo imitó, aunque no había vuelto a probar el vino desde que se pillara una cogorza mortal a orillas del Amazonas que, según afirmaba él, le llenó el cuerpo de espíritus. A la mañana siguiente, cuando devolvió hasta el alma, los buscó en el vómito y aseguró haber encontrado tres.

—Antes de nada, considero a los presentes parte de un equipo, y me incomoda andar con formalidades —entonó D'Angelis—. Si os parece correcto, tratémonos como amigos: Dino, Víctor, Helio y Neuit. De tú, como a los césares en la antigua Roma.

—Os permitiré llamarme Heliodoro —aceptó el capitán—. Helio lo reservo para mis amigos más cercanos.

—Te permito —lo corrigió el espía—. Te prometo que pondré todo mi empeño en convertirme en uno de ellos. ¿Víctor?

—Por mí no hay inconveniente. El respeto se demuestra, no va en el tratamiento.

—Yo, don Neuit —declaró este, levantando la mano.

—Así te llamaremos el día que te calces esos pies y te subas a un caballo.

El chico decidió que no pagaría ese precio.

—Entonces, solo Neuit.

—Brindemos, pues —propuso Dino—. Porque seamos capaces de devolver la tranquilidad a Nuévalos.

Todos dieron un sorbo menos Neuit, que deslizó la copa hacia Dino después de levantarla. Este se sentó a la mesa con un pliego por delante.

—Repasemos lo que me habéis contado hasta ahora: la primera

muerte tuvo lugar en 1537, hace seis años. Fue la hija de la que llamáis la Lobera, ¿verdad?

—Así es —confirmó Víctor—. Se llamaba Rosalía.

—¿Qué edad tenía cuando desapareció?

—Trece, creo.

—¿Recuerdas más detalles? Cualquier cosa, aunque te parezca irrelevante.

—Sucedió alrededor de noviembre, cerca de la granja de Cocos, una antigua aldea al noreste que también pertenece a los monjes. El cadáver de Rosalía nunca se encontró. Ese año se llevaron a otra niña más: Braulia, la mayor de Javier Moreno, el carnicero. Fue la única vez que se organizó una batida para perseguir a los demonios, alrededor de treinta hombres.

—Los monstruos arrojaron el cuerpo de la niña desde lo alto de la Pedriza —apuntó Ventas—. Es el monte que se ve desde el mirador de la iglesia —explicó—. Los demonios le habían robado el alma... como a Daniela.

—¿Puedes explicar eso? —preguntó Dino a Ventas, intrigado.

—El cadáver llevaba la ropa de Braulia, pero estaba irreconocible: su cara era una calavera rodeada de pellejo apergaminado, las cuencas de los ojos vacías, las piernas y los brazos rígidos y sin carne... ¿Has visto alguna vez una mosca en una telaraña?

—He visto muchas.

—Pues si te roban el alma, te quedas igual que esa mosca.

Dino le dio la razón como a los locos; no tenía tiempo para cuentos de viejas.

—Está claro. —Se dirigió a Víctor—. ¿Participaste en la búsqueda?

—Estaba en Calatayud, de visita en la hacienda de los padres de Mariela. De todos modos, mi padre no me habría dejado unirme a ellos.

—Mariela era tu esposa, ¿no? —Víctor asintió—. Lo lamento, una desgracia. ¿Cuándo falleció?

—Hace tres años. Nunca llegó a cumplir los veinte.

Dino garabateó unas palabras en el papiro. Heliodoro se apoyó en la mesa con descaro, para poder ver lo que escribía. El capitán sabía leer lo justo, pero no le cupo la menor duda de que aquello no era castellano. Señaló la última frase.

—¿Qué pone aquí?

—Perdón, es piamontés —se excusó Dino—. Me siento más cómodo cuando escribo en mi lengua natal. Solo he apuntado la fecha en la que murió la hija del carnicero y que su cuerpo fue arrojado desde el monte.

No era verdad. Lo que en realidad había escrito era que Víctor no se encontraba en el pueblo el día de la desaparición de Braulia.

—Dividamos las víctimas en dos tipos —propuso D'Angelis—. Si el cuerpo apareció, trataremos el caso como un asesinato; si no se encontró cadáver, lo consideraremos una desaparición. Sería el caso de tu hermana, por ejemplo. No podemos descartar que haya niñas retenidas, y vivas, en algún lugar.

—No me había planteado eso —reconoció Ventas en voz alta.

—Por eso estoy aquí, Helio… doro —dijo D'Angelis con un guiño—. Empiezo a ganarme el sueldo, ¿verdad? —El capitán no respondió; el espía trazó una línea en el papiro y escribió otra fecha—. ¿Hubo víctimas en 1538?

—Regina Fantova López —respondió Víctor—, la hija de Catalina López Villalta, viuda de José Fantova y Giso, primo de mi madre. Nosotros la llamamos tía Cata. Una mujer piadosa —añadió—, muy querida en toda la comarca. Creo que Regina fue la mayor de todas, ya era una mujer cuando se la llevaron.

—¿Edad?

—Diecisiete o dieciocho años.

—¿Se encontró su cuerpo?

—Sí, apareció varios días después.

—Igual que las demás —insistió Ventas—. Un cuerpo sin alma.

Dino tomó nota. Víctor siguió hablando.

—Catalina es la dueña de la casa de caridad de la que te hablé durante el viaje; también construyó el hospital que está al lado, junto a la carretera que lleva al monasterio. Tras la muerte de mi primo Gabriel, tía Cata se dedicó en cuerpo y alma a los más desfavorecidos. La historia de esa familia es parecida a la nuestra: primero murió el tío José, luego el hijo mayor en las Indias y por último Regina. Mi tía se quedó sola con los viejos, enfermos y locos a los que acoge, además de los empleados que trabajan en el lazareto.

—Eso debe de generarle muchos gastos —supuso Dino.

—Los granjeros y los monjes la ayudan con productos de sus huertas, pero la mayor parte de los costes corren por cuenta de Cata. Mi tío tenía tierras desde Calatayud a Zaragoza, y los padres de Catalina también. Estas últimas las comparte con su hermano menor, que es quien las gestiona, pero las rentas de mi tío José las cobra íntegras. Dos veces al año la visita un administrador de la capital, un tal Filomeno Jordán, para rendir cuentas.

—Entonces es rica —comentó Dino, que no dejaba de tomar notas—, además de generosa.

—Y también muy egoísta —añadió Ventas, que captó de inmediato la atención de D'Angelis.

—¿A qué te refieres?

—Se le metió entre ceja y ceja que Regina entrara en el convento de las trinitarias de Nuestra Señora de los Ángeles de Avingaña, por mucho que ella siempre manifestó que no tenía ni vocación religiosa, ni ganas de pasar el resto de su vida recluida en un monasterio perdido de Lérida. Ella quería casarse y formar una familia, no pasarse la vida encerrada, rezando.

Víctor dedicó una mirada sorprendida al oficial.

—¿Cómo sabes eso, Helio?

—No se lo cuentes a tu padre, te lo ruego —pidió el capitán—. Mi hijo Hugo se estuvo viendo con Regina durante un tiempo, hasta que doña Catalina lo espantó. Cosas de chiquillos, ya sabes, pero, por lo visto, ella le correspondía. Tu tía me amenazó con contárselo al comendador si no impedía que Hugo siguiera viéndola.

D'Angelis compuso una mueca de perplejidad.

—¿Y qué problema habría habido si se lo hubiera contado?

—El comendador prohíbe a su ejército y a sus descendientes mantener relación alguna con su familia —respondió Ventas—, bajo pena de expulsión.

—¿Y qué hiciste con tu hijo?

—Impedirlo, por supuesto. Son las reglas, y hay que cumplirlas.

—Mi padre es muy estricto en esas cosas —corroboró Víctor—. Incluso tiene que aprobar el casamiento de sus soldados antes de la boda. Costumbres heredadas de sus abuelos.

—¿Y tu padre no se ha enterado de que los tiempos cambian? —preguntó D'Angelis.

—Te reto a que intentes hacerlo.

Dino desvió la mirada al techo.

—No me pagan tanto para eso. Por curiosidad, capitán, ¿tu familia vive en el pueblo?

—No me queda nadie en Nuévalos, gracias a Dios: mi mujer murió hace años, mis dos hijas están casadas en Teruel y Hugo se marchó poco antes de la muerte de Regina para alistarse en el ejército del gran duque de Alba. Recibí su última carta hace seis meses. Lo último que sé de él es que forma parte de la tripulación de un barco que lucha contra un pirata otomano al que llaman Barbarroja. —Soltó una risa amarga—. No sé qué se le habrá perdido en el mar a un saltamontes como él, pero un hombre ha de forjar su destino por sí mismo. Yo solo puedo rezar por él antes de acostarme.

—Al menos tus hijas están a salvo.

—Los demonios prefieren niñas, no creo que les interesen mis hijas.

D'Angelis mordisqueó la pluma de ganso en actitud reflexiva.

—¿Todas las víctimas eran bonitas y jóvenes? —preguntó.

—Sí —respondió Víctor—. Entre doce y diecisiete años…, hermosas, sí.

—Regina no era guapa —refunfuñó Ventas—. Era hombruna: demasiado alta, buena amazona, fuerte… Era un calco a su difunto padre. Cada vez que la veía, me parecía verlo a él. Con deciros que cuando mi hijo empezó a cortejarla pensé para mis adentros que era maricón.

Aquel comentario hizo sonreír a Neuit, a quien aquella reunión en la que tanto se hablaba lo aburriría hasta la muerte. Dino le había dicho que él sería necesario en lo que llamaba «la investigación». Según tenía entendido, había bosques espesos como selvas en la región, y para explorar esos terrenos, nadie mejor que un aipari.

Dino dio un sorbo a la copa y prosiguió.

—En 1539 desapareció Daniela, ¿verdad? —Víctor y Ventas asintieron—. ¿Nadie más?

—Estuvimos tranquilos hasta 1541 —recordó el capitán—. Los demonios venían de vez en cuando, pero no reclamaban nada. Cada veinte o treinta días oíamos las campanas y entraban en el pueblo, como una procesión siniestra, aunque no hubo víctimas.

—Llegamos a creer que todo había terminado —intervino Víctor—, pero en 1541 se llevaron a Silvia, la hija de Venancio, el carcelero, el mismo día que cumplió trece años.

Ventas se adelantó a la pregunta de Dino.

—Su cadáver apareció días después, a las afueras. También le habían robado el alma.

D'Angelis dejó de tomar notas y se dirigió a Víctor.

—¿Tú has visto alguna vez uno de esos cadáveres?

—Ni siquiera el de mi hermana —negó Víctor—. Mi padre no nos dejó verlo.

—Pero algo de verdad tiene que haber en lo que afirma Heliodoro —supuso Dino.

Ventas se recostó en el respaldo de la silla.

—Medio pueblo ha sido testigo de ese horror —dijo—, y por eso estamos seguros de que los demonios son reales, por mucho que os resistáis a creerlo. He visto infinidad de muertos a lo largo de los años, pero ninguno como Silvia o Daniela. Ningún mortal puede hacerle eso a una criatura.

A D'Angelis le costaba creer el relato de Ventas, pero se prometió no ignorar ese aspecto de los crímenes.

—Nos queda una víctima —contabilizó—. ¿Quién era?

—Ofelia —respondió Víctor—, la hija de Manuel Lebrija, un abogado zaragozano que se instaló en el pueblo hará más de una década. Tenía dieciséis años. Desapareció el año pasado, y el cuerpo nunca se encontró. Lebrija regresó a Zaragoza con su esposa y sus tres hijos pequeños, todos varones.

—¿Y los demonios no tomaron represalias por su fuga? —preguntó Dino, extrañado.

—No —respondieron a la vez Víctor y Heliodoro.

—Puede que fuera porque los hijos eran varones —supuso el capitán.

Dino tomó varias notas más y dejó la pluma sumergida en el tintero. Acabó su copa de vino y atacó la de Neuit. Este lo observaba mientras releía sus apuntes. Víctor y el capitán intercambiaron una mirada elocuente ante el silencio del espía. Así transcurrieron unos incómodos minutos, hasta que D'Angelis apuró la segunda copa y formuló una pregunta que nadie se esperaba.

—¿Sabéis cuáles son los mejores términos de una negociación?

—¿A qué te refieres? —preguntó Ventas.

—A que esos demonios han establecido un acuerdo con el pueblo sin que este se dé siquiera cuenta.

—No te entiendo —dijo Víctor.

—Yo tampoco —apuntó Neuit, que no se había enterado de mucho.

—Hay una mente pensante detrás de estos actos —afirmó

Dino—. Imaginad que la presión fuera mayor, que desapareciera o muriera una niña cada mes. O peor aún, que ese tributo de vidas se extendiera también a los varones. Sería un precio demasiado alto a pagar, tanto que el pueblo afrontaría la amenaza de otra forma. Se echaría a la calle con horcas y antorchas para enfrentarse a esos demonios, sin importarles el miedo.

—Sigo sin entender —reconoció Ventas.

—En el fondo, todos habéis aceptado las condiciones de ese tratado unilateral —dijo D'Angelis—. Os han metido tanto miedo en las tripas que os parece justo perder a una niña al año a cambio de once meses de tranquilidad. Pero fijaos: esos demonios se pasean por vuestras calles de noche, sin pedir nada a cambio. Sabéis por qué lo hacen, ¿verdad?

Víctor se atrevió a responder.

—Para recordarnos que siguen ahí.

—Exacto —aplaudió Dino—. Para seguir asustándoos y que no olvidéis el acuerdo que mantienen con vosotros. Un acuerdo que no cumplen a rajatabla: en 1537 se llevan a dos jóvenes, y en 1540 a ninguna. Parto de la base de que los demonios no son reales, pero no descarto que sean miembros de una secta que celebra sacrificios a dioses paganos o al mismísimo diablo. Es probable que esas muertes tengan que ver con la necesidad de inmolar una virgen en una fecha determinada. De ahí esa recurrencia, prácticamente una al año. Un ritual —concluyó.

—¿Y cómo explicas lo del robo de almas? —inquirió Ventas.

—Un truco para convenceros de que son reales.

Ventas se resistía a dar su brazo a torcer.

—Soy cristiano, creo en Dios; y si creo en Dios, también tengo que creer en el diablo.

D'Angelis se dirigió a Neuit, que atendía a la discusión con desdén.

—Neuit, explícale al capitán cómo son los verdaderos dioses.

El chico se puso de pie y acompañó cada palabra con gestos exagerados.

—Altos, muy altos, tres veces yo. Pelo de oro, fuertes como cinco guerreros. Dominan trueno y algunos vuelan. Las flechas, ¡plac!, rebotan. Pero Dino muy tonto y no cree. Dino cree en hombre así.

Neuit puso los brazos en cruz, cerró los ojos y dejó caer la cabeza.

—Y tampoco es que crea mucho en él —rezongó D'Angelis—. ¿Qué opinas de lo que acaba de describir Neuit, Heliodoro?

Ventas le dedicó al chico una mirada entre amable y condescendiente.

—No te ofendas, pequeñajo, pero no hay más dios que el auténtico.

—¿A qué dios llamas auténtico? —inquirió Dino.

—¡A cuál va a ser! —exclamó Ventas—. ¡Al nuestro!

—Claro. Al nuestro. Discute eso con un mahometano o con un judío. O con Neuit. Cómo se nota que has viajado poco, Helio. —El capitán enrojeció, si bien aguantó la pulla en silencio—. Gentes de procedencia distinta creen en dioses distintos, pero ¡ah! Solo nuestro dios es el verdadero, claro está. Sin embargo yo no me refería específicamente a Dios, sino a esas manifestaciones que se le atribuyen: ¿crees que esos dioses de Neuit dominan el trueno, vuelan y son invulnerables?

Ventas soltó una risa sardónica.

—Eso no son más que patrañas...

Neuit arrugó la frente, ofendido.

—Qué pata arañas ni pata arañas... —protestó—. ¡Tú sabes nada!

Ventas se tragó el vino de golpe y volvió a rellenar la copa. Lo que le faltaba, soportar la bronca de un niño salvaje. Dino esbozó una sonrisa conciliadora y habló en tono afable.

—Lo que para ti o para mí suena a patraña, es real para el creyente. Para Neuit, sus dioses vuelan; para ti y para los habitantes de Nuévalos, los demonios absorben el alma de sus presas y dejan los cuerpos secos. Víctor, ¿qué opinas de eso?

—Mi padre vio a Daniela «seca», y el pulso de su muñeca late ahora. No me creo nada —concluyó.

Dino agradeció el comentario con un guiño. Se dirigió de nuevo a Ventas, que seguía enfurruñado. Neuit, sentado a su lado, lo miraba con rencor.

—Amigo Heliodoro, no podemos luchar contra esos demonios si el miedo nos tiene agarrados por los huevos —dijo—. Estoy seguro de que esos cabrones sangran, y si sangran, mueren. —Volvió la cabeza hacia la ventana y vio que todavía quedaba luz del sol; echó de menos su reloj—. Me gustaría dar una vuelta por el pueblo.

El capitán se levantó.

—De acuerdo, todavía faltan un par de horas antes del toque de queda.

Dino espantó la idea como quien espanta avispas.

—Tú haz lo que quieras —dijo—, pero yo no pienso respetar el toque.

—Provocarás a los demonios —advirtió Ventas.

—Es justo lo que quiero: tocarles los cojones para ver si los tienen más gordos que yo.

13

Víctor prefirió no acompañarlos.

No quería tener que aguantar los sofiones de su padre.

Se despatarró en un escabel en el pasillo, frente a la estancia de D'Angelis. Conservaba su copa de vino y la frasca, que ahora estaba en el suelo, junto a él. No había bebido durante la reunión. Jamás bebía cuando consideraba que hacía algo importante.

Porque trabajar...

Trabajar, en el sentido más estricto de la palabra, no lo había hecho nunca, y no porque fuera un vago.

Ojalá las cosas hubieran sido de otro modo.

Su hermano Eduardo siempre había sido el favorito de su padre. El fuerte, el guerrero, el jinete formidable. Un Goliat que sucumbió ante el David de la enfermedad.

Y con él, la estirpe de los de Cortada. Al menos, según su padre.

Porque Víctor no contaba.

El menor de la familia siempre amó los libros y el conocimiento que estos encerraban. La lucha más feroz de su vida la libró con su padre, hasta que lo convenció para que lo enviara a la Universidad de Huesca, una vez concluyó sus estudios en Calatayud. Después de muchas discusiones, broncas y llantos, Ricardo accedió de mala gana, como solía acceder siempre a sus deseos. Nunca acompañó un sí con una sonrisa, siempre lo otorgó a regañadientes. Aunque su padre no llegara a verbalizarlo, a Víctor le daba la impresión de que omitía el final de cada concesión con un «para lo que vales...».

A Ricardo de Cortada y Foces le atormentaba qué sería de Nuévalos cuando él faltara. Por tradición, el título de comendador recaería en su único descendiente vivo, pero ni Víctor lo anhelaba, ni era un soldado para defender el pueblo en caso de necesidad.

Y eso que, en los últimos tiempos, las armas servían de poco para solucionar los problemas de la villa.

Víctor siempre se imaginó a sí mismo impartiendo clases a jóvenes ávidos de conocimiento, reunido con mentores y compañeros, discutiendo viejas teorías y descubriendo otras nuevas. Siempre anheló una vida dedicada al magisterio en Huesca, Zaragoza o Salamanca, lejos de los montes de Nuévalos y de sus noches de pesadilla.

Pero la muerte de Eduardo zancadilleó su sueño, la de Daniela le rompió las piernas y las de su esposa e hija acabaron de rematarlo. Desde entonces había vivido bajo el ala de su padre, que lo veía como un indigno sucesor al que había que cuidar como si fuera un niño. Alguien que acabaría con el legado centenario de los Cortada. Un inútil devorador de libros y medio ateo que sabía de todo, menos de lo que hacía falta para gobernar un pueblo, y más uno tan complicado como Nuévalos.

Víctor se encontraba en un callejón sin salida. Su padre no le permitía renunciar al cargo de futuro comendador, pero no lo instruía para hacerlo. Tampoco lo dejaba implicarse en los asuntos del pueblo, y cuando trataba de hacerlo, Ricardo montaba en cólera porque las ideas de su hijo eran opuestas a las suyas.

Dio un trago a la copa. Sintió que la amargura de sus pensamientos había contaminado el vino. Dejó vagar la mirada hacia el principio del corredor y divisó a Juana de guardia, frente a la puerta abierta de Daniela. Sus padres seguirían en sus aposentos, en el centro del pasillo. Apuró lo que quedaba y rellenó la copa. Apoyó la cabeza contra la pared de piedra y miró de reojo a la puerta cerrada de la habitación de Charlène.

No pudo evitar que una ola de envidia rompiera en su corazón.

Una mujer con acceso a la mejor biblioteca que uno pudiera imaginar, instruida por eminencias poseedoras de un saber inigualable y a cargo de los hijos del emperador. Una joven que había contribuido a la educación del heredero del Imperio.

Y ahí estaba, dispuesta a curar a su hermana. Al menos a intentarlo.

Daría su vida entera por sentir un solo día lo mismo que Charlène Dubois.

Un lamento lejano le hizo volver la cabeza. Juana se levantó de la silla y entró en el dormitorio de Daniela. Segundos después, la

vio acercarse por el pasillo. Al pasar a su altura, le facilitó un escueto parte de noticias.
—Se está despertando.
Víctor siguió sentado en el escabel, con la copa de vino en la mano. Parecía un mendigo en su propia casa. Juana tocó la puerta de Charlène con los nudillos, y esta la abrió en el acto, como si estuviera esperando la llamada. El hijo del comendador las oyó cuchichear unos instantes, antes de que la piamontesa saliera de la habitación con el morral donde llevaba sus artes médicas. Charlène le dedicó un saludo silencioso al pasar. Juana encabezaba la marcha con sus andares de legionario romano. Víctor las siguió hasta la alcoba de su hermana. No cerraron la puerta. Dejó la redoma y la copa en el suelo, junto a la entrada, y se asomó al interior.
—¿Puedo pasar?
Encontró a Charlène sentada al borde de la cama. Ni siquiera se volvió para contestar.
—Sí, pero salid si os lo pido.
Juana estaba al otro lado de la cama, comprobando las telas enrolladas que sujetaban las muñecas y tobillos de Daniela. Esta mantenía los ojos cerrados y movía la cabeza de un lado a otro, como si despertara de una borrachera. Charlène rebuscó en su bolsa y sacó un frasco diminuto que puso justo debajo de la nariz de la paciente. Esta hizo una mueca de desagrado y abrió los ojos.
Las pupilas se centraron en Charlène. Los párpados se abrieron del todo.
El grito que siguió sorprendió a los tres.
Juana se inclinó sobre Daniela, chistándole como a una niña con una rabieta mientras trataba de inmovilizarla. Charlène le hizo un gesto para que la soltara; Juana tardó un poco en entenderlo, hasta que la liberó.
El cuello de Daniela era todo tendones y venas; sus mejillas, un volcán en erupción. Charlène mantuvo la calma y la mirada fija en los ojos desorbitados. No hizo amago alguno de reprimir el ataque, se limitó a posar la mano en el brazo de la hija del comendador. Le hizo otra seña a Juana para que se retirara. El corazón de Víctor comenzó a latir más rápido y más fuerte. No le extrañó que su padre estuviera convencido de que su hija estaba bajo la influencia del diablo. Parecía un animal.
Charlène, sin embargo, la miraba con dulzura, sin moverse,

como si pudiera estar sentada al lado de Daniela por toda la eternidad.
Como si estuviera por encima de todo y de todos.
La admiración que Víctor sintió por aquella mujer menuda le atenazó la garganta.
Los gritos sacaron a Ricardo de Cortada de sus aposentos, y este se plantó en el umbral de la puerta de su hija.
—¿No hay forma de hacerla callar? —protestó.
Charlène le lanzó una mirada fugaz al comendador, y Víctor lo sacó al pasillo. Este se dejó hacer de mala gana.
—La señorita Dubois necesita ver a Daniela sin narcóticos —explicó.
Ricardo tuvo que alzar la voz para hacerse oír por encima de los gritos.
—Si esta situación continúa por mucho tiempo más, tu madre acabará enterrada con tu hermano, tu mujer y tu hija, y yo con todos ellos. —Víctor recibió el desafortunado comentario con estoicismo. No era el primero, ni sería el último de ese tipo, que recibiría de su padre. El comendador regresó a sus aposentos—. Ojalá esto termine pronto. De cualquier manera —añadió.
Víctor lo vio entrar en la alcoba donde su madre dormía, sedada. «De cualquier manera», había dicho. A estas alturas, a su padre le daba igual todo. Los gritos seguían a su espalda. Regresó al cuarto de Daniela. Charlène musitaba palabras tranquilizadoras en francés mientras le acariciaba con suavidad los antebrazos. La voz le pareció un canto dulce a Víctor, que se apoyó en el quicio de la puerta. Al otro lado del lecho, Juana se santiguaba y rezaba en silencio. La criada movía los labios sin darse cuenta.
Poco a poco los alaridos de Daniela menguaron. Charlène prosiguió con sus susurros y caricias leves como el roce de una pluma. A veces ladeaba la cabeza y sonreía a la paciente, como si premiara el cambio de actitud. Víctor la contemplaba embelesado. A pesar de su pequeño tamaño, veía un poder tremendo concentrado en aquella joven. Conforme los gritos decrecían, el ceño de Juana estaba cada vez más fruncido por el escepticismo. La sirvienta no terminaba de creer lo que Charlène estaba consiguiendo.
—Así —la felicitó esta—. Así, Daniela, muy bien.
Juana intercambió una mirada incrédula con Víctor. Este se situó a los pies de la cama para contemplar mejor la escena. Daniela

apoyaba los mechones despeinados de la cabeza sobre la almohada, jadeando. El sudor hacía brillar su rostro. Parecía como si acabara de cerrarle la puerta en el hocico a una jauría de lobos hambrientos. Los ojos, más relajados, se posaban en Charlène, que le prodigaba una sonrisa de inmensa ternura.

—Hola, Daniela —la saludó, como si acabara de llegar—. Me llamo Charlène. ¿Puedes decir tu nombre? Da-nie-la —silabeó.

La única respuesta que obtuvo fueron más jadeos.

—¿Reconoces a tu hermano? —Señaló a Víctor con la cabeza—. ¿Sabes su nombre?

Silencio.

—¿Y a Juana? Te ha cuidado desde que llegaste. Tus padres están muy contentos de tenerte de vuelta, ¿sabes? Estás a salvo. A salvo —repitió.

Daniela no contestó. Una lágrima resbaló por la mejilla hasta perderse en el cuello y desembocar en la sábana. Víctor le habló a su hermana desde detrás del hombro de Charlène.

—Daniela, soy Víctor. Me alegro de que hayas vuelto a casa.

La reacción al ver a su hermano no fue la esperada. Daniela culebreó hacia el cabecero y su rostro volvió a crisparse. Charlène no podía permitirse ese paso atrás.

—Víctor, fuera.

No hizo falta repetírselo. El hijo del comendador salió de la habitación y cerró la puerta. Por suerte, no se oyeron más gritos al otro lado de la puerta.

Pero sí llantos.

Víctor se agachó para recoger la redoma y la copa y bajó al salón. Se sentó en una de las sillas y rellenó la copa, en soledad.

Se echó a llorar.

Heliodoro Ventas se dio la vuelta en mitad de la calle principal de Nuévalos y miró en todas direcciones.

—¿Y el chico? —preguntó—. ¿No estaba con nosotros ahora mismo?

D'Angelis se echó a reír.

—Y está —afirmó—. Ya te dije que los de su tribu son invisibles.

—¡Brujería! —exclamó haciendo el gesto de la figa.

—Mi amigo Andreoli lo llamaría táctica militar —repuso Dino, recordando a su camarada, que había sido teniente en la Guardia Suiza—. Y el Susurro lo habría llamado arte.

—¿El Susurro? —Ventas no entendía nada.

—Un asesino moro al que no habrías querido tener de enemigo. Neuit me recuerda mucho a él: si no quiere que lo veas, no lo ves.

—Con menuda gentuza te has mezclado a lo largo de tu vida, D'Angelis.

—Y me sigo mezclando —suspiró.

Ventas sospechó que el comentario iba por él, pero fingió no haberlo oído. Le preocupaba más la invisibilidad de Neuit.

—No ver al niño me pone muy nervioso...

Dino silbó, como quien llama a un caballo.

—Arriba, a tu derecha.

El capitán vio que Neuit lo saludaba desde detrás de la chimenea de un tejado. Llevaba el arco y el carcaj a la espalda. La gente, a pie de calle, no reparaba en su presencia.

— La madre que lo parió —dijo entre dientes.

—Como guardaespaldas es fabuloso —celebró Dino—. Y ya verás cuando salgamos al bosque. Se viste de ellos.

—¿Cómo que se viste de ellos?

—Eso dicen los aipari. Se visten de selva y no hay dios que los vea.

Ventas y Dino pasearon por la calle principal de Nuévalos, que conectaba las puertas norte y este de la muralla, con la iglesia de San Julián a la izquierda y el castillo a la derecha. Los tenderetes comenzaban a recoger sus bártulos y los comercios a echar el cierre. Los novalenses miraban al capitán de la guardia y al forastero con curiosidad. A esas horas, la noticia de su llegada había corrido de boca a boca a la velocidad del rayo. Los únicos locales que seguían abiertos eran dos tabernas: la de Cipriano, cerca de la iglesia, y La Perdiz Pardilla, próxima a la entrada norte.

Al capitán Ventas le interesaban las historias del Nuevo Mundo.

—¿Conociste a más aipari como Neuit?

—No. Neuit estaba muy lejos de su hogar cuando lo liberamos. Se marchó de su tribu para no ser sacrificado por su propia gente; no sabes cómo se las gastan algunos indígenas, Heliodoro, es una locura. Y todo por haber perdido a su padre y a su madre a la vez, en una reyerta tribal.

—Qué crueldad.
—Neuit sobrevivió durante meses, solo en la selva —prosiguió Dino—, hasta que una partida de caza de otra etnia lo capturó mientras dormía. Nos tropezamos con su campamento por casualidad, y cometieron el error de atacarnos. Nos cargamos hasta al último de ellos. A Neuit lo encontré atado a un árbol, temblaba como un conejillo asustado. Me produjo ternura y convencí a don Francisco para que me permitiera llevarlo con nosotros.
—¿A don Francisco de los Cobos?
—A don Francisco de Orellana.
—No me suena.
—Te sonará —aseguró Dino—. Algunos indios que iban con nosotros hablaban sharanaua, un dialecto de esas tierras, y más o menos se entendían con Neuit. El chico se dio cuenta de que yo había intercedido por él ante Orellana y no se ha despegado de mí desde entonces.

D'Angelis se paró frente a La Perdiz Pardilla. La atmósfera del local era deprimente. La clientela que se veía detrás de la puerta abierta se reducía a cuatro parroquianos, tres de ellos con pinta de tener un pie en el cementerio y otro tan borracho que apenas podía tenerse en pie. El espía escudriñó los alrededores. Vislumbró a Neuit detrás de un carro aparcado cerca de la alfarería que se veía más abajo, próxima a la puerta este. Nuévalos no era muy grande intramuros, pero por lo que había oído, los aledaños sí.

—Y aquí se acaba el pueblo —concluyó—. ¿Qué familia de las niñas nos queda más cerca?
—La de Braulia, la hija del carnicero —respondió Ventas—. La carnicería se encuentra más arriba, en la calle de la Piedad. Estará cerrada, pero viven encima.
—Vamos para allá.

Dino silbó. Neuit correteó detrás de ellos y saltó una tapia sin ser visto. Hizo tan poco ruido que las gallinas del corral ni se alteraron.

Todas las miradas seguían al forastero y al capitán mientras remontaban la calle principal. Pero había unos ojos, en especial, que no les quitaban la vista de encima.

El dueño de aquellos ojos decidió seguirlos.

Lo hizo con tal disimulo, que ni siquiera Neuit se percató de su presencia.

14

La carnicería estaba cerrada, pero el olor a matanza lo impregnaba todo a veinte metros a la redonda. Solo el aroma a leña y brasas procedente de los hogares próximos amortiguaba la esencia dulzona de la sangre. Un charco rojo y medio seco alfombraba el suelo debajo del mostrador vacío donde se exponían a diario las piezas de cordero, ternera y cerdo. Una estructura de madera con ganchos de hierro, donde colgaban pollos y conejos, sobrevolaba el tenderete y servía de base para el toldo que protegía el género del sol y la lluvia.

Todavía quedaba una hora de luz, y los novalenses se afanaban en terminar sus quehaceres antes de acuartelarse en sus casas. Dino se preguntó qué pensamientos rondarían la cabeza de unas gentes a las que la oscuridad de la noche, su aroma, la brisa fresca, las confidencias a la luz de las estrellas y el resplandor de la luna les estaban vetados.

Ventas llamó a la puerta de la carnicería. Parecía robusta y de buena calidad, como el resto del pequeño edificio que hacía las veces de local y vivienda. Era evidente que a Javier Moreno le iba bien. Compraba la mayor parte del producto a su primo, que tenía una granja a las afueras de Ibdes y le hacía precio especial. Javier criaba por su cuenta pollos y conejos en el patio trasero del establecimiento, además de tener cincuenta gallinas ponedoras que lo abastecían de huevos frescos.

El capitán llamó de nuevo. Esta vez la cabeza de un niño de unos siete años se asomó por la ventana que quedaba justo encima de la puerta. Ventas reconoció a Isidro, el hijo menor de Javier.

—Sidrín, soy el capitán Ventas. Dile a tu padre que baje.

El pequeño les despachó una mirada de condescendencia y echó el postigo de la ventana, dejando en el aire si se dignaría a atenderlos o no. A Dino le cayó bien el chaval, tenía personalidad. Heliodoro retrocedió un poco y miró hacia arriba. No vio movimiento en el piso superior, hasta que el sonido del cerrojo detrás de la puerta reveló que Sidrín había dado el recado. Javier Moreno conocía de sobra a Ventas, pero le sorprendió verlo en compañía del extranjero del que todo el mundo hablaba. Su saludo, por llamarlo de alguna manera, fue escueto y maleducado.

—Está cerrado.

Javier tenía más o menos la edad de Dino, pero sus ojos eran los de alguien que duerme la siesta en un ataúd. El brillo que enamoró a Fernanda cuando tenían catorce y dieciséis años se había apagado poco a poco hasta extinguirse. Por lo menos, el trabajo de carnicero lo mantenía en buena forma física, a excepción de la barriga, redonda y dura como una roca. La espalda seguía erguida y recia, los brazos eran de herrero, y los puños, mazos de cantero. La nariz, gorda y bulbosa, sobresalía de un rostro marcado por la tristeza, las malas pulgas y el eterno enfado.

No era de extrañar, después de lo que había vivido.

Ventas presentó a Dino D'Angelis como alguien enviado por la corte para ayudar al pueblo con el acoso de los demonios. Javier Moreno lo miró con el mismo desdén con el que se enfrentaba a la pata de cerdo que iba a filetear. Fernanda, su esposa, apareció detrás de él, pero se mantuvo alejada, sin atreverse a interferir. El carnicero escuchó la somera explicación del oficial y se dirigió al turinés una vez dio por concluido su discurso. Había algo desafiante en el tono que empleó.

—Así que pensáis que podéis enfrentaros a los demonios. —Se permitió una pausa que derrochó escepticismo—. Ya...

No había que ser demasiado sagaz para darse cuenta de que Moreno no estaba por la labor de escuchar, y menos aún de rememorar detalles de un episodio tan horrible como el de la pérdida de su hija.

—Sé que remover lo que sufristeis hace seis años es doloroso —comenzó a decir Dino, tratando de sonar lo más humilde posible—, pero me gustaría conocer detalles sobre la desaparición de vuestra hija Braulia, el lugar en el que fue raptada, cómo lo hicieron...

El gesto del carnicero fue tan brusco que D'Angelis pegó un respingo.

—No.
La respuesta fue demoledora, pero Dino se resistió a darse por vencido.

—Maese Javier, estoy seguro de que a vuesa merced y a vuestra esposa les gustaría ver a quienes asesinaron a vuestra hija en manos de la justicia. —Desvió la mirada hacia Fernanda, que apretaba el delantal blanco que llevaba puesto como si quisiera escurrir la sangre seca que lo ensuciaba—. Os prometo que daremos con ellos y que seremos implacables en el castigo. Nuévalos recuperará la paz.

Moreno soltó una risa amarga. Dino le vio los dientes por primera vez. Grandes y poderosos, a la vez que amarillos y llenos de sarro. Unas piezas capaces de roer un fémur hasta el tuétano.

—Señor Ángeles o como cojones quiera que os llaméis: no tenéis ni puta idea de a qué os enfrentáis. —La mirada de desprecio del carnicero viajó de la punta de las botas de Dino hasta la última pluma de su sombrero—. Esa espada que lleváis colgada no servirá de nada contra ellos. Preguntadle al capitán Ventas: él tuvo que enterrar a dos de sus hombres. Y vos venís de Toledo, con esos aires de superioridad tan típicos de quienes se han criado en la ciudad, para hacernos creer que podéis salvar al pueblo. —Los dientes de Moreno volvieron a eclipsar el campo visual del espía—. Permitidme que me ría en vuestra cara: JA, JA, ¡JA!

—Yo solo quiero conocer detalles para…

Moreno le ordenó silencio con un dedo amenazador. Dino pidió ayuda a Ventas con una mirada de soslayo, pero este distaba mucho de querer interceder por él. Parecía medio ausente. A D'Angelis le quedó claro que el capitán estaba más de parte del carnicero que de la suya. Tampoco le extrañaba: no era más que un forastero en un pueblo acostumbrado a vivir con miedo. Para su sorpresa, la esposa de Moreno avanzó hasta ponerse al lado de su esposo.

—Javier, por Dios, escúchalo —rogó—. Ha viajado desde Toledo para ayudarnos.

El labio inferior del carnicero comenzó a temblar como si lo sacudiera un terremoto.

—Fernanda, tú sabes por lo que pasamos —le recordó; era evidente que trataba de contener la rabia para no empezar a gritar como un energúmeno o, aún peor, liarse a puñetazos—. Llevo seis años sin dormir, y si no me quito la vida es porque no quiero terminar en el mundo de donde salieron esos engendros a los que tuve que mirar a los ojos una vez. Confieso mis pecados dos veces por semana y rezo todas las noches, porque me aterra ir al infierno. No puedo perdonarme el no haber podido defender a Braulia... y me pides que escuche a este farsante que no sabe nada de nosotros.

El carnicero apartó a Dino de un empujón, esquivó al capitán Ventas y abandonó el establecimiento; remontó la calle de la Piedad y bajó la cuesta principal. Fernanda volvió la cabeza hacia el interior de la casa y descubrió a Sidrín medio escondido detrás del mostrador. El niño observaba desde las sombras, muy serio.

—Lamento haber enfadado a vuestro esposo —se excusó Dino.

—No siempre ha sido así —suspiró Fernanda, una mujer pequeña y de mejillas carnosas, a pesar de estar delgada—. Pasad, os lo ruego... y perdonad el mal genio de mi marido.

Dino dudó, pero Ventas se adelantó y cruzó el umbral de la carnicería. El característico olor sanguinolento inundó las fosas nasales de los visitantes. Encontraron carnes untadas en miel sobre los mostradores, listas para ser puestas a la venta al día siguiente. Dos pollos, todavía con plumas, colgaban de una viga. Unas escaleras descendían al sótano, donde guardaban las piezas más grandes. No había demasiado género expuesto. Javier y Fernanda solían matar animales según la demanda. La mujer le hizo una seña a Sidrín para que subiera al piso de arriba.

—Ve con tu hermana.

El niño obedeció sin apartar la vista de los visitantes.

—¿Qué queréis saber? —preguntó Fernanda en cuanto se quedaron solos.

—Me interesa conocer los detalles de las muertes —respondió Dino—, no solo de vuestra hija, sino de todas las víctimas. Vuestro esposo tiene razón: no sé a lo que me enfrento, pero sí sé a lo que no me enfrento, y es a las fuerzas del averno. Creedme, esos demonios son de carne y hueso, y podemos detenerlos.

Fernanda se sentó en una banqueta. No había dejado de estrujar el delantal manchado de sangre de res. Clavó la vista en el infinito y empezó a hablar.

—No conozco los detalles, porque Javier nunca ha querido dármelos, pero lo de Braulia sucedió dos días después de que los demonios se llevaran a la hija de Mencía.

—Mencía es la Lobera —aclaró Ventas.

—En esa época los demonios todavía no hablaban con el Carapez —rememoró Fernanda—. Ni siquiera conocíamos su existencia. Lo de la hija de Mencía nos pilló a todos por sorpresa, pero lo de mi Braulia me lo advirtió mi esposo un día antes de que sucediera. —Los ojos de la mujer brillaron a la luz de las velas que alumbraban la carnicería; su mirada se volvió líquida—. Javier regresó a casa, descompuesto.

El llanto la interrumpió. Dino volvió a buscar ayuda en los ojos de Ventas, pero este asistía a la conversación sin implicarse. Cumplía a rajatabla las órdenes del comendador: defendería a Dino de cualquier agresión, le facilitaría el trabajo, lo acompañaría donde él quisiera..., pero ayudarle en la investigación no estaba en sus planes.

D'Angelis le tendió un pañuelo sorprendentemente limpio a Fernanda. Solía reservar un par de ellos impolutos, por si alguna dama se echaba a llorar en su presencia.

Artimañas de putañero.

Ella lo rechazó con una negación de cabeza. El espía se quedó de pie, con el pañuelo en la mano, como un pasmarote. Lo devolvió al bolsillo y esperó a que se le pasara la llorera.

—¿Qué le sucedió a vuestro esposo esa noche? —preguntó en cuanto la vio más tranquila.

Fernanda respondió, a pesar de que a veces los hipidos y sollozos la interrumpían.

—No fue de noche, sino por la tarde —explicó—. Tres demonios rodearon a Javier en un claro, cerca del río, al pie de la Pedriza. Uno de ellos era el que llamamos el Príncipe, un macho cabrío armado con un tridente, pero no fue ese quien habló, sino otro con cara de jabalí que había a su lado. Le dijeron a Javier que querían a Braulia. Si no la conseguían, me asesinarían a mí, a mi hija Violeta y a mi hijo Isidro.

—Violeta es la pequeña, tiene ahora doce años —explicó Ventas.

—Once —la corrigió Fernanda—. Está arriba, se pasa el día en su cuarto, no la dejamos salir. Tenemos miedo. Ella podría ser la próxima.

—¿Y qué pasó luego? —preguntó Dino—. ¿Los demonios vinieron a por ella al día siguiente?

Los ojos de Fernanda volvieron a inundarse.

—Lo que voy a contaros, no lo he contado jamás —aseguró—, y os ruego que me guardéis el secreto.

—Tenéis mi palabra —respondió Dino.

Ventas se unió en la promesa.

—Los demonios no vinieron a buscar a Braulia... Fue mi esposo quien se la entregó.

El sol estaba a punto de ocultarse cuando D'Angelis y Ventas abandonaron la carnicería. Parecía que acababan de recibir una paliza. Cruzaron una mirada sombría.

—Conozco a Javier desde hace más de quince años —confesó el capitán, con la voz medio rota—. Ahora me explico por qué ha cambiado tanto. Ya tenía que estar aterrorizado para sacrificar a su propia hija.

—La más cruel de las extorsiones —susurró Dino—, tu hija o toda tu familia.

—Y la entregó sin saber qué iban a hacer con ella...

Se alejaron caminando muy despacio. Se sentían sin fuerzas. Aquello era demasiado horrible hasta para quien ha visto de todo en esta vida.

—La culpa lo está matando —concluyó Dino—. Y el día después, avergonzado por su cobardía, buscó ayuda en el comendador para que fuera en busca de su hija.

—Yo organicé la batida. No sabíamos a qué nos enfrentábamos, y no creímos a Javier cuando afirmó que eran tres demonios quienes se habían llevado a su hija. Él nos condujo al lugar donde los vio. Registramos la zona a conciencia... A todos nos resultó extraño que Braulia estuviera sola, de noche, en un claro del bosque. Ahora sabemos que fue él mismo quien la llevó allí.

—¿Y nadie sospechó de Moreno en ese momento? Todas las pistas apuntaban a que podría haber sido él mismo quien asesinara a su hija.

—Puede que sí, pero justo cuando batían la ladera de la Pedriza, el cadáver de Braulia apareció rodando pendiente abajo. Lo vi con mis propios ojos.

—Y le habían robado el alma —añadió Dino.

—Sé que no me crees, pero no pienso discutir más sobre ese

tema —respondió el capitán, huraño—. Espero que no tengamos que ver a otra niña en esas circunstancias.

—Daría cualquier cosa por hablar con Javier Moreno, aun a riesgo de que me parta la cara, o me muerda con esos dientes de buey que gasta.

—Seguro que habrá ido a La Casa de las Alegrías —apostó el capitán.

D'Angelis lo miró con perplejidad.

—¿La Casa de las Alegrías? Tiene nombre de burdel.

—Es lo que es —confirmó—. Está en un desvío a un cuarto de milla, a la derecha, según se sale por la puerta norte. Es el único lugar seguro en el que refugiarse después de la puesta de sol. Por allí no van los demonios: en La Casa de las Alegrías no hay niñas, sino fulanas con la entrepierna más gastada que la sandalia de un peregrino, y esas no les interesan.

La sonrisa de Dino se amplió, y el capitán meneó la cabeza con picardía.

—Veo que te pones muy contento, italiano. ¿Qué pasa, te apetece diversión?

—En otros tiempos, quizá —rezongó Dino—. El Nuevo Mundo me robó las ganas de jarana, ahora soy un puto monje. Pero en ese lugar no solo podré hablar con el carnicero, si es que no me mata antes; también encontraré información. Nadie sabe más de un pueblo que las putas que se lo follan.

—Si vas, quédate hasta que salga el sol, no quiero cabrear a los demonios. Y no te equivoques de puerta.

—¿Que no me equivoque de puerta?

—Ya lo entenderás.

La campana de la iglesia de San Julián comenzó a tañer, y los soldados empezaron a cerrar la puerta norte. En unos minutos, tan solo quedaría la patrulla de guardia paseando por las calles desiertas. Una patrulla con órdenes de dejar entrar al enemigo para no enfadarlo más.

El capitán Ventas ordenó a sus hombres que dejaran salir a Dino D'Angelis.

Los soldados se miraron entre sí, sorprendidos.

Hacía seis años que nadie salía de Nuévalos después del toque de queda.

15

La oscuridad vació las calles.

Daniela volvió a dormirse, esta vez sin droga alguna. Incluso permitió que Charlène le diera unas gachas que Pilaruca, la cocinera montañesa que gobernaba la cocina desde hacía más de veinte años, había preparado para ella entre rezos y lágrimas. La paciente comía como una niña de dos años; aceptaba la cuchara sin preocuparse de que parte de la comida resbalara por la barbilla y terminase en el camisón o la sábana.

Al menos comía.

La hija del comendador había aceptado la presencia de Charlène con una facilidad sorprendente. Juana lo achacaba al tono de su voz. Daniela se quedaba embelesada, mirándola durante minutos, hasta que se distraía con algo que solo ella podía ver. También toleraba a Juana, aunque protestaba cuando la sirvienta, que tenía la delicadeza de un jabalí, revisaba las ataduras o trataba de recomponerle el camisón para que —como decía ella— no se le vieran las vergüenzas.

Charlène comprobó que Daniela estaba dormida y se despidió de Juana.

—Voy a dar una vuelta —dijo Charlène.

—Es de noche —le advirtió Juana.

—Tranquila, no saldré del castillo. Necesito respirar aire fresco.

Charlène descubrió a Víctor sentado a la mesa del salón. Parecía triste, con la mirada perdida dentro de una copa y una redoma moribunda al lado. Una estampa desoladora. No pudo evitar sentir ternura por él. Estudió el rostro afeitado y el cabello cuidado del hijo del comendador. Compartía algunos rasgos con su hermana, como los ojos y la nariz afilada. Víctor volvió la mirada hacia ella, como si un duende invisible le hubiera advertido de su presencia. La invitó a sentarse con un gesto.

—¿Me acompañáis, señorita Charlène? ¡Torcuato, trae otra copa!

El marido de Pilaruca, un hombre bajito y rechoncho que le sacaba quince años a la cocinera, se materializó en el salón con una copa de metal limpia. La dejó frente a Charlène, pero esta la tapó con la mano.

—No es necesario, gracias, no bebo.

—¿Queréis cualquier otra cosa? —ofreció Torcuato—. Alguna infusión...

—No, gracias, de verdad.

Torcuato recogió la copa y regresó a la cocina. Charlène se sentó a cuatro sillas de distancia de su anfitrión. Le pareció poco apropiado sentarse a su lado. Permanecieron varios segundos mirándose sin hablar, hasta que ella se sintió lo bastante incómoda para romper el silencio.

—Ha sido un día complicado —dijo, por decir algo.

—Mucho —reconoció él—. Saber que mi hermana ha sido forzada durante años por unos... —Expelió algo parecido a una risa—. Ya no sé cómo llamarlos, esto es una pesadilla.

—El pasado no tiene solución, pero espero ayudar a que vuestra hermana vuelva a ser quien era.

—¿Tenéis idea de lo que le pasa?

—Klaus Weber decía que cuando alguien sufre una experiencia demasiado dolorosa para soportarla, puede encerrarse en sí mismo y cortar sus lazos con la realidad de golpe. Lo vio en soldados después de una batalla especialmente cruenta y en prisioneros sometidos a tortura.

Víctor bajó la mirada. Pensar que su hermana había pasado por algo tan terrible como para perder la cabeza le partía el alma. Charlène lamentó haberlo herido con lo que acababa de decir; debería haber medido sus palabras. Intentó compensarlo con una bocanada de ánimo.

—Consideradlo una especie de defensa espiritual —dijo—. Si os sirve de consuelo, el estado en el que se encuentra Daniela mitiga su sufrimiento.

—¿Creéis que se recuperará?

Charlène se tomó unos segundos para responder.

—Es pronto para saberlo. No descarto la posibilidad de que vuelva en sí y no recuerde lo que ha pasado, lo que sería, en cierto modo, una bendición. El tiempo es la mejor medicina en estos casos, y hemos empezado hoy. Juana y yo hemos conseguido que coma y beba y, al menos, nos acepta. Es un avance.

Víctor esbozó una sonrisa triste de agradecimiento.

—Sí, es un avance.

El silencio regresó al salón. Víctor apuró su copa y remató la botella. Algo avergonzado, miró a Charlène y soltó una risa.

—No suelo beber tanto..., no sé lo que me pasa.

—Os lo he mencionado antes, don Víctor: ha sido un día complicado.

—Dino ha dicho que nos dejemos de tratamientos y que nos llamemos por nuestro nombre. ¿Qué os parece si suprimís el «don» de Víctor?

—Solo si vos hacéis lo mismo con «señorita». En francés suena distinto —rio—; en castellano, lo odio.

—Charlène. —Víctor se deleitó con cada sílaba—. Es un nombre precioso.

Ella aceptó el cumplido con una sonrisa de compromiso. Él alzó la copa hacia ella.

—¿Me permites una pregunta personal? Puede que sea algo atrevida, pero ya sabes lo que pasa con el vino.

Claro que Charlène lo sabía. Muy bien.

Demasiado bien.

Por fortuna, no todos se comportaban igual que su padre cuando bebía. Decidió otorgar un voto de confianza a Víctor. Así y todo, la ceja que levantó antes de responderle fue como el serpentín de un arcabuz cargado.

—Mientras no sea demasiado improcedente...

—Eres una mujer cultivada, dulce, hermosa... ¿Nunca has estado casada?

—Nunca. —Por cómo Víctor la miraba, se dio cuenta de que aguardaba una respuesta más extensa—. He estado demasiado ocupada con mi trabajo y mis estudios.

—Seguro que has tenido un montón de pretendientes.

—Tampoco he tenido tantos —rio ella, algo incómoda.

Víctor la miró con fijeza.

—¿Qué se siente? —preguntó, de sopetón.

Charlène no entendió la pregunta, pero supuso que Víctor seguía refiriéndose al mismo tema.

—Lo cierto es que jamás me interesé demasiado por los hombres que me cortejaron —respondió—. Casarme o formar una familia nunca ha sido una prioridad para mí.

—No me refiero a eso. ¿Qué se siente al ser como tú? Alguien ilustrado por sabios mentores, que vive rodeada de sabiduría por todas partes y que cuenta con la confianza del mismísimo emperador.

A Charlène la pregunta la pilló por sorpresa. No supo qué responder. En cierto modo se había acostumbrado de tal manera a la vida en la corte que no valoraba su posición, y mucho menos la grandeza que implicaba. Siempre había sido Charlène Dubois, la hija del alfarero.

Una desgraciada con suerte. Una paradoja del destino.

—No siempre fue así —reconoció Charlène con la mirada clavada en el tablero de la mesa—. Nací en un hogar humilde de Chambéry y fui feliz durante los primeros años de mi infancia, hasta que murió mi madre. —Víctor musitó un «lo siento» que solo se oyó en su cabeza—. Mi padre era alfarero y, cuando faltó mi madre, no se portó bien conmigo.

—¿Te pegaba?

A Charlène no le apetecía contestar. Tampoco contarle toda la verdad a Víctor. Por mucho que le agradara, no confiaba tanto en él para abrirse de ese modo. Se limitó a hacer una mueca triste y seguir hablando.

—Tuve que huir de casa con doce años. Pasé más de un mes durmiendo en la calle, asustada, con un cuchillo escondido entre la ropa, temblando de miedo. Era invierno, nevaba. Mi vagabundeo me llevó a Turín, donde estuve a punto de morir de hambre y frío. Pasé días delante de un convento de monjas sin recibir más que desprecio. Al lado del convento había un hospital al que llamé en busca de auxilio, pero no había nadie dentro. Me di por vencida allí mismo. La muerte me pareció la mejor opción. Reunirme con mi madre.

Víctor la escuchaba, compungido. Jamás habría imaginado que los orígenes de Charlène Dubois fueran así. Desde el principio había supuesto que procedía de alta cuna y, por lo que oía, se había equivocado de pleno.

—Un carro se detuvo frente al convento —prosiguió ella—. Unos viajeros habían encontrado a un herido, cerca de un río. Pidieron ayuda a las monjas, pero la superiora era la mujer más horrible que he conocido jamás. Les dijo que dejaran al herido en la puerta del hospital, y eso hicieron. El dueño del carro me dio un pedazo de pan a cambio de que me quedara al cuidado de aquel hombre. Acepté la comida porque me moría de hambre, pero entré en pánico al descubrir el estado en que estaba aquel desgraciado. Sus heridas eran muy graves, iba a morir delante de mí, y yo había prometido cuidarlo. No sé ni cómo me atreví a hacerlo, pero llevaba aguja e hilo en mi bolsa. Cosí sus heridas como si de una tela se tratase. Dios me inspiró. —Charlène intercambió una mirada dulce con el hijo del comendador, que la miraba con escepticismo—. Sí, creo en Dios a mi manera, a pesar de estar muy de acuerdo con el pensamiento humanista. Ambas cosas no están reñidas.

A Charlène le dio la impresión de que un mecanismo, dentro de la cabeza de Víctor, trillaba la información que acababa de recibir. Hasta le pareció oír los crujidos de la molienda.

—Dicen que la virtud está en el término medio de las cosas —recitó él—. Puede que tengas razón y se pueda creer en ambas cosas, lejos del fanatismo religioso o del ateísmo acérrimo. Por favor, continúa...

—Un médico del hospital apareció justo después de que suturara las heridas de aquel hombre. Me felicitó por el trabajo, me dijo que tenía un don innato y me acogió en el hospital —se echó a reír al recordarlo—. Era el aprendiz del médico que lo regentaba; menudo rapapolvo le echó cuando me vio allí. Todo un carácter, don Piero Belardi...

—¿Y qué pasó con el herido?

—Lo asesinaron, pero esa es otra historia. Conocí a Dino en ese hospital; lo hirieron una noche en la que hubo una revuelta de condotieros en Turín. Fue la primera vez que lo cosí —recordó con una sonrisa.

—¿Y después?

—La cosa se complicó en la ciudad. Al final Dino y yo huimos de Turín con unos amigos. Una panda de fugitivos —rio—. Viajamos hasta Roma para detener una conspiración contra el papa Clemente, y fue allí, por un golpe de suerte, que me encontré con el emperador en persona y con Klaus Weber. En ese momento mi vida dio un giro radical. Desde entonces formo parte de la corte de su sacra majestad.

—Fascinante. ¿Y cómo fue lo de esa conspiración?

—Es una historia demasiado larga; puede que algún día te la cuente.

Víctor sintió una mezcla asfixiante de admiración y envidia.

—Tuviste que vivir muchas aventuras. ¿Mataste a alguien?

Aquella pregunta volvió a pillar a Charlène con la guardia baja.

Sí que había matado a alguien, y era algo que no quería rememorar bajo ningún concepto. El rostro del muchacho al que apuñaló en la calle, detrás del arzobispado de Turín, la había visitado en sueños, muchas noches. La expresión de disgusto de Charlène tuvo que ser evidente, porque Víctor se levantó de la silla para pedirle perdón.

—Disculpa, no debí habértelo preguntado.

—No pasa nada —susurró ella, incapaz de disimular que sí pasaba—. Será mejor que me vaya a descansar. El viaje hasta aquí ha sido duro...

Justo cuando se daba la vuelta, la figura ceñuda de Heliodoro Ventas apareció en el salón. Venía de hacer una ronda por el patio del castillo y comprobar que cada cual estaba en su puesto. Saludó a Charlène con una inclinación de cabeza.

—D'Angelis pasará la noche fuera —informó—. No os preocupéis, está en un lugar seguro, fuera de las murallas. —La discreción de Ventas le impidió revelar que D'Angelis estaba en un lupanar—. Se ha empeñado en hablar con el padre de una de las niñas —explicó—, parece que no puede esperar hasta mañana.

—¿Y Neuit?

—Me había olvidado por completo del salvaje —reconoció—. Tranquila, seguro que está con él.

Charlène confió en que estarían bien. Si habían sobrevivido a la selva, sobrevivirían a cualquier cosa. Se despidió de Víctor con una mirada seria, del capitán con una media sonrisa, y se encaminó a la planta superior.

A Víctor, el último trago de vino le supo amargo.

Algo, en su interior, le decía que había metido la pata.

Neuit había escuchado la tensa conversación de Dino y Ventas con el carnicero desde su escondite. Luego vio cómo este se marchaba hecho una furia. Cuando el espía y el capitán entraron en la carnicería para hablar con su esposa, Neuit esperó oculto tras una pila de cajas, al otro lado de la calle.

Pasado un rato, el capitán y Dino salieron de la carnicería. Parecían preocupados.

Neuit escaló al tejado más próximo. Siguió a D'Angelis y Ventas sin ser visto, hasta la salida norte. Se aplastó contra el tejado de La Perdiz Pardilla y vio a los soldados cerrar las puertas. Para su sorpresa, el capitán les ordenó abrirlas de nuevo para que Dino pudiera salir. Le molestó que su amigo no hiciera una seña para indicarle que lo acompañara, pero decidió ir detrás de todos modos. Mientras se desplazaba en cuclillas por el tejado, vio que los soldados le negaban la salida a otro hombre que también quería pasar. Desde los restos del viejo adarve, Neuit oyó protestar al desconocido.

—El extranjero tiene permiso del comendador —objetaron los soldados.

El muchacho tampoco prestó demasiada atención a la escena. Se incorporó en las almenas medio derruidas por el tiempo y la dejadez, y vio al espía alejarse por la carretera. Neuit abandonó Nuévalos de un salto y corrió por la espesura para darle alcance.

Dino caminaba con una mano en el pomo de la daga. Aceleró el paso. Todavía quedaba algo de luz diurna, y no quería que le sorprendiera la noche en territorio desconocido y con unos supuestos demonios al acecho. No tardó en divisar el cruce que le había indicado Ventas. Justo lo encarrilaba cuando oyó un chistido familiar.

Se dio la vuelta y vio a Neuit agazapado a un lado del camino.

—¿Qué haces aquí? No te dije que vinieras.

—Tampoco que no viniera. Tú cabrón. Tú olvida de mí.

Neuit tenía toda la razón. Dino se había olvidado por completo de él, pero, como siempre, el turinés supo darle la vuelta al asunto.

—Por tu culpa —lo acusó—. Te haces invisible tan bien que hasta borras la memoria de los mortales. ¡Qué guerrero se perdió tu tribu! Ahora serías el jefe, qué cojones... el puto cacique de la región.

Los halagos surtieron efecto, y Neuit abandonó su escondite con una de sus sonrisas capaces de espantar a un jaguar.

—Tengo que ir a un sitio —le advirtió Dino—, y tú no puedes venir.

—¿Por qué?

—Voy a hablar con el carnicero de los dientes feos. Lo viste, ¿verdad?

—Yo veo, pero tú solo aquí, peligro.

—Estaré bien, vuelve al pueblo —insistió.

—Puerta cerrada —repuso—. Nadie me ve salir. Yo vuelvo, guardia confunde con espíritu, guardia ¡pum!, yo muerto.

Neuit acompañó el discurso con cara de alguien que recibe un disparo.

—En este pueblo no han visto un arcabuz en la puta vida —rezongó Dino—. De acuerdo, no vuelvas al pueblo, pero tampoco entres conmigo adonde voy: tengo que hablar con el carnicero y cuanta menos gente, mejor.

Neuit alzó una ceja.

—¿Y si carnicero de dientes te quiere matar?

—No lo hará. Tendré cuidado.

—Yo espera fuera, vigilo.

Dino sabía que no convencería a Neuit. Su pie empezó a taconear solo. Soltó el aire con tal fuerza que los labios le vibraron. Claudicó.

—Está bien, busca un sitio donde no te vea ni Dios, y abrígate con la capa.

—Yo invisible. Yo protege.

—No lo dudo.

D'Angelis caminó hacia las luces que divisó al este.

Volvió la vista atrás y no vio a Neuit.

Siguió el sendero que supuso lo llevaría hasta La Casa de las Alegrías.

Supuso bien.

16

Dino esperaba encontrar un burdel rural pequeño, mugriento y mal iluminado. Un antro en el que las fulanas pagarían el alquiler a las ratas, chinches y piojos.

—Me cago en mi puta madre…

El edificio de tres plantas, construido en piedra clara y rematado por una cúpula, se alzaba en mitad de unos jardines iluminados por faroles de colores que recordaban a un pueblo en fiestas. El frontón triangular, soportado por seis columnas con capiteles corintios, albergaba la puerta principal. El tejado, negro, le daba un toque de distinción al conjunto. D'Angelis buscó en su memoria algún prostíbulo que se acercara siquiera al que tenía delante.

Ni en París.

—Esto parece el puto Partenón —gruñó el turinés, que no paraba de preguntarse qué demonios pintaba aquel palacio a las afueras de un pueblo como Nuévalos y en plenas tierras del Císter.

Palpó la bolsa donde guardaba los dineros y dio gracias a Dios porque don Francisco de los Cobos se la hubiera llenado para «gastos de la investigación». El precio del vino debería estar por las nubes en ese sitio. Tendría que inventar una buena historia para que el viejo avaro no le descontara aquella noche de su salario. Dio dos aldabonazos.

Dino se había visto las caras con miles de esbirros a lo largo de los años.

Ninguno tan elegante como aquellos dos.

—Forastero, ¿verdad? —preguntó el de la izquierda, que tenía acento gallego.

—Lo debo llevar escrito en la cara —comentó Dino—. Sí, lo soy.

—Venís de la ciudad —afirmó el de la derecha, que tenía aspecto árabe.
—De Toledo.
—¿Venís por negocios? —preguntó el gallego.
—Más bien por diversión —mintió D'Angelis.
—Tres reglas —enumeró el gallego, levantando tres dedos—: debéis dejar aquí las armas antes de entrar, nada de peleas dentro, y a las damas se las trata con respeto, ¿oísteis?
—Tampoco se fía —añadió el otro.
—Reglas fáciles de cumplir —reconoció Dino, a la vez que se desabrochaba el cinturón con la espada y el puñal.
—La de la bota también —señaló el gallego.
Dino sacó la daga enfundada de la caña de la bota y se la entregó.
—No se os escapa una, ¿eh?
—*Home*, uno ya tiene una edad.
Dino se asomó al vestíbulo, iluminado por apliques y candelabros. En el centro, una espectacular escalera de mármol ascendía a los pisos superiores. Una vidriera que representaba un extraño pavo real con la cola desplegada presidía el primer tramo, rodeado de imágenes más o menos paganas y más o menos explícitas. D'Angelis le preguntó al gallego.
—Entre vos y yo, ¿me voy a arruinar? Este sitio tiene pinta de ser caro de cojones...
El gallego se echó a un lado para dejarlo pasar.
—Algo encontraréis que se ajuste a vuestra bolsa. —Guardó las armas en un armario, al lado de la puerta principal—. No olvidéis pedírmelas antes de iros.
Dino entró en el vestíbulo y echó un vistazo en todas direcciones. El interior de la cúpula estaba decorado con frescos que recreaban imágenes que no agradarían a la Santa Inquisición. Había dos puertas, una a cada lado del vestíbulo. Accionó la manija de la de la izquierda y la enorme sala que encontró le sorprendió todavía más que todo lo que había visto hasta ese momento.
Sillones acolchados, mesas bajas de mármol repletas de jarras y copas de cristal, triclinios que replicaban a los de la antigua Roma, una chimenea enorme al fondo de la sala que representaba la enorme boca abierta de un gigante, un par de puertas misteriosas pintadas de rojo, cortinas carmesí... Y mujeres de rasgos y cuerpos her-

mosos que prestaban una atención exquisita a una clientela que parecía bañarse a diario en ducados de oro.

Dino contó alrededor de una veintena de hombres elegantes, a pesar de que algunos estaban medio descamisados por las jóvenes que se encaramaban sobre ellos, como felinos a punto de devorarlos. Una mujer de busto generoso y sonrisa provocativa paseaba por la sala llenando las copas de cristal tallado. Al fondo, cerca de las puertas rojas, un par de vigilantes armados con porras de madera velaban por el orden. También vio a un joven atractivo jugueteando con un anciano barrigón y bien vestido. D'Angelis captó frases en un idioma desconocido para él. Había extranjeros entre el público.

¿Qué demonios pintaban esos tipos en una casa de putas, a las afueras de un pueblo propiedad de una orden religiosa? La existencia de aquel lugar a Dino le pareció un enigma.

Por las risas y las voces, era evidente que muchos de los allí presentes estaban bebidos, a pesar de que acababa de anochecer. Dino buscó al carnicero en la sala, pero no lo encontró. Estaba claro que no estaba allí: aquel mastuerzo resaltaría entre los clientes como un asno en un desfile de corceles. Sin embargo, Ventas le había dicho que La Casa de las Alegrías era el único lugar posible al que ir después de la puesta de sol.

Dos toques en el hombro le hicieron darse la vuelta.

—Bienvenido.

Encontró una mujer esbelta y de ojos verdes a su espalda. Nunca había estado frente a frente con una serpiente, ni siquiera en las selvas del Nuevo Mundo, donde las había visto de lejos, más tímidas de lo que uno podría llegar a imaginar.

Pero había quien afirmaba que la mirada de una serpiente era hipnótica.

Dino la imaginaba exactamente como la de aquella mujer.

—Veo que no sois de por aquí —afirmó ella, con un acento que ni siquiera D'Angelis, que se había pateado Europa de punta a punta, fue capaz de adivinar—. Me llamo Cadernis, y soy la encargada de que vuestros deseos se hagan realidad.

Ella extendió la mano para que Dino la besara, y él la aceptó con gusto. Aquellos ojos brillaban con una inteligencia maléfica que lo puso en guardia. Parecía como si ella ya supiera todo de él: pasado, presente y futuro. D'Angelis tenía demasiado recorrido en prostíbulos para saber que Cadernis era inalcanzable, al menos en una primera visita a La Casa de las Alegrías. Le sacaba diez años a la mayor de las meretrices que calentaban las braguetas de los clientes borrachos, animándolos a esa copa más que podrían pagar, pero no aguantar. El cometido de aquella mujer no era abrirse de piernas.

—Cadernis —repitió Dino, galante—. Un precioso nombre para una preciosa dama. Podéis llamarme Dino.

—¿Sois milanés, veneciano, genovés...?

—Turinés, pero he recorrido tanto mundo que ya no me siento de ninguna parte.

—¿Y cómo habéis dado con nuestra casa? ¿Alguien os habló de ella?

Dino se resistió a contarle toda la verdad.

—Estoy en el pueblo, por negocios.

A ella le sorprendió la respuesta.

—¿Negocios? ¿En Nuévalos? Habéis venido a buscar a Sarkis...

Dino no tenía ni idea de quién era el tal Sarkis, pero no era momento de averiguarlo ni quería despistarse de su objetivo.

Hablar con Javier Moreno.

—He venido a tratar unos asuntos con el monasterio de Piedra —mintió.

—¿Y dónde os alojáis? En esta casa tenemos habitaciones acordes con vuestra posición —ofreció—, además de otros servicios.

Dino decidió cerrarse en banda. No confiaba en aquella engatusadora profesional. Dio gracias al cielo por no haber bebido de más por la tarde. Apostó contra sí mismo a que Cadernis no era la dueña del lugar, pero sí importante en la jerarquía del establecimiento; los ojos y oídos de quien fuera que regentara aquel oasis de pecado en tierras del Císter.

—Lo pensaré —volvió a mentir Dino—. Una pregunta, si no es indiscreción: vuestra clientela no concuerda con las gentes de por aquí. Es más... refinada.

—Aquí no hay nadie del pueblo ni de los alrededores —confirmó Cadernis.

—Pues, precisamente, he venido a buscar a alguien del pueblo...

Cadernis pareció extrañada. Dino leyó recelo en su mirada.

—Los novalenses disfrutan de otro local más acorde con sus posibilidades y sus gustos más... —pareció buscar la palabra adecuada— rústicos. La Casa de las Alegrías está detrás del palacio.

En ese momento Dino entendió por qué Ventas le advirtió que no se equivocara de puerta. Así que aquella no era La Casa de las Alegrías. Con razón no encontró ni rastro del carnicero en la sala. Un hombre medio ebrio, con la camisa abierta, pasó a su lado de la mano de una joven de aspecto nórdico que vestía una túnica que dejaba poco a la imaginación. Hacía mucho que Dino no veía mujeres tan hermosas.

—Me he equivocado de sitio —aceptó Dino—. Lamento la confusión.

—Este lugar se llama El Parnaso, por si os interesa saberlo. ¿Estáis seguro de no querer quedaros aquí? Nuestras diosas son más de vuestro estilo...

—Os agradezco el cumplido, quizá en otra ocasión.

—Le diré a un compañero que os lleve hasta la casa.

Cadernis hizo una seña a uno de los hombres armados con porra. Este agachó la cabeza para escuchar a la mujer. Tenía barba y cejas muy pobladas; pinta de árabe, como el de la puerta. El vigilante asintió y le hizo un ademán a Dino para que lo siguiera.

—Espero volver a veros pronto —se despidió Cadernis.

—Volveré —prometió Dino, sin tener muy claro si cumpliría, o no, su promesa.

Ella lo miró con sus ojos de reptil y una sonrisa indescifrable.

Mientras cruzaban el vestíbulo, Dino vislumbró a un hombre joven asomado por una puerta disimulada en la pared, junto a la escalera. El individuo parecía observarlo con curiosidad. El gallego le devolvió las armas a D'Angelis con una sonrisa burlona.

—En La Casa de las Alegrías no os arruinaréis.

El guardia condujo a Dino hasta una construcción secundaria, mal iluminada, que se alzaba a unos cincuenta metros por detrás de El Parnaso. El barbudo señaló el caserón con la porra, soltó una perorata ininteligible y se marchó, dejándolo solo. D'Angelis llamó con los nudillos. Le abrió una mujer que rondaría los cincuenta. Esta le prodigó un examen rápido y lo dejó pasar.

Era imposible comparar la estética y calidad de ambos edificios, pero D'Angelis se dijo que había estado en sitios peores. El interior, alumbrado por faroles, se veía bastante limpio. Un escueto vestíbulo dividía en dos un pasillo plagado de habitaciones. Se oían gemidos procedentes de una cercana. Una puerta al fondo daba paso al local principal, en el que apenas había ruido. Más que un prostíbulo, aquello parecía un funeral. La mujer que había abierto la puerta examinaba a Dino en silencio, como si esperara algo. El espía se llevó dos dedos al ala del sombrero a modo de saludo y se internó en las entrañas del burdel.

De no ser por las mujeres a medio vestir, el local parecía más una taberna que un lupanar. Una señora que rozaba la ancianidad apoyaba el codo sobre el mostrador que regentaba, y sobre la mano, la cara llena de arrugas. Parecía a punto de morir de aburrimiento. La sala estaba amueblada por mesas cuadradas, a medio ocupar por una clientela taciturna que podía contarse con los dedos de la mano. Las prostitutas, no tan elegantes ni tan hermosas como las de El Parnaso, no se esforzaban demasiado en dar conversación a los clientes. Parecían esperar a que se emborracharan lo suficiente para llevárselos a las habitaciones, donde tampoco pondrían demasiado empeño en complacerlos. Dino divisó al carnicero sentado al fondo de la sala, junto a una mujer morena de unos treinta años y mirada melancólica.

En lugar de La Casa de las Alegrías, aquel prostíbulo merecería llamarse La Casa de las Penas.

D'Angelis solo quería hacerle un par de preguntas al carnicero, pero temía una respuesta violenta por su parte. Su primer encuentro con él no había ido nada bien. Justo elaboraba una estrategia de acercamiento educado cuando una muchacha de pequeña estatura y piel bronceada lo asaltó con amabilidad. No era demasiado bonita, pero algo en sus ojos inspiraba ternura. Se agarró al brazo del espía y le apoyó el cabello rizado en el hombro.

—¿Quieres venir conmigo? —Tenía acento norteafricano; Dino apostó a que era bereber—. Haré lo que tú quieras, sé hacer muchas cosas...

Dino aprovechó la oportunidad. Metió la mano en la bolsa y depositó cuatro reales en la mano de la chica.

—Necesito un favor. ¿Ves a ese hombre de allí?

—Sí, Javier, el carnicero.

Era evidente que Moreno no era cliente ocasional de La Casa de las Alegrías.

—Ese mismo —confirmó Dino—. Antes tuve un mal encuentro con él y quiero disculparme, pero no me atrevo. ¿Podrías decirle que quiero hablar con él un minuto, pero que, por favor, no me mate? Dile que vengo en son de paz.

La muchacha se acercó a la mesa donde Javier bebía en silencio con la mujer de ojos tristes. El turinés vio que el carnicero desviaba la mirada hacia él. En contra de lo que había previsto, Moreno despachó a su acompañante y le hizo un gesto a Dino para que se acercara. Cuando la chica bereber se cruzó con él, le guiñó un ojo y le acarició la entrepierna, pero aquello estaba tan relajado que apenas tocó nada. Ella soltó una carcajada.

—*Walo* —exclamó entre risas—. *¡Walo!*

Por fin, alguien que se reía en La Casa de las Penas, aunque fuera a su costa.

—Lo siento —se disculpó Dino, que a pesar de no entender árabe había captado la burla—, pero estuve en el Nuevo Mundo y la selva me arrebató la hombría. En otros tiempos te habría puesto a rezar a tu Dios hasta que le vieras las barbas, de eso que te vas a librar.

La joven se alejó, muerta de risa. Dino se sentó frente a Javier Moreno. Este cogió una jarra vacía de la mesa de al lado, la llenó y la puso delante de Dino. Al menos no se la estampó en la cabeza.

—Bebe —le ordenó el carnicero.

D'Angelis no tuvo valor de rechazar la invitación.

—A vuestra salud —brindó.

Dio un trago a la jarra. El vino era malo.

—Mi mujer te lo ha contado todo, ¿verdad?

—Tu mujer no me ha contado nada —mintió, para no fallar a Fernanda.

Javier bajó la mirada y le mostró la palma de la mano en un ademán que era más una petición de sinceridad que un gesto agresivo.

—Si lo ha hecho, ha hecho bien. Fui un cobarde, me merezco cualquier cosa que me pase. ¿Cómo dijiste que te llamabas?

—Llámame Dino.

—Este pueblo se ha convertido en un corral, Dino, y nosotros en conejos. Los demonios cogen lo que quieren y nosotros les estamos agradecidos, porque podría ser peor.

—¿Y nadie se ha planteado que puedan ser unos impostores?

—No lo son, créeme.

—Si he venido hasta aquí, y me he arriesgado a que me des una buena zurra, es porque quiero hacerte unas preguntas. ¿Puedo?

El carnicero lo miró fijamente. En las mesas cercanas, cada cual iba a lo suyo, concentrados en sus bebidas o charlando con las chicas. Aquel burdel era la única evasión de Nuévalos y sus alrededores para escapar, al menos por unas horas, del ambiente opresivo de sus noches. Más que placer, lo que buscaban los clientes de La Casa de las Alegrías era seguridad y evasión.

—Adelante —lo invitó Javier.

—Tú viste a los demonios de cerca. ¿Cómo son?

—Yo vi tres —recordó—, pero a veces se han visto cinco. El más alto era como un macho cabrío, monstruoso. Llevaba una especie de horca, pero con puntas como cuchillos.

—Un tridente.

—Sí, pero con hojas afiladas. Un arma diabólica.

—¿Cómo de alto era ese demonio?

Javier se puso de pie; le sacaba cuatro dedos a Dino. Colocó la mano veinte centímetros por encima de su propia cabeza.

—Los cuernos llegarían por aquí.

Dino calculó que medía cerca de dos metros. Un gigante.

—¿Fue la cabra quien te habló?

—No, fue uno con cara de jabalí y voz ronca, desagradable.

—¿Puedes contarme con detalle cómo fue tu encuentro con ellos?

Javier dio un sorbo al vino. Se rascó el labio inferior con sus dientes enormes y empezó a hablar.

—Solía poner trampas para conejos en el valle, cerca del río. Todo el pueblo lo sabía y las respetaba. Jamás las desmontaron, ni siquiera los chiquillos para hacerme una trastada. La tarde anterior a lo de mi Braulia fui a revisarlas. Encontré todos los lazos cortados a mala leche. Seguí el reguero de trampas rotas hasta el claro, y ahí me cazaron los demonios.

—¿No saliste corriendo? Yo me habría asustado.

Javier volvió a ponerse de pie, se quitó el jubón y se levantó la camisa. Le mostró la espalda a Dino. Tres cicatrices paralelas le cruzaban la espalda en diagonal.

—Uno de los demonios me dio un zarpazo al intentar huir —explicó mientras se vestía de nuevo—. Lo siguiente fue estar panza arriba en el suelo, con el tridente en la garganta. El otro demonio pronunció el nombre de mi mujer y mis tres hijos al oído: Fernanda, Braulia, Violeta, Isidro... Todavía me parece oír esa voz dentro de mi cabeza. Me exigieron que les entregara a Braulia, o irían a por toda mi familia. Me dijeron que no importaba si cerraba las puertas y atrancaba las ventanas, entrarían de todos modos y devorarían vivos a mis hijos delante de mí y de mi esposa. Me asusté...

Javier se tapó la cara con las manos y lloró como un crío. Dino aguantó la escena en silencio. Dos prostitutas sentadas a una mesa cercana tuvieron el detalle de cambiarse a otra, más alejada de ellos.

—Engañé a mi hija para que me acompañara a revisar las trampas —sollozó—. La drogué con una esponja soporífera antes de llegar al claro. Allí encontré a los demonios, esperándome, y allí mismo la entregué. El que había hablado conmigo el día anterior me prometió, al oído, que Braulia no sufriría. Me rompió el alma verlos desaparecer con mi hija al hombro, como si fuera un fardo. Al día siguiente, cuando hicimos la batida, arrojaron su cuerpo monte abajo... Su cara no era más que una calavera rodeada de pellejo.

Dino era incapaz de imaginar el dolor de aquel pobre hombre.

Los remordimientos.

Se compadeció de él.

—En ocasiones me gustaría salir de casa en plena noche e invocar a los demonios para que me lleven con ellos —admitió el carnicero—. Pero ¿sabes, Dino? Soy todo fachada, el envoltorio hosco y fuerte de un cobarde. Ya no me queda nada. Aquella noche fatídica perdí a Fernanda como esposa. Me avergüenza mirar a mis hijos a la cara y no duermo pensando en que una noche vengan a por Violeta. Espero que Dios me perdone y me lleve con él, pero que, por todos los santos, no me envíe a la morada de esos monstruos.

D'Angelis guardó silencio unos segundos.

—¿Sabes si esos demonios dejan pisadas al andar?

—Sí, huellas de pezuñas. Las vimos por todo el campo. Se siguen viendo.

—Pero serán huellas de pezuñas más grandes que las de un ciervo, por ejemplo.

—Mucho más grandes. Enormes.

Dino tomó nota mental para buscar huellas de pezuñas por los alrededores de Nuévalos. Un trabajo fácil para Neuit.

—Dino...

—Dime.

—¿Cómo vas a ayudarnos?

—Para empezar, tengo que convencer al pueblo de que esos demonios no son más que bandidos disfrazados. Pienso darles caza.

—¿Tú solo? —Soltó una risa triste—. No podrás.

—Convenceré al comendador para que me ayuden sus soldados.

—Si sales de noche, morirás.

—Pues pienso volver ahora al pueblo, andando.

—Morirás —insistió el carnicero.

—Si mañana te demuestro que sigo vivo, ¿me creerás?

Javier entornó los ojos.

—Puede.

—Y entonces ¿me ayudarás?

—¿Yo? ¿Cómo podría?

—Convenciendo a tus paisanos de que podemos luchar contra esos impostores —contestó Dino—. Juntos, acabaremos con ellos.

Javier alzó su copa.

—Buena suerte ahí fuera.

D'Angelis se despidió de la señora de la entrada, abandonó La Casa de las Alegrías y atravesó el jardín iluminado de El Parnaso. Cuando llegó al camino, silbó. Neuit surgió de entre unos matorrales con el arco en la mano.

—Tú tardas mucho, Dino. ¿Has follado con mujeres?

—Ya quisiera. Fíjate cómo habrá sido mi noche que una mora me ha cogido la polla y casi se mea de risa. Pero he hablado con el carnicero. Vamos, te cuento por el camino.

—Este sitio, raro.

—Y que lo digas.

Enfilaban el sendero que llevaba al camino principal cuando el sonido de una campana lejana los sobresaltó. No era una campana grande, sino de mano, como las que llevaban los leprosos para advertir a los viandantes de su paso. Otro tañido. Neuit puso una flecha en el arco y apuntó en todas direcciones. Dino desenfundó la daga del cinturón muy despacio. Su pie derecho comenzó a taconear en el suelo.

—¿Oyes algo, además de la campana? —susurró.

Neuit no respondió. Seguía apuntando a ambos lados del camino, sin un objetivo a la vista.

—Al pueblo, rápido —exclamó D'Angelis.

Corrieron en dirección a Nuévalos. De repente, a unos doscientos pasos de la puerta norte, un resplandor iluminó el camino.

—Qué cojones...

Avanzaron dando vueltas sobre sí mismos, como si esperaran una emboscada en cualquier momento. El corazón de D'Angelis se disparó, y todas las leyendas que llevaba días escuchando se hicieron más reales que nunca. La daga apuntaba a la oscuridad, tan solo iluminada frente a ellos por una especie de fogata en mitad del camino. No se veía un alma por los alrededores, pero la campana seguía sonando. Daba igual que los demonios fueran reales o una banda de impostores disfrazados. Si atacaban a la vez, estaban perdidos. Dino pensó en dar media vuelta y regresar a La Casa de las Alegrías, pero Nuévalos quedaba mucho más cerca. Decidió caminar hacia las llamas.

Las campanadas no cesaban.

—Con cuidado, Neuit.

Dino se acercó a la hoguera mientras su amigo vigilaba los alrededores con el arco preparado. Cuando estuvieron más cerca, vieron con claridad un dibujo flamígero en el empedrado.

Una ardiente estrella de cinco puntas rodeada por un círculo.

Para Neuit, aquello no tenía ningún significado.

Para Dino D'Angelis, sí.

17

No hay nada peor que estar cansado y no poder dormir.
Eso le pasaba a Charlène.
Se acostó justo después de su charla con Víctor. Pensó que el sueño la vencería pronto, pero se equivocó. Las horas pasaron y su mente no dejó de funcionar. La conversación con el hijo del comendador la había turbado. Había descubierto un lado vulnerable y triste en él, un pájaro enjaulado que solo piensa en volar. Aquel hombre atormentado no era como sus pretendientes de Toledo, nobles que crecieron al frío de las armas, que medían su hombría en litros de sangre vertida. Víctor era distinto a ellos; era un hombre cultivado, heredero de un destino que no deseaba. Y lo aceptaba con bravura, a su manera.
Charlène se dio cuenta de que lo compadecía y admiraba a la vez.
Clavó los ojos en el techo. Había dejado encendidas un par de velas sobre un aparador, al otro lado de la habitación, y podía ver el artesonado. Oyó campanas en la lejanía, pero no les hizo caso alguno. Su mente traicionera recreaba una y otra vez su conversación con Víctor. El tono de su voz. Su mirada.
La mano derecha se movió bajo las sábanas y deslizó el camisón hacia el vientre. Se acarició el muslo con delicadeza, rozándolo apenas. Su respiración se hizo algo más fuerte. La caricia se centró en la parte interna del muslo, hasta que el pulgar tocó el vello púbico. Abrió las piernas y se dejó llevar. Sintió el arrebol en sus mejillas junto a un sentimiento de culpa.
Le dio igual.
Dejó de ver el artesonado. Cerró los ojos y el rostro de Víctor se dibujó en su mente.

Los dedos índice y corazón la acariciaron con lentitud. Charlène abrió las piernas y movió la cadera imperceptiblemente hacia arriba. Sintió cómo el deseo crecía. Unió el dedo anular a los otros dos y se los introdujo muy despacio.

Y el rostro de su padre sustituyó al de Víctor.

Charlène retiró la mano y abrió los ojos de golpe. El deseo se había esfumado, pero el sentimiento de culpa no. Se tumbó de lado en la cama y lloró en silencio durante un rato.

Al menos se quedó dormida.

Unos golpes en la puerta la despertaron una hora después.

—Charlène, soy Dino.

Los ojos somnolientos se desviaron hacia la ventana. Todavía era de noche.

Encontró a su amigo y a Neuit en el pasillo, este aún con el arco en la mano.

—¿Ha pasado algo? —preguntó, todavía a medio espabilar.

Dino entró y cerró la puerta por dentro.

—No me fío de nadie —declaró, con cara de preocupación—. De nadie.

—¿Me quieres contar qué ha pasado?

Le contó la extravagante visita al extraño palacio a las afueras de Nuévalos, el descubrimiento de lo que él había bautizado como La Casa de las Penas, su conversación con el carnicero y la macabra sorpresa que los demonios habían dejado a la entrada del pueblo.

—Un pentagrama rodeado de un círculo, todo hecho de fuego —describió—. He visto ese símbolo antes, en un libro que hojeé en el arzobispado de Turín. Se relaciona con brujería. Pero lo más gracioso es que las puertas de la muralla estaban abiertas de par en par. Los guardias han reconocido que las abren cuando suenan las campanas, para no ofender a los demonios, manda cojones...

—He oído campanas hace un rato, pero estaba tan cansada que no las he relacionado con ellos.

—Lo del fuego lo han hecho para asustarme, y entre tú y yo, lo han conseguido. Esos hijos de puta saben cómo meter miedo. Pero eso no es lo más inquietante: sabían que había ido a hablar con el carnicero y tuvieron tiempo para preparar el susto. Y ¿sabes lo que más me preocupa? Solo una persona sabía que iba a visitar ese lugar: Heliodoro Ventas.

—¿Crees que podría estar compinchado con los demonios?

—No puedo asegurarlo, pero sí podría haberse ido de la lengua delante de quien no debía. Los demonios tienen espías en Nuévalos —concluyó.

—Coméntaselo al comendador.

—¿Qué dices? Ya le caigo bastante mal para atreverme a acusar de espionaje a su segundo al mando. No pienso levantar esa liebre, pero sí tener más cuidado a partir de ahora y no fiarme de Ventas. Ni de nadie.

—Tú solo fía de mí —dijo Neuit, que rubricó sus palabras dándole dos palmadas en el brazo.

—¿Y Víctor? —quiso saber Charlène—. ¿Qué opinas de él?

—Víctor viajó a Toledo en busca de ayuda, pero podría ser una coartada. Coño, Víctor de Coartada —rio—, todo encaja.

—A mí me parece un buen hombre —dijo Charlène, que no encontró gracia en el chiste—. Está dispuesto a cualquier cosa por salvar a su hermana, incluso enfrentarse a su padre.

D'Angelis bajó la voz.

—El comendador me parece un imbécil —confesó—. Es el típico hidalgo de medio pelo, aferrado a las costumbres anacrónicas de su familia, que se cree el duque de Alba. Un militar que ha crecido oyendo las batallitas de su abuelo y de su padre y solo ha tenido ocasión de bregar con bandidos, porque no hay guerra importante que librar desde que Castilla y Aragón se unieron. Un tipo que se caga en los calzones cuando cinco mierdas disfrazados de animales asesinan a las niñas que debía proteger. En definitiva, alguien que no pasará a la historia, a menos que haya algún otro imbécil que lo documente en algún jodido libro.

Oyeron voces acercándose por el pasillo. Entre ellas reconocieron los gruñidos y maldiciones por lo bajo de Heliodoro Ventas.

—Voy a ponerme algo —dijo Charlène, que solo llevaba un camisón de tela blanca.

—Ese viene a buscarme —apostó Dino—. Vamos, Neuit, ven conmigo.

—Comendador cabrón —masculló.

—Sí, es muy cabrón, pero tú no digas nada.

Dino y Neuit salieron al corredor y descubrieron a Ventas en compañía de dos soldados frente a la puerta de su habitación. Tenían cara de recién levantados. El capitán lo fulminó con la mirada. Parecía más enfadado que de costumbre.

—Así que estáis aquí —gruñó, con la mandíbula tensa—. ¿Ves lo que pasa cuando le tocas los cojones a los demonios, D'Angelis?

—Heliodoro, alguien tuvo que verme salir del pueblo y los avisó.

—Nadie salió del pueblo después de que tú lo hicieras, a no ser tu hijastro o lo que sea, que se las apañó para cruzar la muralla sin que lo vieran mis guardias.

—Muralla nada para aipari —proclamó Neuit, desafiante.

—Además, ¿acaso crees que esas bestias necesitan espías? Podrían estar aquí, ahora mismo, con nosotros, y no verlos.

Era lo que le faltaba oír a D'Angelis.

—Vamos, Ventas, no me jodas.

—No quiero seguir hablando de esto —zanjó el capitán, que acompañó sus palabras con un gesto amenazador—. Mañana hablaremos con el comendador. Si yo no puedo meterte en vereda, él sí.

Heliodoro se alejó, seguido por los dos soldados que habían asistido a la discusión con unas ganas irrefrenables de volver al jergón. Charlène abrió la puerta solo para ver cómo se alejaba la comitiva.

—No ha ido bien, ¿verdad?

—Ni lo va a ir —pronosticó Dino—. No hablemos aquí, volvamos dentro.

Cerró de nuevo la puerta de la alcoba.

—¿No has pensado que los del burdel podrían tener algo que ver con el símbolo de fuego? —elucubró Charlène.

D'Angelis lo meditó unos segundos, pero desechó la idea.

—No creo que les hubiera dado tiempo a dar un rodeo, adelantarnos, dibujar con aceite el pentagrama y prenderle fuego. Tendrían que haber ido a caballo y al galope, lo habríamos oído.

—Yo oye caballo al otro lado montaña —afirmó Neuit.

—Los aipari son los andaluces de las Indias —rezongó Dino ante la exageración—. No creo que los de El Parnaso tengan nada que ver con la hoguera; y ojo, que son raros de cojones. En fin, mañana tendré que vérmelas con don Ricardo, y habrá que recordarle que vengo de parte del secretario del emperador, por mucho que le fastidie. Igual lo acepta, pero es probable que me lleve un par de guantazos.

—Busca apoyo en Víctor —aconsejó Charlène—. Es tu único aliado posible.

—Me resisto a creer que todos los habitantes del pueblo sean tan cerrados como los que me he encontrado hasta ahora.

—Están asustados. Muy asustados. Tú mismo has reconocido que lo estás, y no crees en entes demoniacos.

Dino se dio una palmada en la frente. Acababa de caer en algo.

—Tengo que hablar con alguien, antes de que no me dejen hacerlo.

—¿Con quién?

—Te lo contaré mañana, no hay tiempo. —Se volvió a Neuit—. Tú, vete a dormir, y no ocupes toda la cama.

—Cama para saltar —sentenció Neuit—. Para dormir, mejor suelo.

—¿Adónde vas? —preguntó Charlène.

—A ver a alguien, pero, tranquila, no voy a salir del castillo.

Dino se asomó al patio de armas.

Lo encontró desierto, a excepción de un veterano centinela que daba cabezadas en una silla, al lado de la puerta cerrada de la muralla.

Durante el viaje, Víctor le había comentado a Dino que mantenían a Sebastián, el Carapez, alojado en un almacén, detrás del barracón de los soldados. Si el chaval hacía pública la amenaza de los demonios, el pánico se propagaría por las calles. También le contó que Sebastián se sentía a salvo de las palizas de su padrastro en el castillo, se entretenía con los soldados y quería quedarse allí a toda costa.

Dino se acercó medio a gatas hasta el pozo que presidía el centro del patio. Oyó voces cerca del barracón. Reconoció a los dos soldados que habían acompañado al capitán a la habitación de Charlène. Uno de ellos apagó a pisotones la antorcha que había usado para encender los faroles, la apoyó en la pared y entró con su compañero en el barracón. Ambos eran jóvenes. Los más veteranos, los que tenían familia, pernoctaban en sus casas, dentro de las murallas de Nuévalos.

El espía cruzó el patio hacia los barracones. Del interior surgían ronquidos espantosos. Alguien chasqueó la lengua para callar al durmiente ruidoso, y otra voz maldijo en la oscuridad. Dino se pegó a la pared y rodeó el edificio. Localizó una pequeña estructura de ladrillo adosada al barracón. Había varias cajas y algunos barriles en el exterior: los que habían sacado para meter el jergón de Sebastián.

La puerta no estaba cerrada con llave. Se asomó al almacén y vislumbró un bulto tapado con una manta fina que se movía al ritmo de una respiración sonora en la penumbra. Una vela solitaria y enfermiza iluminaba el pequeño recinto. Dino tropezó con un plato con restos de comida que estaba al lado de una jarra de agua medio vacía. Un ratón huyó al oír el ruido, y Sebas gruñó en sueños. D'Angelis se puso en cuclillas junto a él.

—Eh, Sebastián —susurró—. Eh, despierta. —Lo zarandeó con suavidad—. No te asustes, soy un amigo.

El joven se dio la vuelta y contempló la silueta de Dino a la escasa luz de la vela. Puso cara de sorpresa ante el sombrero emplumado. El turinés forzó una sonrisa.

—Hola, Sebastián.

El chico no parecía asustado. Más bien se sentía interesado por aquel extranjero vestido con ropas de cuero ajustadas y rodeado de correajes.

—¿Eres... eres un soldado? —preguntó, con la mirada fija en la tizona.

—Algo parecido —respondió—. He venido a Nuévalos para ayudaros. Sabes quién es el rey Carlos, ¿verdad? —Sebas negó con la cabeza—. El emperador...

—No.

El muchacho lo negó a un volumen mayor del que Dino consideró prudente. Lo único que le faltaba era que lo pillaran hablando con el Carapez a espaldas del comendador.

—Bueno, da igual, el mandamás de España y Alemania. —Esta vez el chico asintió, aunque D'Angelis sospechó que le daba la razón como a los locos—. Me ha enviado para que os libre de los demonios.

—Son muy malos —dijo Sebas, que pronunciaba las frases de forma especial; tartamudeaba al principio y las terminaba muy rápido, como si las disparara, con voz grave y gangosa—, pero a mí... a mí me tratan bien.

—Lo sé, por eso eres muy importante para mí.

—El comendador... el comendador me ha dicho que no puedo contarle a nadie lo que me dijeron la otra noche —advirtió, a la vez que besaba una cruz formada por el índice y el pulgar.

Dino le guiñó un ojo.

—A mí me lo ha contado, así que podemos hablar del tema. Solo tú y yo, ¿eh? Nadie más.

Sebastián sonrió con tanta intensidad que los ojos se convirtieron en dos rayas negras, y los labios, en felicidad infinita. Al chaval le gustaba Dino. También lo trataba bien, y llevaba una espada preciosa colgada en el cinturón.

—Nadie más —confirmó, para luego llevarse un dedo a los labios en gesto cómplice.

Dino sintió ternura por Sebastián. Había que ser muy cabrón para pegarle a una criatura como aquella.

—Una pregunta, Sebas. ¿Tienes idea de por qué los demonios solo hablan contigo?

—No lo sé —confesó—, pero... pero yo creo que es porque sé... su... su secreto.

—¿Qué secreto?

—No... no te lo puedo contar.

—A mí sí... Yo conozco el otro secreto.

—Pero... pero este no. Este es el secreto más secreto.

—¿Y ese no lo sabe el comendador?

—No.

—¿Y no me lo vas a contar a mí? Acuérdate de que he venido a ayudaros.

Sebastián se cerró en banda.

—No. Este es el secreto más secreto —insistió.

Dino no se dio por vencido.

—¿Y si lo juramos los dos por lo más sagrado? Si lo juramos por lo más sagrado, como es sagrado, los demonios no podrán descubrirlo.

—No. ¿Te crees... tú te crees... tú te crees que soy tonto? Mierda.

—Jamás lo pensaría —juró Dino, que lo último que quería era ofender a su contacto—. ¿Y un intercambio?

—¿Un qué?

—Yo te doy algo a cambio de ese secreto. —Los ojillos de Se-

bastián volvieron a transformarse en líneas, pero esta vez la sonrisa era diferente—. Huy, huy, huy..., veo que esto te interesa más, ¿eh?
—¿Quieres saber... quieres saber lo que quiero?
—Claro, dímelo.
—Ven, acércate —le dijo, con aire misterioso.
Dino aproximó la oreja a la boca del muchacho. Este bisbiseó algo.
—¿Cuánto? —D'Angelis creyó no haber oído bien, y el chico lo repitió sin dejar de sonreír con malicia—. ¿¡Cuánto!? No, no, no... —Otro cuchicheo—. ¿Veinte? ¡Cinco, y mucho me parece!
—Veinte —repitió Sebastián, sin dejar de sonreír.
—Pero ¿tú sabes cuánto son veinte ducados, Sebastián?
—Veinte, o no hay secreto y... ¡y le digo al comendador que me has querido engañar!
Dino imaginó lo que diría su amigo el gaditano.
«Los muertos del Carapez».
Metió la mano en la faltriquera.
—No he pagado tanto por una información en mi vida —se lamentó; contó veinte ducados y se los dio uno por uno a Sebastián, cuya sonrisa se ampliaba cada vez que una moneda de oro caía en su palma—. A ver cómo le explico esto a Francisco de los Cobos...
Sebastián contó el dinero dos veces.
—A ver, usurero de los cojones, cuéntame ese secreto más secreto.
El muchacho se le acercó con aire conspirador.
—Sé... sé dónde se esconden..., pero hay que ir de día.
D'Angelis se separó de él con una sonrisa de incredulidad en la cara.
Si aquella información era cierta, el precio que acababa de pagar era barato.

SEGUNDA PARTE

Lunes Santo

18

Nuévalos, 1 de abril de 1543
Cuatro días antes del Viernes Santo

La resaca es un juicio que celebras contra ti mismo y en el que siempre sales culpable.
La pena a cumplir: la vergüenza.
Víctor de Cortada abrió los ojos alrededor de las ocho y media de la mañana y rememoró su conversación con Charlène. No recordaba exactamente cómo había ido —siguió bebiendo hasta bien entrada la noche—, pero algo en su interior le decía que había hablado de más. Se sentó en la cama y apoyó los codos en las rodillas. Aquella mujer había viajado desde Toledo para ayudar a Daniela, no para recibir insinuaciones de su hermano borracho. Lo que más inquietaba a Víctor era no recordar si le había soltado a Charlène alguna inconveniencia de la que tuviera que arrepentirse.

Charlène le había llamado la atención. Jamás había conocido una mujer como ella, ni siquiera Mariela se le acercaba en muchos aspectos. Su difunta esposa era como el resto de las damas que había tratado a lo largo de su vida: leía con soltura, sabía llevar una casa, educar niños y complacer al marido. La piamontesa era muy distinta.

No necesitaba un hombre para prosperar.

Víctor se sintió culpable al pensar de aquel modo. Mariela había dejado tal huella en él que no había vuelto a plantearse buscar esposa. El elenco de casaderas de Nuévalos tampoco era el más exquisito, y tener que vivir bajo el ala de su padre tampoco ayudaba. Y de repente aparece una mujer que le despierta un sentimiento que creía reservado para los hombres.

Admiración.

—Y no se me ocurre otra cosa mejor que hacer que emborracharme —murmuró.

Saltó de la cama con la cabeza a punto de explotar. Se lavó las axilas y la cara en el bacín de agua limpia y se afeitó. Comenzaba a vestirse cuando oyó jaleo en el pasillo.

Decidió averiguar qué pasaba.

Su padre casi lo atropella. Le faltaba estar envuelto en llamas. Cuatro soldados lo seguían, armados con lanzas y espadas al cinto. Parecían tan preocupados como él.

—Víctor, conmigo —ordenó—. Acaba de ocurrir una desgracia. Vamos a sacar a ese extranjero insensato de la cama.

—Pero ¿qué ha pasado? —preguntó, sin saber qué sucedía.

—Ahora lo sabrás —lo cortó Ricardo mientras encaraba la escalera que llevaba a la primera planta de la torre—. No debería haberte permitido ir a Toledo. Qué gran error…

Víctor se paró en seco en mitad de la escalera.

—Claro, la culpa es mía, padre…

El silencio que siguió llevaba la acusación implícita. El comendador abrió la puerta de Dino sin llamar. Para su sorpresa, lo encontró despierto, frente a sus notas del día anterior. D'Angelis y Neuit se sobresaltaron al verlo irrumpir en la alcoba. Al contrario de lo que esperaban, no alzó la voz al hablar. De hecho, siseó como una serpiente.

—Estaréis satisfecho. Un día en Nuévalos, y ya ha muerto una persona.

—¿Cómo decís? —Dino se sintió desconcertado; en un principio creyó que la reprimenda sería por haber violado el toque de queda y provocar que los demonios dejaran el mensaje flamígero a las puertas del pueblo, pero esto era más grave.

—Id a por vuestro caballo —ordenó Ricardo—. Tú también, Víctor.

Dino siguió a la partida encabezada por Ricardo de Cortada a lomos de Barlovento.

Víctor cabalgaba al lado de su padre, que se había puesto coraza y casco, como si se dirigiera a una batalla. La decena de soldados que lo seguía también llevaba el equipo completo, con los colores de la familia. El sargento Elías, el tercero al mando, después de Ventas, portaba el estandarte. Cruzaron la puerta norte de Nuévalos acompañados por la mirada sorprendida y asustada de los viandantes.

La marca negra del pentagrama seguía impresa en el empedrado, en medio de la carretera. No tuvieron que cabalgar mucho hasta divisar a media docena de guardias desplegados a un lado del camino. Ventas estaba con ellos. Había caballos atados a árboles cercanos, y soldados desviando a los comerciantes que se dirigían al pueblo con canastos cargados de mercancía. Estos lanzaban miradas aterradas al lado derecho de la calzada, donde se apelotonaba la avanzadilla del comendador. El capitán se abrió camino entre sus hombres para recibir a Ricardo de Cortada. La compañía descabalgó, y Dino los imitó. Ventas se acercó al espía y lo agarró de la manga.

—Esto es lo que consigues cuando desafías a los demonios —dijo.

Lo condujo hasta el pelotón de soldados que se encontraban arremolinados a un lado de la carretera, y estos se apartaron para dejarlos pasar.

—Ahí lo tienes —soltó Ventas a la vez que liberaba a Dino con brusquedad.

Javier Moreno yacía boca arriba sobre un charco de sangre, con las extremidades formando un aspa y la ropa destrozada. Imposible adivinar el color original de las prendas. El rostro y el tronco estaban surcados por heridas profundas; algunas de ellas, mortales. Todos los cortes dibujaban tres líneas paralelas.

El más letal le había abierto el cuello en tres heridas que seccionaban la yugular y la laringe, llevándose por delante la nuez de Adán. Jirones de carne ensangrentada colgaban de los bordes. Otro desgarrón, también mortal de necesidad, le había abierto la prominente barriga hasta dejar los intestinos al descubierto. El zarpazo de la cara le había sacado el ojo izquierdo, que no aparecía por ninguna parte. O alguien lo llevaba pegado en la suela o alguna alimaña estaba dándose un festín a costa del carnicero.

El comendador se plantó al lado de Dino y le habló con calma, sin dejar de contemplar el cadáver de Javier Moreno.

—¿Qué os parece, señor enviado del emperador?

—Que los mismos que anoche intentaron asustarnos con el

símbolo ardiente le tendieron una emboscada a este pobre desgraciado.
—También nos han dejado un mensaje. ¿No es así, Helio?
—Así es, señor.
—Abridle la camisa —ordenó el comendador.
Un soldado se agachó al lado del carnicero. Cogió los bordes del blusón ensangrentado con dos dedos, para no mancharse, y los apartó. Dino apreció unas heridas, mucho más finas y superficiales que las demás, sobre la carne flácida del pectoral del muerto. Se acuclilló junto a él y leyó lo que habían escrito con el filo de una hoja afilada.

Dino luchó contra la náusea. La escena comenzaba a tornarse mareante.
—¿Esto lo ha visto alguien? —preguntó a la vez que se incorporaba.
—Más gente de la que quisiéramos —respondió Ventas—. Un grupo de mercaderes encontró el cuerpo una hora después del amanecer y avisaron a la guardia. Los demonios le dejaron la camisa abierta a Moreno para que se pudiera leer el mensaje.
Era evidente que el comendador hacía un esfuerzo sobrehumano por aguantar el genio. A pesar de aparentar tranquilidad, estaba furioso.
—Todo Nuévalos debe de saber ya que los demonios reclamarán cinco niñas dentro de cuatro días. El pánico se adueñará de las calles, y Dios sabe si no se producirán disturbios. Y todo por culpa de vuestra osadía.
Dino estaba harto de miedos y supersticiones.
Decidió jugársela.
—Pues reforzad la guardia y enfrentaos a esos impostores. Ya es hora de que protejáis a vuestro pueblo, en vez de doblegaros a la voluntad de esos fantoches.
Ricardo apretó los dientes.
—Todavía estáis a tiempo de subir a ese caballo y marcharos de Nuévalos —dijo en tono amenazador.

Víctor salió en defensa de Dino.

—Padre, os ruego que no digáis algo de lo que luego os podáis arrepentir.

D'Angelis lo tranquilizó con un ademán.

—Si de mí dependiera lo haría, excelencia, y con mucho gusto —manifestó—, pero estoy aquí en misión oficial, os plazca o no.

—Os recuerdo que estáis en mis tierras... —comenzó a decir el comendador.

A pesar del miedo que le atenazaba las tripas, Dino se atrevió a interrumpirlo.

—Estoy en tierras del Císter, con quien todavía no he hablado.

El comendador soltó una risa amarga.

—¿Y creéis que el abad se pondrá de vuestra parte? —lo retó—. Intentadlo. Vos no sois más que un extranjero en este país.

—¿Me obligaréis a hacer uso de la autoridad que me ha sido otorgada por la corte?

Ricardo de Cortada y Dino D'Angelis se retaron en silencio durante unos segundos que se alargaron como si se hubiera detenido el tiempo. El aire se espesó de tal modo entre ellos que podía untarse en una rebanada de pan.

—No puedo obligaros a que os marchéis del pueblo —reconoció el comendador—, pero sí de mi casa.

—¡Padre!

Ricardo mandó callar a Víctor. Este enrojeció. De ira y de bochorno.

—Recoged vuestras cosas cuanto antes. Las vuestras y las de vuestro salvaje —puntualizó—. La señorita Dubois es libre de quedarse, si así lo desea. Y por mucho que os desagrade, el capitán Ventas será vuestra sombra mientras estéis en la comarca.

Dino iba a objetar algo, pero en un rápido análisis de la situación, decidió que aquello era lo mejor. Charlène estaría segura en el castillo de los Cortada, y él y Neuit tendrían más libertad de maniobra lejos del comendador, a pesar de tener que aguantar a Ventas.

—Se hará como deseáis —concedió.

Ricardo se encaminó hacia el caballo. Víctor dudó unos instantes, incapaz de articular una disculpa ante Dino. Titubeó y fue en pos de su padre, avergonzado por lo poco hombre que podía llegar a ser. Ventas se acercó a D'Angelis.

—La que has liado, turinés. Salir por la noche en este pueblo se paga caro.

—El comendador y tú me culpáis de un grano que os pica y no queréis rascaros. —Detrás de Ventas, los soldados preparaban el cuerpo del carnicero para trasladarlo al pueblo—. Una pregunta, Heliodoro, y no te ofendas…

—Ya me siento ofendido antes de que abras esa bocaza.

—¿Le comentaste a alguien que iba a ir a La Casa de las Alegrías?

—No le dije nada a nadie. Lo que tendría que haber hecho es no dejarte ir.

Dino estudió el rostro de Heliodoro Ventas. Le pareció el de un hombre iracundo y cansado, pero también el de alguien noble y acostumbrado a ir de frente. No imaginaba al capitán conspirando a espaldas de nadie. Era demasiado transparente y bragado para hacer algo así. Decidió otorgarle un nuevo voto de confianza. D'Angelis oteó en todas direcciones y buscó entre los árboles. Había matorrales y vegetación a ambos lados de la carretera como para esconder un ejército.

—Quiero comprobar una cosa.

Silbó. Neuit sobresaltó a los soldados cuando surgió de entre la espesura. Llevaba la cuerda del arco cruzada a la espalda.

—Neuit, busca huellas de pezuñas por los alrededores. Unas grandes, como de ciervo.

El muchacho no entendió lo que Dino le pedía. Este cayó en que Neuit no había visto un ciervo en su vida, ni tampoco conocía la palabra «pezuña». El turinés se puso los dedos a ambos lados del sombrero, como si fueran cuernos, para luego dibujar algo parecido a una pezuña en una zona terrosa a la orilla del empedrado.

Neuit lo entendió, entonces.

—¡Ah! ¡*Oshparo*, de *shansho*!

D'Angelis se dijo que tenía que ser eso, aunque no tenía ni idea de lo que Neuit acababa de decir.

—Como de *chancho*, sí, pero más grandes. Así…

Dino separó las manos para mostrar las dimensiones de una pisada grande. Neuit se dio por enterado, se internó de nuevo en el follaje y se perdió de vista.

—Dino, las cosas se van a poner muy feas en Nuévalos —advirtió Ventas.

—Ojalá el pueblo despierte y decida poner pie en pared frente a esos cabrones.

—Cuando corra la voz de que los demonios exigen cinco niñas en lugar de una, muchos padres querrán huir con sus hijas, y eso acarreará más represalias y más muertes.

D'Angelis se atrevió a colocar una mano amistosa sobre el hombro de Ventas. Este la miró un segundo con el ceño fruncido, para luego desviar la vista hacia el rostro del espía.

—Solo te pido una cosa, Heliodoro: aunque no estés de acuerdo con mi visión de este problema, aunque no quieras ayudarme más que lo justo, no obstaculices mi investigación..., déjame que pregunte lo que quiera y que meta las narices donde vea necesario.

—No seré yo quien te lo impida —prometió—, pero no esperes que vaya en contra de mis paisanos. Ante cualquier conflicto, me pondré de su parte. Siempre.

D'Angelis le dio un apretón amistoso en el hombro.

—Gracias.

El sargento Elías se acercó a Ventas. Habían colocado el cadáver de Javier Moreno sobre la grupa de un caballo, envuelto en una manta.

—Mi capitán, ¿qué hacemos con el carnicero? ¿Se lo llevamos a su esposa?

Dino se adelantó a la respuesta de Heliodoro.

—¿Es posible que Charlène examine el cadáver antes de entregarlo a la familia?

—¿Para qué? —quiso saber Ventas—. Ya está muerto.

—Ella sabe leer las heridas, créeme. —Dino le dedicó una mirada infantil—. ¿Por favor?

Ventas no parecía demasiado convencido, pero aceptó.

—Llévalo directo al castillo —ordenó—. En cuanto la invitada del comendador lo examine, entrégale el cuerpo a su esposa. —Dino se dio cuenta de que Ventas no se había referido a Charlène como «la médico»—. Encárgate personalmente, Elías. Eres al que mejor se le dan estas cosas.

—Por desgracia para mí, mi capitán —acató el sargento.

Los soldados subieron a sus monturas. Dino y Ventas se quedaron solos, de pie, junto a la mancha de sangre que empezaba a oscurecerse. El crujido de unos matorrales al otro lado de la carretera reveló que Neuit estaba de vuelta.

—Nada ahí —dijo, señalando el terreno a la derecha de la carretera—. Dado vuelta, busca huella *oshparo*, nada. —Apuntó a la izquierda—. Ahí, nada, tampoco. Mucha hierba, así —hizo como si aplastara algo invisible con las manos—. Puede que *oshparo*, puede que pie de bota. No sabe.

—Pero hay pisadas, ¿no?

—Sí, sí —confirmó él, apretando ambas manos con fuerza—. Hierba, *toyo, toyo*...

—Se dice aplastada, coño.

—Eso, aplastada, coño.

—Sois tal para cual —sentenció Ventas—. Y ahora ¿qué?

—Ya que tenemos aquí los caballos, ¿por qué no vamos a casa de la Lobera?

—No creo que la encontremos. Ya te dije que solo aparece por el pueblo en invierno.

—Vamos de todos modos. —Dino montó en Barlovento—. A propósito, ¿por qué la llaman la Lobera?

El capitán le dedicó una mirada misteriosa.

—Si está en su cabaña, lo descubrirás.

19

El bosque era frondoso y oscuro. La atmósfera, crepuscular, y no eran ni las once de la mañana. Los caballos, al paso, esquivaban raíces, matojos y desniveles. La pendiente dificultaba todavía más la marcha de la expedición. Los estorninos y ruiseñores observaban a los intrusos desde las ramas de los álamos y los sauces, alegrando la atmósfera sombría con su canto. Neuit se sentía como en casa. El chaval no podía evitar adelantarse a Ventas, a pesar de que era él quien los guiaba. De vez en cuando, el indio se detenía para esperar a sus compañeros.

—A los niños les decimos que este bosque está embrujado —comentó el capitán, que se paraba de tanto en tanto para comprobar que iba por el camino correcto—. Así, mientras son pequeños, les asusta acercarse a él y nos ahorramos disgustos. Es un lugar hermoso, pero resulta fácil perderse en él o sufrir un accidente.

—Podría ser un buen escondite para los demonios —dejó caer Dino.

—La Lobera habría avisado si hubiera visto algo extraño —rebatió Ventas—, odia a esos demonios con toda su alma. Además, la arboleda está muy transitada un poco más al sur, y nadie ha visto jamás nada extraño. Al noroeste de aquí se extienden los campos de cultivo de la orden: trigo, cebada, centeno, judías... también hay cepas, los monjes hacen un vino magnífico. Ah, y chocolate... Si vas al monasterio de Piedra, pregunta por fray Gerardo, el cocinero, que te prepare un chocolate caliente.

A Dino no le sonaba la palabra.

—¿Chocolate?

—Viene del cacao, ¿no lo conoces? Estuviste en las Indias...

—Si las Indias tuvieran culo, yo habría estado en el agujero.

Todos afirman que es fácil hacerse rico allí, Heliodoro, pero yo solo vi agua, barro, mosquitos, fiebre y cabrones como Neuit, pero un poco más creciditos, obsesionados con clavarte un dardo envenenado en cuanto te descuidaras. Todo lo que tienen de pequeñitos, lo tienen de mala leche, esos hijos de puta.

—Yo oído, Dino —gritó Neuit, desde la espesura—. Tú más cabrón.

—¡Pero si hasta a ti te querían matar, no me jodas! —le respondió D'Angelis a gritos, para luego seguir hablando con Ventas—. Hay una tribu, los jíbaros, que te decapitan y reducen tu cabeza hasta el tamaño de un puño. Conservan la piel y el pelo, las tiñen de negro con carbón y les cosen los labios con cuerdas que cuelgan, como barbas. —Dino no pudo reprimir un escalofrío al recordar las que había visto—. Son asquerosas y dan miedo.

El capitán se echó a reír.

—¡No fastidies! —exclamó—. ¿Intentas que me trague esa idiotez? Luego dices que nosotros somos supersticiosos, porque creemos en demonios...

—Tuve la desgracia de verlas con mis propios ojos —aseguró Dino, con semblante grave—. Todavía sueño con ellas.

Neuit apareció detrás de un matorral cercano.

—*Tzantza* —corroboró, señalándose a sí mismo—. Si Dino no libera, cabeza mía *tzantza*.

Ventas remontó una pendiente entre sauces y estiró el cuello para otear desde lo alto. Divisó el tejado de paja y carrizo de la cabaña de la Lobera a cien metros a su izquierda. No había humo a la vista. El rumor de la corriente del río Piedra se oía un poco más abajo.

—Hemos llegado —anunció.

La cabaña era un cuadrado de piedra y madera de unos diez metros de lado. Parecía construida por alguien sin conocimiento alguno de arquitectura. Las ventanas eran irregulares, cerradas por contraventanas que se abatían desde dentro. La chimenea, de adobe y cantos rodados, sobresalía de forma tímida por encima del tejado. A quince pasos de la puerta había un tocón cosido a hachazos. A un costado de la casa, bajo la protección de unas tablas alquitranadas, había leña suficiente para pasar el invierno. El hacha, oxidada pero afilada, reposaba con el mango apoyado en los troncos.

Una vereda descendía desde el claro hasta el río. Unos escalones, tallados en el mismo monte y reforzados con troncos, facilitaban el transporte de los baldes llenos de agua de la orilla a la casa. Junto a un gallinero vacío, se alzaba una caseta del tamaño de un corral, con una entrada cuadrada por la que cabría un hombre corpulento a gatas.

—Ahí guarda a las bestias —señaló Ventas.

—Menos mal que no están —celebró Dino, aliviado. Neuit no esperó a que sus compañeros descabalgaran para explorar los alrededores—. ¿La llaman la Lobera porque tiene lobos?

—Dos —confirmó Ventas.

—No me jodas. Nadie puede domesticar a un lobo.

—Pues ella tiene una pareja, y bien entrenados. Nunca los he visto, pero dicen que son enormes, fieros, capaces de devorar a un hombre en cuestión de minutos si ella se lo ordena. No la conoces, esa mujer es capaz de cualquier cosa.

D'Angelis estudió la fachada.

—De cualquier cosa, menos construir una casa. ¿Ella hizo esta mierda?

—Ella y su difunto esposo —respondió Ventas—. Un hombre culto, de ciudad. Nunca entendí cómo acabó viviendo en mitad del bosque con la Lobera. Murió años antes de que los demonios asesinaran a Rosalía, ese disgusto que se ahorró, el pobre.

—¿La Lobera no tiene más hijos?

—Sabela me comentó que Mencía tuvo problemas durante el parto de Rosalía. Después de ella, no pudo tener más hijos.

—¿Quién es Sabela?

—La antigua comadrona del pueblo —informó Ventas—. Su hija Alicia tomó el relevo cuando su madre contrajo la enfermedad del temblor. Alicia trabaja en la casa de caridad de los Fantova. Su madre todavía vive, está internada allí. Según dicen, cada día está peor. Le tiemblan tanto las manos que para lo único que serviría sería para echar de comer a los pollos, y tiene la cabeza completamente perdida. Es como si tuviera la vejez prematura, solo farfulla incoherencias.

Dino recorrió con la vista el bosque que lo rodeaba. De noche tendría que ser tétrico.

—Hay que ser muy valiente para vivir aquí sola —comentó.

—Mencía tiene más cojones que tú y que yo, cualquiera se mete con ella. —A D'Angelis le extrañó oír una palabra malsonante de labios del capitán—. Tiene una lengua peor que la tuya, eso sí, y ojo, no es fea —apuntó—. Es basta hasta decir basta, si me permites el juego de palabras…, pero también tiene su encanto.

D'Angelis alzó la ceja ante el último comentario de Ventas y se acercó a la puerta de la cabaña. Un pasador encajado en una pletina de madera la cerraba por fuera. Lo levantó sin problema.

—¿Vas a entrar? —A Ventas no le hizo gracia la idea—. No me parece apropiado.

—No tocaré nada —aseguró—, pero ya que estoy aquí, echaré un vistazo.

La cabaña estaba vacía, a excepción de unos cuantos muebles básicos. El hogar, que hacía de chimenea y fogón, llevaba tiempo apagado. Había dos jergones en la cabaña; uno de ellos se veía sin usar. Dino supuso que sería el de la hija de la Lobera. Para su sorpresa, encontró un montón de viejos libros en un rincón, medio envueltos en trapos. También vio un par de cráneos de ciervo, con su cornamenta, colgados como trofeos en la pared.

—La Lobera se dedica a la caza —explicó Ventas desde la puerta—. Seguro que por eso se ausenta cuando empieza el buen tiempo. En estos bosques apenas queda nada más grande que un conejo: cerca de aquí están los campos de cultivo y las praderas donde pacen las ovejas; un poco más al este, las granjas de Cocos y las porquerizas. Todo ese ajetreo espanta a los venados.

D'Angelis no encontró nada en la cabaña que le llamara la atención. Neuit apareció con el arco encajado en la espalda.

—¿Has encontrado algo?

—Nada.

Dino se sintió decepcionado. El viaje había sido en balde, y si Ventas tenía razón, la Lobera solo regresaría con el frío.

Mucho después del maldito Viernes Santo.

—Aquí no hay nada más que ver —concluyó el turinés.

—Regresemos al pueblo —decidió Ventas—. Tú tienes que recoger tus cosas y largarte del castillo —le recordó—. ¿Dónde piensas alojarte?

—Probaré suerte en El Parnaso. Me dijeron que tenían habitaciones para huéspedes.

Ventas esbozó una sonrisa pícara.

—No me equivoqué contigo: eres un putero.

—Es putero —corroboró Neuit—. Pero jura mucho tiempo no.

—Los dos tenéis razón —concedió Dino—. Siempre he sido un gran visitador de lupanares, pero desde que regresé de las Indias no me he dejado llevar por los vicios de la carne. Lo de anoche no cuenta —enunció, curándose en salud ante un posible reproche del capitán—, fue estricto trabajo y no yací con meretriz alguna. De hecho, una mora me tocó las vergüenzas y se rio de mí en mi cara. A propósito, Heliodoro, ¿qué pinta un lugar como El Parnaso a las afueras de un pueblo como Nuévalos?

Ventas trepó a lomos de su montura con una agilidad impropia de su edad.

—Solo sé que las tierras en las que se alza pertenecen a una familia noble extranjera que llegó a un acuerdo con la Orden del Santo Sepulcro hace décadas. Ellos no molestan a nadie ni nadie los molesta a ellos. Para los monjes, es como si ese lugar no se encontrase allí, y para nosotros, también. Mis hombres tienen prohibido ir. Es como si no existiera.

Dino subió a lomos de Barlovento.

Estaba convencido de que El Parnaso era algo más que un burdel.

¿Tendría alguna relación con los demonios?

Se prometió averiguarlo.

20

Víctor se enfrentó con pavor a la puerta cerrada del dormitorio de su hermana.

No por Daniela, sino por tener que dar la cara delante de Charlène después de su charla ebria, que él había magnificado hasta el delirio. La resaca persistía, agravada por la visión del cadáver destrozado de Javier Moreno. Una mañana horrible. Trató de poner la mente en blanco antes de llamar con los nudillos.

La puerta se abrió para mostrar el rostro serio de Juana. Parecía algo más descansada que en días anteriores; así y todo, conservaba su expresión habitual de sargento de guardia. Los gritos y golpes eran menos frecuentes en el dormitorio desde la llegada de Charlène. De alguna manera que nadie —ni siquiera ella misma— entendía, la piamontesa había inyectado una buena dosis de tranquilidad a Daniela. Por ahora era todo lo que había podido conseguir.

—¿Está la señorita Dubois, Juana?

—Sí, don Víctor, pero esperad fuera, no os vaya a ver vuestra hermana y monte el follón.

Víctor se apartó, molesto; recibía órdenes hasta del servicio. Charlène salió un segundo después. Al hijo del comendador le sudaban las manos. El saludo fue una especie de tartamudeo ridículo.

—Señorita Dubois...

Se preparó para recibir reproches y afeamientos de conducta, pero en lugar de eso se encontró con una sonrisa cálida que le dio la bienvenida.

—¿No quedamos ayer en que nos llamaríamos por nuestros nombres?

El desconcierto pintó de rojo las mejillas de Víctor de Cortada.

—Es cierto, Charlène, perdón...

—¿Pasaste buena noche?

—Sí, sí... —A Víctor le extrañó que no hubiera oído el escándalo que había tenido lugar en el pasillo, a primera hora—. ¿No te has enterado de lo que ha pasado esta mañana?

—No. Tardé en dormirme anoche, y al final caí rendida. Vine directa al cuarto de Daniela en cuanto me desperté. ¿Dino está bien?

—Sí, tranquila. Se trata del carnicero, Javier Moreno. Lo han asesinado.

Charlène recibió la noticia con consternación. No habían pasado veinticuatro horas de su llegada al pueblo, y ya habían matado a una persona.

—¿Cómo ha sido?

—Dino quiere que veas el cadáver.

—Pero él, ¿está bien? —insistió.

—Está con Helio, está bien. Vamos al patio.

—Voy por mi instrumental.

Víctor la puso al corriente de los pormenores del hallazgo del cadáver mientras recogían la bolsa con los enseres médicos. También la previno de lo que estaba a punto de ver, pero su contestación lo sorprendió una vez más.

—El emperador dio permiso a sus médicos para diseccionar cadáveres y estudiar sus órganos. —La expresión de Víctor era de total estupefacción; le chocaba imaginar a Charlène descuartizando un cadáver con una sierra—. He abierto decenas de ellos. Por muy horribles que sean las heridas del carnicero, no me van a impresionar, te lo aseguro.

Los soldados habían dispuesto el cadáver sobre una camilla en el pequeño almacén que ocupaba Sebas, al que Torcuato quitó de en medio a cambio de un cuenco de arroz con leche que su mujer le preparó a modo de soborno. Charlène y Víctor entraron en el habitáculo. Las tripas de Javier Moreno, expuestas al aire, apestaban. Para estupefacción de todos, Charlène le abrió la camisa y aproximó la cara a las heridas para examinarlas de cerca. Uno de los guardias huyó del almacén.

Lo oyeron vomitar el desayuno en el callejón.

—Si no me necesitáis aquí, don Víctor... —rogó el otro, casi tan pálido como su compañero.

—Espera fuera, Belmonte —lo excusó.

Charlène leyó el macabro mensaje escrito en el pecho del carnicero. Le sorprendió que la caligrafía fuera tan buena.

—Esto lo han hecho con una hoja muy fina —comentó—. Demasiado fina para ser un cuchillo.

—¿Un estilete, tal vez? —caviló Víctor.

Charlène sacó un escalpelo de su bolsa.

—Algo más parecido a esto: un bisturí, se usa en cirugía. Está más afilado y es más puntiagudo que la mejor daga. No es un objeto usual, solo lo usan cirujanos y algún que otro barbero con ínfulas de médico. —Señaló las letras con el escalpelo—. Por otra parte, quien ha escrito esto no es un rufián iletrado.

Víctor observó cómo Charlène estudiaba con detenimiento cada herida. El orificio sanguinolento de la cuenca vacía del ojo era repugnante, pero a ella no parecía afectarle en absoluto. Sus dedos palparon los bordes de la herida del estómago sin ningún tipo de escrúpulo. El hijo del comendador, que seguía de resaca, estuvo a punto de seguir los pasos del soldado y huir de allí para vomitar bilis, pues no llevaba nada en el cuerpo aparte del vino de la noche anterior.

—¿Qué es esto? —se preguntó Charlène en voz alta.

Había tocado algo a través de la piel del estómago del cadáver. Palpó la carne con la yema de los dedos y cayó en que todavía tenía el bisturí en la mano. Para mareo de Víctor, prolongó dos centímetros más el tajo. Algo brilló a través del velo rojo de la sangre. Charlène introdujo dos dedos en la herida y recuperó algo brillante de su interior.

—Parece que alguien perdió algo —dijo, levantando el objeto.

Se trataba de una especie de dedal, que terminaba en una hoja puntiaguda y afilada, de aproximadamente diez centímetros. Charlène la limpió en la camisa del muerto sin reparo alguno. Observó unos orificios diminutos en la parte superior, y un trozo de hilo enredado en uno de ellos.

—¿Ves esto? —dijo, sacando el pedazo de hilo—. Te apuesto lo que quieras a que esta uña va cosida a un guante.

Víctor llegó a la misma conclusión que Charlène.

—Las zarpas de las que hablan quienes han visto de cerca a los demonios.

—Pues como ves, están fabricadas por el hombre; por un herrero bastante habilidoso, diría yo. Seguro que escribieron el mensaje con esto. —Le tendió la pieza a Víctor—. Esta es una prueba irrefutable para tu padre, deberías enseñársela.

El hijo del comendador cogió la uña de metal con dos dedos, como si mordiera. En ese momento apareció el sargento Elías.

—El capitán quiere que sea yo quien entregue el cuerpo de Javier Moreno a su viuda, don Víctor. ¿Me avisan vuesas mercedes cuando hayan terminado con él?

—Puedes llevártelo, Elías —respondió el hijo del comendador—. Te acompañaré.

El suboficial le dedicó una mirada de gratitud.

—Os lo agradezco, don Víctor. No es plato de buen gusto.

—Vuelvo con Daniela —anunció Charlène, que se había lavado los dedos ensangrentados en el bacín de Sebastián.

Víctor guardó la uña metálica en una bolsa que llevaba atada al cinturón.

—Luego subiré yo —dijo.

La sonrisa con la que se despidió Charlène provocó que a Víctor le temblaran las rodillas. Elías cubrió al muerto con una tela limpia y llamó a los camilleros.

—Preparad un carro —ordenó—. No quiero llevar a Javier en la grupa de un caballo, como si fuera un venado. Todavía nos queda pasar el mal trago con la viuda y sus hijos.

Ventas, Dino y Neuit llegaron al pueblo alrededor de las dos de la tarde.

A esa hora, todo Nuévalos tenía conocimiento de la muerte de Javier Moreno y del macabro mensaje que los demonios dejaron escrito en su cuerpo. Los monjes conversos que fueron a vender sus productos al mercado llevaron la trágica noticia al monasterio de Piedra, no sin antes pasar por el hospital de San Lucas y el lazareto de doña Catalina, donde se propagó aún más. Los agricultores regresaron a las granjas de Cocos portando la mala nueva, muchos de ellos con la imagen del carnicero asesinado impresa en las retinas.

Los novalenses prodigaban miradas oscuras a Dino y Neuit. Las madres obligaban a sus hijos a entrar en sus casas, como si la mera presencia de los extranjeros fuera perniciosa para ellos. Los hombres no disimulaban su desprecio, y las miradas amenazadoras comenzaron a brillar en los ojos entornados. Neuit estaba tentado de descolgarse el arco de la espalda, pero sabía que Dino no lo aprobaría. El indígena se sentía en peligro. Ventas le habló a D'Angelis desde lo alto de su caballo.

—Será mejor que recojáis vuestras cosas y os larguéis cuanto antes. No veo buen ambiente.

—Antes me gustaría hablar con el carcelero —manifestó—. Es el siguiente de mi lista, y no quiero marcharme sin verlo.

El oficial gruñó algo por lo bajo, detuvo al caballo en seco y descabalgó.

—Tenemos que ir a pie. Hay que bajar cuestas muy empinadas y una escalera estrecha para llegar a la prisión, y no querrás que tu caballo se rompa una pata. —El capitán llamó al guardia que patrullaba por la zona—. Lozano, lleva mi caballo al castillo.

El soldado agarró las riendas de Ventas. Dino descabalgó y se dirigió a Neuit.

—¿Te llevas a Barlovento? Recoges nuestras cosas del castillo y le pones las alforjas.

El chico negó con la cabeza, furibundo.

—Caballo no. Yo recoge todo, pero caballo no.

Ventas decidió intervenir para evitar que se alargara la discusión. Cada vez estaba más harto de aguantar a aquellos dos.

—Lozano, hazte cargo de este caballo también.

—A la orden, mi capitán.

Lozano, Neuit y los caballos subieron por la cuesta del castillo. El indio, como siempre, alejado de las bestias. Ventas tomó la calle Arqueros con Dino pisándole los talones. Luego torció por otra callejuela y bajaron por una pendiente tan empinada que el turinés estuvo a punto de perder el equilibrio.

—En este pueblo te resbalas y ruedas hasta que chocas con algo —comentó.

—Dicen que Nuévalos se fundó en una zona más llana, en tiempos de los romanos —explicó Ventas—. Pero desde que se construyó el castillo en lo alto del monte, el pueblo creció a su alrededor. Se cuenta que fue de los pocos que resistió a las huestes de Pedro I de Castilla, durante la invasión de estas tierras. Calatayud cayó, pero nosotros aguantamos. Tenemos una gran historia detrás —añadió con orgullo.

—Sin embargo, el baluarte es muy pequeño —observó Dino, que seguía haciendo equilibrios para no caerse.

—Del castillo original solo queda la torre del homenaje, lo justo para albergar al comendador y a su familia. Desde que Castilla y Aragón se unieron, no hay razón para reconstruirlo.

—Eso es verdad.

Justo iban a doblar la esquina de un callejón, cuando un mozalbete apareció por una bocacalle lateral. Parecía asustado. Heliodoro lo reconoció al instante: era Toñín, el hijo de Andrés, el ayudante del pastelero. La voz del crío tembló al hablar.

—Capitán Ventas, os lo ruego… Se trata de mi madre.

—¿Qué ha pasado? —preguntó, alarmado.

—Por favor, capitán, rápido…

Ventas maldijo y le hizo una seña al niño para que lo guiara. Dino fue detrás, pero Toñín lo señaló con el dedo.

—Él no, solo vos, capitán. Es que vos sois de confianza —explicó.

El oficial maldijo por segunda vez. Cualquiera sabía lo que encontraría en casa de Andrés. Imaginó que una discusión familiar de proporciones bíblicas, no sería la primera vez.

—No te muevas de aquí, vuelvo enseguida.

Dino los vio desaparecer por la callejuela. Desvió la vista hacia la calle que llevaba a la prisión y comprobó que desembocaba en unas escaleras que descendían por la ladera del monte. De repente dejó de ver el pasaje.

Dejó de verlo todo.

Le acababan de encasquetar una capucha en la cabeza.

—Te vas a arrepentir de haber venido a este pueblo, extranjero.

El primer puñetazo dobló a Dino.

Un codazo en la espalda lo derribó.

Luego empezaron las patadas.

D'Angelis había escapado de la muerte muchas veces; sabía que algún día tendría que perder esa carrera. Lo que no esperaba era morir en el callejón del pueblo al que había ido a ayudar.

Cosas de la vida.

Y de la muerte.

21

Toñín se vino abajo a veinte pasos de la puerta de su casa.

A Ventas no le pilló por sorpresa. La actitud del pequeño le había parecido sospechosa desde el principio, y él había sido un ingenuo al caer en una trampa tendida por un niño.

—Perdón, capitán —suplicó Toñín entre lágrimas; parecía aterrorizado, a punto de hincarse de rodillas—. Me dijeron que me darían una paliza si no os apartaba del extranjero. No se lo digáis a mi madre, o será ella quien me la dé.

Ventas lo agarró del brazo, furioso.

—¿Quién te dijo que me engañaras? ¡Responde!

Toñín se protegió como pudo con las manos, pero no confesó. Era evidente que temía más a quienes lo habían obligado a mentir que al jefe de la guarnición de Nuévalos. Ventas soltó una imprecación y se alejó corriendo por la callejuela, en dirección al lugar donde había dejado a D'Angelis. El capitán no era tan desalmado como para castigar a una criatura a la que hombres hechos y derechos habían obligado a hacer algo en contra de su voluntad.

Tropezó con un cubo abandonado al torcer por la calle de Santa Fe y cayó al suelo de bruces. Por fortuna pudo parar la caída con las manos. Se desolló las rodillas y se manchó el calzón de barro, o puede que de algo peor. Enfiló otro callejón lo más rápido que pudo; jadeaba como un perro muerto de sed. Los sesenta años que le caerían en dos meses le pesaban más que la coraza que lo hacía sudar como un caballo.

Pero tenía que darse prisa, o solo Dios sabía la escena que encontraría en el callejón.

Llegó a su destino. Medio muerto, pero llegó.

Para su disgusto, D'Angelis no estaba allí.

El olor a alcantarilla del infierno devolvió a Dino de golpe al mundo de los vivos.

Los ojos le lloraban tanto que fue incapaz de abrirlos. Dio una arcada y todo el cuerpo se resintió, incapaz de vomitar algo. Las punzadas que sentía eran tremendas.

—Tranquilo, estáis a salvo —dijo una voz a su izquierda.

Se volvió hacia el sonido y agarró la muñeca de alguien. Si volvían a acercarle aquel brebaje maloliente, ensartaría a quien fuera a pesar de su ceguera. Buscó sus armas al tacto y descubrió que le habían quitado el cinturón. Intentó coger la daga botera, pero una mano firme se lo impidió.

—Son sales de amoniaco —explicó la voz—, calmaos, os lo ruego.

Dino se incorporó un poco en el catre en el que lo habían acostado. Era duro y áspero, sin colchón; una simple tabla cubierta con una manta que picaba como un manojo de ortigas. Pese al lagrimeo, sus ojos comenzaron a distinguir algo en la penumbra. Vio una puerta abierta con un ventanuco enrejado y una claraboya minúscula, en lo alto de la pared de piedra, por la que apenas cabría un gato. El desconocido que estaba a su lado, sentado en una banqueta baja, sostenía el frasco de orines de Satanás. Era un hombre de unos cuarenta años, alto y fuerte, con el pelo rizado, mandíbula prominente, labio inferior más adelantado que el superior y unos ojos que parecían tener los párpados igual por arriba que por abajo. Imposible distinguir de qué color eran. Lo único que se apreciaba en ese rostro eran dos rayas de carbón pintadas sobre piel curtida.

—¿Dónde coño estoy?

—Estáis en la cárcel de Nuévalos, pero no estáis detenido. Os traje aquí después de espantar a los que os estaban zurrando.

—¿Eres el carcelero? —adivinó Dino.

—Y el alguacil —añadió—. Venancio Prados, para serviros.

—¿Quiénes son los cabrones que me pillaron a traición?

—No son malas personas, aunque os cueste creerlo. Solo están asustados, como todos.

D'Angelis terminó de sentarse en el catre. La espalda era un calvario, y la cabeza, un tormento. Se palpó la frente con los dedos y encontró una pequeña herida allí donde había impactado la suela de una bota. El carcelero se la había limpiado, pero el chichón dolía.

—Vamos fuera, que hay más luz —invitó el carcelero—. Disculpad que os haya metido en una celda, pero no tenía otro sitio para tumbaros, señor..., desconozco vuestro nombre.

El espía se puso de pie y estiró la columna con las manos apoyadas en los riñones. El crujido que se oyó fue deprimente, pero le alivió.

—Llámame Dino y tutéame. Te debo la vida, creo...

—No ha sido para tanto. Esas personas solo querían asustarte, no mandarte al cementerio.

—Me consuela saberlo —rezongó Dino, irónico.

Pasaron a una especie de oficina donde había una mesa, un armario, una cómoda y poco más. Los muebles eran bastos, sin barnizar y plagados de manchas y agujeros de polilla. El sombrero emplumado y el cinto con las armas colgaban de un perchero en la pared.

Para lo que le habían servido.

Había dos celdas más al lado de la que acababan de abandonar, ambas cerradas. No había nadie más en el edificio. La cárcel de Nuévalos se mantenía abierta para encerrar a algún borracho pendenciero y poco más. Venancio, además de carcelero y alguacil, era el verdugo del pueblo. En toda su vida solo tuvo que ajusticiar a dos reos, ambos en la horca, y hacía años de aquello: a un granjero de Ibdes, que asesinó a Feliciano Roldán por una discusión de lindes de terrenos, y a Rogelio Bardenilla, por secuestrar y violar a la hija de Pablo Antúnez, el prestamista. A Bardenilla, el comendador le cortó personalmente los genitales, antes de que Venancio le pasara la soga por el cuello.

—Ya es casualidad que me hayas encontrado —comenzó a decir Dino, que movía el hombro en círculos en un vano intento por mitigar el dolor; una patada certera le había acertado en el omoplato—. Justo venía de camino, a verte a ti.

La respuesta de Venancio lo sorprendió.

—Sé por qué estás aquí. —D'Angelis lo interrogó con la mirada, y el carcelero no tuvo reparos en poner las cartas sobre la mesa—. Se cuenta que te envía Toledo para ayudarnos con nuestro problema, pero el problema no solo son los asesinos, sino también un pueblo que no se deja ayudar y no se atreve a respirar por miedo a las represalias. Empezando por el comendador.

A Dino le extrañó comprobar que aún quedaba alguien sensato en Nuévalos.

—Sé que perdiste a tu hija hace dos años.
—Sí. Mi Silvia reposa en el cementerio, junto al mirador de la iglesia.
—¿No tienes más hijos?
—Uno de doce, Tadeo, pero está en Lérida, con mi esposa. Voy a verlos dos veces al año. Prefiero que mi hijo se críe lejos antes que vivir una infancia horrible en este pueblo.
—¿Por qué no te has ido con ellos?
Venancio abarcó la estancia con un gesto amplio.
—¿Ves esto? Pues siempre está así de tranquilo. Los monjes me pagan un buen salario por mi trabajo. Gozo de cierta autoridad para dirimir pleitos y disputas sin que tenga que venir un juez de Calatayud, y el pueblo me respeta. Por suerte para ti, o todavía estarías recibiendo patadas. —Hizo una pausa mientras jugueteaba con el vial de amoniaco, que aún conservaba—. ¿Qué podría hacer en Lérida? ¿Alquilar un terreno a un noble para partirme la espalda y ganar un cuarto de lo que cobro aquí? Además, ni el comendador ni el abad me ponen pegas cuando quiero visitar a mi familia. Me gustaría que todo esto se solucionase para que pudieran regresar conmigo y vivir en paz.
—¿Qué opinas de los demonios? ¿Los has visto alguna vez?
Venancio Prados sonrió de medio lado.
—¿Te soy sincero? Creo que son hombres, como tú y como yo.
Dino pegó una palmada de alegría en la mesa. La punzada que le provocó lo hizo arrugar el gesto. Se dijo que el dolor mereció la pena.
—¡Gracias a Dios! ¡Por fin alguien con dos dedos de frente!
—Y sospecho quién puede estar detrás de esto —añadió.
Dino apoyó el codo sobre el escritorio y a punto estuvo de volcar un tintero, que daba asco verlo de lo manchado que estaba. Venancio acababa de captar hasta el último ápice de su atención.
—La otra noche te vi salir del pueblo en dirección a La Casa de las Alegrías —reveló Venancio—. Quise ir detrás de ti para advertirte, pero ni siquiera a mí se me permite saltarme el toque de queda. La guardia no me dejó salir. —Una pausa—. ¿Llegaste a entrar en la casa grande? No en el nido de putas que tienen montado detrás para sacarle los cuartos a los pecadores del pueblo, sino en la grande...
—Sí que estuve. La llaman El Parnaso.

—El Parnaso —repitió—, no lo sabía. ¿No notaste nada extraño?

—Por lo pronto, me parece demasiado lujosa para un pueblo como este. No te ofendas, pero pocos burdeles he visto tan fastuosos como ese, en mitad del campo y a rebosar de clientela elegante y adinerada.

Las rayas negras de los ojos de Venancio se cerraron todavía más.

—¿No viste nada que te llamara la atención, especialmente?

—Me llamó la atención todo —rezongó Dino—. Coño, estuve en el Vaticano y la cúpula de ese lupanar es solo un poco más pequeña que la de la Capilla Sixtina.

—Espera un momento...

Venancio se levantó de la banqueta, rodeó la mesa y se sentó en la silla detrás del escritorio. Cogió el tintero roñoso que Dino había estado a pique de volcar y sacó una pluma y un trozo de papiro de un cajón. Por la forma en la que la puso entre los dedos, Dino supuso que no sabía escribir. El carcelero se mordía la lengua mientras garabateaba el papel con trazos infantiles pero reconocibles. Una vez dio por acabado el dibujo, le dio la vuelta y se lo enseñó al espía.

Era parecido al pavo real que presidía la cristalera.

—¿Viste esto?

—Lo vi —confirmó el espía—. Y por lo que parece, tú también.

—Por casualidad —confesó Venancio—. A los del pueblo, los porteros nos mandan directos al local del patio trasero.

—A La Casa de las Penas —apuntó Dino.

Venancio celebró la ocurrencia.

—Un nombre apropiado. A ti te dejaron pasar a El Parnaso porque eres extranjero —explicó, antes de proseguir con su relato principal—. Poco antes de que asesinaran a Silvia, un enviado de la casa grande encargó tres relieves con esta efigie a José Moronta, un carpintero de Calatayud que es amigo mío. Lo acompañé a hacer la entrega. Entre tú y yo, lo hice para husmear, pero apenas nos dejaron pasar del vestíbulo. El símbolo del pájaro me pareció extraño tallado en madera, pero cuando lo vi en la cristalera me escamó todavía más. Al día siguiente hice un dibujo parecido a este y se lo enseñé a fray Manuel, el bibliotecario del monasterio de Piedra. Me prometió consultarlo en sus libros. A los tres días se presentó aquí fray Antonio, el hermano cillerero, que es quien viene al pueblo cuando los monjes necesitan algo que no pueden, o no quieren, encargar a los conversos. Traía la cara descompuesta, hasta me asusté. ¿Sabes lo que me dijo?

—Viniendo de alguien de este pueblo, cualquier cosa.

—Me dijo que este símbolo representa a un demonio ancestral, pero que no pueden hacer nada contra los dueños de El Parnaso a cuenta de un antiguo pacto que mantiene la orden con el amo de esas tierras. Que me olvidara del asunto —concluyó.

—¿Y no se lo contaste a don Ricardo de Cortada?

—En cuanto se marchó fray Antonio —exclamó—, pero la respuesta del comendador rozó la amenaza. Me ordenó mantenerme alejado de esa casa y me prohibió hablar de este símbolo con nadie, «por lo que pudiera pasar».

—Los dueños de ese palacio deben de ser muy poderosos.

Venancio se levantó de la silla y se sentó en la banqueta que había sacado de la celda. La arrastró hasta quedar pegado al espía, como si estuviera a punto de confiarle un secreto en una taberna atestada de gente, a pesar de que estaban solos en la cárcel.

—Dino, te juro que no lo sé —comenzó a decir—. Pero en el momento en el que desapareció mi niña, tuve el pálpito de que habían sido ellos quienes se la llevaron. Si es cierto que adoran a Lucifer, o a cualquier otro demonio, es posible que usen a nuestras hijas para sacrificarlas... o algo peor.

Venancio se echó a llorar. Dino guardó silencio, incómodo. Segundo padre al que veía roto en menos de veinticuatro horas. Estuvo a punto de ofrecerle el pañuelo limpio que llevaba en el bolsillo para aliviar llantos de putas, pero no le pareció apropiado.

—Te seré franco —dijo D'Angelis—, barajo la teoría de la secta desde el principio, y pretendo alojarme en El Parnaso para ver si averiguo algo más. —Elevó la vista a las vigas del techo y descubrió más telarañas que vigas—. Como hayamos acertado y me pillen, el siguiente sacrificado seré yo, manda cojones.

El carcelero lo agarró del brazo y lo miró con determinación.

—Si vengas a mi niña, te estaré agradecido de por vida, aunque eso no me la devuelva.

Dino le puso la mano en el hombro.

—Venancio, ¿y si te dijera que existe una mínima esperanza... muy mínima, de que tu hija siga viva?

El carcelero clavó una mirada de incredulidad en los ojos de Dino. Los del espía se mantuvieron firmes.

—No estás bromeando...
—No bromeo, pero tampoco quiero que te aferres a esta idea. Lo que te voy a contar es secreto absoluto —advirtió—. Pienso ayudarte, a ti y al resto del pueblo, pero esto tiene que quedar entre tú y yo. Te debo la vida, no puedo hacer menos que compartirlo contigo.
—Te lo juro.
—Daniela, la hija del comendador...
—Sí.
—Está viva. Consiguió escapar del lugar donde los demonios la tenían prisionera. Si ella está viva, no hay razón para creer que Silvia no lo esté.
—Yo vi su cadáver.
—Todos dicen haber visto un cadáver apergaminado, que podría ser de cualquiera.
Un par de aldabonazos los sobresaltaron. Venancio fue a abrir. Un instante después, Ventas entraba por la puerta con la frente perlada en sudor.
—Menos mal que doña Manuela se pasa la vida chismorreando desde su ventana, si no, no te habría encontrado en la vida —resopló, dejándose caer en la silla vacía que presidía el escritorio; se dirigió a Venancio—. Fue ella quien me dijo que te había visto pasar con un tiparraco feo, flaco y borracho. Enseguida supe que eras tú, Dino.
—Ya quisiera estar borracho —rezongó este—, que eso no duele. Si no llega a ser por Venancio, me desgracian para siempre.
—Ya veo que os habéis hecho amigos —observó Ventas.
—¿Cómo no voy a ser amigo de quien me salva el pescuezo? Tú y yo podríamos serlo, Helio, pero como diría el gaditano, eres un sieso.
—Heliodoro —lo corrigió—. ¿Quién ha sido, Venancio?
—No pude verlos bien —respondió este.
—No me fastidies, Venancio... ¿Te recuerdo que también eres alguacil?
Este decidió no discutir.
—Vi a Cosme, el alfarero, y a Andrés; había alguien más, pero salieron corriendo y no pude verlos bien. Cosme está asustado por sus gemelas, Ventas, entiéndelo. Ellos están convencidos de que este hombre ha soliviantado a los diablos.
—Pues ten cuidado, no los soliviantes tú —advirtió Ventas, para a continuación dirigirse a Dino—: ¿Puedes andar?
—Solo necesito descansar en un colchón blando. Recogeré mis

cosas del castillo y me iré a El Parnaso, a alquilar una alcoba a cuenta de las arcas del emperador. Mañana estaré como nuevo.

Venancio se levantó.

—Si me necesitas para cualquier cosa, ya sabes dónde encontrarme. Te ayudaré en todo lo que esté en mi mano —prometió.

Dino se lo agradeció con una sonrisa dolorida y se puso de pie. Recogió el cinturón con las armas y se lo ciñó. Ventas y él se despidieron de Venancio y salieron a la calle.

—¿Vamos al castillo? Iré delante para que no tengas que encontrarte con Ricardo.

—Gracias. Quiero despedirme de Charlène.

—Debería echarte un vistazo.

—También. Seguro que me regaña cuando me vea llegar así. Es peor que mi madre.

—¿Tu madre sigue viva?

—Puede que sí, pero no creas que tengo ganas de encontrármela después de tantos años sin verla. Cuando me llaman hijo de puta, tiro un beso al aire.

Ventas meneó la cabeza.

La chabacanería de Dino D'Angelis parecía no tener límites.

Ferrán Gayoso representaba la peor escoria de la guarnición de Nuévalos.

La expresión entre burlona y amenazadora de su rostro simiesco era el reflejo de un alma polvorienta. Dientes separados, amarillos e irregulares; nariz sometida por alguna pelea pasada, y ojos que miraban al prójimo como si fueran la próxima cena. Manos grandes, brazos fuertes, espaldas llenas y moral vacía. Mala combinación, donde las hubiera. Pero Ferrán tenía una virtud, a ojos del comendador y de sus superiores.

Jamás cuestionaba una orden.

Ferrán se asomó al almacén donde dormía Sebas y lo encontró agachado en un rincón, de cara a la pared. El muchacho pareció esconder algo cuando lo oyó entrar.

—¿Qué haces, marrano? ¿Ya te estás estrangulando la polla?

—¡No! —exclamó Sebas, que lo que hacía era contar por enésima vez los veinte ducados que le había sacado a Dino—. Cosas... cosas mías.

—El comendador dice que ya te puedes ir —anunció—, pero que no le cuentes a nadie lo que tú sabes.
—Yo... yo me quiero quedar aquí —objetó—. Con mi padrastro no quiero. Dile... dile que, si me voy, lo cuento todo a todo el mundo.
El soldado se echó a reír.
—No seas idiota, Carapez... si le digo eso te corta la lengua y asunto resuelto. No provoques a don Ricardo, que no está el horno para bollos.
—Dile... dile que me dé una lanza, y un casco, y me hago soldado y me quedo aquí, con Pilaruca y con... con vosotros.
—No puede ser —zanjó Ferrán, que tampoco quería perder demasiado tiempo con Sebas—. Anda, lárgate de una puta vez, antes de que te eche yo a patadas.
Sebastián se sintió triste por tener que abandonar el castillo. Allí lo trataban bien, la mayoría de los soldados se reían con sus bromas y Pilaruca le daba arroz con leche, pan y dulces. Torcuato, a veces, le contaba cuentos, y Pepón, su hijo pequeño, de vez en cuando jugaba con él. Se despidió de la familia con una decena de abrazos y un centenar de besos, y después se pasó por el barracón a decirle adiós a sus amigos, uno por uno.
Menos a Ferrán Gayoso. Ese le caía mal.
Pero peor le caía Rafael, su padrastro.
En cuanto abandonó el castillo, se paró en seco a mitad de camino de su casa.
Acababa de tomar una decisión.
Se internó por las callejuelas y evitó transitar por alguna en la que pudiera tropezarse con Rafael. Culebreó por los callizos hasta llegar a La Perdiz Pardilla. Pasó corriendo por la puerta de la taberna, no fuera a estar allí su padrastro, dándole al litro, y abandonó Nuévalos por la puerta este.
Sabía bien adónde dirigirse.
Al único lugar donde tenía amigos.

22

Ricardo de Cortada salió del dormitorio que a veces compartía con su esposa como si acabara de prenderle fuego y huyera del incendio.

El portazo que dio al salir rubricó su rabia.

Marina estaba tan drogada que ni se enteró. Así había pasado las últimas veinte horas, ajena al mundo. Apenas recobraba la conciencia para pedirle a Antoñita otro trago de bebedizo, y esta no se atrevía a desobedecer. En cierto modo, el comendador entendía a su esposa. La entendía y la envidiaba. Bajó las escaleras, todavía vestido de uniforme. No se había cambiado en todo el día. Pasó por el rellano del primer piso sin detenerse, como quien pasa rápido por delante de una casa embrujada. Se sentía furioso.

Pero, a veces, la furia es un burdo disfraz de la impotencia.

Recordó unos escritos de Plinio el Viejo en los que mencionaba unas aves africanas que escondían la cabeza cuando creían estar en peligro. Ojalá pudiera hacer lo mismo.

Torcuato lo saludó al pasar, pero el comendador no le correspondió. Atravesó el salón como si capitaneara una carga de caballería, y entró con tal vehemencia en la cocina que Pilaruca pegó un respingo. El hijo menor de la cocinera, Pepón, se escondió detrás de una alacena, no fuera a recibir por cercanía. Ambrosia y Laurentina, las ayudantes de cocina, improvisaron una media reverencia y permanecieron con la cabeza gacha, a la espera de una decapitación, o algo peor. El señor de Nuévalos parecía un gigante a punto de arrasar una aldea.

—Pilaruca, la llave de la bodega —exigió.

A pesar de que no elevó la voz, la orden sonó como un rugido. La cocinera rescató un aro con varias llaves que colgaba de una alcayata al lado del hogar principal. Le iba a explicar cuál era la que buscaba, pero Ricardo se las arrebató antes de que pudiera abrir la boca. Irrumpió en la despensa y bajó las escaleras que llevaban al subterráneo. Giró la llave, recogió una antorcha de la pared y se internó en la bodega, oscura como una osera. Allí abajo hacía un frío de mil demonios. Caminó hasta el fondo del subterráneo, donde guardaba los toneles de su mejor vino. Había barriles tan antiguos que no recordaba que su padre los hubiera mandado colocar. Encajó la tea en un soporte vacío del muro, agarró la jarra más grande que encontró en un estante y abrió una espita, al azar, hasta llenarla.

Su vuelta a la cocina no fue más amable que la ida. Por suerte, no permaneció en ella ni tres segundos. Pilaruca no tuvo valor para pedirle el llavero de vuelta. El comendador pasó de largo el salón y subió los dos pisos con la jarra entre las manos, dejando salpicaduras en los peldaños que semejaban un rastro de sangre. Entró en su dormitorio privado, en el que no asomaba ni su esposa cuando se encerraba en él, y echó el cerrojo.

Se sentó tras su escritorio, un mueble barnizado y bien tallado, debajo de la única ventana de la estancia. Dejó la jarra y desenvainó la espada. Aquella arma había pertenecido a su abuelo y después a su padre. Una espada bastarda que sembró el terror entre los castellanos en las dos batallas de Olmedo. En manos del comendador se había teñido de sangre cada vez que una cuadrilla de bandidos había considerado buena idea atacar Nuévalos. Una decena de muertos y media docena de heridos, calculó. Comprobó el filo.

Una línea roja se dibujó en la yema del índice.

Depositó la espada con delicadeza sobre el lecho y volvió a sentarse frente al escritorio. Dedicó una mirada suplicante al crucifijo de la pared. Ojalá que Dios le hubiera enviado mesnadas de enemigos a las puertas del castillo; manadas de lobos hambrientos que diezmaran el ganado; incluso plagas contra las que solo se pudiera rezar y compadecer a los muertos.

Pero nadie estaba preparado para luchar contra el infierno.

Don Ricardo de Cortada dio el primer trago a la jarra de vino.

No fue, ni mucho menos, el último.

A Dino no le sorprendió la bronca que recibió nada más llegar al castillo.

La filípica de Charlène fue interminable e inmerecida, como si él tuviera la culpa de recibir la somanta. A la piamontesa pareció darle igual que lo pillaran a traición y lo encapucharan para pegarle a placer. No escuchó ninguna excusa. En el fondo era como una madre que riñe a su hijo por desollarse la rodilla jugando.

Tampoco le agradó que el comendador lo hubiera expulsado del castillo. Charlène estuvo a punto de empaquetar sus cosas e irse con él, pero Dino la convenció de que aquello era lo mejor para la investigación. Víctor, por su parte, le suplicó que no abandonara a su hermana. Esta, si bien seguía perdida en los submundos de su mente, había dejado de comportarse como una bestia, al menos con Charlène y Juana. Cuando algún extraño osaba asomar la nariz por la puerta, la cosa podía cambiar en un segundo.

Charlène dio por concluida la cura, no sin dejar de recomendar a Dino un par de días de reposo y más cuidado en el futuro.

—Ah —recordó Charlène mientras se lavaba las manos—. Encontré algo en el cadáver del carnicero. —Se dirigió a Víctor—. A propósito, ¿se lo enseñaste a tu padre?

—He intentado hablar con él, pero se ha encerrado en sus aposentos y se niega a recibir a nadie. —Le tendió la uña de metal a Dino—. Esto es una garra de los demonios.

Dino la examinó con atención. Probó el filo. Podría afeitarse con él sin problemas y sacar un trozo de comida de entre los dientes con la punta. Palpó los agujeros de fijación al guante. A su entender, aquel trabajo era demasiado fino para un herrero de pueblo.

—Esto es una prueba más de que esos demonios son unos hijos de puta disfrazados de espantajo —dictaminó—. No pierdas el tiempo enseñándole esto a tu padre, ni tampoco a Ventas: argumentarán que lo hicieron los mismos que fabrican los calderos en el infierno.

Víctor rindió los hombros, abatido.

—Cómo me gustaría poder ayudarte, Dino, aunque fuera solo un poco —se lamentó—, pero siento que estoy con las manos atadas y sin poder hacer nada para cambiar las cosas.

La respuesta del espía lo sorprendió.

—Puedes hacerlo —aseguró—. Está claro que todo dios sabe por qué estoy aquí, y después de lo de hoy, no me dirán una mierda, por mucho que les pregunte. Lo más que puedo conseguir, si sigo metiendo las narices en sus asuntos, es recibir otra ronda de guantazos. He decidido alojarme fuera del pueblo, en El Parnaso.

—¿El Parnaso? —preguntó Charlène, a quien el nombre le pareció muy extraño para una hospedería—. ¿Qué es eso, una posada?

Dino se apresuró a contestar, antes de que Víctor revelara lo que era el establecimiento en realidad. A punto estuvo de taparle la boca con la mano.

—Es una posada a las afueras del pueblo —dijo, atropellándose al hablar—, pero no lo comentes con nadie. Quiero pasar desapercibido.

Charlène asintió, Dino suspiró aliviado y Víctor desvió la vista hacia la ventana.

—Decías que podía ser útil —le recordó el hijo del comendador.

—Podrías ser mis ojos y mis oídos en el pueblo —propuso—, husmear donde a mí me cortarían la napia. Eso sí, háblale mal de mí a todo el que te pregunte, como si te cayera mal, para que no sospechen. No es difícil, ya hay mucha gente que me odia.

—Lo cierto es que a mí me pareces gracioso. ¿Hay algo que te interese en especial?

Dino se sumió en sus pensamientos durante unos segundos.

—¿Cuántas herrerías hay en Nuévalos? —preguntó.

Víctor trató de recordar.

—Dos..., tres —rectificó.

Dino meneó la uña metálica.

—¿Algún herrero tan refinado como para hacer un trabajo como este?

—Los herreros del pueblo se dedican a construir rejas, instrumentos de labranza, herramientas, clavos..., cosas así. No recuerdo haber visto nada extraordinario en sus expositores.

—¿Ninguno forja armas? Tenéis un ejército.

—Que yo sepa, las más modernas proceden de Calatayud. La mayoría son antiguas, de tiempos de mi abuelo, pero nuestros soldados las cuidan bien.

Dino hizo girar la uña metálica entre sus dedos y se la entregó a Víctor.

—Pues tu primera misión es enterarte si hay alguien en Nuévalos capaz de forjar algo así. Enséñale esto a los herreros, a ver cómo reaccionan.

—Los visitaré mañana —prometió.
—Ya me contarás cómo te ha ido. —Dino se acercó a Charlène y le dio un beso en la frente—. Y tú cuídate mucho, pequeñaja.
—Cuídate tú —replicó ella—. Como te mueras, Dino D'Angelis, te disecaré y donaré tu cuerpo para que los arcabuceros de la guardia real practiquen tiro.

Dino buscó la complicidad de Víctor con una mirada de cordero degollado.

—Y hay quien dice de ella que es una dama angelical. Hay que joderse...

Víctor notó el rubor encendiéndole las mejillas y rezó para que nadie más que él se diera cuenta. Dino se despidió y abandonó la torre del homenaje. Encontró a Neuit en el patio de armas, sentado en el borde del pozo. Se bajó de un brinco.

—*Afrojas* en caballo —informó—. Yo las puse, con dos cojones.

—¡Coño! —se sorprendió D'Angelis—. ¿Ves? Si al final Barlovento y tú vais a ser grandes amigos, como Heliodoro Ventas y yo.

—Un día, yo monta... y tú llama a mí don Neuit.
—Cuando te pongas zapatos.
—Eso más difícil que caballo.

Dino se echó a reír.

—Vayamos al establo, majestad, recojamos a tu nuevo mejor amigo y partamos hacia El Parnaso.

—¿Parnaso es casa de anoche, de luces?

A D'Angelis le pareció un buen nombre para un prostíbulo.

—Casa de las Luces —repitió—. Así tendrían que llamarse todas las casas de putas del mundo.

A la luz del día, con los farolillos apagados, El Parnaso no parecía tan festivo ni tan alegre.

Dino y Neuit contemplaron el palacio desde el camino que desembocaba en el jardín. Ni una ventana abierta, ni un alma por los alrededores. A pesar de estar muy cuidado y en perfecto estado de conservación, el edificio parecía abandonado.

Como si durmiera.

Era otra posibilidad. Las prostitutas estarían descansando y los clientes preparándose para continuar la juerga al anochecer. Fuera como fuese, a Dino el edificio le pareció siniestro, y más después de que Venancio Prados relacionara el pavo real con un culto demoniaco. Nada más descabalgar, un tirón de la manga arrancó a Dino de sus meditaciones.

—No quiero dentro —manifestó Neuit, que se apartó un par de pasos de Barlovento; puede que empezara a llevarse mejor con el animal, pero aún prefería mantener cierta distancia—. Yo queda fuera, escondido. Ahí, miedo. No gusta.

—¿Me estás diciendo que prefieres quedarte aquí a dormir en una cama cómoda?

—Cama cómoda, *sahua* —maldijo—. Yo duermo mejor con cielo que en cama.

Eso era cierto. Neuit había pasado la mayor parte de su vida durmiendo bajo las estrellas, en un clima más lluvioso y un entorno mil veces más peligroso que el de la campiña aragonesa en primavera. Por otra parte, Dino tampoco estaba convencido de que El Parnaso fuera un lugar completamente seguro. Todo apuntaba a que en el interior de sus muros sucedían cosas distintas al buen beber y buen follar. Si el indio había tenido un mal presentimiento y él también, mejor hacer caso al instinto.

—Hagamos una cosa —propuso Dino—. No pierdas de vista el edificio. —Neuit asintió—. Alquilaré una habitación y te haré una seña desde la ventana para que sepas dónde estoy.

—Quiero señal peligro.

D'Angelis adivinó lo que quiso decir Neuit a la primera.

—Si muevo una luz lento, es que saludo; si la muevo muy rápido, estoy en peligro.

Neuit movió la mano muy despacio.

—Así, tranquilo. —La movió más rápido—. Así, peligro.

—Exacto. Si estoy en peligro, no vengas: ve al pueblo y avisa al comendador.

—Comendador *shuna*, pero yo avisa.

Dino conocía el significado de la palabra *shuna*. Era parte de la dieta de Neuit en la selva. El chico acababa de llamar gusano a Ricardo de Cortada.

—Intentaré conseguirte algo de comer.

—Tengo —dijo Neuit, palmeando la mochila que llevaba a la espalda—. Pilaruca.

—No sé por qué me empeño en cuidar de ti, cuando te buscas

la vida mucho mejor que yo. Venga, escóndete, antes de que alguien te vea.

Apenas había terminado de pronunciar la frase cuando Neuit se esfumó entre la maleza que rodeaba la finca. Dino meneó la cabeza, divertido, y se encaminó al edificio con Barlovento de las riendas. Ató el caballo a la barandilla de la escalinata que llevaba a la puerta principal y llamó con los nudillos.

No contestó nadie.

Volvió a llamar, pero no obtuvo respuesta.

Dino llegó a plantearse que el edificio estuviera en verdad abandonado. ¿Y si lo de la noche anterior fue solo una alucinación? ¿Y si la fiesta nocturna no había sido más que un baile de fantasmas?

El pie empezó a taconear conforme se sugestionaba.

—¿Hay alguien? —llamó, sin atreverse a elevar demasiado la voz.

Tanteó el tirador de la puerta.

Para su sorpresa, se abrió.

—Mi puta madre...

Dino asomó la cabeza antes de atreverse a cruzar el umbral. Lo primero con lo que se toparon sus ojos fue con la vidriera en la cima de las escaleras. La luz de la tarde la atravesaba, resaltando la magnífica —y a la vez aterradora— presencia del pavo real. Los colores eran vibrantes, casi dañaban la vista. Los peldaños invitaban a subir, y las puertas a ambos lados de la escalera, a ser abiertas, pero no se atrevió a hacer ninguna de las dos cosas.

Desvió la mirada hacia las dos puertas grandes del vestíbulo, a izquierda y derecha. La primera daba al salón donde estuvo la noche anterior; la segunda, probablemente, a las habitaciones de los huéspedes. El silencio que reinaba en el edificio era intimidante. Decidió echar un vistazo al salón. Lo encontró a oscuras, iluminado por un triste cirio que agonizaba en la otra punta de la habitación. Ni un cliente ni una fulana ni una copa encima de las mesas. Tampoco brasas en la chimenea. Era como si nadie hubiera usado la estancia en mucho tiempo.

Reunió valor para entrar en aquel salón espectral. Las dos puertas rojas del fondo parecían llamarlo a gritos y advertirle que se fuera al mismo tiempo. Los dedos se cerraron alrededor de la empuñadura de la daga. Avanzó unos pasos en dirección a las puertas rojas. ¿Izquierda o derecha? «La primera conducirá a una muerte lenta, la segunda a una agonía horrible». La mente le jugaba una mala pasada, y Dino era incapaz de no escucharla.

Unos pocos pasos más.

Extendió la mano hacia el tirador de la puerta de la izquierda.

«La de la muerte lenta», pensó.

No se movió.

Estaba cerrada.

—Creo que os hará falta la llave de esa puerta para abrirla —dijo una voz a su espalda.

Dino se quedó paralizado.

Rezó para que lo mataran.

Dos palizas, en un mismo día, eran demasiado hasta para él.

23

Ese día, Víctor intentó hablar con su padre en cuatro ocasiones. Fracasó en todas.

Tres veces encontró cerrada la puerta de sus aposentos. Sus aporreos solo consiguieron arrancarle a su padre la promesa de que lo tiraría de lo alto de la torre si no paraba. Abordarlo cuando se dirigía a la bodega a repostar tampoco fue una buena idea. Ricardo de Cortada estaba a media jarra de no poder caminar recto, y su humor había empeorado a lo largo del día. Lo único que Víctor obtuvo de él fue un bufido de desdén y una suelta de correa.

—Encárgate tú, a mí ya me da igual todo.

Lo último que creyó oír mientras su padre apartaba a Torcuato y bajaba al subterráneo fue: «Y no me molestes más».

La noche estaba a punto de caer. Las calles se vaciarían y la atmósfera opresiva volvería a reemplazar el aire fresco de Nuévalos. El velatorio de Javier Moreno sería silencioso y lúgubre, a puerta cerrada, como lo habían sido todos los que se habían celebrado desde hacía seis años. Al carnicero lo enterrarían al día siguiente, y la vida en el pueblo seguiría, con aquella resignación propia del santo Job.

«Debería ser el patrón de este pueblo», reflexionó Víctor.

Se encaminaba vencido a sus aposentos cuando se encontró a Ventas plantado en mitad del pasillo. Su rostro era pura preocupación. Cuando estuvieron frente a frente, Víctor sintió el abrazo del fantasma de los malos augurios aplastándole el pecho desde atrás.

—¿Puedo hablar contigo? —preguntó el capitán.

Víctor sabía que jamás venía algo bueno detrás de esas palabras.

—Claro.

Ventas le propuso salir al patio de armas. Encontraron una lluvia suave y cantarina, de esas que parecen purificarlo todo y lo que hacen, en realidad, es embarrar caminos y convertir empedrados en trampas resbaladizas. Disfrutaron de su caricia por un momento, para luego refugiarse bajo el cobertizo de carruajes. No había nadie por los alrededores. El capitán no se anduvo con rodeos.

—Tu padre está mal. Muy mal.

—No ha parado de beber desde esta mañana. He tratado de hablar con él, pero...

—Imposible —lo interrumpió—. Necesito informarlo de algo importante, pero se niega a escucharme. Me ha dicho que, sea lo que sea, que lo solucione yo. Yo —repitió—. Te juro que en la vida lo he visto así.

—¿Y qué quieres que haga, Helio?

—Te necesito ahora más que nunca —confesó—. Si tu padre se desentiende de todo, si se enajena con el vino, tienes que asumir el mando de la plaza. —Agarró a Víctor por el antebrazo—. Corremos peligro, y no hablo de los demonios.

—Helio, me estás asustando.

—No me preguntes cómo, pero el pueblo se ha enterado de que Daniela está viva, y también de que los demonios perdonarán a las cinco niñas si se la devolvemos.

Víctor tardó unos segundos en digerir la noticia.

—Alguien ha tenido que irse de la lengua —concluyó—. ¿Algún soldado?

—No creo, y menos sabiendo que tu padre le cortaría la lengua al que no sepa tenerla quieta. Puede que haya sido Sebas. Lo soltamos esta mañana y no ha vuelto a su casa. Nadie conoce su paradero.

—¿Y cómo te has enterado tú, de que el pueblo sabe lo de mi hermana?

—Me acerqué a la alfarería, a hablar con Cosme. Le pegaron una paliza a Dino, entre él y unos cuantos más.

—Lo sé, estuvo aquí. Charlène lo curó.

—Cosme jura que solo querían asustarlo, pero el que realmente está aterrorizado es él. Está convencido de que esta vez les tocará a sus gemelas. Quería huir del pueblo, pero los otros padres lo han amenazado de muerte a él y a su familia si lo intenta.

—Lo que faltaba, que se maten entre ellos.

—No solo entre ellos, Víctor —repuso Ventas—. Podemos sufrir una revuelta.

El hijo del comendador recibió la advertencia como una bofetada.

—¿Una revuelta?

—Si los padres deciden que la única solución es devolver a Daniela a los demonios, podrían intentar llevársela a la fuerza. Imagina a trescientos paisanos fuera de control. Una multitud enloquecida es una bestia hambrienta: en cuanto derramen la primera sangre, no habrá quién los pare. Pagarán seis años de frustración con nosotros.

—¿Y qué podemos hacer para impedirlo?

Ventas tardó unos segundos en responder. Jamás le había costado tanto articular una frase como la que estaba a punto de pronunciar.

—Si tu padre no entra en razón, tendrás que sustituirlo y encontrar una solución a este problema.

Charlène abandonó la habitación de Daniela alrededor de las ocho de la tarde, después de que se durmiera. Hasta ese momento, lo único que había conseguido era que comiera mejor y que recuperara algo de buen color. Esa tarde, Charlène había intentado utilizar una vieja técnica egipcia que le enseñó Klaus Weber. El viejo mentor la empleó con un estudiante delante de varios pupilos, y el resultado había sido, cuanto menos, perturbador.

Weber obligó al estudiante a mirar fijamente la luz de una vela en una habitación a oscuras mientras le hablaba con una cadencia extrañamente cautivadora. Sus palabras, casi cantadas, lo instaban a dormir. Todos se quedaron perplejos cuando el estudiante entró en trance al cabo de unos minutos. Weber lo pinchó con un alfiler, pero el joven no dio muestras de dolor.

Luego le preguntó por anécdotas de su niñez. El muchacho narró varias, con la voz propia de un crío de siete años. Parecía recordar detalles irrelevantes con precisión asombrosa, como si los hubiera vivido ayer.

Cuando despertó, el estudiante no se acordaba de nada en absoluto. Tampoco le dolía el pinchazo. Weber le preguntó por cosas de las que había hablado en su viaje al pasado, y el estudiante, consternado, confirmó la veracidad de lo que contó, a pesar de no acordarse de haberlo dicho en público. De hecho, juró que hacía años que había olvidado algunos de los episodios que había relatado. Episodios que, después de la extraña sesión, recordaba con claridad.

Su mentor llamó a aquel procedimiento «incubación onírica».

Charlène fracasó al tratar de inducir a la hija del comendador a un estado hipnótico, y lo único que consiguió fue que Juana se santiguase veinte veces ante lo que ella consideraba una brujería imperdonable. Si Daniela pudiera recordar lo que había vivido desde su secuestro, dónde había estado, describir a sus captores...

Pero no.

La piamontesa se sentía cada vez más desanimada. La paciente apenas reaccionaba a estímulos externos, y su estado mental escapaba a sus conocimientos.

Se sentía frustrada.

Decidió bajar a la cocina para que Pilaruca le diera algo de comer. Encontró a Víctor en el mismo sitio que la noche anterior, pero esta vez, sin una jarra de vino frente a él. El hijo del comendador apoyaba los codos en la mesa, la cara sobre los puños y la mirada en la pared. Charlène se le acercó muy despacio y lo miró durante un rato, sin que él se percatara de su presencia.

—¿Víctor? —lo llamó, al fin.

Este levantó el rostro. No lloraba, pero sus ojos enrojecidos lo delataban.

Lo había hecho.

—¿Sucede algo? —preguntó ella.

—¿No has oído los golpes y los gritos en el piso de arriba?

—Las paredes son gruesas, no se oye nada.

—Hace una hora tuve una charla con el capitán Ventas: el pueblo se ha enterado de que Daniela está viva, y que, si no se la devolvemos, asesinarán a cinco niñas este Viernes Santo. Helio teme que el pueblo asalte el castillo y se la lleven por la fuerza.

Charlène se sentó a su lado, preocupada. Pilaruca le había comentado que el comendador no había parado de beber en todo el día.

—¿Tu padre está al corriente de esto?

—Ventas y yo intentamos advertirle del peligro de una revuelta, y ¿sabes lo que hizo? Salir al pasillo hecho una furia, darme un puñetazo en el estómago y encerrarse de nuevo en sus aposentos. Ventas ha tenido que ayudarme a bajar las escaleras. Jamás me había puesto la mano encima, jamás…

—Lo siento mucho —fue lo único que se le ocurrió decir a Charlène.

—Helio me ha pedido que me encargue de la encomienda si mi padre sigue en ese estado. No estoy preparado para ser comendador, Charlène, y menos en estas circunstancias tan difíciles. Te juro que jamás me he sentido más perdido que ahora.

Una lágrima rodó por su mejilla. Intentó controlar el llanto, pero el labio inferior pareció cobrar vida propia. Sin darse cuenta, Charlène adelantó una mano temblorosa y la posó sobre el cabello de Víctor. Lo acarició de forma suave, casi sin rozarlo.

Él rompió a llorar en silencio.

—No, por favor —musitó ella, compungida.

Charlène lo abrazó, y él se agarró a la manga de su vestido, sollozante. La respiración de ella se alteró. Era la primera vez que abrazaba a un hombre que no fuera Dino. Esperó el sentimiento de repugnancia que la invadía cuando imaginaba un encuentro íntimo con un varón, pero por una vez no la asaltó. Se atrevió a besar el cabello que coronaba la cabeza convulsa que acariciaba. Poco a poco Víctor se fue calmando.

—Gracias —consiguió decir, a la vez que se secaba los ojos con el dorso de la mano.

—Todo saldrá bien —prometió ella, en absoluto segura de que lo que acababa de decir fuera cierto.

Él la miró con los ojos aún llorosos, muy cerca el uno del otro.

No fueron conscientes de que sus labios se unieron hasta que las lenguas juguetearon en sus bocas.

Charlène bebió el aire cargado de aliento de Víctor y lo besó con más fuerza. Él la cogió con suavidad de las mejillas y la correspondió. Le dio igual estar en mitad del salón del castillo, donde cualquiera podría salir de la cocina o entrar desde el patio de armas y pillarlos. En ese momento estaban solos él y ella.

La mano de Víctor se deslizó de forma inconsciente hacia la pierna de Charlène. Acarició el terciopelo y adivinó la piel del muslo, justo debajo.

Intentó tocarla debajo de la falda.

Charlène dio un respingo, como si acabara de despertar de un trance. Víctor se separó de ella, desconcertado y azorado al mismo tiempo. Un alud de culpa le aplastó el alma y le sepultó el ánimo. Sintió que se había equivocado, una vez más. Imaginó el espíritu de Mariela detrás de él, invisible, disipando la magia con un soplido fantasmal.

—Lo... lo siento —tartamudeó—. No debí...

—No —lo cortó Charlène; le temblaban las manos—. No has hecho nada malo, la culpa es mía.

Ella se levantó, y él la agarró por la muñeca.

—De verdad, si te he incomodado.

—Soy yo —dijo ella, soltándose con brusquedad—. Ya... te prometo que te lo contaré, pero no hoy. Perdona.

Charlène se olvidó de pasar por la cocina a pedirle algo de cena a Pilaruca.

De nuevo Víctor se quedó solo y avergonzado en el salón.

Se avecinaban tiempos aciagos para los Cortada.

Las armas de Dino descansaban una vez más en el armario de El Parnaso.

Por suerte para él, nadie le golpeó.

Al menos, todavía.

Fue una cuadrilla de cuatro quien lo pilló trasteando con la puerta roja: el gallego y tres barbudos más. D'Angelis estaba convencido de que recibiría la segunda solfa del día, pero se limitaron a desarmarlo y escoltarlo en silencio a un despacho más allá de la puerta de la zona de huéspedes. Lo obligaron a sentarse en una silla, pero sin hacerle daño.

—Ni se te ocurra moverte de aquí, ¿oíste? —lo amenazó el gallego con una media sonrisa.

—No busco problemas, ya os dije que entré porque encontré la puerta abierta...

—Sí, sí, la puerta abierta...

Lo dejaron solo en el despacho.

Dino admiró el candelabro dorado que colgaba del techo y la buena fabricación de los muebles, no tan sofisticados como los del salón, pero de calidad similar. Un tapiz con motivos orientales colgaba del testero derecho de la estancia, que carecía de ventanas al exterior. Una puerta al fondo se enfrentaba a la que daba al pasillo, y un par de cuadros al óleo adornaban la pared de la izquierda. Le entraron ganas de echar un vistazo a unos libros que reposaban sobre una estantería, junto a la puerta misteriosa, pero decidió que sería más prudente hacerle caso al gallego y no moverse de la silla.

A pesar de estar solo en el despacho, se sentía vigilado.

El tacón de la bota tamborileaba el suelo cuando la puerta del fondo se abrió.

—Señor Dino —lo saludó Cadernis.

La mujer depositó, sobre la mesa, una bandeja con una lujosa frasca de licor y dos copas que podrían ser de oro. Ocupó la silla detrás del escritorio sin dejar de esbozar su enigmática sonrisa. D'Angelis, que se había puesto de pie y se había quitado el sombrero para saludarla, volvió a sentarse. El pelo negro y repeinado del turinés dejaba al descubierto el corte y el hematoma de la frente.

—¿Y eso? —observó ella—. ¿Regalo de bienvenida?

—Se ve que a los novalenses no les caemos bien los forasteros.

—¿Puedo saber a qué se debe vuestra intrusión en esta casa?

—He llamado —se defendió Dino—, pero nadie respondió, y eso que había gente dentro. El gallego y los moros deben de ser duros de oído —bromeó.

—¿No pensasteis que estábamos cerrados? —preguntó ella, que acababa de llenar las copas para ofrecer una a D'Angelis—. Recordé que teníamos un licor piamontés en la bodega y pensé que esta sería una buena ocasión para abrirlo —explicó.

Dino lo olió y captó el aroma a aguardiente, flores y nuez verde. Dio un sorbo.

—Ratafía —acertó—. Hacía años que no la probaba. ¿De dónde la habéis sacado?

—Regalo de algún visitante, paisano vuestro. Y bien, Dino, ¿habéis cambiado de opinión y queréis alojaros aquí? ¿O vuestra visita tiene que ver con el cliente de La Casa de las Alegrías que ha aparecido asesinado esta mañana?

El espía no pudo evitar una sonrisa.

—Desde luego, vais al grano.

—Las noticias cabalgan en corceles alados por estas tierras —dijo Cadernis; llevaba el cabello castaño suelto. A pesar de lucir un vestido elegante, el espía apreció que no llevaba joyas, ni adornos, ni ningún tipo de afeite en el rostro. O la habían sacado de la cama, o estaba ocupada con quehaceres que no necesitaban encandilar a una clientela presta a soltar dinero—. Seamos sinceros el uno con el otro, Dino. Hemos averiguado quién sois. Así que, una vez más, ¿por qué habéis entrado sin llamar?

D'Angelis insistió en su excusa.

—Ya se lo dije a vuestros guardias: estaba abierto y pensé que era lo normal. Los huéspedes que se alojan aquí tendrán libertad para entrar y salir cuando deseen.

—Alguien olvidó echar la llave —suspiró ella—. Dejemos a un lado lo de la entrada al vestíbulo. ¿Por qué queríais abrir la puerta cerrada del salón?

—Mi señora, entrar en esa sala y encontrarla tan vacía, después de ver cómo estaba anoche, me desconcertó. —Dino se sorprendió dándose un breve masaje en el cuello; las cervicales le dolían más de la cuenta, seguro que por la paliza—. Pensé que habría alguien en la siguiente estancia, pero vuestros guardias no me dieron tiempo ni a llamar. Me desarmaron y me trajeron aquí. Vaya… —murmuró de repente.

El turinés sintió un adormecimiento extraño en el rostro, a la par que lo invadía una súbita euforia que no venía a cuento. Se encontraba en territorio peligroso, no debía bajar la guardia. En cambio, algo en su interior le impulsaba a abrirse con aquella misteriosa mujer de mirada de serpiente.

Hizo amago de levantarse de la silla.

—Creo que debería marcharme —dijo.

—Por supuesto —concedió Cadernis, con una sonrisa.

Dino no pudo hacerlo. El dolor de la paliza se había esfumado. Se bebió lo que quedaba de ratafía de un trago y se echó a reír de repente.

—La verdad es que este licor es una maravilla. —Su voz resonó en su cabeza como si fuera otro quien hablara—. No pensaba que me iba a hacer efecto tan pronto. He de deciros que os veo muy hermosa. No sé si acabo de soltar una inconveniencia…

—En absoluto. Podemos seguir charlando, ¿verdad? Tomad otra copa.

El espía la aceptó de buena gana. Lo cierto era que, en ese momento, le daba igual todo.

—Y bien, Dino. —La sonrisa de Cadernis inundaba la habitación y eclipsaba la belleza de las obras de arte que la adornaban—. ¿Cuál es, exactamente, el objetivo de vuestra misión?

—Acabar con los putos demonios asesinos de niñas —reveló—. Vos no tendréis nada que ver con ellos, ¿verdad?

—Al contrario, son malos para el negocio.

—No os creo…, sé que pertenecéis a un culto diabólico. Al culto del pollo ese…

Cadernis se echó a reír.

—Así que es eso: pensáis que tenemos algo que ver con los demonios… por el pollo.

—Me lo han dicho en el pueblo. —D'Angelis no podía dejar de hablar, a pesar de que se daba cuenta de que lo hacía de más; tampoco era capaz de ocultar información o de inventar una mentira—. Adoráis a Lucifer y usáis a las niñas de Nuévalos para vuestros sacrificios, y, la verdad, yo pienso que quien me lo dijo dio en el clavo. ¿A que he acertado? Soy el puto mejor espía de Carlos V…

Cadernis se levantó.

—He oído lo suficiente —dijo sin dejar de sonreír.

Dino vio cómo le hacía una seña a alguien a su espalda. Cuando se dio la vuelta en la silla, vio al gallego justo detrás de él. Cadernis rellenó la copa de ratafía y vertió otra dosis de los mismos polvos que había puesto en el cáliz antes de entrar en el despacho.

—Bebe, que no te cobramos —ordenó el gallego.

No le hizo falta insistir. D'Angelis se la bebió de un trago. Después de unos segundos de mareo incontrolado, puso los ojos en blanco y se desmayó.

Afuera, Neuit seguía esperando una señal.

No recibió ninguna en toda la noche.

TERCERA PARTE

Martes Santo

24

2 de abril de 1543
Tres días antes del Viernes Santo

El hermano Argimiro vivía en una lucha continua consigo mismo y con la orden.

Era de los pocos monjes de coro que no se alojaba entre los muros del monasterio de Piedra. Hombre joven, inteligente y piadoso, a la par que valiente, moraba en un habitáculo minúsculo junto a la pequeña sacristía de la iglesia de San Julián. Su jergón era tan fino y estaba tan desgastado que más le valdría dormir sobre el suelo de piedra.

Si bien era un clérigo obediente, no compartía el modo en el que sus superiores afrontaban aquel chantaje demoniaco que duraba ya seis años. La noticia del cruel ultimátum de aquellos seres, que él consideraba tan de carne y hueso como él mismo, lo había indignado hasta límites cercanos al pecado de la ira.

Discutió más de una vez con el abad, fray Francisco de Puebla y Cornejos, sobre la manera de afrontar aquel problema. Oración, fe y paciencia eran las soluciones que el superior le ofrecía, para luego trazar una señal de la cruz en el aire que podría traducirse como «vete a tu iglesia a decir misa y no vuelvas por aquí».

Y del comendador, mejor no hablar.

Su propia hija había sido víctima del mal que asolaba Nuévalos, y él no era capaz de combatirlo con las armas. En lugar de movilizar a su ejército, don Ricardo de Cortada se resignaba a la derrota, profería amenazas contra todo aquel que no comulgara con su cobardía y abría las puertas de Nuévalos a los impostores para que siguieran esparciendo su neblina de terror de forma impune.

Fray Argimiro se santiguó delante del crucifijo grande y apolillado que presidía la pequeña capilla lateral, junto a la entrada de la iglesia. Era antiguo, de procedencia desconocida, y había sobrevivido a guerras, incendios e inundaciones. Su verdugo definitivo era la carcoma, que plagaba la cruz de diminutos orificios, y al paño blanco que tenía debajo, de montoncitos de serrín. Aquella reliquia, la única que procesionaban los novalenses cada Jueves Santo, tenía los años contados.

—Hermano Argimiro...

El monje se volvió hacia la puerta abierta del templo donde distinguió, a contraluz, la silueta de Cosme, el alfarero. Las manos reposaban en los hombros de sus gemelas, que agachaban la cabeza delante del religioso en señal de respeto, después de persignarse ante el cristo apolillado.

—¿Qué te trae por aquí, Cosme?

—Os habéis enterado de lo de la hija del comendador, ¿verdad? Y de lo de las cinco chiquillas...

El monje miró a las niñas. La tristeza y el miedo que reflejaban sus rostros ponía en evidencia que en su casa se hablaba abiertamente del peligro que corrían. Sus prematuras ojeras eran testimonio de noches interminables de insomnio y miedo. Veladas en las que sus pensamientos solo giraban en torno al destino incierto que les aguardaba.

La hija del comendador había regresado, viva. Pero ¿de dónde? ¿De qué infierno, real o figurado, había logrado escapar? ¿Qué horrores habría sufrido, en cuerpo y alma?

—¿Crees que es procedente hablar de esto delante de tus hijas?

—Quiero que las miréis, hermano. —La entereza inicial de Cosme estaba a punto de desmoronarse—. Miradlas bien. Dicen que, si don Ricardo devuelve a su hija, los demonios nos perdonarán. Ella les pertenecía —justificó, con los dientes apretados.

—Cosme...

—No quiero perder a mis niñas, hermano —lloró—. Sé que no podemos luchar contra el infierno, pero si exigen cinco víctimas, hay muchas probabilidades de que esta vez nos toque a nosotros. Puede que las pierda a las dos. Los demonios marcaron mi casa con las tres líneas del mal. La próxima vez que suenen las campanas será a por ellas a por quien vengan.

Las gemelas se echaron a llorar a la vez, en silencio. Fray Argimiro sintió que el corazón se le agrietaba.

—Esos demonios no son reales, Cosme. —El monje estaba harto de predicar en el desierto—. Atrancad las puertas, encerraos en vuestras casas. No podrán entrar. Pero, por Dios, no les entreguéis a vuestras hijas por miedo a males mayores.

—Os recuerdo que vuestros hermanos los vieron sobrevolar la cascada en el monasterio de Piedra, y ¿cómo explicáis lo que hacen con los cuerpos de las niñas?

Fray Argimiro sabía que discutir no serviría de nada.

—Y bien, Cosme, ¿qué quieres que haga?

—Venid conmigo fuera.

El monje salió a la explanada que se extendía frente a la iglesia. La visión de lo que encontró lo sobrecogió.

—El abad no nos escucha —dijo Cosme—. El comendador no nos escucha. Pero vos, hermano Argimiro, vos nos escucharéis.

El monje era el centro de un sinfín de miradas. Algunas, graves; otras, suplicantes. Las más, desesperadas. Alrededor de un centenar de padres con sus hijas, plantados delante de la iglesia de San Julián, en completo silencio. La estampa se le antojó siniestra. Sintió miedo de sus propios feligreses.

¿Adónde había llegado el pueblo?

¿Hasta dónde estaban dispuestos a llegar?

La voz de Cosme lo sobresaltó a su espalda.

—Vos, hermano Argimiro..., vos nos escucharéis.

Dino despertó sobre una almohada, boca abajo y con la boca pastosa. Se limpió los dientes con la lengua e intentó frotarse los ojos, pero no lo consiguió.

Las ataduras de sus muñecas se lo impidieron.

—Mierda...

Alguien le había quitado la chaquetilla de cuero y lo había atado sobre una cama, como si estuviera preparado para recibir una azotaina. Tampoco tenía los pantalones, estaba en calzas y camisa, amarrado con cuerdas a los adornos del cabecero. Elevó un poco la vista y se encontró con que un pavo real de madera barnizada le perdonaba la vida desde las alturas.

—Joder, el puto pollo otra vez —gruñó en voz alta.

—Melek Taus —pronunció una voz masculina a su espalda.

Dino giró la cabeza todo lo que pudo, pero no consiguió ver a nadie. Alguien arrastró una silla y la colocó a la derecha del lecho donde yacía. Ahora sí que podía ver al hombre que acababa de hablar.

—Así que el pajarraco tiene nombre —dijo Dino.

El desconocido estaba a medio vestir, sentado con una pierna por encima del reposabrazos, en una postura extravagante. Rondaría los veinticinco años, y un aura de distinción lo rodeaba, a pesar de su atuendo desenfadado. Las perneras de los calzones le llegaban hasta la espinilla, calzaba medias azules y unos zapatos negros con una hebilla dorada. La camisa, blanca y abierta, mostraba un tórax plano y pálido, casi sin vello. Las facciones eran finas y agraciadas, resaltadas por unos ojos grandes de mirada melancólica. Su media sonrisa rezumaba misterio, inteligencia y picardía a partes iguales.

También cierta femineidad oculta.

—Melek Taus —repitió; hablaba un castellano perfecto, pero con un leve deje extranjero—, y es un pavo real, no un pollo.

D'Angelis miró al tipo durante unos segundos, desafiante a pesar de encontrarse en una posición de lo más vulnerable.

—Espero que no os hayáis tomado libertades conmigo durante mi sueño. Hasta anoche era mozo por detrás.

El desconocido se echó a reír.

—No suelo entrar en casas donde no me invitan. Ya me dijo Cadernis que tenéis una forma de expresaros un tanto… peculiar.

—La misma que tenéis vos de sentaros.

El joven quitó la pierna del reposabrazos, adoptó una postura más recatada y apoyó los codos en las rodillas.

—Podemos pasar toda la mañana comprobando quién tiene la lengua más afilada, si vos o yo, pero creo que querréis iros de aquí, una vez vuestra curiosidad quede satisfecha.

—Coño, pensé que estaba aquí para oír un sermón antes de que me sacrifiquéis al pavo —rezongó Dino—. Y resulta que me vais a iluminar.

—Sí. Y como prueba de buena voluntad, os liberaré. ¡Antón!

D'Angelis oyó pasos detrás de él. Un hombre de mediana estatura, con un pañuelo negro ajustado en la cabeza a modo de sombrero, cortó la primera atadura. Dino observó que la mano que empuñaba la daga estaba cubierta por un único mitón. El individuo rodeó la cama y liberó la diestra del espía, que se dio la vuelta en la cama para examinar al recién llegado. Tendría unos treinta y cinco años, y una tizona de magnífica factura al cinto. Su rostro, serio, estaba dominado por una nariz prominente y gruesa sobre una boca pequeña de labios carnosos y gesto ambiguo. Sus ojos eran redondos e inexpresivos, con cejas pobladas de furia contenida por arriba y bolsas repletas de secretos inconfesables por abajo. Apenas tenía barbilla, lo que le daba un aire inofensivo que D'Angelis intuía engañoso. Tenía piernas y brazos delgados, y el torso más grueso que el conjunto.

—Él es Antón Gamboa —lo presentó el anfitrión—. Mi hombre de confianza.

Dino aflojó el nudo corredizo que le aprisionaba la muñeca.

—Vuestro guardaespaldas, más bien.

La mirada del espadachín se clavó unos segundos en la de Dino. Su rostro no se movió un milímetro.

—También —reconoció el joven.

—¿Es buen momento para decirme vuestro nombre?

—Lo es. Me llamo Sarkis Mirzakhanyan, pero llamadme Sarkis. Reconozco que el apellido es impronunciable.

—Yo soy...

—Dino D'Angelis, piamontés, enviado del emperador Carlos V para ayudar a Nuévalos con el problema de las supuestas huestes del mal. Os habéis convertido en el personaje más notorio del pueblo.

—Me pasa desde hace tiempo —suspiró Dino—, soy un incomprendido.

Sarkis descorrió las cortinas y la luz lo invadió todo. La estancia estaba en sintonía con el lujo reinante en el resto del palacio. Dino se preguntó si estaría en una de las habitaciones para huéspedes o en alguna zona privada del establecimiento. La presencia del pavo real sobre su cabeza le inquietaba, de todos modos.

—Un incomprendido que tiene muchas preguntas —adivinó Sarkis—, y yo el hijo díscolo de un hombre poderoso de oriente que tiene de todo menos patria. Una estirpe perseguida por sus enemigos, por sus compatriotas, por Dios y por el diablo. Una familia noble condenada a vivir escondida y a distribuir a cada uno de sus miembros por distintos países, bajo nombres falsos, pasados inventados y futuros inciertos.

—Me vais a hacer llorar —ironizó Dino.

Los ojos de Gamboa refulgieron un segundo.

—Mi familia paterna consiguió acuerdos para adquirir pequeñas porciones de tierra donde vivir en paz —siguió narrando Sarkis—. Estas las adquirió mi bisabuelo al Císter por cinco veces su valor. Las condiciones que ambas partes aceptaron incluyen unos altos impuestos, que pagamos sin demora cada año, y una cláusula de *imperium suum*. Gozamos de soberanía propia. Dentro de mis tierras puedo hacer lo que quiera, siempre que no dé problemas a mis vecinos. —Regresó a la silla y volvió a despatarrarse en ella. Gamboa seguía de pie, cerca de su amo—. Es hora de responder preguntas. Adelante, como si fuera un juicio, preguntad lo que deseéis, no tengo nada que ocultar.

Dino encontró su ropa sobre un arcón, a los pies de la cama. Comenzó a vestirse antes de formular la primera.

—¿Tenéis algo que ver con los demonios?

—Al contrario, nos atacaron hace unos años.

Gamboa habló por primera vez.

—Hace cuatro —precisó—, en 1539.

Su tono era nasal. Al igual que su aspecto, su voz no intimidaba demasiado. El miedo que inspiraba el espadachín era más etéreo y sutil. Sarkis siguió recordando.

—No sé si vendrían a reclamar a alguna de nuestras diosas, pero se presentaron en medio del jardín una noche, con sus campanas y sus disfraces.

—Estáis muy seguro de que son disfraces —apuntó Dino.

—Sangran —intervino Gamboa—. Maté a uno de ellos.

Dino volvió la cabeza hacia el guardaespaldas, con el brazo a medio meter en la manga de la chaqueta de cuero. Tardó un rato en completar la maniobra.

—¿Y eso lo saben en el pueblo? Se lo comunicaríais al comendador —supuso.

Sarkis contestó por Gamboa.

—Los del pueblo están cegados por sus creencias —rezongó—. Evito meterme en problemas con ellos, y con el monasterio todavía más. Si les hubiera llevado un cadáver disfrazado, habrían argumentado que había asesinado a un bromista. Es como si quisieran creer que los diablos existen y refutarán cualquier prueba, por muy fehaciente que esta sea.

Dino se dijo que en eso tenía razón.

—Podríais haber hablado con Víctor de Cortada —sugirió—.

Es el hijo del comendador, un hombre de mente abierta, que tampoco cree en fantasmas.

—Lo conozco de oídas, y sé que carece de autoridad alguna —dijo Sarkis—. Sería perder el tiempo. Lo cierto es que vivo aislado del mundo exterior: este palacio es mi mundo, mi fortaleza, y apenas salgo de él.

—¿Cómo se financia este sitio? —se interesó D'Angelis—. Esto es demasiado lujoso para que lo mantenga una clientela de juerguistas, por muy numerosa y adinerada que sea.

—Tengo tierras y propiedades a mi nombre de Huesca a Lérida. Generan buenos beneficios —aseguró.

—Además de los dos prostíbulos —le recordó Dino.

—La Casa de las Alegrías es un negocio aparte, se lo tengo alquilado a una mujer que paga religiosamente cada semana. —Parecía reflexionar en alto—. Pero El Parnaso es más que un prostíbulo. —Señaló al pavo real del cabecero—. Es el templo de Melek Taus.

—Los monjes afirman que representa al diablo.

—Los curas ven al diablo en todo lo que no sea un judío clavado en una cruz.

—En eso tengo que daros la razón.

—Melek Taus es la representación de mi creencia, un ángel benévolo y poderoso a la vez. Uno que cayó, como Lucifer, y se redimió a sí mismo. De ahí la similitud que ven los monjes con el demonio. Pero Melek Taus reconoce el bien y el mal como parte de la humanidad, y no los condena de la misma forma que el cristianismo. Pertenezco a una rama de los yazidíes perseguidos incluso por los propios yazidíes. Una que permite los placeres de la carne y los admite como parte de nuestra divinidad. Para nosotros, amarnos sin límite equivale a la oración y el cilicio.

—Me gusta esa creencia —reconoció Dino—. San Agustín proclamaba: «Ama y haz lo que quieras». Fui amigo de un arzobispo que se agarraba a eso para follar como un conejo, aunque él tampoco amaba a nadie, era un cabrón... pero, en fin, esa es otra historia, continuad.

—El templo de Melek Taus recibe fieles de nuestra creencia, procedentes de muchas partes del mundo, que participan en nuestras ceremonias más íntimas y ofrecen generosos donativos. Las celebramos en una sala especial, en el sótano. Son increíbles, os invito a participar en la próxima.

Dino recordó el rostro que vio en su primera visita a El Parnaso, asomado a una puerta secreta, junto a la escalera. Estaba seguro de que era Sarkis.

—¿Alguien ajeno al culto puede participar de esas ceremonias?

—Por supuesto —respondió Sarkis—, pero esos pagan más que nuestros fieles.

—Pues hace dos noches vi mucha gente en el salón.

—Anteanoche tuvo lugar uno de nuestros encuentros. Por eso había tanto trasiego. Algunos regresaron a sus casas, otros siguen aquí.

—Cadernis me dijo que habíais cerrado y que no quedaba nadie en El Parnaso.

—Una mentirijilla —reconoció Sarkis, frunciendo la nariz—, o, mejor dicho, una inexactitud. Lo cierto es que llegasteis demasiado temprano. El salón principal funcionó anoche con normalidad, aunque no recibimos ningún huésped nuevo. La Casa de las Alegrías también abrió, aunque tampoco vino nadie. Lo del asesinato de ese hombre ha encerrado a la gente en sus casas. ¿Más preguntas?

Dino se sintió mal por Neuit. El pobre estaría afuera, preocupado por no haber tenido noticias suyas durante toda la noche. ¿Y qué habría sido de Barlovento? Tenía que abreviar y largarse cuanto antes.

—Tengo muchas, pero no quiero pasarme la mañana aquí, así que me limitaré a las más importantes. La primera es: ¿por qué tendría que creeros? Si fuerais uno de los demonios, lo lógico sería que lo negarais.

—Si lo fuera, ¿no habría sido más fácil mataros cuando estabais inconsciente?

Dino se rascó el mentón. Le pinchó la barba incipiente. Necesitaba afeitarse.

—Joder, es verdad, soy un idiota. No os he dado las gracias por no matarme, así que: muchas gracias por no matarme. —Sarkis recibió el cumplido con un cabeceo; Gamboa seguía a su lado, impertérrito—. Tengo otra pregunta: ¿sospecháis de alguien? Me refiero a los demonios...

Sarkis paseó por la habitación.

—Sospecho de mucha gente, pero al igual que vos os habéis equivocado con nosotros, no me atrevería a acusar a nadie sin pruebas.

—Hablad con libertad, solo busco orientación.

—Opino que al comendador y a los monjes les viene muy bien la existencia de esos seres —manifestó—. Hace seis años que no se comete un delito en la comarca, no se habla de revueltas, nadie la abandona y hay una paz absoluta después del toque de queda. Hay señores que tienen que luchar a sangre y espada por mantener al pueblo en el redil. Aquí el rebaño se guarda solo.

Dino pensó que el razonamiento de Sarkis era muy válido, pero optó por guardar silencio y no hacérselo saber. Lo que sí le había quedado claro era que la acusación de Venancio Prados era errónea: si hubiera tenido razón, D'Angelis estaría muerto y enterrado. Tampoco estaba seguro de que el comendador tuviera algo que ver en las muertes de las niñas. La familia Cortada sufría de verdad. Él había sido actor y sabía lo difícil que es ceñirse a un papel, sobre todo a tiempo completo.

Pero que el monasterio no estuviera implicado de alguna forma... De eso ya no estaba tan seguro.

De repente se habían convertido en los principales sospechosos. ¿Por qué no actuaban? ¿Por qué tenían al comendador atado de pies y manos? ¿Usarían a las niñas para satisfacer su deseo carnal? Aquello cada vez le parecía más sórdido.

El pensamiento de Dino volvió a Neuit y Barlovento.

—Pues creo que ha llegado la hora de irme —dijo.

—¿Dónde os alojáis? —se interesó Sarkis—. Podría facilitaros una alcoba a precio especial.

Dino sopesó la oferta, pero una cosa era creer en la inocencia de Sarkis respecto al asunto de las niñas y otra muy distinta pensar que era trigo limpio. El Parnaso no le pareció un lugar seguro para quedarse. El instinto de espía de D'Angelis le aullaba que dentro de esos muros sucedían cosas que escapaban a su conocimiento.

—Si voy a investigar en el monasterio de Piedra, lo más lógico es que me aloje en su hospedería —respondió.

Antón Gamboa intervino.

—Hay un albergue junto al hospital de San Lucas. Os queda cerca del monasterio y está exento de los estrictos horarios monacales. Conozco a alguien allí que os asignará una habitación cómoda.

—Es una buena opción —reconoció Dino—. Gracias.

—De todas formas, sentíos libre de venir a verme cuando deseéis —ofreció Sarkis, poniéndose de pie—. No hay nada que desee más que desenmascarar a esos canallas. Y también os ofrezco visitar nuestra sala más especial, os aseguro que no os arrepentiréis.

La sonrisa de Sarkis se ladeó con un sutil toque de lascivia.

—Os lo agradezco, pero lo cierto es que últimamente ando poco festivo —se sinceró Dino—. No sé si es porque estoy viejo, o porque los últimos años que pasé en las Indias me robaron la alegría fornicaria.

—En mi tierra se dice que un buen flautista hace bailar a cualquier serpiente.

—Ahora que mentáis a la bicha, decidle a Cadernis que no le guardo rencor por lo de anoche. Hasta le aceptaría otra ronda de ratafía, pero esta vez sin veneno, por favor.

Sarkis sonrió.

—Se lo diré de vuestra parte.

Dino descubrió que había estado en el segundo piso del palacio, en una de las habitaciones privadas. Se cruzó con varias diosas de camino al vestíbulo, y todas le obsequiaron miradas sensuales que prometían una tempestad de sensaciones. Antón Gamboa lo seguía unos pasos por detrás, en silencio, con ambas manos encajadas en el cinturón y gesto de autosuficiencia.

El turinés rescató sus armas del armario. No vio a los porteros cerca, por lo que fue él mismo quien se sirvió. A esas horas el palacio estaba en silencio, y la sala de la chimenea, inactiva. Si había fornicio, era a puerta cerrada en las habitaciones, pero de todos modos no se oía nada. Gamboa clavó los ojos en la tizona mientras Dino se ajustaba el cinturón.

—Así que sois espadachín...

—Me dio clases el mejor maestro de esgrima de Europa —presumió.

—Podríamos hacer un duelo por mera diversión, sin sangre —propuso Gamboa.

—No me reto nunca en duelo, por si un día tengo que combatir en serio.

—Una lástima —se lamentó—. Cuando lleguéis a la hospedería, decidle al portero que vais de mi parte. Se llama Saúl Riotijo.

—Así lo haré, gracias. ¿Sabéis dónde está mi caballo? Anoche lo dejé en la entrada.

—Seguro que lo han guardado en el establo.
Dicho esto, Gamboa dio media vuelta y desapareció escaleras arriba. Dino salió al jardín. El brillo del sol lo deslumbró. Echó de menos su reloj, no tenía ni idea de qué hora era. Silbó, pero no obtuvo respuesta. Se encogió de hombros y fue al establo, que estaba cerca de La Casa de las Penas. No había nadie en él. Allí encontró a Barlovento, junto a tres caballos más. Abandonó la finca al paso un minuto después, dando silbidos.

Con el rabillo del ojo vio un matorral que caminaba desde la arboleda hasta plantarse al lado de Barlovento. No demasiado cerca, todo hay que decirlo.

—¿Y señal? —lo reprendió el amasijo de ramas y hojas—. Tú muy cabrón, Dino D'Angelis.

Era difícil ver a Neuit, incluso en mitad del camino. Era un matojo viviente. No se le veían ni los pies ni las manos. Tan solo una flecha que asomaba del arco a medio tensar.

—Ahora te cuento, amigo. Quítate esa mierda de encima, nos mudamos otra vez.

25

La paz reinante en el castillo era una mera ilusión.
Daniela, ya sin ataduras, se mecía sentada en la cama mientras entonaba un canturreo bisbiseante que ponía los pelos de punta. Por suerte, los episodios violentos parecían cosa del pasado. Su madre, Marina, apenas se levantaba de la cama para reclamar el orinal. Daba un paseo por la alcoba en una suerte de duermevela, se asomaba a la ventana a comprobar si era de día o de noche y se esforzaba por bajar a la primera planta a visitar a su hija.
Se esforzaba, pero no lo conseguía. Atormentada por la culpa, salía al corredor lo justo para exigir una nueva infusión de hierbas de San Juan.
Y el ciclo se repetía.
Algo parecido sucedía con el comendador. Don Ricardo de Cortada bebió la noche anterior hasta caer inconsciente en su lecho. Combatió la resaca con una nueva curda, encerrado en sus dependencias, maldiciendo al mundo entre balbuceos de borracho.
El capitán Ventas acuarteló a la guarnición. Los que tenían esposa e hijos se despidieron de sus familias sin saber para qué los reunían. Los veteranos coincidieron en que hacía más de una década que no los acantonaban, desde la última vez que unos bandidos castellanos osaron internarse en la comarca; los más jóvenes no habían tenido experiencia alguna en combate, aparte de los entrenamientos en el patio de armas y algún que otro altercado en las tabernas. Ahora formaban todos juntos, vestidos para la guerra y sin saber a ciencia cierta qué ocurría, aunque no tardaron en correr rumores sobre un posible alzamiento popular. El miedo, y también la incertidumbre, se reflejó en sus caras.
Estaban casados con mujeres novalenses. Si el pueblo se suble-

vaba, ¿qué harían? ¿Usar armas contra suegros y cuñados? ¿Usar la fuerza con los abuelos de sus hijos?

¿Contra sus propios padres y hermanos?

En caso de revuelta, Ventas sospechaba que más de la mitad de la guardia se uniría a la muchedumbre y cargaría contra sus compañeros. ¿Y qué haría él? ¿Ajusticiar a los traidores? ¿Perseguir desertores?

Tal vez sería mejor que lo mataran.

Desvió la mirada hacia la torre del homenaje, como si pudiera ver al comendador a través de los muros de piedra.

En realidad no le hacía falta verlo.

Estaría bebiendo.

Víctor llamó con los nudillos a la alcoba de su hermana.
Temblaba.

Juana abrió la puerta. La criada apenas salía del dormitorio. Desde que Daniela regresó, se había dedicado a cuidarla de sol a sol, y lo hacía sin mostrar cansancio ni quejarse. Aquella joven de aspecto rudo y maneras toscas se ganaba el respeto del castillo día a día. Era todo un ejemplo de fuerza y amor. Víctor le preguntó por Charlène, y Juana fue a avisarla. Un segundo después la piamontesa estaba en el quicio de la puerta.

Cuando estuvieron frente a frente, hubo unos segundos en los que ninguno de los dos supo qué decir ni qué hacer. Acabaron saludándose a la vez, con vergonzosa torpeza. Víctor tomó la iniciativa, con voz titubeante.

—Yo... venía a pedir disculpas.

Charlène salió al corredor y cerró la puerta a su espalda.

—No tienes que pedir disculpas.

—No quise propasarme.

—No lo hiciste —lo cortó ella—. Víctor, mi pasado es complicado.

Él siguió mortificándose.

—Por eso. No debí haber hecho algo que te desagradara.

—No me desagradó, Víctor. —A Charlène le costó tanto pronunciar aquella frase que le sorprendió haberlo hecho—. No era el momento, solo eso. Prométeme algo.

A pesar de las palabras exculpatorias de Charlène, Víctor se sentía avergonzado y pequeño al mismo tiempo. Pagaba cada bocanada de aire con un amago de asfixia. Tenía mil cosas que decir, pero la voz no le salía. Lo más que pudo hacer es asentir y esperar a que Charlène siguiera hablando.

—Prométeme que no volverás a pedirme disculpas. Nunca. ¿Lo prometes?

—Lo prometo —respondió de forma mecánica.

Ella le dedicó una sonrisa trémula, y él se la devolvió. Ambos permanecieron callados, hasta que él sacó la uña de metal.

—El ambiente entre estos muros se ha vuelto irrespirable. Mis padres siguen encerrados, cada uno en una estancia, y Ventas me interroga con la mirada cada vez que me lo cruzo, como si esperara una respuesta a lo que me planteó ayer. He pensado que podríamos visitar a los herreros. Tú y yo —especificó.

Charlène se lo pensó unos instantes, antes de aceptar. No había abandonado el castillo desde que llegó a Nuévalos. Le apetecía escapar, aunque fuera por unas horas, de aquella atmósfera opresiva en la que ni siquiera se sentía bienvenida. Tampoco tenía demasiado que hacer en el dormitorio de Daniela. Se iría de Nuévalos con Dino en cuanto concluyera su investigación. Como médico, se sentía incapaz de ayudar a su paciente.

—Voy a cambiarme —anunció, para regocijo y subida de pulsaciones de Víctor—. ¿Me esperas abajo?

Veinte minutos después abandonaban el castillo. Ventas insistió para que el sargento Elías los acompañara, pero Víctor rechazó la oferta dos veces, hasta el punto de hacer enrojecer al sargento y enfrentarse al capitán de malos modos. A Charlène le sorprendió comprobar que Víctor sabía sacar el genio cuando era necesario. No había que ser demasiado inteligente para darse cuenta de que aquel hombre habría sido muy distinto de no haber tenido que estar sometido a la voluntad paterna.

Habría sido alguien mejor.

Descendieron las empinadas calles de Nuévalos a ritmo de paseo, charlando de manera relajada, como si el aire fresco de la mañana hubiera borrado el momento embarazoso con el que se habían dado los buenos días. La gente saludaba a Víctor al pasar, y lo hacía con simpatía. Él tenía una palabra amable para todos y cada uno de ellos, y a muchos los llamaba por su nombre. Charlène se percató de que la miraban con curiosidad. Muchos habían oído hablar de aquella forastera, que ahora se paseaba con el hijo del comendador ataviada con un vestido de terciopelo negro bordado en plata, falda de color rojo brillante y gorguera al cuello. Por fin, una mujer a la altura del viudo inalcanzable de la comarca. Los cotilleos se propagaron como la peste.

—Parece que Nuévalos te quiere —dedujo Charlène.

—Solo por ser hijo del comendador. Desde que murió Mariela, apenas salgo del castillo.

—¿Puedo hacerte una pregunta?

—Solo si me permites que yo te haga otra —respondió él, divertido.

Ella lo miró de soslayo.

—¿Podrías negarte a ser comendador de Nuévalos?

Víctor no se esperaba aquella pregunta, y la respuesta no era fácil.

—Tal vez, pero arrastraría un sentimiento de fracaso durante el resto de mi vida que no me permitiría pegar ojo por las noches.

—Entonces será mejor que lo aceptes —rio ella—. Nada peor que no poder conciliar el sueño.

—Pues anoche me costó. No paré de darle vueltas a lo que sucedió entre nosotros.

Charlène agachó la cabeza sin dejar de sonreír. El comentario la había incomodado, pero había decidido no volver a huir, daba igual por dónde fueran los derroteros de la conversación. Tenía que superar sus traumas de una vez por todas.

—Me toca preguntar —recordó Víctor.

—Y yo rezando para que se te olvidara...

—Anoche dijiste que me contarías algo. No tengo ni idea de lo que es, pero...

Charlène moderó el paso. Caminaban por mitad de la calle que desembocaba en la plaza donde se desplegaba el mercado. Los puestos y las tiendas estaban llenos de gente, y ellos eran el objetivo de la curiosidad general. Se desvió hacia una callejuela perpendicular, menos concurrida que la principal.

—Por ahí no se va a la herrería —advirtió Víctor, desconcertado por el cambio de rumbo.

Ella le hizo un ademán para que la siguiera. Torcieron por otro callejón que terminaba en un tramo deteriorado de muralla, reparado de cualquier forma con ladrillos y trozos de madera. No había más que un perro callejero que se les acercó un momento y se fue con viento fresco en cuanto se dio cuenta de que no había comida a la vista. Estaban solos.

—Recuerdas que te conté que mi padre no se portó bien conmigo tras la muerte de mi madre, ¿verdad? —Él asintió—. Me preguntaste si me pegaba. En realidad jamás me puso una mano encima... en ese sentido. Ojalá hubiera sido en ese sentido.

Víctor entendió lo que quiso decir Charlène a la primera. Se sintió compungido, pero intentó que no se le moviera un músculo de la cara. Ella inspiró con fuerza. Estaba decidida a no llorar. Iba a contarlo todo, sin dejar nada en el tintero y sin verter una sola lágrima. Su padre no se merecía ni un ápice de emoción. Para ella, estaba muerto y enterrado, a pesar de que ignoraba si seguía vivo.

—Era solo una niña, y vivía aterrorizada. Con doce años, decidí fugarme. Prefería morir de hambre y frío a seguir una noche más bajo su techo. Por suerte, conocí a buenas personas que me ayudaron a salir del pozo en el que estuve a punto de ahogarme.

—Dino —nombró Víctor.

Charlène soltó una risa triste.

—Ese cínico bocazas es mi ángel de la guarda.

—Sé que no es un gran consuelo, pero al menos prosperaste. Estudiaste medicina y formas parte de la corte. Ya te dije que te envidio.

—Hay otra razón por la que quise dedicarme a curar a la gente: para equilibrar la balanza. Recuerdas que me preguntaste si había matado a alguien...

Víctor se sintió violento. Aquello sí que no lo esperaba. Y, por supuesto, no quería forzarla a decir nada que ella no quisiera.

—No hace falta que...

Ella lo interrumpió con un gesto cargado de decisión.

—Sí, hace falta. No he hablado de este asunto ni con Dino. Y es precisamente por culpa de esto por lo que paso muchas noches en vela. Ya me lo he guardado dentro durante mucho tiempo; me sentiré mejor si lo suelto de una vez, y qué mejor que hacerlo con la única persona capaz de hacerme despertar después de un letargo que pensaba que sería eterno. —Víctor encajó las palabras con una mezcla de alegría, por lo que conllevaban, y de consternación, por lo que implicaban—. Maté a un hombre, un soldado. Un muchacho al que no conocía de nada, y lo hice por la espalda. Apuntaba a Dino con una alabarda. Lo cosí a puñaladas, y no podía parar, como si disfrutara haciéndolo. Dino tuvo que sujetarme la muñeca, después de que él le cortara el cuello al desgraciado y se culpara a sí mismo de la muerte. Pero ese soldado ya estaba muerto. Yo lo maté.

Víctor no sabía qué decir. Su mano cogió la de Charlène. Ella no la retiró.

—Si fue para salvar a Dino, hiciste lo correcto.

—Tal vez, pero no puedo borrar de mi mente la cara asustada de aquel muchacho. —Una pausa—. En fin..., ya lo he soltado. Ya sabes quién soy.

Víctor intentó decirle que claro que sabía quién era: la mujer más valiente y maravillosa del universo. Pero no pudo hacer más que abrazarla. Ella lo recibió, aliviada. Charlène enterró la cabeza en su hombro y dejó que le acariciara el cabello.

Pero no lloró.

Lo había conseguido. Había contado la peor parte de su historia sin llorar.

Y se sentía como nueva.

Fray Argimiro trató de recordar cuándo fue la última vez que encontró la puerta del castillo de Nuévalos cerrada por la mañana.

Aquellas puertas solían estar abiertas hasta el anochecer.

Los centinelas le dedicaron un saludo tímido.

—Vengo a hablar con el comendador —expuso el monje—. Es urgente.

—Se lo comunicaré al capitán Ventas. Esperad aquí.

Argimiro aguardó a que lo atendieran dando paseos en círculo por el patio de armas. Pronto le tocaría el rezo de sexta. Pidió perdón a Dios por saltárselo, y prometió duplicar el tiempo de la hora nona. Vio movimiento en el barracón de tropa y caras de preocupación entre los soldados. Era evidente que el ejército de Ricardo de Cortada intuía que algo malo estaba a punto de pasar.

Argimiro vio salir a Ventas por la puerta de la torre del homenaje. Su expresión no era amable. El oficial lo saludó sin intentar siquiera sonreír.

—No venís en buen momento, hermano.

—Pues creo que se avecinan peores —contestó Argimiro, agorero—. ¿No os habéis enterado de lo que se ha montado en la explanada de la iglesia?

—La patrulla me comentó que había mucha gente delante de San Julián, pero lo tomé como alguna celebración de Martes Santo.

—No tiene nada que ver con eso, por desgracia. Traigo un mensaje de parte del pueblo para el comendador.

—¿Del pueblo? —Ventas soltó una risa irónica—. ¿De qué pueblo?

—De uno dispuesto a empuñar hachas y guadañas para proteger a sus hijas.

—¿A ese extremo hemos llegado?

—A ese extremo se puede llegar —puntualizó fray Argimiro—. Heliodoro, no matéis al mensajero, os lo ruego. Están desesperados, y han venido a verme para que interceda por ellos delante de don Ricardo.

Ventas iba a proponerle que le transmitiera a él el mensaje, para luego comunicárselo al comendador. Pero Ricardo de Cortada no estaba por la labor de escucharlo, ni a él ni a su hijo. Quizá sí atendería al cura, aunque le constaba que la única relación que mantenía con él era un saludo cortés a la entrada y salida de misa.

—Os deseo suerte. —Ventas se encaminó hacia la puerta de la torre del homenaje; el monje lo siguió—. Os advierto que lleva dos días seguidos bebiendo sin parar.

—Santa María, madre de Dios.

—Eso mismo pienso yo, pero el diablo me dicta palabrotas.

Se detuvieron frente a la estancia del comendador. Ventas dio dos golpes en la puerta y anunció la visita. Estaba tan nervioso que olvidó usar el protocolo.

—Ricardo, está aquí el hermano Argimiro. Trae un mensaje para ti.

—¿Un mensaje de quién? —La voz sonó apagada.

—Es importante, abre, por favor.

Para sorpresa de ambos, el comendador abrió.

Apestaba a alcohol.

—Fray Argimiro..., pasad.

Ventas intentó entrar, pero Ricardo se lo impidió.

—Tú no, tú ve a ocuparte de la guardia —ordenó.

El capitán se quedó de una pieza. El monje le dedicó una mirada que era mezcla de comprensión, compasión y un ruego de paciencia. El sonido de la puerta al cerrarse le sonó a bofetada a Ventas.

Nunca lo había tratado así, menos delante de una visita.

Jamás.

Bajó la escalera en dirección al patio de armas.

Estaba indignado.

La visita del hermano Argimiro duró alrededor de diez minutos.

Expuso el mensaje que portaba, sin ambages. Ricardo lo escuchó en silencio, con mucha más sobriedad de la esperada. De hecho, al monje le sorprendió la entereza con la que lo recibió.

—¿Algo más? —preguntó el comendador.

—Es todo. ¿Qué les digo?

—Que no teman por sus hijas. Esta vez los ayudaré.

—¿Estáis seguro?

—Esta vez los ayudaré —repitió—. Que Dios os guarde.

Ricardo esperó a que fray Argimiro abandonara el castillo. Dio un trago largo a la jarra y salió al pasillo. Se encontró con Torcuato, que en ese momento barría el suelo del corredor.

—Baja y dile a Ventas, o a quien te dé la gana…, que busquen al Carapez y lo traigan de vuelta.

—Como ordenéis, don Ricardo.

Torcuato corrió escaleras abajo y transmitió el mensaje al capitán. Este lo escuchó con el ceño tan fruncido que por un momento pareció que la cicatriz iba a volver a abrirse. Ventas decidió que no se encargaría personalmente de traer a ese pobre desgraciado de regreso al castillo. Solo Dios sabía para qué lo quería el comendador, seguro que para nada bueno. Llamó a uno de sus soldados, un hombre de treinta años con cara de masticar piedras y escupir arena. Uno de los más fuertes y malcarados de toda la guarnición.

—Ferrán, busca al sargento Elías.

—Lo he visto salir del castillo hace un rato, mi capitán —respondió—. ¿Voy a por él?

—Da igual, para esto me vales y me sobras —decidió—. El comendador quiere de vuelta al Carapez. Y lo quiere ya.

—Pues no va a ser tan fácil, mi capitán: nadie ha vuelto a verlo en Nuévalos desde que se marchó del castillo. El padrastro está feliz, y Lucía, destrozada, aunque ella lo prefiere lejos de Rafael. Al menos así no le pega un día sí y otro también.

Ventas se preguntó cómo sabía tanto Ferrán de los entresijos de la familia, pero la respuesta le llegó al instante.

La Perdiz Pardilla.

—Pues más vale que lo encontréis —advirtió—. Y rápido.

No dio tiempo a rezar un credo, cuando doce jinetes partieron del castillo en busca de Sebastián.

26

Víctor y Charlène caminaron por calles concurridas entre miradas y risitas maliciosas. Aquellos comadreos de los viandantes alteraban al hijo del comendador, pero a Charlène le resultaban divertidos. La primera herrería de las tres que pretendían visitar estaba en una plazoleta casi desierta. Marcelo, el dueño, se especializaba en rejas, cerrojos, soportes de antorchas, candelabros y cosas así. Los clavos y herraduras se contaban por cajas. Víctor le mostró la uña y le explicó que era una pieza de algo similar a una rueca. El herrero y sus ayudantes la examinaron con detenimiento y concluyeron que podrían fabricar algo similar, pero no de tanta calidad ni tan pulido como la muestra.

—El único que podría hacerlo en el pueblo sería Casimiro, que forjó armas en Zaragoza y se dedica a la cuchillería. Esto pincha y corta como el demonio, don Víctor. ¿De verdad sirve para coser?

—No sé cómo funciona —improvisó Charlène—. Me lo ha encargado una amiga de Torrijos. Allí nadie es capaz de hacer una igual.

—Pues si allí no son capaces, aquí menos, mi señora —concluyó Marcelo, que le devolvió la garra a Víctor—. Además, ¿qué se podría cobrar por algo así? No creo que a nadie le interese fabricar eso.

Guardaron ese dato en la memoria y decidieron no descartar la herrería de Cele, la segunda de la lista. Cele y sus dos empleados centraban su negocio en cacharrería de cocina, herramientas diversas y aperos de labranza. El veredicto de Cele coincidió con el de Marcelo.

—Preguntadle a Casimiro. Ese fabrica cuchillos y *estijeras*. Trabaja fino —añadió.

Tuvieron que atravesar todo el pueblo para llegar a la herrería de Casimiro Zafra, situada donde la muralla sur se encastraba en la pared natural del precipicio que hacía inexpugnable la zona. Encontraron un establecimiento limpio, con una exposición bien surtida. Casimiro y su hijo golpeaban piezas de metal fundido con brazos capaces de dejar inconsciente a un toro de un puñetazo.

—¡Don Víctor! —lo saludó Casimiro, ufano, nada más reconocerlo; su hijo también les dio la bienvenida, pero el sonido del martillo contra el yunque ensordeció sus palabras—. Un minuto, os lo ruego, que el metal al rojo no espera.

—Me hago cargo, maese Casimiro, no hay prisa.

Los herreros terminaron de martillear casi a la vez. Una humareda siseante brotó de la pila de agua cuando sumergieron el metal incandescente. Casimiro le hizo una señal a su hijo, y este se retiró al interior del establecimiento para que su padre pudiera hablar en privado con su cliente. Su sonrisa, que habría sido deslumbrante de no tener los dientes amarillos, destacó sobre el rostro tiznado.

—Qué alegría veros, don Víctor. —Inclinó la cabeza hacia Charlène, aunque esta le interesaba menos—. Señora... —Volvió a centrar la atención en el hijo del comendador—. ¿Qué os trae por aquí? ¿Me daréis la alegría de decirme que la guardia de vuestro padre necesita armas nuevas?

Víctor adivinó que ese era el motivo de aquella sonrisa de color cebolla.

—Por ahora, no —dijo, para decepción de Casimiro—, pero os tendremos en cuenta para la siguiente remesa. —Se fijó en unos cuchillos de acero más parecidos a armas que a utensilios de cocina—. Un trabajo excelente, os felicito.

—Muchas gracias, don Víctor. Tuve buenos maestros en Zaragoza.

El hijo del comendador le mostró la uña metálica. Estudió la expresión y la mirada de Casimiro, por si detectaba turbación o sorpresa. Si había algún artesano capaz de forjar algo tan delicado y letal en el pueblo, era él. Casimiro la examinó con detenimiento.

—¿Es la pieza de una máquina? —preguntó.

Víctor siguió con la mentira urdida entre Charlène y él.

—Sí, pertenece a una rueca.

Ella decidió ir un poco más allá.

—No es exactamente de una rueca. Sé que sirve para coser con una máquina, pero esa pieza me parece que funciona como una especie de dedal. ¿Seríais capaz de fabricar uno igual?

Casimiro introdujo el dedo en la uña metálica. Lo sacó y miró en el interior. Estudió los agujeros donde, en teoría, irían los hilos que sujetarían la pieza al guante. Una vez concluido su examen, se la devolvió a Víctor.

—Eso no es para meter el dedo —afirmó con rotundidad—. Hay un sistema de fijación dentro, una uñeta que casi no se ve. Y los orificios pequeños están rozados, por lo que presumo que esta pieza va encajada en otra. Un trabajo complicado.

Víctor y Charlène intercambiaron una mirada. Apenas pudieron disimular el asombro producido por lo que acababan de oír, pero el herrero tenía más sorpresas en su cajón.

—Otra cosa: eso no es acero. Es otra aleación, muy dura, pero acero no es. Eso sí, el trabajo es muy fino. —Se quedó pensativo—. Demasiado elegante, diría yo.

—¿Qué queréis decir, maese Casimiro?

—Eso no lo ha forjado un herrero —concluyó—. Apostaría cien ducados a que lo ha fabricado un orfebre.

—¿Un orfebre? —repitió Charlène.

—Sí. Yo podría intentar hacer algo parecido, pero no quedaría exactamente igual. ¿Por qué no le preguntáis a León Álvarez?

A Víctor no le sonaba el nombre.

—¿León Álvarez?

—El único orfebre que hay en el pueblo. —Casimiro bajó la voz hasta adoptar un tono misterioso—. Es un converso, pero no un monje converso, no..., un judío. Me da en la nariz que se dedica a los préstamos, como toda esa gente —susurró con desprecio—. No tiene tienda ni taller a pie de calle, trabaja en su casa de manera muy discreta, y solo por encargo. No me extraña que no lo conozcáis.

—¿Sabéis dónde vive?

—En la cuesta del Molino, tercera puerta a la derecha, según se baja desde la plaza.

—Gracias, maese Casimiro —agradeció Víctor—. Que Dios os guarde.

Aún no habían caminado tres pasos fuera de la herrería, cuando oyeron a Casimiro gritar:

—¡Decidle a vuestro padre que, si necesita armas, aquí estoy! ¡Mejoraré cualquier precio que le den en Calatayud!

Víctor se volvió hacia Charlène en cuanto estuvieron lo bastante lejos del establecimiento para que Casimiro no captara su entusiasmo.

—Hagámosle una visita a Álvarez —propuso.

Charlène conocía los entresijos del espionaje por Dino, y sabía que cuanto más se acercaba uno a su objetivo, más peligroso se volvía el juego.

—Con cuidado —advirtió—. No conocemos a ese León, y puede que haga honor a su nombre.

—Tranquila. Iremos con precaución —prometió.

El complejo formado por el hospital de San Lucas, el lazareto de los Fantova y los edificios auxiliares salpicados por la explanada semejaban una pequeña aldea.

Dino identificó enseguida el hospital. Era la primera construcción que uno encontraba, conforme venía del pueblo. Más al sur, la antigua masía de dos pisos, enorme y ampliada con nuevas alas adosadas, destacaba sobre los demás edificios. Había huertos propios por los alrededores, además de establos, graneros y almacenes.

—¿Esto otro pueblo? —preguntó Neuit, extrañado.

—Casi.

El espía descabalgó y se dirigió al hospital; lo encontró cerrado. Había otro caserón detrás, algo más pequeño, con una sola puerta y dos plantas bajo un tejado a cuatro aguas. Frente al edificio descubrió un carruaje cubierto, tirado por dos caballos. El cochero, un hombre huraño de mediana edad, cargaba unos baúles en el compartimento trasero. Un matrimonio joven y elegante salió del albergue. La mujer acunaba en sus brazos un pequeño bulto. Un arranque de llanto confirmó que se trataba de un recién nacido. Tanto la madre como el padre lo consolaron con chistidos y sonrisas. Se les veía muy felices. Dino los saludó.

—Buen día tengan vuesas mercedes, y enhorabuena por la criatura, que se ve que es reciente.

El padre y la madre asintieron, orgullosos.

—Un mes tiene —dijo ella, mostrándole a Dino la carita del bebé—. Es una niña. Constanza.

—Pero está bien, ¿verdad? —se interesó Dino.

—¿Por qué lo pregunta? —inquirió la madre con el ceño fruncido.

—Disculpad, pensé que la habíais traído al hospital.

—No, no —respondió el padre, con cara de sorpresa—, está completamente sana. Estamos aquí de paso —explicó—, rumbo a Burgos.

—Ah, disculpad mi indiscreción —se excusó D'Angelis—. Me alegro muchísimo de que esté todo bien. Esta es la hospedería, ¿verdad?

—Sí, señor —respondió la madre, a la vez que subía al carruaje.

Dino reiteró la enhorabuena; la pequeña era una preciosidad. Los viajeros se despidieron con la mano cuando los caballos se pusieron en marcha. D'Angelis y Neuit siguieron al coche con la vista, hasta que oyeron una voz a sus espaldas.

—Buenos días os dé Dios. —El muchacho aprovechó el saludo para descansar la carretilla de estiércol sobre las patas traseras; el cargamento que transportaba olía a demonios—. ¿Buscáis a don Ataúlfo?

—Por suerte, gozamos de buena salud —respondió Dino, a pesar de que su herida en la frente parecía desmentirlo—. Necesitamos alojamiento.

—Estáis justo en la puerta de la hospedería. Esos que acaban de irse en el carruaje eran los últimos huéspedes —informó—. Voy a buscar a Saúl, esperad aquí.

El chaval torció por una de las calles sin pavimentar que formaban los distintos edificios y desapareció de la vista. Neuit estudiaba los alrededores con ojos de cazador.

—¿Qué pasa, guerrero feroz?

—Este lugar, raro. Como selva. Mucha gente, pero no se ve.

—¿Y cómo sabes que hay mucha gente?

Neuit se señaló las fosas nasales e inspiró con fuerza. Podía olerlos. Sus ojos recorrieron la propiedad y se detuvieron en los lindes de un bosque espeso que se cerraba detrás de la aldea. De repente una voz gangosa los hizo apartar la mirada de la arboleda.

—¡Soldado! ¡Soldado!

—Me cago en mi puta madre —masculló Dino; enseguida cambió el tono por otro más amable—. Pero qué sorpresa, Sebastián.

Neuit miró al recién llegado con los ojos muy abiertos. Dino temió que el aspecto del Carapez lo asustara, o, todavía peor, lo indujera a burlarse de él. Sin embargo, el indio agachó la cabeza y juntó las manos, como si rezara.

—¿Se puede saber qué cojones haces? —preguntó Dino.
—*Diospan oinmati afu nai muran imisi* —recitó.

El muchacho elevó los ojos hacia Sebas y le sonrió con humildad.
—¿Qué coño acabas de decir?
—Él, ángel. Tocado por dioses, alma pura.
—¿Alma pura? —D'Angelis soltó una risa irónica—. Esta alma pura me sacó veinte ducados por una información que todavía no me ha dado.

Sebas soltó una carcajada y aplaudió.
—¡Sebastián! —lo llamó una joven que acababa de salir de la casa de caridad de los Fantova—. ¡Ven para acá!
—¡Estoy... estoy... con un amigo! —gritó Sebastián—. ¡Un... un soldado!

La muchacha entornó los ojos y se encaminó hacia donde estaban. Tendría veintitantos, era alta y de facciones muy agradables. La sonrisa de Neuit fue tan explícita que Dino le dio un pescozón.
—Disimula un poco, galán —le susurró.
—Disculpen vuesas mercedes —se excusó—. Soy Alicia Gómez, trabajo en la casa de los Fantova. No os está molestando, ¿verdad?
—En absoluto —respondió Dino, descubriéndose un instante a modo de saludo—. Conozco a Sebastián del pueblo.
—Ah. —Alicia esbozó una sonrisa—. Sois forastero, ¿verdad?
—Sí, estoy en Nuévalos por negocios.
—¡Negocios... negocios conmigo! —afirmó Sebastián.

Dino le guiñó un ojo a la muchacha, y esta le revolvió el pelo al chaval.
—A veces, Sebas se pone un poco pesado —reconoció ella—, pero es un buen chico. Hay gente que no entiende cómo es, y en ocasiones no lo tratan como deberían.
—No será el caso, os lo prometo —afirmó D'Angelis.
—Él, alma pura —intervino Neuit.

Alicia recibió el comentario con una risa.
—Lo has definido a la perfección. —Se dirigió de nuevo a Dino—. ¿Puedo ayudaros en algo?

Justo en ese momento, un rapaz entrado en carnes y con cara de lechón se acercó a ellos cojeando. Dino apreció que tenía una pierna torcida, puede que de nacimiento. Llevaba un aro con muchas llaves en la mano.

—Ya me encargo yo, Alicia —dijo.

—Muy bien —contestó ella, dándose la vuelta para regresar a la casa de caridad—. Sebastián, ¿vienes?

—Luego... luego voy —prometió—. Me quedo... un rato con... con el soldado.

Dino le dedicó una sonrisa a la mujer.

—Id tranquila, doña Alicia. Sebastián está entre amigos.

Ella se despidió con una sonrisa que hizo suspirar a Neuit. D'Angelis se volvió hacia el recién llegado.

—¿Eres Saúl?

—Sí, señor.

—Antón Gamboa me dijo que preguntara por ti.

—Veinte reales por noche —dijo Saúl, sin el menor atisbo de amabilidad—. Tengo que limpiar la habitación antes.

—Tu compañero nos dijo que los señores que se acaban de ir eran los últimos huéspedes —se extrañó Dino—. ¿No hay ninguna habitación preparada?

—Venís de parte de Antón —le recordó—. Os daré la mejor, que es la que acaba de quedar libre. Daos una vuelta y regresad en una hora.

A D'Angelis le pareció bien. Rodeó el hombro de Sebastián con el brazo y lo alejó unos pasos de Saúl. A este le resultó extraña la camaradería del extranjero con el Carapez. Dino le habló muy bajito.

—¿Está lejos el lugar secreto-más-secreto que solo tú y yo sabemos? Habla bajo —advirtió—, no querrás que se entere caraguarro.

La carcajada que soltó Sebas resonó por toda la comarca. Saúl no oyó el comentario, pero adivinó que se reían de él. Enfurruñado, entró en la hospedería. Sebas tardó alrededor de un minuto en recuperar la compostura.

—El sitio secreto más secreto está... está cerca. —Señaló con el índice a Barlovento—. Pero con caballo, más cerca todavía.

—Pues bien, sube al caballo.

—No, no. No sé subir solo. Súbeme... súbeme tú.

Dino lo ayudó a montar. Sebas pesaba como si cargara con un saco de arena a la espalda, y el esfuerzo casi acaba por deslomar al turinés. Aunque no lo dijo, era la primera vez que el chico subía a un caballo. Plantó las posaderas en la silla y cogió las riendas, hecho un rey.

—Deja la silla libre —le indicó Dino, que quería montar.
—Yo... yo aquí. Tú, detrás.

El espía estaba al borde de la desesperación.

—Tengo que manejar las riendas —explicó.

La voluntad de Sebastián era inquebrantable.

—Tú, atrás —insistió.

D'Angelis maldijo para sus adentros en tres idiomas distintos. Trepó a Barlovento como pudo y montó detrás de Sebas. Discutió con él durante dos minutos, hasta que lo convenció para que le devolviera las riendas. Iba a tener que cabalgar con el cuello torcido, y todavía le dolían los huesos de la paliza del día anterior.

—Neuit, vamos.
—¡No! —se negó Sebas—. Solo tú y yo, ¿recuerdas?

Dino trató de persuadirlo.

—Pero si Neuit es tu amigo —imploró—. Dice que eres un ángel tocado por Dios y por yo qué sé quién más.

—¡No! Tú y yo.

Neuit le guiñó un ojo a D'Angelis.

—Ve, ve —dijo—. Yo, aquí.

El espía le devolvió el guiño y le habló a Sebastián.

—Tú dirás dónde vamos.

Este señaló al sur.

—Por... por allí. —Volvió la cabeza hacia D'Angelis—. Tú... tú, ¿cómo te llamas?

—Dino. Me llamo Dino.

Sebas soltó una carcajada. Barlovento se alejaba al paso de la hospedería, pero el chico no podía parar de reír.

—¿De qué te ríes tanto? —le preguntó el turinés, que empezaba a exasperarse.

—¡Dino! Dino... Dino... ¡Es nombre de tonto!

27

Los bosques eran más frondosos cuanto más al sur avanzaban. Las riberas de los ríos Ortiz y Piedra, combinados con los cambios de altitud entre montañas y valles, creaban un clima que a Dino le recordó al infierno verde del que había escapado pocos meses antes. Barlovento bajó por una cañada hasta que la tierra se tornó barro y hierba húmeda.

—Puta agua —gruñó D'Angelis—. No me libro de ella ni para Dios.

—Dices... muchas palabrotas —lo reprendió Sebas—. Eso... eso es pecado. Se lo voy... se lo voy a decir al hermano Argimiro.

—Ser chivato es peor que decir palabrotas —contraatacó Dino—. Además, qué coño, luego me confieso y en paz. ¿No sabes que eso funciona así, sabihondo de los cojones?

—Te van... te van a poner dos rosarios —vaticinó Sebas, solemne.

—Rosario el que me voy a hacer con tus huesos como no te calles, Sebastianito.

—¡Hala, otro pecado! ¡Al... al infierno que vas a ir!

—Mientras esté seco, me da igual.

Siguieron el curso del Ortiz durante un par de minutos más. El cauce se estrechaba tanto en algunos tramos que un caballo podría saltarlo sin esfuerzo. Los árboles y los matorrales lo inundaban todo de un verdor que casi hería los sentidos. Sebas señaló un paso estrecho entre matojos espinosos, al otro lado de la corriente.

—Por ahí —dijo—, detrás... detrás de esas zarzas.

—Mejor vamos a pie —propuso Dino—. Venga, abajo.

Sebas miró a un lado y a otro del caballo, como si se lo pensara. Al final decidió que estaba demasiado alto para intentarlo por sus propios medios.

—Bájame, que... que me da miedo.

D'Angelis reprimió una retahíla de blasfemias, pero se armó de paciencia y lo ayudó a desmontar. Miró a su alrededor y supuso que Neuit andaría cerca. Ató a Barlovento a un árbol y cruzaron el río a pie. Se deslizaron por entre las púas de costado, tratando de arañarse lo menos posible. Una vereda sombría y cubierta de hojarasca se abrió delante de ellos.

Sebas lo condujo a un claro minúsculo donde se erguía una choza de madera medio en ruinas. La construcción estaba rodeada de árboles e invadida por la maleza. La puerta, desvencijada y descolgada, le daba a la cabaña el aspecto de una bestia medio muerta.

—¿Cómo conoces este lugar? —quiso saber D'Angelis.

—Por... por la Lobera.

Las cejas de Dino se dispararon hacia el ala del sombrero.

—¿La Lobera?

—Sí, sí... ¡Pero ella no lo sabe! ¡No se lo digas!

—¿Me lo puedes explicar?

—Una mañana, yo llevaba... llevaba un encargo a doña Catalina, es la...

—Sé quién es —lo cortó Dino—, la del lazareto. Sigue.

—Vi pasar a la Lobera por... por la carretera... y meterse en el bosque. Iba sin los lobos —aclaró—, los lobos me dan... me dan miedo. Por eso me atreví a seguirla.

—¿Y vino hasta aquí?

Sebas asintió y señaló unos arbustos cercanos.

—Yo me escondí ahí —recordó—. Ella... ella rompió la puerta, y... y se enfadó mucho.

—Pero ¿estaba sola?

—Sí, sí, pero dijo... dijo muchas palabrotas y se cagó en...

Señaló hacia arriba.

—Vaya con la Lobera —rezongó Dino—. ¿Y qué más?

—Robó un espantapájaros y... y se marchó.

—Robó un espantapájaros y se marchó —repitió Dino, acariciándose el mentón; se dio cuenta de que había olvidado afeitarse—. Y ya está...

—Se metió en el bosque, pero... pero me dio miedo ir detrás de ella. Pero sí que entré ahí dentro —dijo, orgulloso.

—¿Y por qué sabes que este es el escondite de los demonios?

—Entra... entra —lo retó.

— 230 —

Dino desenvainó la daga y avanzó hacia la choza como si esta estuviera a punto de cobrar vida y comérselo. Agarró el asa claveteada a la puerta. Dos arandelas revelaban la existencia de un candado que no estaba puesto. La abrió de un tirón y se quedó con el tirador en la mano. Se quedó mirando la hoja de madera con cara de desprecio.

—Empezamos bien...

La escasa luz que entraba por el vano bastó para iluminar el interior. El lugar olía a rancio. Encontró un montón de calaveras limpias de venados y cabras, además de otras que por los colmillos podrían ser de cánidos o felinos. Algunos cráneos conservaban cornamenta, otros no. Había un bastidor de madera que podría haber servido para tensar piezas de cuero. También vio sacos que contenían un polvo blanco con un olor característico.

Cal.

Encontró además algunas herramientas oxidadas y poco más.

Ni rastro de los demonios ni ninguna pista significativa. Salió de la cabaña y estudió el rostro de Sebas. No detectó ninguna mueca de burla o culpa, por lo que quiso creer que no lo había estafado a propósito. De haber sido así, habría evitado encontrarse con él, en vez de saludarlo en la hospedería y conducirlo hasta la choza. Era evidente que, para aquel pobre muchacho, aquella barraca en ruinas era el escondite de los demonios.

—¿Me puedes explicar por qué me dijiste que este era el refugio de los monstruos?

—Lo es —afirmó convencido—. Lo es.

—No me jodas, Sebas. Ahí dentro no hay nada que pruebe que los demonios se esconden aquí. Esto es la choza de un trampero, o la curtiduría de mierda de un cazador.

—Hay... hay esqueletos de muertos.

—De venados muertos.

—No, no..., calaveras. Calaveras de hombres.

Sebas entró en la cabaña, ofendido por ver su credibilidad en entredicho. Miró en todas direcciones, con movimientos bruscos de cabeza. El poco mentón que tenía se proyectó hacia delante en una expresión de furia.

—¡No están! —exclamó, casi a gritos—. ¡No están! ¡Esto... esto no estaba así!

—Calma, Sebas...

—¡Había calaveras... calaveras con sangre! ¡Y con pelo! ¡Los... los muertos que se comen los demonios!

Dino entró de nuevo y revolvió entre las osamentas de animales, apartó los escasos muebles, separó los sacos de cal de la pared y buscó trampillas ocultas en el suelo. No encontró nada extraño, mucho menos cráneos humanos. Afuera, Sebastián pateaba el suelo, rojo de ira.

—Tranquilo, Sebas, coño, que no pasa nada..., que te creo.

—¡No! —Estaba al borde del llanto; D'Angelis empezó a preocuparse, no fuera a darle una alferecía allí mismo—. ¡Ahora te tengo que... que devolver el dinero!

El espía lo agarró por los hombros y lo sacudió, a ver si espabilaba. Sebas meneó la cabeza, como si acabara de despertar de un mal sueño.

—¡Sebas! ¡Que te creo! Puedes quedarte con los ducados, son tuyos.

El otro parpadeó.

—¿De verdad?

—Sí. Pero háblame de la Lobera. ¿Por dónde se marchó?

—Cruzó... cruzó el río. Y se fue... hacia el monasterio. Pero ese sitio, ese sitio está prohibido. Hasta... hasta para los monjes. Allí también... también hay calaveras.

—¿En el monasterio? ¿Te refieres a reliquias de monjes muertos?

—No, no..., calaveras malditas... para... para que no pase nadie.

Dino recordó que Víctor y Ventas mencionaron aquella especie de frontera y al demonio que sobrevoló una cascada por encima de varios monjes. Tendría que visitar ese lugar, preferiblemente sin que se enteraran en el monasterio.

—¿Sabes algo más de la Lobera?

Sebas se esforzó por recopilar la poca información que tenía de ella. Lo único que Dino sacó en claro era que se la veía poco por Nuévalos, que tenía lobos, que solía llevar una ballesta y que tenía el pelo largo y blanco.

Poca cosa, en realidad.

—Volvamos a la hospedería. ¿Podrás subir solo al caballo esta vez?

Sebastián mostró una absoluta seguridad en su respuesta.

—Sí —afirmó.

Por supuesto, fue incapaz de subir solo, y Dino tuvo que ayudarlo.

Entre juramentos y blasfemias, eso sí.

Víctor y Charlène alcanzaron la cima de la cuesta del Molino. Contaron las puertas de las viviendas hasta localizar la tercera a la derecha. Era parecida a todas las de Nuévalos, sin ningún detalle que la distinguiera de las demás. Un escondite perfecto para alguien que no quiere llamar la atención.

—¿Y si llamamos a un guardia, por si la cosa se tuerce? —propuso Charlène.

El hijo del comendador le dedicó una mirada cargada de autosuficiencia.

—¿Para qué? Solo vamos a hablar con él.

Charlène tenía un mal pálpito.

—Podría ser peligroso.

Víctor quería afrontar la tarea por sí mismo. Recurrir a los recursos de su padre le parecía infantil e innecesario. No era un niño y deseaba demostrárselo a Charlène.

—No tienes por qué entrar conmigo.

—De eso nada —respondió ella, algo molesta por el paternalismo de Víctor—. Llama.

Los dos aldabonazos retumbaron como una salva de artillería. Oyeron el sonido de unos pasos, y una mirilla del tamaño de una moneda se abrió en la hoja de la puerta. Lo siguiente fue el chirrido de un cerrojo al descorrerse.

El saludo de León Álvarez fue de lo más complaciente.

—Don Víctor, Dios os bendiga. Señora… Bienvenidos a mi casa. Vos diréis.

A Víctor le sorprendió que León lo reconociera; era la primera vez que veía aquel rostro que les sonreía desde el quicio de la puerta. El origen semita de Álvarez era innegable. La espesa barba negra impedía determinar su edad y el resto de los rasgos eran típicos judíos. El hijo del comendador le devolvió el saludo y presentó a Charlène.

—Esta dama necesita una pieza para una especie de rueca. Hemos acudido al mejor herrero de Nuévalos, y este afirma que solo un buen orfebre sería capaz de replicarla.

—¿Y él os envió a mí, mi señor? Muy pocos en el pueblo saben siquiera que existo.

A Víctor le extrañó que Álvarez reconociera sin tapujos el extremo anonimato que lo rodeaba. De todos modos, no quiso comprometer a ninguno de los herreros.

—No hizo falta que nadie os recomendara —salió del paso Víctor, que decidió atacar al artesano por la vanidad—. En el castillo se os conoce, y nos consta que sois muy bueno.

El judío sonrió, agradecido, a pesar de que no se explicaba cómo habían llegado a oídos de los Cortada las bondades de su oficio. Asomó la cabeza y miró a ambos lados de la cuesta del Molino. Tan solo vio un par de niños discutiendo a veinte pasos calle arriba y a una lavandera, tres puertas por debajo, que intercambiaba prendas lavadas por otras sucias con la dueña de una casa. Álvarez los invitó a entrar.

—Tengo enemigos poderosos en Zaragoza —confesó una vez estuvieron los tres dentro—. Es por eso por lo que apenas salgo a la calle. Cuando un judío se convierte, naufraga en mitad de un mar de odio. Yo me gané el de los míos por renegar de mi fe, y nunca dejé de ser un marrano para el resto de la cristiandad. Alguien decidió que viviría más feliz pegando fuego a mi casa de la judería con toda mi familia dentro. Mi hija Ava y yo fuimos los únicos supervivientes, y no escapamos bien del todo. Ella vive lejos de Aragón y yo me escondí aquí, aunque conservo recuerdos imborrables de esa noche.

Álvarez se remangó y mostró un brazo plagado de quemaduras. Recorrió el lado izquierdo del cuerpo con la mano, desde el muslo hasta el hombro.

—Todo esto lo tengo igual que el brazo. Mi hija fue menos afortunada: el fuego le borró el rostro, un rostro hermoso. Me habría cambiado por ella con gusto —suspiró.

—Lo siento mucho —se lamentó Víctor—. Tuvo que ser horrible.

—Lo fue, y lo sigue siendo.

A Charlène le entristeció la historia, pero le picó la curiosidad.

—¿Y cómo os ganáis la vida aquí, escondido?

—Un viajante de orfebrería y joyas me visita varias veces al año, cuando las nieves no lo impiden. Le vendo las piezas que fabrico a un buen precio y él las revende por toda la región. A veces me trae encargos de otras plazas. También tengo algunos clientes de confianza aquí —susurró, como si las paredes oyeran—, pero para trabajos no demasiado ostentosos. Los del pueblo no tienen demasiado dinero, ya sabéis... Y con la ruina de los demonios, todavía menos.

Charlène echó un vistazo al interior de la casa. Era una casa de pobre, a pesar de que estaba segura de que Álvarez guardaría más de una sorpresa en sus arcas. Las ventanas estaban cerradas a cal y canto, pero a la luz de las escasas velas, el suelo y los muebles se veían sucios y desgastados; las esquinas del techo, un telar de telarañas. Un olor a guiso rancio flotaba en el ambiente, procedente de la estancia contigua, donde había un hogar de brasas moribundas. Una suerte de escalerilla empinada ascendía a un segundo piso que no era más que la parodia de un desván. Se fijó en la ropa de Álvarez. Era de buen paño y excelente confección, pero parecía haber sobrevivido a doce cargas de caballería. Los zapatos, un día brillantes y lujosos, se veían polvorientos y con una sonrisa deshilachada en la zona del pulgar, agujereada por una uña dura como el diamante. El judío retomó la charla de negocios.

—Habéis dicho que necesitáis una pieza para una rueca. ¿Un huso, tal vez?

—No es exactamente una rueca —repuso ella—. Es una pieza afilada y cortante, para atravesar y cortar tela. Aunque... no sé si se podrá fabricar algo así en plata.

—También trabajo el oro y otras aleaciones más resistentes —dijo Álvarez, con una sonrisa que curvó el bigote de la barba en una mueca pícara—, pero eso, mi señora, es secreto profesional. De todas formas, si pudiera ver un diagrama de la pieza que necesitáis...

—Mejor todavía —intervino Víctor—, hemos traído una muestra.

La expresión de Álvarez se tornó sombría en cuanto vio la uña de metal. Enseguida se recompuso y forzó una sonrisa trémula. Víctor y Charlène supieron, en ese momento, que habían dado en el blanco.

—¿Me permitís? —dijo Álvarez, que no pudo evitar que la voz le temblara al hablar; la garfa bailó entre sus dedos—. Una pieza un tanto extraña...

—¿No habíais visto nada parecido antes? —preguntó Víctor, con una ceja enarcada.

El judío se la devolvió.

—No —aseguró.

Víctor decidió forzar la situación un poco más.

—Sé que os encargaron unas piezas parecidas hace unos años. Por desgracia, no os puedo revelar quién.

Álvarez se rascó el labio inferior con los dientes y se puso un dedo en la cabeza, como si acabara de recordar algo.

—Ahora que lo decís... —dijo—. Voy a mirar arriba, en mi taller. Conservo los moldes de todas las piezas que forjo. —Víctor hizo amago de ir tras él, pero el orfebre lo detuvo con un gesto amable—. Esperad aquí, os lo ruego. La planta de arriba está hecha un desastre, me avergüenza que subáis.

A Víctor le pareció descortés insistir. Al fin y al cabo Álvarez parecía dispuesto a cooperar. Puede que incluso revelara la identidad de quien hizo el encargo, y eso se traduciría en la pista más sólida de la investigación hasta el momento. Un cosquilleo de excitación le burbujeó en el estómago. El judío desapareció en el piso de arriba. No había pasado un minuto cuando oyeron el estrépito de un montón de cosas que caían al suelo y el chasquido de una ventana al desclavarse.

También les llegó el eco lejano de una exclamación de dolor.

Víctor escaló los peldaños. A pesar de no ser muy alto, tuvo que agacharse para no romperse la crisma contra las vigas del soberado. Había un camastro mugroso al fondo, varios arcones, un par de armarios y una mesa con instrumentos de joyero volcados bajo una ventana abierta. El hijo del comendador se asomó a ella y vio al orfebre cojeando calle abajo, con una bolsa de cuero cruzada en el torso. Si bien la casa solo tenía una planta alta, la distancia desde la ventana hasta el empedrado de la calle trasera equivalía a un segundo piso. León Álvarez se había lastimado al aterrizar.

Víctor bajó la escalerilla de espaldas, a toda prisa.

—Ha saltado por la ventana —le dijo a Charlène, que ya abría la puerta, dispuesta a emprender una persecución—. Se ha hecho daño en el pie, nos será fácil cogerlo.

Descendieron por la cuesta del Molino a la carrera. Esta se estrechó hasta desembocar en una escalera empinada que bajaba perpendicular a la calle y paralela a la muralla. Imposible que Álvarez tomara otra ruta, aparte de la de bajada. De repente, un grito de sorpresa más allá de la esquina, seguido de otro de dolor, hizo que

Víctor se parara en seco. Su brazo extendido también detuvo a Charlène.

—¿Has oído? —preguntó Víctor, con los ojos desorbitados.
—¿Llamamos a la guardia? —propuso Charlène, prudente.
—Echemos un vistazo antes.

Descendieron por la pendiente hasta las escaleras. Álvarez estaba bocabajo, a una veintena de peldaños por debajo de ellos. Lo primero que pensaron fue que había tropezado, pero cuando vieron que no se movía y que un charco rojo se extendía debajo de su cuerpo, se asustaron. Ni rastro de la bolsa de cuero que Víctor vio desde la ventana. Charlène se agachó al lado del judío.

Le puso dos dedos en el cuello.

—Será mejor que llames a la guardia.

Neuit no llegó hasta la cabaña de las osamentas.

La presencia de un jinete a lo lejos lo alertó.

El desconocido detuvo la montura y oteó en todas direcciones. Neuit se agachó detrás de unos arbustos para que no lo descubriera. Estaba demasiado lejos para apreciar detalles: ni distinguió el color del caballo, ni la vestimenta del dueño, ni mucho menos su cara. Solo sabía que no estaba allí por casualidad. Se mantuvo escondido hasta que el jinete dio media vuelta y desapareció. Neuit tardó un rato en recuperar el rastro de Barlovento. Cuando llegó a la cabaña, Dino y Sebastián ya se habían marchado.

Corrió en dirección contraria.

Aquel extraño le había dado mala espina.

D'Angelis y Sebastián llegaron a la hospedería antes que Neuit.

Un destacamento de jinetes, con los colores de los Cortada, controlaba la carretera delante del lazareto. Los soldados se acercaron a ellos nada más verlos. Dino aminoró la marcha de Barlovento y lo detuvo frente a ellos. Se sintió ridículo por cabalgar con Sebas entre las piernas, pero no tuvo más remedio que aguantarse. Algunas caras le resultaron familiares, de haberlos visto en el castillo o en las murallas.

—¿Pasa algo? —preguntó.
—Esto no va con vos —respondió el que parecía llevar la voz

cantante; la mirada que le dedicó a D'Angelis era de absoluto desprecio—. Buscamos al Carapez.

Este frunció el entrecejo al reconocer a Ferrán Gayoso.

—¿Para... para qué?

—El comendador dice que te acepta en la guardia. —A Dino le dio la impresión de que a la mayoría de los soldados no les hizo gracia la broma—. Venga, ven, que te vamos a dar el uniforme.

—¡Jura!

—Te doy mi palabra de honor, anda, vamos. Hemos comprado una lanza nueva para ti.

Otro de los guardias le lanzó una mirada severa al soldado.

—Ferrán, hombre...

Dino descabalgó y dejó que los guardias ayudaran a Sebas a desmontar. Este parecía feliz. El turinés se acercó al que había hablado.

—Disculpa si no me creo que don Ricardo vaya a darle un puesto en la guardia...

Ferrán le devolvió una mirada cargada de prepotencia y no le contestó.

—¿No te avergüenza dar tu palabra de honor en falso?

—Con un tonto no cuenta —replicó Ferrán.

—Lo que cuenta es que no tienes ni honor ni palabra.

El soldado escupió a los pies de Dino, hizo dar media vuelta a su montura y se marchó con sus hombres. Alicia llegó corriendo a toda prisa. Se detuvo en medio de la carretera y se quedó mirando al destacamento, que se alejaba al trote, de vuelta a Nuévalos.

—¿Y Sebastián? —preguntó.

—Se lo han llevado al castillo —respondió Dino—, por orden del comendador.

La joven no apartó la mirada hasta que la compañía desapareció de la vista.

El labio inferior comenzó a temblar.

—Pobre Sebastián —sollozó—. No hay derecho...

Dino iba a pronunciar un «lo siento», pero la comadrona dio media vuelta y se alejó llorando. El espía vio cómo una mujer mayor salía de la casa de caridad a consolarla.

Adivinó que se trataba de doña Catalina, la viuda de Fantova.

Desde la puerta de la hospedería, Saúl Riotijo lo observaba todo en silencio.

Al abrigo de unos nogales, sobre una colina lejana, el mismo jinete solitario que había visto Neuit minutos antes daba un tirón de las riendas y se internaba en el bosque.

Tenía cosas que hacer.

28

El estado de ánimo del capitán Ventas podría resumirse en un deseo.

«Ojalá ardiera el pueblo hasta sus cimientos».

Dos muertos en dos días.

Los guardias que lo acompañaban permanecían varios peldaños por detrás, en la calle escalonada en la que yacía León Álvarez. Charlène y Víctor le habían dado la vuelta al orfebre, por si quedara alguna posibilidad de ayudarlo, pero cualquier intento de auxilio habría sido en vano. El tajo era tan profundo que lo había destripado. Cuando llegó el capitán, casi la totalidad de la sangre del desgraciado bañaba cinco escalones, calle abajo. La piel lívida, y el rictus de dolor, dibujaban una imagen difícil de olvidar.

Ventas quería decir muchas cosas. Más que decir, maldecir. Se reprimió por respeto a Víctor. Puede que también por respeto a Charlène. Sabía que había viajado desde Toledo para ayudar, pero lo cierto era que su llegada y la de D'Angelis habían despertado un mal en Nuévalos todavía peor que los demonios. Al menos a este muerto no lo conocía. Sabía que León Álvarez existía, pero jamás había cruzado una palabra con él. No es que Ventas odiara a los judíos conversos, pero tampoco le entusiasmaban.

En el fondo, prefería un marrano muerto a un verdadero hijo de Dios.

—¿Cómo sucedió? —preguntó, escueto.

Víctor narró la visita a casa del orfebre, su huida repentina y el hallazgo del cadáver.

—Fue decirle que sabía que alguien le encargó unas uñas como la que le enseñé y huir por la ventana —añadió el hijo del comendador—. Las fabricó él, estoy seguro.

El rostro de Ventas se ensombreció todavía más.

—¿Qué más pruebas necesitas? —inquirió el capitán.

—Me habría gustado saber quién se las encargó...

—No me has entendido. ¿Qué más pruebas necesitas?

A Víctor le confundió la pregunta.

—Helio, ¿a qué te refieres?

—¿Había alguien más con vosotros en casa de este hombre?

—No, solo Charlène y yo.

—¿Y no te parece casualidad que lo destripen dos minutos después de que lo descubrieras, sin que hubiera nadie más presente?

Charlène intervino.

—Capitán, no creeréis que los demonios han asesinado a este hombre, ¿verdad?

Ventas señaló el cuerpo abierto en canal.

—¿Qué otra explicación tenéis para esto?

Víctor giró dos veces sobre sus talones. Le entraron ganas de ponerse a gritar; la estolidez de Heliodoro Ventas estaba a punto de hacerle perder los nervios.

—Llevaba una bolsa —recordó Víctor—. Seguro que contenía joyas y dinero para la huida. Puede que alguien lo reconociera y lo matara para robarle. Además dijo que tenía muchos enemigos por su condición de judío converso.

—Ya es casualidad que uno de esos enemigos se cruce con él y lleve un arma adecuada para rajarlo de la forma tan profesional en que lo ha hecho —contraatacó Ventas.

Lo cierto era que todo sonaba a locura.

Todo en aquel pueblo era una locura.

Nada encajaba.

—Helio, algo habrá que hacer —resolvió Víctor, al borde de la desesperación—. El asesino tuvo que bajar la calle a la carrera, alguien habrá visto algo.

«O se marchó volando, o simplemente se hizo invisible», pensó Ventas, que se giró hacia sus soldados.

—Vosotros tres, buscad alguna pista e interrogad a cualquier hombre, mujer o niño que veáis. Si algo o alguien os da mala espina, lo detenéis y me lo traéis. —Ventas se dirigió al cuarto guardia mientras el trío esquivaba el cadáver de Álvarez y hacía lo imposible para no pisar los peldaños encharcados de sangre—. Belarmino, ve al castillo, coge una angarilla y vuelve aquí con alguien que te ayude a llevar a este desgraciado a la iglesia.

—¿A la iglesia? —preguntó el veterano, confuso—. Pero ¿no era judío?

—Converso —puntualizó Ventas—. No tiene familia, que sepamos...

—Tiene una hija —apuntó Charlène—. Ava.

—¿Y dónde está? —preguntó Ventas, irritado.

—No lo sé. Solo dijo que se llama Ava y que vive lejos de Aragón.

—Pues mala suerte —zanjó el capitán, inflexible—. Ya se enterará de que su padre ha muerto cuando no conteste sus cartas.

—Pero...

Ventas cortó a Charlène sin miramientos, a la vez que trataba de mantener un tono respetuoso y correcto con ella.

—Este hombre vivía como un proscrito, escondido en su casa, sabe Dios por qué oscuras razones. Vos y Víctor sospecháis que fue él quien fabricó esas zarpas asesinas...

—Sí, pero...

Volvió a interrumpirla.

—Se le enterrará en el cementerio del pueblo. Tendrá un entierro digno, os lo prometo. Si su hija reclama el cuerpo, se le exhumará. —Ventas maldijo por lo bajo al divisar un par de mujeres bajando por la calle escalonada; lo último que necesitaba era una horda de curiosos haciendo preguntas, aunque daba por hecho que el rumor de esta nueva muerte ya corría por las calles—. ¡Eh! ¡Id por otro lado! ¡Venga, vamos!

Las mujeres dieron media vuelta, asustadas, y se esfumaron sin atreverse a protestar. El capitán se volvió hacia el hijo del comendador. A Víctor le sorprendió descubrir un halo de temor en su mirada.

—Fray Argimiro ha ido a hablar con tu padre —informó—. No sé exactamente lo que le ha contado, pero en el pueblo se cuece algo muy feo. El comendador ha mandado buscar al Carapez en cuanto el cura se ha marchado...

—¿A Sebastián? ¿Para qué?

—No me lo preguntes, últimamente está desquiciado, ya lo sabes. Me temo que en las próximas horas puede pasar cualquier cosa.

Víctor tragó saliva. Comenzaba a asustarse de verdad.

—Cuando dices «cualquier cosa», ¿te refieres a una revuelta?

—No lo descarto, pero no me atrevo ni a mencionar al lobo. Tenéis que regresar al castillo ahora mismo. Los dos, sin excusas. El ánimo de la gente se alterará con esta nueva muerte, a pesar de que a este tipo no lo conocía ni Dios, y cuando digo ni Dios, es ni su dios ni el nuestro.

A Charlène le afligió la falta de piedad de Ventas. Lo único que podía excusar su crueldad era la tensión inaguantable que parecía soportar sobre sus hombros. El oficial gruñó al divisar una silueta que comenzaba a subir los peldaños de la calle escalonada. Cuando iba a echar al extraño a voces, reconoció al sargento Elías, que frenó en seco en cuanto se topó con el inmenso charco rojo y el judío muerto. El suboficial no se santiguó frente al cadáver porque cargaba con un bulto envuelto en una tela manchada de sangre.

—Que Dios nos ampare —exclamó, boquiabierto—. Lozano me acaba de contar lo que ha pasado y he venido corriendo. Qué barbaridad. —El sargento dio una arcada que no llegó a convertirse en vomitona de puro milagro—. ¿Se sabe quién ha sido, mi capitán?

—Por ahora no sabemos nada. ¿Qué cojones llevas ahí? Pensaba que era un niño muerto, lo que me faltaba...

Elías parecía haberse olvidado del bulto sanguinolento que llevaba en brazos.

—Ah, esto... La viuda de Javier Moreno me dijo que me pasara a recoger un costillar por la carnicería, que a su marido le habría gustado tener este detalle conmigo por lo bien que me porté con ellos ayer. Pobre familia —añadió, compungido.

—Había olvidado el entierro de Moreno —dijo Ventas—. ¿Cuándo es?

—En unas horas. Pensaba dejar esto en casa y pediros permiso para asistir.

—Yo también iré —dijo Víctor, seguro de que su padre no acompañaría a la familia en su hora más triste.

Y mejor sería, con lo borracho que debía estar a esas horas.

—Elías, tienes mi permiso para asistir al entierro de Moreno —concedió Ventas—, pero primero escolta a don Víctor y a la señorita Dubois al castillo.

—¿Puedo cambiarme de uniforme, mi capitán? —pidió el sargento—. Mi casa queda de camino al castillo; me da reparo ir al entierro con la ropa manchada de sangre... y oliendo a carnicero. Dios me perdone si lo que acabo de decir ha sonado mal.

—Desde luego, Elías, eres correcto hasta para no oler a carnicero en el entierro de un carnicero —rezongó Ventas—. Hazlo, pero no tardes.

—Nosotros te esperaremos abajo mientras te aseas —lo tranquilizó Víctor, que emprendió camino, rumbo a casa del sargento—. Será un placer saludar a Petronila y a los niños.

—Ramiro ya no es tan niño, excelencia, ya tiene doce años. Y Blanca, seis. —Suspiró—. Espero que esto de los demonios acabe antes de que Blanca crezca, don Víctor, paso las noches en vela por culpa de esos malditos.

Apenas coronaban el pasaje cuando vieron aparecer a Belarmino en compañía de Luis Murcia, uno de los más veteranos de la guardia. Este último arrastraba una camilla con el rostro descompuesto, advertido de la horrible visión del judío destripado.

—Mi sargento, espero que vayas directo al castillo —dijo Belarmino—. Los pocos soldados que han quedado allí están nerviosos. El ambiente anda raro, como ya habrás podido comprobar —añadió.

—Pero si el capitán acuarteló a la mayoría esta mañana —respondió Elías, extrañado.

—El comendador envió un destacamento de jinetes a buscar al Carapez.

—¿A Sebastián?

—Ahora te lo cuento yo, Elías —dijo Víctor—. No nos entretengamos.

Cada cual siguió su camino, ajenos a que Sebastián regresaba al castillo a la grupa de un caballo, feliz porque le acababan de asegurar que formaría parte del ejército de don Ricardo de Cortada.

Su felicidad iba a durar poco.

Dino advirtió a Saúl de que lo avisaría cuando llegara el momento de instalarse en sus aposentos.

Le preocupaba que Neuit no hubiera regresado todavía.

La explanada se vació después de que Alicia entrara con Catalina en la casa de socorro. El único que quedó por los alrededores fue Saúl, que barría el suelo frente a la hospedería con un ojo puesto en el suelo y otro en D'Angelis, que seguía plantado en mitad de la carretera con Barlovento agarrado por las riendas.

A pesar de que no era amigo de implicarse demasiado en historias ajenas, Dino se dio cuenta de que le preocupaba Sebastián. Cuánta inocencia, cuánta bondad y cuánta sonrisa. Y aquel tiparraco con boca de mono... Ferrán, había oído que se llamaba.

Durante un segundo se imaginó a sí mismo rebanándole el pescuezo con la daga.

«No uses la daga», le habría regañado Arthur Andreoli. «La daga es un arma de asesinos; acostúmbrate a utilizar la espada, que es un arma de caballeros».

Sanda se habría reído en un rincón mientras afilaba uno de sus muchos puñales.

Menudo par, ¿qué andarían haciendo por esas selvas del diablo?

—Hablando de selvas —murmuró al ver aparecer a Neuit corriendo, con el arco en la mano y sin rastro de cansancio.

—Dino, he visto hombre con caballo —informó, deteniéndose lo bastante lejos de Barlovento para sentirse cómodo—. Os seguía a ti y a Almapura. —A Dino le pareció un nombre sublime para Sebas; Neuit miró en todas direcciones en busca del muchacho que consideraba un ángel—. ¿Y Almapura?

—Acaban de llevarlo al castillo. —Dino no quiso preocupar al chico y prefirió cambiar de tema—. Tranquilo, estará bien. ¿Qué hablas, de un jinete?

—Un hombre con caballo. En la selva. Arriba.

—¿Pudiste verle la cara?

—No. Sol así —dijo, tapándose los ojos con la mano abierta—. Pero él mira hacia vosotros, mira poco más, luego marcha.

—No te preocupes, podría ser cualquier vecino.

—No sé... *itsai*.

Dino conocía la expresión en sharanaua. Apestar.

También podía traducirse como «mal presentimiento».

—Bueno, vamos a ver qué tal es la habitación que nos ha preparado Saúl.

Justo se dirigían al albergue cuando vieron a un hombre maduro, con un bigote poblado, salir del lazareto y dirigirse al hospital. Su mirada se cruzó con la de Dino, y ambos se descubrieron a modo de saludo. El turinés apreció que el cabello del desconocido brillaba por su ausencia. Este cambió de rumbo y fue directo hacia ellos. Neuit se puso en guardia.

—No parece mal tipo —susurró D'Angelis—, guarda el arco y no lo asustes.

Ataúlfo Martínez les dedicó una sonrisa afable.

—Dejadme adivinar: sois el enviado del emperador Carlos V.

—Y yo acabo de adivinar que vos sois adivino —contestó el espía, con una sonrisa todavía más amplia—. Dino D'Angelis, a vuestro servicio.

El hombre se echó a reír.

—Ya quisiera yo ser adivino. —Palmeó con suavidad el hocico de Barlovento, que agradeció el gesto con un leve cabeceo—. Bonito caballo. Ataúlfo Martínez Miramón —se presentó—. Soy el médico del hospital de San Lucas.

—He oído hablar de vos.

—Y yo de vos, y también de una mujer que os acompaña. Una que, si no me equivoco, debe de ser la pupila de Klaus Weber —añadió con un guiño.

—Veo que estáis bien informado.

—Conocí a Klaus Weber hace años —confirmó—. Recuerdo que me comentó que estaba formando a una joven muy capaz. Cuando me enteré de que un agente del emperador y una mujer habían llegado al pueblo con Víctor de Cortada, até cabos y deduje que era ella. De hecho, fui yo quien sugerí al comendador que acudiera a Weber. Ya me enteré de su fallecimiento, Dios lo tenga en su gloria. —La atención del galeno se desvió hacia Neuit—. ¿Y este mozalbete? ¿Es vuestro hijo?

—Como si lo fuera. Abandonó su tierra para ver mundo conmigo, y por ahora ha visto poco. Disculpad por el arco, para él es más una herramienta que un arma.

—Yo, Neuit. Tranquilo, arco sin flecha ahora.

—He leído sobre las Indias —evocó Ataúlfo—. También he oído relatos, algunos más fantasiosos que otros. De cualquier modo, me parece un lugar fascinante. Seguro que tenéis alguna aventura apasionante que contar. ¿Os alojáis en la hospedería, o estáis por aquí de paso?

—Nos alojamos en la hospedería —confirmó Dino.

Ataúlfo le guiñó un ojo a D'Angelis.

No se anduvo por las ramas.

—Sé que habéis venido a Nuévalos para investigar ese feo asunto de los demonios.

—Una vez más os han informado bien.

—¿Habéis averiguado algo interesante?

—Que son de carne y hueso y poco más.

Ataúlfo dio varios cabeceos lentos, a modo de asentimiento resignado.

—Opino lo mismo. Pero el comendador... —Ataúlfo suspiró; sin decir nada, lo había dicho todo—. Ojalá esto acabe de una vez, maese D'Angelis. Dios lo quiera.

—Para eso estoy aquí, para intentar poner fin a esta pesadilla, pero la verdad es que cuesta encontrar a alguien con afán de cooperar. De hecho, ayer me dieron una buena somanta en Nuévalos.

—No lo puedo creer —se indignó el médico—. Venís a ayudar, ¿y os hacen eso? ¡Caterva de desagradecidos! Entrad en mi consulta, os examinaré.

—Os lo agradezco, pero no es necesario. Recordad que tengo médico personal.

—Ah, cierto. Es... —titubeó—. ¿Es buena?

—Mejor que la mayoría de los hombres.

—Fascinante. Me encantaría conocerla.

—Seguro que tendréis ocasión.

Ataúlfo sonrió. D'Angelis le caía bien.

Y, además, era de la corte.

Con lo que a él le gustaban el lujo y el boato.

—Lástima que yo sepa muy poco de todo lo que está pasando en la comarca —se lamentó Ataúlfo—. Algo sé, pero...

Dino le interrumpió.

—Pero sabéis algo —quiso confirmar.

—Poco —insistió el médico.

—Poco puede ser mucho, si ese poco da en el clavo —recitó D'Angelis.

Ataúlfo celebró la frase con una propuesta.

—Tengo una frasca de tempranillo en mi casa. ¿Os apetece acompañarme y os cuento lo poco que sé de todo esto?

A Dino le pareció bien. Después de Víctor y el carcelero, Ataúlfo Martínez era la tercera persona coherente que había encontrado en el pueblo.

—Si me permitís, antes me gustaría instalarme en nuestra habitación y darme un afeitado. Esta mañana no pude hacerlo —se excusó.

—Por supuesto —concedió Ataúlfo, que se volvió hacia Barlovento—. Si os place, alojaré a esta preciosidad en mi establo. Estará mejor que en el amarradero de la hospedería.

—Será un honor para él y para mí —contestó Dino, educado.

—Para mí también —dijo Neuit, que pensó que era procedente dejarlo bien claro.

—Yo mismo lo llevaré —dijo Ataúlfo, a la vez que sujetaba al animal por las riendas—. Le hará compañía a Dante.

Dino pegó un respingo al oír el nombre.

—¿A Dante?

—Es mi caballo. —Ataúlfo arrugó el ceño, divertido—. ¿No os gusta el nombre?

—Seguro que es más noble que el Dante que conocí. Pero no removamos malos recuerdos. Iremos a vuestra casa en cuanto nos instalemos. Aprecio una buena charla, y también una buena frasca.

29

La humilde casa donde vivía el sargento Elías con su esposa y sus dos hijos se ubicaba a menos de cien pasos de la entrada del castillo. Víctor y Charlène intentaron adelantarse cuando el suboficial llamó a la puerta, pero este les rogó que lo esperaran, por miedo a una posible reprimenda de Ventas. Víctor lo entendió a la perfección y accedió a entrar con él en la vivienda.

Pasaron a la habitación que hacía de cocina, comedor, despensa y dormitorio de los niños. Elías presentó a Charlène a Petronila, que la saludó con una media reverencia, sin saber muy bien quién era aquella dama. Petro, que así la llamaba su marido, era delgada y de ojos grandes, tristes y algo asustados. Su hijo Ramiro era un calco de la madre, pero todavía más espigado que ella. Blanca, la pequeña, se parecía más a Elías.

Petro les ofreció una jarra de vino que Víctor y Charlène rechazaron por temor a eternizarse. A Charlène le extrañó que Elías llevara el fardo de carne al piso superior en lugar de dejarlo en la cocina. «Las prisas», pensó. En efecto, no habían pasado treinta segundos cuando el sargento llamó a su esposa.

—¡Petro! ¡Sube un momento!

La mujer dejó a Víctor charlando con Ramiro, y a Blanca explorando con atención científica el peinado de Charlène. Esta creyó oír una especie de grito ahogado en el piso de arriba y un chistido. Imaginó que Elías le había mostrado el regalo de la carnicera a Petronila. En la sala principal, el hijo de Elías aseguraba a Víctor que ya estaba preparado para entrar a formar parte del ejército del castillo. Este bromeaba con él, cuestionando su fuerza física.

Petro regresó con el costillar envuelto. A Charlène le dio la impresión de que en sus brazos parecía más pequeño que en los de Elías. Petronila lo guardó en una alacena, se alisó la falda y compuso una sonrisa que Charlène percibió tensa y forzada.

—Elías bajará enseguida —anunció.

Por la forma en la que actuaba, Charlène intuyó que Petronila podría haber discutido con su marido. Le chocó, porque según había oído desde que llegó, si había alguien educado y prudente en la guarnición de Nuévalos, ese era el sargento Elías.

Recordó que su padre era encantador con los extraños y piadoso con los pobres.

Hasta que bebía y se deslizaba entre sus sábanas, oliendo a vino y lascivia.

Unos pasos rápidos anunciaron el regreso del sargento. Se había lavado en una palangana y lucía un jubón limpio y con los colores más vivos que el que se había cambiado.

—Ya podemos irnos —jadeó.

Víctor se despidió de Petronila y los niños. Blanca hizo un mohín de decepción al decirle adiós a Charlène, que prometió que volvería para hacerle un peinado como el que ella lucía. Petro mantenía su sonrisa de esfinge en el rostro. Charlène lanzó una mirada gélida a Elías que este, por fortuna, no captó.

Elías y Víctor dejaron a Charlène en el castillo, para continuar su camino hacia el cementerio próximo al mirador de la iglesia de San Julián. Ninguno de los tres vio salir a Petronila de su casa. Caminaba tan rápido que le faltaba poco para echar a correr. Los novalenses la seguían con la mirada mientras esta se alejaba camino a la puerta este.

A nadie le extrañó su comportamiento.

Pocos entendían qué hacía alguien como Elías con una mujer tan arisca y rara como Petronila.

Saúl Riotijo había cumplido.

La habitación era tan cómoda que Neuit acabó renegando del colchón, aunque no se privó de dar varios saltos antes de que Dino lo amenazara con tirarlo por la ventana.

—Tú, tonto —replicó, a la vez que golpeaba la reja con la palma de la mano—. Ventana *shuti*.

—*Shuti* la boca yo a ti —contrargumentó Dino, usando su misma jerga; acababa de afeitarse, y se sentía mucho mejor—. Anda, vamos, no hagamos esperar a don Ataúlfo.

Se tropezaron con Saúl nada más salir de la habitación. El chaval comía un trozo de pan con movimientos mandibulares de rumiante.

—Por aquí —indicó con la boca llena.

Precedió la marcha con su cojera habitual. Neuit empezó a imitarlo a sus espaldas, y Dino le arreó un pescozón con disimulo. No le pegó demasiado fuerte, porque lo cierto fue que le hizo gracia la ocurrencia. Llegaron hasta una puerta en la fachada trasera del hospital.

—Quedad con Dios —se despidió Saúl, después de darle otro bocado a su chusco.

Dino llamó con los nudillos, y Ataúlfo abrió la puerta. Lo que el médico llamaba su casa era poco más que una habitación grande, dividida en dos por un arco y una cortina tras la que se ocultaba la cama. Una segunda puerta comunicaba la estancia con el hospital de San Lucas. La zona principal estaba presidida por una chimenea y un par de mesas no muy grandes. Sobre una de ellas reposaba una frasca de tempranillo y tres vasos de vidrio soplado que contrastaban con la austeridad reinante.

Neuit no rechazó su vaso de vino. Ya se lo cobraría a Dino de alguna forma cuando se lo pasase. El discreto brindis de Ataúlfo precedió a una charla intrascendente en la que se trataron temas que nada tenían que ver con los demonios. El médico se interesó por Charlène, y el espía se deshizo en halagos hacia ella y aprovechó para mostrarle las suturas que le hizo en su momento. Ataúlfo las aprobó con nota, más aún al saber que las había hecho siendo una auténtica novata de doce años. El turinés se interesó por la vida del médico, y le preguntó si tenía esposa e hijos. Este le respondió que enviudó tan joven que ni siquiera pudo tener descendencia. Luego se dedicó en cuerpo y alma a la medicina y no volvió a pensar en el matrimonio.

—Aunque a veces paso por un lugar que hay a las afueras del pueblo a..., ya sabéis, no es mi intención vivir y morir como un santo.

—La Casa de las Alegrías —dijo D'Angelis.

Ataúlfo se mostró sorprendido.

—¿Acabáis de llegar al pueblo y ya conocéis La Casa de las Alegrías? Pues sí que habéis tardado —rio.

—No en el sentido en el que pensáis, pero sí.
A pesar de estar los tres solos, el médico bajó la voz.
—Pero yo no me refiero al antro al que van los paisanos... —susurró, con un sutil deje de desprecio—. Me refiero a otro lugar.
—El Parnaso.
La boca de Ataúlfo se abrió bajo el mostacho.
—¿Conocéis El Parnaso? —Dino asintió—. Pues podéis sentiros halagado, no a todo el mundo se le permite entrar en ese palacio.

Dino se tomó la libertad de rellenarle el vaso al médico, para luego cambiar su vaso vacío por el de Neuit. Ataúlfo Martínez estaba por la labor de largar, y Dino por la de engrasarle la lengua con tinto y arte. Propuso otro brindis, y el anfitrión lo secundó. Esta vez fue el espía quien bajó la voz hasta convertirla en un susurro.

—Tuve el placer de conversar con Sarkis. —La admiración volvió a reflejarse en el rostro de Ataúlfo—. Un hombre muy peculiar.

—Y que no se relaciona con cualquiera —aseguró—. Debéis de parecerle un hombre muy especial. Bueno, qué tontería: sois enviado de la corte.

La forma en la que Ataúlfo había pronunciado la palabra «especial» resultó inquietante a Dino. No estaba seguro del sentido exacto que el médico había querido darle a la frase. Neuit estaba abstraído, fascinado con los reflejos que la luz de la tarde arrancaba a los relieves del vaso de cristal.

—Si vos os relacionáis con él, es que también os considera especial —comentó el turinés.

Ataúlfo esbozó una sonrisa algo amanerada y dio un sorbo al vino, sin apartar su mirada de la de D'Angelis.

—Me manda llamar cuando necesita mis servicios. Y en esa casa hay mucha gente.

—Sus diosas —parafraseó Dino.

—Y algún que otro dios, también —rio Ataúlfo.

Esta vez, hasta Neuit enarcó una ceja. Dino se echó un poco hacia delante en la mesa y adoptó un tono misterioso.

—Entre vos y yo: ¿no os parece que ese palacio es algo más que un burdel de lujo?

La mirada del médico se tornó un tanto enigmática.

—Si os cuento algo, ¿me juráis no revelar la fuente?

—Represento al emperador. Todo lo que hablemos será confidencial.

La mirada de Ataúlfo se desvió hacia Neuit, que, para asombro de Dino, la cazó al vuelo.

—Yo marcha fuera —anunció, a la vez que se levantaba de la silla.

Neuit se despidió y abandonó la residencia. D'Angelis se sintió algo incómodo al quedarse a solas con Ataúlfo Martínez, pero cabía la posibilidad de que lo que estaba a punto de soltar mereciera la pena. El anfitrión rellenó los vasos y siguió hablando.

—Una vez Sarkis me requirió en plena noche para que atendiera a Eris, una de sus diosas. Estaba preocupado, tenía mucha fiebre. Lo pensé dos veces antes de ir, ya sabéis, los demonios...

—Siempre vienen de noche.

—Así es. Me armé de valor y fui con ese tipo raro que trabaja para él...

—¿Gamboa?

—¿También le conocéis?

—Es feo de cojones y lleva un pañuelo en la cabeza, como una lavandera. Para olvidarlo.

Ataúlfo le dio la razón con una breve carcajada.

—Al llegar a El Parnaso, vi un par de carros aparcados justo en el jardín delantero del palacio. Gamboa detuvo su caballo y me ordenó, ¡me ordenó! —recalcó, indignado—, parar a Dante. Una cuadrilla de desconocidos descargaba un montón de cajas y las introducía en el edificio.

—¿Provisiones?

—No adelantéis acontecimientos —suplicó Ataúlfo con una mirada pícara—. Gamboa se puso muy nervioso, hasta que el propio Sarkis se abrió paso entre los porteadores y nos hizo una seña para que entráramos en El Parnaso a toda prisa. Uno de sus hombres se hizo cargo de nuestros caballos y me condujeron de malos modos hasta la alcoba de la enferma, en la planta superior. ¿Habéis visto un perro pastorear ovejas? —Dino asintió—. Pues así me llevaron a mí. Eris tenía fiebre, pero todo quedó en un susto, nada grave. Permanecí cerca de una hora en su cuarto, y Sarkis no hacía más que entrar y salir, hecho un manojo de nervios.

—¿Y Gamboa?

—A ese no volví a verlo esa noche. Pero cuando me quedé solo, me percaté de que la ventana de la alcoba daba a la parte delantera de la casa.

Ataúlfo hizo una pausa dramática para dar un sorbo lento al vino. Dino sintió ganas de agarrarlo por la pechera y exigirle que fuera al grano, pero decidió fingir fascinación por el relato y darle otro trago al tempranillo.

—Una de las cajas se abrió por accidente mientras la bajaban del carro —prosiguió el médico—. Adivinad lo que contenía…

—El vino se ha bebido mi imaginación —ironizó Dino.

—Una máscara —reveló—. Una máscara mortuoria egipcia.

Diño elevó las cejas.

—¿Estáis seguro de eso? ¿No era de noche?

—Entiendo de arte, maese D'Angelis. Reconozco una máscara mortuoria egipcia y también el brillo del oro a la luz de las antorchas. No tengo duda. En plena noche, con una escolta de hombres, tanto secretismo, tantos nervios… Era auténtica.

Dino dejó el vaso en la mesa y sus dedos encontraron la postilla del chichón al intentar rascarse la frente. Se levantó un poco la costra y arrugó la nariz al ver un trocito en una uña.

—¿Traficantes de reliquias? —preguntó al aire, como si esperara que este le respondiera.

En cambio fue Ataúlfo quien lo hizo.

—O saqueadores de tumbas, o mercaderes de arte, quién sabe. Pero de algo estoy seguro: conozco a Sarkis, y si el negocio hubiera sido legal, me habría enseñado las piezas, habría alardeado de ellas… No me habría quitado de en medio de esa forma tan descortés.

El caso era que aquello empezaba a cobrar sentido para Dino. Nada mejor que una tapadera sucia para encubrir otra aún peor. Prostitución, sodomía… Al fin y al cabo se hallaban en un trozo de tierra bajo cláusula de *imperium suum*, que venía a significar lo mismo que una expresión que se había puesto de moda recientemente.

«Hacer de la capa un sayo».

Traficar con piezas robadas o saqueadas… Eso era algo mucho más grave que celebrar orgías.

—¿Tendrá Sarkis algo que ver con los demonios? —preguntó Dino de sopetón.

La respuesta de Ataúlfo le sorprendió.

—No. Sobre eso tengo otra teoría.

D'Angelis aguardó a que su interlocutor diera el último trago a su vaso.

—¿Conocéis a una mujer a la que llaman la Lobera?

—Solo de oídas.

—Ella fue la primera que perdió a su hija —recordó—. Fue en 1537. —Otra de sus habituales pausas, demoledoras de paciencia—. Estoy convencido de que se volvió loca y asesinó a las demás niñas.

—¿Qué os lleva a pensar eso?

Ataúlfo levantó el pulgar.

—Braulia, la hija del carnicero —enumeró—. Es posible que la Lobera sospechara que Javier Moreno hubiera asesinado a su hija Rosalía. El carnicero, que en paz descanse, y la Lobera, se llevaban a matar. Él la odiaba porque vendía carne fresca de venado y jabalí en el mercado y ella no se callaba cuando él se lo reprochaba. La Lobera tiene muy malas pulgas y una lengua incontenible. Peor que el peor de los rufianes.

Dino no se atrevió a compartir con su anfitrión que el carnicero había visto a los demonios y le había llevado a su hija de forma voluntaria. Lo dejó seguir hablando.

Ataúlfo alzó el índice junto al pulgar.

—Luego vino Regina, la hija de Catalina. Una joven de fuerte carácter y con una posición elevada en la comarca. Imaginaos la repercusión que tuvo esa muerte... Si esos demonios eran capaces de llevarse a alguien de esa alcurnia, el resto de las niñas del pueblo estarían desamparadas.

Dino decidió interrumpir a Ataúlfo con un gesto amable. Puede que no estuviera demasiado acostumbrado a beber y se hubiera pasado con el tempranillo.

—Pero, maese Ataúlfo... ¿por qué iba la Lobera a matar a las demás niñas?

—Ya os lo he dicho: porque la muerte de su hija la volvió loca.

—Pero la gente ha visto hasta a cinco demonios a la vez.

—Compañeros de caza —respondió Ataúlfo a toda velocidad—. La Lobera formaba parte de un grupo. Había algún extranjero entre ellos —añadió.

Dino no conocía ese detalle, pero de todos modos le pareció irrelevante.

—¿Y esos cuerpos extraños que devuelven los demonios?

Ataúlfo tenía respuesta para todo.

—Disecados. —Soltó un suspiro hondo—. Maese D'Angelis, la Lobera y sus compañeros cazadores saben desollar animales y disecarlos. Les es fácil obtener pieles y las piezas para sus disfraces demoniacos, y también preparar cadáveres de forma adecuada para hacer creer a una panda de labriegos supersticiosos que son sus hijas.

El espía volvió a rascarse la postilla del chichón por accidente. Lo cierto era que el relato de Ataúlfo Martínez parecía el más sólido de todos los que había escuchado hasta entonces. El médico añadió el dedo corazón a la uve formada por el pulgar y el índice.

—Daniela. La hija del comendador. La niña más importante de Nuévalos.

—De acuerdo, de acuerdo —concedió Dino, que no estaba dispuesto a tragarse la retahíla de muertes—. Y luego Silvia y Ofelia, conozco los casos.

—¿Y qué me decís?

D'Angelis tuvo que reconocer que aquello tenía cierto sentido.

—¿Y por qué Daniela ha regresado?

—Porque puede que la tuvieran secuestrada para pedir rescate.

—Ahora la reclaman… ¿por qué no lo pidieron antes?

El médico se encogió de hombros.

—Eso ya escapa a mi conocimiento.

—¿Y no le habéis expuesto vuestra teoría al comendador?

Ataúlfo se echó a reír con ganas.

—Don Ricardo no entiende de diplomacia. No digo que sea mal hombre, pero es un bruto con poco conocimiento. Habría mandado llamar a la Lobera y le habría dicho en su cara que yo la había acusado. ¿Qué queréis que os diga? ¡No tengo ganas de que sus amigos me visiten y me destripen a zarpazos!

Aquello también tenía sentido.

—¿Sabéis dónde podría encontrar a la Lobera?

Ataúlfo adoptó de nuevo su aire misterioso.

—No, pero si la buscáis, será ella quien os encuentre a vos. ¿Otro vaso?

El entierro de Javier Moreno se retrasó hasta las cinco de la tarde por culpa del trastorno que acarreó la muerte del orfebre.

Por desgracia, fue un fracaso en asistencia.

Muchos novalenses prefirieron no ofender a los demonios al asistir al entierro de su última víctima. Tan solo los más cercanos —y los más valientes— acompañaron a la familia del carnicero en su hora más triste. La mayoría de ellos hombres, amigos de Javier.

Fray Argimiro oficiaba el último responso antes de que Gustavo Lorenzo, el sepulturero, comenzara a cubrir el cuerpo amortajado con tierra. Víctor guardaba silencio en la última fila de dolientes, junto al sargento Elías, cuando la voz de don Ricardo de Cortada resonó detrás del cortejo.

—¡Escuchadme todos! —bramó con voz de tormenta.

Voz de tormenta con truenos de alcohol.

Cuando los presentes se volvieron hacia el comendador, se asustaron al ver su aspecto. La barba era la de un gigante que acaba de devorar una piara de cerdos crudos después de arrasar una aldea. El jubón, salpicado de manchurrones de vino y vómito, parecía un paño de letrina. Los pómulos, colorados; los labios, agrietados; los ojos, dos ventanas al infierno. Víctor sintió que apenas podía respirar. Notaba la mirada de los asistentes al funeral clavada en su nuca. Un millar de alfileres de reproche.

—Esta noche resolveré el conflicto con los demonios —prometió el comendador—. Que nadie salga de sus casas, y cuando digo nadie, digo nadie. Todo aquel que desobedezca esta orden será ahorcado en el acto.

Víctor no se atrevió a abrir la boca. Elías, a su lado, estaba lívido.

Pero el miedo le apretó más las entrañas cuando oyó un llanto lastimero que reconoció en el acto. Un llanto especial.

El capitán Ventas iba a la cabeza de la comitiva que apareció junto al cementerio. Su rostro tenía peor aspecto que el de toda la familia de Javier Moreno junta, era el de un muerto viviente.

La siguiente cara que vio Víctor fue la de mala bestia de Ferrán Gayoso, quien conducía con zarpa férrea a Sebastián, que lloraba sin consuelo. El desdichado tenía los pómulos hinchados de los golpes recibidos, la nariz aplastada y la camisa ensangrentada por el látigo; los dedos de ambas manos rotos, mocos acuosos que se mezclaban con las babas, los labios brillantes y rajados.

—¡Madre! ¡MADRE!

La última «e» sonó tan fuerte y se alargó tanto que hubo quien se tapó los oídos con las manos. Ferrán le dio una palmada en la espalda dolorida por los latigazos.

—¡Camina, Carapez!

Los ojos de Sebastián buscaron el auxilio de sus paisanos con desesperación.

Todos miraron hacia otro lado, horrorizados.

Víctor dio un paso hacia delante, pero la mano de Elías lo sujetó con fuerza.

El sargento negó con la cabeza.

Los soldados que escoltaban a Sebastián hacia la puerta este de Nuévalos componían la peor procesión de silencio que había transitado por las calles del pueblo.

El comendador mantenía su mirada desquiciada clavada en sus gentes.

—El confidente de los demonios se niega a transmitirles mi mensaje de paz... Pues yo se lo transmitiré personalmente cuando esta noche vengan a salvarle el pescuezo. Porque sé que vendrán.

Víctor no lo pudo remediar.

Las rodillas se le doblaron, delante de todo el cortejo.

Delante de su pueblo.

Vomitó.

Fray Argimiro se santiguó y empezó a rezar en silencio, moviendo los labios sin emitir sonido alguno. Lucía, la madre de Sebastián, salió de su casa al oír los gritos de su hijo. Rafael, su esposo, la dejó ir. La compañía de la jarra de vino era mejor que la de una mujer desesperada que no paraba de berrear. Brindó en silencio, sus problemas estaban a punto de acabarse.

Cuando los gritos lejanos de la madre de Sebastián se unieron a los de su hijo, una de las asistentes al entierro se desmayó.

Otros corrieron a sus casas.

A encerrarse en ellas, a clavar las ventanas, a no oír ni ver nada de lo que sucediera esa noche.

El horror volvía a llamar a las puertas de los novalenses.

Esta vez desde dentro.

Sin tañidos de campanas.

Y aún no había anochecido.

30

Petronila, la esposa de Elías, llegó jadeando hasta la torre del homenaje de la muralla del monasterio de Piedra. Le dolía el costado. El ritmo que mantuvo desde que salió de Nuévalos habría hecho desfallecer a cualquiera, y todavía le quedaba el camino de vuelta.

Cuando hay miedo y premura, la fatiga queda atrás.

Encontró al hermano Martín sentado en una banqueta de pino, bajo el arco. A sus pies, un botijo de agua fresca; contra el muro, un cayado con más nudos que cuentas tiene un rosario. El lego reconoció a la mujer. Miró en todas direcciones, con las cejas como espesas enes de vello dibujadas sobre los ojos. Había monjes conversos y algunos trabajadores seglares por los alrededores, todos lejos de la puerta y ocupados en sus asuntos. Al menos de momento.

—¿Qué coño haces aquí? —le espetó a modo de saludo.

—Traigo un mensaje de mi esposo.

—Espero que sea importante.

—Lo es.

Fray Martín se levantó de la banqueta, cogió a Petronila por la muñeca y la metió en el pequeño cuarto de guardia de la torre. La mujer estaba aterrada. El aspecto del monje converso tampoco ayudaba. Su rostro era todo ojos furiosos, nariz gruesa y carrillos prominentes. El resto, barba, bigote y cejas. Los rizos casi cubrían la totalidad de la tonsura. A pesar de no ser muy alto, tenía hechuras de gigante, una fuerza descomunal.

—Han asesinado a León Álvarez —dijo Petronila.

Las cejas del monje se fruncieron aún más.

—¿Quién?

—No lo sé, pero el pueblo está nervioso, y el comendador, más.

Hay enviados del emperador Carlos V en Nuévalos, y están haciendo averiguaciones...

—Eso ya lo sabemos.

—El comendador se pasa el día borracho desde que regresó su hija —continuó—. Está desquiciado, podría ordenar cualquier locura. Ir demasiado lejos...

—No se atreverá —retó el fraile—. Teme demasiado a los demonios.

—Sea como sea, Elías dice que ha llegado el día: queremos que el capataz nos deje marchar, como quedamos.

—¿Ahora? ¿Precisamente ahora?

—Esta noche.

—Es demasiado precipitado.

—Las cosas se están poniendo feas, Martín. Elías no quiere alzar las armas contra sus paisanos, pero si recibe la orden no tendrá más remedio que obedecer. Tenemos que irnos antes de que eso suceda.

Martín se mantuvo firme.

—No creo que sea buen momento para plantearle eso al capataz. Además ya sabéis que vuestra familia no corre peligro. Anda, márchate y dile a Elías que se tranquilice.

Petronila dio un pisotón con rabia. Martín pegó un respingo, sorprendido por el arranque de la esposa del sargento.

—Elías llegó a un acuerdo con el Gran Maestre —recordó con los dientes apretados—. Un acuerdo que mi esposo ha respetado siempre y que expiraría cuando decidiéramos irnos del pueblo. Tú no eres más que un mensajero, comunica mi mensaje al capataz —insistió.

Martín estudió aquellos ojos redondos que disfrazaban de coraje el miedo. Conocía el trato de Elías con el Gran Maestre, pero dudaba que el capataz lo diera por extinto sin consultarlo con él. De todos modos, decidió que aquella discusión no llegaría a ningún puerto.

—Está bien —resolvió Martín—. Si se oyen campanas esta noche, ya sabéis lo que tenéis que hacer.

Neuit se había ocultado en unos matorrales al otro lado de la carretera para espiar a placer.

Una vez más era invisible.

Aquella especie de aldea parecía aletargada. Saúl era el único que seguía en el exterior, sin alejarse demasiado de la residencia del médico. A Neuit le escamaba. Tenía claro que aquel muchacho espiaba para alguien.

¿Trabajaría para el hombre del caballo?

El tráfico de la carretera mermó conforme avanzaba la tarde. Pronto sería de noche. Le llamó la atención ver a una mujer delgada que se dirigía al pueblo con pasos rápidos y las manos agarradas a su chal. La siguió con la mirada. Le pareció que lloraba, pero, así y todo, no bajaba el ritmo de la marcha.

Temía a la noche, pensó Neuit.

El muchacho vio salir a Dino de la casa de Ataúlfo Martínez; se recolocó el sombrero emplumado, se ajustó el cinturón con la espada y puso los brazos en jarras, como si se tomara un momento para respirar el aire de la tarde. Saúl se ocultó detrás de un abrevadero en cuanto D'Angelis comenzó a caminar hacia la carretera. En ese momento, Neuit tuvo la certeza de que el chico era el chivato de alguien.

A Saúl le extrañó oír el ululato de una lechuza a esas horas, y le pareció más raro aún que la rapaz canturreara una melodía que parecía tener algún sentido. Dino se dio la vuelta de repente y enfocó la mirada hacia el abrevadero, como si acabara de descubrir a Saúl como por arte de magia. Se encaminó hacia la pila. Había bebido más de la cuenta, pero mantenía un paso firme. El turinés entendió el mensaje de Neuit a la primera. Desenfundó la espada con un movimiento rápido y apuntó al abrevadero.

—¡Sal! —ordenó.

Saúl se asomó lívido. Temblaba.

—Soy yo, soy yo —tartamudeó—, Saúl.

Dino enarcó una ceja.

—Ya sé que eres Saúl. No estarías espiándome, ¿verdad?

—No, no. —Se atropellaba al hablar—. Solo descansaba.

El turinés avanzó hacia él sin bajar la espada.

—Detrás de un abrevadero, magnífico sitio para hacerlo. Si hay algo que me molesta, es que me tomen por imbécil.

—En la vida se me ocurriría…

D'Angelis lo mandó callar; Saúl obedeció aterrado.

—Sabes que espiar a un agente del emperador es delito, ¿verdad? Y además peligroso.

—No estaba espiando, lo juro.

Neuit dio un rodeo sin ser visto hasta colocarse justo detrás de Saúl. El chaval casi se cayó de cabeza al abrevadero cuando sintió el soplido en la oreja.

—Tú espía, yo ve —sentenció el indio.

Dino enfundó la espada y reprendió a Neuit.

—Ni se te ocurra comerte sus orejas, te lo ruego. Yo creo que el amigo Saúl dice la verdad. No es tan idiota como para espiarnos, ¿no es cierto?

—No, no, claro que no. Lo juro —repitió, con tez de muerto.

D'Angelis le echó el brazo por encima de forma amistosa y caminó con él. Saúl estaba a punto de orinarse encima. Se alejaron de Neuit, que esbozaba una sonrisa de caníbal loco para intimidar al cojo cabrón, como lo llamaba para sus adentros.

—Amigo Saúl, ¿sabes por qué llevo una espada de hoja tan fina y puntiaguda?

Negó con la cabeza.

—¿Sabes lo que es la uretra?

—¿La qué?

—La uretra, Saulito, es el agujero de la polla. Así lo llamaban los físicos griegos, que eran muy sabios. Tienes polla, ¿verdad? Aunque sea pequeñita…

El muchacho estaba tan asustado que no se atrevió ni a respirar.

—Pues a quienes me tocan los cojones, Saulito, yo le meto la punta de la espada por el agujerito de la polla poco a poco y compruebo hasta dónde llega.

—Os juro…

Dino le quitó el brazo del hombro y le sacudió un pescozón.

—No jures en falso o te condenará Dios —lo amenazó con el índice junto a su nariz—. Sabes que, en el infierno, el castigo consiste en que te hagan lo que más temes, ¿verdad? ¿Qué es lo que más temes, Saulito?

El muchacho se tapó la cara con las manos y se echó a llorar.

—Dejadme marchar, os lo ruego.

Dino le separó las manos, lo obligó a mirarlo a la cara y esbozó una sonrisa tan enternecedora como amenazante.

Le habló muy despacio.

—Si vuelvo a sospechar que me espías, ya sabes…, te haré lo de la uretra, ¿entendido? Repite conmigo: u-re-tra.

—Uretra —sollozó Saúl.

D'Angelis se dio por satisfecho.

—Ahora vete a tomar por culo y dile a quien te haya mandado espiarme que se ande con cuidado. Venga, largo.

El chaval se alejó todo lo deprisa que le permitió la cojera. En su renqueante carrera evitó a Neuit, que mantenía una sonrisa desquiciada que enseguida sustituyó por otra divertida en cuanto Saúl se refugió en el lazareto. El indio corrió hacia Dino, que caminaba en dirección al pueblo.

—¿Qué le has dicho? —se interesó con curiosidad malsana.

—Le he dado una lección de anatomía sobre una palabra que vi el otro día en un libro de Charlène.

—Mentira. Cojo cabrón llora mucho.

—Es un pobre desgraciado —rezongó Dino—. Me parece que sé para quién trabaja.

—¿Hombre de caballo?

—Puede. El médico tenía ganas de hablar, y ha largado más de lo que yo esperaba. Parece que Sarkis, el dueño de la casa de las luces, está metido en algo gordo.

—¿Con demonios?

—Creo que no, pero anda en otras cosas.

—¿Nosotros matamos gente de casa de las luces?

D'Angelis negó con la cabeza.

—Don Francisco de los Cobos lo dejó bien claro: no tenemos que intervenir. Le contaré lo que sé al comendador, y si no me hace caso, escribiré un mensaje a Toledo para que envíen un destacamento que registre El Parnaso y detenga a quien haya que detener.

—¿Y demonios?

—Sobre eso todavía nos queda mucho que investigar, pero tranquilo: al final resolveremos el misterio.

Neuit volvió a mirar al cielo. Oscurecía.

—Noche —dijo.

—Ya...

—¿Y si encontramos *niafaca*?

Dino sonrió. No conocía la palabra, pero la entendió a la primera.

—Los *niafaca* de aquí son falsos, Neuit.

—Y si encontramos, ¿qué?

—Nos escondemos y los espiamos. Nada de flechas.

—¿Y si vienen? Con garras así...

El chico engarfió los dedos y esbozó una mueca feroz.

—Si vienen así, les disparas.

—Si son hombres, bien. Si son *niafaca*, mala suerte. Ellos comen, nosotros muertos.

D'Angelis no pudo evitar echarse a reír. La luz del atardecer los abandonó poco a poco. El azul oscuro se tornó negro antes de llegar al pueblo. Apenas se veían luces. Nuévalos parecía un cementerio. Neuit sujetó a su amigo por el brazo.

—¿Oyes, Dino?

—¿El qué?

Neuit ladeó la cabeza.

—Gritos.

Dino aguzó el oído. En efecto, se oían gritos y llantos lejanos, procedentes del pueblo.

Alguien llamaba a su madre con desesperación.

—Esto no me gusta —dijo Dino, avivando el paso.

En ese momento sonó la primera campana a sus espaldas.

Otra más.

Tres.

Tres campanas de mano. En una cadencia lenta, de procesión oscura.

—Dino...

El espía le tapó la boca a Neuit. El repique se oía cada vez más fuerte. Empujó al chico hacia una arboleda próxima, a un lado de la carretera. Se acurrucaron al abrigo de unos matojos.

Las campanas se acercaban.

El aire se inundó de una niebla invisible de terror.

«No son demonios, no son demonios, no son demonios», se repetía Dino en silencio.

Neuit ni siquiera se atrevía a respirar.

Negrura, silencio, solo se oía el tañido ominoso de las campanas, cada vez más cerca.

D'Angelis no creía en demonios.

Pero el terror lo agarró por los testículos y lo dejó paralizado.

31

Ferrán Gayoso se prestó voluntario a colgar a Sebastián de la almena de la puerta este. Él mismo eligió a sus compañeros de tarea.
A los dos que más miedo le tenían.
Porque a Ferrán se le temía, dentro y fuera de la guarnición.
Sebastián se desvaneció en la cuesta de la calle principal, poco después de que Ferrán apartara a su madre a empujones. Hubo quien le reprochó el mal gesto al soldado, quien cuestionó su piedad. A esos, Ferrán los señaló con el hacha. Los ojos, dos hogueras.
Ventas capitaneó el vil cortejo hasta la puerta este de Nuévalos con la mente en otra parte. Su mundo se desmoronaba, todo a su alrededor se había transformado en un mal sueño. Se preguntó si la locura sería contagiosa, porque desde que regresó Daniela de entre los muertos el sinsentido reinaba entre los vivos. Ricardo había perdido la cabeza, y él no se veía capaz de detenerlo. El comendador había invocado a los demonios, torturado a un desgraciado y ordenado que se le exhibiera en la entrada al pueblo como el mascarón viviente de un buque fantasma. Y todo para atraer la atención de aquellos monstruos. Los ecos del llanto del Carapez resonarían mucho tiempo en su cabeza.
Los chillidos desesperados de su madre, también.
Ventas no se planteó que Ferrán no fuera el más indicado para acometer la desagradable tarea de atar al merlón a Sebastián. Cuando el soldado se ofreció voluntario para hacerlo, el oficial lo autorizó con un mecánico movimiento de cabeza. Lo único que quería Heliodoro Ventas era alejarse de aquella escena cuanto antes, encerrarse en el castillo y rezar hasta caer exhausto.
Que Ferrán eligiera a Belarmino y Liborio no fue fruto del azar.
A Belarmino lo tenía sometido desde que una noche le diera una

paliza, después de una infausta partida de dados en La Perdiz Pardilla. Belarmino le sacaba once años y cinco dedos de altura, pero la brutalidad no entiende de tallas. El veterano le quitó hierro al asunto y lo rebajó a una pelea entre amigos, a pesar de que durante dos meses le dolió hasta respirar. Ferrán le pegó con una fuerza desmedida, como si le diera igual matarlo. A Liborio ni siquiera hizo falta pegarle, lo intimidó desde el día que entró a formar parte de la guarnición. Porque sí. Porque era el malo, quien peor se las gastaba en el castillo. Gastador de bromas, pero sin aceptar ni media. Siempre hostil, siempre amenazante. «Mejor tenerme de tu lado que enfrente», le dijo un día mientras le abrazaba el hombro con su brazo peludo.

Pero Ferrán tenía otra buena razón para elegir a sus compañeros más sumisos. Mejor dicho, veinte razones, todas juntas en el bolsillo.

Los veinte ducados que le había arrebatado al Carapez horas antes.

Sebastián llegó al castillo entusiasmado con la idea de recibir su lanza y su uniforme. Ferrán aprovechó el engaño para llevarlo al mismo almacén en el que había pernoctado durante su estancia en la fortaleza. Había notado que el pantalón del Carapez se abultaba de forma extraña. En cuanto estuvieron a solas, Ferrán le tocó el bolsillo. Sebastián se puso de inmediato a la defensiva.

—Pero ¿qué llevas aquí, truhan? —preguntó con sonrisa de depredador.

Sebastián retrocedió un único paso hasta chocar con una estantería de madera repleta de provisiones y cachivaches.

—Es... es mío. Déjame.

—Es dinero, ¿verdad?

Sebastián negó varias veces con la cabeza. El rubor de sus mejillas lo delató.

—¿De dónde lo has sacado?

—No es dinero. No... no es dinero.

Ferrán le sujetó la mano con fuerza y metió la suya en el bolsillo. Lo hizo en un movimiento vertiginoso que Sebastián no pudo evitar. Los ojos del soldado centellearon al contar seis ducados de oro en su palma abierta.

Y había más en el bolsillo de aquel tarado.

—¿A quién le has robado esto?

—No, no, no lo robé —juró Sebastián con la mano extendida para que Ferrán le devolviera lo que era suyo—. Me lo dio, me lo dio el soldado...
—¿Qué soldado?
—Dino. Se llama Dino. El flaco del sombrero de... de plumas.
—Ah, ese...

Ferrán sopesó la idea de propinarle una paliza al Carapez, pero tendría que inventarse una historia creíble para el capitán Ventas. Prefirió tomar otro camino. Para sorpresa de Sebastián, Ferrán le devolvió las monedas, una a una.

—Lástima que tengas ese dinero —se lamentó—. Ahora el comendador no te admitirá en la guardia.

Sebastián parpadeó varias veces seguidas, tan estupefacto por haber recuperado los ducados como por lo que acababa de escuchar.

—¿Por... por qué?
—Porque el comendador pensaba que estabas en la miseria, y quería que te ganaras la vida como soldado. Pero ahora que eres rico...
—No soy rico —protestó azorado—. Esto... esto lo he ganado.

Ferrán estuvo tentado de preguntarle a cambio de qué, pero no había tiempo. Tendría que llevarle al Carapez a don Ricardo en cuanto Ventas regresara de darle el parte.

—Escúchame, Sebastián...
—¿Ya no... ya no me llamas Carapez?
—Eso era antes, hombre, ahora vas a ser soldado. Quieres ser soldado, ¿verdad?

El chico asintió a la vez que tragaba saliva. Veía su gozo en un pozo.

—Entonces hagamos una cosa —propuso Ferrán—. Deja que te guarde el dinero.
—No..., que te lo quedas.
—Te lo acabo de devolver, ¿no?

Un nuevo asentimiento.

—No quiero tu dinero, Sebastián —prometió Ferrán—. En cuanto el comendador te nombre soldado, te lo devolveré. Pero tienes que invitarme a una jarra de vino en La Perdiz Pardilla, ¿de acuerdo? Vino del bueno.

—En La Perdiz no..., que allí... allí va mi padrastro.

—Está bien, donde quieras —aceptó—. ¿Trato hecho?

Sebastián no lo tenía claro. El sonido de unos pasos en el patio hizo que Ferrán se apoyara contra la puerta y le diera un ultimátum.

—Tú verás lo que haces, Sebastián. Me habría gustado tenerte de compañero. Te habría enseñado muchas cosas.

Las prisas le sacudieron las dudas de encima. El zagal necesitó meter dos veces las manos en el bolsillo para trasvasar su fortuna al de su nuevo amigo. Ferrán no daba crédito a su buena suerte. Se oyó la voz de Ventas al otro lado de la puerta.

—Ahora calla y sé discreto —le ordenó Ferrán con un susurro.

Salieron del almacén y se dieron de bruces con el capitán, que obsequió a Ferrán con una mirada desconfiada.

—¿Qué hacíais ahí dentro?

—Apartarlo de los comentarios de la tropa, mi capitán —respondió Ferrán con un alzamiento de cejas que buscaba su complicidad.

Ventas examinó a Sebastián. No tenía moretones y hasta parecía contento. Dio por buena la explicación de Ferrán.

—Vamos —ordenó.

Entraron en el barracón, donde encontraron un grupo de soldados formado por los que Ventas consideraba de mayor confianza. Los demás descansaban en el patio, aliviados, porque temían lo que sucedería dentro del casetón. No habían pasado cinco minutos cuando el comendador irrumpió en el cuartel con una jarra de vino en la mano. Cerró la puerta detrás de él. Sebastián compuso su sonrisa más amplia e hizo una breve reverencia. Ricardo de Cortada no le devolvió el saludo.

—Cerrad la puerta —ordenó.

Ahí empezó el infierno para el muchacho.

Primero vinieron las órdenes y las acusaciones.

Aliado de los demonios. Esclavo del infierno, alma maldita. Transmíteles un mensaje a tus amos. No puedo hablar con los demonios cuando quiera, no sé dónde están. Mientes, eres su amigo. No lo soy, me dan miedo. Llámalos. No puedo, ellos hablan conmigo cuando quieren. No te creo. Llanto.

Se desató una lluvia de golpes que pronto se tornó tormenta.

Bofetada. Más llanto. Nueva bofetada, labio partido. Sangre en la barbilla, sangre en el suelo. Puñetazos, costilla rota. Vómito. Un grito llamando a su madre. La mente del capitán Ventas en otro lugar. Orden de flagelación. Miradas asustadas de los presentes. Que lo azotéis. Dales el mensaje. Más llanto. Impotencia. Don Ricardo, ¿no creéis que azotarlo es excesivo? Silencio, Helio, o serás tú quien aplique el castigo. Una mano alzada, un voluntario. Ferrán. Yo lo haré, excelencia. Aquí mismo, no lo saquéis al patio. Tú y tú, sujetadlo.

Gritos de terror. Látigo viejo. Un guiño de Ferrán a Sebastián. Esto me duele a mí más que a ti. Primer latigazo, enésimo aullido. Otra jarra de vino. Pasos que corren hacia la cocina, felices de abandonar el purgatorio, aunque sea un momento. Orines que oscurecen el pantalón del Carapez. Rostros circunspectos, gargantas atoradas, lágrimas furtivas. Conciencias sepultadas en vergüenza. Nadie quiere estar allí salvo Ferrán, que disfruta con cada golpe. Ojalá muera. Fuera pruebas. Fuera posibles acusaciones.

Más vino. Aparta, Ferrán, ya me he hartado.

Dos minutos después tienen que impedir que el comendador mate al muchacho a golpes. Le ha roto los dedos de ambas manos. La barbilla, un río de babas y mocos. Sacadlo fuera. El pueblo sabrá que su comendador cuida de ellos.

—Voy a salvar a este pueblo —prometió el comendador, con voz ebria.

Con el eco de aquella promesa bañada en vino y furia, tuvo lugar la escena en el entierro del carnicero y el macabro desfile por el pueblo.

Y para colmo de males, anochecía.

Las calles se vaciaron por completo. La amenaza del comendador había sido clara.

Confinamiento u horca.

Sobre el adarve de la puerta este, Ferrán, Belarmino y Liborio rodeaban el cuerpo de Sebastián con un improvisado arnés de cuerda basta. El muchacho despertó cuando Liborio le apretó más de la cuenta el nudo de debajo de la axila. Le dolió. Sebastián se encontró tumbado panza arriba en las almenas, con el alma dolorida y la oscuridad frente a él.

—Mi... mi madre. ¿Dónde está mi madre?

Ferrán lo agarró de las cuerdas y lo obligó a ponerse de pie.

—Tu madre está bien, calla.

—Tú... tú me robaste.

El rodillazo que Ferrán le dio en el vientre lo dejó sin aire.

—Ya no sabes qué inventar, siervo del demonio.

—No le pegues más, Ferrán —rogó Liborio, que temblaba ante la proximidad de la noche—. Esto... esto que estamos haciendo no está bien.

—Esto es una orden de don Ricardo de Cortada —le recordó Ferrán con un índice cargado de reproche—. Dejad de lloriquear y ayudadme a colgar a este hijoputa.

Belarmino obedeció a regañadientes. Menudo día. Había tenido que transportar en camilla al judío destripado y ahora le tocaba colgar al tonto del pueblo en la puerta, como si fuera un escudo de armas de carne y hueso. Ferrán pasó la cuerda que sujetaba todo el arnés al merlón central y entre los tres descolgaron a Sebastián, que quedó sujeto al exterior de la muralla. Cuando recobró el resuello, comenzó a gritar.

—¡Subidme! ¡Me duele! ¡Me duele mucho!

El arnés era una chapuza, y la calidad de la cuerda vieja no ayudaba. Los nudos se le clavaban en las axilas, le mordían la piel de la barriga, y la espalda en carne viva rozaba contra la piedra irregular de la muralla. El dolor de los dedos rotos era insoportable.

—¡Madre! ¡MADRE!

El llanto y los quejidos subieron de intensidad. Los vecinos se habían llevado a Lucía a la otra punta del pueblo, donde no pudiera oír los gritos de su hijo. La encerraron en un granero, por su propio bien. Ella golpeó la madera de las puertas hasta sangrar, pero no la dejaron salir. Rafael, solo y borracho en casa, celebraba cada grito brindando consigo mismo.

La primera campanada sonó a lo lejos.

Belarmino tragó saliva.

—¿Oís?

—Ya vienen —susurró Liborio—. Date prisa.

—Marchaos —los instó Ferrán—. Yo iré en un momento.

Liborio lo agarró del jubón.

—¿Estás loco? Llegarán en cualquier momento.

—He dicho que os marchéis —insistió, con los ojos desorbitados.

Belarmino y Liborio no se detuvieron a discutir. Bajaron del adarve y corrieron cuesta arriba, en dirección al castillo. Sebastián seguía gritando. Ferrán se cercioró de que nadie lo veía. Era el único ser vivo en la calle, y las ventanas de las casas próximas tenían los postigos echados. En un prodigioso alarde de fuerza, se asomó a la almena y tiró hacia arriba de Sebastián. A este le sorprendió que Ferrán le sacara el brazo izquierdo del precario arnés. Le dolió, pero mereció la pena. A continuación volvió a tirar de él para hacer lo mismo con el brazo derecho.

A pesar de todo lo que había sufrido esa tarde, Sebastián logró sonreír.

Su amigo iba a liberarlo.

—Gracias... gracias, Ferrán —consiguió decir, entre lágrimas.

—Chisss, tranquilo, tranquilo...

Jamás esperó sentir la cuerda alrededor de su cuello.

Ferrán lo soltó hasta dejarlo caer, muy despacio.

El dolor de la espalda al restregarse contra la pared no fue nada comparado con el que Sebastián sintió en el cuello. Intentó quitarse la cuerda que lo ahogaba, pero le fue imposible con los dedos machacados. No podía gritar. Cada bocanada de aire era un martirio y un triunfo al mismo tiempo.

Su madre. ¿Dónde estaba su madre?

Ya no podía llamarla. Iba a morir solo.

La soga que ceñía su cintura era lo único que impedía que Sebastián se ahorcara en el acto.

Pero Ferrán tenía una solución para aquel problema.

Las campanas se acercaban, no tenía demasiado tiempo.

El filo del cuchillo debilitó la cuerda hasta dejar tan solo unas hebras que crujieron como el casco de un barco a punto de hundirse. Ferrán se despidió de Sebastián.

—Adiós, Carapez.

Bajó los escalones del adarve de tres en tres y corrió calle arriba.

Los demonios estaban a punto de cruzar la puerta.

Charlène y Juana oyeron las campanas desde el dormitorio de Daniela, que dormía en paz, ajena a lo que sucedía en el mundo.

Ajena a su destino.

La puerta se abrió de golpe.

Un monstruo que recordaba al comendador entró como una tromba en la alcoba. El hedor que lo acompañaba era insoportable. El rostro siempre altivo y valiente de Juana se descompuso al ver la espada desnuda. A Charlène le costó entender la escena. En un principio pensó que el castillo estaba bajo ataque y que el comendador había ido a protegerlas. La amarga sorpresa vino cuando Ricardo de Cortada les apuntó con la espada que perteneció a su padre, y antes que a él a su abuelo. El sonido de su voz fue grave, espeso y amenazador. Una voz que parecía surgir de las tinieblas y que ponía los pelos de punta.

—Atrás.

El comendador agarró a Daniela por el pelo y la sacó de la cama. El grito con el que despertó fue espantoso. El alarido de Daniela se mezcló con los de Marina, su madre, que corría por el pasillo en dirección a las dependencias de su hija.

—¿Qué vas a hacer, Ricardo? —Antoñita, la sirvienta más joven, agarraba a su señora por detrás para impedir que se acercara al monstruo borracho en que se había convertido su esposo—. Por el amor de Dios, Ricardo, ¡detente!

El comendador arrastró a Daniela fuera de la alcoba. La joven cayó de rodillas, agarrada a su cabello, sin dejar de gritar. Cuando Marina intentó acercarse, su esposo la apartó de una patada que habría tumbado a un soldado bien entrenado. La mujer no cayó de espaldas porque Antoñita consiguió sujetarla por detrás. Charlène salió de su parálisis y solo se le ocurrió una cosa.

Pedir auxilio.

—¡Víctor! ¡VÍCTOR!

El comendador dio media vuelta al oír el grito de Charlène, lo que provocó que el cabello de Daniela se enredara todavía más alrededor de su mano. Lloraba de dolor. La punta de la espada quedó a dos palmos del cuello de la piamontesa.

—Tú, bruja..., te juro por Dios que también recibirás tu merecido.

Charlène creyó que estaba a punto de morir.

—¡¡¡PADRE!!!

Ricardo se volvió hacia la voz. Ahí estaba su hijo, al final del corredor. Su vergüenza, el oledor de libros inútiles.

El comendador se olvidó de Charlène y fue hacia él.

Sonreía como un loco.

—Padre, os lo suplico...

Daniela se ayudaba con los pies para que su padre no le arrancara el cuero cabelludo. Sus manos se agarraban a la muñeca de

Ricardo con desesperación. Víctor buscó algo para defenderse, pero su padre se interponía entre el candelabro de pie más cercano y él. El hijo del comendador reculó. Estaba aterrorizado, no solo por la posibilidad de perder la vida, también por ver en lo que se había convertido su progenitor.

Decidió dejar de huir.

—¿Qué vas a hacer, padre? —Su entereza se vio comprometida por una lágrima solitaria que no pudo contener; abrió los brazos y ofreció el torso indefenso—. ¿Atravesarme con tu espada?

Ricardo miró el arma como si acabara de darse cuenta de que la llevaba en la mano. Para sorpresa de todos, la enfundó.

—Por supuesto que no —dijo.

Caminó hacia su hijo, le agarró la nuca y acercó los labios a su oreja. Por un momento, Víctor confundió el gesto con uno de cariño. Lo confundió.

—¿Ensuciar mi espada con tu sangre? Con esta mano me basto.

La cabeza de Víctor chocó con una violencia inusitada contra el muro de piedra. Charlène, en cuclillas junto a Marina y Antoñita, vio desplomarse al hijo del comendador, no sabía si inconsciente o muerto. Ricardo de Cortada se despidió de él con una patada tan torpe que casi le cuesta caerse al suelo; soltó una risotada burlona, volvió a desenfundar la espada y arrastró a Daniela escaleras abajo.

Charlène corrió hacia Víctor en cuanto el comendador se perdió de vista. Se preguntó dónde estaba Ventas. Ignoraba que el capitán estaba acuartelado en el barracón con el resto de sus hombres, cumpliendo las órdenes de un borracho enloquecido y atormentado.

Belarmino y Liborio llegaron a las puertas del castillo con la lengua fuera. La guardia las cerró en cuanto entraron. Ni siquiera preguntaron por Ferrán. El miedo mantenía a los soldados en silencio. Pensaban en sus familias, encerradas en sus casas, aguardando lo que fuera que la noche les trajera.

Nuévalos se había convertido en la capital del terror.

Las campanas sonaban cada vez más cerca.

Ventas echó de menos al sargento Elías, pero le dio igual que hubiera desobedecido la orden de acuartelamiento. Lo lógico era que estuviera en su casa, con su familia. O igual se había marchado. Mejor para ellos. Ojalá él pudiera hacer lo mismo.

Los dos soldados que hacían guardia en la puerta vieron al comendador salir de la torre del homenaje con su hija a rastras. Belarmino y Liborio se escabulleron detrás del almacén, aterrados. Don Ricardo de Cortada avanzaba espada en mano y con paso decidido, a pesar de que el alcohol le hacía dar más de un traspiés.

Parecía poseído por el diablo.

En cierto modo, lo estaba.

Daniela consiguió ponerse de pie sin soltar la muñeca de su padre, que dejaba atrás el castillo para enfilar la cuesta que bajaba hasta la puerta este. Ricardo seguía tirándole del pelo sin piedad, ignorando los puñetazos carentes de fuerza que recibía en el brazo, a modo de protesta. La espada bastarda en la diestra. Los ojos muertos, apuntados al frente.

La calle era un cementerio. Detrás de cada puerta, oraciones silenciosas y manos temblorosas.

Niñas escondidas en los rincones más recónditos de sus casas.

Madres llorando de terror.

Padres mudos, expectantes e impotentes.

Rafael, el padrastro de Sebastián, borracho. Tres golpes desesperados en su puerta.

—¿Quién coño es? —escupió.

—Soy Ferrán Gayoso. ¡Abre!

Rafael abrió, y Ferrán se coló en la casa.

—¿Qué cojones pasa?

—Habla más bajo —susurró el guardia—. Casi me doy de cara con el comendador. Si me llega a ver en la calle, me habría mandado a la horca.

—¿Y la Maldición? Ya no oigo sus gritos de retrasado...

El soldado se encogió de hombros.

—Se lo habrán llevado los demonios.

—Amén. ¿Y qué hace el comendador en la calle?

—No lo sé, pero llevaba a una mujer agarrada del pelo.

—¿A una mujer? ¿A quién?

—Ni idea... pero esta noche promete ser rara de cojones.

Fray Argimiro oyó los gritos de Daniela desde el altar de la iglesia de San Julián. Decidió interrumpir sus oraciones y echar un vistazo fuera. La escena del comendador durante el entierro, y aquella especie de juicio sumarísimo contra el pobre Sebastián, lo habían dejado devastado. Las cosas iban de mal en peor, y nadie hacía nada para remediarlo.

Y las campanas sonaban cada vez más cerca.

Se santiguó frente al retablo, cogió el hisopo de lana y lo sumergió en la pila de agua bendita instalada en la entrada del templo. Sin dejar de rezar, esgrimió el crucifijo que llevaba colgado al cuello y salió a la explanada. La encontró desierta. Solo se oían los tañidos que se acercaban y unos gritos de mujer que se alejaban, calle abajo.

—Señor, dame valor y fuerza —musitó.

Caminó despacio, como si una mano invisible lo empujara de vuelta a la seguridad de la iglesia. Cada paso era vencer en un pulso al terror que lo asfixiaba. ¿Quién era la mujer que gritaba? Desde luego, no era Lucía, de eso estaba seguro. En ese momento recordó la promesa del comendador.

«Esta noche resolveré el conflicto con los demonios».

De repente cayó en quién podía ser la autora de los gritos.

—Que Dios nos proteja —murmuró.

Las sandalias chasquearon al ritmo veloz de sus pisadas. El hisopo goteaba agua bendita. Argimiro tiró tanto del crucifijo que el cordón se rompió y quedó atrás, sobre las piedras. Lo esgrimió frente a él, como si pudiera apartar el mal, igual que Moisés las aguas. En ese momento consideró la cruz un arma. Se detuvo al llegar a la cima de la calle principal. Las campanas dejaron de sonar, también los gritos. Lo que vio el monje desde allí lo dejó paralizado.

El comendador en mitad de la calle, con su hija agarrada por el pelo.

Abajo, en la puerta este, sin llegar a cruzarla, contó cinco siluetas. Cornudas, aladas, siniestras. Distinguió el tridente desde lejos.

Sin soltar el crucifijo fray Argimiro se santiguó.

Un ruido a su derecha casi lo mata del susto.

Elías, Petronila y sus dos hijos caminaban como en trance, cuesta abajo, cogidos de las manos.

El comendador se dirigió a los demonios con voz de trueno.

A oídos de Argimiro, aquella voz sonó diabólica.

32

Los demonios se plantaron delante de la puerta este, abierta de par en par. Sus miradas convergían en Sebastián, que colgaba sobre la entrada, iluminado por las antorchas adosadas al muro. La lengua asomaba entre sus labios rotos, hinchada y seca. Las escleróticas vestían los ojos de blanco, dándoles un aspecto espectral. La tez amoratada, los pantalones mojados. La cuerda, alrededor del cuello, había hecho su trabajo.

Ferrán Gayoso, también.

Sebastián estaba muerto.

El Príncipe dio un paso al frente, pero otro de los demonios lo agarró por el brazo. Le faltaba una de las tres uñas de la zarpa derecha. La cabeza de macho cabrío se volvió hacia él, y el que lo había sujetado negó con la cabeza.

La mano velluda del Príncipe se cerró con furia alrededor del astil del tridente.

Fue entonces cuando una voz potente resonó en la noche.

Las cinco cabezas de bestia se alzaron hacia el sonido.

—¡Demonios! ¡Tengo lo que buscáis!

El que estaba a la izquierda del Príncipe, casi tan alto como él, señaló las dos figuras que bajaban por la cuesta. Daniela profirió un alarido de terror al distinguir a los demonios bajo el arco de la puerta. Trató de huir, pero la presa de su padre era férrea. El monstruo al que le faltaba una uña hizo amago de desenfundar una espada, pero su compañero lo detuvo.

El comendador se paró a cincuenta pasos de ellos. La mirada de Daniela era la de una cierva malherida. El pánico removió los recuerdos opresivos, las malas vivencias, los años de cautiverio, de oscuridad, de dolor, de sumisión...

De repente lo recordó todo.

Los labios temblaron cuando consiguió articular una única palabra.

—Padre...

Fue la última que pronunció.

La espada se abrió paso a través de la carne, segando la vida de Daniela. Ricardo de Cortada hundió el acero hasta la empuñadura, y la hoja brotó del esternón partido de su hija, chorreando sangre.

—Aquí la tenéis —gritó el comendador—. Y a mí también.

Ricardo extrajo la hoja del cuerpo sin vida de Daniela, que cayó de bruces al suelo. El comendador giró la espada, agarró el acero teñido con la sangre de su hija y colocó la punta en su vientre.

—¡Dejad al pueblo en paz!

Se dejó caer hacia delante.

La hoja atravesó la espalda de Ricardo de Cortada, que se desplomó sobre el cadáver de Daniela. El pomo de la empuñadura resbaló en la piedra, y la cruceta del arma se le encajó bajo las costillas. El dolor fue espantoso, pero el comendador no gritó. Reptó como pudo hasta abrazarse a Daniela, como si en su último instante la hubiera reconocido como la hija que era. Intentó pronunciar un «lo siento», pero no lo consiguió.

Murió con los ojos abiertos y la mirada perdida.

Se oyeron ruidos tras las puertas de las casas.

Un rumor de voces comenzó a elevarse dentro de los edificios.

Los demonios retrocedieron despacio, caminando hacia atrás. En cuanto llegaron a la carretera, se despojaron de las suelas que llevaban enganchadas a las botas y echaron a correr; cuatro en dirección sur, uno hacia el norte. Dino y Neuit fueron testigos de la desbandada desde su escondite. Por fin habían visto a los demonios con sus propios ojos y habían comprobado que eran tan humanos como ellos. El espía se preguntó cuál sería el motivo de la estampida. Las campanas sonaban arrítmicas con cada zancada que daban los impostores.

«Igual el pueblo ha despertado», pensó.

Sonrió al imaginar a los soldados del comendador persiguiendo a aquellos mamarrachos, pero nadie más salió por la puerta de Nuévalos. Los cuatro que huyeron hacia el sur pasaron muy cerca de donde estaban escondidos, abandonaron la carretera un poco más adelante y desaparecieron en la espesura. Había que conocer muy bien el terreno para ir a esa velocidad en plena noche y con la luna oculta por las nubes. El sonido amortiguado de las campanas se fue alejando poco a poco. Neuit abandonó el matorral de un brinco.

—Tú, quieto —lo conminó Dino—, ¿adónde crees que vas?

El chico señaló hacia el norte.

—Uno solo, es mío.

—De eso nada. Te lo prohíbo.

—Tú calla, sigo ruido campana y cazo.

Dino intentó agarrarlo, pero Neuit lo esquivó y se perdió de vista en dos segundos. El turinés ni intentó ir tras él. Ni en sueños lo alcanzaría.

—Me cago en su puta madre —fue lo único que pudo decir para mitigar su frustración.

Trató de tranquilizarse. Neuit sabía cuidarse solo, y más en un terreno como aquel. Dino se autoconvenció de que quien estaba en apuros era el fantoche que había salido corriendo con el rabo entre las piernas. Si Neuit lograba abatirlo, sería la prueba definitiva: llevar el cadáver de un tipo disfrazado de espantajo al castillo terminaría de abrirle los ojos a los novalenses.

Si es que no los habían abierto ya.

D'Angelis se dirigió a la puerta este. Cuál fue su sorpresa al encontrar a Neuit en mitad de la carretera, con la mirada fija en las almenas.

—¡Neuit! —lo llamó—. Menudo susto me has dado. No te muevas de ahí.

El chico desvió la mirada hacia él un segundo y volvió a enfocarla a lo alto de la puerta. Fue entonces cuando Dino descubrió el cadáver torturado de Sebastián.

Se echó las manos a la cabeza.

—Hijos de puta.

Neuit lloraba de dolor y rabia.

—*Almapura* —logró decir.

Dino fue incapaz de entender aquella atrocidad. ¿Por qué habían colgado a aquel pobre chaval en la puerta, como un trofeo de caza? ¿Por qué de aquella forma tan extravagante? ¿No habría sido más fácil rodearle el cuello con un nudo corredizo y ahorcarlo, en lugar de enredarlo en aquel extraño lío de cuerdas?

D'Angelis avistó a un grupo de gente en mitad de la calle principal. Uno de ellos parecía un monje. Decidió echar un vistazo.
—Neuit, ven, ahí arriba pasa algo. —Silencio—. ¿Neuit?
Neuit no estaba.
—No, joder —gruñó—. Otra vez no…
Maldijo en piamontés y enfiló la cuesta, resignado. «Maldito cabezota», pensó. Conforme se acercaba, no solo vio a las personas que parecían discutir en medio de la calle.
También dos cuerpos tendidos sobre el empedrado.

Fray Argimiro creyó perder el contacto con la realidad. Apenas tenía estómago para digerir la escena. Aquello era demasiado para él.
El sargento Elías se sentía igual, pero el doble de aterrado.
Petronila abrazaba a sus hijos, que llevaban los ojos vendados y preguntaban sin cesar qué había pasado. La madre no respondió, tan solo insistía en que no se quitaran la venda. Elías estaba paralizado, a pocos pasos de los cadáveres del comendador y de su hija: había visto a su señor asesinarla y luego quitarse la vida, todo ello en menos de diez segundos. Para colmo, los demonios se habían marchado, dejando al sargento y a su familia a su suerte.
Deberían haberlos llevado con ellos. Ese era el trato.
La mano del fraile en el hombro sacó a Elías de su aturdimiento.
—Elías, por el amor de Dios, ¿qué hacías llevando a tu familia hacia esos engendros? ¿Acaso te has vuelto loco?
Petronila tragó saliva, acongojada. Los niños seguían preguntando qué pasaba; intuían que sucedía algo grave, y el miedo era cada vez mayor. El sargento intentó inventar una excusa creíble, pero tenía la mente embotada.
—No lo sé —mintió—. Sentí… sentí como una llamada.
El monje se santiguó.
—*Vade retro*, Satanás —murmuró—. ¿La sigues oyendo?
Elías estaba muy nervioso. Aquella trola no se sostenía por ningún lado.
—No. Ya no…
Alguien subía por la cuesta. Elías reconoció al instante el sombrero emplumado. La atención de fray Argimiro se centraba ahora en Petronila y sus hijos. Se acababa de dar cuenta de que todos portaban hatillos; el sargento, una mochila a la espalda.

—Lleváis equipaje —observó el monje.

La expresión de su rostro cambió al ver la de Elías, que parecía a punto de echarse a llorar. Argimiro no se atrevió a decir nada más. El suboficial se quitó la mochila y se la entregó a su esposa. Al fraile le pareció oír un tintineo metálico.

—Petro, a casa, y cierra la puerta con llave.

La mujer recogió el morral y empujó a los niños cuesta arriba. Ramiro intentó quitarse la venda, pero su madre se lo impidió. Elías echó un vistazo rápido a los cadáveres y a Dino, que se encontraba cada vez más cerca. Agarró al monje por el escapulario negro. Argimiro podía sentir en sus carnes la desesperación del sargento.

—No le contéis nada de esto a nadie, Argimiro, os lo ruego.

—Pero, Elías...

—Consideradlo secreto de confesión, tengo mis razones —argumentó.

La nuez del monje se movió como si tuviera vida propia. Los ojos de Elías, suplicantes. D'Angelis, a pocos pasos de los cadáveres. Argimiro tranquilizó a Elías con un movimiento de cabeza.

—Joder —exclamó Dino—. ¿Qué ha pasado aquí?

El religioso tomó la palabra.

—El comendador ha asesinado a su hija y luego se ha suicidado.

D'Angelis se tapó la boca con la mano, impresionado por la noticia. Ahora entendía la estampida de los demonios. El turinés hizo un esfuerzo para que la escena no le afectara. Tenía que mostrar templanza.

—¿Por qué ha hecho esto don Ricardo? —preguntó sin esperar respuesta.

—Para salvar al pueblo —contestó Elías, afligido.

Sus ganas de llorar eran reales. Dino lo señaló con el dedo, intentando no pensar en los muertos que tenía al lado.

—¿Y vos sois? Creo que os he visto en el castillo.

—Es probable. Me llamo Elías, soy sargento de la guarnición.

—¿Habéis visto a los demonios? —preguntó Dino. El monje y el militar asintieron a la vez—. Yo los he visto de cerca, y son tan mortales como vuestras mercedes o como yo.

—Siempre supe que lo eran —manifestó fray Argimiro—. Aunque entiendo que quienes los vieron antes que nosotros dudaran. No parecen humanos.

—Un demonio no se quita unas pezuñas falsas de los pies para correr como si les persiguiera uno de verdad. Cuatro han huido hacia el sur, y un quinto hacia el norte. Mi amigo persigue al que va solo. Con suerte, regresará con su cabeza.

Fray Argimiro se santiguó.

—¿Es que la violencia no cesará nunca en este pueblo?

Dino señaló a los muertos.

—¿Víctor sabe esto?

—Todavía no —respondió Elías—. El comendador nos prohibió salir a la calle, so pena de muerte.

D'Angelis decidió pasar por alto el hecho de haber visto a una mujer y dos pequeños junto al suboficial y el monje. Dedujo que era la familia de Elías, pero prefirió no forzar las cosas. De todos modos, anotó el lance en el cuaderno de su memoria. Ya averiguaría qué hacían en la calle con los niños.

—¿Sabéis por qué han ahorcado a Sebastián?

Elías enarcó las cejas, extrañado. Según le habían dicho, el plan era solo colgarlo del merlón para atraer a los demonios, no ajusticiarlo.

—No lo han ahorcado —negó el sargento.

—Pues está tan muerto como el comendador y su hija. Comprobadlo.

—No puede ser... —murmuró el monje, persignándose de nuevo.

Elías se agarró la cabeza con ambas manos. Se sentía al filo del derrumbe.

—Esto... esto no está pasando.

—Ha pasado —lo corrigió el turinés—. Avisad de inmediato al capitán Ventas y a Víctor. Decidles que Dino D'Angelis está aquí. Hermano, venid conmigo para que podáis comprobar que lo que os digo es cierto.

El sargento se dirigió al castillo a paso ligero y el monje fue con Dino a la puerta este. Una ventana se abrió de par en par. Un poco más allá, la puerta de una vivienda. Muchos vecinos habían oído el trágico episodio protagonizado por el comendador desde la seguridad de sus casas; algunos, los más atrevidos, lo presenciaron espiando a través de los ventanos de sus puertas. Dino echó la vista atrás y vio hombres y mujeres que salían de sus casas y comenzaban a aglomerarse alrededor de los cadáveres del comendador y de su hija. Nuévalos vomitaba a sus habitantes a la calle, en plena noche, después de seis años.

La muerte de Ricardo de Cortada lo había cambiado todo. Tal vez su sacrificio y el de su hija, por muy monstruoso que fuera, no había sido en vano. Le urgía hablar con Víctor, el nuevo señor de Nuévalos. Si es que el pueblo lo aceptaba como nuevo comendador.

Fray Argimiro estuvo a punto de desmayarse al ver el estado de Sebastián.

—Que Dios nos asista —murmuró, mareado.

—Urge que este pueblo recupere la cordura —sentenció Dino—. Podemos atrapar a esos criminales y parar este sinsentido.

—Haré lo que esté en mi mano para ayudaros —prometió Argimiro—. Mañana a primera hora hablaré con el abad. —Una pausa atragantada—. Que Dios me perdone, pero creo que la muerte del comendador es lo mejor que le ha podido pasar a Nuévalos.

D'Angelis le dedicó una mirada comprensiva.

—Que quede entre vos y yo, hermano, pero pienso lo mismo.

En ese momento una figura menuda entró en el pueblo corriendo. Dino suspiró aliviado. Neuit llevaba el arco en la espalda y traía algo en la mano izquierda.

—¡Dino! ¡Dino!

El turinés tranquilizó al monje, que miraba al indio como si fuera un aparecido.

—No temáis, es mi amigo Neuit.

El chico se tomó un momento para ejecutar una suerte de reverencia y dedicar unas palabras en su idioma al cadáver de Sebastián. A continuación se dirigió a D'Angelis de forma atropellada.

—Yo disparo flechas *niafaca*. —Formó una uve con los dedos—. Dos.

—¿Y dónde está? ¿Lo has matado?

—*Yamariscai*. —Neuit abrió y cerró la mano que le quedaba libre—. ¡Fuss!

—¿Desapareció?

—Sí. Cerca de la casa de las luces.

—¿Seguro que no fallaste?

—No fallo —protestó, ofendido—. Dos flechas, dos. Yo oye como dan. Clac, clac. *Niafaca* no muerto, pero él cae esto.

Neuit les mostró una suela de madera en forma de pezuña partida, con dos correas de cuero que permitían calzarla sobre una bota como si fuera una sandalia. Dino se la ofreció al monje, pero este rehusó tocarla.

—Creo que esto es una prueba fehaciente de que tratamos con impostores.

La expresión del religioso resumía todos los estados de ánimo posibles, ninguno positivo. Dino miró hacia lo alto de la cuesta. En ese momento había más de una veintena de personas alrededor de los cadáveres de los Cortada.

«Al menos, se dijo, han superado el miedo a salir de noche».

33

La reacción de Víctor al recibir la noticia de su doble pérdida fue muy distinta a la esperada.

No derramó una lágrima.

Después del encuentro con su padre en el corredor del castillo, lo esperaba.

Heliodoro Ventas ordenó a la guardia devolver a los habitantes de Nuévalos a sus casas. Los soldados, tan desconcertados como los civiles, obedecían las órdenes en una suerte de trance. Lanzas por delante, rostros tensos, ánimos confundidos. Todos se preguntaban qué iba a pasar ahora que Ricardo de Cortada estaba muerto.

Ventas fue el encargado de darle la mala noticia a Víctor. Este se encontraba en sus aposentos con Charlène, que acababa de curarle la herida producida por el golpe contra la pared. La piamontesa tuvo que sentarse al borde de la cama al oír la noticia de la muerte del comendador y de Daniela. Juana, que normalmente mostraba la expresividad de una estatua de piedra, se cubrió la boca con la mano y lloró con desconsuelo. El rostro de Víctor se transformó en una máscara impasible que a Charlène le costó reconocer.

Parecía otra persona.

En cuanto Juana se tranquilizó, Víctor la envió a la habitación de su madre. Antoñita, la joven criada, se había asustado mucho con el episodio del pasillo, y seguro que agradecería no estar sola con Marina. Víctor prohibió a las sirvientas que le contaran a su madre lo sucedido. Ya se encargaría él de darle la mala nueva después de retirar los cuerpos de la calle. Le pidió a Charlène que las acompañara, pero esta insistió en quedarse con él. La inusual entereza de Víctor podía ser la antesala a su derrumbe, más aún cuando todavía no había visto a su padre y a Daniela muertos. Charlène sabía que la sensibilidad se blinda ante una mala noticia para proteger la cordura, y que a veces se tardan días en asimilar el alcance real de la fatalidad.

El reloj no había dado la medianoche cuando Charlène, Ventas, Elías y Víctor caminaron hasta donde yacían Ricardo y Daniela. La guardia había despejado las calles, pero Nuévalos seguía despierto detrás de cada puerta, elucubrando teorías e invocando nuevos fantasmas. Encontraron a Dino de pie junto a los cuerpos. Estaba solo. Fray Argimiro y Neuit se hallaban en la puerta este, con los soldados que acababan de descolgar al pobre Sebastián del merlón. D'Angelis no pudo disimular su desconfianza hacia Elías, a quien dedicó una mirada que no pasó desapercibida ni a Charlène ni a Ventas.

El silencio reinó en la escena hasta que Dino lo rompió con un escueto pésame.

—Víctor, lo siento. No sé qué decir.

Este no respondió. Mantenía los ojos fijos en la hoja que atravesaba a su padre, con la sangre de los dos mezclada goteando por su filo. Aquella estampa atroz era producto de una locura ebria de vino, la peor combinación. Charlène apartó el brazo del comendador para ver la herida de Daniela. Mortal de necesidad. Se incorporó y miró a Víctor de reojo, temerosa de que se rompiera. Este levantó la vista al cielo durante un segundo antes de hablar. Su voz sonó atragantada pero firme.

—Tenemos que acabar con esto de una vez por todas.

El silencio se instaló de nuevo en la calle. Víctor agachó la cabeza y cerró los ojos. Pasados unos instantes, respiró hondo y volvió a pronunciarse.

—Elías, que lleven a mi padre y a mi hermana al castillo. Quiero las puertas de Nuévalos cerradas y centinelas armados con ballestas en el adarve. Disparad a todo el que se acerque al pueblo, sin preguntar.

El sargento interrogó a Ventas con la mirada. No estaba seguro de tener que cumplir la orden de Víctor. Antes de que el capitán pudiera hablar, D'Angelis contestó por él.

—¿No habéis oído al comendador? —El tono que empleó con Elías no fue en absoluto amable—. Cumplid sus órdenes.

—Disculpad, pero no he dicho...

—A veces decimos más sin abrir la boca que pronunciando un discurso —lo interrumpió Dino con una mirada desafiante—. Os recuerdo que represento al emperador y, a todos los efectos, Víctor de Cortada es, por sucesión, el nuevo comendador de Nuévalos. Que os quede claro —apostilló.

Esta vez fue Ventas quien consultó a Víctor con la mirada. Había hablado en cien ocasiones con él acerca de este momento, y no estaba demasiado convencido de que el hijo de Ricardo de Cortada deseara asumir el cargo. Es más, dudaba de que estuviera capacitado para ello. Víctor captó la mirada de Helio y confirmó la orden.

—Elías, haz lo que te he dicho.

El suboficial asintió, nervioso.

—A la orden, excelencia.

El sargento se alejó al trote. Víctor no había terminado.

—Dino, espérame en la habitación que os asigné a Neuit y a ti. Yo iré en cuanto deje a mi padre y a Daniela en sus aposentos.

—Debería asistir también el monje. —Señaló a la puerta este—. No sé su nombre…

—Se llama fray Argimiro. —Víctor entornó los ojos al mirar hacia la muralla—. ¿Qué hacen esos soldados agachados junto a la puerta?

—Creo que no sabéis que Sebastián ha muerto ahorcado —supuso Dino.

Víctor recibió la noticia como un jarro de agua helada.

—¿Ahorcado?

—Así es, aunque los soldados argumentan que pudo ser un accidente. El arnés del que lo colgaron era una chapuza.

Víctor soltó una imprecación.

—Otra víctima de la locura de mi padre —masculló—. Nos vemos en el castillo.

—Yo también voy —anunció Charlène—. Hay que cerrar las heridas de los difuntos antes de…

Prefirió no pronunciar la palabra «amortajarlos».

Dino se dirigió a la puerta este. Echó la vista atrás una sola vez, y lo triste de la escena, con los dos cuerpos sin vida, lo abatió. Si a él, que era un extraño, le afectaba, ¿cómo estaría Víctor por dentro? Sintió una mezcla de lástima y admiración por él.

«En las horas más oscuras, el valor oculto brilla», pensó.

Sebastián yacía en el suelo, libre del arnés que lo había matado. Fray Argimiro rezaba por él, en voz alta y en latín, y los soldados lo acompañaban murmurando palabras sin sentido parecidas a las que el monje pronunciaba. Neuit guardaba un silencio solemne, con los ojos brillantes. Odiaba las injusticias, y aquella había sido una de las más abyectas que había presenciado en su corta pero intensa vida. D'Angelis esperó a que las oraciones terminaran para dirigirse a los soldados.

—Sabéis quién soy, ¿verdad?

Los tres guardias asintieron.

—Entonces, sabéis que tengo autoridad de juez —prosiguió.

Ninguno tenía conocimiento de aquello, pero asintieron acobardados.

—¿Quién ató a Sebastián al merlón?

Belarmino y Liborio cruzaron una mirada fugaz que Dino cazó al vuelo.

—Vosotros dos, seguro —acusó, para dirigirse al tercero—. ¿Y tú?

—Yo no estaba aquí. He venido después para echarles una mano.

—Es verdad —corroboró Belarmino.

—Puedes irte. Vosotros dos, no. —El monje hizo amago de marcharse con el guardia, pero D'Angelis lo retuvo—. Quedaos, fray Argimiro, el comendador quiere que asistáis a una reunión que tendrá lugar en el castillo, y yo deseo que oigáis lo que se va a hablar aquí y ahora.

—¿El comendador? —preguntó el religioso, confundido.

Dino habló bien alto para que quedara claro.

—Don Víctor de Cortada ha asumido la encomienda de Nuévalos, y os avanzo que se avecinan cambios. Espero, por vuestro bien, que le prestéis la misma fidelidad, o más, que la que prestasteis a su difunto padre.

El espía se plantó frente a Belarmino y Liborio. Sus rostros reflejaban un miedo que a Dino le resultaba familiar. El mismo que se transparentaba en las caras de los protestantes a punto de ser descubiertos.

—¿Quién más, aparte de vosotros, se encargó de colgar a este pobre desgraciado de las almenas?

No respondieron de inmediato, pero D'Angelis ya contaba con ello. La mirada en el rostro tatuado de Neuit proyectaba un odio silencioso que ponía los pelos de punta. Aferraba la falsa pezuña del disfraz de demonio con furia contenida.

—Nosotros dos y Ferrán Gayoso —confesó Liborio después de un lapso.

Belarmino se limitó a asentir.

—¿Cuáles fueron las órdenes exactas de don Ricardo? Y no tardéis tanto en contestar porque no tengo mucho tiempo, ni demasiada paciencia.

—El comendador solo quería exhibirlo para atraer a los demonios —respondió Belarmino—. Fabricamos un arnés para pasárselo por debajo de los sobacos, sin más. Pero mirad...

Belarmino recogió el aparejo del suelo y le mostró la cuerda rota a Dino.

—Se rompió por aquí —explicó—. Eso hizo que Sebastián cayera y quedara colgado del cuello... Fue un accidente.

Dino examinó la cuerda. Pegó dos tirones fuertes y arrojó el arnés al suelo.

—Esta cuerda es resistente, no se rompió. Vosotros la cortasteis —acusó.

Belarmino y Liborio negaron con la cabeza a la vez.

—Os juro que no tocamos la cuerda...

Para sorpresa de los soldados, de fray Argimiro y hasta de Neuit, Dino se arrodilló al lado del cadáver de Sebastián y registró la bolsa cosida en el interior de su calzón.

La encontró vacía.

—Sacad todo lo que llevéis en los bolsillos y tirad al suelo cualquier saquillo que llevéis.

—¿Cómo? —tartamudeó Liborio.

Dino dio un paso al frente y agarró la empuñadura de la daga con la diestra.

—Lo has oído perfectamente. No querrás que te los vacíe yo con esto, ¿verdad?

Belarmino fue el primero en desprenderse de las dos bolsas que llevaba atadas en el cinturón. Se desabrochó el calzón y mostró la que tenía cosida en su interior, vacía. Liborio entregó a Dino una faltriquera raquítica. Su pantalón carecía de bolsillos. El turinés solo encontró unas monedas de cobre.

—¿Cómo decís que se llama el otro soldado que os ayudó?

Liborio decidió jugársela.

—Se llama Ferrán Gayoso —respondió con vehemencia. Belarmino no pudo disimular su preocupación—. Señor, él nos echó de las almenas en cuanto oyó las campanas. Fue él quien se quedó con Sebastián.

—¿Dónde está ese Ferrán? —inquirió Dino.

—No lo sabemos —contestaron Belarmino y Liborio casi a la vez—. No lo hemos visto desde entonces.

Dino olisqueó el miedo. Ocultaban algo, pero ese algo no tenía nada que ver con Sebastián. La intuición le susurraba al oído que el temor de Belarmino y Liborio tenía otra procedencia. Una más próxima y cotidiana.

—Pues bien, arrestadlo y traedlo a mi presencia. —A pesar de la poca luz que proyectaban las antorchas y braseros, Dino comprobó que el color se esfumó de las mejillas de los soldados—. ¿Pasa algo? —preguntó, aunque sabía de antemano lo que sucedía.

Liborio decidió ser franco.

—Señor, Ferrán Gayoso es un hombre peligroso... —comenzó a decir.

Dino lo interrumpió.

—Y os tiene acojonados, ¿a que sí? Venga, que no os dé vergüenza, estas cosas pasan.

El joven tragó saliva. D'Angelis interrogó con la mirada a Belarmino, y este no pudo hacer más que agachar la cabeza. Su silencio fue una respuesta más que evidente. Unos soldados armados con ballestas aparecieron en lo alto de la cuesta. Dino volvió a dirigirse a la pareja, antes de que llegaran.

—No habléis de esto con nadie, y menos con Ferrán Gayoso. Tranquilos, nadie sabrá que he hablado con vosotros. Esta conversación nunca ha existido, ¿de acuerdo?

Liborio y Belarmino intercambiaron una mirada que mezclaba alivio y vergüenza a partes iguales. No tenían el valor suficiente para reconocerlo, pero sus vidas mejorarían con Ferrán ahorcado. Dino se dirigió al monje, que aguardaba en silencio.

—Acompañadme, hermano —pidió—. Tú también, Neuit. Esta noche promete ser larga.

Dino calculó que sería alrededor de la una de la madrugada.

Echó de menos su reloj de bolsillo. Una vez más se preguntó qué habría hecho don Francisco de los Cobos con él.

El espía esperaba a Víctor y al capitán Ventas en el que había sido su dormitorio por una noche. Cayó en la cuenta de que era su tercer día en Nuévalos y no había repetido cama. El primer día, apenas durmió unas pocas horas en el castillo; al siguiente el comendador lo echó a la calle y la pasó drogado y atado en el palacio de Sarkis Mirzakhanyan. Y esa madrugada del 3 de abril, a pesar de que le esperaba un cómodo lecho en la hospedería, la iba a pasar de vigilia en el castillo.

Fray Argimiro no estaba acostumbrado a asistir a reuniones, mucho menos con las autoridades. Se le veía cansado, incómodo y abrumado por los acontecimientos. Dino no lo culpaba por ello. Él mismo se sentía superado por aquella noche siniestra, y eso que había vivido otras todavía más aciagas. Le bastaron unos segundos de balance para darse cuenta de que su vida estaba formada por un cúmulo de malas noches y, a veces, de días peores. Sentado a su lado, Neuit jugueteaba con la falsa pezuña que el demonio perdió en su huida.

—¿En qué piensas, amigo mío? —le preguntó con una sonrisa.

—Este pueblo no bueno —susurró Neuit sin apartar la mirada de la suela de madera—. Comendador, malo; soldados, malos. Gente, cobarde.

—No todos son así —objetó fray Argimiro.

Los ojillos del indio refulgieron.

—Si buenos dejan a malos ser malos, ellos también malos.

Argimiro reflexionó unos segundos acerca de las palabras del muchacho, que mantenía una mirada de reojo puesta en él. Para sorpresa de Dino, el clérigo estalló en carcajadas. Al turinés le agradó verlo reír. Era evidente que estaba falto de alegría. En aquel pueblo atormentado la felicidad era un bien escaso y caro.

—Le habéis enseñado bien —felicitó el monje al espía.

—Aprende solo, y solo lo que le conviene, pero sí: es listo.

El sonido de pasos en el corredor anunció la llegada de Víctor y el capitán Ventas. Este cerró la puerta a sus espaldas. No hubo saludo. Dino apreció que el joven parecía alguien distinto a quien era horas atrás, como si la tragedia lo hubiera transformado.

Como si la muerte de su padre lo hubiera liberado de unas cadenas invisibles.

—No soy un gran guerrero como mi padre o mi abuelo —comenzó a decir Víctor—, pero supliré mis carencias como soldado con la mejor arma que posee el ser humano: la inteligencia.

¿Sabes una cosa, Dino? —Este aguardó a que su anfitrión continuara—. No me importaría estar muerto. De todos mis seres amados, solo me queda mi madre, que sigue drogada en su alcoba e ignoro si sobrevivirá a la noticia de la muerte de su esposo y de su hija. Y si sobrevive, puede que lo haga como una muerta en vida. Y en esto reside mi fuerza —afirmó, posando la mirada en cada uno de los presentes—: ya no temo morir. Y si no temo morir, moriré luchando.

Ventas escuchó el discurso de Víctor con reticencia. Todavía no tenía la certeza de que los demonios fueran mamarrachos disfrazados, como afirmaba Dino o el ahora comendador de Nuévalos. Se mantendría leal al hijo de su amigo Ricardo de Cortada, pero no estaba convencido de que el liderazgo de Víctor los condujera a buen puerto. Temía que el pueblo no lo aceptara como nuevo comendador; además, le preocupaba la guarnición. Ojalá no brotase entre las tropas la idea de servir a un señor equivocado.

Nada peor que una rebelión interna.

—He averiguado cosas —expuso Dino sin andarse por las ramas.

—Yo también —dijo Víctor—. Charlène y yo, para ser más exactos.

—Tú primero —invitó el espía.

Víctor le relató a Dino la investigación que los llevó a Charlène y a él hasta casa de León Álvarez, su precipitada fuga y su sorprendente asesinato.

—Otra muerte más —rezongó el turinés—. ¿Algún sospechoso?

—Por desgracia, no.

—Todo apunta a que el asesino es alguien del pueblo —dio por sentado Dino.

—Es evidente.

Ventas agrió la expresión de su rostro.

—Lo que nos faltaba, no poder fiarnos unos de otros.

—Cuando no existe un sospechoso, todo el mundo lo es —recitó D'Angelis—. Si vieras la de sorpresas que me he llevado a lo largo de los años, querido Heliodoro. —Desvió la mirada hacia fray Argimiro—. A propósito, la razón por la que quería que este buen siervo de Dios estuviera presente en esta reunión no es solo porque presenció el asesinato de Daniela y el suicidio de tu padre...

—D'Angelis, por favor, ¡un respeto! —protestó Ventas, indignado.

Víctor lo calmó, agarrándole el brazo.

—Llamemos a las cosas por su nombre, Helio, dejémonos de tonterías. Lo que mi padre ha hecho, hecho está. Prosigue, Dino.

Dino pidió disculpas con una mirada inocente.

—Fray Argimiro fue testigo de algo más —añadió.

El monje se sintió incómodo al ser blanco de todas las miradas menos de la de Neuit, que seguía entretenido jugueteando con la pezuña de madera. A Dino le sorprendió que nadie hubiera preguntado todavía por aquella pieza.

—¿A qué os referís? —preguntó Argimiro.

—Al sargento Elías.

Ventas se envaró.

—¿Qué pasa con el sargento Elías? ¿También es sospechoso de algo?

Dino instó al clérigo a hablar. Al monje no le quedó más remedio que contar la verdad. Elías le había pedido que considerara su encuentro como un secreto de confesión, pero el religioso decidió que en realidad no lo era y las cosas no estaban para seguir encubriendo comportamientos extraños.

—Vi a Elías, a su mujer y a sus hijos en la cuesta, justo en el momento en el que vuestro padre retaba a los demonios y…, bueno, lo que sucedió después. Los cuatro caminaban de la mano, como impulsados por una fuerza invisible…

Dino le quitó a Neuit la suela de las manos y la lanzó sobre la mesa.

—De fuerza invisible, nada. Esto se le cayó a uno de los demonios mientras huía por el bosque. —La mirada de Dino se clavó en el capitán—. Sí, Ventas, reconócelo de una vez. Vi a esos demonios de cerca, se quitaron estas cosas de los pies y corrieron como conejos asustados. Lo más probable es que se acojonaran al ver cómo el comendador asesinaba a su hija para luego quitarse la vida con su propia espada… Perdona mi crudeza, Víctor.

A este no pareció importarle.

—Ricardo de Cortada ha sido el mejor aliado de los demonios, sin ser consciente de que lo era —siguió D'Angelis—. El miedo jugaba a favor de esos malnacidos y de sus intereses, que tarde o temprano descubriremos. Ahora saben que las cosas pueden cambiar, que pueden encontrar lanzas, espadas y virotes en su próxima visita. —Los ojos del espía se clavaron en los de Víctor—. Ahora que están asustados no hay que darles tregua. Y volviendo al tema de Elías, me río yo de esa llamada diabólica... Hermano Argimiro, contadle lo que os llamó la atención.

El monje se removió en su asiento. Sabía que lo que estaba a punto de revelar no sería del gusto de Ventas ni del flamante comendador de Nuévalos.

—Elías y su familia llevaban equipaje.

El capitán frunció el ceño.

—¿Cómo que equipaje? ¿Qué queréis decir con eso, fray Argimiro?

Dino libró al clérigo de pasar otro mal trago.

—Elías y su familia pretendían marcharse con los demonios —declaró Dino—, lo tenían todo preparado. Para eso vinieron, no para salvar a Sebastián. Tal vez cambiaron de opinión y se marcharon del pueblo al ver al muchacho ahorcado en la puerta. Estoy seguro de que les pilló por sorpresa.

—¿Insinúas que Elías mantiene contacto con los demonios? —preguntó Víctor.

—Ayer no se movió del pueblo —lo defendió Ventas, ceñudo.

—Él no, pero puede que su mujer sí, o un familiar, o un amigo —aventuró D'Angelis—. Esos impostores tienen espías en el pueblo, y Elías podría ser uno de ellos.

—Imposible —se obstinó Ventas, que acompañaba sus palabras por cabeceos de negación—. Elías es uno de mis mejores hombres. Jamás nos traicionaría.

Dino le dedicó una mirada de comprensión. El espía entendía que el universo de Ventas colapsaba con él dentro.

—Heliodoro, la traición no existe si no viene de un amigo.

—Que lo arresten —ordenó Víctor, sin emoción alguna en sus palabras—. Quiero interrogarlo.

El capitán lo miró, desencajado.

—¿Estás seguro, Víctor?

La palmada que dio en la mesa sobresaltó a los presentes.

—¡Por supuesto que no estoy seguro, Helio! ¡Ni de eso ni de nada! Solo estoy seguro de una cosa: me da igual que acierte o me equivoque, a partir de ahora ordenaré lo que crea pertinente, al menos hasta que esta situación acabe, ¿entendido?

Ventas palideció, para luego enrojecer. Era la primera vez que veía a Víctor tan furioso. Centellas en los ojos. Labios trémulos de furia. Puños apretados.

—Lo que ordenéis —dijo, prescindiendo del trato familiar.

Dino también se había sentido intimidado.

—Otra cosa, Ventas. ¿Qué puedes decirme de Ferrán Gayoso?

—¿Ferrán? Es uno de mis hombres más eficaces. No le teme a nada.

Dino hizo un gesto de conformidad cargado de ironía.

—Muy bien. En cuanto terminemos con esta reunión quiero comprobar una cosa contigo.

—Comprobar, ¿qué?

Víctor volvió a enfrentarse al capitán.

—A comprobar lo que te diga, Helio —dijo con hastío—, ¿de qué bando estás?

—Del tuyo, Víctor. Pero este hombre viene de Toledo a explicarnos cómo hacer las cosas aquí…

El comendador puso los ojos en blanco y se levantó de la silla con brusquedad.

—¡Como si hasta ahora hubiéramos hecho algo bien!

Ventas enrojeció; se sentía anulado. Parecía que nadie se daba cuenta de que él también acababa de perder a su mejor amigo, un hombre honesto y valiente, que se había despedido de este mundo con un acto lo bastante deleznable como para borrar, de un plumazo, todo lo bueno que había hecho hasta entonces.

Víctor se dejó caer de nuevo en la silla.

—Cuéntame qué has averiguado, Dino.

El turinés narró cómo lo drogaron y retuvieron en casa de Sarkis, su liberación, la posterior visita a la cabaña abandonada que los demonios usaron en el pasado y sus pesquisas sobre las actividades ilegales que tenían lugar en El Parnaso.

—Tráfico de reliquias —repitió Víctor—. Y ese Sarkis afirma no tener nada que ver con los demonios. ¿Tú qué crees?

—No lo sé —reconoció Dino—. He conocido gente extraña a lo largo de mi vida, pero la de El Parnaso se lleva el primer premio. Sarkis dejó caer que la presencia de los monstruos beneficiaba a los monjes del monasterio y a tu padre.

Víctor asintió en silencio, cabizbajo. El argumento de Sarkis tenía sentido. Ventas aprovechó para recordarle algo al comendador.

—Legalmente no podemos hacer nada contra ellos, Víctor. Ese palacio se alza en tierras bajo cláusula de *imperium suum*.

—Siempre y cuando no afecte a los vecinos —añadió D'Angelis—. Eso fue exactamente lo que me dijo Sarkis. —Sostuvo en alto la pezuña de madera—. No olvidemos que el dueño de este chisme desapareció en las inmediaciones de El Parnaso. Creo que tenemos motivos suficientes para hacerles una visita de cortesía.

—¿Cuántos guardias hay en palacio? —se interesó Víctor.

Dino hizo un recuento mental.

—Un gallego, tres moros, Sarkis y su guardaespaldas... Yo he visto a esos seis, además de una recua de fulanas y dos o tres bujarrones.

El comendador dio por terminada la reunión.

—Helio, no creo que esos falsos demonios se atrevan a volver, al menos esta noche —dijo, poniéndose de pie—. Deja un retén en la muralla y que el resto de la guarnición descanse. Mañana, a primera hora, lleva un destacamento al palacio de Sarkis y le dices que quiero hablar con él. Convéncelo para que venga por su propia voluntad, pero si se resiste, traedlo a la fuerza.

—Sarkis parece un hombre razonable —comentó Dino—. Cuenta conmigo para convencerlo.

—Y conmigo —se sumó Neuit.

—¿Estás seguro, Víctor? —inquirió Ventas—. Ese lugar goza del beneplácito del Císter.

Fray Argimiro se levantó de su asiento.

—Mañana, a primera hora, hablaré con el abad —prometió—. No creo que le guste saber que en estas tierras se trafica con reliquias sagradas. Estoy seguro de que bendecirá vuestra actuación, siempre que no sea violenta.

Dino también se puso de pie.

—No creo que lo sea —auguró—. Helio, quiero comprobar una cosa antes de dormir, si es que todavía nos acordamos de cómo se hace.

—Llámame Heliodoro, D'Angelis. Te recuerdo que no somos amigos.

—Mil perdones, es que se me escapa. ¿Ferrán Gayoso pernocta en el castillo?

—Sí.

—¿Me llevas a su jergón? Tengo un presentimiento.

Dino y Ventas encontraron el barracón desierto. Todos los soldados estaban en la calle, incluido Ferrán, que se había apostado en la muralla después de escabullirse de casa de Rafael sin ser visto. Dino abrió el arcón que había a los pies de la litera del sospechoso.

—Aquí no estarán —masculló para sí—, demasiado evidente.

—¿Qué buscas, D'Angelis? —preguntó Ventas.

—Algo que pertenecía a Sebastián. Algo que no llevaba encima cuando murió.

Pegó un tirón del lienzo que cubría el fino colchón de lana de la litera de Ferrán Gayoso. Lo recorrió con la vista y lo tanteó con los dedos hasta encontrar lo que buscaba.

Un desgarrón en una costura.

Introdujo los dedos y tocó algo. El tacto fue revelador. Rasgó algo más el colchón, metió la mano hasta la muñeca y sacó algo envuelto en un trapo.

—¿Qué es eso? —preguntó Ventas.

Dino no lo abrió.

—Si son veinte ducados de oro, ordena el arresto inmediato de Ferrán Gayoso por el asesinato de Sebastián.

—¿Veinte ducados? ¿Cómo iba a tener el Carapez veinte ducados? ¡Ni Ferrán! Nadie en esta guarnición tiene veinte ducados de oro.

—Más a mi favor: si son veinte ducados, lo arrestarás.

Dino abrió el atadijo y le mostró su contenido a Ventas. Este se quedó atónito al ver brillar el oro en la palma de la mano de D'Angelis.

—Ya son dos a quienes hay que detener, Heliodoro: no olvides a Elías.

Ventas maldijo para sus adentros. Dio media vuelta y abandonó el barracón.

Sintió envidia por su amigo Ricardo de Cortada.

Él, al menos, descansaba en paz.

O quizá no.

Porque asesinos y suicidas arden en el infierno.

Y él había muerto siendo ambas cosas.

CUARTA PARTE

Miércoles Santo

34

3 de abril de 1543
Dos días antes del Viernes Santo

El despertar en Nuévalos fue un hervidero de teorías.

Susurros, corrillos, reuniones envueltas en secretismo, visitas furtivas. Había mucho que comentar. Demasiado para un lugar tan pequeño. Los rumores se enredaron como la hiedra por todos los rincones del pueblo. La guardia se mostraba hermética y no respondía preguntas. Patrullas por las calles, centinelas en las murallas. La gente se esforzaba en mantener la rutina, pero las conversaciones en voz baja y el temor persistente no facilitaban las cosas.

La hipótesis que más hondo caló acerca el suicidio del comendador —muchos prefirieron llamarlo «el sacrificio»— fue el hecho de que era imposible que don Ricardo de Cortada asesinara a su hija, pues ya estaba muerta. La versión que más corrió por casas, negocios y rincones fue que Daniela había regresado del infierno para traer la ruina a Nuévalos y que el comendador hizo lo que debía para salvar al pueblo. Ventas celebró aquel bulo, incluso ayudó a propagarlo: si el pueblo interpretaba la atrocidad que había cometido Ricardo como un sacrificio salvador, el liderazgo de Víctor tendría un buen comienzo.

La tortura y muerte de Sebastián, sin embargo, dividió al pueblo. Hubo quien justificó su apresamiento. Su relación con los demonios era algo turbio, sobre todo para los más creyentes. Otros, en cambio, calificaron la decisión de Ricardo de Cortada como despiadada y sin mesura.

Fray Argimiro aceleró el entierro de Sebastián, que recibió santa sepultura con las primeras luces del alba. Tenía que ir al monasterio de Piedra a informar a sus superiores de los últimos acontecimientos, y no sabía cómo lo iban a recibir. La madre de Sebastián se hizo añicos durante el sepelio y Rafael, a pesar de cargar con una resaca mortal, bordó el papel de esposo afectado. Lástima que la audiencia lo conociera demasiado bien para tomar en serio su actuación. Por otro lado, el arresto de Ferrán Gayoso por la muerte de Sebastián destapó la antipatía que el pueblo sentía por él. Pocas voces se alzaron a su favor, y fueron muchos los que aprovecharon la ocasión para rememorar algún episodio desagradable con el soldado. Rafael se sumó a la defenestración, y contó a todo aquel que quiso oírlo que Ferrán había llamado a su puerta pidiendo refugio, nervioso.

—Tenía la mirada de quien acaba de cometer una tropelía —añadió, corroborando su propia afirmación con un cabeceo lento—. Hay que ser hijo de puta para esconderte en casa de la madre de quien acabas de asesinar.

Pero hubo un acontecimiento que pasó desapercibido para Nuévalos, incluso para los soldados de la guarnición: la detención del sargento Elías. Tan solo el comendador, fray Argimiro, Dino y Neuit sabían que el suboficial sería arrestado. Aquel secretismo fue fruto del celo extremo del capitán Ventas.

A Ferrán Gayoso, sin embargo, lo prendieron de madrugada en las almenas de la muralla norte. El soldado se resistió a tirar su arma y defendió su inocencia hasta la extenuación, pero al final se rindió y dejó que lo escoltaran hasta la cárcel de Nuévalos. Allí lo esperaba Venancio Prados, recién levantado y atragantado en hiel. Ferrán casi se come la pared de la celda a cuenta del empujón del carcelero, que se prometió no tener piedad con el asesino de Sebastián.

La detención de Elías, sin embargo, fue muy distinta.

El sargento leyó su destino en el rostro del capitán Ventas en cuanto lo vio llegar. El oficial lo encontró poco después de las dos de la madrugada en la calle de Santa María, junto a dos soldados más. Se lo llevó a un callejón apartado y habló con él en voz baja.

—¿Por qué? —le preguntó.

La respuesta del suboficial fue inmediata. Conocía la razón por la que su superior lo había separado de sus hombres; ni siquiera se planteó mentir o buscar una excusa. Miró a Ventas a los ojos, sin rastro de desafío en la mirada. Solo un velo de arrepentimiento y

una fosa de resignación en las pupilas. Le costó hablar. La garganta seca.
—Por mis hijos —consiguió pronunciar.
—¿Son reales? —quiso saber Ventas, refiriéndose a los demonios.
Elías bajó la cabeza.
—No lo son, mi capitán —respondió—, pero como si lo fueran.
A Ventas le asolaba una mezcla de decepción, enfado y compasión a partes iguales.
—Habría puesto la mano en el fuego por ti, Elías. Si había alguien en quien confiaba en la guarnición, ese eras tú.
El temblor anticipó el llanto del sargento. A pesar de las lágrimas, consiguió explicarse con claridad.
—Hace cuatro años, un desconocido se sentó a mi lado mientras pescaba en la orilla del río Piedra. No era de por aquí, y jamás volví a verlo después de ese día. Lo que comenzó como una charla nimia acabó asustándome. —Elías sorbió con fuerza por la nariz; cada palabra pronunciada venía envuelta en espinas—. Aquel hombre lo sabía todo sobre mi familia y sobre mí. Me recordó que cuando Blanca creciera estaría en peligro, como las demás niñas de Nuévalos. Había amenaza en sus palabras. Aquel hombre me ofreció un trato: mi familia no tendría nada que temer a cambio de mantener informado a un confidente de todo lo que sucediera en el pueblo. El comendador no movía un dedo contra esos monstruos: campaban a sus anchas y entraban y salían de Nuévalos cuando les daba la gana, mi capitán. Salvar a mi pequeña a cambio de información me pareció que no alteraría los acontecimientos futuros.
—Entonces fuiste tú quien los puso al corriente de la aparición de la hija del comendador, y también de la llegada de D'Angelis y la curandera. —Elías asintió, avergonzado—. ¿Tratas con los demonios en persona?
—Nunca los había visto, antes de hoy —aseguró—. Tienen un contacto al que informo, pero no lo delataré, aunque me torturéis. Si lo hago, asesinarán a mi familia.
—¿Adónde os dirigíais esta noche?
—Hace años acordé que nos permitirían abandonar Nuévalos si las cosas se tornaban peligrosas para mi familia y para mí —reveló Elías—. Al Gran Maestre le pareció razonable. Y en estos momentos las cosas en el pueblo no pueden ir peor.

—¿El Gran Maestre?

—Así se hace llamar el hombre con el que hablé la primera vez —explicó—. Hace mucho que se marchó de la comarca, pero mantiene el control desde lejos. De los demonios, poco sé: ignoro quiénes son, ni por qué se llevan a las niñas, ni qué hacen con ellas. —El llanto de Elías se hizo más intenso—. He sido un cobarde y un miserable, mi capitán, os juro que nunca deseé nada malo a nadie... Yo solo quería proteger a mi familia, irme lejos, empezar una nueva vida, y... y eso me llevó a hacer algo horrible. Dios santo, ¿en qué me he convertido?

—¿A qué te refieres?

Elías acabó en cuclillas, con la cabeza entre las manos. Estaba demolido.

—León Álvarez... —lloró.

—¿El judío? ¿Qué pasa con él?

El capitán estuvo a punto de marearse al oír la confesión del sargento.

—Yo lo maté.

Ventas caminaba al frente de los quince soldados que se dirigían al palacio de Sarkis Mirzakhanyan, todos pertrechados con uniforme completo y armados con lanzas, hachas y espadas, cada cual con el arma que mejor manejaba. Dino y Neuit lo flanqueaban.

Víctor no los acompañó, y no por falta de ganas. Después de una discusión que se prolongó más de media hora, Ventas lo convenció para que se quedara en el castillo, velando a su padre y a su hermana y cuidando de su madre, que se había enterado de la trágica noticia poco antes del amanecer. Ni siquiera las infusiones de hipérico mitigaron el golpe. La escena fue sobrecogedora: Marina agarrada al cadáver amortajado de Daniela como un náufrago a una tabla, maldiciendo a su esposo a gritos, golpeándolo en el pecho y manifestando su deseo de morir.

El comendador aguantó el ataque de nervios de su madre como pudo. Al menos contó con el apoyo sereno de Charlène. Las sirvientas de doña Marina parecían casi igual de muertas que Daniela, ojerosas y pálidas, como aparecidas.

Ventas también pasó la noche en vela, alternando la estancia donde reposaban los cuerpos de Ricardo de Cortada y Daniela y el sótano en el que encerró a Elías: un antiguo almacén reconvertido en calabozo, con tres celdas que no se usaban desde hacía décadas. El capitán tuvo mucho cuidado de que nadie viera al sargento detenido. Pasaron con discreción por su casa, recogieron el morral manchado de sangre del orfebre judío y fueron al castillo sin que nadie los viera.

Petronila se deshizo en llanto. Por suerte, sus hijos dormían.

En la soledad del calabozo, Ventas obtuvo una confesión completa de Elías.

El sargento había seguido a Víctor y Charlène por las herrerías hasta que llegaron al domicilio del orfebre. Elías sabía que el judío había trabajado de algún modo para los demonios. Su confidente —el hermano Martín, a quien no delató en ningún momento— le había ordenado que lo mantuviera vigilado, por si se iba de la lengua. Conocía al judío y el cuchitril donde vivía. Cuando Víctor y Charlène entraron en su casa, sospechó que Álvarez acabaría asustándose y huiría por la única ventana del edificio, a pesar de que estaba a una altura considerable del suelo.

Elías rodeó la casa y se apostó tras la esquina de una chabola en la calle escalonada por la que tendría que pasar el judío. Lo vio bajar los escalones cojeando, con un morral de cuero cruzado al torso. No había que ser un genio para adivinar su contenido: oro, joyas, dinero… Una oportunidad milagrosa para comenzar de la nada, lejos de Nuévalos. Se le ocurrió que justificaría el asesinato de Álvarez, ante el hermano Martín, por haberse ido de la lengua con el hijo del comendador.

La excusa perfecta.

No sintió emoción alguna al destriparlo. Lo hizo en un acto reflejo, sin pensar. El pánico llegó al descubrir la pechera de su sobrevesta manchada de sangre. Elías agarró la bolsa y huyó escaleras abajo. Mientras lo hacía, le sobrevino una idea.

Comprar a Fernanda, la viuda de Javier Moreno, un trozo de carne, un lienzo blanco y su silencio, todo a cambio de una pulsera de oro y piedras preciosas que provocó que la luz de la codicia iluminara el rostro enlutado de la carnicera.

«Sin preguntas, Fernanda, os lo ruego», suplicó Elías. No confiaba en que la carnicera no acabara delatándolo, pero él se encontraría lejos cuando llegara el momento.

Ventas no paraba de darle vueltas al asunto.

Hasta su mejor hombre se había dejado corromper.

Y ahora cruzaba los jardines de aquel misterioso extranjero que tantos secretos guardaba bajo la cúpula de su palacio. No se percibía movimiento en las ventanas y todas las cortinas estaban cerradas. Dino intentó abrir la puerta de El Parnaso, pero estaba cerrada con llave. Llamó con los nudillos, pero nadie respondió.

—Derribad la puerta —ordenó Ventas.

Cuando los dos más fuertes de la compañía se disponían a descargar sus hachas contra las lujosas puertas, la voz de una mujer los detuvo.

—¡Un momento, un momento!

Dino reconoció el rostro arrugado y aburrido de la mujer a la que había visto en el mostrador de La Casa de las Penas. Esta examinó a la compañía sin mostrar un ápice de sorpresa. Menos aún, miedo.

—¿Quién está al mando? —preguntó.

Ventas estaba desconcertado.

—Yo —dijo—. ¿Quién sois?

—La regenta del burdel —dijo sin ambages; señaló El Parnaso con la barbilla—. Ni mis furcias ni yo tenemos nada que ver con el señor de esa casa, así que lo que le pase a él y a sus maricas me da igual. Yo me limito a pagar un alquiler por el local de ahí atrás, y parece que me lo voy a ahorrar de ahora en adelante.

—¿Por qué decís eso? —se interesó Dino.

—Todo dios se marchó de madrugada de esa casa —explicó la mujer—. Primero los pocos clientes que quedaban; luego el dueño, las putas, los bujarrones, los guardias… A la única que eché de menos fue a la zorra de la encargada. Parece que esperaban vuestra visita. —Al reír, la mujer mostró una dentadura cargada de ausencias—. El último en salir dejó la llave puesta. Yo la recogí. —Se la entregó a Ventas, que se sintió todavía más confuso—. Aquí está.

—¿Y me la dais así porque sí?

—Mi negocio no hace daño a nadie —rezongó la mujer—. Mis putas están contentas y los del pueblo también. Considerad este gesto como una oferta de paz, espero que no la toméis con nosotras y nos dejéis tranquilas.

Ventas iba a objetar algo, pero Dino se le adelantó.

—Muchas gracias, mi señora —dijo, cortés—. Lo tendremos en cuenta.

—Eso espero —refunfuñó ella, para luego darse la vuelta y regresar al lupanar.

Ventas se enfrentó a Dino. El ceño fruncido. La cicatriz brillante.

—¿Ahora nos creemos la primera paparrucha que nos cuentan?

—La creo, Heliodoro, he estado ahí dentro.

—Pero podría ser una trampa.

—Es probable. —Dino alzó la voz para que lo oyera hasta el último guardia—. Hay que andar con cuidado, no tocar nada y vigilar nuestras espaldas. Es evidente que el demonio al que persiguió Neuit tiene algo que ver con esta casa. Heliodoro, ¿me das la llave?

Ventas se la entregó. D'Angelis giró la llave en la cerradura y abrió la puerta. Lo primero que vio fue la imagen de la vidriera de Melek Taus, coloreada por el sol de la mañana.

Su rostro picudo lo observaba desde las alturas.

Como si Dino D'Angelis fuera un ratón a punto de convertirse en presa.

35

Los soldados descorrían las cortinas conforme descubrían nuevas habitaciones, y la luz solar realzaba el lujo presente en cada rincón de El Parnaso. Neuit se detenía delante de cada tapiz, cuadro o busto que encontraba. El capitán, detrás de Dino, no podía cerrar la boca.

—Ni en sueños habría imaginado que este lugar era así —comentó, admirado, mientras los guardias abrían armarios y comprobaban que no había nadie escondido detrás de los muebles—. Han dejado una fortuna en obras de arte —observó.

—Se ve que tenían prisa por largarse —dedujo Dino.

Ventas expelió una risa cargada de socarronería.

—Suerte que tienen, que pueden hacerlo.

D'Angelis abrió la puerta roja del salón donde lo habían pillado dos días antes. La decepción vino al descubrir que lo que había al otro lado no era más que una cocina. Un pasillo corto lo condujo hasta una puerta que daba al exterior. El jardín trasero del palacio estaba igual de cuidado que el principal. Avisó a Neuit con un silbido.

—Explora los alrededores de la casa. Si algo te llama la atención, avísame.

Dino regresó al vestíbulo y celebró ver que no había nadie en él ni en los pasillos colindantes. Había una puerta que quería cruzar desde su conversación con Sarkis Mirzakhanyan. Oyó el ruido de los soldados registrando habitaciones en la planta baja y en los pisos superiores. También la voz de Ventas al fondo del pasillo.

El espía se enfrentó a la pared que había justo al lado de la escalera principal. La puerta secreta estaba muy bien disimulada, pero él la había visto abierta en su primera visita a El Parnaso. Localizó la rendija que separaba el marco de la hoja. Buscó un pomo oculto o un aplique cercano. No había nada que indicara un mecanismo de apertura. Exploró el vestíbulo con la vista, hasta que su mirada se topó con la balaustrada de la escalera. Apreció que el mármol de la panza del cuarto balaustre brillaba más que resto. Al rodearlo con la mano descubrió que se movía. Lo giró.

El chasquido que sonó a su derecha le robó una sonrisa de triunfo.

La escalera descendía a un subterráneo iluminado por faroles encendidos. Descubrió una manija al otro lado del batiente. Lo cerró sin saber si podría volver a abrirlo, y respiró aliviado al comprobar que podía hacerlo. Al menos no se había quedado encerrado. Sopesó la idea de llamar a Ventas, pero prefirió husmear en el sótano en solitario, sin el capitán gruñendo incoherencias en su nuca. Sarkis dijo que los encuentros donde todos se amaban como locos se celebraban allí abajo; para Dino, un gran eufemismo para describir unas orgías donde cada cual la metía donde buenamente podía. Se imaginó a Ataúlfo Martínez, el médico, en uno de esos encuentros. Sospechaba que la amistad que lo unía a Sarkis no estaba exenta de roces. Aquel yazidí extravagante y parlanchín tenía amor y palabrería para dar y regalar. Recordó las palabras de su amigo el gaditano al referirse a Lugaro, el tripulante de uno de los barcos de Francisco de Orellana, que se acostó con seis mujeres y tres hombres de una tribu en menos de una semana.

«Hijoputa el Lugaro: se lo folla *to*, menos el *pescao*».

Dino sospechaba que Sarkis pertenecía a la misma especie que el Lugaro.

Bajó la escalera con menos prudencia de la recomendable. La regenta de La Casa de las Alegrías había dicho que vio salir a todos menos a Cadernis, que dedujo que sería «la zorra de la encargada». Desenfundó la daga por si acaso.

—Perdona, Arthur —susurró para sí mismo.

La escalera desembocaba en un pasillo con tres puertas, una a cada lado y otra de doble hoja al fondo, esta última entreabierta. Probó a abrir la de la derecha, pero la encontró cerrada con llave, igual que la de la izquierda. Golpeó el batiente con los nudillos. Aquella hoja aguantaría la embestida de un ariete sin astillarse. Supuso que serían los almacenes donde guardaban los tesoros que mencionó Ataúlfo. Tuvo que seguir de frente.

La sala que encontró detrás de las puertas lo sorprendió.

Era majestuosa, enorme y redonda. El techo, abovedado, tenía nervios interiores de madera tallada. Varios braseros y decenas de candelabros, muchos de ellos prendidos, proporcionaban un ambiente cálido a la estancia. En el centro, cientos de cojines mullidos formaban un lecho inmenso donde se celebrarían los encuentros amorosos, con mesas bajas colocadas estratégicamente para tener vino al alcance de la mano. Un sillón corrido, circular, rodeaba la estancia y la convertía en algo que Dino definió, dentro de su cabeza, como un anfiteatro del fornicio. Imaginó un público entregado al espectáculo amatorio que tendría lugar en aquella arena, donde había espacio para acoger a más de un centenar de amantes.

Cruzó la sala hasta llegar a una puerta estrecha con adornos tallados. Una imagen familiar lo juzgó con ojos redondos desde el dintel.

—Hombre, mi amigo el pollo —lo saludó Dino en voz alta.

La puerta estaba cerrada. Al tantearla apreció que no era, ni de lejos, tan sólida como las otras que había visto. La empujó con el hombro y notó que se movía. No se anduvo con contemplaciones: dio un paso atrás y la abrió de una patada. Una nueva escalera, esta circular, se hundía en las profundidades de la tierra. Al contrario que la sala en la que se encontraba, la oscuridad reinaba más allá de los primeros peldaños. Dino cogió un candelabro del anfiteatro del fornicio.

Lo que descubrió allí abajo lo dejó sin palabras.

El templo, hexagonal, era la mitad de grande que el salón de la planta de arriba. Las paredes estaban enlosadas con un espléndido mármol rosa, con antorchas forradas en oro, sujetas en apliques. Un par de braseros grandes y un ejército de candelabros, ahora apagados, completaban la iluminación. Al fondo de la sala, en el centro, se alzaba un altar presidido por una imagen dorada del omnipresente Melek Taus. Dino imaginó lo sobrecogedor que sería aquel lugar con todas las velas y antorchas encendidas.

Aunque más le sobrecogió sentir el filo de un cuchillo en la garganta.

—Suelta el arma —dijo una voz femenina.

D'Angelis dejó caer la daga y levantó las manos, el candelabro encendido todavía en la izquierda. Había reconocido la voz de inmediato.

—Soy Dino, Cadernis. ¿Me vas a invitar a una ratafía?

—Date la vuelta, muy despacio.

El turinés la contempló a la luz de las velas. A pesar de estar despeinada y ataviada con ropa digna de campesina, mantenía la nobleza de su porte y el magnetismo especial.

—No soy tu enemiga —aseguró ella sin bajar la daga.

—Yo tampoco, así que ¿por qué no me quitas el puñal de la garganta?

—¿Quién hay arriba? He oído ruidos.

—Soldados del comendador.

Para sorpresa de Dino, Cadernis retiró la hoja del cuello. Parecía confiar mucho en sí misma. El turinés estaba seguro de que aquella misteriosa mujer de aspecto sofisticado sería un oponente al que tener en cuenta en caso de pelea.

—Así que Gamboa no mentía —murmuró—. Obligó a todo el mundo a abandonar El Parnaso en plena noche porque dijo que vendrían soldados.

—¿Cómo que Gamboa os obligó? No entiendo...

Cadernis expelió una risa triste.

—En El Parnaso las cosas no son lo que parecen —dijo.

Dino decidió no andarse por las ramas.

—Cadernis, no me interesan vuestros negocios, me da igual lo que se cueza aquí dentro, no es de mi incumbencia. Solo quiero saber una cosa: ¿tenéis algo que ver con esos demonios de tres al cuarto?

—No —negó con rotundidad—. Ni yo ni Sarkis tenemos nada que ver. —Se encaminó hacia las escaleras—. Te lo explicaré arriba, estaremos más cómodos.

Dejó que Dino recogiera su daga y ella guardó la suya entre sus ropas. Era evidente que no temía al turinés. Subieron al anfiteatro del fornicio y se sentaron en el sillón circular, muy cerca uno del otro. La mujer comenzó a hablar.

—Soy hija de una de las amantes del padre de Sarkis, pero la sangre Mirzakhanyan no corre por mis venas. Sirvo a la familia desde mi primer recuerdo. Yo era una adolescente cuando nació Sarkis, y he estado con él toda la vida. Se instaló en este palacio cuando tenía quince años. Entonces no era más que un adolescente adinerado, ávido de experiencias y sin tabúes para el placer. Su padre le cedió el usufructo de esta finca, pero se desentendió de los gastos. Este lugar es costoso de mantener, por lo que a Sarkis se le ocurrió complementar los ingresos de las rentas de sus tierras con un negocio en el que pudiera combinar sus creencias religiosas con la diversión: El Parnaso.

—Un burdel de lujo —resumió Dino.

—A Sarkis le gusta pensar que El Parnaso es un templo donde practicar el culto a Melek Taus, pero esa es una mentira que él mismo ha llegado a creerse de tanto contarla.

—A mí me dijo que venían fieles de todo el mundo a esos... encuentros.

Cadernis se echó a reír.

—Lo que hace Sarkis es hablar del culto a Melek Taus a ricos borrachos de entrepierna abultada. Los lleva al templo, ofician una ceremonia de quince minutos que no entiende ni él y luego se tumban aquí con dieciséis mujeres y cuatro hombres de los más hermosos que podáis imaginar. Sarkis ofrece un generoso descuento y atenciones especiales a quienes se autoproclaman seguidores de Melek Taus.

—Y, claro, todo el que repite afirma pertenecer al credo.

—Después se confiesan en su parroquia y ya está —rezongó Cadernis—. Lo importante es que Sarkis es feliz creyendo que lidera un templo en vez de una casa de putas. ¿Por qué te crees que llama dioses y diosas a quienes trabajan aquí?

—Entiendo.

—Así y todo, Sarkis no podía cubrir los gastos de El Parnaso, sobre todo al principio, cuando teníamos más personal que clientes. Atender a las gentes de la comarca no era una opción: Sarkis odia el olor a estiércol y las uñas negras de tierra.

—Conociéndolo, no me extraña —rezongó D'Angelis.

—Lo animé a alquilar la vieja casa de los sirvientes a la dueña de un prostíbulo de Zaragoza cuyo local fue destruido en un incendio. Ella necesitaba un local para sus chicas, y Sarkis, el dinero. Así nació La Casa de las Alegrías, el paraíso de los menos ricos de la comarca. Aun así los ingresos seguían siendo insuficientes hasta que, hace cinco años, recibimos la visita de un cliente que lo cambió todo. Un cliente que vino acompañado por Antón Gamboa.

—Otra vez Antón Gamboa. ¿Quién es ese hombre en realidad?

—A su tiempo —rogó Cadernis—. Ese misterioso cliente nos visitó porque había oído hablar de El Parnaso en Toledo. Le interesaba el emplazamiento apartado y el estado de *imperium suum* con que cuenta esta parcela. Le propuso un negocio a Sarkis… y Sarkis aceptó.

—El tráfico de reliquias robadas.

Los ojos verdes de Cadernis centellearon.

—¿Cómo sabes eso?

—He hecho salir de sus escondrijos a luteranos por Francia, Artois, Flandes…, por todo el maldito Sacro Imperio Romano Germánico. —Se tocó la oreja—. Esto vale oro.

—Los beneficios se multiplicaron —continuó Cadernis—, además de la clientela. Viajeros de toda Europa venían a El Parnaso no solo a pasarlo bien, también a comprar y vender mercancías robadas. Ese hombre dejó a cargo de ese negocio a Antón Gamboa.

—Entonces no es el guardaespaldas de Sarkis —dedujo Dino.

—Ni mucho menos. Gamboa es los ojos y los oídos del Gran Maestre.

—¿El Gran Maestre?

Cadernis tardó unos segundos en responder, y lo hizo con otra pregunta.

—¿Sabes lo que es la Garduña, Dino?

—No lo sé, pero me suena a nombre de puta vieja.

—La Garduña es una hermandad secreta que controla las actividades más lucrativas en las principales ciudades de España, sean legales o no: prostíbulos, contrabando, secuestros, asesinatos por encargo… Operan sobre todo en Sevilla y Toledo, pero se expanden allá donde huelan dinero y poder. Se identifican entre ellos por un tatuaje en la palma de la mano: tres puntos que forman un triángulo.

Dino recordó un detalle que le llamó la atención la primera vez que vio al espadachín.

—Ahora entiendo por qué Gamboa lleva un mitón en la mano derecha. Entonces el hombre que os visitó era el Gran Maestre.

—Si no era el Gran Maestre, era alguien muy poderoso dentro de la hermandad. Al principio hicieron creer a Sarkis que él formaba parte activa del negocio de las reliquias robadas, pero poco a poco él mismo se dio cuenta de que no era más que un títere bien pagado en manos de la Garduña. El rostro amable del negocio, nada más.

Dino se frotó la sien con la yema de los dedos.

—A ver si me he enterado bien. —Le costaba poner en orden la información que acababa de recibir—. Gamboa dirige el tráfico de reliquias y permite que la clientela crea que quien lleva el negocio es Sarkis.

—Exacto.

—Así que, en caso de que las autoridades descubrieran el pastel, Sarkis sería el único responsable ante la ley.

—Así funciona la Garduña. Ellos no existen.

El turinés reflexionó durante unos instantes acerca de lo que le acababa de contar Cadernis. Ella no apartó de él sus ojos verdes.

—¿Puedo saber en qué piensas? —le preguntó.

—En que la Garduña podría estar detrás de los demonios —respondió—. Aunque me falta lo más importante: ¿qué ganan ellos asesinando o raptando a esas niñas?

—Ojalá lo supiera.

—¿Puedo hacerte una pregunta?

—Inténtalo.

—Conoces a Sarkis desde siempre. ¿Por qué no te fuiste anoche con él?

El rostro de Cadernis se ensombreció.

—Llevo años esperando una oportunidad para escapar de todo esto —dijo—, y esa oportunidad se presentó anoche. Odio abandonar a Sarkis, pero su vida durará lo que dure el negocio y, por lo que oí anoche, este negocio ha tocado a su fin. Conozco El Parnaso mejor que nadie: sus pasadizos, sus habitaciones secretas…, así que me escondí y esperé a que todos se fueran. No sé por qué, pero Gamboa estaba como loco, nunca lo había visto tan nervioso.

—¿No mencionó lo que pasó anoche en el pueblo?

—No, solo insistía en que nos fuéramos lo antes posible, que los soldados iban a venir a por nosotros. Obligó a Sarkis a echar a la clientela, y luego ordenó a todo el personal de El Parnaso salir con lo puesto. Supuse que alguien se habría enterado del negocio de las reliquias…

—No fue por eso. Anoche los demonios visitaron Nuévalos, justo antes de que Gamboa apareciera tocando las palmas para que os fuerais. Sospecho que él es uno de ellos —añadió.

—Gamboa, ¿un demonio?

—Un amigo persiguió a uno de esos fantoches hasta aquí. Mi

amigo es un arquero formidable, y asegura que le acertó con dos flechas. Lo perdió de vista en cuanto llegaron al jardín de El Parnaso.

Aquello comenzó a encajarle a Cadernis.

—Gamboa lleva un coleto acorazado debajo de la ropa —reveló—, y hay un pozo falso en el jardín que conecta con el túnel.

—¿El túnel?

Cadernis se levantó.

—Vamos abajo, te enseñaré algo.

Dino siguió a Cadernis de vuelta al templo de Melek Taus. La mujer cogió un candelabro y se acercó al altar; abrió un compartimento secreto en la pared y accionó la palanca que ocultaba. Parte del retablo pagano se abrió con un chirrido metálico.

Detrás se abría un pasadizo.

—¿Adónde da esto? —preguntó Dino, boquiabierto.

—Este túnel enlazaba con unas galerías que conectan con una vieja mina romana, pero hace tres años se derrumbó parte del techo y el pasaje quedó impracticable.

—Entonces ya no se puede entrar a las minas —dedujo D'Angelis.

—Desde aquí no, pero existen varias entradas repartidas por la comarca. Antes del derrumbamiento, Gamboa consideraba la mina como una posible ruta de escape en caso de emergencia, pero aseguraba que internarse en esos túneles sin conocer el camino era un suicidio. Es un laberinto de decenas y decenas de millas, repleto de abismos y bifurcaciones.

—¿Y Gamboa sabe orientarse en esa mina?

—Oí que la cartografió. El pozo falso del jardín desemboca en este mismo corredor, un poco más adelante. Ven, te lo enseñaré.

Cadernis precedió la marcha alumbrada por el candelabro. Doblaron una esquina, y ella elevó el brazo para iluminar la escalerilla y el agujero circular del techo.

—Es aquí, ¿ves?

La mirada de Dino, sin embargo, estaba fija en el suelo.

Se agachó y recogió dos flechas, una de ellas rota.

No tenía dudas.

Eran las flechas de Neuit.

La mujer encontró las puertas de Nuévalos cerradas, aunque había amanecido hacía un buen rato. Se plantó frente a la entrada este con una cierva al hombro. La melena blanca manchada de sangre. La expresión cínica.

El ballestero la reconoció desde el adarve.

—Vaya, Lobera, dichosos los ojos.

—¿Qué coño pasa? Abre la puta puerta, esto pesa un huevo.

—¿No te has enterado?

—Hace meses que no paso por aquí, así que no me hagas adivinar.

El guardia bajó la voz, a pesar de que le hablaba desde las almenas.

—El comendador se suicidó anoche.

Las cejas negras de la Lobera, que contrastaban con el blanco níveo de su cabello, se alzaron en un gesto de sorpresa.

—No me jodas...

—Ahora te cuento.

El centinela bajó del adarve y abrió las puertas lo justo para que la mujer entrara.

Volvió a cerrarlas.

—¿Y los lobos? —preguntó el soldado—. ¿No los has traído?

—Esta pocilga les hace vomitar —rezongó la Lobera—. Cuéntame lo del comendador.

—Lo del comendador y más cosas —dijo el soldado, con aire misterioso—. Menuda semana llevamos.

36

Cocos se alzaba entre Nuévalos y Somet. La aldea, ancha en extensión y escasa en habitantes, estaba formada por granjas, campos de cultivos y graneros, todos propiedad del monasterio de Piedra. Era un lugar tranquilo, donde los monjes legos y algunas familias seglares trabajaban para la orden y se abastecían a sí mismos, lejos del ominoso ambiente que rodeaba Nuévalos y sus alrededores.

Antón Gamboa esperaba asomado a la ventana de una casona abandonada en mitad de un bosque cercano a Cocos. Se había citado allí con alguien. Detrás de él, Sarkis despotricaba por lo bajo, sentado en el suelo, con los codos apoyados en las rodillas. Se sentía rebajado a una *tiknikayin*. Así llamaban a las marionetas en su idioma. Las órdenes y los malos modos no eran de su agrado, y aguantar ambas cosas de Gamboa lo enervaba. Abandonar El Parnaso de madrugada con lo puesto le pareció una medida exagerada. Él podría haber negociado con el comendador, en lugar que tener que dejar su hogar en contra de su voluntad.

Sarkis se sentía responsable de la treintena de personas que vivían con él en El Parnaso: dieciséis diosas sublimes, cuatro dioses del Olimpo, tres cocineras virtuosas, dos criadas encantadoras y cuatro guardias que consideraba leales.

Y, sobre todo, Cadernis, que había desaparecido sin dejar rastro, para máxima irritación de Gamboa y satisfacción de Sarkis. Él cuidaba y quería a aquellas treinta personas como si fueran su familia, y ellas le correspondían. Y ahora esos seres queridos aguardaban, hacinados en la planta baja de la casona abandonada, a que unos supuestos amigos de Gamboa vinieran a llevárselos a un lugar seguro. «Hasta que esto pase», había dicho.

Pero ¿qué era lo que pasaba? Porque Gamboa tampoco estaba siendo claro en eso.

Sarkis se sentía secuestrado.

El espadachín dejó de mirar por la ventana.

—Espera aquí.

Sarkis le dedicó una mirada de rencor mientras salía y cerraba la puerta. Cadrolón, el portero gallego de El Parnaso, estaba en el rellano, sentado en el suelo.

—Que no salga de ahí —le ordenó Gamboa.

Bajó la escalera hasta el destartalado vestíbulo. Allí encontró a todo El Parnaso reunido en corrillos. Los vigilantes árabes de Sarkis le dedicaron una mirada oscura, con los ojos ensombrecidos por cejas fúnebres. Las cocineras estaban sentadas con las sirvientas en el suelo, en un rincón. Las diosas presentaban un semblante serio, expectante. Que no las dejaran hablar con Sarkis y que Cadernis hubiera desaparecido las intranquilizaba. Quienes parecían estar más animados eran los cuatro jóvenes, que soltaban risas afeminadas y bromeaban entre ellos, ajenos a las caras de réquiem de sus compañeras.

Gamboa salió a recibir a los recién llegados. La mujer que los capitaneaba llevaba la cabeza cubierta por una capucha. Se la intuía alta y fuerte. Tres hombres la acompañaban.

El saludo podría haber empañado un cristal.

—Venir hasta aquí ha supuesto todo un riesgo —dijo ella—. Me he tenido que escapar de mis obligaciones.

Gamboa sonrió de medio lado.

—No protestes —contestó—. Cuando veas lo que tengo ahí dentro, te darás cuenta de que el paseo ha merecido la pena.

Todas las miradas convergieron sobre la encapuchada en cuanto esta cruzó el umbral de la puerta. La única parte del rostro medio visible era la boca; el resto quedaba oculto por las sombras. Los tres hombres que la acompañaban también entraron en el vestíbulo. Gamboa tomó la palabra en cuanto los susurros comenzaron a subir de tono.

—Estos amigos os llevarán a un lugar seguro hasta que solucionemos el problema con los soldados del comendador. Podéis confiar en ellos, os doy mi palabra.

—Pero ¿qué ha pasado con los soldados, Gamboa? —preguntó el árabe de la barba espesa—. Tenemos derecho a saberlo.

—Será mejor que se lo expliques —lo instó la encapuchada.

Gamboa no tuvo más remedio que soltar la trola que había pergeñado durante la huida nocturna. Odiaba dar explicaciones.

—Alguien nos ha acusado de estar involucrados con los demonios que atormentan Nuévalos desde hace años —dijo—. Os prometo que todo se arreglará, pero tenemos que dejar que los ánimos del pueblo se apacigüen, no podemos arriesgarnos a que prendan fuego a El Parnaso con todos nosotros dentro. Hasta entonces, tenemos que escondernos.

—¿Y por qué no nos quedamos aquí? —preguntó alguien.

—Este lugar está medio en ruinas —argumentó Gamboa—. Iremos a un lugar más cómodo y, sobre todo, mucho más seguro: un escondite donde los soldados no podrán encontrarnos, por mucho que nos busquen.

—¿Y habrá comida y bebida? —preguntó Hefesto, uno de los dioses—. Hemos caminado durante horas, y estamos sin comer.

—No os preocupéis por eso —intervino la encapuchada—. Adonde vais, hay de todo.

—¿Y si no queremos ir? —planteó Vesta, una joven de piel negra, cabello rizado y ojos ladrones de aliento—. ¿Por qué no está Sarkis con nosotros?

—Eso, que venga Sarkis —exigió otra voz.

La encapuchada iba a responder, pero Gamboa la detuvo con un gesto.

—Esperad un momento.

El espadachín subió la escalera y cruzó la puerta que custodiaba el gallego. Encontró a Sarkis en la misma postura en la que lo dejó.

—El tiempo corre en nuestra contra —advirtió—. Abajo hay unos enviados de la Hermandad que llevarán a tu gente a un escondite seguro, en las minas. Una de tus putas está poniendo pegas, y no quiero que contagie al resto. Baja y convéncelos para que se dejen conducir.

—¿A las minas? —preguntó Sarkis extrañado—. ¿Y qué vamos a hacer en las minas?

—La Hermandad tiene un refugio en condiciones ahí abajo —explicó—. Es el único lugar donde el comendador no nos encontrará.

—¿No vamos a ir todos juntos? —preguntó Sarkis escamado.

—En realidad, no.

—¿Por qué?

Gamboa comenzaba a desesperarse.

—Porque tú y yo iremos a un lugar más cómodo que al que van ellos.

—Ellos no irán a ninguna parte sin mí —afirmó.

—Pues será mejor que los convenzas —advirtió Gamboa, señalando la puerta—. Los soldados del comendador los apresarán y los torturarán para averiguar nuestro paradero. Según acaban de decirme mis compañeros, ya están batiendo los alrededores de Nuévalos. Pronto estarán aquí.

Sarkis tragó saliva.

—¿Me juras que mi gente estará bien?

—Te lo juro, Sarkis, pero, por favor, baja y habla con ellos.

El personal de El Parnaso se calló nada más ver a Sarkis. La encapuchada salió del caserón en cuanto oyó pasos bajar por la escalera. No quería asustar al yazidí.

—Escuchadme —pidió este—. Los soldados del comendador nos buscan por toda la comarca. Si os capturan, os torturarán para intentar sacaros información. Vamos a escondernos en una antigua mina, pero no os asustéis: está acondicionada como refugio, no nos faltará de nada.

—¿Una mina? —se escandalizó Gaia, otra de las diosas—. ¿Vamos a vivir bajo tierra, como los topos?

—Solo será por unos días —prometió Gamboa—. Las cosas se calmarán pronto, ya veréis.

—¿Y tú no vienes con nosotros, Sarkis? —preguntó Sevda, la cocinera.

—Iremos después —respondió Gamboa por él—. Antes tenemos que ocuparnos de algunos asuntos.

Sarkis forzó una sonrisa de confianza y aguardó la reacción del grupo. Apolo, uno de los dioses, fue el primero en tomar la iniciativa y abandonar el caserón medio en ruinas.

—Venga, putas, vámonos —animó en tono cantarín—. Me muero de hambre.

A Apolo lo siguieron Gaia, Hefesto y Eris. Luego Hera e Idalia. Después Sevda y las criadas. El resto fue detrás. Gamboa detuvo a los árabes.

—Vosotros os quedáis con Sarkis y conmigo. Esperad aquí, ahora vuelvo.

El espadachín dejó a los árabes discutiendo en su lengua, en voz baja. No parecían demasiado convencidos. Sarkis se quedó en el vestíbulo con ellos y con Cadrolón, el gallego. Gamboa comprobó que el plantel de El Parnaso escuchaba las instrucciones amables de Rodríguez, uno de los hombres que guiaría al grupo a través de las minas.

—Hemos encendido las antorchas de los túneles, así que los encontraréis iluminados. —Rodríguez hablaba como un maestro de ceremonias que explica las bondades de un espectáculo—. No os preocupéis, son seguros. Todavía nos quedan unas horas de camino por delante —les advirtió—, pero en cuanto lleguemos a nuestro destino, habrá comida y bebida en abundancia.

El hombre siguió hablando, y Gamboa se acercó a la encapuchada.

—Acabas de conseguir un tesoro —lo felicitó ella, con ojos refulgentes—, y más ahora, que no sabemos cómo evolucionarán las cosas...

Gamboa decidió dejar las felicitaciones para otro momento.

—Tenemos que reunirnos hoy, al anochecer.

—¿En el refugio de Los Vadillos? —preguntó ella.

A Gamboa no le gustaba aquel lugar, pero era el que consideraba más seguro.

—Sí. Todavía no sabemos si Víctor de Cortada reemplazará a su padre en el cargo, o si lo hará el capitán Ventas... Ignoramos si la guarnición se rebelará, o si el pueblo se armará y hará batidas por los montes. Cualquier escenario es posible —concluyó—. Pero no creo que se atrevan a acercarse por Los Vadillos. Al menos todavía no.

—Avisaré a los demás —dijo la encapuchada.

Los hombres condujeron al personal de El Parnaso a través del bosque. La mujer de la capucha no los acompañó: se marchó sola en dirección sur. Gamboa regresó al interior de la casona. Encontró a Sarkis sentado en la escalera, cabizbajo. Cadrolón estaba apoyado en los restos de la barandilla, cerca de él. Los árabes no estaban: se habían trasladado a lo que un día fue la cocina, en la otra punta del caserón, para hablar entre ellos. Por los murmullos vehementes que llegaban desde lejos, parecían seguir discutiendo. Gamboa se dirigió a Cadrolón.

—Gallego, entérate de lo que rumian los moros. Me huele que algo traman.

Este obedeció.

El capataz de la Garduña se apoyó en el quicio de la puerta con la mirada perdida en el bosque. Hasta que no recibiera instrucciones del Gran Maestre tenía que preservar la vida de Sarkis. Por lo pronto, lo mantendría alejado de la gente de El Parnaso. Un rebaño sin pastor es más fácil de manejar. Tras unos instantes de silencio, el yazidí formuló la misma pregunta por duodécima vez.

—¿Seguro que los míos estarán bien?

El espadachín apretó el puño. Ojalá la orden del Gran Maestre fuera la que él deseaba.

—Empiezas a hartarme, Sarkis.

—Como les pase algo a mis diosas...

Gamboa dio una palmada en la pared. Se plantó frente a Sarkis y le puso el índice a dos dedos de la nariz.

—No son diosas, Sarkis, son putas, entérate de una vez. Y esos cuatro dioses a los que tanto amas son cuatro maricones chupapollas, ¿entiendes? Y tú ya no eres el joven heredero de una familia perseguida, no... Eres un siervo de la Garduña, alguien que solo tiene valor mientras dure el negocio. Y si el negocio muere, tú morirás con él.

Sarkis tragó saliva, amedrentado. Justo en ese momento regresó Cadrolón seguido de los tres árabes. Estos lucían rostros de sepelio.

—A ver, que estos quieren marchar —rezongó—. Que se dieron cuenta de que Sarkis ya no manda una mierda aquí y que adiós, que para eso son libres. Yo les dije que lo pensaran mejor, ¿eh?, que ya trabajaríamos en otro sitio, pero ni caso. Tienen muchas leyes, los moros estos.

Sarkis escuchaba sentado en la escalera. Se sintió acabado. Gamboa intentó disuadir a los guardias.

—El Parnaso ha cerrado, pero os aseguro que no os faltará trabajo —prometió.

—Contigo no queremos —manifestó uno de ellos, sin disimular su desprecio.

—Y con Sarkis, ya, tampoco —puntualizó otro.

El que tenía la barba más cerrada de los tres hizo una seña a sus compañeros a la vez que se dirigía hacia la puerta.

—Vámonos.

El barbudo solo se dio cuenta de que Gamboa había desenfundado al sentir un dolor lacerante debajo del plexo solar. Los otros retrocedieron, pero Cadrolón los empujó de vuelta a la muerte.

—Os dije que lo pensarais mejor y no hicisteis caso, *carallo*.

La expresión de horror de Sarkis transformó sus finas facciones en las de una estatua de cera a medio fundir. Apenas parpadeó más fuerte de la cuenta cuando Gamboa atravesó al segundo guardia, a la vez que ejecutaba una especie de baile a través del vestíbulo. El tercero, que había caído de rodillas por el empellón del gallego, unió las manos en una desesperada súplica de piedad.

No la encontró.

Sarkis contempló los tres cadáveres, horrorizado.

—Tú... ¿cómo te...?

La punta de la tizona lo hizo callar.

—Pronuncia una sola palabra y te enviaré a donde quiera que vayáis los herejes que seguís al pajarraco ese. ¿Entendido? —Sarkis se sentía incapaz de hablar, pero Gamboa exigía una respuesta—. ¿Entendido?

El joven asintió, acongojado. El gallego se encogió de hombros. Agarró al de la barba espesa por las axilas y lo arrastró fuera del caserón.

—Dejasteis esto *feito un lío*, Gamboa, *cajondiós*.

Dino espió el vestíbulo desde la puerta secreta a medio abrir.

En cuanto vio una oportunidad se deslizó fuera del pasadizo y volvió a cerrarla.

Ventas casi lo pilla.

—Aquí estás —gruñó este—. Llevo buscándote un buen rato.

—Andaba fisgoneando por ahí —respondió con vaguedad—. ¿Has encontrado algo?

—Aquí no hay nadie —rezongó—, y yo no entiendo de arte ni de reliquias para saber si lo que hay en esta casa es robado o no.

Después de confirmar que Gamboa era uno de los demonios, El Parnaso había dejado de tener interés para la investigación de Dino. El negocio de las reliquias robadas le traía sin cuidado, no era asunto suyo. Pero sí que quería proteger a Cadernis, por lo que decidió despejarle el terreno.

—Puede que el que me contó lo de las reliquias se equivocara, o tal vez me engañase, ya me enteraré. Creo que tú y tus soldados seréis más útiles en el pueblo que aquí.

—Y que lo digas —estuvo de acuerdo Ventas.

Ventas dio una orden y los soldados comenzaron a abandonar el edificio. Él y Dino fueron los últimos en salir.

—¿Me prestas la llave, Heliodoro? Por si tuviera que volver.

A Dino le sorprendió no tener que discutir con el capitán.

—Toma, como si le quieres pegar fuego a este burdel. Eso sí, cierra con llave —le ordenó—, no sea que a la vieja de La Casa de las Alegrías se le ocurra mudarse aquí con sus fulanas y luego no haya manera de sacarla.

Dino cerró la puerta de El Parnaso y giró la llave.

En un sentido y en otro, pero Ventas no se percató del truco.

—¿Vienes al pueblo? —preguntó el capitán.

—Ahora voy. Antes quiero ver si Neuit ha descubierto algo.

Ventas asintió y dirigió a su compañía de regreso a Nuévalos. Dino localizó a Neuit al lado del pozo.

—Dino, ven, esto no pozo. Mira agujeros.

Neuit señaló unos huecos en las paredes que facilitaban la escalada.

—Hay una escalera al final del pozo —reveló D'Angelis—, he estado abajo.

Neuit puso cara de asombro.

—¿Y viste *niafaca*?

—El *niafaca* al que persigues es Antón Gamboa, el tipo que nos recomendó al cojo cabrón, pero no estaba en casa. Encontré tus flechas abajo, en el túnel que comunica con este agujero. Le diste a Gamboa, Neuit, pero el hijo de puta lleva armadura debajo de la ropa.

—Próxima vez, apunto cabeza —resolvió.

—Me parece una gran idea. Escucha, yo voy a ir ahora al pueblo. —Le entregó la llave de El Parnaso—. Entra ahí dentro y golpea cinco veces en la pared que hay a la derecha de la escalera grande. Una mujer abrirá una puerta secreta... Estás entendiéndolo todo, ¿verdad? —Neuit asintió—. Cuando oscurezca, llévala a la hospedería y que se esconda en nuestra habitación, pero que nadie os vea. Es importante —apostilló.

—Yo lleva por bosque.

—Eso es. No me esperes esta noche, tengo que ver cómo van las cosas en el pueblo.

—Bien —aceptó Neuit—. Esa mujer, ¿amiga tuya?

—Digamos que sí.

Neuit hizo un gesto que pretendía ser obsceno, pero resultó gracioso.

—¿Tú folla?

Dino puso los ojos en blanco.

—Ojalá, pero no. Ya te dije que tu selva de mierda me robó la hombría —se lamentó.

—Ahora, tú, marica —rio.

—A tanto no llego, pero ya estoy como los curas.

—Es broma. Tú, valiente. —Le golpeó el pecho con el dorso de los dedos; su mirada era de orgullo—. Tú, mi padre. Cabrón, pero mi padre.

D'Angelis sonrió y le puso la mano en el hombro.

—Y tú, mi hijo. Cabrón, como su padre.

Neuit se abrazó a él durante un segundo, para luego correr hacia la puerta de El Parnaso. Dino emprendió el camino hacia el pueblo.

No dejó de sonreír durante todo el trayecto.

Víctor ordenó vestir a su padre y a Daniela para el sepelio. No quería que descansaran eternamente dentro de una vulgar mortaja. A Ricardo lo enterraría con el uniforme militar; a ella, con su mejor vestido. Decidió conservar solo un par de objetos de su padre: el cinturón con la funda de cuero y la espada. Él mismo se encargó de limpiar el arma, manchándose las manos con la misma sangre que corría por sus venas.

Estaba de pie frente a las camas en las que yacían los difuntos. Dos toques en la puerta le hicieron volver la cabeza. Dedicó una sonrisa triste a Charlène. Ella no se la devolvió; se sentía asustada por los macabros sucesos de la noche anterior y preocupada por él. La invitó a entrar al velatorio privado, y Charlène se le unió en silencio. Al cabo de un rato, Víctor la sorprendió con una pregunta inesperada.

—¿Crees que llegaré a ser un buen comendador, Charlène?

A pesar de no tener clara la respuesta, respondió.

—Creo que sí.

—He estado pensando —dijo él, sin apartar la vista de sus familiares muertos—. En esta vida no hay que ser bueno, sino justo.

Charlène reflexionó unos segundos sobre aquella afirmación.

—Yo creo que la bondad es lo mejor que se espera de un ser humano.

—La bondad mal aplicada puede perjudicar a inocentes —replicó Víctor—, por eso creo que es mejor ser justo. Aunque cueste.

—¿A qué te refieres? —preguntó Charlène, algo confusa.

—A que, a partir de ahora, pienso ser justo. Después del entierro me dirigiré al pueblo de Nuévalos. Hoy empieza una nueva era. Una era de justicia.

Charlène no supo cómo interpretar las palabras de Víctor de Cortada.

No sabía por qué, pero las imaginó envueltas en una nube de humo negro.

A Dino le sorprendió ver a una mujer apoyada en el exterior de la muralla norte. Vestía como un hombre: botas desgastadas, pantalón de piel y una especie de chamarra remendada por veinte sitios diferentes. Tenía los ojos grises, melena blanca y la expresión de alguien capaz de poner paz en una taberna con la mano abierta.

Las miradas de ambos se cruzaron.

—Eres Dino D'Angelis, ¿verdad? —preguntó—. Te delata el sombrero.

El espía miró a su alrededor, pero no encontró lo que buscaba.

—A mí me faltan dos lobos para adivinar quién eres.

Ella expelió algo parecido a una risa.

—Ahora te los presento. Ven, te interesa hablar conmigo.

37

Dino y la Lobera abandonaron la carretera que llevaba al monasterio de Piedra y se internaron en el bosque, hasta un pequeño claro donde encontraron a un hombre delgado pero fuerte, no demasiado alto, cabello castaño y barba corta. A su lado descansaban dos ballestas y sendas aljabas de virotes. Dino calculó que rondaría los veinticinco. No estaba solo. Los dos animales que lo acompañaban corrieron a saludar a su dueña. Dino no se atrevió ni a pestañear.

—Rómulo, Remo —los saludó la Lobera, agarrándoles la piel del cuello y jugueteando con ellos—. Ni se os ocurra comeros a Dino, ¿de acuerdo? Tampoco es que tenga muchas carnes —añadió.

Los animales perdieron el interés en el espía después de olfatearlo unos segundos. Dieron un par de vueltas sobre sí mismos y se tumbaron al lado de la Lobera, que acababa de sentarse en un tronco caído.

—Este es Manuel Orta, el sobrino de mi difunto marido y compañero de cacerías desde hace cuatro años. Manuel, este es Dino D'Angelis, un enviado de Toledo.

—Encantado, Manuel.

—Llámame Orta —pidió—, Manueles hay muchos.

Dino se sentó muy despacio en un pedrusco, sin atreverse a mirar de frente a los lobos. Por muy tranquilos que estuvieran, no se fiaba de ellos.

—¿Seguro que no muerden?

—Tranquilo, los tengo bien educados. Solo les falta leer a Aristóteles.

A Dino le extrañó que una montaraz como la Lobera conociera a Aristóteles, pero prefirió no soltar ningún comentario ingenioso. Mencía, que así se llamaba, puso al día a Orta de las últimas novedades de Nuévalos. Le contó el regreso de la hija del comendador de entre los muertos; el asesinato de Javier Moreno, el carnicero —con el que la Lobera se llevaba a matar—; el destripamiento del judío al que ella no conocía y le importaba un carajo, y la extraña muerte de Sebastián, que algunos sostenían que era fruto de un accidente. Y como fin de fiesta, la visita de los demonios la pasada noche, que culminó con el asesinato de Daniela a manos de su padre y el posterior suicidio del comendador.

Orta solo pudo decir una cosa después de oír el informe de su tía.

—Joder...

—Este pueblo es cada vez más divertido —ironizó la Lobera, que se volvió hacia Dino—. ¿Habías visto algo igual?

—Viví una época gloriosa en Turín, hace unos años. Una fiesta de máscaras continua con mercenarios, asesinos, un arzobispo loco... Hasta tuvimos un inquisidor que no cabía por las puertas, un cabrón con el que todavía tengo pesadillas. Fue muy divertido: una noche acabé borracho, con el papa Clemente... Aunque no todo fue bueno: un rato después me rajaron.

—Vete a la mierda.

Dino se encogió de hombros.

—Me da igual que no te lo creas.

La Lobera cambió de tema.

—Sabes que esos hijos de puta se llevaron a mi hija Rosalía, ¿verdad?

—Conozco todos los casos.

—Lo que me ha extrañado es que Daniela volviera.

Dino se echó un poco hacia delante al hablar.

—Existe una posibilidad de que tu hija siga viva —advirtió—. Te digo lo mismo que a Venancio, el carcelero: solo es una posibilidad, pero si Daniela lo estaba, tu hija también podría estarlo.

La Lobera reflexionó unos segundos. Puede que estar muerta fuera mejor que pasar seis largos años a merced de unos desaprensivos. El soldado que la había informado recalcó que, según se comentaba en el castillo, Daniela había regresado de entre los muertos loca de atar. Orta asistía a la conversación en silencio. Rómulo y Remo dormitaban. Dino dudaba de que fueran lobos de pura raza. Demasiado bien adiestrados. Lo más probable era que se tratara de una mezcla de perro y lobo, pero seguro que a la Lobera le venía de perlas que corriera el rumor de que controlaba dos bestias salvajes para mantener a los curiosos lejos del cuchitril en el que vivía y alimentar su leyenda. A pesar de todo, los animales eran lo bastante grandes para suponer un problema en caso de ataque.

—¿Qué has averiguado sobre los demonios? —le preguntó Mencía a Dino.

—Por lo pronto, que son unos impostores disfrazados, y que al menos uno de ellos está relacionado con El Parnaso.

—¿El Parnaso?

—El palacio que hay delante del prostíbulo —explicó D'Angelis.

—No sabía que se llamaba así —rezongó ella—. Deberían poner un cartel.

—¿Para qué, tía Mencía? Si no sabes leer.

La Lobera se volvió hacia su sobrino con cara de asco.

—¿Por qué no te vas a tomar por culo? No hace falta saber leer para ser culto —pontificó; a continuación se dirigió a Dino—. Pues entonces ya son dos los sospechosos. Nosotros creemos conocer a otro: Halvor Solheim.

—Hermoso nombre —apuntó Dino, sarcástico.

—Y hermoso hombre —añadió la Lobera—. Noruego, alto, fuerte, rubio, con una polla vikinga capaz de hacer astillas la puerta de un bastión.

—Tía Mencía, me avergüenza oírte hablar así —la reprendió Orta, abochornado.

—Qué delicado eres para ser alguien que se gana la vida despellejando animales muertos. A propósito —recordó—, he vendido el cervatillo, luego te doy tu parte. —La Lobera retomó su relato—. Estuve con Halvor durante dos años, el mejor amante que he tenido nunca. —Elevó la vista al cielo—. Que mi difunto marido me perdone. Era más joven que yo, diestro con la ballesta, un gran cazador. Se esfumó un par de semanas antes de que se llevaran a Rosalía.

—¿Crees que Halvor tuvo algo que ver?

—Ahora estoy segura —afirmó la Lobera—. Una noche, hace dos años, me pareció ver internarse en el bosque a un hombre tan alto y corpulento como Halvor. La luna estaba menguante, había muy poca luz, pero por estos lares hay pocos tan grandes como ese hijo de puta. Intenté seguirlo, pero la oscuridad era casi total, así que me escondí y esperé a que se hiciera de día para encontrar sus huellas. Al amanecer, su rastro me llevó hasta una cabaña escondida.

Dino sospechó que Mencía se refería a la misma cabaña a la que Sebastián le había llevado el día anterior. Recordar al muchacho lo entristeció.

—Halvor era un experto en limpiar cráneos para venderlos como trofeos —prosiguió la Lobera—. Encontré varios en esa cabaña... pero no eran de animales. Eran humanos. Sin embargo, la prueba definitiva fue otra cosa que encontré allí.

El turinés se adelantó a la Lobera.

—Un espantapájaros.

Ella lo miró, sorprendida.

—¿Cómo coño sabes eso?

—Sebastián te siguió ese día hasta la cabaña, sin que te dieras cuenta. No se lo contó a nadie. Bueno, a mí, pero me costó mucho convencerlo para que lo hiciera. Era un buen chaval.

La Lobera lo corroboró con una mueca triste.

—Pasé dos semanas acampada cerca de esa cabaña, por si aparecía Halvor, pero nada. Al final me cansé... Regresé un mes después y ya no estaban las calaveras humanas.

A Dino le picaba la curiosidad por saber una cosa.

—¿Por qué es una prueba tan importante ese espantajo?

—Ese fantoche lo fabricó Halvor hace años. Durante una época, antes de lo de Rosalía, cazábamos en los bosques aledaños al monasterio de Piedra. Había buena caza por allí, pero los monjes se internaban en ellos y nos espantaban las piezas. A Halvor se le ocurrió darles un susto. Una noche, cuando no había nadie en los alrededores, tendimos una cuerda por encima de la cascada que conocen como La Caprichosa.

—Conozco la historia —la interrumpió Dino—. Así que fuisteis vosotros...

La Lobera se echó a reír al recordarlo. Orta sonrió. Su tía le había contado aquella historia muchas veces.

—Los monjes conversos solían refrescarse los huevos en la cascada hasta bien avanzada la tarde. La voz de Halvor es grave, de ultratumba, y su idioma parece el lenguaje del infierno. Me gustaría que vieras el muñeco: un cráneo de cabra tiznado de carbón, dos paños rojos en las cuencas de los ojos, una sotana negra hecha jirones, brazos hechos con ramas en forma de garras... Cuando los monjes lo vieron volar por encima de sus cabezas, se fueron de allí gritando. Jamás pensé que se asustarían tanto —rio—. Si ves el muñeco de cerca, hasta da risa, pero ya sabes: la gente supersticiosa ve lo que imagina, no lo que en realidad ve. Esa misma noche montamos una barrera de huesos y calaveras de animales por toda la linde del bosque. A la mañana siguiente los monjes gastaron redomas de agua bendita, pero jamás volvieron a cruzar nuestra frontera.

—Así que la estrategia funcionó. ¿Todavía cazáis allí?

—Hace cuatro años que no —respondió Orta—. Encontramos mejor caza al norte, en la falda del Moncayo; pero justo ayer anduvimos por esa zona y descubrimos algo por casualidad.

El cazador le cedió la palabra a su tía.

—Hacía años que no pasaba por allí, así que decidí ir con Manuel a echar un vistazo. La vegetación ha convertido esos montes en una selva, pero encontramos veredas abiertas, y si están abiertas, es porque alguien las usa. Una de ellas nos llevó hasta una cabaña por encima de La Caprichosa, en un lugar que se conoce como Los Vadillos. Esa cabaña no estaba la última vez que visité la zona.

—¿Encontrasteis alguna evidencia de Halvor?

—Ni siquiera tenía a Halvor en mente cuando fuimos —reconoció la Lobera—, pero una de las contraventanas estaba medio abierta y pudimos ver el interior. Dentro solo hay una mesa con cinco banquetas alrededor. Cinco —recalcó—, como los demonios. Demasiada casualidad, ¿no te parece? Se nos pasó por la cabeza forzar la puerta y registrar la cabaña, pero eso los pondría sobre aviso.

—Y tú lo has dicho, son cinco, y están armados —advirtió Dino.

—No estamos tan locos para atacarlos de frente —dijo Orta—. Lo que queremos es comprobar que son ellos, para seguirlos y cazarlos uno a uno.

La Lobera clavó una mirada en Dino.

—Nosotros también somos cinco —dijo.

Dino miró a Rómulo y Remo.

—¿Te refieres a nosotros tres y a estos dos que echan la siesta?

—No los subestimes —advirtió la Lobera—. Podrían matarte a una orden mía.

—No te digo que no, pero sé que esos cinco demonios son solo la punta de la lanza, Mencía. He averiguado que hay alguien detrás de ellos que mueve los hilos.

—¿Quién?

—¿Has oído hablar de la Garduña?

—No.

—Yo tampoco, hasta hoy. Es una sociedad secreta. Podría estar detrás de las desapariciones de las niñas, y podrían ser un ejército.

—A mí me da igual —rezongó ella—. Con matar a Halvor, me conformo.

—¿Y si tu hija está viva?

—No lo creo.

—Podría estarlo. Si seguimos a esos demonios y averiguamos dónde tienen su guarida, haré que Toledo envíe una brigada para que se ocupe del asunto. Imagina que aparecieran las niñas.

La Lobera se mostró obstinada.

—Nadie me robará el placer de cargarme a Halvor. Ese hijo de puta es mío —insistió.

—¿No prefieres verlo colgado de una cuerda, en una plaza pública?

—Si no es por los huevos, no. Y yo tengo asuntos pendientes con sus huevos. Y con su polla también, la quiero de recuerdo.

Orta apoyó los brazos en las rodillas y se dirigió a D'Angelis.

—Has venido a Nuévalos a solucionar este problema. ¿Nos ayudarás?

Dino se tomó un momento para pensar.

—Os propongo una cosa —planteó—. Si esa cabaña es donde se reúnen los demonios, es posible que lo hagan hoy mismo; después de todo lo que sucedió anoche en el pueblo, sería lo más lógico. Nos esconderemos por los alrededores, en un lugar donde podamos espiarlos sin ser vistos. —Dino señaló a Mencía con un índice amenazador—. Solo espiar. Si identificas a Halvor o a cualquier otro, te callas y esperas a que se vayan para decírmelo. Nada de soltar a las bestias o liarnos a ballestazos.

—Pues llevas una espada bien hermosa al cinto. ¿Sabes usarla?

—Me adiestró el mejor maestro de esgrima de Europa —presumió—, pero esta noche solo trabajaremos con esto.

Se señaló el ojo y se tocó la oreja. Mencía aceptó a regañadientes.

—De acuerdo.
—Júralo.
—Lo juro. —Señaló a su sobrino—. Y él también lo jura.

Dino suspiró. Todavía no estaba seguro de poder creer en la palabra de la Lobera.

—Esta charla es muy agradable, pero tengo que ir al pueblo. Necesito hablar con el nuevo comendador.

—Conozco a Víctor —dijo la Lobera—. Puede que sea algo blandengue, pero es un buen hombre.

D'Angelis se levantó para marcharse. Rómulo y Remo se pusieron de pie a su vez.

—Vosotros dos, quietos ahí —los conminó el espía—. ¿Cómo puedo encontraros?

La Lobera le dedicó un gesto divertido.

—¿Acaso piensas que voy a separarme de ti?
—Te recuerdo que tengo asuntos con el comendador...
—Esperaré fuera. Ahora trabajamos juntos.
—Solo para investigar —insistió Dino—. Nada de intervenir.
—De acuerdo.
—No me fío.
—Te lo juro.
—No te creo.

La Lobera compuso un gesto ofendido. Como antiguo actor que era, Dino captó que era impostado.

—Escúchame, Mencía. Si no nos precipitamos, si somos cautos, es posible que puedas volver a abrazar a tu hija después de seis años.

—Te juro que no cometeré ninguna estupidez. Manuel, quédate con los lobos.

—Acamparé aquí.

La Lobera dio el cónclave por concluido.

—Pues venga, enviado del emperador, vamos al pueblo.
—No sé si es buena idea que nos vean juntos.
—No pienso acercarme a ti —rezongó—. Me da vergüenza que me vean con un tiparraco flacucho como tú, por muy de la corte que seas. Tengo una reputación que mantener. —Le guiñó un ojo—. Pero tranquilo, no me perderé.

Las primeras horas de la mañana de Charlène podían resumirse en tres palabras.

Cansancio, silencio y preocupación.

Juana y Antoñita asearon a la viuda de Ricardo de Cortada para el sepelio de su esposo y de su hija. No hizo falta hipérico para calmarla. Ella misma se había convertido en un muerto andante, carente de voluntad. Las criadas no se despegaban de ella, y Charlène se sentía innecesaria. La piamontesa se había dedicado a pasear por el castillo, intentando digerir todo lo que había vivido en las últimas horas.

Víctor se limitó a saludarla con frialdad las pocas veces que se cruzó con ella en el castillo. Su expresión había cambiado. La mandíbula tensa, la mirada fija al frente. Ojos carentes de brillo. Ventas lo evitaba en la medida de lo posible, y solo se dirigía a él si le preguntaba algo.

Era como si Víctor no fuera Víctor.

El capitán encontró a Charlène sentada a la mesa grande del salón principal. Estaba sola. Después de dudarlo unos instantes, ocupó una silla próxima.

—¿Os puedo hacer una pregunta, mi señora?

Charlène echó de menos la prepotencia habitual del oficial al dirigirse a ella.

Era como si Heliodoro Ventas no fuera Heliodoro Ventas.

Todo el mundo parecía haber cambiado en las últimas horas.

—Por supuesto, capitán.

—¿La locura es contagiosa?

La pregunta la sorprendió. Charlène había hablado largo y tendido con Klaus Weber al respecto. No podía dar una respuesta contundente a Ventas, pero sí una honesta.

—Contagiosa como enfermedad, no, pero sí puede ser un rasgo familiar. Hay familias en las que la demencia o la vesania se manifiesta en más de un miembro. ¿Por qué lo preguntáis?

La respuesta fue tan escueta como elocuente.

—Víctor.

Charlène se vio en la obligación de defenderlo.

—No olvidéis que acaba de perder a su padre y a su hermana de una forma horrible.

—Sí, pero no he visto tristeza en él. Sé leer los ojos de los hombres, Charlène... Y en los de Víctor solo veo rabia y... algo peor.

—¿Algo peor?

—Revancha. Revancha contra su padre muerto.

Charlène no supo qué contestar. A ella también le alarmaba el cambio de personalidad de Víctor de Cortada. No es que no pareciera la misma persona.

Parecía alguien peor.

La llegada de fray Argimiro interrumpió la conversación. El monje saludó a Charlène y se dirigió a Ventas.

—El abad asistirá al entierro —anunció—. Después se reunirá con el comendador. Podéis llevar a los difuntos a la iglesia en cuanto los tengáis listos, yo voy para allá.

—Se lo diré a Víctor. Gracias, hermano.

El monje le dedicó una sonrisa triste a Charlène y se marchó. Un segundo después apareció Belarmino con Venancio Prados. Ventas los interceptó antes de que subieran la escalera.

—¿Qué haces aquí? —le preguntó al carcelero.

—El comendador me ha mandado llamar.

—¿Para qué?

—No me lo ha dicho —respondió Venancio.

Charlène se envaró. Ventas autorizó a Belarmino a conducir al carcelero hasta las dependencias de Víctor. El capitán se volvió hacia ella. Su mirada era un mal augurio.

—Esto no me gusta —confesó.

Charlène guardó silencio.

A ella tampoco.

38

Mediodía.
La iglesia de San Julián no daba para más, lo mismo que la explanada que se extendía frente a ella. Hombres, mujeres, incluso algunos niños, acudieron a la llamada del flamante comendador de Nuévalos. No solo se celebraría el entierro de don Ricardo y de Daniela. Después de la ceremonia, Víctor se dirigiría por primera vez a los novalenses.
Y, según se rumoreaba, tenía un mensaje muy importante que dar.
Una silenciosa multitud siguió al cortejo fúnebre del castillo a la iglesia. Fray Argimiro ofició la misa en latín, con un emotivo sermón en castellano para que todos los presentes lo entendieran. El abad del monasterio de Piedra lo acompañó en la ceremonia. A pesar de haber sido muy amigo de Ricardo de Cortada y de lamentar mucho su muerte, fray Manuel de los Monteros, el hermano bibliotecario, se negó a asistir. Enterrar dos veces a la misma persona no era algo natural, y esta sería la segunda vez que atendiera al sepelio de Daniela. En un rincón del crucero, lejos del altar mayor, Martín González, el lego que vigilaba la entrada al monasterio, asistía a la misa con el cayado apoyado en una columna cercana. El monje había insistido en acompañar al abad hasta Nuévalos, por seguridad.
Por supuesto, también para recabar información de primerísima mano.
Víctor y su madre estaban sentados en el primer banco de la izquierda, Heliodoro Ventas al lado del comendador y Catalina López Villalta junto a Marina. La viuda de Fantova le cogió la mano a su prima en cuanto llegó, y no la soltó durante toda la ceremonia, aunque daba la impresión de que Marina ni se había dado

cuenta de ello. Juana, la criada, ocupaba un puesto de honor en el banco principal. Víctor no lo dispuso así por agradecimiento: en caso de que su madre sufriera un ataque de nervios, Juana era la más capacitada para llevarla de vuelta al castillo.

Dino y Charlène también estaban en primera fila, en el banco de la derecha. El turinés echó un vistazo a su espalda y descubrió que no cabía un alma más en la iglesia. Buscó a la Lobera con la mirada, pero fue incapaz de localizarla entre la multitud que abarrotaba la parroquia.

Víctor subió al altar en cuanto fray Argimiro dio por terminada la misa. Los monjes intercambiaron miradas de sorpresa al ver que se enfrentaba a la iglesia a rebosar de gente, con gesto altivo. La sobrevesta con los colores familiares le quedaba demasiado holgada y la espada que colgaba de su cinturón sorprendió a los más allegados. El hijo del difunto Ricardo de Cortada era más de hoja de papel que de acero.

Al menos hasta ese día.

—Habitantes de Nuévalos —comenzó a decir—, amigos míos: gracias por acompañarme en este doloroso momento. Os ruego que después del entierro vayáis a la plaza Mayor. Es mi voluntad dirigirme a todos vosotros, no solo a quienes estáis en la iglesia, sino también a quienes se han quedado fuera. Es importante —añadió, con la voz algo quebrada.

La gente comenzó a murmurar en voz baja, preguntándose qué sería eso tan vital que tenía que decir el nuevo comendador. Dino y Charlène cruzaron una mirada preocupada. Después de una pausa en la que no apartó la mirada de su pueblo, Víctor pronunció un escueto «gracias» y bajó los peldaños del altar. Le hizo una seña a Gustavo Lorenzo, el sepulturero, y este se abrió paso hacia la salida.

La familia Cortada no poseía panteón, ni capilla, ni nada parecido. Desde hacía generaciones, se enterraban en una zona reservada del cementerio que los novalenses llamaban el recinto noble. Víctor cayó en que la tumba de la falsa Daniela seguía allí, junto a la de su hermano Eduardo. Llamó al sepulturero.

—Retirad ese ataúd —ordenó—. Eso de ahí dentro no es mi hermana.

Los mismos soldados que portaron el féretro de Daniela hasta el cementerio levantaron la losa que cubría la tumba y desenterraron el viejo ataúd. La momia anónima que contenía acabaría en una fosa común. El pueblo esperó a que terminaran el traslado en un respetuoso silencio. Hubo quien notó alguna que otra ausencia destacada, como la del sargento Elías y familia, a los que nadie había vuelto a ver desde el día anterior. Cuando preguntaban por él a los soldados, estos respondían que la última vez que lo vieron fue de madrugada. También echaron de menos a Lucía, la madre de Sebastián, aunque era lógico que la mujer no estuviera presente; la tierra que cubría a su hijo todavía estaba fresca. Rafael, sin embargo, asistió al funeral de los Cortada. Cualquier cosa era mejor que aguantar a su esposa llorando al Carapez.

El entierro fue rápido por voluntad del nuevo comendador, apenas un responso del abad del monasterio de Piedra. Marina salió de su letargo en mitad de la ceremonia, para derrumbarse delante de todo el pueblo. Catalina y Juana se la llevaron del cementerio, entre gritos de agonía.

—No sé si ir con ellas —dudó Charlène, que veía, impotente, cómo arrastraban a la viuda hacia el castillo—. Si cada vez que sufra una crisis le dan hipérico, acabarán envenenándola.

—Estás aquí por Daniela —le recordó Dino—, y Daniela ya no está.

A Charlène no le convenció aquel argumento.

—Soy médico, mi deber es ayudar a quien lo necesita.

—No sé si te has dado cuenta, pero Víctor está perdiendo la chaveta —murmuró el espía—. Cuanto más lejos estés de esa familia, mejor. Solo falta que la viuda muera de un ataque y te echen a ti la culpa.

Charlène lo meditó durante unos instantes.

—Está bien, pero me quedaré a escuchar a Víctor. ¿Qué crees que dirá?

—Me da que nada bueno.

Los monjes dieron por finalizado el entierro. Víctor ordenó a Ventas que condujera a la gente hacia la plaza Mayor. Dino y Charlène vieron al comendador hablar con un hombre que rondaba los setenta, vestido de forma impecable, con el pelo canoso y porte serio. Ambos comenzaron a caminar juntos, flanqueados por una escolta armada. Los enviados del emperador siguieron a la multitud. D'Angelis notó una palmada en el trasero. Al volverse se encontró con la sonrisa burlona de la Lobera.

—¿Qué confianzas son esas? —le preguntó Dino con una ceja alzada.

—Deberías de estar agradecido de que una mujer te diera una cachetada, con esa cara que tienes. Aunque no tienes mal culo, para lo flacucho que eres. —La Lobera le dedicó una sonrisa forzada a Charlène—. ¿Y esta quién es? ¿Tu nieta?

La piamontesa estudió a la Lobera de pies a cabeza mientras Dino las presentaba.

—Es Charlène Dubois, y casi aciertas, es como si fuera mi hija. Esta mujer que apesta a sangre de ciervo es Mencía, pero le gusta que la llamen la Lobera.

Charlène había oído hablar de ella. Le dedicó una sonrisa.

En cierto modo, pensó que Dino y Mencía tenían mucho en común.

—No te he visto en la iglesia —observó D'Angelis.

La Lobera frunció la nariz.

—No me gusta el olor a cera, ya me entiendes.

—Allí dentro no olía a cera, olía a sobaco. Habrías estado en tu ambiente.

Mencía soltó una risotada.

—¿Tienes idea de lo que va a decir el nuevo comendador? —preguntó.

—Ni la más remota. ¿Quién es el viejo que va con él?

La Lobera correteó unos pasos hasta identificar al acompañante de Víctor de Cortada. El espía se dio cuenta de que algunos miraban a Mencía con desconfianza. Era evidente que la Lobera no caía bien a todo el mundo.

—Osvaldo Vilches —informó—. Es el dueño de la casa más alta de la plaza Mayor y de la tienda de tejidos que hay debajo. Seguro que Víctor le ha pedido que le preste el balcón.

—Pues vamos a coger un buen sitio —apremió Dino—, me muero por oír lo que dice.

Como predijo la Lobera, Víctor, Vilches y la escolta desaparecieron en el portal junto a la tienda de tejidos. El público comenzó a reunirse debajo de la casa del comerciante. A los pocos minutos, todo Nuévalos estaba congregado en la plaza, a la espera del discurso. Los tres monjes estaban juntos, casi pegados al edificio desde donde Víctor se dirigiría al pueblo. Los ojos de fray Martín no paraban de mirar en todas direcciones. Ventas se encontraba cerca de ellos, observando a la multitud con disimulo. Para su tranquilidad, no había apreciado ningún gesto hostil hacia Víctor de Cortada. Quizá el pueblo lo aceptara como nuevo comendador, cosa que a él le parecía un milagro. O puede que, precisamente, fuera ese cambio lo que Nuévalos necesitaba.

Porque lo cierto era que Ricardo no había dado la talla como defensor de su pueblo.

Víctor apareció en el balcón, dos pisos por encima de la plaza. Los murmullos cesaron y reinó el silencio.

—Pueblo de Nuévalos —comenzó a decir con voz decidida—. Anoche vivimos uno de los episodios más atroces de nuestra historia, pero ni mucho menos el primero. El terror ha dominado estas tierras después de cada atardecer desde hace seis años. Vosotros y vuestras hijas habéis malvivido desde entonces bajo una amenaza que creíais procedente de otro mundo. Pero esa amenaza es mortal y sangra... ¡Y yo os prometo que sangrará hasta la muerte!

El pueblo estalló en aplausos. Dino susurró a sus acompañantes.

—He sido actor, y sé cuando alguien se mete al público en el bolso.

La Lobera alzó las cejas.

—¿Tú, actor? Vamos, no me jodas...

Charlène no pudo evitar salir en defensa de Dino.

—Pues lo fue, y de los buenos.

La Lobera pidió perdón con un gesto.

—Estaba bromeando —aseguró—, me lo creo.

D'Angelis la mandó callar. El comendador siguió hablando.

—A partir de ahora se cerrarán las puertas al atardecer. Seréis libres para transitar por las calles de Nuévalos de noche, porque la guardia velará por vuestra seguridad; habrá siempre centinelas en la muralla y reforzaré la guarnición con todo aquel que desee alistarse.

La gente celebró la noticia con alegría. Algunos chavales se ofrecieron a gritos, allí mismo, como nuevos reclutas. A Ventas, sin embargo, aquello no le gustó. Le fastidiaban los cambios y se sentía demasiado viejo para bregar con sangre nueva. Cuanto más numeroso es un ejército, más difícil resulta de manejar.

—Pero ese mal que nos amenaza aún no ha sido erradicado —advirtió Víctor—. Hay traidores entre nosotros, gente que trabaja para esos impostores espiando nuestros movimientos y facilitándoles información. Esos son tan asesinos de vuestras niñas como los que se visten con pieles de animales para sembrar el terror. A partir de hoy no se tolerará ningún delito en Nuévalos, por muy leve que este sea.

Volvieron a sonar aplausos y se oyeron los primeros vítores. Ventas temía la dirección que estaba tomando el discurso de Víctor.

Sobre todo por Elías.

—Conmigo al mando, comienza una nueva era para Nuévalos —proclamó el comendador—. Una nueva era en la que los ciudadanos de orden serán protegidos como nunca lo han estado, y los criminales, castigados sin piedad. —Una pausa—. Anoche uno de los soldados de mi padre, Ferrán Gayoso, manipuló las cuerdas que sostenían a Sebastián a las almenas para que muriera ahorcado. Sé que la abominable decisión que tomó mi padre con Sebastián fue fruto de la desesperación y la locura... Os pido disculpas, aunque entiendo que su madre no perdone jamás a los Cortada. Y os preguntaréis, ¿por qué razón asesinó Ferrán Gayoso a Sebastián Pérez?

Víctor sacó varios ducados de oro de una bolsa que llevaba colgada del cinturón y se los mostró al pueblo que abarrotaba la plaza Mayor.

—Ferrán Gayoso robó veinte ducados de oro a Sebastián Pérez, unos ducados que ganó de forma honrada prestando un servicio al emperador. Por veinte ducados le quitó la vida.

La gente observó que el comendador desviaba la mirada hacia la calle de los Zapateros. Venancio el carcelero y Belarmino traían a Ferrán Gayoso con las manos atadas a la espalda, escoltados por dos guardias. La confusión del reo dio paso al horror al ver al comendador en el balcón y la multitud que se apelotonaba en la plaza.

—Esto pinta mal —susurró Dino.

—Esto no puede estar pasando —dijo Charlène, atragantada.

—Nunca me cayó bien ese hijo de puta —soltó la Lobera, refiriéndose a Ferrán—. Que se joda.

—¿Se va a celebrar un juicio? —le preguntó Charlène a Dino.

—Ojalá lo supiera.

Víctor hizo un leve gesto con la cabeza a los recién llegados. Uno de los soldados apartó a la gente que se agolpaba alrededor del árbol más frondoso de la plaza, una encina centenaria que se doblaba hacia el centro de la explanada. El segundo guardia pasó una cuerda por una de las ramas altas, en silencio, con rostro grave. Los asistentes próximos al improvisado patíbulo retrocedieron, sorprendidos y asustados. La atención cambió del balcón al árbol. Ferrán trató de zafarse de la presa de Venancio y Belarmino, pero el primero le asestó un codazo en la nariz que casi lo tira al suelo. La sangre brotó a borbotones. Entre la hemorragia, el miedo y el llanto, los gritos de Ferrán sonaron a graznidos gangosos.

—¡Un juicio! ¡Tengo derecho a un juicio!

La cuerda ya tenía el nudo hecho. El soldado le hizo una seña a Venancio, y este arrastró a Ferrán hasta la encina. El acusado pasó de exigir a implorar.

—¡Os lo suplico, excelencia! —aulló—. ¡Fue un accidente! ¡Piedad!

La gente guardó silencio.

El comendador también.

Venancio le pasó el nudo corredizo por la cabeza a Gayoso y lo ajustó al cuello. No había banqueta ni nada parecido. El carcelero asumió su papel de verdugo y le hizo una seña al guardia para que le pasara el extremo opuesto de la cuerda. Este se la entregó, aliviado. Belarmino seguía sujetando a Ferrán por sus ataduras. No se sentía orgulloso de lo que hacía, pero cumplía una orden directa del comendador.

—¡PIEDAD!

Aquel fue el último grito de Ferrán Gayoso.

Venancio tiró de la soga con todas sus fuerzas. Los pies del reo abandonaron el suelo, izado como un fardo. Los ojos parecían querer escapar de su rostro, la lengua asomó entre los dientes. El verdugo siguió dando pasos hacia atrás, y Ferrán se elevó hasta que toda la plaza pudo ver sus pataleos de desesperación. El silencio reinante permitió que los espasmos y estertores se oyeran hasta en el rincón más alejado de la plaza. Algunas madres tapaban los ojos a sus hijos para ahorrarles un espectáculo que podría acompañarlos de por vida. Charlène apartó la mirada. Estaba pálida. Dino la agarró del brazo.

—¿Estás bien?

—Esto no puede estar pasando —repitió en un susurro.

La Lobera no apartaba la mirada del ahorcado.

—Pues al final ha sido sin juicio. —Escupió en el suelo—. Que le den mucho por culo a ese mierda.

Charlène dedicó a Mencía una mirada de triste rencor. Sabía que ella fue la primera en perder a su hija, pero eso no era óbice para no tener un mínimo de compasión.

—No esperaba esto de Víctor —reconoció D'Angelis.

—Yo menos —corroboró Charlène.

—Ya lo has oído, Dino —dijo la Lobera—: una nueva era. ¿Tú crees que nos ayudará a atrapar a esos cabrones?

A pesar de estar rodeados de gente, nadie atendía a lo que Dino y Mencía hablaban. Toda la atención estaba fija en el reo, que había dejado de patalear.

—No le diremos nada hasta que no estemos seguros de la identidad de esos impostores —decidió el turinés—. Víctor está cegado por las emociones y ahorcará a cualquiera que piense que puede tener algo que ver con ellos. Debemos ser prudentes.

—No estarás planteándote ir a por ellos —preguntó Charlène alarmada.

Dino decidió no darle explicaciones para no preocuparla.

—Tranquila, solo pretendo seguir investigando, nada más.

La Lobera se asomó por encima del hombro del turinés.

—¿Ese que se larga de la plaza como si se estuviera cagando no es Ventas?

Charlène y Dino vieron al capitán abrirse paso entre la multitud a codazos.

—Lo es. —De repente tuvo una corazonada—. Joder, espero que no...

Dino tuvo la certeza de que su amigo Ventas estaba a punto de meterse en un lío.

Elías estaba dormido cuando se abrió la puerta de su celda.

—Capitán... —lo saludó, recién despertado.

Ventas habló muy rápido.

—Tienes que irte —dijo—. En este momento todo Nuévalos está congregado en la plaza Mayor; corre a tu casa y llévate a tu familia lejos de aquí. Nadie sabe que estás arrestado, pero eso puede cambiar en cualquier momento... Vete antes de que el comendador le cuente a todo el mundo que eres un traidor.

—No entiendo...

Ventas lo agarró por los hombros.

—Víctor de Cortada acaba de ahorcar a Ferrán Gayoso sin juicio previo. Delante de todo el pueblo y del abad del monasterio.

Elías parecía tener dificultades para digerir las malas nuevas.

—¿Cómo decís…?

—Lo que oyes.

—Pero, no tengo dinero. Sin las joyas de Álvarez…

—Se las entregué a Víctor. —Ventas descolgó su propia bolsa del cinturón, y Elías la aceptó como un sonámbulo—. Toma, con esto podrás tirar unos días.

—Pero…

El capitán estuvo a punto de agarrarlo del cuello.

—Tienes que largarte ya, pero antes, toma…

Ventas desenfundó su cuchillo y se lo tendió.

—¿Qué queréis que haga con esto?

El capitán se agarró un trozo de carne por encima de la cadera.

—Clávalo ahí, sin miedo. Es solo grasa, Elías. Venga, rápido.

El sargento palideció en un instante. Comenzó a negar con la cabeza.

—No, no, no… No puedo hacerlo.

—Si no lo haces, nos colgarán a los dos —lo apremió—. Clávamelo, ¡ya!

Elías miró el cuchillo de Ventas como si estuviera maldito. Dudó un segundo y, sin previo aviso, le descargó un golpe tremendo en la cabeza con el pomo. El capitán se apoyó en la pared, aturdido. La sangre comenzó a brotar. Las rodillas se doblaron en contra de su voluntad. Elías no sabía qué hacer.

—Perdón… perdón.

—Me vale —balbuceó Ventas, que pensó que habría sido mejor que le pinchara. Elías pretendió devolverle el cuchillo—. ¡Llévatelo, joder! Y vete, antes de que te vea alguien.

El sargento escapó de la celda y subió los peldaños del sótano de dos en dos. Ventas se sentó en el suelo. Se sentía mareado, y no solo por el golpe.

Rezó por Elías y su familia.

También por él.

Acababa de convertirse en un traidor.

39

La muchedumbre se dispersó cuando Víctor de Cortada finalizó su discurso, reiterando sus promesas de justicia, paz y venganza. En ningún momento mencionó al sargento Elías. Quería interrogarlo él mismo. Si era cierto que trabajaba para los demonios, obtendría información de primera mano.

Y la obtendría a cualquier precio.

Fray Martín González tomó nota mental de todo lo que oyó y vio durante su estancia en el pueblo. Para su desgracia —y como era lógico—, el abad no le permitió asistir a la reunión con el comendador. Martín habría dado cualquier cosa por estar presente, pero no le quedó otra que esperar por los alrededores.

Dino y Charlène fueron al castillo después de la ejecución. Ella se mostró taciturna durante todo el camino y se refugió en sus dependencias nada más llegar. D'Angelis se sintió apenado por ella. Era evidente que le había tomado aprecio a Víctor, y el espectáculo al que acababan de asistir había sido peor que lamentable.

El comendador mandó llamar a Dino en cuanto supo que se encontraba en el castillo. Quería que estuviera presente durante su reunión con fray Francisco de Puebla. Esta se celebró en la mesa del salón y duró poco. El abad bendijo a Víctor en su nuevo cargo, reiteró el apoyo del Císter al nuevo comendador y manifestó su premura en regresar al monasterio. Ni siquiera mencionó la ejecución sumarísima que acababa de presenciar. Según sus palabras, ya se había perdido dos rezos ese día. D'Angelis no sabía si reír o llorar, así que prefirió guardar silencio. Le pareció patético que el abad diera prioridad a repetirle a Dios la misma cantinela ocho veces al día antes que tratar asuntos concernientes a la seguridad del pueblo.

Víctor lo informó de forma breve y escueta de todo lo acontecido en Nuévalos desde la llegada de D'Angelis. Para indignación del turinés, lo que más preocupó al abad fue todo lo relativo al palacio de Sarkis Mirzakhanyan y su desaparición. El abad mencionó la famosa cláusula de *imperium suum* y los impuestos que se les cobraba a la familia desde hacía décadas. Dino hizo un esfuerzo para no abofetearlo. La locura del comendador, la aparición y muerte de Daniela, los últimos asesinatos, el desenmascaramiento de los impostores... Nada de eso parecía importarle a fray Francisco de Puebla y Cornejos.

Este dio por terminada la reunión levantándose de golpe.

—Víctor, la orden no pondrá obstáculos a vuestro modo de hacer las cosas —concluyó, a modo de despedida—, siempre y cuando vuestras decisiones no afecten al monasterio. Usad cualquier medio a vuestro alcance para capturar y ejecutar a esos impostores. —El abad interrogó al comendador con la mirada—. ¿Necesitáis dinero? —preguntó con una ceja levantada.

—No, reverendísima.

—¿Cualquier otra cosa?

—Nada, reverendísima. Si precisara cualquier cosa, os lo haría saber.

—Eso espero —aprobó fray Francisco, que en ningún momento se dirigió a D'Angelis, como si este no estuviera presente—. En breve recibiremos la visita del arzobispo, don Hernando de Aragón, y no quisiera que encontrara un pueblo furioso y en armas, buscando a quién ahorcar.

—Solucionaré esto lo antes posible —prometió Víctor.

El abad les prodigó una bendición y tomó las de Villadiego. D'Angelis se quedó a solas con el comendador por primera vez desde que asumiera el cargo de su padre.

—Menuda mierda de reunión —dijo Dino.

—Clérigos —masculló Víctor—. No esperaba otra cosa. Mientras no interfieran con nuestra misión, me conformo.

Se hizo un silencio incómodo que D'Angelis quebró antes de que el comendador se marchara a toda prisa, a hacer Dios sabe qué.

—Víctor, ¿puedo darte un consejo?

Este le dedicó una mirada cansada.

—No consentiré ni un solo reproche, Dino.

El espía puso cara de sorpresa. Aquella advertencia lo pilló fuera de lugar.

—Todavía no sabes lo que te voy a decir, ¿y te pones a la defensiva? —D'Angelis expelió una risa falsa de irónica indignación—. Te juro que, hasta hoy, no creía en la posesión diabólica. ¿Tú te estás escuchando?

—Dino, no tengo tiempo de...

—No pareces tú —lo interrumpió con vehemencia—. Sé que tu padre te subestimaba, Víctor, lo sé... Sé que eso es una putada, como también es una putada perder a tu familia a lo largo de los años, y ver que tu padre y quienes lo rodean obvian el problema y no protegen a su gente. —D'Angelis se detuvo un momento para tantear cómo se estaba tomando Víctor el sermón; este lo aguantaba con cierto rictus de desprecio en el rostro—. Entiendo que ahora vistas de militar, aunque no lo seas, y lleves una espada, aunque no tengas ni idea de usarla. Y entiendo que tengas prisa para atrapar a esos hijos de puta, yo también la tengo: cuanto antes lo haga, antes me largaré de este pueblo. Pero de ahí a convertirte en un tirano de la noche a la mañana...

—¿Has terminado?

Dino estudió la máscara de impasibilidad que ocultaba el verdadero rostro de Víctor de Cortada, el amante de los libros y la ciencia. Se dio cuenta de que, dijera lo que dijese, el rumbo que había tomado el comendador era inamovible. La ballesta se había disparado, y ya no había forma de desviar el virote. Víctor era un hombre inteligente, pero el hartazgo le nublaba el intelecto. Ambas miradas se sostuvieron en el aire como si mantuvieran un mudo desafío.

En realidad D'Angelis no pretendía desafiar a Víctor.

Lo apreciaba.

—Voy a darte el consejo, aunque no quieras oírlo.

—Adelante, suéltalo.

—No busques el respeto de la gente a través del miedo.

Víctor guardó silencio unos segundos.

—Gracias —dijo al fin, para a continuación masajearse el puente de la nariz con el pulgar y el índice—. ¿Has visto a Ventas? Lo he echado de menos en la reunión.

—No.

Víctor señaló las escaleras con el dedo. Parecía titubear. Dino quiso pensar que, tal vez, su arenga no había caído en saco roto.

—Voy... voy a ver cómo está mi madre.

D'Angelis siguió a Víctor con la mirada mientras este desaparecía por el pasillo que llevaba a las escaleras. Se preguntó dónde estaría Ventas, y se apostó consigo mismo que lo encontraría en el calabozo, con Elías. Localizó la bajada al sótano. Las antorchas de la pared estaban encendidas.

—¿Heliodoro? —El espía bajó hasta una galería abovedada; había cierto eco en el subterráneo—. ¿Heliodoro?

Oyó una voz lastimera al final del corredor.

—¿Dino?

El espía encontró a Ventas al final del pasillo, sentado en el suelo entre las tres celdas, con la mano en la cabeza. Estaba herido.

—¿Otra brecha para la colección? —le preguntó Dino, sardónico.

—Ha sido Elías —gruñó el capitán—. Vine a ver cómo estaba, me quitó el cuchillo en un descuido y me atizó en la cabeza con el pomo. Como lo pille se va a enterar de quién soy yo...

Dino le mostró las palmas con una sonrisa de complicidad.

—A ver cómo te lo explico sin que me rompas la crisma, Heliodoro: estoy de tu lado.

Ventas lo fulminó con una mirada de desconfianza.

—Pero ¿qué cojones dices?

—No voy a delatarte —prometió—, pero no me tomes por idiota... Sé que has dejado escapar a Elías.

El capitán se levantó del suelo a una velocidad pasmosa. Parecía que la herida en la cabeza le había dejado de doler de repente.

—¿Cómo te atreves?

Dino retrocedió un paso sin dejar de sonreír.

—Te vi correr hacia el castillo en cuanto Víctor ordenó la ejecución de Ferrán. Anoche insististe mucho en que no le contáramos a nadie que Elías estaba preso. Sé cuánto lo aprecias, y puede que Elías tuviera sus razones para hacer las cosas que hizo. Este sitio es complicado, Heliodoro, un auténtico infierno. Todos somos muy cristianos hasta que nos preguntan si preferimos que asesinen a nuestro hijo o a seiscientos niños desconocidos. Ya conoces la respuesta. Pues esa pregunta, formulada de diferentes formas, se le ha planteado a más de un padre de familia de este pueblo.

Ventas agachó la cabeza.

—Elías se equivocó, como nos equivocamos todos. Tiene una niña...

—Hace seis años que este pueblo vive en un continuo error, Helio.

El capitán no lo corrigió.

—Víctor es muy inteligente. —Señaló la herida de la cabeza—. Es posible que no se crea esto, y que el próximo que cuelgue en la encina de la plaza sea yo. Y con razón.

—Víctor te quiere y te necesita, Helio, y creerá lo que le cuentes porque no puede permitirse perderte. Ahora mismo está agotado, superado por los acontecimientos, furioso. En estos momentos lo mejor es mantenerlo al margen de lo que hagamos.

—Pero es el comendador...

—Dejemos que termine de asumir su cargo, que descanse, que asimile la muerte de su padre y de su hermana, que consuele a su madre...

—Tienes razón —admitió—. Esto ha sido demasiado para todos. Ricardo no solo era mi superior, Dino, también era mi mejor amigo.

—Lo sé. Necesito algo de ti, Helio. Puedo llamarte Helio, ¿verdad?

Ventas se rio con amargura, pero esbozó una sonrisa.

—Eres un buen hombre, D'Angelis.

—Consideraré eso un sí. ¿Ves como al final nos íbamos a llevar bien? ¿Un abrazo?

Se echó a reír.

—No estoy de humor para maricomadas. Dime, ¿qué necesitas de mí?

—La Lobera ha averiguado algo.

El capitán elevó la vista al techo.

—Lo que me faltaba —rezongó—. ¿Anda por el pueblo?

—Sí. Me cae bien: es muy charlatana, y habla como un estibador borracho.

—¿Te contó algo de mí?

A Dino le sorprendió la pregunta. No recordó que Mencía le contara nada del capitán.

—No, ¿por?

—Por nada. ¿Qué ha averiguado esa blasfema deslenguada?

—Su sobrino y ella han descubierto una cabaña en un lugar que llaman Los Vadillos. ¿Lo conoces?

—Sí, hace años que nadie va por allí. Territorio de demonios. ¿Es la guarida de esos malnacidos?

—No parece una guarida —explicó D'Angelis—. La Lobera sospecha que la utilizan para reunirse.

—Puedo enviar un destacamento.

—No sería prudente intervenir todavía. Queremos echar un vistazo, y me gustaría que vinieras con nosotros.

—¿Con la Lobera? Búscate a otro.

—Helio, tú conoces bien a los habitantes del pueblo, y estoy casi seguro de que esos fantoches son de Nuévalos. Nadie mejor que tú para identificarlos. Y si nos descubren y la cosa se pone fea, me gustaría contar con tu espada —añadió.

Ventas pareció pensárselo. No tardó demasiado en decidirse. Se sentía en deuda con D'Angelis.

—Si pretendes mantener el sigilo, tendrás que amordazar a la Lobera.

—También puedes ayudarme con eso.

Los dos se miraron unos segundos y se echaron a reír.

—Iré con vosotros. —El capitán soltó un resoplo amargo—. Voy a contarle a Víctor que Elías ha escapado.

—¿Quieres que vaya contigo?

—Te lo agradezco.

—Pues vamos. Estas mierdas, cuanto antes, mejor.

La fuga de Elías se perpetró en dos fases.

En la primera, Petronila y los niños abandonaron el pueblo por la puerta este, minutos antes que él. Casi nadie les prestó atención. Tan solo la esposa de Cosme, el alfarero, le preguntó dónde iban.

—A ver a don Ataúlfo, María —respondió Petronila con voz temblorosa—, que la niña no me para de toser.

María ni se fijó en que llevaban equipaje. Le habría gustado comentar con Petro los últimos acontecimientos de Nuévalos, pero esta parecía tener prisa.

La segunda fase fue la huida del propio Elías. El sargento se descolgó por un costado de la muralla que se alzaba sobre un barranco, por encima del río Piedra. Era un salto muy arriesgado hasta una estrecha cornisa, pero a Elías le pareció menos peligroso que salir por la puerta. Tal vez la noticia de su apresamiento había trascendido a la guarnición, y ni quería verse en el brete de ser detenido por sus propios hombres, ni poner en un compromiso a un centinela. El aterrizaje en la cornisa no fue del todo limpio, pero por fortuna no se rompió ningún hueso. Se sacudió el polvo, se aseguró la mochila y se alejó de Nuévalos.

Se reunió con Petronila y los niños en una arboleda próxima a la carretera.

Los pequeños preguntaron una y otra vez adónde iban.

No obtuvieron respuesta alguna de sus padres.

La Lobera había pasado más de dos horas al sol, con la espalda apoyada en el exterior de la muralla este, viendo pasar a la gente que transitaba por la carretera. Algunos la saludaban con desdén, otros fingían no verla. A ella no le importaba demasiado. Se consideraba un espíritu del bosque, y solo recurría a la civilización cuando lo necesitaba. Andaba entretenida limpiándose la roña de las uñas con un palito, cuando alguien la sorprendió al llamarla por su nombre.

—Hola, Mencía.

Descubrió la figura de un hombre a contraluz. La Lobera hizo visera con la mano y arrugó la nariz.

—Me dijeron que te encontraría aquí.

Reconoció la voz.

—Hombre, Venancio. Espero que no vengas a colgarme.

El carcelero soltó una risa amarga.

—Hoy no, otro día puede —contestó—. Solo quiero hablar contigo.

—¿Y desde cuándo te intereso? Ya sabes que no caigo demasiado bien en este pueblo.

Venancio se puso a su lado, apoyó la espalda en el muro y perdió la vista en la arboleda que eclipsaba el horizonte.

—¿Puedo preguntarte algo?

—Si no es muy difícil...

—¿Conseguiste superar la pérdida de Rosalía?

Mencía terminó de limpiarse las uñas y tiró el palo a un matorral cercano. Por un momento, Venancio creyó que no le iba a contestar.

—Finjo haberlo superado —respondió al fin.

Venancio asintió.

—Me pasa igual con Silvia. Ahora tendría quince años.

—La mía diecinueve, creo.
—Te vi en la plaza con D'Angelis.
—Y yo a ti, jugando a las grúas.
El verdugo se encogió de hombros.
—Es parte de mi trabajo.
La Lobera lo miró de reojo.
—¿Qué quieres de mí, Venancio?
—D'Angelis me dijo que existe una posibilidad de que mi hija esté viva. Puede que la tuya también —añadió—. Tal vez todas las que desaparecieron.
—Eso me dijo a mí —suspiró—. Pero no quiero hacerme ilusiones. Sería como perderla dos veces.
—Te conozco desde hace años…
Mencía lo interrumpió con gesto serio.
—En este pueblo nadie me conoce en realidad —sentenció—. Solo conocéis lo que yo quiero que se conozca.
—A veces los disfraces fallan. Sé que eres una mujer guerrera, y que ahora que el nuevo comendador nos anima a no tener miedo, estás pensando en pasar a la acción. Si no, ¿qué haces rondando por el pueblo en plena temporada de caza?
—Menudo sermón —se quejó—. ¿No tienes a nadie a quien ajusticiar?
Venancio la cogió del brazo. No fue un gesto hostil, más bien de camaradería.
—Mencía, solo quiero que sepas que, si D'Angelis y tú estáis tramando algo contra quienes se llevaron a las niñas, podéis contar conmigo. Para lo que sea —silabeó—. Además, D'Angelis me debe una —añadió.
La Lobera vio determinación en aquel rostro y un brillo especial en la mirada. Un destello que ella había apreciado en sus propios ojos al verlos reflejados en el espejo oxidado que guardaba en algún rincón de su vieja cabaña.
El resplandor infernal de la venganza.
—He quedado con él aquí —aceptó—. Siéntate conmigo, lo esperaremos juntos.

Charlène salió de su alcoba cuando se secó la última lágrima.
Porque había llorado con ganas.

Y con furia.

Tenía ganas de irse de Nuévalos de una maldita vez. De olvidarse de Víctor, de la locura, de la muerte, del miedo... En aquel lugar perdido de Aragón, el tiempo parecía haberse detenido dos siglos atrás; hasta Víctor de Cortada, un hombre moderno y culto, se había dejado devorar por la barbarie. Una barbarie que había hecho pedazos la ilusión de Charlène a mordiscos.

El único hombre que estuvo a punto de hacerle olvidar el infame tacto de las manos de su padre se había convertido en un déspota prepotente y cruel.

Puede que estuviera condenada, maldita.

Sorbió por la nariz, elevó el mentón y decidió dar un paseo por el castillo.

La puerta de la habitación de doña Marina se abrió para dar paso a una mujer cheposa que la cerró con delicadeza. A Charlène le sonaba de haberla visto durante la misa. Supuso que sería algún pariente de los Cortada. Los ojos tristes y redondos se fijaron en ella. Charlène forzó una sonrisa de compromiso, y la desconocida se la devolvió con creces.

—Debéis de ser Charlène —adivinó, a la vez que le cogía la mano con la misma suavidad con la que había cerrado la puerta—. Soy Catalina López Villalta, viuda del primo hermano de Marina.

Charlène cayó en quién era. Catalina, la de la casa de caridad de los Fantova. Le prodigó una breve reverencia.

—Encantada.

—Gracias por lo que hicisteis por Daniela. Juana me lo ha contado todo.

—Por desgracia, no sirvió de mucho —se lamentó.

—Nuestra familia está tocada por el infortunio —suspiró Catalina—, no os sintáis culpable por ello. ¿Me acompañáis hasta la puerta del castillo?

—Iba a dar un paseo por el patio.

—Entonces no hay excusa —dijo Catalina, agarrándose del brazo de Charlène y encaminándose hacia la escalera—. Sabéis que esos desgraciados asesinaron a mi hija Regina hace cinco años, ¿verdad?

—Sí, lo sé —respondió—. Lo siento mucho.

—Han sido años difíciles. —Catalina bajaba los escalones con cuidado de no caer; Charlène sentía la presión de sus dedos en el antebrazo—. Primero mi esposo, que Dios lo guarde en su gloria. Luego mi hijo Gabriel, que murió muy lejos de aquí. Y después… ya sabéis lo que le sucedió a Regina.

—Ha tenido que ser muy duro.

—Mucho, pero, en fin… Me consuelo ayudando a los más necesitados. Vos sois médico, ¿verdad?

—Sé de medicina, sí.

—Si sabéis de medicina, sois médico.

Charlène soltó una breve risa. Por suerte, la escalera terminó, y con ella la presión de los dedos de Catalina.

—Los hombres no opinan igual —dijo la piamontesa.

—Algún día el mundo pertenecerá a las mujeres —profetizó Catalina, con un brillo triste en los ojos—. Si nos dejaran mandar, mejor nos iría a todos.

—Puede ser.

—¿Os gustaría venir a mi casa? —propuso—. Tal vez podríais ayudar a alguno de mis enfermos y conocer a don Ataúlfo, nuestro médico. Me comentó que tiene curiosidad por conoceros.

Charlène esquivó la flecha como pudo.

—Quizá otro día. Hoy tengo cosas que hacer en el castillo.

—Claro —admitió Catalina. Habían llegado al patio. La viuda de Fantova recorrió el cielo con mirada evocadora, como si pudiera ver algo más que azul y nubes—. Espero que Marina se sobreponga a su pérdida. A mí todavía me cuesta, y han pasado cinco años. Alguna noche me pareció ver a mi hija rondando mi casa, mirándome, muy quieta. Sé que solo son espejismos de la mente, torturas de la memoria… Pero, Charlène, ¡fue tan real!

La piamontesa asintió. No estaba de humor para escuchar historias de fantasmas.

—Espero veros antes de que os marchéis —dijo Catalina antes de irse.

—Será un honor.

La viuda le frotó la mano con cariño, a modo de despedida, y se fue. Charlène regresó a la torre del homenaje. Los gritos que oyó, nada más entrar, le hicieron dar un respingo.

Gritos de furia procedentes del piso superior.

Torcuato, que barría el salón, se quedó paralizado, con la vista fija en el techo. Se oyeron dos golpes fuertes. Pilaruca se asomó por la puerta de la cocina y descubrió a Charlène mirando hacia la cima de las escaleras. Los golpes cesaron, pero los gritos no. La cocinera le hizo una seña a Charlène desde la cocina.

—¿Me hacéis un favor? —le preguntó la cocinera.

—Si antes no se nos cae el castillo encima…, decidme.

Le mostró una jarra del mejor vino de los Cortada.

—A mi esposo no le sienta bien, y yo necesito compartir con alguien esto.

Más gritos lejanos.

—No bebo —dijo Charlène—, pero creo que hoy haré una excepción.

40

Neuit y Cadernis dieron un rodeo por el bosque para llegar a la hospedería sin ser vistos. Al chico le gustaba Cadernis. Confió en él desde el primer momento, no se burlaba de su forma de hablar, no le preguntó por los tatuajes de su rostro y tampoco le miró los pies con cara de asco. Además, aquella mujer tenía algo especial, un don que muy pocas poseían.

Niaifocoin.

Parecía una reina, incluso cuando se movía por terreno difícil y tenía que trepar repechos y sortear árboles caídos, con su vestido largo, un morral al hombro y un elegante pañuelo cubriéndole el cabello. Les sorprendió encontrar vacíos los alrededores del lazareto. Ignoraban que, en esos momentos, Nuévalos asistía a una sesión doble de entierro y ejecución.

—Ahora cuidado —advirtió Neuit, agazapado entre unos matorrales frente a la hospedería—. Hay un cojo, espía cabrón. —Se dio unos toquecitos rápidos con el índice en el labio—. Todo ve, todo cuenta: *bish, bish, bish.*

—Es lo que hacen los espías —corroboró Cadernis.

Cruzaron la carretera al trote. No les quedaban ni diez pasos para llegar a la hospedería cuando Ataúlfo Martínez dobló la esquina, justo delante de ellos.

—¡Oh! —exclamó sorprendido—. Neuit. Es Neuit, ¿verdad? —Este no respondió; la mirada del médico se desvió, como era de esperar, hacia Cadernis—. Dios la guarde, mi señora —saludó.

Ella respondió con un cabeceo imperceptible. Conocía al médico: a veces visitaba El Parnaso, no solo para cumplir sus funciones de sanador, sino también para ver a Sarkis, con quien presumía de tener una amistad. Lo cierto era que el joven lo aguantaba porque necesitaba sus servicios, pero en cuanto Ataúlfo salía por la puerta, renegaba de lo pesado y empalagoso que le resultaba. A pesar de haberlo visto en más de una ocasión, confió en que el médico no se hubiera fijado en ella.

No tuvo tanta suerte.

—Yo os conozco —exclamó Ataúlfo señalándola con un gesto amanerado—. Vos sois... ¡Cadernis, claro! Qué extraño veros por aquí. Por cierto, ¿cómo está Sarkis?

La mujer intentó sonar convincente.

—Me parece que os equivocáis, señor —improvisó—. Me llamo Mirabel de la Torre, y estoy de paso por el pueblo.

Ataúlfo le guiñó un ojo y arrugó la nariz en lo que pretendía ser una mueca cómplice.

—No me engañáis, pero no os preocupéis: si os incomoda nuestro encuentro, no se lo contaré a nadie.

—Por desgracia, no me fío de vuestra palabra.

La punta de la daga en la nuez borró la sonrisa de la cara de Ataúlfo. Neuit miró a su alrededor, nervioso. Si alguien presenciaba aquella escena, se meterían en un lío, y Dino no estaba allí para solucionar las cosas con su labia.

—Por favor —suplicó el médico, que no entendía la desproporcionada actitud de Cadernis; era la primera vez que alguien le apuntaba con un arma—. No diré nada, os lo juro.

—Adentro —ordenó ella.

Entraron en el albergue, cerraron la puerta principal y se refugiaron en la habitación. Cadernis obligó a Ataúlfo a sentarse en una silla. Le habló muy despacio, con calma, sin dejar de apuntarle con el puñal.

—Os ruego me atendáis con atención. Si no hacéis ninguna estupidez, si os quedáis quietecito, no sufriréis ningún daño. Os doy mi palabra.

Ataúlfo estaba a punto de echarse a llorar.

—No entiendo nada... No sé qué os he hecho.

Neuit le dio dos palmadas en el hombro.

—Tú, tranquilo, Dino viene, Dino soluciona —explicó.

Cadernis se sentó en la cama, preocupada.

«Ojalá Dino vuelva pronto», pensó.

La reacción de Víctor de Cortada al enterarse de la fuga de Elías fue desproporcionada, aunque la tormenta no pilló por sorpresa a Dino y Ventas.

El único consuelo para el capitán fue que el comendador no dudó ni un solo momento de su lealtad. Sí de su eficacia. En el fragor de la bronca llegó a llamarlo viejo e inútil. Ni en sueños habría imaginado a Víctor hablarle de ese modo, ni a él ni a nadie. La presión llegó a tal extremo que el capitán estuvo a punto de estallar, pero Dino lo apaciguó de un sutil codazo. Tenía que sentirse afortunado por escapar libre de sospechas. Víctor ordenó que cuatro grupos de tres hombres salieran en busca de Elías y su familia, uno por cada punto cardinal. Ventas acató la orden sin rechistar y bajó al patio a toda prisa. Dino lo acompañó. Los soldados recibieron la orden de busca y captura con una mezcla de sorpresa y escepticismo.

—No habléis de esto fuera de la guarnición, ¿entendido? —los advirtió.

—Pero ¿por qué se ha marchado Elías del pueblo, mi capitán? —preguntó el soldado Lozano, extrañado—. ¿Qué ha hecho?

—No lo sé —mintió Ventas—. Si se os hace de noche, dad la búsqueda por concluida; ya me las arreglaré con el comendador.

Diez minutos después, doce hombres confundidos abandonaban Nuévalos a caballo. Dino le dio una palmada amistosa a Ventas en el brazo.

—No te pregunto cómo estás, porque sé cómo te sientes.

Este lo miró de reojo.

—Te juro que me gustaría que esta noche nos descubrieran, para poder decapitar a unos cuantos a placer.

—Mejor otro día. ¿Le dirás a Víctor que te vas de excursión?

—No creo que quiera verme en lo que queda de día. Le he dicho a Belarmino que, si pregunta por mí, le diga que estoy contigo. Esas eran mis órdenes originales.

—Eso es verdad. Venga, vamos con la Lobera.

Ventas lo agarró de la manga.

—Oye, si esa bruja te habla de mí, no te creas ni una palabra. Miente más que habla.

—¿Otra vez con eso? Te repito que no me ha contado nada sobre ti.

—Mejor. Pero si te cuenta algo, ya sabes: es mentira.

Dino dedicó una mirada desconfiada a Ventas.

—Tranquilo, lo tendré en cuenta.

Encontraron a la Lobera con Venancio Prados en el exterior de la muralla este. A Dino y a Ventas les extrañó ver al carcelero con Mencía.

—Pero bueno, Heliodoro, qué alegría verte —saludó la Lobera—. Hace tiempo que no nos vemos, ¿eh? Te siente bien la vejez, estás hasta guapo.

El capitán la saludó con un gruñido.

—He visto soldados a caballo —comentó Mencía—. ¿Ha pasado algo?

—¿Qué haces aquí, Venancio? —preguntó Ventas, ignorando a la Lobera.

—Estoy harto de no hacer nada, capitán. Os recuerdo lo mismo que vos me recordasteis a mí el otro día: yo también represento a la justicia en este pueblo.

—Ahí te ha pillado, Ventas —lo aguijoneó la Lobera.

El oficial le dedicó una mirada capaz de prender ramas secas. Dino se dirigió a Venancio.

—El otro día te ofreciste a ayudarme —recordó—, y me parece bien, pero ¿sabes manejar un arma en caso de pelea?

—Se me da bien manejar el hacha, y lanzarla —respondió—. Esos tipos no me asustan, Dino. Mencía me ha dicho que es probable que hoy se reúnan en Los Vadillos. Dejadme ir con vosotros, sé moverme en silencio. Te juro que no intervendré si no me lo ordenáis.

A D'Angelis le agradó la oferta. El carcelero le parecía digno de confianza.

—Por mí no hay problema. ¿Ventas?

Este le pasó el brazo por el hombro a Dino.

—Quiero hablar contigo un momento, a solas.

Se lo llevó lo bastante lejos para que nadie más los oyera.

—Venancio perdió a su hija —le recordó—, no creo que sea capaz de mantener la cabeza fría cuando llegue el momento.

Dino trató de tranquilizar al oficial.

—El otro día, en la cárcel, le planteé la posibilidad de que Silvia pudiera estar viva, lo mismo que Daniela. Creo que es lo bastante inteligente para saber que no hay que espantar a esos tipos, sino seguirlos y localizar su guarida. Además, Venancio conoce a todo el pueblo, incluso mejor que tú. Puede reconocer cualquier cara.

—¿Y si la cosa se tuerce?

—Pues tendremos un hombre más para hacerles frente.

Ventas resopló.

—Lo que me da miedo es que la lluvia de hachas comience en cuanto vea al primero de esos bastardos.

—Le explicaré el plan hasta que entienda que no podemos permitirnos el lujo de meter la pata. Si mis sospechas son ciertas y esos malnacidos retienen a las niñas, deben de estar en otro lugar distinto a la cabaña de Los Vadillos. Con suerte, nos conducirán hasta su escondite.

—¿Y cómo estáis tan seguros de que se reunirán allí esta noche?

—No lo estamos, pero es lo más lógico. Anoche esos tipos huyeron en desbandada, al menos Gamboa se separó de ellos. Estoy seguro de que todos saben ya lo que ha sucedido hoy en Nuévalos. Tampoco consiguieron llevarse a Elías, y es probable que este los busque para que lo ayuden a huir de la comarca. Lo normal es que se reúnan para estudiar qué hacer a partir de ahora. Saben que las cosas han cambiado, Helio, y tienen que estar asustados.

Ventas asintió en silencio.

—Voy a buscar mi equipo —dijo—. Traeré provisiones.

Media hora más tarde emprendían rumbo al monasterio de Piedra, campo a través. Manuel Orta se unió a ellos a mitad de camino. Rómulo y Remo saludaron a su ama con lametones y frenéticos movimientos de rabo. Venancio se mantuvo apartado. Había oído leyendas sobre la ferocidad de aquellas bestias, y no se fiaba. Dino aprovechó que la Lobera estaba a cierta distancia para comentarle algo al oído a Ventas.

—No son lobos, Helio. Esos fardos de pulgas son putos perros.

Ventas los estudió de lejos. Tampoco le gustaban demasiado.

—Pues parecen lobos.

—No le digas nada a la Lobera, que seguro que se encabrona. Pero ya te digo yo que son dos perros, me apuesto un huevo.

—Pues tienen los dientes así —Ventas separó el pulgar y el índice—, como los lobos.

—No te digo que no puedan morder, pero son perros, cojones.

Mencía los miró con el ceño fruncido.

—¿Qué coño andáis cotilleando ahí atrás?

—Le decía a Heliodoro que he de pasar por la hospedería —respondió Dino.

—Pues sé breve —gruñó la Lobera—. Tenemos que buscar un sitio para escondernos antes del atardecer.

D'Angelis tampoco encontró un alma en los aledaños de la hospedería.

La sorpresa vino al hallar un huésped inesperado en la habitación.

—¡Dino, menos mal! —exclamó Ataúlfo, levantándose por primera vez de la silla en la que estaba sentado para agarrar al espía por los hombros. El turinés interrogó a Neuit y Cadernis con la mirada antes de hablar.

—Pero ¿qué hace este hombre aquí?

—Me ha reconocido —respondió Cadernis—. No puedo arriesgarme a que suelte por ahí que me ha visto.

—Ya le juré que no diría nada a nadie —lloriqueó Ataúlfo sin soltar a Dino, que no sabía cómo deshacerse del médico sin ser descortés—. Por favor, dejadme ir.

Dino también lo cogió de los hombros, le sonrió y trató de calmarlo.

—Ataúlfo, no sería sensato —dijo, tratando de sonar convincente—. No os habéis enterado de lo que ha pasado en la ciudad, ¿verdad?

—No. Hoy me levanté tarde, por culpa del vino de ayer... No sé cómo vos podéis estar tan fresco —observó—. Luego fui a preparar unas medicinas al hospital, no he hablado con nadie en lo que va de día.

—Pues será mejor que os sentéis de nuevo.

El espía puso al corriente al médico de lo sucedido en Nuévalos. Este palideció conforme oía las noticias, cada una peor que la anterior.

—Gamboa no es quien dice ser —concluyó Dino—, es mucho más peligroso de lo que aparenta. Él es uno de esos demonios. Cadernis tuvo suerte al poder escapar de El Parnaso.

—¿Y Sarkis? —preguntó el médico, preocupado.

—Gamboa se lo llevó —respondió Cadernis—. A él, y a los demás.

—Pero ¿adónde?

—No lo sabemos —reconoció Dino—. Lo que sí sabemos es que Gamboa ordenó al cojo espiarnos, anda suelto y sabe que nos hospedamos aquí. Este lugar no es seguro —decidió—. ¿Os ha visto entrar Saúl?

—Yo no ve él —respondió Neuit—, pero no sé si él ve nosotros.

Dino se mordió el labio. No podían permitirse ningún riesgo.

—¿Dónde vive Saúl?

—Aquí mismo, en la puerta que hay a la entrada de la hospedería —respondió Ataúlfo, nervioso—, una estancia que hace de cocina y almacén.

D'Angelis abrió la puerta de la habitación sin hacer ruido. Nadie en el patio interior. Se acercó a la puerta que le había indicado Ataúlfo y pegó la oreja. Oyó música, o algo parecido. Un torpe rasgueo a un instrumento de cuerda.

—No jodas que el cojo toca el laúd —murmuró para sí.

El intento de tonada se detuvo en cuanto el espía llamó con los nudillos. El rostro de Saúl apareció por la puerta entreabierta. El empujón de Dino acabó de abrirla del todo, tirando al chico de espaldas, con el instrumento musical todavía en la mano. La expresión al reconocer al enviado del emperador fue de puro terror. Este le plantó el pie en el pecho.

—Elige: pierna buena o pierna mala.

—¿¡Qué!?

—No tengo tiempo, rápido: ¿pierna buena o pierna mala?

Saúl pareció dudar.

—¿Pierna mala?

Dino agarró el tobillo de la pierna torcida, la estiró todo lo que pudo y descargó todo su peso en un tremendo pisotón que le rompió el peroné con un chasquido. El alarido de Saúl duró lo que el espía tardó en taparle la boca con la mano. Le chistó.

—Aguanta y no grites, o no me quedará más remedio que silenciarte de otro modo.

Saúl apretó los dientes. Sus ojos desorbitados querían saber el porqué de aquel castigo.

—Te doy mi palabra de honor de que no me ha gustado hacer esto, pero ha sido necesario, lo entenderás en su momento. Si te quito la mano de la boca, ¿gritarás? Si gritas, ya sabes lo que pasará.

Te acuerdas de la uretra, ¿verdad? —Saúl asintió con vehemencia—. De acuerdo, pues ya sabes: chitón.

D'Angelis lo levantó por las axilas y lo sentó en una silla. A Saúl le dolió muchísimo, pero no se atrevió a quejarse. El turinés recogió el laúd del suelo, lo echó sobre el camastro, y arrastró la silla hasta la habitación donde estaban Neuit, Cadernis y Ataúlfo. Saúl lloraba en silencio, dolorido y aterrado. La sorpresa fue mayúscula cuando vieron aparecer a Dino con el portero.

—Ataúlfo, espero que podáis recomponerle la pierna al amigo Saúl —jadeó—. Yo correré con los gastos. ¿Hay algún sitio cercano donde podáis esconderos y estar seguros? Ataúlfo, creo que ahora eres consciente de que tú también corres peligro.

—Sí, sí —admitió el médico, al borde de la alferecía—. La puerta del hospital es sólida y puede cerrarse con llave, estaremos seguros.

—Pues quedaos en el hospital hasta que yo vuelva. —Dino señaló a Saúl—. Cadernis, no creo que nuestro amigo vaya a ninguna parte, pero si grita o hace alguna estupidez, tienes permiso del emperador para degollarlo.

Neuit protestó.

—No, no, si hace ruido, yo corta cuello despacio, despacio. Yo, no ella.

—Los dos tenéis permiso, así que poneos de acuerdo vosotros. Cadernis, ¿me prestas el pañuelo?

La mujer adivinó las intenciones de D'Angelis, así que se quitó la prenda y amordazó a Saúl. El espía le guiñó un ojo en señal de aprobación. Ataúlfo se puso en movimiento.

—Traeré una silla con ruedas para trasladar a Saúl al hospital… Ahora te echaré un vistazo —le prometió.

—No te fíes ni un pelo de él —le advirtió Dino—. Es un espía de Antón Gamboa.

Ataúlfo dedicó una mirada seria a Saúl, que tenía el rostro bañado en lágrimas.

—Vaya —murmuró—. Tendré cuidado.

—Tengo que marcharme —dijo Dino—. Me esperan.

—¿Adónde vas? —preguntó Cadernis.

—Mejor que no lo sepáis.

D'Angelis abandonó la hospedería, cruzó la carretera y se reunió con los demás.

—Te dije que fueras breve —lo riñó la Lobera—. Todavía tenemos que dar un rodeo para llegar a Los Vadillos. Hay que evitar el monasterio de Piedra. ¿Qué cojones has estado haciendo?

—A veces las cosas se complican —rezongó Dino—. Venga, pongámonos en marcha.

En Nuévalos la campana de la iglesia anunció que eran las dos de la tarde.

Por los alrededores, los jinetes de Ventas no encontraron a Elías. Tampoco se esforzaron demasiado.

41

Charlène se echó en la cama a mediodía y despertó alrededor de las cuatro de la tarde. La media jarra de vino de Pilaruca obró el milagro. El despertar, sin embargo, fue triste. Se sentía sola y fuera de lugar, echaba de menos a Dino y ansiaba volver a Toledo. Su cometido en Nuévalos había terminado.

Por desgracia, el de su amigo, no.

Aquel castillo empezaba a asfixiarla. Se sentía en territorio hostil.

Un par de golpes en la puerta la sobresaltaron.

—Charlène, ¿puedo pasar?

Se puso tensa. Era Víctor.

El rostro al que se enfrentó al abrir era la alegoría del cansancio. Ella no habló. Tampoco sonrió. El aire se volvió barro.

—¿Puedo pasar?

—Sí, pero deja la puerta abierta.

Víctor titubeó. Charlène caminó hasta un escabel cercano a la ventana. Él se quedó a los pies de la cama deshecha. La señaló con un índice tímido.

—¿Puedo?

—Estás en tu casa —le recordó Charlène; su tono era invernal.

El comendador se sentó en el colchón y dedicó unos segundos a estudiar el rostro serio de la mujer. Parecía una desconocida, y actuaba como tal. Víctor pensó que necesitaría fuego griego para descongelar el témpano que se alzaba entre ellos. Fue torpe en su intento.

—Me da la impresión de que las cosas no están igual entre tú y yo.

Charlène maduró la contestación antes de pronunciarla.

—No solo entre tú y yo, Víctor. Todo ha cambiado en las últimas horas, a peor. Y eso que parecía que en este pueblo ya nada podía empeorar.

Víctor apretó los dientes.

—Mi padre ha asesinado a mi hermana y luego se ha quitado la vida. —La voz rezumaba rencor—. Y lo ha hecho justo cuando se oían rumores de una posible sublevación del pueblo. Me ha dejado una herencia maldita, Charlène: un potro desbocado llamado Nuévalos al que tengo que domar. —Intentó sonreír, pero fue incapaz de hacerlo—. ¿Por qué me miras así?

—Un potro al que tienes que domar —repitió Charlène, con un rictus de desprecio difícil de disimular—. ¿Esa es la idea que tienes de tu pueblo?

—Es una forma de hablar —se excusó Víctor, tratando de quitar importancia a sus palabras—. Ayer, Nuévalos estaba al borde de la revuelta, y todo por la desidia y el mal hacer de mi padre. Un padre que no dejó de recordarme, día tras día, que yo no estaba preparado para ocupar su puesto. —Apretó el puño de forma inconsciente—. La gente necesita ver que el sucesor de Ricardo de Cortada no es más de lo mismo; que no es un hombre débil con la fuerza justa para pasar la página de un libro; que es alguien que no duda en aplicar justicia y solventar sus problemas.

—¿Aplicar justicia? Víctor, has ahorcado a un hombre sin juicio previo, delante de niños. ¿A eso llamas tú justicia?

—Es el tipo de justicia que necesita este pueblo —se defendió.

—Ningún pueblo necesita un tirano.

Los labios de Víctor se fruncieron en una mueca que contenía una ira a punto de explotar. Se esforzó por calmarse antes de contestar.

—Charlène, necesito mostrar mano dura para ganarme el respeto y la confianza del pueblo. ¿Tan difícil es de entender? —Charlène no respondió; Víctor vio que los ojos de la mujer brillaban—. Soy el mismo Víctor que conoces, Charlène, pero en mitad de unas circunstancias extremas que yo no he elegido.

Charlène se levantó del escabel y se asomó a la ventana. Dejó vagar la vista entre los tejados de Nuévalos. Se preguntó si el cadáver de Ferrán Gayoso seguiría expuesto en la plaza, si los cuervos ya se habrían posado en sus hombros para devorar los ojos.

—¿Sabes cómo se demuestra la valía de un hombre, Víctor? —preguntó sin apartar la mirada de la ventana—. En cómo se comporta en circunstancias extremas. Dino, sin ir más lejos: deslenguado, burlón, aparenta no tener escrúpulos... Pero cuando se encuentra en situaciones límite, saca lo mejor de dentro: se deja apuñalar por salvar a unas desconocidas, acoge bajo su ala a niños desamparados y es capaz de enfrentarse a los más poderosos, aunque ponga su vida en peligro; nunca se deja arrastrar por los nervios, ni pierde sus valores. —Los ojos de Charlène buscaron los del comendador; una lágrima temblaba en su ojo—. Esa es la auténtica hombría.

Víctor sintió el impulso de consolarla. Tenía ganas de abrazarla, de sentir su cuerpo contra el suyo. Dio un paso hacia ella, Charlène retrocedió dos. Él se detuvo.

—Yo... yo te quiero, Charlène.

La lágrima que colgaba del párpado de Charlène rodó mejilla abajo.

—Dime qué tengo que hacer para arreglarlo, y lo haré —rogó Víctor—. Dime qué tengo que cambiar para que me ames, y lo cambiaré.

Charlène negó con la cabeza.

—Eso no funciona así, Víctor. —A pesar de las lágrimas, la voz no le tembló—. Esos cambios forzados nunca duran. Te oí gritar a Ventas como un energúmeno. A Heliodoro Ventas, que te quiere como a un hijo. ¿Qué sucederá si un día algo de mí te disgusta?

—Eso no pasará —aseguró Víctor—. Jamás.

—Nunca lo sabremos.

Víctor dio un paso más hacia ella.

—Podremos saberlo si me das una oportunidad. Te daría voz en el gobierno de este pueblo, Charlène... Juntos construiremos un Nuévalos más próspero, un Nuévalos mejor.

Ella volvió a negar con la cabeza, muy despacio.

—Mi lugar no está aquí, Víctor. Lo siento.

—Por favor...

Víctor se abrazó a ella. Charlène cerró los ojos. Se planteó, por un segundo, darle esa oportunidad que le pedía. Sintió los labios de él sobre su cuello.

También los malos recuerdos.

Los labios de su padre.

Podía oler el cabello del comendador. Le pareció que apestaba a ira, frustración, miedo... A poder mal entendido. Le resultó difícil deshacerse del abrazo. Él no quería separarse de ella. Charlène lo apartó con un gesto brusco, y él la miró con ojos derrotados.

—Por favor —repitió.

—Amar por un favor no es más que una mentira —sentenció Charlène—. Vete, te lo ruego.

—Charlène...

—Vete —repitió, con firmeza.

Víctor agachó la cabeza unos segundos. Cuando la levantó, sus ojos ya no mostraban tristeza, sino rencor.

—Está bien. Adiós.

Dio un portazo al salir.

Charlène se aplastó la cara con las manos. Tenía que irse de ese castillo cuanto antes. Hizo el equipaje a toda prisa y abandonó la alcoba con pasos rápidos. Se tropezó con Juana mientras bajaba las escaleras. Pepón, el hijo de Pilaruca, la ayudaba a llevar sábanas limpias para cambiar la de las camas donde habían reposado los difuntos.

—Juana, ¿por dónde se va a la hospedería del hospital? —preguntó Charlène.

La criada observó que llevaba la bolsa colgada al hombro.

—¿Os vais?

—Sí. Aquí ya no tengo nada que hacer.

Los ojos de Juana se entristecieron. En cierto modo entendía a Charlène. El ambiente que reinaba en el castillo era venenoso.

—Habéis hecho más de lo que se os ha agradecido.

Charlène esbozó una sonrisa triste y abrazó a Juana, que no pudo corresponderla al tener ambas manos ocupadas.

—Eres una mujer maravillosa, Juana —dijo—. Esta familia no sabe lo afortunada que es al tenerte.

Juana hizo una excepción y se mostró emocionada al hablar.

—Os echaré de menos —afirmó.

Charlène le acarició el hombro en un gesto amistoso.

—¿Por dónde voy a la hospedería?

—Yo puedo llevarla —se ofreció Pepón.

—Me harías un gran favor —dijo Charlène, agradecida.

—Pues dejo esto en el cuarto de los señores y vamos —dijo.

Pepón y Charlène abandonaron Nuévalos por la puerta este. La piamontesa echó la vista atrás una sola vez, para luego orientarla al sur. El hijo de Pilaruca iba a su lado, en silencio. El mozalbete era poco hablador. Media hora después estaban frente a la puerta de la hospedería. Llamó con los nudillos. Nadie respondió. Empujó la puerta, y esta se abrió sin dificultad.

—¿Hola?

Encontró abierto el almacén que habitaba Saúl. Estaba desierto. Regresó al patio interior.

—¿Hola? —gritó.

Salió a la calle.

—¿No hay nadie? —preguntó Pepón.

—Parece que no. ¿Y este edificio?

—Es el hospital de San Lucas. Seguro que don Ataúlfo está dentro, le podéis preguntar a él. Es médico, como vos —añadió.

Charlène llamó a la puerta.

—¡Don Ataúlfo! —gritó—. ¡Soy Charlène Dubois! ¿Estáis ahí?

Oyó ruido dentro. Para su sorpresa, fue Neuit quien le abrió. Su cara no presagiaba nada bueno.

—Charlène, ¿tú aquí?

—No aguantaba más en el castillo. ¿Y Dino?

—Ahora yo cuenta, tú entra, rápido… —Se percató de la presencia de Pepón—. ¿Quién ese?

—El hijo de Pilaruca, la cocinera, me ha traído hasta aquí.

Neuit recordó haberlo visto por el castillo.

—Entra —la apremió, sin apartar la vista del chaval—. Ahora yo cuenta.

Charlène se despidió de Pepón a través de la puerta entreabierta. Neuit cerró con llave, y el hijo de Torcuato y Pilaruca regresó a la carretera, pero no se encaminó a Nuévalos.

Antes se ganaría una buena propina.

Fray Martín, el vigilante del monasterio de Piedra, le había prometido unas monedas si le contaba lo que sucedía dentro del castillo. Sobre todo, con los enviados del emperador.

Y fray Martín sabía ser generoso.

Era un hombre de Dios, qué menos se podía esperar de él.

Ocultarse en Los Vadillos resultaba fácil.

Lo difícil era encontrar un hueco para hacerlo. Aquello era un maremagno de árboles y matorrales, y la humedad, espantosa. El sonido de la cascada era tan constante que después de un rato uno acababa olvidándose de él.

Ventas y Venancio se escondieron al norte de la cabaña; Dino y la Lobera, al este, y Orta, más allá de la represa que formaban las aguas del afluente, cien pasos al sur, con Rómulo y Remo. Mencía no se fiaba de que sus lobos (según Dino, putos perros) no los delataran con sus gruñidos o se lanzaran contra los extraños en un ataque espontáneo. «Son bestias feroces y difíciles de manejar», había alardeado. Nadie le llevó la contraria, cuanto más lejos estuvieran los animales, mejor.

Les quedaban por delante unas cuantas horas de luz y de aburrida espera. Una espera que se prolongaría durante toda la noche si tenían mala suerte. Si nadie se presentaba en Los Vadillos, habría que repetir la guardia al día siguiente. El pan y el salchichón que trajo Ventas los entretuvo durante un rato. La charla también.

Mencía le contó a Dino que su difunto marido, natural de Zaragoza, fue hombre versado en las letras y las artes. Se conocieron cuando ella era muy joven, en un viaje a Ibdes, y se enamoró tan perdidamente que dejó su vida en Zaragoza para trasladarse al pueblo. En Ibdes no consiguió encontrar empleo como funcionario, maestro de escuela, ni como escribiente, así que decidió convertir su mayor afición en profesión: la caza.

D'Angelis encontró sentido a los viejos libros envueltos en tela que vio en la cabaña de la Lobera.

Mencía y su esposo construyeron la cabaña de Nuévalos con sus propias manos. Su vida estuvo colmada de amor, y de ese amor nació Rosalía. Y ese amor duró hasta que una enfermedad repentina se lo llevó a él por delante. Su partida de este mundo duró tres semanas, en las que demostró gran entereza y nunca perdió la sonrisa. Se esforzó en disimular sus dolores delante de la niña, y siguió contándole hermosos cuentos hasta el último día de su vida.

—Tuvo que ser un gran hombre —concluyó Dino.

—El mejor. —La Lobera le mostró la chamarra—. Esto era suyo. Lo fabricamos entre los dos.

—¿Siempre vistes con ropa de hombre?

—¿Me ves con faldas corriendo detrás de un corzo?

—A veces hago preguntas idiotas, perdóname.

Mencía sonrió de medio lado y cambió de tema.

—Antes comentaste que estuviste en el Nuevo Mundo —recordó—. ¿Cómo es cruzar todo ese mar?

—El mar es un gran cabrón —sentenció Dino—. Tiene temperamento. Cuando está tranquilo, navegar es una maravilla. Pero si se cabrea, agárrate a lo que puedas y reza, si es que crees en Dios. Nada tiene la fuerza del mar. Es capaz de zarandear una embarcación con sesenta hombres y devorarlos sin dejar rastro. Puedes morir en cualquier momento.

—¿Y la selva?

Dino abarcó los alrededores con un gesto.

—Es parecida a esto, pero infestada de mosquitos, serpientes, gatos gigantes... Y de indios bajitos que te ponen como un alfiletero sin que los veas.

—Tiene que ser un gran lugar para cazar —fantaseó la Lobera.

—Lo malo es que allí la caza te caza a ti. Te mata hasta lo que no puedes ver —añadió.

—Pues a mí me encantaría ir.

—Yo no volvería ni loco —rezongó Dino.

—Si no fuera por Manuel, me habría marchado lejos. Puede que al Nuevo Mundo. Quizá lo convenza para que nos vayamos.

—¿Cómo acabó aquí el sobrino de tu marido?

La Lobera lo miró de reojo.

—Si te lo cuento, ¿me juras guardar el secreto?

—Me he ganado la vida guardando los secretos de los míos y desvelando los del enemigo. Sé mantener la boca cerrada.

—Mató a su padre.

Dino intentó vislumbrar algún atisbo de broma en el rostro de Mencía, pero no lo encontró.

—¿En serio?

—El hermano de mi esposo era un cabrón. Trabajaba como ayudante del recaudador de impuestos en Daroca, nunca dio para más, el muy inútil. Envidiaba a su hermano, que se licenció en filosofía, y despreciaba a sus tres hermanas hasta el punto de no hablarse con ellas. Utilizó a un amigo abogado para falsear el testamento de su padre y quedarse con la mayor parte de las tierras. No es que tuviera muchas, se trataba de unos terrenos que no valían ni para que los perros mearan en él, además de una casona que se caía a pedazos, pero era un miserable. Y eso no era lo peor del padre de Manuel. Lo peor era que pagaba sus frustraciones con su mujer.

—Típico de cobardes —sentenció Dino.

—Las bofetadas dieron paso a los puñetazos, y los puñetazos, a las patadas —prosiguió—, hasta que un día le arreó tal paliza que la dejó en letargo.

—¿En letargo?

—La dejó como muerta, pero respiraba. Murió a los pocos días.

—Entiendo.

—Mi cuñado era un mierda, pero tenía amigos influyentes que le debían favores… Lo más probable era que hubiese salido impune del asesinato. Así que Manuel decidió hacer justicia por su cuenta.

—Hizo bien —aprobó D'Angelis.

—Sí, pero desde entonces carga con el peso de esa losa. Su vida se truncó. Manuel era un buen estudiante, trabajador, educado… ¡Si vieras cómo dibuja! Es un artista.

—¿No lo persiguieron por el crimen?

—No lo sabemos. Manuel se marchó de Daroca esa misma noche y vino a buscarme. Le enseñé a cazar, y desde entonces vive conmigo. —Mencía elevó la vista al cielo—. Le voy a plantear que nos vayamos al Nuevo Mundo cuando esto acabe —fantaseó—. Quién sabe, tal vez encuentre una princesa india que lo haga muy feliz, y yo, uno de esos tesoros de los que tanto se habla.

—Lo único que yo encontré allí fue humedad y muchos bichos. —Dino decidió cambiar de tema—. ¿Te puedo preguntar algo delicado? No le vayas a comentar nada, pero ¿te pasó algo con Heliodoro Ventas?

La Lobera se echó a reír.

—¿Te ha contado algo?

—No, pero me ha dicho que no me crea nada de lo que me cuentes tú de él.

Mencía se tapó la boca con la mano. No quería que las carcajadas se oyeran por todo el monte.

—El idiota de Helio nació santurrón y morirá santurrón.

Dino juntó las puntas de los índices.

—Tú y él…

—Él estaba viudo, y yo también —rezongó Mencía—. Una tarde nos encontramos en La Perdiz Pardilla. Tomamos unos vinos y se nos fue la cabeza… Se nos fue varias veces, durante dos semanas. Eso es lo que duró la historia.

—Así que eso es lo que él no quiere que sepa nadie.

—Él me quería mucho cuando estaba borracho —recordó la Lobera—. Y cuando estábamos uno encima del otro. Pero en cuanto se le pasaba… ¡Ay, el arrepentimiento! ¡Ay, la vergüenza!

—Lo siento. Tranquila, no le contaré esto a nadie.

—Me da igual. Es él quien se avergüenza, no yo. ¿Y tú, Dino? ¿Cómo te ha ido en los amores?

D'Angelis contuvo una risa amarga.

—Nunca tuve nada serio —confesó—. Mi vida siempre ha sido complicada. Lo fue en Turín, cuando serví a una familia poderosa que se metió en problemas, y también después, cuando el secretario del emperador me contrató para cazar protestantes por toda Europa.

—Una vida interesante. ¿Y no te acostaste con ninguna india en el Nuevo Mundo?

Dino hizo memoria.

—Con dos —recordó—. Pero con la última la cosa no fue bien.

—¿Por qué?

—Me avergüenza decirlo, pero la selva me robó la hombría.

—¡No! —exclamó ella, incrédula.

—Sí. Desde que regresé, no he vuelto a sentir deseo… Bueno, sí, lo he sentido, pero no sé explicarlo. Es como si eso… lo de abajo, estuviera muerto.

—Eso es que no te lo han despertado bien.

—Tampoco ha habido voluntarias. Bueno, sí, una mora de La Casa de las Alegrías, pero acabó burlándose de mí. Yo estaba de servicio, tampoco me iba a poner a experimentar.

Mencía asomó la cabeza por encima de los matorrales. No vio a nadie.

—Trae para acá, veamos si eso está muerto o solo en letargo, como la mujer de mi cuñado.

Ojalá el miembro de Dino se hubiera puesto tan tieso como se puso él.

—¿Qué dices?

—Que te la saques.

—No. ¿Y si viene Ventas y nos ve?

—Que se joda, o que se la menee. Todavía nos queda un rato de luz, venga.

El turinés tragó saliva.

—Esto no es normal —logró decir, acongojado.

—Tengo un truco para resucitártela. —La Lobera puso los brazos en jarras—. ¿Me vas a despreciar, encima que me presto voluntaria?

Dino se sorprendió a sí mismo al negar dos veces con la cabeza. La Lobera se puso de rodillas y empezó a desabotonarle la bragueta. Lo hizo con tal decisión que él no se atrevió a detenerla. La vergüenza le atenazaba la garganta desde dentro: sentía el pene tan encogido que ella tendría que utilizar un alfiler para sacárselo. Mencía le bajó los pantalones hasta las espinillas.

—¿Y si nos oyen? —se alarmó Dino.

—¿Con el ruido del agua? Imposible.

La mano de la Lobera comenzó a acariciarle los genitales. Dino se recostó sobre los codos y la dejó hacer, pero aquello no funcionaba. Ella lo miró, le guiñó el ojo y le dio dos lametones en el miembro que provocaron que la nuez de D'Angelis se moviera arriba y abajo. La Lobera empezó a acariciarlo. Dino elevó la vista al cielo y luego cerró los ojos. Necesitaba concentración. Los abrió de nuevo cuando notó cómo Mencía se lo introducía en la boca y lo succionaba con maestría. Los dedos de la mujer recorrieron los muslos de Dino y serpentearon hasta las nalgas. Él presintió que buscaban algo.

Cuando se dio cuenta de su objetivo, se le desorbitaron los ojos, espantado.

—No... no... Ni se te ocurra.

Mencía lo miró, se sacó el glande de la boca, se lo mordió con delicadeza y le sonrió.

—Confía en mí.

Volvió a metérselo dentro. El pene.

Y también metió algo más.

Dino notó cómo el dedo corazón de la Lobera trazaba círculos alrededor del ano hasta introducirse en él poco a poco. Tragó aire a bocanadas. No quería gritar, por temor a que aquella loca le arrancara la verga de un mordisco por venganza. Sintió el dedo dentro de él, y de repente, notó cómo el pene resucitaba.

Como Lázaro.

La Lobera levantó la vista hacia él y sonrió, triunfante. Siguió chupándosela, y Dino se vio asaltado por una riada de emociones contradictorias. Placer, miedo, alegría, vergüenza, sumisión, gratitud... Ella hizo un alto para contemplar su éxito. El dedo seguía jugueteando en el interior del espía.

—Joder, Dino, con razón eres tan flacucho..., tienes toda la sustancia aquí.

—¿Qué tipo de brujería me has hecho? —jadeó Dino, admirando su erección.

—Una que funciona —dijo ella—. Esto no puedo desaprovecharlo, qué cojones.

El dedo de Mencía abandonó el culo de Dino, que vio cómo ella se quitaba las botas y se desprendía del pantalón a toda prisa.

—¿Qué haces?

—¿Te quieres callar, coño?

La Lobera se sentó a horcajadas sobre él y guio su miembro erecto hasta la vagina. Cuando terminó de sentarse sobre él, abrió la boca y gimió.

—Ay, Dios..., cuánto tiempo.

Dino la agarró de las caderas mientras ella se movía sobre él. Mencía sabía cómo hacerlo. «Cuánto tiempo», había dicho. El espía se hizo la misma pregunta. Hacía mucho mucho tiempo que no estaba con una mujer.

Y menos con una que le hiciera lo que acababa de hacerle la Lobera.

Mencía echó la cabeza hacia atrás y dejó que el placer la estremeciera. Dino se dejó llevar, con los ojos fijos en ella. En ese momento le pareció la mujer más hermosa del mundo.

Los cuerpos estallaron.

Segundos después, ambos estaban panza arriba sobre la hojarasca.

—Dios —jadeó ella—. Qué bien...

Dino se limitó a resoplar. Ella volvió la cara hacia él, sonriente. Estaban a un palmo el uno del otro.

—¿Ves como ha merecido la pena? —dijo ella.

—Desde luego, pero...

—Pero ¿qué?

—Me has convertido en un marica.

La Lobera soltó una carcajada. Él se incorporó sobre un codo.

—¿De qué te ríes? Por tu culpa he descubierto el placer del sodomita.

—Estoy convencida de que, si te lo hace un hombre, no se te pone dura. Así que tranquilo, no eres marica. —La Lobera se tocó la vulva; la tenía empapada—. Espero que no me hayas dejado embarazada. No soportaría parir un hijo medio extranjero, flacucho y feo de cojones. —Lo miró fijamente—. Si me has dejado encinta, tendremos que casarnos.

Dino la miró con ojos de pánico, y ella se echó a reír.

—Estoy de broma, imbécil —rio—. Menuda cara has puesto.

—Ahora entiendo por qué le caes mal a todo el mundo.

—Anda ya, soy adorable. —Mencía se puso los pantalones—. Vístete, no querrás que nos pillen con el culo al aire.

Se oyó el canto de un pájaro. Atardecía. La Lobera se puso un dedo en los labios.

Su expresión había cambiado, distaba mucho de ser divertida.

—Es Manuel —susurró—. Vístete, alguien se acerca por el sur.

42

Rómulo y Remo no solían llevar collar.

Excepto cuando había que controlarlos, como esa tarde.

Orta los sujetaba con firmeza. Gruñeron, pero el rumor constante del arroyo y el salto de agua de La Caprichosa amortiguaron el sonido.

El recién llegado cruzó la represa con decisión. El agua no le llegaba ni a la espinilla. Pasó a escasos cinco metros de donde se apostaba Orta con los lobos, pero ni siquiera se dio cuenta de que estaban allí. Rómulo hizo amago de abalanzarse sobre él, pero la mano férrea del joven lo impidió. El sobrino de la Lobera contuvo la respiración, con la ballesta cargada en el regazo. El desconocido se plantó delante de la puerta de la cabaña y miró en todas direcciones. Los espías se agacharon de forma instintiva, a pesar de estar protegidos por la maleza y por la incipiente oscuridad. Un segundo individuo, bastante más corpulento y fuerte, apareció por el oeste. Aunque no lo necesitaba, se apoyaba en un cayado al andar. A Ventas le sonaban las hechuras, pero no cayó en quién era. Venancio tampoco.

—Traigo noticias —resolló el hombre corpulento con vehemencia.

—Luego, cuando lleguen los demás —lo cortó Gamboa.

—Es importante.

Gamboa guardó unos segundos de silencio, como si pensara qué hacer.

—Vamos dentro.

El espadachín usó una llave para abrir la puerta e invitó a entrar al fortachón. Instantes después se dibujaron unas líneas luminosas en las rendijas de las contraventanas. Habían encendido luces dentro.

—Conozco al primero que ha llegado —susurró Dino—, Antón Gamboa.
—Yo, a ninguno de los dos —dijo la Lobera—. ¿Ese es el que me dijiste que pertenece a la Garduña?
—Ese mismo. Cuidado...

Tres siluetas encapuchadas se recortaron cerca de la posición de Ventas y Venancio. La oscuridad iba a más, nubes negras ocultaban las estrellas y en la noche apenas se distinguían bultos. Dos de los recién llegados tenían una altura considerable; el tercero era más bajo, pero también se le adivinaba fuerte. El contorno del tridente que uno de ellos llevaba a la espalda los identificaba, sin lugar a duda, como los demonios.

Sin disfraces ni campanas; simples mortales.

Meros criminales.

Entraron en la cabaña.

—La noche no ayuda —observó Ventas con la mirada fija en el cielo nocturno, cada vez más encapotado.

—Como llueva, estamos listos —rezongó Venancio.

—Pues va a llover —vaticinó el oficial.

Dino y la Lobera se sobresaltaron al oír ruido de hojarasca a sus espaldas.

—Soy yo —los tranquilizó Orta.

Rómulo y Remo lamieron el rostro de Mencía, que les chistó para que no hicieran ruido. Los animales parecían felices con el reencuentro. Dino masculló algo ininteligible y se apartó un poco de ellos.

—No se ve nada —se quejó Orta—. ¿Habéis reconocido a alguien?

—Seguro que uno de los altos es Halvor —apostó la Lobera—, pero imposible verle la cara. Dino dice que el que atravesó el arroyo es Antón Gamboa.

Orta estudió el cielo, cada vez más nublado.

—Va a llover.

—Pues menuda mierda —maldijo Mencía—. Si empieza a jarrear, no habrá forma de seguirlos.

A D'Angelis se le ocurrió una idea para aprovechar el tiempo y, de paso, alejarse de los perros. Buscó a tientas uno de los vasos de estaño que había traído Ventas con los víveres y comenzó a avanzar en cuclillas hacia la cabaña.

—¿Qué haces? —preguntó la Lobera, extrañada al verlo con el vaso.

—Cosas de espía. No os mováis de aquí.

—Ten cuidado —rogó Orta.

Dino culebreó hasta la fachada trasera de la cabaña. No encontró ninguna contraventana abierta por la que pudiera espiar el interior; mejor, así tampoco lo verían a él. Apoyó el vaso en una de las ventanas cerradas y acercó la oreja al fondo del recipiente.

Captó una conversación ya empezada.

—En ese caso tengo que irme ya. —D'Angelis reconoció la voz de Gamboa; parecía tener prisa—. Lleva al guardia a la mina.

—¿En plena noche?

—En plena noche. No los lleves a la Rosaleda —advirtió—. Ve por las galerías del sur y busca a Varela, él sabrá dónde meterlos.

Dino frunció la nariz. La Rosaleda. La mina. Y había hablado primero de un guardia y luego en plural. «No los lleves».

Demasiada información que no entendía.

—Quemad los disfraces —ordenó Gamboa, antes de salir.

—¿Ya has quemado el tuyo? —preguntó la voz de una mujer.

—Esta mañana.

—¿No te dio pena?

—Un poco —reconoció Gamboa—. De todos modos, estaba roto. No sé cómo, pero perdí una garra.

«Te la dejaste dentro del carnicero», pensó Dino, que acababa de resolver un enigma pendiente. Pegó la espalda a la pared al oír la puerta. No le extrañó que Gamboa fuera el asesino de Javier Moreno, ni tampoco el autor del pentagrama ardiente.

—¿Lo seguimos? —propuso Venancio a Ventas mientras veían cómo el espadachín se alejaba de Los Vadillos por el mismo lugar por el que había venido.

—Quedan cuatro dentro —le recordó el capitán—, mejor no separarnos.

La Lobera y su sobrino también estuvieron de acuerdo en que no era prudente ir tras Gamboa. Todos mantuvieron la posición, incluido D'Angelis, que siguió escuchando. Una voz con acento extranjero retumbó dentro del vaso.

«Halvor», adivinó.

—A ver si lo he entendido bien: ¿ya no tenemos que raptar más niñas?

El extranjero había dicho «raptar», no matar. El corazón de Dino iba al galope.

Una voz femenina contestó al nórdico.

—Eso ha dicho. Ahora tenemos a las mujeres de El Parnaso. No vais a dar abasto.

Se oyeron risas.

«Así que tienen a las diosas», pensó Dino. ¿A qué se referiría aquella mujer con que no iban a dar abasto? Algo en su interior le decía que el destino de aquellas mujeres iba a ser peor que la muerte.

—Entonces, lo de este Viernes Santo...

—Olvídate de eso. No tendremos que volver a hacerlo nunca más.

«¡Por fin, una buena noticia para Nuévalos!», pensó Dino.

—Yo tengo que irme, antes de que me pille el chaparrón —anunció el hombre al que Gamboa encargó llevar al guardia a la mina.

Un segundo después de oír la palabra «chaparrón», Dino notó la primera gota de agua en el ala del sombrero.

—Mierda, no —susurró.

La puerta volvió a abrirse para dejar salir al hombre fuerte. Su silueta revelaba barba espesa y pelo rizado. Extendió la mano para comprobar la intensidad de la lluvia, gruñó y se marchó renegando por donde había venido, apoyándose con violencia en el cayado. En el interior, la conversación apuntaba a que la reunión estaba a punto de acabar.

—Volvamos a la guarida —propuso el hombre de acento extranjero.

Justo en ese momento, un relámpago convirtió la noche en día.

—Lo que nos faltaba, vámonos —apremió el otro.

—¿Tú qué vas a hacer? ¿Te vuelves?

—¿Con esta tormenta? —exclamó la mujer—. Ni loca, pasaré la noche en la guarida.

—¿Quién tiene la llave de la cabaña?

—Yo, venga, démonos prisa.

Las rendijas de luz se apagaron, y el trueno estremeció los alrededores del monasterio de Piedra. Tres figuras encapuchadas se alejaron de la cabaña corriendo. Ventas y Venancio intentaron seguirlos, pero los perdieron de vista en cuestión de segundos. Para colmo, la lluvia se intensificó hasta convertirse en un aguacero.

—Imposible —se lamentó Venancio; a pesar de tener la vista acostumbrada a la oscuridad, desconocían el terreno, plagado de recovecos y precipicios.

—¡Ventas!

Este descubrió a Dino detrás de él. Orta, la Lobera y sus mascotas lo seguían.

—Es inútil perseguirlos —opinó D'Angelis.

Mencía estudió el cielo.

—Ojalá no dure mucho, o mañana no podré encontrar las huellas.

Orta se dirigió a su tía. El diluvio era tan estruendoso que había que gritar para hacerse oír.

—¿Conoces algún refugio por esta zona?

—Hay cuevas por todas partes, pero es difícil llegar a ellas de noche, y más con esta lluvia.

—Yo conozco un sitio donde guarecernos —anunció Venancio.

—Pues, ¿a qué esperas? Guíanos —pidió Dino.

El carcelero levantó su hacha más pesada y la descargó contra la puerta de la cabaña. La madera se quebró con un chasquido. Venancio la terminó de abrir de una patada y los invitó a pasar con un gesto teatral.

—Adelante.

Ventas celebró la iniciativa con una mueca de aprobación. Los lobos se sacudieron el agua nada más entrar en la cabaña, regándolo todo, lo que propició que Dino y el capitán prorrumpieran en improperios.

—Estoy hasta los huevos de tus putos perros —exclamó Dino en la oscuridad.

—Y ellos de ti —respondió la voz de la Lobera—. Y son lobos, caramomia.

D'Angelis pensó en contraatacar, pero se lo pensó dos veces, no fuera que aquella bruja descarada soltara, delante de todos, que le había hecho lo del sodomita.

—¿Alguien puede encender una vela? —preguntó Ventas, que trataba de secarse la cara con una manga mojada.

—Un momento —pidió Orta.

El joven sacó un chispero de pirita y pedernal. Un proverbial relámpago iluminó durante medio segundo el interior de la cabaña, lo justo para que Dino localizara un cuenco de barro con yesca. Cogió un pellizco y la puso sobre la mesa. Cuando Orta la prendió, trasvasaron la llama a unas lámparas de aceite y se hizo la luz. La cabaña estaba vacía. Aparte de la mesa y unas banquetas, no había nada más.

—¿Qué sentido tiene construir una cabaña aquí, solo para reunirse? —se preguntó Ventas.

—Aquí es donde Gamboa da las órdenes —explicó Dino—. Los oí mencionar otro escondite al que llaman «la guarida» —recordó—, y no tiene que andar lejos de aquí. A propósito, Gamboa mencionó una mina. —D'Angelis no quiso revelar que Cadernis le había mostrado una antigua entrada; por ahora no le pareció prudente que alguien más conociera la existencia de la mujer—. ¿Conocéis alguna cercana?

—Siempre se ha hablado de una vieja mina romana en la comarca —dijo Ventas—, pero no conozco a nadie que la haya visitado, y menos a alguien que sepa cómo entrar en ella. Si es verdad que esa mina existe, debe de llevar siglos condenada.

—Pues todo apunta a que la leyenda es cierta. —Un nuevo trueno sacudió la cabaña; Dino meneó el vaso que todavía sostenía en la mano—. Poneos cómodos, os contaré lo que he oído a través de esto.

Fray Martín le había dado una información interesante a Antón Gamboa antes de que D'Angelis pegara el oído al vaso. La amiga curandera del espía se encontraba en el hospital de San Lucas junto al pequeño salvaje que casi lo mata la noche anterior. La armadura que vestía bajo la camisa lo había protegido, pero la intención bastaba para justificar la venganza.

Gamboa descabalgó frente al hospital, bajo una lluvia intensa. Desenvainó la espada e intentó entrar, pero la puerta estaba cerrada con llave.

Sonrió de medio lado.

No solo era uno de los mejores punteadores de la Garduña, también había destacado como floreador. Un gran espadachín y un maestro en las artes del ladrón. Esas habilidades, unidas a una absoluta falta de escrúpulos, lo ascendieron hasta el rango de capataz dentro de la sociedad secreta.

Sacó su juego de ganzúas.

Aquello iba a ser coser y cantar.

QUINTA PARTE

Jueves Santo

43

4 de abril de 1543
Jueves Santo

La Lobera tocó diana con la primera luz del alba.

El cansancio acumulado propició un sueño profundo, a pesar de haber dormido en el suelo de la cabaña. Encontraron un cielo despejado y glorioso al amanecer, muy distinto al de la noche anterior. Dino no quitó ojo de encima a Rómulo y Remo mientras se meaban por las cuatro esquinas de la choza, henchidos de felicidad canina.

—¿Ves como son putos perros? —le dijo a Ventas por lo bajo.

La Lobera tuvo que leerle la mente, porque le dedicó una mirada de sospecha que Dino contestó con una sonrisa histriónica. Ella le mostró el dedo corazón. La mueca del espía se esfumó: no sabía si interpretar el gesto como una ofensa o como un recordatorio de lo del día anterior. No pudo evitar mirar de reojo a Ventas, por si había captado la indirecta.

D'Angelis se preguntó si al bueno de Heliodoro también le habría procurado el placer del sodomita.

Se prepararon para internarse en la selva. Orta cargó la ballesta y apuntó dos veces a la espesura en un gesto mecánico, como si así pudiera comprobar que funcionaba bien. Ventas se ajustó el cinturón con la espada y vio a Venancio encajar un par de hachas arrojadizas en el suyo. La que llevaba en la mano, la misma que usó para romper la puerta de la cabaña, era más grande y pesada que las otras dos. La Lobera silbó y Rómulo y Remo se colocaron a su lado.

—Cuando digas —le dijo a Dino.

—Cuando quieras —respondió él.

Mencía caminó unos pasos medio agachada, con la mirada fija en el suelo. Tardó menos de un minuto en encontrar la primera huella. La siguiente la condujo hasta una rama rota, junto a un hueco estrecho entre dos matorrales.

—Por aquí —dijo—. Id siempre detrás de mí, ¿entendido?

Cuanto más se internaban en el bosque, más le recordaba a Dino las selvas que descubrió junto a Francisco de Orellana. Árboles muy altos que ensombrecían el camino, hierba frondosa, matorrales impenetrables. Muros verdes a ambos lados que conformaban un laberinto hermoso pero agobiante. El sonido de las corrientes de agua y de sus saltos era constante, un sonido seductor y perfecto para enmascarar una emboscada. La Lobera apartó unos matorrales y se internó de costado entre ellos.

—He encontrado esta vereda de milagro —comentó.

D'Angelis se percató de que Rómulo y Remo jamás se adelantaban a ella. Serían perros, sí, pero su adiestramiento era admirable. El sendero medio invisible descendió hasta convertirse en una cuesta empinada que los obligó a extremar las precauciones. Ventas avanzó arrastrándose con el culo. De repente, la Lobera se paró en seco.

—¡Quietos! —exclamó.

Todos obedecieron. Rómulo y Remo interpretaron la orden a su manera y se sentaron. A Dino, aquella parada le recordó las ocasiones en las que algún guía indio se topaba con una serpiente en mitad de una expedición. Por suerte, aquella selva aragonesa no era tan peligrosa como la que devoraba hombres al otro lado del mar.

Mencía se acuclilló junto a lo que parecía un montón de hojarasca. Con mucho cuidado, levantó el cepo para osos que ocultaba y lo enseñó a sus compañeros. Estaba oxidado y lleno de verdín.

Infección asegurada.

—Id con mucho cuidado —advirtió—, seguro que habrá más.

El cepo partió en dos la rama que la Lobera empleó para activarlo. El chasquido que produjo al cerrarse les puso a todos los pelos de punta. Encontraron tres más hasta llegar a un punto en el que el sendero volvía a ascender. A la derecha, por encima de ellos, una cascada enorme parecía vomitar los siete mares en un rugido salvaje. El río, abajo, corría pacífico, como si el agua se calmara al caer desde tan alto. Distinguieron una oquedad oscura detrás de la cortina de agua.

—A este lugar se le conoce como el Despeñadero de los Demonios —informó Mencía—. Se dice que los monjes se enfrentaron aquí a una legión diabólica hace doscientos años, antes de que consagraran las tierras en las que fundaron el monasterio.

—Una historia inspiradora —ironizó Dino—. No podías haberla contado en mejor momento.

—¿Lo que hay detrás de la cascada es una cueva? —preguntó Venancio.

—Tendremos que subir para averiguarlo —anunció la Lobera, que levantó un dedo delante de Rómulo y Remo. Estos se tumbaron de inmediato. A continuación se dirigió a sus compañeros—. Debemos tener cuidado: estaremos al descubierto hasta que lleguemos a la cueva: como haya un tirador vigilando, estamos listos.

Abandonaron la espesura para avanzar por unos salientes de roca rojiza. La cantidad de prominencias y agujeros en el muro convertían la escalada en algo fácil, siempre y cuando uno no mirara abajo y se dejara arrastrar por el vértigo. No tardaron en alcanzar una cornisa natural que formaba un camino que desaparecía detrás de la cascada. Avanzaron con precaución, con la espalda pegada a la piedra, temerosos de resbalar y caer al vacío. Desde arriba, era difícil calcular la profundidad del río que corría debajo de ellos, y si esta no era suficiente, la caída podía ser mortal.

Llegaron a la caverna con la ropa chorreando por las salpicaduras. El estruendo era tal que resultaba imposible hablar sin gritar. Como esperaban, había una gran oquedad detrás del salto de agua. El suelo y las paredes, eternamente empapados, brillaban como el mármol. Dino resbaló en una zona musgosa y estuvo a punto de caerse. Ventas y Venancio caminaban como si cada pie les pesara un quintal. Orta y la Lobera, sin embargo, lo hacían con total naturalidad, acostumbrados a moverse por todo tipo de terreno.

La cueva se estrechó hasta lo que parecía la entrada a un túnel natural. Unos pasos más adelante descubrieron una puerta cerrada que lo separaba del resto de la caverna.

—Esto debe de ser la guarida —dijo la Lobera.

La hoja de madera solo disponía de un agarradero de metal en el exterior. Todo indicaba que el mecanismo de cierre, fuera el que fuese, estaba por dentro. Orta se adelantó y empujó el batiente.

Para sorpresa de todos, cedió.

Ventas desenfundó la espada, Venancio agarró el hacha con más fuerza y D'Angelis cerró los dedos alrededor de la empuñadura de la daga. Mencía terminó de abrir la puerta y apuntó la ballesta al túnel que se extendía frente a ella. Dino se deslizó entre su sobrino y ella para examinar la puerta por dentro. Encontró un cerrojo de hierro instalado en su interior.

—Esta puerta solo se cierra desde este lado —informó, medio a gritos—. O se la han dejado abierta, o no hay nadie en casa.

—O es una trampa —calibró Orta.

—Puede ser —admitió D'Angelis.

—¿Qué hacemos? —preguntó la Lobera—. ¿Nos la jugamos?

Dino lo consultó con Ventas y Venancio a través de una simple mirada, que ellos le devolvieron cargada de confianza. Desenfundó la daga.

—Nos la jugamos, qué cojones —exclamó.

La Lobera se quedó mirando el arma con cara de desprecio.

—¿Teniendo ese pedazo de espada, sacas esa puta mierda?

D'Angelis le dedicó una mirada condescendiente.

—Esto va mejor para espacios pequeños —decretó.

La cazadora prefirió no discutir, apuntó la ballesta hacia el fondo del túnel y comenzó a caminar con pasos cautos. Venancio, el último en entrar, cerró la puerta tras de sí y echó el cerrojo.

Lo último que necesitaban era que los sorprendieran por la espalda.

El sargento Elías no había pegado ojo en toda la noche.

Aunque no tenía forma de saber si era de día o no.

Bajo tierra es difícil saberlo.

El día anterior fue un sinvivir de angustia y nervios. Llegaron a las inmediaciones del monasterio de Piedra campo a través sin ser vistos. Elías envió a su hijo Ramiro para que avisara a fray Martín de que estaban escondidos en un monte cercano. Al monje le sorprendió saber que el sargento y su familia habían escapado de Nuévalos, pero no quiso coser al niño a preguntas; por la forma en la que hablaba, tuvo claro que el chaval no era consciente de lo que en realidad pasaba. Martín lo envió de vuelta con su padre, con la promesa de ayudarlos en cuanto quedara libre de sus obligaciones.

El monje aprovechó que los alrededores se despejaban durante el rezo de vísperas para conducir a la familia hasta un granero cercano a la chabola en la que vivía. Allí permanecieron en silencio hasta que regresó de noche, empapado y con prisas. Corrieron bajo la lluvia a través de caminos desconocidos, en una oscuridad casi total. Blanca, la pequeña de seis años, lloró hasta que su madre la cogió en brazos. Ramiro, que tenía doce, se obligó a ser valiente, aunque estaba tan asustado como su hermana.

Elías y Petronila también lo estaban.

Se deslizaron por una pendiente embarrada hasta llegar a unas rocas rodeadas de maleza. Martín apartó unos espinos secos al lado de uno de los peñascos y descorrió una cortina horizontal hecha de cañas y tela. Su acción reveló un agujero que se abría en el suelo como las fauces de una bestia hambrienta. Una escalera vertical descendía hasta las profundidades de aquel pozo que parecía no tener fondo.

Elías fue el primero en bajar los cuarenta peldaños, seguido por su familia. El último en tocar tierra fue el monje, que encendió una antorcha con un chispero nada más llegar. Anduvieron un buen trecho a la luz de la tea. Durante el camino, Elías advirtió que el túnel estaba apuntalado por viejas vigas de madera. Supuso que se encontraban en la mina romana de la que a veces se hablaba en el pueblo. Después de un buen rato de marcha llegaron a lo que parecía un almacén en desuso. Había unos jergones sucios en el suelo, pero menos era nada. El monje les dio un paquete con cecina de vaca y les mostró una tina que se llenaba con el agua de lluvia que se filtraba a través del techo.

—Alguien vendrá a por vosotros —anunció—, tened paciencia. No os aconsejo que os aventuréis por las galerías: os perderíais sin remedio.

—¿Quién va a venir? —quiso saber Elías—. ¿No serás tú?

—No lo sé, pero tranquilos, alguien vendrá.

Y así pasaron la noche. Envueltos en humedad e incertidumbre.

Elías contempló a su familia a la luz de las antorchas. Su mujer había permanecido despierta durante horas, y hacía menos de una que había conseguido conciliar el sueño. Sus hijos dormían sobre los jergones raídos, agotados tras una tarde y una noche de agobios y carreras. Por lo menos, ellos descansaban. El sargento apoyó la espalda en la pared húmeda de la cueva. ¿Cómo había podido acabar así? Su afán por proteger a su familia los había convertido en proscritos. Quizá hubiera sido mejor entregarse. Aunque Víctor de

Cortada lo ejecutara por traición, los suyos podrían seguir viviendo en paz. Porque Elías no estaba demasiado seguro de cuál sería su futuro y el de sus hijos. Al fin y al cabo estaban a merced de unos criminales.

Unos pasos precedieron a un resplandor anaranjado. Poco a poco la silueta de un hombre apareció a la luz de un farol. La cercanía reveló el rostro poco agraciado y mal afeitado de su portador. El desconocido pronunció una única palabra.

—Seguidme.

Elías despertó a su familia, y los cuatro siguieron a aquel hombre por el túnel.

Blanca caminaba agarrada a la falda de la madre. Lloraba.

Tenía un mal presentimiento.

Todos ellos lo tenían.

La gruta que el grupo de D'Angelis encontró al final del túnel tenía luz natural. Un agujero cerca del techo, a modo de claraboya, dejaba pasar el sol en forma de un brillante rayo grueso que lo iluminaba todo. Más que una caverna, aquello era una vivienda en la roca.

Y no había nadie en casa.

La cueva estaba dividida en tres estancias, separadas entre sí por tabiques de piedra y con cortinas en las puertas para preservar la intimidad. Dos de las habitaciones eran dormitorios, uno presidido por un lecho grande y cómodo, y otro, por una cama más estrecha. La tercera estancia, la más alejada de la sala principal de la cueva, albergaba lo que Mencía identificó como el taller de Halvor. La Lobera agarró uno de los seis cráneos humanos que encontró en exposición sobre un estante.

—Ya no tengo dudas —aseguró. Al lado de la mesa de trabajo había dos piletas: una llena de un líquido pestilente, y otra con un agua que distaba mucho de estar limpia—. Aquí es donde ese cabrón prepara las momias con las que engaña al pueblo.

Orta estaba plantado delante de los dormitorios.

—Es posible que la mujer a la que oíste hablar anoche en la cabaña sea la esposa de alguno de ellos —dedujo al ver la cama grande; al lado había un espejo y un bacín de porcelana—. Aquí no les falta de nada.

—Los muebles son de buena calidad —apreció Ventas, acariciando el respaldo de una silla con la yema de los dedos.

Debajo de la claraboya encontraron una chimenea encendida que mitigaba la humedad natural de la cueva y proporcionaba calidez al ambiente. Un perol lleno de agua colgaba sobre el fuego. Al lado había un horno con restos de pan. Los habitantes de la caverna la habían equipado con mesas, sillas, armarios, estantes... incluso disponía de una zona dedicada a despensa. Venancio abrió un armario en el que encontró ropa de hombre. En el segundo que abrió, un par de vestidos de mujer.

Lo que encontró en el tercero le produjo un escalofrío.

—Mirad esto —dijo.

Arrojó al suelo una suerte de armadura de cuero, con hombreras y mangas peludas de piel. La siguió una máscara de jabalí. Poco a poco fue sacando los disfraces de los demonios menores por piezas. Por último, les mostró a sus compañeros unos guantes en forma de zarpas con uñas metálicas. Las tocó y a punto estuvo de cortarse.

Ventas recogió del suelo una de las máscaras. Un sentimiento de vergüenza lo invadió. Durante años había defendido la autenticidad de los demonios como un necio. Y si bien ya se había convencido de que eran unos impostores, tener aquel disfraz entre los dedos lo sumió en una rabia difícil de contener.

Rabia contra ellos y contra él mismo.

Tiró la máscara al suelo y la pateó con furia.

—Gamboa les ordenó anoche quemar unas pieles —recordó Dino, que había olvidado mencionar aquel detalle—, supongo que se referiría a esas. Los demonios, como personajes, pasaron a la historia. Ahora nos queda lidiar con los actores que representaban ese papel.

—No te imaginas las ganas que tengo de hacerlo —masculló Ventas, iracundo.

Orta paseaba por la cueva amueblada con una mirada malévola.

—Podríamos quemar esto...

A Dino no le pareció una buena idea.

—Mejor no tocar nada. Ya sabemos dónde se esconden, hemos cumplido con nuestro trabajo. Helio, ahora es el turno de la guardia. Hay que capturarlos.

El capitán asintió.

—Elegiré a mis mejores hombres y les tenderemos una emboscada en el bosque.

D'Angelis le guiñó un ojo a modo de aprobación y se dirigió a sus compañeros.

—Pues regresemos al castillo —propuso—. Hay un ejército que preparar.

No habían llegado a la mitad del túnel cuando se sobresaltaron al oír varios golpes en la puerta. Mencía y Orta apuntaron las ballestas hacia delante, de forma instintiva. A pesar del estruendo de la cascada, oyeron una voz masculina gritar al otro lado de la puerta.

—¡Soy yo! ¡Abridme! —Más golpes—. ¿Me oís? ¡Soy yo!

—Es uno, y viene solo —dedujo Dino.

—Dios nos lo ha servido en bandeja —dijo Ventas—, no le hagamos un feo.

Dino volvió a desenfundar la daga. Colocó la mano en el cerrojo y le hizo una seña a Venancio, que mantenía el hacha alzada. Ventas, justo detrás, había sacado la espada. La Lobera y Orta estaban listos para disparar.

D'Angelis descorrió el cerrojo y abrió la puerta de par en par.

Con la parte roma del hacha, Venancio descargó un golpe brutal sobre el hombro derecho del recién llegado. Las dos docenas de huevos que llevaba en una cesta se estrellaron contra el suelo en un festival de explosiones amarillas. El aullido resonó por toda la caverna. El carcelero empujó al hombre con tal violencia que lo hizo caer de espaldas. Ventas apartó a Venancio, plantó la bota en el pecho del caído y le posó la punta de la espada en la garganta.

Entonces sucedió algo extraño.

La expresión de Ventas cambió. Se había quedado paralizado.

El hombre que yacía en el suelo le mantenía la mirada con ojos espantados. La espada, temblorosa, se retiró poco a poco del gaznate del desconocido, que se arrastró de espaldas en un intento de alejarse de ella. Venancio, previniendo que echara mano del cuchillo que llevaba en el cinturón, le atizó una patada en la cabeza.

La reacción de Ventas sorprendió a todos.

Apuntó a Venancio con su arma.

—¡No vuelvas a tocarlo!

Dino posó la mano en el brazo de Ventas, en un intento de tranquilizarlo, pero este lo apartó con violencia. Mencía y Orta rodearon la escena sin perder de vista al recién llegado.

—Heliodoro...

—¡No lo entiendes!

—Heliodoro, escúchame —rogó D'Angelis—, ¿conoces a este hombre?

Ventas bajó la espada, Venancio respiró aliviado, y Dino repitió la pregunta.

—¿Conoces a este hombre?

Una lágrima resbaló por la cicatriz roja de Ventas y se diluyó en su barba.

—Es mi hijo.

En la cueva reinó el silencio.

44

A la cueva del Despeñadero de los Demonios se podía acceder por dos senderos: el primero, escarpado y traicionero, partía desde la cima de la cascada; el otro fue el que descubrió la Lobera, el mismo por el que regresaban Halvor y la mujer que lo acompañó a recoger los conejos que habían caído en las trampas de lazo que tenían dispuestas por los alrededores del escondite. Ella chocó con la espalda del noruego cuando este se detuvo de sopetón.

—¿Has oído eso? —preguntó él.

—¿El qué?

—Me ha parecido oír un silbido.

Rómulo y Remo aparecieron de repente, a una velocidad prodigiosa. Iban tan deprisa que al dúo no le dio tiempo a esgrimir las armas. Afortunadamente para ellos, los animales no les prestaron la menor atención y siguieron su camino.

—Qué susto me han dado —rio la mujer, que cambió de actitud al ver el rostro sombrío de su compañero—. ¿Qué pasa?

—Esos animales tienen dueño —dijo—. Mejor dicho, dueña.

—¿La Lobera? ¿En estas tierras?

Halvor no apartaba los ojos del terreno. Se agachó y tanteó el suelo con los dedos.

—La Lobera y alguien más. Distingo cinco huellas distintas, y se dirigen a la guarida.

Avanzaron unos metros a lo largo de la vereda, hasta que localizaron el primer cepo desactivado y la rama partida. Halvor se echó al hombro los conejos muertos y cargó la ballesta. Ella descolgó el tridente que llevaba a la espalda. Cada una de las púas del arma era una hoja de doble filo, lo que le daba un aspecto aterrador. Caminaron muy despacio por el sendero hasta descubrir la segunda trampa inutilizada. Un poco más adelante, el tercer cepo.

—Esa zorra ha ido directa hacia el refugio, y no va sola —dijo Halvor.

—Hace años que nadie atraviesa la frontera de cráneos.

—Pues hoy lo han hecho.

—Pero ¿quién, aparte de la Lobera?

—Puede que soldados, o gente del pueblo…, no lo sé. —El noruego parecía muy preocupado—. Sabía que la muerte del comendador traería consecuencias.

Una expresión de alarma tensó el rostro de la mujer.

—Dime que Hugo no está allí.

—Tranquila, fue a Somet, a cambiar conejos por huevos.

—¿Y si ha vuelto antes de tiempo? Voy a comprobarlo.

Halvor la sujetó por la muñeca.

—Allí arriba podría haber un ejército. Tenemos que irnos.

La mujer se deshizo de su presa y echó a correr sendero arriba. Halvor soltó un juramento en su idioma y la siguió. Ella llegó a la caverna mucho antes que él. Lo primero que encontró al llegar fue el cuchillo de Hugo tirado en el suelo, la cesta volcada y los huevos rotos. La puerta de la guarida estaba abierta. Sin pensarlo ni un segundo, irrumpió en la cueva con el tridente por delante. Descubrió los disfraces desparramados por el suelo. Registró el refugio, pero allí no había nadie.

Halvor encontró a su compañera de espaldas, con una máscara de jabalí en una mano y el tridente en la otra. Ni siquiera se volvió cuando habló:

—Tienen a Hugo.

Arrojó la máscara contra la pared, con furia.

El ruido de la cascada mitigó su grito de cólera.

Un grito de cólera y venganza.

Ventas zozobraba en una tempestad de emociones.

Había mantenido un silencio preocupante durante el trayecto comprendido entre la caverna y los terrenos colindantes al monasterio de Piedra, que resultó estar muy cerca del salto de la cascada. Tuvieron que atravesar otra frontera compuesta de cráneos de animales y símbolos extraños, hasta llegar a una choza abandonada y hecha pedazos que Dino consideró idónea para interrogar a Hugo, fuera del alcance de miradas curiosas. La verdad sobre los demonios había convertido aquellas macabras advertencias en una ridícula parodia.

El capitán no podía dejar de pensar en que uno de los monstruos que lo habían atemorizado durante años era su propio hijo. Un hijo al que creía lejos y del que se sentía orgulloso; un hijo que servía al gran duque de Alba y luchaba contra temibles piratas otomanos.

Años de ausencia, avalados por mentiras y cartas falsas.

La primera reacción de Ventas fue la de proteger a Hugo, al que hacía seis años que no veía. Después de la conmoción inicial, la estupefacción dio paso a la ira más desaforada. Tuvieron que sujetar al capitán para que no matara a su hijo a golpes. Dino y la Lobera consiguieron tranquilizarlo después de muchos intentos de razonar con él. Finalmente se sumió en un silencio sombrío y siguió a la compañía como un espectro. La Lobera llamó a Rómulo y Remo con un silbido, para luego abandonar el Despeñadero de los Demonios por la ruta alternativa, y más corta, que les indicó Hugo.

Venancio lo obligó a sentarse en el suelo nada más llegar a la choza. Hugo tenía los ojos inundados, no solo por el dolor del hombro y la patada en la frente; también por la vergüenza que le impedía mirar a su padre. Este, apoyado en una de las paredes ruinosas, mantenía la mirada fija en algún lugar del horizonte que nadie más que él era capaz de ver.

El carcelero y Orta flanqueaban a Hugo desde atrás, atentos a cualquier movimiento brusco. La Lobera estaba más pendiente de Ventas que de su hijo, no fuera que otro arranque violento los pillara de improviso. Rómulo y Remo observaban al prisionero nerviosos, lamiéndose el hocico con movimientos convulsos. Remo exhibió los dientes en un par de ocasiones, pero Mencía lo mandó callar con un chistido. Dino se plantó delante de Hugo.

—Sabes quién soy, ¿verdad?

—El enviado de Toledo.

—Además de eso, soy amigo de tu padre. —Dino se acuclilló un momento junto a él—. Mira, Hugo, seré franco: si colaboras y nos cuentas todo, serás juzgado en Toledo y testificaré a tu favor, argumentando que me facilitaste las cosas. —Se levantó—. Si decides no cooperar, te entregaré al nuevo comendador. Creo que ya sabes lo que hizo ayer con uno de sus soldados. Te ahorcará o, peor aún, te pondrá a disposición de los padres de las niñas para que se diviertan contigo.

Venancio Prados torció la boca en una sonrisa aterradora.

—Ojalá —masculló.

Las fosas nasales de Ventas se agrandaron. Mencía no apartaba la vista de él. Le tranquilizó ver que el capitán mantenía el control. O al menos lo parecía.

—¿Vas a contarme todo lo que sabes? —preguntó Dino.

Hugo asintió con la cabeza gacha.

—Sí. Esto ha llegado demasiado lejos. —Alzó la cabeza para mirar al turinés a los ojos—. Os contaré lo que sé.

—Desde el principio.

—Todo empezó hace, más o menos, siete años. Alguien que dijo llamarse Darin de Fulga se presentó en la casa de caridad de los Fantova, afirmando ser un viejo amigo del difunto marido de doña Catalina. El caso era que conocía muchos detalles de la vida de su esposo. Ese hombre hizo un generoso donativo al lazareto, argumentando que José Fantova lo ayudó a salir adelante durante los peores años de su vida. Lo cierto era que nadie conocía a ese tal Darin, pero se instaló en la hospedería. Al poco de llegar se convirtió en un miembro más de la familia. Pasaba mucho tiempo con Catalina en el lazareto. —La mirada de Hugo se desvió un momento hacia su padre; este parecía escucharlo sin mover un músculo de la cara—. También horas y horas hablando con su hija Regina.

Los dientes de Ventas asomaron medio segundo entre sus labios al oír el nombre, pero consiguió mantener la calma.

—En aquella época, Regina y yo nos veíamos a escondidas. Nos amábamos. Catalina acabó enterándose, y ella tenía otros planes muy distintos para su hija. Me prohibió volver a verla, se lo contó todo a mi padre y le advirtió que, si volvía a verme con Regina, se lo diría a don Ricardo de Cortada. Mi padre se puso hecho una furia, y no me quedó otra que prometerle que no volvería a verla. De todas formas, a sus espaldas, quedé una tarde con Regina en el bosque. Quería despedirme de ella. Temí que no se presentara, pero apareció en el lugar de la cita, aunque no vino sola. La acompañaba Darin de Fulga.

La Lobera empezó a impacientarse.

—Ese romance me parece enternecedor, pero a Venancio y a mí solo nos interesa una cosa. —La mirada asesina de Mencía se clavó en el rostro derrotado de Hugo—. ¿Están vivas nuestras hijas?

El joven tragó saliva.

—Es probable... Si me permitís que siga hablando, lo entenderéis todo.

D'Angelis pidió paciencia a Mencía y al carcelero, e invitó a Hugo a seguir hablando.

—Darin, que estaba al corriente de nuestro drama, aseguró tener una solución para Regina y para mí, una solución que no tendría vuelta atrás. Éramos unos críos, estábamos desesperados, sobre todo Regina, que no podía soportar la idea de que su madre la metiera en el convento de las trinitarias de Avingaña.

—¿La solución que os ofreció ese Darin era la Garduña? —preguntó Dino.

—Él la llamaba, simplemente, la Hermandad. Nos ofreció un trato: nos haría desaparecer si nos comprometíamos a trabajar para él durante diez años. Una vez cumplido ese plazo, nos entregarían una casa solariega donde podríamos vivir en paz, una generosa dote económica y tierras a nuestro nombre en Torrijos.

—¿Diez años? —se escandalizó la Lobera—. ¡Menuda mierda de trato!

—En ese momento nos pareció la única salida —reconoció Hugo—. A partir de ahí, Darin de Fulga urdió una cadena de coartadas. Yo sería el primero en desaparecer. Falsificó cartas en las que se me aceptaba como recluta en el ejército del gran duque de Alba, y de ese modo abandoné mi casa y me escondí en una cabaña perdida en el bosque, más allá de Somet.

—No puedo seguir oyendo esto —gruñó Ventas.

El capitán abandonó la choza en ruinas, pero no se alejó demasiado. En el fondo quería saber cómo habían sido los últimos años de la vida de su hijo.

—No estaba solo en esa cabaña —prosiguió Hugo—. La compartía con el Fino, un punteador que me enseñó a manejar la ballesta y a pelear con cuchillo... Nunca supe cuál era su nombre real.

—¿Punteador? —preguntó Dino.

—Así es como llaman a los asesinos en la Garduña.

—¿Y Regina?

—Regina venía a menudo con Darin a visitarme a la cabaña.

Estaban muy unidos, como un padre y una hija. Pero yo notaba que ella estaba cada vez más implicada con él. Demasiado. Lo trataba con una veneración insana..., lo que él decía era palabra de Dios.

»Un día, los dos me comunicaron lo que la Hermandad esperaba de nosotros. —Hugo hizo una pausa, como si las palabras salieran envueltas en espinas—. Regina parecía entusiasmada con el plan, aunque a mí, sobre todo al principio, me aterrorizó: raptar niñas de Nuévalos para entregarlas a la Hermandad. Me aseguraron que no las matarían. Con el tiempo, aquello dejó de parecerme tan atroz. Qué fácil es acostumbrarse a lo que hacemos mal. Los encargados de esos raptos seríamos tres: Regina, el Fino y yo.

—¿Y el cabrón de Halvor? —preguntó la Lobera—. Sé que es uno de vosotros.

—Se nos unió después —explicó—. La idea de disfrazarnos de demonios fue suya; también fue él quien tejió los disfraces y falsificó los cadáveres. Desenterraba muertos recientes de la fosa común del lazareto y con ellos fabricaba unas momias espantosas que vestía con las ropas de las niñas. A él le había funcionado el terror con los monjes del monasterio de Piedra. Fue quien levantó las fronteras de cráneos alrededor de estos bosques.

—Doy fe —masculló la Lobera—. Yo le ayudé a hacerlo.

Venancio la miró, asombrado.

—¿Tú?

—Sí, yo. Antes de que a ese hijo de puta le diera por secuestrar niñas era mi compañero de caza.

El carcelero enarcó las cejas. Hugo siguió hablando.

—Precisamente fue Halvor quien nos entregó la primera niña para Darin.

El semblante de la Lobera era de réquiem.

—¿Recuerdas el nombre de esa niña?

—Creo recordar que se llamaba Rosalía...

La patada de la Lobera no le partió los dientes a Hugo de milagro. La sangre brotó de la nariz en forma de estallido rojo. Rómulo y Remo se abalanzaron sobre él, y si no llega a ser porque Orta se puso de por medio, le habrían desgarrado la garganta sin remedio.

Ventas no movió un dedo para intervenir.

Le asqueaba lo que estaba escuchando.

—¡Mencía, por favor! —rogó Dino.

—¡Voy a desollar vivo a ese cabrón de Halvor! —gritó—. ¡En esa época estábamos juntos, y me decía que la quería como si fuera su propia hija! —Rompió a llorar, con ira—. ¿Cómo pudo hacer algo así? ¿Con qué clase de monstruo compartí años de mi vida?

Dino trató de calmarla, y de paso, también a Venancio. Si de ellos dependiera, ajusticiarían a Hugo allí mismo, no sin antes torturarlo hasta cansarse.

—Si no vais a poder aguantar esto, os ruego que salgáis de aquí —rogó Dino—. Os recuerdo que vuestras hijas pueden estar vivas. —Se dirigió a Hugo, que se limpiaba la sangre de la nariz con la única mano que era capaz de mover—. Te doy mi palabra de que no volverán a tocarte —prometió, sin estar demasiado seguro de que Mencía o Venancio no volvieran a intentarlo—, pero más te vale seguir hablando.

La sangre que le taponaba las fosas nasales hizo que Hugo sonara gangoso.

—Después forzamos a Javier Moreno, el carnicero, para que nos entregara a su hija. Poco a poco el relato que nos propuso Darin de Fulga comenzó a tomar fuerza y a correr por Nuévalos como un reguero de pólvora: o entregaban una niña cuando la demandasen los demonios, o asesinarían a todos los habitantes del pueblo... Luego comenzamos a manifestarnos por las noches. Campanas, paseos nocturnos, símbolos demoniacos... Sembramos el terror, y Nuévalos estaba tan asustado que era incapaz de reaccionar de otra forma distinta a la sumisión. Se convirtieron en corderos, Dios nos perdone.

—Y después le tocó el turno de desaparecer a Regina —continuó Dino.

—Para Nuévalos fue toda una conmoción, como lo de la hija del comendador al año siguiente. Lo de Daniela fue idea de Darin: si desaparecía la hija de la máxima autoridad del pueblo, nadie se sentiría a salvo. Poco después de aquello, Darin nos comunicó que se marchaba y que la Hermandad enviaría a un capataz para controlar el negocio a partir de entonces. Así lo llamaba: el negocio. Ese capataz resultó ser Antón Gamboa. Halvor se unió a nosotros en la cuadrilla de demonios, además de otro hombre que se ordenó monje converso y se infiltró en el monasterio de Piedra. Se hace llamar fray Martín.

—Lo conozco de oídas —masculló Ventas, sin dejar de mirar al infinito—. Es el vigilante de la torre del homenaje del monasterio.

—¿Qué fue de Darin? —se interesó Dino.

—No volvimos a verlo. Cuando se marchó, el Fino, Halvor, Regina y yo, nos instalamos en la guarida. Considerábamos ese lugar completamente seguro... hasta hoy.

—¿Qué fue del Fino? Gamboa me dijo que mató a uno de los demonios, y me da en la nariz que fue a él.

Hugo asintió.

—Gamboa quería quitar de en medio al Fino y ocupar su lugar. No le caía bien. Lo asesinó delante del palacio que llaman El Parnaso. Él vive allí.

—Hasta ayer —puntualizó Dino—. A propósito, ¿qué sabes de Sarkis?

—Solo que es el dueño de esas tierras.

—¿Y de sus tejemanejes?

—Sarkis no tiene nada que ver con el negocio, si es lo que quieres saber.

—¿Por qué quiso Gamboa disfrazarse de demonio?

—Puede que para controlar personalmente el negocio... o para controlarnos a nosotros. La verdad es que no lo sé. Es nuestro jefe, hablamos con él lo justo.

Venancio estaba harto de monsergas.

—Pero ¿en qué diablos consiste ese negocio? ¿Vendéis a las mujeres que raptáis? ¿Las obligáis a que se prostituyan?

—No lo sé, nunca se habla de eso, pero podría ser —reconoció Hugo—. Nosotros nos limitamos a secuestrarlas.

D'Angelis clavó una mirada en él. El joven no pudo mantenerla. A Dino le dio la impresión de que mentía. Después de unos segundos de silencio, Hugo rompió a llorar.

—Padre, perdóname. No sabes la vergüenza que siento.

Ventas regresó a la choza en ruinas y se encaró con su hijo.

—Más vergüenza sentirás cuando tengas que contar todo esto delante de un tribunal.

—¿Las niñas están vivas? —preguntó Dino.

Hugo dudó unos instantes.

—Creo que sí —respondió.

Mencía y Venancio le preguntaron por sus hijas a la vez, pero

Hugo juró que no sabía si seguían vivas o no. Dino volvió a pedirles paciencia con un ademán.

—¿Dónde las retienen? —preguntó.

—En algún lugar debajo de estas tierras —respondió Hugo—. Existen varias entradas y una red de túneles que recorren las minas romanas, pero los únicos que las conocen son Gamboa y Martín.

Ventas respiró hondo, como si le costara un esfuerzo sobrehumano mantenerse en calma. Se dirigió a Dino.

—Volvamos al castillo —dijo—. Reuniré un destacamento, iremos a por Martín y lo obligaremos a que nos conduzca hasta esas niñas. —Se dirigió a los demás—. Si queréis uniros a la partida de caza, bienvenidos. Mis órdenes son simples: ajusticiar a todo el que encontremos en esos corredores y rescatar a vuestras hijas.

—¿No prefieres que envíe una carta a Toledo para que manden una compañía de soldados? —ofreció D'Angelis.

Ventas le clavó una mirada ceñuda.

—¿Y si ahora que saben que vamos a por ellos, deciden asesinarlas?

A Dino le pareció que aquel argumento era imposible de replicar.

—¿Lo consultarás con Víctor?

—Me da igual Víctor, no aceptaré una negativa por respuesta.

El espía se encogió de hombros.

—Lo cierto es que Nuévalos se ha ganado el derecho a una venganza por todo lo alto, y no seré yo quien lo cuestione —dijo—. He de pasar antes por la hospedería, tengo un asunto que resolver allí. En cuanto lo solucione, me reuniré con vosotros en el castillo.

Ventas se dirigió a su hijo.

—Por la altura, el Príncipe era Regina, ¿verdad?

—¿El Príncipe? —Hugo se mostró confuso.

—El macho cabrío —explicó su padre—, el del tridente. El jefe.

Hugo asintió.

—Sí, era ella —reconoció.

El capitán esbozó una sonrisa cruel. Si había una culpable de la ruina que había asolado Nuévalos en los últimos seis años, esa era Regina Fantova.

—Quiero que sepas que le daré una muerte tan lenta que se le romperá la garganta de tanto gritar —prometió en voz alta—. Le haré pagar con dolor todo el mal que ha hecho a este pueblo, que me ha hecho a mí... que te ha hecho a ti.

La expresión del rostro de Hugo mostró una mezcla de sorpresa y tristeza.

—Padre..., ya es tarde para eso.

—¿Qué demonios quieres decir?

Hugo tardó unos segundos en responder.

—Regina Fantova murió hace dos años, padre.

45

A Dino no le había convencido la confesión de Hugo Ventas. Mentía. Y, sobre todo, ocultaba información.

Atravesó las tierras de labranza del monasterio de Piedra inmerso en sus reflexiones, sin hacer caso al saludo cortés de los legos que faenaban en los campos. Caminaba con pasos rápidos, sin dejar de darle vueltas al testimonio de Hugo.

D'Angelis estaba seguro de que el hijo del capitán no había contado todo lo que sabía por vergüenza a hacerlo delante de su padre.

Y si delante de su padre confesó atrocidades, qué abominaciones no ocultaría.

Hugo permitió que asesinaran a Regina Fantova después de que él iniciara una relación secreta con Alicia Gómez, la matrona que trabajaba en el hospital de San Lucas. Lo paradójico fue que Alicia entró a formar parte del negocio —como lo llamaba la Garduña y también Hugo— por su amistad con Regina. Esta no tardó en arrepentirse de su decisión cuando empezó a notar cambios en la actitud de Hugo y miradas furtivas entre él y Alicia. Las sospechas y los celos acabaron salpicándolo todo, y la relación entre los tres se hizo insostenible. Hugo temía que, si rompía con Regina, se cancelara el trato que mantenía con la Hermandad. Cuando se lo consultó a Gamboa, este le propuso una solución fácil, pero no exenta de dilema: «En estos momentos, Alicia es más valiosa para nosotros que Regina. Si Alicia es capaz de ocupar su lugar en todo, y cuando digo todo es en todo, reemplázala. El trato vigente no se alterará ni en un solo renglón. Pero tener a una mujer despechada dentro del negocio es peligroso —añadió—. Si quieres a Alicia, tendrás que eliminar a Regina».

Según declaró Hugo, él no tuvo valor para hacerlo. Halvor se ocupó.

Alicia fue quien decidió utilizar a Sebastián como emisario de los demonios. Lo hizo para protegerlo y, en cierto modo, para que él se sintiera protegido. La muchacha había crecido con el chico, lo quería como a un hermano, y siempre lo defendió —a veces a puñetazo limpio— de los niños que se metían con él. Estaba convencida de que Rafael acabaría asesinando a su hijastro, así que también utilizó el contacto con Sebastián a modo de advertencia para él. El pueblo y Rafael seguirían metiéndose con el Carapez, eso era inevitable, pero la cosa no iría a más, porque todo el mundo sabía que Sebastián gozaba de la protección de los demonios.

Al final murió justo por eso.

Los planes no siempre salen bien.

Una vez terminó de hablar de su relación con Regina y Alicia, Hugo se deshizo en lágrimas —arrepentimiento que Dino intuyó sincero— y manifestaciones de resignación ante la inevitable pena capital que lo aguardaba.

Pero la cuestión más importante continuaba siendo un enigma.

¿En qué consistía el negocio, exactamente?

Si las niñas seguían con vida, ¿para qué las usaban?

Hugo juró una y otra vez desconocer el destino de aquellas criaturas. D'Angelis sospechaba que ese destino podía ser tan atroz, que el hijo de Ventas no confesaría la verdad ni bajo tortura. La única teoría que le encajaba al turinés era que aquellas niñas eran forzadas a complacer hasta el deseo más oscuro de los peores pervertidos que cualquiera pueda imaginar.

Años de oscuridad, bajo tierra, esperando a ser violadas, humilladas, torturadas.

Puede que asesinadas, cuando ya estuvieran tan rotas que dejaran de parecer humanas.

Como Daniela.

Dino encontró más movimiento de lo habitual en el exterior del lazareto. Un par de mujeres hablaban en la calle, con rostros preocupados, y otras dos trajinaban con bultos de ropa cerca de la entrada, sin parar de cuchichear entre ellas. Dino lo achacó a las novedades acaecidas en el pueblo. Fue directo al hospital, donde esperaba encontrar a Neuit y a Cadernis, además de a Saúl con su pierna rota y a Ataúlfo Martínez. En su lugar encontró a una mujer que salía con un cubo de madera y un montón de trapos manchados de sangre. Dino agarró uno de los paños y lo examinó de cerca, estupefacto. Estaba casi por completo teñido de rojo. Al levantar la mirada, reconoció el miedo en los ojos de la mujer.

—Disculpad, busco a don Ataúlfo Martínez.

La mujer tragó saliva.

—No... no lo sabéis, ¿verdad?

D'Angelis sintió que el pulso se le aceleraba de manera peligrosa. Empezó a taconear sin poder evitarlo.

—¿Qué es lo que tengo que saber?

—Alguien entró anoche en el hospital y asesinó a don Ataúlfo y a Saúl, y también apuñaló a otro muchacho.

—Disculpad... ¿a qué muchacho os referís?

—Un indio... está en la casa de caridad.

Dino corrió hacia el lazareto todo lo deprisa que le permitieron sus piernas. Estuvo a punto de arrollar a un par de lavanderas cargadas de sábanas al irrumpir en el zaguán. Una mujer de baja estatura, de unos sesenta años, le pidió calma con las manos. Sus ojos se posaron un breve instante en las armas que colgaban del cinturón.

—¿A quién buscáis?

—Busco a un chico, indio...

La señora asintió.

—Seguidme. Mi nombre es Maru —se presentó.

—¿Está bien? —Dino la siguió a lo largo de un pasillo—. Por favor, doña Maru, contestadme, ¿está bien?

—Doña Catalina está con él —fue la única respuesta que obtuvo.

Giraron por un corredor, dejando atrás dos salas repletas de camas dispuestas en fila. Muchas estaban ocupadas, la mayor parte por ancianos incapaces de valerse por sí mismos. El hedor a excrementos y orines lo inundaba todo. Dino pasó junto a una mujer que temblaba, sentada en una silla, mientras repetía una letanía.

—Mi hija mala mala mala mala mi hija mala hija mala mala mala hija mala...

Maru se detuvo delante de la puerta abierta de una habitación.

—Doña Catalina, está aquí el padre del muchacho —dijo.

D'Angelis entró en la estancia, que tenía una sola cama sobre la que colgaba un crucifijo de grandes dimensiones. Neuit estaba tumbado boca arriba, tapado hasta el pecho, pálido e inconsciente. Una mujer cheposa y con ojos ahuevados lo velaba. El turinés adivinó que sería doña Catalina. Sentada en un rincón, derrotada por sus propias ojeras, vio a Cadernis. Esta pareció despertar de su letargo en cuanto vio al espía.

—¡Dino!

Este la detuvo con un gesto; no sabía por dónde empezar. Acercó el oído a la boca de Neuit. La respiración era débil.

—¿Cómo está? —le preguntó a Catalina.

—Malherido. Y el mismo que lo hirió a él, asesinó al único médico de Nuévalos.

—No, no. —Dino acompañó las palabras con gestos de la mano; estaba muy nervioso—. Hay una médico en el castillo, iré a por ella ahora mismo. Lo curará, a mí me salvó de una puñalada parecida.

Cadernis trató de calmarlo.

—Dino...

—Esperadme aquí, tengo mi caballo en el establo de Ataúlfo...

—¡Dino! —insistió Cadernis.

—Luego, Cadernis —exclamó—, ahora tengo que ir al castillo.

—Dino, Charlène no está en el castillo.

—Pero ¿qué dices? ¿Dónde está?

—Gamboa se la llevó anoche.

Dino recibió la noticia como un disparo en plena cara.

Su universo se hizo añicos.

La vida de las dos personas que más amaba pendía de un hilo.

Un hilo fino, con una vela encendida debajo.

Cadernis condujo a D'Angelis fuera del lazareto con más facilidad de la que habría imaginado. Parecía ausente. Se alejaron de la casa de caridad. Las trabajadoras de doña Catalina seguían con sus labores. El espía se apoyó en el amarradero de la hospedería.

—Dino, ¿estás bien?

Él la miró con ojos idos.

—No —confesó—. ¿Qué hacía Charlène aquí?

—Según nos dijo, el ambiente del castillo se había vuelto insoportable, así que decidió venir a la hospedería para alojarse con Neuit y contigo. Al no encontrar a nadie en la habitación, llamó a la puerta del hospital. Neuit la oyó y le abrió. Creíamos estar seguros, hasta que oímos cómo alguien trasteaba en la cerradura. El cojo adivinó quién era y empezó a pedir auxilio a gritos. Lo degollé —añadió—. Por suerte, todos piensan que fue Gamboa.

A Dino le sorprendió que Cadernis no mostrara rastro de emoción al declarar el asesinato a sangre fría de Saúl.

—Tiré el puñal al lado del médico —siguió contando—. Si Gamboa entraba, prefería que creyera que había sido él quien lo había matado. —La mirada con la que D'Angelis la obsequió tuvo que ser elocuente, porque Cadernis se puso a la defensiva—. ¡No me mires así, no lo conocía de nada! Era su vida o la mía.

—¿Qué pasó luego?

—Me escondí con Charlène en otra sala, detrás de unos armarios. Neuit insistió en quedarse a esperar a Gamboa en el vestíbulo, para matarlo. A partir de aquí, no vi nada de lo que sucedió —puntualizó—. Gamboa forzó la cerradura y entró. Oí el sonido del arco, y luego a Neuit gritar. —Una pausa—. No fui capaz de detener a Charlène.

Dino compuso una mueca de reproche.

—Y tú no fuiste tras ella.

Cadernis le clavó una mirada que trató de ser serena.

—Entiendo que, para ti, ellos son importantes —dijo, con la misma carencia de emociones que mostró al confesar que le había cortado el cuello a Saúl—. Yo he estado en peligro muchas veces, y sigo aquí porque intento esquivar a la muerte. Fue decisión de Charlène correr hacia Gamboa. —Abrió los brazos—. Está bien, Dino, táchame de cobarde, puede que lo sea…, pero por lo menos estoy viva para contarte esto.

D'Angelis agachó la cabeza un instante.

—Perdona, tienes razón.

—Oí forcejear a Charlène, pero Gamboa la calló de una bofetada y se la llevó. Cuando estuve segura de que el peligro había pasado, salí al vestíbulo. Ataúlfo todavía llevaba mi puñal en la mano. Supongo que trató de defender a Neuit, y eso le costó la vida. Neuit tenía una herida muy fea en el vientre. Gamboa podría haberlo matado de una sola estocada, pero no… Ese malnacido hirió al chaval para matarlo lentamente.

—Voy a cortarle los huevos a ese cabrón —juró Dino—. Como le toque un solo pelo a Charlène…

—Si quisiera matarla, lo habría hecho en el hospital —lo tranquilizó Cadernis.

El turinés quiso creer que tenía razón.

Pero se le ocurrían cosas peores que la muerte.

Cosas que Charlène no soportaría.

—¿Qué piensas hacer, Cadernis? —preguntó D'Angelis.

—Por ahora, quedarme en la casa de socorro. No puedo dejarme ver: la justicia me perseguirá por ser cómplice de Sarkis, y la Garduña por haber burlado a Gamboa. Estoy en un brete.

—Te prometo que te ayudaré con eso cuando solucione mis problemas. Pero ahora, por favor, no te separes de Neuit.

—No te preocupes, no me separaré de él. ¿Y tú, qué vas a hacer?

—Ir a por Gamboa.

—Espero que sepas manejar bien esa espada. La técnica de Gamboa es excelente.

—Me entrenó el mejor maestro de esgrima de Europa.

—Pues espero, de corazón, que tengas suerte.

Dino no contestó. Regresó al lazareto y se encaminó a la habitación de Neuit. Para su sorpresa y alegría, lo encontró despierto. Catalina seguía a su lado, con los dedos del chico entre sus manos. Neuit lo reconoció nada más entrar. Su voz sonó muy débil. Tenía fiebre. A pesar de eso, le sonrió.

—Dino...

El turinés recurrió a sus dotes de actor para que su sonrisa pareciera feliz.

—Eres el guerrero más valiente que conozco —dijo—. Te vas a poner bien.

—Yo... dispara flecha, pero Gamboa... entra con armadura por delante, como escudo. Se lleva Charlène.

—No te preocupes de eso, Neuit, pienso ir a por ella. Tienes que descansar.

—Dino...

—Duerme. Es una orden, ¿vale?

Neuit insistió. Quería hablar.

—Tú... no amigo, Dino. Tú, mi padre —sonrió.

A Dino se le hizo un nudo en la garganta.

—Y tú eres mi hijo, Neuit.

—Ve por Charlène. Ella cura mí.

—Claro que sí.

Y volvió a dormirse.

D'Angelis sintió que los ojos se le llenaban de lágrimas. Catalina miró hacia otro lado, discreta. El turinés lo besó en la frente, se despidió de la dueña de la casa y se marchó a toda prisa. Encontró el establo donde estaba Barlovento con facilidad. Adivinó que el caballo que había al lado, un magnífico ejemplar cartujano tordo que le hizo alzar las cejas de admiración, era el del difunto Ataúlfo.

—Lo único que no me gusta de ti es tu nombre, Dante —le dijo mientras ensillaba a Barlovento—. Eres un caballo maravilloso.

Este relinchó, como si hubiera entendido el cumplido.

Un par de minutos después, Dino galopaba hacia Nuévalos.

Aquello ya no era un asunto oficial.

Ahora era algo personal.

El hombre mal afeitado instaló a Elías y familia en una covacha más seca y acogedora que la que ocuparon la noche anterior. Al menos tenían chimenea para calentarse, además de algunas piezas de fruta, queso y vino aguado. No había jergones, por lo que el sargento dedujo que estaban allí de paso. Petronila aprovechó que sus hijos estaban entretenidos, charlando entre ellos, para acercarse a su esposo.

—Esto no me gusta, Elías —susurró—. Estos túneles son siniestros.

Él estaba dispuesto a convencerse a sí mismo de que todo iría bien.

—Nos han escondido aquí para mantenernos a salvo —confió—. El comendador tiene que estar buscándome. Seguro que nos sacarán de este pozo cuando las cosas se calmen.

—El hombre que nos ha traído hasta aquí no me gusta. Tiene cara de rufián.

El sargento le cogió las manos con ternura.

—Quiero que estés tranquila, Petro, no nos va a pasar nada.

Oyeron ruido en el pasillo. Alguien con un leve deje extranjero protestaba, y otro con acento gallego parecía burlarse de él.

—Quiero hablar con Gamboa —exigía el primero—. Estoy harto de que me trasladéis de un lado para otro.

—Pero no me jodas, Sarkis, *cajondiós*, si aquí estarás mejor que en brazos. No querrás que la guardia del comendador te *colla* y te ahorque por *trampulleiro* y *malfeitor*.

Cadrolón lo invitó a entrar en la estancia donde estaban Elías y familia. A pesar de que hasta ahora habían tenido la puerta abierta, el hombre echó el cerrojo por fuera.

—Perdón —se disculpó ante Elías a través del ventanuco de la puerta—. En vuestras mercedes confío, pero no en este *langrán*, que igual se me fuga y se me pierde por estos túneles de Dios y no lo encuentra ni su padre.

Sarkis dedicó al sargento y a su familia una mirada preñada de confusión. No tenía ni idea de quiénes eran ni por qué tenía que compartir espacio con ellos.

—¿No tenéis una habitación para mí solo? —gritó Sarkis a través del ventano de la puerta—. ¡Se lo pienso decir a Gamboa en cuanto lo vea!

El gallego reapareció a través de la abertura cuadrada. Su rostro mostraba una expresión divertida.

—Pues tienes suerte, *carallo*, aquí viene. —Cadrolón saludó a alguien al fondo del corredor—. Muy buenas, patrón, aquí está Sarkis, que no para de quejarse. ¿Quién es la dama?

—Llévala a la celda siete —se oyó decir a Gamboa—. Trátala bien, es valiosa.

El gallego agarró a Charlène por la cuerda que ataba sus manos a la espalda.

—Vamos a la siete, alteza, que *xuro* estaréis como una reina.

Charlène le dedicó una mirada desafiante, pero se dejó conducir. No podía quitarse de la cabeza la imagen de Neuit malherido. La estocada de Gamboa era de las dolorosas. Confiaba en que Cadernis lo hubiera llevado a la casa de caridad. Al menos le limpiarían la herida. Puede que hubiera otro médico en la comarca. Si lo atendían a tiempo, viviría.

Gamboa abrió la puerta de la sala donde estaban Elías y Sarkis. Este se levantó en cuanto entró.

—Tenemos que hablar...

—Ahora no, Sarkis.

—Estamos en el mismo barco, Antón —suplicó.

El espadachín clavó sus ojos opacos en él. Le habló muy despacio, como si fuera un niño con pocas entendederas.

—Luego hablaremos. Ahora tengo que ocuparme de esta encantadora familia.

Elías se frotaba las manos en un gesto mecánico y nervioso, con una sonrisa trémula en el rostro. Gamboa lo estudió de arriba abajo. Había oído hablar del sargento, pero era la primera vez que lo tenía cara a cara. Examinó sus ojos. Ojos de buen hombre. Y un buen hombre es peligroso en el reino de los malos. Aun así, decidió darle una oportunidad.
—Elías, ¿sabes quién soy?
—Sí, maese Gamboa. Acabo de oír vuestro nombre.
—En ese caso, entenderéis que no pueda dejaros marchar. —El rostro de Elías se descompuso y el de Petronila reflejó espanto; Ramiro, cerca de la chimenea, le pasó el brazo por encima del hombro a su hermana—. No me malentendáis, esto no es una amenaza. Os propongo un trato: vos y vuestra familia trabajaréis para mí hasta que yo desaparezca de la comarca, y luego seréis libres. Estaré lejos, y me dará igual que me denunciéis a las autoridades —añadió con cinismo.
Elías se atrancó al hablar.
—Maese Gamboa, os recuerdo que vos y yo estamos en la misma situación. A mí también me persiguen, y lo último que me interesa es hablar con las autoridades. Podéis confiar en mí —concluyó.
—Puede que en vos sí, pero... ¿y en ellos?
El espadachín se plantó delante de Petronila y le dedicó una sonrisa de fingida afabilidad. Luego caminó hasta el rincón donde estaban acurrucados Ramiro y Blanca. Se agachó para ponerse a su altura.
—Qué niños más guapos —dijo, sin dejar de sonreír—. A ver, pequeña..., ¿a que no adivinas cómo me llamo?
Blanca se quedó mirando el pañuelo que llevaba Gamboa en la cabeza. Le pareció muy divertido. Este amplió su sonrisa al darse cuenta y le hizo un guiño. La niña se echó a reír y pronunció muy despacio.
—Gamboa.
—Muy bien.
El espadachín le revolvió el pelo y volvió a enfrentarse a Elías.
—¿Ves? No puedo fiarme ni de tu hija pequeña.
Petronila se interpuso entre los dos hombres. Sarkis, en un rincón, presenciaba la escena en silencio.
—Por favor, señor, os juro que ninguno de nosotros hablará de vos. Dejadnos salir, os lo ruego, este aire es malsano para mis hijos...

Gamboa la miró con cara de asco.

—Elías, que esta zorra no vuelva a dirigirse a mí sin que yo le dé permiso.

El sargento sintió que apenas podía hablar.

—Lo siento..., no volverá a pasar.

Petronila tenía los ojos desorbitados al ver que su esposo ni siquiera se mostraba ofendido. Le avergonzó ver lo servil que era ante aquel desalmado. Gamboa decidió tensar más la cuerda del laúd.

—Porque es una zorra, ¿verdad, Elías? —Gamboa acercó los labios al rostro del sargento—. Díselo. Eres-una-zorra —silabeó.

Sarkis se sintió obligado a intervenir. Aquello no le estaba gustando en absoluto.

—Antón..., los niños.

—Luego hablo contigo, Sarkis. —Se volvió hacia el sargento una vez más—. Elías, estoy esperando.

Elías observó las lágrimas en el rostro de su mujer. Ni siquiera osó mirar a sus hijos. Tragó saliva y frustración, e hizo acopio de la poca dignidad que le quedaba, a pesar del miedo que le oprimía la vejiga.

—No. —Elías acompañó su negativa con movimientos lentos de cabeza—. No pienso insultar a mi esposa delante de mis hijos porque vos me lo digáis.

El espadachín mostró su decepción con un gesto triste.

—Pues si no eres capaz de obedecer una orden tan simple, no me sirves.

Gamboa lo agarró del cuello, desenfundó la espada en un movimiento rápido y se la clavó hasta la empuñadura. Petronila gritó y corrió a proteger a sus hijos. Sarkis se aplastó contra la esquina de la habitación, aterrorizado. El espadachín giró la muñeca dos veces, agrandó la herida y sacó la hoja con un rápido movimiento. Elías cayó de bruces al suelo.

—¿Qué has hecho? —dijo Sarkis con un hilo de voz.

El espadachín avanzó hacia la chimenea, donde Petronila trataba de proteger a sus hijos, con el rostro desencajado en una mueca de horror. Ramiro se deshizo del abrazo y se lanzó contra el asesino de su padre. Empezó a pegarle en el pecho, con los ojos llenos de lágrimas. Gruñía y rugía de rabia. Gamboa se echó a reír. Los golpes sonaban sordos contra la armadura que vestía debajo de la ropa.

—Así me gusta, chico, que tengas ira —rio.

El golpe con el pomo de la tizona le abrió la cabeza a Ramiro. El pequeño cayó inconsciente, con una brecha que no tardó en sangrar. Petronila extendió la mano hacia su hijo, pero no se atrevió a separarse de Blanca, que ahora lloraba a pleno pulmón.

—Puede que la niña nos sirva cuando crezca un poco más —pensó Gamboa en voz alta, acercándose a ellas—. Tú, definitivamente, no.

La espada atravesó el corazón de Petronila, que murió en el acto. Gamboa limpió la hoja en el vestido de la niña con movimientos lentos. Sarkis corrió hacia Blanca, que lloraba hecha un ovillo, y la cogió en brazos. Se dio la vuelta, para impedir que la pequeña viera a su madre desangrarse en el suelo.

—Eres un monstruo —masculló, sin apartar la vista de la pared—. Jamás pensé que serías capaz de algo así. ¿Has hecho lo mismo con los míos, asesino?

Gamboa se dirigió a la puerta.

—Ellos son valiosos, como esos niños. Tú —se encogió de hombros—, todavía no lo sé. He enviado una carta al Gran Maestre de Toledo, preguntándole qué hacer contigo. Él decidirá si sigues siendo útil o no. En caso de que ya no lo seas, tranquilo, seré rápido. En el fondo te aprecio.

La puerta se cerró.

Sarkis abrazó a Blanca con fuerza.

La niña no paraba de llorar.

Con razón.

Estaban en el infierno.

46

Hacía un año que la joven no veía el sol más que media hora al día.

A veces ni siquiera le permitían disfrutar de esos treinta minutos, que ella aprovechaba para viajar con su mente lejos de allí, a algún lugar imaginario donde soñaba que era libre.

Esos días en los que no podía respirar aire puro, se hacían el doble de largos. Sus ojos se habían acostumbrado a la luz de antorchas, cirios y braseros, al igual que los de sus compañeras, que eran quienes le daban fuerza y consuelo. Vivían en una noche eterna, en una sala que, si bien era todo lo cómoda que puede ser una estancia excavada bajo tierra, no dejaba de ser una cárcel.

Lloró mucho al principio de su cautiverio; poco después dejó de hacerlo. A todas les había pasado lo mismo. La tristeza seguía, imperecedera, pero la desgracia acaba secando los ojos hasta transformarlos en eriales.

Aquel 4 de abril nadie sacó a las jóvenes a tomar el aire al patio. Hacía tiempo que dejaron de ser niñas. La muchacha, que según sus propios cálculos tenía diecisiete años, pegó la oreja a la puerta y oyó voces desconocidas en el corredor que había al otro lado; voces, sobre todo, de mujeres. Poco a poco el sonido se alejó hasta apagarse del todo. Sin pararse a pensar, la chica golpeó el batiente de madera con la palma de la mano.

—¡Eh! —gritó—. ¡Eh! ¡Queremos salir al patio!

Las cinco muchachas que compartían estancia con ella se levantaron de golpe, asustadas. La experiencia les había enseñado que no era prudente poner a prueba la paciencia de los carceleros.

—¿Qué haces? —la reprendió una de ellas—. ¿Estás loca?

—Lo que estoy es harta —respondió—. ¡Eh! ¿Me oye alguien? ¡Queremos salir!

—Para, por favor, nos vas a buscar un lío.

La joven ignoró las advertencias de sus compañeras y siguió golpeando la puerta con todas sus fuerzas. Su rostro era el de alguien que no piensa parar hasta conseguir lo que quiere sin importarle a qué precio.

—¡Eh! ¡Quiero salir! —insistió—. ¿Me oís? ¡Abrid!

La que parecía ser la más joven de todas intentó calmarla.

—Por favor, Ofelia, los vas a enfadar.

—Me da igual. —Más golpes—. ¡Eh!

La puerta se abrió de pronto. El hombre al que llamaban Valdemoro apartó a Ofelia de un empujón. Rondaría los cuarenta, un ojo más cerrado que el otro y cuatro dientes casi huérfanos de encías. La caricatura de un pirata medio muerto.

—¿Se puede saber qué cojones te pasa? —preguntó de malos modos.

Ella lo desafió con los brazos en jarras.

—Quiero salir al patio.

—Hoy no hay patio. Mañana, si os portáis bien, os sacaré a que os dé el aire.

—Quiero salir hoy —insistió la joven—, no aguanto más.

—Por favor, Ofelia —rogó otra de sus compañeras, tirando de ella sin éxito.

—He dicho que quiero salir hoy.

Arrancó a correr de repente y trató de escabullirse entre Valdemoro y la puerta. Este la sujetó por los hombros. Ambos forcejearon durante un par de segundos. El hombre, más fuerte, la devolvió a la habitación sin miramientos.

—¡Una semana sin salir al patio! —la condenó, ceñudo.

La sonrisa de la joven le puso los pelos de punta a Valdemoro. Era la de alguien que ha conseguido lo que quiere. El hombre comprobó su cinturón. El cuchillo que debía de estar dentro de la funda brillaba en las manos de Ofelia, que lo balanceaba delante de sus ojos en un vaivén hipnótico.

—Devuélveme eso —exigió Valdemoro en un tono que fracasó en el intento de sonar firme.

—Ofelia, dale el cuchillo, por favor —rogó una de las muchachas.

—Por favor —pidió otra.

Ofelia no dejaba de sonreír. Sin embargo, sus ojos no lo hacían.

Después de muchos meses, su mirada se humedeció de nuevo.

—No necesito tu permiso para salir —susurró—. Ahora soy libre.

Le dio la vuelta al cuchillo y se lo clavó en el vientre.

Jamás pensó que una puñalada pudiera doler tanto. Cayó de rodillas, y Valdemoro, aterrado, se abalanzó sobre ella para quitarle el arma. La joven se hizo un ovillo, de tal forma que le fue imposible hacerlo. Sus compañeras gritaban y lloraban, sin terminar de creerse lo que acababan de presenciar.

—Vosotras, atrás —ordenó el hombre, que no era capaz de arrebatarle a Ofelia el arma con la que se había apuñalado—. ¡Suéltalo! ¡Suéltalo!

Las fuerzas abandonaron a la joven, que cayó de lado, boqueando como un pez fuera del agua. Valdemoro no se atrevió a sacar la hoja del vientre. Temblaba.

Iba a morir, Gamboa lo mataría.

No se le ocurrió otra cosa que pedir socorro a gritos.

Charlène estaba medio adormilada cuando oyó descorrer el cerrojo de su celda. Al otro lado de la puerta encontró a un muchacho con cara de crío, pálido como un fantasma. Venía acompañado de una treintañera de melena castaña y rostro serio. Una vieja cicatriz le partía el labio, cerca de la comisura.

—Nos han dicho que sabes de medicina —dijo ella.

Su rostro era de genuina preocupación.

—Tienes que venir con nosotros —ordenó el joven.

—¿Y si me niego? —los desafió Charlène.

—Si te niegas, dejarás morir a una inocente —respondió la mujer.

Lo último que esperaba Víctor de Cortada era ver a Hugo Ventas maniatado y bajo arresto.

Todavía le pareció más disparatado que fuera su padre quien lo informara de que era uno de los demonios que habían aterrorizado Nuévalos durante seis años.

Hugo, cabizbajo y custodiado por dos guardias, se había sumido en un silencio avergonzado. Heliodoro Ventas también se mantuvo callado mientras Venancio Prados, la Lobera y Manuel Orta desgranaban la confesión del joven como si este no estuviera presente. Los lobos de Mencía estaban en un rincón del salón principal del castillo. Torcuato les puso un bacín con agua y los obsequió con un par de huesos de vaca que ellos roían, felices. Su hijo Pepón, escondido en la cocina como si presintiera un terremoto, se preguntaba si aquel súbito ajetreo tendría algo que ver con su chivatazo. Él se había limitado a informar al monje, pero jamás pensó en las consecuencias.

Tampoco es que fuera el más listo de Nuévalos.

—Helio, quiero hablar a solas contigo —manifestó el comendador después de oír el testimonio.

Víctor lo condujo hasta sus dependencias personales, en la planta superior. Juana y Antonia se esfumaron en cuanto los vieron llegar. El comendador trató de armar una sonrisa. Sabía que confortar a su amigo sería complicado, pero tenía que intentarlo.

—¿Estás bien, Helio?

—No, Víctor, no lo estoy. —Sus ojos eran pozos de pesadumbre—. Pero es nuestra obligación afrontar esto con firmeza y templanza. Si mi hijo tiene que acabar colgado de una soga, que así sea. Pero no quiero que lo linches delante de todo Nuévalos, como a Ferrán Gayoso. Ese no es el camino, Víctor.

El comendador se sentó en la butaca descalzadora situada a los pies de la cama. Se le veía preocupado. Su actitud era muy distinta a la que había mostrado tras la muerte de su padre. La conversación con Charlène le había hecho reflexionar, y ahora se sentía, en cierto modo, abochornado. Cuando alzó la mirada para enfrentarse a la de Ventas, sus ojos mostraron un brillo trémulo.

—Te doy mi palabra de honor de que tu hijo tendrá un juicio justo.

Ventas aceptó la respuesta en silencio, mientras Víctor repasaba el torrente de información que acababa de recibir.

—Me parece increíble que mi prima Regina estuviera involucrada en esto desde el principio —musitó—. ¿Lo sabe Catalina?

—No, y creo que debe seguir siendo así —determinó Ventas—. Es una buena mujer, no merece sufrir más. Que sepa que su hija era un monstruo no cambiaría nada.

A Víctor le pareció una postura piadosa, aunque no podía dejar de pensar en Daniela.

—¿Cómo pudo ser Regina tan miserable para secuestrar a un miembro de su propia familia hasta hacerlo enloquecer?

—No lo sé —respondió Ventas—. Me pregunto qué tendría preparado Hugo para mí en el futuro. Tal vez una carta, firmada por un falso oficial, en la que se me comunicara que había muerto como un héroe en una batalla en la que nunca participó. Quién sabe —El capitán secó el inicio de una lágrima y se enfrentó al comendador—. Voy a acabar con esto, Víctor, y voy a hacerlo ya.

La respuesta que obtuvo Heliodoro Ventas fue muy distinta de la que esperaba.

—Para eso te he hecho venir. Dime qué necesitas, y lo tendrás.

El capitán necesitó unos segundos para asimilar que contaba con el beneplácito del comendador.

—Diez hombres —pidió—. Hay que dejar un retén en el pueblo.

—Elige los que quieras.

—También necesitaré una espada nueva —se lamentó—. A ver si encuentro algo decente en la armería.

Desenfundó la suya para enseñársela a Víctor. La hoja estaba partida por la mitad.

—¿Qué le ha pasado?

—La rompí contra una piedra en un ataque de cólera —confesó—. Lo hice por no asesinar a Hugo. Literalmente.

Víctor se puso de pie, desabrochó la hebilla del cinturón y se lo tendió al capitán. Este miró la espada de los Cortada sin atreverse a tocarla.

—Víctor, no...

—A mi padre le habría gustado que la tuvieras. Nadie le dará mejor uso que tú.

—Esa arma ha pertenecido a tu familia desde hace más dos siglos.

Víctor expelió una risa triste.

—Mi familia morirá conmigo, Helio. Esta espada se merece un destino mejor.

Ventas aceptó el regalo con una solemne inclinación de cabeza. Deslizó la funda de metal y piel a lo largo de la correa, hasta liberarla. La introdujo en su propio cinto, lo ajustó y desenfundó la espada. Aquella arma parecía afilada por el mismísimo diablo.

Justo en ese momento oyeron ruidos en el corredor. La puerta se abrió sin llamada previa. El rostro de Dino D'Angelis mostraba una expresión muy distinta a la habitual, esa que mezclaba serenidad con socarronería. Víctor y Ventas apreciaron que las arrugas de su cara eran cuerdas de ballesta a punto de disparar; sus ojos, virotes envenenados. Venancio Prados, la Lobera y Manuel Orta estaban detrás de él, para añadir drama a la escena.

—Gamboa se ha llevado a Charlène y ha malherido a Neuit —informó Dino—. Tenemos que actuar, y debemos hacerlo de inmediato.

Víctor palideció.

—Charlène... Iré con vosotros.

Dino lo paró, poniéndole la mano en el pecho.

—Aquí serás más útil, comendador. Redacta una carta dirigida a don Francisco de los Cobos y Molina, en Toledo, solicitando el envío urgente de un destacamento de cincuenta soldados en mi nombre. Si ves que mañana, a esta misma hora, no hemos vuelto, envíala con tu mejor jinete.

—Así lo haré —prometió Víctor; la noticia del secuestro de Charlène lo había dejado aturdido y angustiado—. Pero ¿sabéis por dónde empezar a buscar? Si está en esa vieja mina, será muy difícil encontrarla.

—Mi prioridad es localizar a Gamboa —aclaró Dino—, y conozco a un hijo de puta que responde al nombre de fray Martín que me llevará hasta él.

Ventas clavó una mirada decidida en el turinés.

—Entonces ¿qué, Dino? ¿Al monasterio de Piedra?

—Al monasterio de Piedra —confirmó este.

La mujer que acompañaba a Charlène por los túneles iluminados por antorchas era conocida por todos como la Cántabra. Nadie sabía su nombre real; puede que hasta ella lo hubiera olvidado, de no usarlo. Era una de las encargadas de cuidar a las prisioneras, junto con Montserrat y Ana María. La Cántabra no disfrutaba de su trabajo de carcelera, pero tenía un hijo en Calatayud y la perenne amenaza del puñal de la Garduña sobrevolando su cama. Jamás osaría desobedecer. Ni ella ni ninguno de los que prestaban sus servicios en aquella mina perdida de la mano de Dios.

Una vez que la Garduña te rodeaba con su garra, era imposible escapar.

Pedro Antuna, el muchacho que conducía a Charlène del brazo por las galerías, había ingresado en la Hermandad un año antes. Su padre lo vendió a cambio de la condonación de una deuda de juego. La Garduña lo aceptó como pago.

La primera orden que Pedro recibió fue asesinar a su padre.

Ni siquiera el hecho de que lo entregara a unos bandidos mitigó el dolor y el asco de sí mismo que le produjo tener que quitarle la vida al hombre que se la había dado a él. Para colmo de su desgracia, una vecina presenció el crimen desde la ventana y lo denunció a la Santa Hermandad, la némesis de la Garduña.

La Garduña lo protegió a su manera. Lo sacaron de Sevilla en un carro de bueyes y lo enviaron a unas minas de Aragón, donde vería la luz del sol de higos a brevas. Por su seguridad, le dijeron. Y ahí seguía, día tras día, en una noche eterna.

Charlène vio a tres personas que parecían discutir de forma acalorada frente a una puerta que se veía más sólida que las que había dejado atrás. Un hombre gesticulaba delante de dos mujeres. La que parecía mayor de las dos lo reprendía sin miramiento alguno.

—Verás cuando se entere Gamboa —profetizó Ana María, que así se llamaba la mujer—. Como esa muchacha palme, te va a desollar vivo.

Todos se callaron al ver aparecer a la Cántabra y Antuna con la prisionera.

—¿No la habéis trasladado de habitación? —preguntó la Cántabra al trío de la puerta.

—No me atrevo a desclavarle el cuchillo —confesó Valdemoro; parecía al borde del atragantamiento. Se dirigió a Charlène—. Salvadla, os lo ruego.

Ana María abrió la puerta y le hizo una seña a la prisionera.

—Adentro —ordenó.

Charlène entró en la estancia para descubrir que no era la celda que había esperado ver. Se trataba de una sala grande con diez camas, bien amueblada e iluminada con braseros que daban calidez al ambiente, aparte de luz. Al fondo de la habitación había cinco mujeres en penumbra. Se encontraban apiñadas, como si de esa forma pudieran protegerse unas a otras. Sintió que un escalofrío le recorría la columna vertebral. Se preguntó si aquellas muchachas serían las que los demonios les arrebataron a sus padres en su día. Si era así, algunas llevaban seis años allí dentro.

Sobre la litera más próxima a la entrada yacía una joven inconsciente.

El mango de un puñal asomaba debajo de su vientre.

Un vientre abultado por ocho meses de embarazo.

—¿Quién le ha hecho esto? —preguntó Charlène sin esperar respuesta.

Sin embargo, la obtuvo.

—Ella misma —contestó Valdemoro.

Charlène intentó calcular la trayectoria de la hoja, pero la barriga hinchada de la mujer impedía hacerlo con precisión. Aplicó la oreja sobre ella. El feto vivía. Tenía que actuar rápido.

—Necesito el cuchillo más afilado que tengáis, paños limpios y agua caliente.

—Ya tiene un cuchillo clavado —observó Montserrat, la compañera de Ana María; la joven era servicial y bien mandada, pero no era demasiado lista—. ¿No vale ese?

—Si ese valiera, ya lo habría cogido yo —repuso Charlène, irritada—. Si queréis que esta mujer y su hijo vivan, haced lo que os digo. ¡Ya!

—La navaja de afeitar de Varela —recordó la Cántabra—. Siempre presume de lo afilada que la tiene. Antuna, corre —ordenó.

Charlène le tomó el pulso a la muchacha inconsciente. Se guardó su veredicto para sí. La Cántabra permanecía detrás de ella, de pie, con rostro adusto. Ana María y Montserrat fueron a cumplir los encargos de aquella mujer que decían que era médico y que no les inspiraba demasiada confianza.

¿Cómo iba a saber medicina una mujer?

Charlène se dirigió a Valdemoro.

—Salid, tengo que desnudar a… ¿cómo se llama?

—Ofelia —respondió la Cántabra.

Valdemoro obedeció sin rechistar.

Temía que aquel día fuera el último de su vida.

—¿Dónde me puedo lavar las manos? —preguntó Charlène.

Una de las muchachas apelotonadas al fondo de la sala señaló una palangana con agua. Charlène se arremangó y caminó hacia ella. Al ver a las jóvenes un poco más de cerca, reparó en algo que le llamó la atención. De las seis que había en la habitación, tres estaban encintas. Localizó cunas al otro extremo de la estancia, pero todas vacías y sin rastro de niños. Recordó el primer examen que le hizo a Daniela en su alcoba, nada más llegar a Nuévalos. Había indicios claros de que había parido. Y más de una vez.

Charlène sintió que la boca se le secaba.

No estaba en una cárcel.

Estaba en un criadero.

Y aquellas chicas jóvenes eran ganado.

47

El destacamento partió del castillo poco antes de la una de la tarde. Lo formaban diez soldados de confianza de Heliodoro Ventas, que cabalgaban detrás de su capitán, de uniforme completo y preparados para la primera gran batalla de sus vidas. Dino compartía a Barlovento con la Lobera, que iba a horcajadas en su grupa; Rómulo y Remo, con las lenguas fuera, trotaban a su lado. Venancio Prados y Manuel Orta tomaron prestados caballos de la cuadra del comendador.

El rumor de que aquel ejército de quince héroes iba a darle su escarmiento a los demonios se propagó por las calles de Nuévalos cuando todavía no habían abandonado los muros de la ciudad. El pueblo se sentía protegido por primera vez en mucho tiempo. Los vecinos formaban corrillos en las calles y las tabernas se llenaron de parroquianos que se embarcaron en una celebración espontánea, ajenos a que la realidad era otra.

La compañía no sabía si encontrarían al enemigo, o todo quedaría en un vano intento.

Por lo pronto, trotaban rumbo al monasterio de Piedra en busca de fray Martín. Todos rezaban para que el monje no hubiera puesto pies en polvorosa, que sería, por otra parte, lo más lógico.

La cara de Dino D'Angelis era una tragedia griega. Mencía, que cabalgaba agarrada a su cintura, notaba la tensión en el cuerpo delgado y fibroso del espía. Trató de animarlo.

—Neuit es fuerte, seguro que aguantará —aseguró, con la boca pegada a su oreja—. Encontraremos a Charlène y dejará a ese pequeñajo mejor que antes.

Dino agradeció el intento con una sonrisa fingida que la Lobera no pudo ver. Ya no estaba solo triste, también se sentía rabioso y ávido de venganza. De todas formas, se prometió a sí mismo no perder ni mesura ni cordura. No quería caer en el mismo remolino que engulló a Víctor de Cortada tras la muerte de su padre. Desde fuera se veía repugnante y patético a la vez. Por suerte para todos, parecía que el sentido común había regresado a la sesera del comendador. Al menos de momento.

Llegaron a las inmediaciones del monasterio de Piedra ante las miradas de alarma y desconfianza de legos y seglares. Encontraron a un novicio bajo el arco de la torre del homenaje, en lugar de fray Martín. Su ausencia tampoco pilló por sorpresa a nadie. El muchacho reconoció al capitán Ventas nada más verlo.

—Dios os guarde, capitán —saludó Ignacio Sánchez—. ¿Os acordáis de mí? Yo fui el que encontró a la hija del comendador, que en paz descanse. Vos me recibisteis en el castillo cuando fui a informar...

—Me acuerdo de ti —confirmó Ventas sin bajarse del caballo—. Buscamos a fray Martín.

—¿A fray Martín? —Al muchacho le extrañó que un grupo tan numeroso de soldados fuera a por el portero—. ¿Ha hecho algo?

Dino tomó la palabra. No había tiempo para explicaciones.

—Mi nombre es Dino D'Angelis, soy agente de su católica majestad el emperador Carlos V. Según nos consta, fray Martín González ejerce de vigilante de esta torre, en el turno de mañana.

—Así es, excelencia —corroboró Ignacio, aplicándole a Dino el tratamiento que consideró más adecuado—. Esta mañana me pidió que le sustituyera, que tenía que hacer no sé qué recado del abad. Me dio un par de monedas a cambio —confesó.

—¿Sabes dónde vive fray Martín? —preguntó Dino, aunque no esperaba encontrar al monje en casa.

—Claro, su choza está a un minuto de aquí a pie.

—Llévanos.

Ignacio señaló el arco de la torre del homenaje.

—No puedo dejar mi puesto, excelencia.

Ventas señaló a dos de sus hombres.

—Quirós, Barceló, haceos cargo —ordenó—. Que nadie entre o salga hasta que yo vuelva, ya puede ser el abad, el obispo o Cristo resucitado, ¿entendido?

Dino lo miró de reojo.

—Helio, ¿desde cuándo tomas el nombre de Dios en vano? —le preguntó sin que nadie, aparte de Mencía, lo oyera.

Ventas le devolvió una mirada ceñuda.

—Desde que me enteré de que los demonios eran falsos. Si los de abajo son de mentira, ¿quién me asegura que los de arriba no lo son?

—Estás hecho un filósofo —se burló la Lobera—, me recuerdas a mi difunto marido.

—Ese era un caballero —gruñó Ventas—. No sé qué hacía contigo.

Dino sonrió al pensar que «lo del sodomita» era una muy buena razón para estar con la Lobera. La sonrisa le sentó bien. Por un segundo había dejado de pensar en Neuit y Charlène.

—Ve delante —ordenó a Ignacio.

La lluvia de la noche anterior había formado charcos en los caminos que se extendían entre las pequeñas granjas. Ignacio, que calzaba unas humildes sandalias, hundía los pies en el barro sin molestarse en esquivar las zonas más profundas. Dejaron atrás un par de casas medianas y llegaron a la choza del portero. Era tan pequeña, y estaba tan mal construida, que Dino se preguntó si el monje no la echaría abajo si se desperezaba más de la cuenta. La comitiva descabalgó. Ventas apartó al turinés de la puerta cuando este intentó entrar.

—Déjame a mí.

Fue tal la furia del capitán al descargar la patada, que la madera se hizo astillas bajo la bota. Agarró los trozos sobrantes de la puerta hasta arrancarla del todo. Dino conocía aquella clase de cólera, la que se descarga sin medida contra algo o alguien que no se lo merece, por no machacar sin piedad a un ser querido.

Podía resumirse en una sola palabra.

Frustración.

Ignacio retrocedió dos pasos, intimidado por el alarde de violencia. D'Angelis y Ventas entraron en la chabola. Encontraron un canasto de mimbre con algunos trapos a un lado y una vela a medio consumir en una banqueta, cerca del jergón deshecho. Había pisadas de barro en el suelo. Fray Martín había recogido lo que buenamente había podido y se había marchado para nunca más volver. Dino propinó una patada de rabia al canasto.

Frustración.

—No esperarías encontrar a ese hijo de la grandísima puta aquí

—rezongó la Lobera desde la puerta; Ignacio, detrás de ella, se santiguó al oír la palabrota.

—La verdad es que no —reconoció Dino—, pero por alguna parte teníamos que empezar.

Ventas recorrió el interior de la choza con la vista. Descubrió telarañas en las esquinas, roña en el techo y mugre por doquier. Echó de menos una fila de murciélagos colgando del techo; quizá consideraran que aquel cuchitril era demasiado incómodo hasta para ellos.

—Menuda pocilga —se indignó Ventas—. Hasta las paredes están arañadas, y parece que a posta. Y luego intenta ocultar esos garabatos colgando una zalea sarnosa delante.

D'Angelis volvió la cabeza hacia la piel de vaca que colgaba de la pared. La arrancó de un tirón y abrió la única ventana que había en la choza para que entrara la luz.

—¡No me lo puedo creer! —exclamó Dino.

Ventas y la Lobera lo miraron, extrañados, lo mismo que Venancio y Orta, que presenciaban la escena desde el exterior de la chabola.

—¿Se puede saber de qué hablas? —preguntó ella.

—La pared. Es el cuaderno de notas de un analfabeto —rio Dino.

De repente, todos lo vieron. Líneas rectas y curvas que evolucionaban en diferentes ángulos, con algunos dibujos que las acompañaban, a modo de anotaciones o recordatorios.

—Es un mapa —adivinó Orta, boquiabierto.

—Y me apuesto lo que quieras a que es de las minas —aventuró Dino, entusiasmado—. Sé que Gamboa las cartografió.

—¿Cómo sabes eso? —preguntó Ventas, ceñudo.

El turinés no quiso poner en compromiso el anonimato de Cadernis.

—Alguien me lo dijo, no me preguntes quién —rogó—. Además, Hugo comentó anoche que Gamboa y Martín sabían orientarse en las minas. Estoy convencido de que Gamboa le ordenó memorizar el mapa a Martín. Puede que incluso se lo prestara unos días para que se lo aprendiera. Pero meterse en la cabeza un plano de esta magnitud no es fácil, y estoy seguro de que Martín no es demasiado listo. Así que decidió copiarlo a espaldas de Gamboa, para así tener más tiempo de memorizarlo.

—¿Y lo hizo en la pared? —preguntó la Lobera, escéptica.

—¿Tú tienes artes de escritura en casa, Mencía? —le preguntó Dino.

—¿Para qué? Yo no escribo.

—Martín tampoco. Pero sí tenía un cuchillo para grabar el mapa en el adobe.

—O una zarpa de demonio —apuntó Venancio.

—Puede que lo hiciera con eso —concedió Dino—. ¿Alguien tiene algo para escribir?

Orta sacó de su morral un par de pergaminos de buena calidad y carboncillos envueltos en un trapo. D'Angelis recordó lo que le había dicho la Lobera: que su sobrino era un artista.

—No siempre he sido cazador —rezongó—. ¿Me permites que lo haga yo?

—Adelante —lo invitó Dino, agradecido.

Manuel Orta comenzó a copiar el mapa en el pergamino con una fidelidad asombrosa. La Lobera le dedicaba una mirada de orgullo desde el quicio de la puerta. El joven reparó en tres círculos rodeados de lo que parecían dibujos infantiles de árboles.

—Esto podría ser la entrada —aventuró, sin dejar de dibujar—. ¿Le suena a alguien?

—No tengo ni idea —confesó Ventas.

—Ni yo —dijo Venancio.

—Podrían ser las Tres Piedras.

Todos se volvieron hacia la ventana. Ignacio estaba asomado desde fuera, muy atento a lo que sucedía en el interior de la choza.

—¿Qué son las Tres Piedras? —preguntó Dino.

—Es un lugar lleno de espinos al que no va nadie, debajo de un terraplén. No está lejos, pero ir a caballo es imposible.

—¿Podemos dejar los nuestros con alguien de confianza? —preguntó Ventas.

—El monasterio tiene un establo grande y medio vacío —contestó Ignacio—. Avisaré a unos amigos para que los lleven allí. Son de fiar —añadió.

Dino se dirigió a Ventas.

—Helio, que alguien le diga a los monjes que pongan a otro portero, y que vengan los dos soldados que dejaste allí. ¿Cómo te llamas, muchacho?

—Ignacio, excelencia.

—Pues muy bien, Ignacio. Nos vas a llevar hasta esas piedras. —Le guiñó un ojo—. Y serás recompensado, en nombre del emperador.

Ignacio sintió cosquillas en la tripa.

Por primera vez en su vida se sintió importante.

Martín González contempló los tres puntos tatuados que formaban un triángulo en la palma de su mano derecha.

Tenía nueve años cuando se los hicieron.

La fortuna nunca estuvo de su parte. Fue el hijo no deseado de un cliente de su madre, una prostituta a la que el alcohol aflojaba la lengua, y precisamente por eso quien dio aquella orden acabó quemada viva en un callejón de Toledo. Se rumoreaba que era alguien muy importante, pero nadie se atrevió nunca a pronunciar su nombre en voz alta.

Martín se crio entre putas, pernoctando una noche en casa de la Paqui, otra en la de la Rubia y la siguiente en la de Puri. Cuando todas trabajaban, algún vecino lo dejaba dormir en su zaguán. Y así, a las duras, Martín salió adelante hasta convertirse en un zagal fuerte. La ventaja de vivir en la calle era que se sabía la ciudad al dedillo, aparte de conocer a todo dios. A los siete años se ganaba la vida haciendo recados para los rufianes más rufianes de Toledo, hasta que a los nueve entró a formar parte de la Garduña como fuelle.

Así llamaban a los aprendices en la Hermandad.

Lo malo fue que no ascendió en la jerarquía. Empezó siendo chivato y de chivato siguió. A pesar de su corpulencia, era demasiado torpe para ser floreador y ganarse la vida con el robo y la estafa, y poco diestro para ser punteador y dedicarse al asesinato.

Lo único bueno que tenía era su fortaleza y su buena disposición.

Cuando le propusieron disfrazarse para aterrorizar al pueblo, pensó que tal vez prosperaría dentro de la Hermandad. Lo que peor llevó fue tener que llamar a las puertas del monasterio de Piedra para postularse como monje lego. Lo obligaron a aprenderse un montón de normas que no entendía y a participar en oraciones diarias en las que no creía.

No paró hasta conseguir el puesto de vigilante de la torre del homenaje, de sol a sol. Su fortaleza física y la cara de bestia que gastaba lo ayudaron a conseguir su propósito. Al menos estaba dispensado de la oración diaria —bajo juramento de hacerla por su cuenta en cada hora canóniga—, y desde allí le era fácil controlar a los soplones que le informaban de lo que acontecía en el pueblo.

Pero a pesar de su dedicación, Antón Gamboa parecía ignorarlo por completo.

No se comportaba igual con Halvor Solheim, el noruego, ni con Hugo.

Ellos gozaban de otros privilegios, según había oído en la Rosaleda.

Se rumoreaba que a Halvor y Hugo les permitían yacer con las doncellas que vivían recluidas en una habitación privada, en los subterráneos. Solo se rumoreaba, porque hablar de según qué cosas, podía costarle a uno la lengua en la Garduña.

La lengua o la vida.

Justo pensaba Martín en Halvor, cuando este apareció en la sala subterránea donde esperaba a Gamboa. Lo acompañaba Alicia, la concubina de Hugo. Una muchacha normal y corriente que se había convertido en alguien muy peligroso en los últimos dos años. De ser una simple matrona, había acabado obteniendo el rango de punteadora —el mismo que ostentaban el noruego y el hijo de Ventas— dentro de la Hermandad. Era casi tan alta como la difunta Regina, pero más hermosa y menos hombruna. La que acabó siendo su sustituta aprendió a manejar el tridente heredado de la hija de Catalina mucho mejor que su dueña original. Puede que esa fuera la razón por la que Alicia recibía un trato privilegiado por parte de Gamboa. O puede que fuera por otra cosa. Martín no lo sabía a ciencia cierta, tampoco lo informaban demasiado.

Lo único que Martín sabía, a ciencia cierta, era que seguía igual que cuando tenía nueve años.

—Martín, ¿has visto a Gamboa? —preguntó Halvor.

—Tiene que estar al llegar. ¿Y Hugo? ¿No ha venido con vosotros?

—Lo han cogido —respondió Alicia, con una furia difícil de disimular.

Martín tardó unos instantes en digerir la noticia. Aquello no era bueno.

—¿Dónde?

—Lo emboscaron en la guarida —explicó Halvor.

—¿Y qué vamos a hacer? —quiso saber Martín.

El noruego lo tenía claro.

—Como siempre, lo que diga Gamboa.

—Pues diga lo que diga Gamboa, iré al pueblo a rescatarlo —aseguró Alicia.

Martín no daba crédito a lo que acababa de oír.

—¿Tú sola? Estás loca.

—Si Hugo se ha ido de la lengua, los hombres del comendador ya sabrán quiénes somos —temió Halvor—. Al menos en estos túneles no nos encontrarán.

Alicia lo fulminó con la mirada.

—Hugo no se ha ido de la lengua —aseguró—. ¿Acaso no os acordáis de la regla máxima de la Hermandad? Antes mártires que confesores. Podrían estar torturándolo ahora mismo. Tengo que ir a por él...

—Alicia, tenemos que esperar a ver qué ordena el capataz —zanjó Halvor, refiriéndose a Gamboa por su cargo—. No podemos poner en peligro a todo el mundo.

La joven agarró el tridente y se encaró a una pila de cuadros apilados contra la pared del fondo de la sala. El primero, el único visible, representaba a un noble a caballo que alzaba la espada en una pose triunfante. Alicia profirió un grito de rabia y lanzó el arma contra él.

Las tres puntas se clavaron en la cabeza del jinete.

Halvor y Martín cruzaron una mirada de preocupación.

Alicia estaba dispuesta a cualquier cosa.

El llanto de la criatura sonó a éxito.

Un niño.

Los murmullos quejumbrosos de la madre, también.

La Cántabra fue incapaz de cerrar la boca durante el tiempo que duró la operación. Pedro Antuna no lo pudo aguantar y salió al pasillo, todavía más pálido de lo que ya era.

Pero la Cántabra se quedó hasta el último punto de sutura.

Lo que acababa de hacer aquella extranjera le pareció un milagro.

—¿Cómo lo has hecho? —le preguntó mientras Charlène se lavaba la sangre de las manos en el bacín.

—Con técnica —respondió ella—. Esa incisión ya se hacía en la antigua Grecia para salvar a los fetos cuando moría la madre. Que Ofelia estuviera inconsciente ha sido vital para poder realizarla. De haber estado despierta, el dolor podría haberla matado.

—¿Vivirá?

—Si no se infecta la herida, sí.

—Los puntos que le has dado...

Charlène volvió la cara hacia la Cántabra, ya que esta no terminó la pregunta. Descubrió que la mujer le prodigaba una sonrisa de sincera admiración.

—Increíble, Charlène —bajó la voz—. Escucha, cualquier cosa que necesites, pídemela. Me llaman la Cántabra —se presentó—. Eres... eres...

—¿Qué es lo que soy?

—Eres lo que a cualquier mujer le gustaría ser.

Charlène comenzó a secarse las manos con un trapo.

—Tengo mis carencias. Nadie es perfecto.

—He de llevarte de vuelta a la celda —se lamentó la Cántabra.

—Pues vamos.

La Cántabra y Pedro Antuna condujeron a Charlène hasta el habitáculo que llamaban celda número siete. Al llegar descubrieron que no estaba vacía.

Antón Gamboa estaba sentado en el filo del jergón.

—Dejadnos solos —ordenó.

Antuna y la Cántabra cerraron la puerta al marcharse. Charlène estudió por primera vez con calma a Gamboa. Si no lo hubiera visto en acción, lo habría subestimado sin dudarlo. Su aspecto era el del típico mercader que vende cacharros para cocinar o juguetes de madera en la plaza del mercado. Sin embargo, era un tipo frío, capaz de cualquier cosa e increíblemente diestro. La mejilla de Charlène recordó que la bofetada con la que la amansó casi la tira al suelo. Y la presa que le hizo en el brazo para llevarla hasta el caballo, muy dolorosa. Una pena que Gamboa la colocara en la cruz, en lugar de en la grupa. Charlène lo habría apuñalado sin pensarlo, aunque luego hubiera soñado con él durante el resto de su vida. Por desgracia, ahora no podía hacerlo. El cuchillo que solía llevar oculto desde sus tiempos mozos estaba escondido dentro de un agujero del colchón en el que se sentaba Gamboa. Le habría encantado clavárselo varias veces en el vientre. Por Neuit.

Por todas las niñas violadas.

—No recuerdo si me presenté antes: mi nombre es Antón Gamboa. Sé que os llamáis Charlène; tengo informadores —añadió—. También me acaban de contar cómo le habéis salvado la vida a Ofelia y a su hijo.

Ella guardó silencio.

—Seré breve —prometió Gamboa—. Sé que se os habrá pasado por la cabeza escapar... Pues bien, no seré yo quien os lo impida. Pero os lo advierto: estas galerías son inmensas, y hay zonas todavía inexploradas. Internarse en ellas es un suicidio.

—¿Y quedarse aquí no lo es?

—Hay una forma en la que podréis hacer muy llevadera vuestra nueva vida subterránea. Os considero muy valiosa, y nosotros sabemos cuidar de lo que tiene valor.

—Como esas niñas, a las que arrancasteis de su familia para hacerlas parir en contra de su voluntad...

—Ah, nuestras guardianas de la herencia... Ellas son una fuente de felicidad y prosperidad para el mundo.

El asco que sintió Charlène la puso al borde de la náusea.

—Se las ve muy felices —ironizó.

—Ellas ofrecen al mundo magníficos ejemplares de seres humanos, Charlène. Son mujeres sanas, hermosas, fecundadas por sementales fuertes, tan sanos y hermosos como ellas. Conocéis los caballos árabes, ¿verdad? Son mejores, más rápidos, más resistentes... porque la sangre que corre por sus venas es pura. —Una pausa—. Pues los niños que alumbran nuestras guardianas de la herencia, también. Niños que crecerán en familias de alto linaje, pero que no han sido bendecidas para tener descendencia. Pequeños que se convertirán en hombres y mujeres ricos, atractivos e influyentes. ¿Cuál habría sido el destino de esas niñas, si no las hubiéramos rescatado de la rutina cruel que les aguardaba en sus casas? —Gamboa compuso una mueca de desagrado—. La mayoría de ellas acabarían convertidas en las esposas sumisas de aldeanos incapaces de prosperar, que trabajan de sol a sol para criar una prole destinada a partirse el lomo de sol a sol, para criar otra prole igual a la anterior, y así sucesivamente, generación tras generación. Aquí, sin embargo, contribuyen a que sus hijos formen un futuro rebosante de belleza, riqueza y poder.

—Unos hijos que jamás llegarán a conocer —apuntó Charlène—. Las he visto, y no parecen demasiado felices.

—Tampoco lo serían fuera, creedme.

—Por eso Ofelia se apuñaló el vientre.

—Se trata de su primer embarazo, es la que menos tiempo lleva aquí. Después de dos o tres partos, se acostumbrará.

Charlène imaginó que el cuchillo se materializaba en su mano. Se vio a sí misma rebanándole el cuello a Gamboa. Disfrutaría haciéndolo, y lo haría bien.

—Lo que hacéis con esas niñas es inmoral, aunque pretendáis disfrazarlo como un sacrificio por mor de la humanidad.

—Espero que acabéis entendiéndolo —suspiró—. En fin, dije que sería breve, y no lo estoy siendo. —Gamboa la miró fijamente—. Charlène, hay algo de lo que nuestras guardianas carecen, y es de las atenciones de un buen médico. El último lo envió la Hermandad desde Toledo, pero era viejo y murió al poco de llegar. En alguna ocasión nos hemos valido de Ataúlfo Martínez para revisar a los recién nacidos después de entregarlos a sus familias adoptivas, pero nunca nos atrevimos a que atendiera a una de nuestras madres. Era un hombre cotilla y lenguatón, poco de fiar, Dios lo tenga en su gloria.

Charlène sintió que las tripas le ardían de rabia.

—No sé cómo podéis ser tan cínico.

Gamboa ignoró el insulto y fue al grano.

—Os propongo que seáis nuestro médico. Nadie ahí fuera os dará el reconocimiento que se os otorgará aquí. Se os pagará un salario generoso, y tenéis mi palabra de que os dejaré marchar en cuanto demos por finalizada nuestra actividad y yo esté lejos, por supuesto. No creo que permanezcamos aquí más de cuatro o cinco años, es un buen trato.

Charlène recibió la oferta con una risa irónica.

—¿Vuestra palabra? Vos y yo sabemos que en cuanto deje de ser útil me asesinaréis, como hicisteis con Ataúlfo Martínez y con Neuit.

Gamboa se levantó del colchón.

—Pensadlo con calma, no tengo prisa. La otra opción que me queda es mucho peor para vos. Reflexionad sobre todo el bien que podréis hacer a nuestras guardianas de la herencia. Hacedlo por ellas —concluyó.

Dio dos golpes a la puerta, y Antuna le abrió.

—No la encierres, Pedro. Si nuestra invitada desea dar un paseo, acompáñala para que no se pierda.

Gamboa abandonó la celda siete. Antuna cerró la puerta, pero no echó el cerrojo.

Charlène se quedó sola, a la luz mortecina de un farol. Su mente reprodujo la imagen de las niñas asustadas que había visto en la sala. Desvalidas, a merced de Gamboa o de quien fuera que estuviese por encima de él. Imaginó, con escalofriante nitidez, los terribles momentos que vivirían cuando eran violadas hasta quedar preñadas de hijos que les arrebatarían nada más nacer.

Un tiempo de recuperación, y el ciclo volvía a reiniciarse.

Hasta que murieran o perdieran la razón, como Daniela.

Charlène se planteó, por un momento, que tal vez podría ayudarlas a tener una vida mejor.

Sacudió la cabeza con energía al segundo siguiente.

A punto estuvo de abofetearse a sí misma.

Estaba cayendo en la trampa de Gamboa.

48

La lluvia de la noche anterior había convertido el terraplén que descendía hasta las Tres Piedras en un tobogán de barro.

El hábito no impidió a Ignacio deslizarse con soltura por la pendiente. El novicio parecía disfrutar con su trabajo de guía. Dino se dejó caer cuesta abajo, justo detrás de él, seguido por la Lobera y Orta, que bajaban por la pendiente embarrada sin perder la verticalidad, como quien lo hace por la escalinata de un palacio. Ventas resbaló con el culo y dio ejemplo a sus soldados, que descendieron por la ladera como Dios les dio a entender. Venancio decidió dar un rodeo, y eso le costó cambiar el barro por espinos. Lo que se ahorró en manchas, lo gastó en arañazos.

Las Tres Piedras resultaron ser tres peñascos grandes, cubiertos de maleza y rodeados de árboles y matorrales espinosos. No había ninguna abertura en el suelo a simple vista. Ignacio no le quitaba ojo de encima a D'Angelis mientras este cotejaba el plano del pergamino con el paisaje en el que se hallaban. Parecía decepcionado.

—Esperaba encontrar la entrada a una cueva o algo parecido —dijo.

Rómulo y Remo dieron vueltas en círculo por el claro que formaban las Tres Piedras. Olfatearon unos espinos, y Rómulo empezó a ladrar; Remo lo imitó.

—¿Los lobos ladran? —le preguntó Dino a Ventas con una seriedad fingida.

La respuesta fue categórica.

—Jamás.

—Los míos, sí —afirmó la Lobera, irritada; su sobrino intentó no reírse, pero el oído de Mencía estaba entrenado para percibir el eructo de un lirón—. Reíros, panda de cabrones, pero estos dos han encontrado algo. Rómulo, Remo, aquí.

Los lobos obedecieron y se retiraron. Su ama sacó un par de guantes de cuero de una de las bolsas que colgaban de su cinturón e introdujo las manos en el matorral plagado de espinas. Estaba suelto, tan solo atado a otros matojos con cordeles para que no se lo llevara el viento. La Lobera lo desato y lo arrojó hacia donde estaban Dino y Ventas, pero erró el tiro y le acertó al pobre Ignacio en la pierna. Este recibió los pinchazos con un quejido. Mencía se disculpó con un gesto, se agachó y descubrió lo que parecía una estructura hecha de tela verdosa, medio cubierta de humus. Intentó levantarla, pero encontró resistencia.

—Esto no va así —murmuró.

Fue entonces cuando descubrió una especie de agarradera de cuerda. Tiró de ella. La persiana de cañas y telas se deslizó hacia un lado, revelando un pozo y unos peldaños que se hundían en la oscuridad. Rómulo y Remo retrocedían y avanzaban nerviosos, como si no supieran qué hacer. La Lobera señaló a Dino y a Ventas con un dedo amenazador.

—Disculpaos ahora mismo con mis lobos, par de idiotas. Si no fuera por ellos...

Los moradores de la mina jamás traspasaban los límites de las zonas que tenían asignadas. Lo de perderse de manera irremisible en sus túneles y galerías no era un cuento para asustar a los niños. Muchos de los que se aventuraron en territorio desconocido, jamás regresaron.

Tampoco sobrevivieron.

Se rumoreaba que aquella mina de hierro y cobre tenía miles de años de antigüedad cuando los romanos la encontraron. Siglo tras siglo, la ampliaron hasta formar un laberinto cuyas bifurcaciones y giros la convirtieron en una trampa mortal.

Los cartógrafos de Gamboa localizaron una docena de entradas a la mina. Algunas eran practicables; otras, no. Tres o cuatro resultaron ser burdos agujeros excavados en un terreno traicionero que tendía a desmoronarse. El riesgo de recibir un cascote en la cabeza o despeñarse a un pozo sin fondo estaba siempre presente. Otros túneles desembocaban en cámaras inundadas, imposibles de atravesar.

La salida principal de la Rosaleda se encontraba detrás de una puerta cerrada y vigilada por dos guardias. Detrás de esa puerta había una rampa que ascendía hasta una encrucijada. Elegir el camino equivocado podía suponer la muerte. El único correcto, el de la derecha, desembocaba en unas escaleras que llevaban hasta una trampilla que se abría en el salón de una casa en apariencia abandonada, y cerrada a cal y canto, que se erguía en un bosque, propiedad de los Fantova, situado detrás de la casa de caridad.

Existía otro túnel, próximo al salón donde vivían las muchachas —y mucho más corto que los demás—, que ascendía hasta el patio donde las premiaban con un rato de sol o de estrellas, lo que tocara ese día. El recinto estaba rodeado por un muro liso, imposible de escalar. Si alguien hubiera podido encaramarse a esa pared, habría divisado, a lo lejos, el hospital de San Lucas y los edificios que componían el complejo de la casa de caridad.

Solo había una condición para disfrutar de ese rato de aire libre.

Permanecer en absoluto silencio.

En seis años, solo una de las jóvenes se atrevió a gritar, y el látigo bebió sangre de su espalda.

Fue Rosalía, la hija de la Lobera.

La Cántabra caminaba por el túnel con pasos rápidos. Charlène la había mandado llamar. Aquella mujer, que entendía de medicina como un hombre, le gustaba; le parecía poseedora de un magnetismo particular y unas manos milagrosas. Pedro Antuna, que hacía guardia en la puerta de la celda siete, se la abrió a su compañera. La Cántabra encontró a Charlène sentada al borde del jergón, en el mismo lugar que Gamboa había ocupado un rato antes.

—Tú dirás —dijo la Cántabra.

—Quería saber cómo sigue Ofelia.

—Duerme. Por ahora no tiene fiebre.

—¿Y el recién nacido?

La Cántabra sonrió.

—Es pequeñito, pero está bien. Ofelia estaba a punto de salir de cuentas.

—Eso jugó de nuestro lado —suspiró Charlène—. ¿Puedo verlo?

—Me han dicho que no puedes comunicarte con las madres —respondió la Cántabra—. De todos modos, si alguno de los dos empeorara, te lo haríamos saber.

Charlène cambió de tema.

—Gamboa me ha hecho una oferta.

Los ojos de la Cántabra la interrogaron.

—¿Para quedarte?

—Sí.

—Supongo que no tienes otra salida.

—Me temo que no.

La Cántabra desvió la mirada hacia el joven que vigilaba la puerta.

—Me ha dicho Pedrito que te permiten salir.

—¿No es una trampa?

—Si intentas huir por los pasillos, te perderás y morirás de hambre; eso, si no te despeñas por un pozo. Créeme, lo de estos túneles no es una leyenda.

—Te agradecería que me acompañaras a dar un paseo. Necesito estirar las piernas.

Pedro Antuna carraspeó.

—Tengo que acompañaros.

—De acuerdo, pero a distancia —impuso la Cántabra—. Seguro que acabaremos hablando de cosas de mujeres, y eso no es asunto tuyo.

Antuna hizo un gesto de hartazgo y dejó que se alejaran unos pasos por el túnel.

—Gamboa me explicó para qué tienen aquí a esas pobres chicas —comenzó a decir Charlène.

La Cántabra la detuvo con un gesto y bajó la voz.

—Ya sabes tú más que yo —afirmó en un susurro—. Aquí nunca hablamos de eso. Nos limitamos a cumplir con nuestro trabajo y a callar.

Charlène le dedicó una mirada de desconfianza.

—No puedo creer que no sepáis el destino de esos niños.

La Cántabra se paró en mitad del túnel y mantuvo lejos a Antuna con una mirada de acero.

—Charlène, en este lugar, cuanto menos sepas, mejor, así que no me expliques nada —rogó en un tono de voz casi inaudible—. Puede que, como médico, Gamboa te haya hablado abiertamente del negocio, pero eso no es de mi incumbencia. Quienes tenemos la desgracia de tener que trabajar aquí, obedecemos y callamos, y eso nos permite seguir vivos hasta que nos cambien de destino.

—¿Qué clase de trabajo es ayudar a una banda de delincuentes?

—Uno mejor que abrirse de piernas para que te la metan viejos, guarros y borrachos —respondió la Cántabra sin dudarlo ni un instante—. Aquí, por lo menos, atiendo y cuido a las madres y a sus hijos… hasta que los destetan y se los llevan.

Charlène le dedicó una mirada triste. La entendía mejor que nadie. En cierto modo aquella mujer también era una prisionera. La Cántabra se sumió en un silencio lúgubre y siguió avanzando por el túnel, cabizbaja, hasta que el sonido de un llanto la sacó de su ensimismamiento.

—Eso no es un recién nacido —afirmó Charlène.

La Cántabra se volvió a su compañero.

—¿Tú sabes algo, Pedrito?

—Ni idea —reconoció—. Sé que han traído un montón de putas y maricones por la ruta larga, pero de niños no sé nada.

La sorpresa se reflejó en las cejas de la Cántabra.

—¿Putas y maricones?

—Según dicen, han viajado durante toda la noche por los túneles que llegan hasta Cocos. Iban a meterlos en las salas del sur, pero, al final, Gamboa ha ordenado que los traigan aquí.

—¿Para qué?

—Pregúntaselo tú.

La Cántabra dobló una esquina siguiendo el sonido del llanto; Charlène la siguió. Antuna caminaba detrás de ellas con cara de aburrimiento. Recorrieron un trecho hasta llegar a la estancia cerrada de la que surgían los lloros. La Cántabra abrió la puerta y encontró a un hombre joven, atado a una silla y amordazado. Le habían introducido un trapo grande en la boca y se lo habían apretado fuerte con un pañuelo. Imposible pronunciar una palabra que no sonara a algo parecido a una sucesión de emes.

También vieron a un chico de unos doce años tendido boca abajo en el suelo. Sentada, a su lado, estaba la niña que lloraba a pleno pulmón. Al ver a Charlène, la pequeña corrió para abrazarse a ella.

—¿La conoces? —preguntó la Cántabra, sorprendida.

Charlène dudó entre decir la verdad o no, pero decidió que estaba demasiado impactada para mentir.

—Sí. Y al chico, son hermanos.

Cogió a Blanca en brazos y trató de consolarla chistándole con suavidad y dedicándole palabras dulces. La niña tenía las cejas enrojecidas y la nariz húmeda por la llorera. Respiraba a trompicones, atragantada por sus propios hipidos. La expresión de su cara era de puro terror.

La ausencia de Elías y Petronila era un mal augurio.

El joven amordazado señalaba al pequeño con los ojos muy abiertos. Antuna, desde la puerta, no sabía cómo reaccionar. El muchacho decidió quedarse en el corredor y vigilar, por si se acercaba alguien. Sin soltar a Blanca, Charlène se agachó junto a Ramiro y descubrió un pequeño charco de sangre en el suelo. Le palpó el pelo y sus dedos se tiñeron de rojo. Le tomó el pulso y respiró aliviada al comprobar que estaba vivo.

—Está herido —dijo—. Alguien le ha golpeado muy fuerte en la cabeza.

La Cántabra no sabía qué hacer. Hasta un momento antes desconocía por completo la existencia de aquellos prisioneros.

—¡AMMOA! —trataba de gritar el hombre a través de la mordaza.

Charlène caminó hacia él, le bajó el pañuelo y le sacó el rollo de tela de la boca.

—¡Gamboa! —exclamó Sarkis, medio asfixiado—. Ha sido Gamboa. —Se echó a llorar—. Ha matado a sus padres en otra sala, delante de ellos…, puto monstruo.

Lo único que siguió oyéndose en la estancia fue el llanto desconsolado de Blanca.

Ni Charlène ni Antuna ni la Cántabra fueron capaces de articular palabra.

Catalina posó el dorso de los dedos en la frente de Neuit. Ardía. Mala señal.

Cadernis, sentada junto a la cama, mantenía la mano del chico entre las suyas. Apenas lo conocía, pero verlo en ese estado le partía el alma en dos. Ella admiraba la valentía, y aquel niño de tierras lejanas era valiente.

La viuda de Fantova pidió paños de agua fría a una de sus ayudantes.

Cuando se los aplicó en la frente, el chico empezó a hablar en una especie de galimatías ininteligible. Catalina destapó la herida.

Había vuelto a abrirse.

Cadernis fue a por vendas. Ella misma limpió la herida lo mejor que pudo.

Catalina agachó la cabeza y se puso a rezar.

Sin un médico, no se podía hacer otra cosa.

49

La estampa de la expedición, envuelta en el resplandor de las antorchas que elevaban sobre sus cabezas, serviría para ilustrar un cuento de terror.

La Lobera y Orta iban en vanguardia, con las ballestas por delante. Justo detrás, sin soltar el mapa ni un segundo y sin dejar de dar indicaciones, caminaba Dino. Venancio, Ventas y los diez soldados que formaban el destacamento los seguían muy de cerca, cada uno con una tea encendida. Los guardias llevaban armas fáciles de manejar con una sola mano, como espadas y hachas; las lanzas, demasiado largas e incómodas para el combate en espacios estrechos, quedaron en los arneses de los caballos que el propio Ignacio y sus amigos llevaron al establo del monasterio de Piedra. También se hicieron cargo de Rómulo y Remo, que en aquellos subterráneos podían ser más un estorbo que una ayuda. Ignacio Sánchez, en un arranque de valor, pidió acompañar al destacamento en la incursión, pero Dino y Ventas lo disuadieron, no sin que este apreciara la valentía y buenos brazos del joven.

—Demostraste ser muy valiente al salvar a Daniela aquella noche —lo felicitó el capitán antes de desaparecer por el pozo—. Si un día decides cambiar el hábito por el uniforme, serás bienvenido en mi guarnición.

Los ojos de Ignacio brillaron de felicidad. Dino se dirigió a él antes de sumergirse en las tinieblas.

—Ve al castillo e informa al comendador de que vamos a asaltar la mina.

—Iré en cuanto dejemos los caballos y los lobos en el establo —prometió.

Ignacio corrió a cumplir su misión.

—Ahora, a la derecha —indicó D'Angelis, sin apartar los ojos del mapa de Orta.

Al torcer la esquina una presencia inesperada provocó que la Lobera y su sobrino se llevaran un susto.

—Mierda —gruñó ella.

El esqueleto yacía boca abajo, en mitad del túnel. Por los mechones de melena negra que todavía podían verse sobre el cráneo, y por la ropa que vestía, era evidente que pertenecía a una mujer. El vestido estaba polvoriento y acartonado, pero entero. Mencía le pidió la antorcha a uno de los soldados y se agachó para examinar el esqueleto de cerca. Sacudió el polvo del vestido y acercó la llama para verlo mejor. Exhaló un suspiro de alivio.

Aquella ropa no era de Rosalía. La Lobera advirtió que tanto la calavera como el vestido mostraban marcas de dientes.

—Se conoce que algunas ratas terminaron de limpiar el cadáver —comentó.

Venancio se santiguó.

—Espero que se dieran el festín después de muerta.

Caminaron hasta una caverna natural de la que partían dos túneles. D'Angelis estudió el plano con especial atención. Comprobó que ambos caminos desembocaban en una misma sala grande. Uno de ellos daba un rodeo largo, con un par de bifurcaciones; el otro parecía directo y mucho más corto.

—Esperad un momento —pidió.

Dino se internó unos pasos en cada uno de los túneles. El más largo era amplio y con el suelo allanado por la mano humana; el más corto descendía hacia las profundidades y parecía no haber sido tocado por ingeniero alguno. Consideró que su tropa estaba más que preparada para lidiar con terreno abrupto. Eligió la ruta corta: el tiempo corría en contra de Neuit. Tal vez también en contra de Charlène.

—Por aquí —decidió.

No tardaría mucho en arrepentirse de su elección.

Pedro Antuna no podía dejar de pensar en los niños. No hacía tanto que él mismo había tenido la edad de aquel pobre chaval, al que Gamboa había abierto la cabeza después de obligarlo a presenciar el asesinato de sus padres.

Contempló los tres puntos tatuados en la palma de la mano derecha.

Tatuados. Indelebles, como su compromiso con la Garduña, a la que tendría que servir hasta la muerte.

«Menuda mierda de futuro me espera», pensó.

El rostro de la Cántabra era una máscara de consternación. Según el testimonio de Sarkis, Gamboa había traído a la mina a veintiuna mujeres y cuatro hombres bajo engaño. «Demasiados extraños para tan pocos guardias», pensó.

Charlène consiguió reanimar a Ramiro. El chico gimió un poco al despertar, pero se mostró valiente y entero al reconocer a la piamontesa. A pesar de que solo la había visto una vez, su presencia lo animó; se sintió un poco menos solo. Blanca también se tranquilizó al ver a su hermano despierto. Se sentó en un rincón y permaneció callada.

—Tengo que limpiar y coser la herida —le dijo Charlène a la Cántabra—, o cicatrizará mal y se infectará.

Esta se volvió hacia la puerta.

—Pedrito, ve a por agua, vendas, aguja e hilo.

—Y la navaja que me prestasteis antes —añadió Charlène—, tengo que afeitar el cabello alrededor de la herida.

—Gamboa me ordenó que no me separara de ella —recordó Antuna.

La Cántabra dio un pisotón en el suelo que sonó a nervios mezclados con hartura.

—Nos encierras por fuera, Pedrito, joder. ¡Pero ve ya!

El muchacho obedeció a regañadientes y echó el cerrojo. Sarkis, que seguía atado a la silla, le habló a la Cántabra en cuanto se quedaron solos.

—Pareces una buena mujer. Tienes que ayudarnos.

Ella fingió reírse.

—¿Para que me maten cuando se cansen de torturarme? Cállate, anda, guapo.

—Soy rico. Si nos sacas de aquí, a mí y a mi gente, podrás venir con nosotros. Nos iremos lejos, te prometo que nadie te encontrará.

Charlène vio apropiado unirse a la charla.

—No sé cómo te llamas…

—Todo el mundo me llama la Cántabra.

—No sé si sabes que pertenezco a la corte del emperador Carlos V. ¿Sabes por qué estoy tan tranquila? —La Cántabra la escuchaba con una dosis de desconfianza y otra de miedo—. Porque, muy pronto, estos túneles estarán infestados de tropas imperiales —improvisó, sin saber que, en esos momentos, un destacamento capitaneado por su amigo Dino recorría la vieja mina en su busca—. Los días de Gamboa están contados.

—¿Es verdad eso? —preguntó Sarkis, con los ojos muy abiertos—. ¡Claro, vos sois la curandera que vino con Dino D'Angelis! Debería haberlo adivinado.

—No es una curandera —lo corrigió la Cántabra—, es médico. Tendríais que haberla visto trabajar.

Charlène no quería apartarse del tema.

—Esos soldados vendrán —aseguró a Sarkis, para luego clavar la vista en la Cántabra—, pero ni siquiera a mí me gustaría estar aquí abajo cuando lleguen. Esos hombres no nos conocen, dispararán primero y preguntarán después. Cántabra, si nos ayudas a escapar, te prometo que contarás con la protección de la corte. Serás intocable.

La mujer no pudo disimular su amargura.

—No lo entiendes. Miembros importantes de la corte pertenecen a la Hermandad a la que sirvo. No habrá un lugar seguro donde poder esconderme.

Sarkis intervino.

—Yo también soy objetivo de la Hermandad —declaró—. Mi familia tiene propiedades en otros países, nos iremos de España y nunca nos encontrarán.

Ramiro, sentado en el suelo, miró a la Cántabra. El miedo lo hacía parecer todavía más joven.

—Por favor, señora —rogó—. Ayudadnos a mi hermana y a mí.

El sonido del cerrojo marcó el fin de la conversación. Antuna apareció con una mujer que traía una palangana con agua y el bolsillo del delantal a rebosar de vendas. El muchacho le tendió un ovillo de hilo fino y unas agujas a Charlène. A continuación le pasó la navaja de Varela. Antuna la retiró justo cuando Charlène estaba a punto de cogerla. La señaló con ella.

—En cuanto termines, me la devuelves —le advirtió.

Charlène tuvo que reprimir una sonrisa al cogerla. Aquel desgraciado ignoraba que llevaba su propio cuchillo encajado en la parte trasera de la falda.

—¿Me va a doler? —preguntó Ramiro, asustado.

—Solo notarás unos pinchacitos —lo tranquilizó—. Ya has demostrado con creces que eres todo un hombre. ¿Sabes una cosa?

—¿Qué?

—En cuanto salgamos de aquí, hablaré con el comendador para que te permita entrar a formar parte de la guarnición.

Los ojos de Ramiro se agrandaron.

—¿En serio?

—Tienes mi palabra.

Comenzó a afeitar alrededor de la herida, que resultó ser más profunda de lo que a simple vista parecía. Charlène concluyó que Gamboa no tenía medida. Era un animal.

La Cántabra salió de la habitación.

—Quédate aquí —le ordenó a Antuna.

—¿Adónde vas?

—Vuelvo en un momento, tú quédate aquí —insistió.

Enfiló el corredor y torció dos esquinas. Se encontró con Varela. Por muy afilada que estuviera su navaja, él siempre parecía mal afeitado. El guardia la miró con mala cara.

Lo cierto era que no tenía otra.

—Varela, ¿dónde están los veinticinco prisioneros nuevos?

—Las noticias vuelan —rezongó él—. ¿Cómo te has enterado de eso?

—No seas estúpido, lo sabe todo dios. Como para no enterarse, si son más de los que somos aquí.

Varela bajó la voz.

—Las mujeres más hermosas que he visto en mi vida —afirmó—. Ríete de las madres, y mira que esas eran las más bonitas del pueblo, en su momento. También hay cuatro comepollas, guapos de cojones; pero esos, para quien les guste. Luego están las cocineras y las que limpiaban la casa de putas, pero esas ya no valen tanto.

La Cántabra no estaba de humor para escuchar las evaluaciones estéticas de Varela.

—Me parece muy bien, pero ¿dónde están?

—¿Para qué quieres saberlo?

Los ojos de la mujer clamaron al cielo.

—Coño, Varela, cada día estás más tonto —se desesperó—. Tendrán que comer, digo yo. Habrá que dar instrucciones a la Lusa para que los tenga en cuenta a la hora de preparar el rancho.

—Les hemos dado vino, queso, embutido y carne seca. Gamboa ha dicho que los tratemos bien.

—Lo primero que hay que hacer, si quieres tratar bien a alguien, es darle de comer caliente. —La Cántabra hizo el gesto de espantar un enjambre de moscas—. Está bien, da igual, le diré a Gamboa que no me has querido decir dónde están, y que él decida.

A los dos segundos de darse la vuelta, Varela la llamó.

—Espera, espera. ¿Para qué lo vas a molestar? Están en el salón de los tapices.

La Cántabra conocía el lugar. El salón de los tapices se hallaba cerca de la Rosaleda, donde se movían habitualmente, pero aquella zona apenas se usaba para almacenar algunas barricas de vino y ánforas de aceite. Alguien, años atrás, bautizó la cámara como salón de los tapices por unas pinturas viejísimas que encontraron en la pared. Puede que aquellos murales tuvieran miles de años de antigüedad, pero el único arte que tenía valor para la Garduña era el que se podía vender.

—Voy a echarles un vistazo —dijo la Cántabra—. Por curiosidad.

—¿Sabes ir? A ver si te vas a perder.

Ella meneó la cabeza con una sonrisa condescendiente.

—Varela, que soy de la casa —rezongó—. La esquina a la que le falta un trozo a la altura de la rodilla marca el camino correcto.

—Eso no se dice nunca en voz alta —la regañó.

—Anda, vete a la mierda —se despidió.

La Cántabra recogió un candil encendido que encontró sobre un barril. Se internó con él por los pasillos a oscuras, fijándose siempre en los rebordes rotos a martillazos que servían de guía. No todo el mundo conocía ese código, solo quienes gozaban de la máxima confianza de Gamboa, y revelarlo a alguien no autorizado se pagaba con la vida.

Divisó un resplandor lejano. Conforme se acercaba a la sala de los tapices, comenzó a oír una algarabía de voces que cantaban a la vez y reían a carcajadas. Descubrió a Telmo y Rodríguez apoltronados en la boca del túnel. El primero tenía la edad de Cristo y la cara como tal. La versión que corría por la Hermandad era que quiso darse una oportunidad en el mundo del toreo y que un bicharraco de quinientos kilos le quitó las ganas, llevándose por delante su cara y su afición. Las malas lenguas decían que tampoco había perdido tanto, que Telmo fue feo desde que lo parió su madre. Rodríguez, sin embargo, tenía veintidós años recién cumplidos y un rostro más que agraciado. El cuerpo, sin embargo, no lo acompañaba: a pesar de su juventud, tenía la espalda algo encorvada y caminaba como si sufriera de una eterna urticaria en la entrepierna.

—Menuda fiesta ahí dentro, ¿no? —observó la Cántabra.

—Gamboa ha dicho que les dejemos beber lo que quieran —explicó Telmo, que tenía solo media nariz y la mejilla izquierda mal cosida en su momento y descolgada, como el belfo de un perro pachón.

—A nosotros, sin embargo, nos ha prohibido beber una gota —se quejó Rodríguez.

—¿Para qué has venido? —inquirió Telmo.

—Para que la Lusa sepa cuánta gente cenará esta noche.

—Pues no creo que tengan muchas ganas de cenar —rio Rodríguez—. Al ritmo que llevan, en un rato estarán vomitando hasta lo que comieron la semana pasada.

Telmo se echó a reír, y la Cántabra se le unió. Se bajó el párpado inferior en un gesto cómplice.

—Voy a verlos —susurró—, esto no me lo pierdo.

—Entra, entra, ya verás.

La Cántabra cruzó los treinta pasos de galería que separaban a los guardias de la sala de los tapices. Lo primero que le llamó la atención fue ver a jóvenes muy hermosas que bebían y se reían, ajenas a su destino incierto. Los muchachos, también bellos y bien musculados, bailaban de forma amanerada al son del cante de una de las sirvientas que, por su acento, era andaluza. Dos chicas más la acompañaban, tocando palmas y jaleando a los bailarines. En una esquina, serias y sin unirse a la fiesta, distinguió a dos mujeres mayores que adivinó que serían las cocineras. Estas, al parecer, sí eran conscientes de su destino.

La Cántabra había visto lo que quería ver. Dio media vuelta, se despidió de los centinelas y emprendió el camino de regreso a la celda donde Charlène cosía a Ramiro.

Su cabeza era un hervidero.

Y como hervidero que era, sus pensamientos quemaban.

El pasadizo que Dino eligió resultó ser un infierno de subidas y bajadas.

Después de tropezarse una decena de veces, encontraron una cueva donde el agua les llegaba por la espinilla. Siguieron por una galería que tuvieron que cruzar en cuclillas, con las paredes cubiertas de cucarachas albinas que provocaron escalofríos hasta al último miembro de la expedición.

—Menuda mierda de sitio, caramomia —renegaba la Lobera.

—Ya me lo agradecerás cuando compruebes que nos hemos ahorrado una hora de paseo.

—¿No huele mal? —preguntó Orta.

Venancio arrugó la nariz.

—Eso iba a decir yo —corroboró—. El hedor se está volviendo insoportable.

—Estamos en las entrañas de la tierra —le recordó Dino—, no querrás que huela a campo.

—Ya, pero esto... —susurró Venancio.

—¿Y esto? —exclamó la Lobera.

La antorcha alumbró una calavera que parecía sonreírles desde el otro mundo. Dino se adelantó y descubrió un segundo cráneo, además de algunos huesos más.

—Esto no me gusta —murmuró Orta.

—Pueden llevar siglos aquí —intentó tranquilizarlo Dino, aunque su pie había comenzado a taconear como si tuviera vida propia.

Ventas los instó a seguir caminando. Él también deseaba dejar aquella peste atrás. Llegaron a otra cámara inundada que presentaba un desnivel de unos dos metros de altura. El agua caía en una especie de cascada hasta otra sala de tamaño desconocido. Dino consultó el mapa.

—Esta caverna no aparece en el plano —murmuró.

Orta se colocó a su lado para comprobar el mapa.

—Si te fijas bien, hay una equis pequeña al principio del túnel corto —señaló—. La copié exactamente del dibujo de la pared de Martín.

—¿Y qué quiere decir esa equis? —preguntó D'Angelis.

—Habría que preguntárselo a él. —Se lavó las manos Orta—. Yo me limité a copiarla.

—¿Y qué hacemos? —quiso saber la Lobera—. ¿Damos la vuelta?

—No —respondió Dino—, tenemos que pasar obligatoriamente por la sala que viene después de esta. Sujétame el plano, Orta.

D'Angelis se descolgó y buscó apoyo con la bota derecha en la pared de la pequeña cascada. Enseguida encontró otro saliente para la izquierda. Celebró que sus pantalones y chaqueta fueran de cuero. El agua lo salpicaba todo, y el olor seguía siendo repugnante.

—Tampoco ha sido para tanto —dijo, desde abajo.

Uno a uno, todos descendieron hasta la caverna inferior, con cuidado de que el agua no apagara las antorchas. Ventas lo hizo renegando, pero con más seguridad de la que Dino y Mencía esperaban. El turinés recuperó el mapa. La cascada desembocaba en un riachuelo que se estrechaba más adelante, dejando la mayor parte del terreno seco. Aquella cueva era mucho más grande de lo que en un principio había supuesto. De hecho, la luz de las antorchas no bastaba para alcanzar a ver el techo.

—¿Oís eso? —preguntó Orta, de repente.

Todo el mundo se calló de sopetón.

En efecto, se oía una especie de murmullo lejano.

—No es el agua, ¿verdad? —preguntó Venancio.

—El agua no suena así —aseguró la Lobera.

El hedor se hizo más intenso, al igual que el sonido, que empezó a ser molesto por lo agudo. Dino le arrebató la antorcha a uno de los soldados y alumbró la pared más próxima.

Estaba horadada por decenas de agujeros.

Puede que cientos.

Cruzó el arroyo y comprobó que la pared de enfrente presentaba las mismas oquedades. El sonido y el mal olor se hicieron más intensos.

—¿Qué es eso? —preguntó, hablando muy bajito.

Una miríada de puntos rojos brillaron en la negrura de los agujeros. De repente, las paredes vomitaron una masa gris que cubrió el suelo por completo. El terreno pareció cobrar vida en forma de una gigantesca ola peluda y pestilente que se cernía sobre ellos desde todas direcciones. Venancio Prados pronunció un oscuro vaticinio.

—Estamos muertos.

Se oyó el chapoteo de un cuerpo al caer al arroyo, seguido de un grito escalofriante que resonó por toda la cueva. Todos se volvieron hacia el hombre que había gritado. Una masa informe lo cubría por completo, sofocándolo. Sus aullidos desesperados se hicieron insoportables.

Centenares, puede que miles, de ratas lo estaban devorando vivo.

50

Hacían falta ciertas cualidades para ascender en la Garduña. Antón Gamboa las reunía todas.

Como espadachín, no tenía igual. Aprendió el arte del maestro francés Bernard Bonnet, allá por 1525 en Sevilla, donde tenía su academia. Las clases no eran baratas, pero Gamboa se las apañó día a día, semana a semana y mes a mes para reunir el dinero necesario para no faltar ni un día. Al cabo de dos años, cuando el maestro reconoció que aquel alumno era especial, dejó de cobrarle. Empezó a tratarlo como a un hijo, incluso lo invitaba a comer y cenar algunos días. Gamboa le pagó sus favores a su estilo: ocho años después, le atravesó el corazón con su tizona en un callejón de Triana.

Así no podría entrenar a nadie más.

Dos meses después de entrar en la Garduña, Gamboa ya era reconocido como uno de los punteadores más temidos de Sevilla. La leyenda comenzó a forjarse en las tabernas portuarias: si Antón Gamboa iba a por ti, te podías dar por muerto. Una noche, una patrulla compuesta por cuatro cuadrilleros de la Santa Hermandad lo sorprendió asesinando a un funcionario de aduanas en la zona del Arenal. El capitán de la milicia le dio el alto.

Cualquier otro habría huido o se habría entregado.

Lo que Gamboa hizo fue acabar con los cuatro, además de con un mendigo de once años que tuvo la mala fortuna de quedarse a ver la pelea.

Su nombre comenzó a adquirir tal notoriedad en Sevilla que el Gran Maestre decidió trasladarlo a Zaragoza, donde se interesó por las triquiñuelas del robo y el engaño hasta convertirse en un maestro. Adquirió tales conocimientos sobre joyas y obras de arte que Darin de Fulga lo ascendió a capataz para supervisar un negocio de mercancías robadas en el palacio de un noble heredero, tan excéntrico y hereje como vicioso.

Después de comprobar la eficacia y lealtad de Gamboa, el Gran Maestre aragonés lo puso al frente de otro novedoso negocio recién inventado por él. Un negocio que habría espantado a muchos aspirantes.

Un negocio que Gamboa interpretó como un plan inspirado por Dios.

¿Qué podía haber más divino que cambiar el destino incierto de unos recién nacidos sanos y hermosos, pero pobres y carentes de ambición, por un futuro colmado de sabiduría, opulencia y poder?

Niños destinados a formar parte de la cúpula de la Garduña.

Jueces, alcaldes, mercaderes, armadores de flotas, comandantes de ejércitos… En una o dos generaciones, el poder de la Hermandad crecería hasta controlarlo todo, incluido el Santo Oficio, con quien tan de cerca trabajaban, y limpiarían de judíos y moros conversos los reinos de España, entre muchas otras cosas.

Pero ese negocio corría peligro, sobre todo si su plana mayor entraba en pánico.

Tenía que tranquilizarla.

Porque los tres que quedaban a bordo estaban nerviosos y eso no le convenía.

Ni a él ni a nadie.

Encontró a Halvor Solheim repantigado en la silla, harto de ver a Alicia dar vueltas por la estancia subterránea como una bestia enjaulada a la que no dan de comer. Martín guardaba silencio en un rincón, más preocupado por lo que se cocía en Nuévalos que por el apresamiento de Hugo. El monje sabía que no podría regresar ni al monasterio de Piedra ni al pueblo. Haber servido de enlace con los chivatos lo exponía demasiado a la picota, y el nuevo comendador, contra todo pronóstico, tiraba pronto de soga.

—Lo de Hugo ha sido una desgracia —comenzó a decir Gamboa, a la vez que le dedicaba una mirada de comprensión a Alicia—, pero todos sabíamos a lo que nos arriesgábamos cuando aceptamos formar parte del negocio. Le podía haber pasado a cualquiera de nosotros. Las cosas se han puesto difíciles ahí fuera, pero aquí abajo estaremos seguros hasta que las cosas se tranquilicen, porque se tranquilizarán. Solo tenemos que ser pacientes y esperar a que se cansen de buscar.

—¿Y si Hugo larga? —preguntó Halvor, preocupado—. Podrían obligarlo a conducir a un ejército aquí abajo.

—Hugo se dejaría matar antes de delatarnos —aseguró Alicia, enfocando una mirada ígnea en su compañero.

—No olvidemos que el capitán Ventas es su padre —les recordó Gamboa—. Estoy seguro de que no permitirá que torturen a su hijo. Se limitarán a mantenerlo preso hasta que se celebre el juicio, y eso nos da tiempo para pensar.

—El comendador ha ordenado ahorcar a uno de sus soldados —apuntó Martín.

«Si lo ahorcan, un problema menos», pensó Gamboa, sin atreverse a expresarlo así delante de Alicia. La amante de Hugo Ventas estaba al filo del precipicio, y cualquier comentario inadecuado, por muy nimio fuera, podría hacerla saltar.

—No lo van a ahorcar —insistió el capataz, a pesar de no estar seguro del destino de Hugo—. Lo que tenemos que hacer es no perder la calma y esperar a que pase el revuelo.

—Yo puedo rescatarlo —afirmó Alicia—. Para los habitantes de Nuévalos, solo soy la comadrona. Le caigo bien a todo el mundo. Podría inventarme alguna excusa para entrar en el castillo, o en la cárcel, donde sea que lo tengan encerrado...

—Solo te pido que esperes un poco, Alicia, hasta que ideemos la forma de comunicarle al pueblo que la amenaza de los demonios es cosa del pasado. Si les hacemos creer que han ganado, se olvidarán de nosotros. Después de seis años de terror, lo único que desean los habitantes de Nuévalos es vivir en paz. Además, se avecinan buenos tiempos para el negocio —aseguró—. Del cielo nos han caído dieciséis mujeres maravillosas, además de cuatro hombres hermosos que serán unos perfectos sementales.

—Antón, los hombres que trabajan en burdeles no se acuestan con mujeres —rezongó Halvor.

—Pues habrá que reeducarlos.

—O tendré que esforzarme más —rio el noruego.

—¿De qué habláis? —quiso saber Martín, que no estaba al corriente de ciertos detalles del negocio y no se enteraba de nada.

Gamboa y Halvor se echaron a reír. Alicia terminó con las bromas de una fuerte palmada en la mesa de madera.

—¡Basta! —La muchacha empuñó el tridente con ambas manos; a Martín le intimidó el fulgor de su mirada—. ¿Ya os habéis olvidado de Hugo? ¿Ya lo dais por perdido? Puede que vosotros sí, pero yo no.

Gamboa volvió a ponerse serio.

—Alicia, te prometo que planearé algo para traer a Hugo de vuelta.

—¿Cuándo? —lo retó—. ¿Cómo sabes que no lo ajusticiarán mañana al amanecer?

—Eso no va a pasar.

Los ojos de Alicia se clavaron en Gamboa.

—Apártate —silabeó.

El capataz no se movió ni un centímetro. Martín aguantó la respiración, y puede que algo más. Halvor se levantó de la silla muy despacio, aquello sí que no se lo esperaba. El noruego la había visto manejar el tridente, y sabía lo letal que podía llegar a ser en manos de Alicia, que le sacaba a Gamboa una cabeza y metro y medio de arma. Las tres puntas afiladas estaban a menos de dos palmos de la garganta del capataz. La voz del espadachín sonó tranquila al hablar.

—Qué vas a hacer, Alicia, ¿matarme?

—Voy a traer a Hugo de vuelta, y ni tú, ni siquiera el Gran Maestre, me lo impedirá.

Gamboa mostró las palmas en señal de rendición y le dejó vía libre para que se fuera.

—Tienes razón —concedió—, no soy nadie para impedírtelo.

Halvor y Martín se quedaron boquiabiertos al ver cómo Gamboa dejaba marchar a Alicia, que abandonó la habitación caminando de espaldas, sin dejar de apuntarle con el tridente. Cuando estuvo lo bastante lejos, echó a correr. El capataz se asomó al túnel para comprobar que se había ido.

—¿Por qué has dejado que se vaya? —preguntó Martín, que seguía sin entender nada.

—Porque la van a matar —predijo—, y si la matan, eso que ganamos.

Dicho esto, se marchó de la estancia.

Como siempre, tenía cosas que hacer.

—¡Las antorchas!

Liborio, Lozano y Quirós trataban de espantar con fuego a las ratas que cubrían al soldado Barceló, como si entre todas conformaran la manta viviente más repugnante de la creación. El desgraciado gritaba a pleno pulmón mientras los demás formaban un círculo con las antorchas para tratar de contener la marea de dientes afilados y colas repulsivas. Ventas pateaba ratas a la vez que se sacudía las que le saltaban encima desde los agujeros de las paredes. El hedor a pelo chamuscado se mezclaba con el propio de los animales.

—¡Tenemos que seguir adelante! —gritó Dino, tratando de librarse de los roedores que le trepaban por la pierna.

La Lobera barrió el suelo con la antorcha, y a punto estuvo de meterla en el arroyo.

—¡Como se apaguen estamos muertos! —aulló Orta, que se quitó una alimaña del hombro agarrándola con la mano y lanzándola lejos.

Le costó arrancársela.

Las uñas de la rata se resistieron a desclavarse de la pelliza.

A su izquierda, Venancio gritaba. Del techo seguían lloviendo ratas.

Los aullidos de Barceló se apagaron de repente. El dolor de los centenares de mordiscos lo había dejado sin conocimiento. Mejor para él: de las piernas apenas quedaban los huesos. Liborio le soltó el brazo cuando las ratas comenzaron a trepar por el suyo. Quirós resbaló al tirar de las manos de Barceló y cayó al arroyo de espaldas.

La antorcha se le apagó, y la marea gris formó un remolino sobre él. El suelo se transformó por completo en una masa movediza, rabiosa y hambrienta.

No podían quedarse allí abajo ni un momento más.

Dino avanzó hacia el frente, agitando la antorcha en todas direcciones. La Lobera, su sobrino y Venancio lo seguían de cerca.

—¡Ventas! —lo llamó el espía—. ¡Por aquí!

El capitán trató de tirar de Quirós, que era engullido por la ola gris de ojos maliciosos e incisivos ávidos. Detrás de él, Liborio y Lozano se dieron por vencidos y dejaron a Barceló a merced de la marabunta de roedores. Quirós lloraba y gritaba con cada mordisco que recibía. Ventas solo podía ver sus brazos y la cabeza. El resto era una alfombra de alimañas disputándose con furia un sitio para morder.

—¡Mi capitán! —sollozó—. ¡Me están comiendo vivo!

Las ratas comenzaron a trepar por las mangas de Ventas, que no quería soltar a su hombre bajo ningún concepto. Belarmino y Méndez, dos de los más veteranos de la guarnición, trataron de alejar a su capitán del siniestro festín.

—¡Ya no podéis hacer nada por él! —intentó convencerlo Belarmino.

Méndez fue menos sutil: ignoró las protestas del capitán, lo agarró por el cuello y lo separó de Quirós, que fue enterrado en un segundo por el enjambre pestilente. El olor a sangre se mezcló con el hedor que reinaba en aquella caverna infernal.

—¡Tenemos que seguir, mi capitán! —gritó Belarmino.

La voz de D'Angelis les llegó desde algún lugar, delante de ellos.

—¡Por aquí! ¡He encontrado una escalera!

Los soldados avanzaron a contracorriente por un torrente de ratas que ahora parecían ignorarlos. El olor de la sangre de Barceló y Quirós las orientaba hacia un banquete mucho más fácil, aunque aquello no duraría mucho tiempo. Ventas semejaba un alma en pena, con la antorcha levantada y los ojos vidriosos. Belarmino, detrás de él, lo empujaba para que no se detuviera. Sabía que el capitán jamás se perdonaría haber dejado que las ratas se comieran a sus hombres.

Llegaron al lugar donde Dino les esperaba. La escalera vertical estaba construida en madera, lejos de cualquier pared, y la luz de las antorchas era insuficiente para iluminar más de una veintena de peldaños.

—¿Adónde lleva esto? —preguntó Orta.

—Lejos de las ratas —respondió la Lobera, que comprobó la solidez de la estructura. Parecía antigua, pero resistente—. Cualquier cosa que haya ahí arriba será mejor que lo que hay aquí abajo.

Comenzó a escalar sin pensárselo dos veces. Su sobrino la siguió de cerca. Ventas mantenía la mirada en dirección al lugar donde las ratas devoraban a sus soldados, a pesar de que la oscuridad le impedía ver más allá de tres o cuatro metros. D'Angelis temía que el capitán echara a correr hacia los muertos.

—Helio, venga, sube —le instó.

—Cuando lo haga el último de mis hombres —respondió, sin apartar la vista de la oscuridad.

Venancio no perdió el tiempo y subió los peldaños con agilidad felina. Liborio fue el siguiente. Los alrededores estaban limpios de ratas, al menos por ahora. El macabro festín continuaba detrás de ellos, cerca del salto de agua. La voz de la Lobera les llegó desde las alturas.

—Hay una plataforma de madera —anunció a gritos—, y ni una sola rata a la vista.

—¡Tened cuidado al subir! —advirtió Venancio—. ¡Los últimos peldaños crujen!

Los soldados subieron uno detrás de otro, hasta que al final solo quedaron Dino, Ventas y Belarmino en la caverna. El sonido que emitían las ratas comenzó a crecer en intensidad. La aparición de las primeras fue solo la avanzadilla del ejército de roedores hambrientos que se movía hacia la escalera.

De Barceló y Quirós solo quedaban los huesos.

Y había muchas ratas que no habían podido probar bocado.

—¡Subid! ¡Rápido!

Belarmino empujó a Ventas, que comenzó a escalar peldaños. El veterano lo siguió, a cinco de distancia. Dino se quedó en tierra un segundo más, hasta que vio al torbellino oscuro avanzar hacia él. El turinés imaginó las caras de las ratas de cerca, con los ojos incendiados, los hocicos manchados de sangre y la peste burbujeando en sus incisivos. Encajó el plano de la mina como pudo dentro de la chaqueta y comenzó a subir por la escalera. Las ratas saltaban y trepaban los primeros peldaños, pero el ansia por clavarle el diente a Dino las hacía resbalar y caer de vuelta al suelo. Algunas llegaron algo más arriba, pero el turinés las pateó hasta devolverlas al infierno del que procedían.

La escalera era alta, y trepar con una antorcha en la mano ralentizaba el ascenso. El resplandor de las teas de los que esperaban arriba estaba cada vez más cerca. Ventas alcanzó la plataforma entre jadeos. Fue entonces cuando un crujido arrancó a todos una exclamación de espanto.

El peldaño que acababa de pisar Belarmino se rompió bajo su peso. El soldado resbaló y quedó encajado entre Dino y la escalera. Este soltó la antorcha para agarrarse con fuerza a la estructura y frenar la caída del soldado. El sombrero emplumado, que había acompañado al espía durante la mayor parte de su vida, planeó hacia la alfombra viviente que chillaba iracunda al fondo del abismo. Por suerte, ni él ni Belarmino lo siguieron.

—¿Estáis bien, maese D'Angelis? —preguntó este, apurado—. Lo siento, casi os mato...

—Estoy bien, no te preocupes —lo tranquilizó—. Sigue escalando.

Mencía abrazó a Dino en cuanto llegó a la plataforma. Ventas ordenó a Belarmino que se reuniera con sus compañeros, al principio de un nuevo túnel.

—Joder, qué susto, Dino —resopló la Lobera—. Pensé que acababas abajo.

—Por poco —celebró él, para dirigirse a continuación al capitán—. Eh, Helio...

Ventas le devolvió una mirada opaca.

—Lo de ahí abajo no ha sido culpa tuya, sino mía.

—Tampoco es tuya —respondió el capitán—. Así es la guerra: ya habrá días para llorar y noches para no dormir.

—No podíamos hacer otra cosa, mi capitán —murmuró Belarmino, con un nudo en la garganta.

Ventas decidió pensar en los ocho soldados que quedaban vivos, en lugar de mortificarse reviviendo la terrible muerte de los dos que acababa de perder.

—Sigamos —le dijo a Dino—. Tú nos guías.

Al meter la mano en la chaqueta, D'Angelis se percató de que la tenía abierta y le faltaban dos botones. En su caída, el pie de Belarmino se había enganchado con la prenda de cuero y se la había abierto por accidente. Tanteó el interior con la mano, pero sus dedos solo encontraron la tela blanca de la camisa. Ni la luz anaranjada de las antorchas pudo disimular la palidez que adquirió su rostro.

—¿Qué sucede? —preguntó Ventas, alarmado.

—El mapa...

—¿Qué pasa con el mapa?

—Está abajo, con las ratas.

Ventas respiró hondo y señaló la boca del túnel que se abría frente a ellos.

—Tú primero —dijo—, y que Dios nos guíe.

Ramiro aguantó los puntos de sutura sin quejarse. Tal vez no le quedaban más lágrimas. Su hermana Blanca, acurrucada a su lado, también parecía más tranquila.

—Ya está —dijo Charlène—. Te has portado como un valiente.

—Tenemos que irnos —anunció la Cántabra—. Sarkis, te voy a amordazar de nuevo, no vaya a venir Gamboa y sea peor.

El yazidí aceptó sin rechistar. Ramiro, Blanca y Sarkis se quedaron solos en la celda, con la promesa de Charlène de volver a visitarlos tan pronto como pudiera.

La piamontesa sintió que la Cántabra la cogía del brazo para conducirla de vuelta a la celda siete. Pedro Antuna caminaba detrás de ellas, a cierta distancia, como si aquel trabajo lo aburriera sobremanera. Villegas, uno de los encargados de los almacenes de la mina, apareció de repente por un corredor perpendicular al que transitaban y le dio un par de toques en el hombro al muchacho. Este se volvió hacia él, molesto. El hombre rondaba los cuarenta, pero el exceso de peso y el bigote de sauce llorón que le tapaba la boca lo envejecían diez años más. Su voz era nasal.

—Oye, Pedrito, que dice la Lusa que le hace falta el caldero grande que guarda en el almacén de la Boca del Lobo.

—¿Y a mí qué me cuentas? —espetó el muchacho; Villegas le caía mal—. Gamboa me ha ordenado que no me separe de la extranjera esta...

—Échame una mano, coño —rogó el hombre—, que ese cacharro pesa un quintal.

—Que no, Villegas, que tengo trabajo aquí.

—Solo será un momento.

—De aquí a la Boca del Lobo hay un trecho —replicó Antuna.

La Cántabra aprovechó la discusión de Villegas con Pedrito para adelantarse con Charlène hasta donde no pudieran oírla.

—Escúchame bien, antes de que me arrepienta. Fíjate en eso.

La Cántabra señaló un trozo de pared rota.

—Sigue esas mordeduras en las esquinas y acabarás llegando a alguna salida. Y recuerda: yo no te he dicho nada —añadió.

Charlène la miró con una mezcla de desconcierto y gratitud.

Ella le devolvió otra de advertencia.

—No pienso ayudarte. Si quieres largarte, tendrás que hacerlo sola.

—Cántabra...

—Si me das las gracias te arranco la cabeza.

Charlène disimuló la sonrisa de agradecimiento con la que iba a obsequiar a la Cántabra cuando vio acercarse a Villegas. Al hombre le faltaba echar humo por la cabeza.

—¿Qué te pasa, Villegas? —le preguntó la Cántabra al pasar.

—Hijo puta el niño… —renegó—, que cada vez está más respondón.

—¿Quieres que te ayude con el caldero?

—Pues mira, no te diré que no…

Gamboa los sorprendió al aparecer por la misma esquina en la que estaba el trozo de pared rota que había señalado la Cántabra. El capataz fulminó a Villegas con la mirada.

Había oído la conversación.

—Si no puedes tú solo con un caldero, no me sirves para nada —sentenció.

—Sí, señor —asumió Villegas, que desapareció por la galería el doble de rápido que le permitía su sobrepeso.

Gamboa trocó su expresión seria por una sonrisa.

—¿Habéis pensado en mi oferta? —le preguntó a Charlène—. No es por meteros prisa…

—Todavía no, pero me lo estoy pensando.

La Cántabra apenas podía disimular la tensión.

—Seguidme, por favor —pidió Gamboa.

—¿Qué hago yo? —preguntó la Cántabra.

—Acompáñanos, si quieres —la invitó—. Quiero que nuestra invitada conozca a los nuevos habitantes de la mina. A sus futuros pacientes —añadió.

La Cántabra los dejó ir delante. Durante un segundo Charlène sintió la tentación de sacar el cuchillo y degollar a Gamboa allí mismo. Podría hacerlo, y casi seguro que la Cántabra no interferiría. La respiración se le aceleró, pero se pidió templanza a sí misma.

Huiría, pero a su debido tiempo.

Y no pensaba hacerlo sola.

Había niños e inocentes que rescatar.

— 460 —

51

La determinación con la que Dino avanzaba por el túnel se desvaneció al toparse con la primera bifurcación. Los dos corredores eran idénticos, y elegir entre uno y otro era un dilema. Después de la horrible experiencia del pozo de las ratas sabía que equivocarse de ruta podía ser fatal. Dos hombres habían muerto, y la moral de los soldados pendía de un hilo. Lo único que los mantenía unidos y firmes era la lealtad que sentían hacia Heliodoro Ventas. Cualquiera de los ocho hombres que quedaban con vida estaría dispuesto a perderla antes que decepcionar a su viejo capitán.

—Decídete —susurró Venancio a Dino, que no sabía cuál de los dos túneles tomar.

—¿Alguna sugerencia, carcelero?

La Lobera se abrió paso entre los dos a codazos.

—El de la izquierda —dijo con decisión aplastante.

Venancio y Dino se volvieron hacia ella con una interrogación en las pupilas. El resto de la expedición, unos pasos por detrás, aguardaba a que la cazadora explicara los motivos de su elección.

—Mientras vosotros buscáis fantasmas por las paredes, yo no aparto la vista del suelo —dijo—. Encontré esto en la cámara grande, justo después de la del foso.

Mencía mostró un trozo de algo que nadie, excepto Orta, fue capaz de identificar.

—Un pedacito de cáscara de castaña.

La Lobera felicitó a su sobrino.

—Premio. —Mencía se agachó en la boca del túnel de la izquierda y recogió una lámina algo más grande que el trozo que acababa de enseñar—. El comecastañas tomó este camino. Y digo yo que llevará a alguna parte...

Se oyeron murmullos de admiración y alivio. Ventas obsequió a la Lobera con una mirada que ella interpretó de agradecimiento. D'Angelis fue más explícito y le plantó un sonoro beso en la mejilla.

—Si salimos de esta, lo celebraremos —le prometió a Mencía en un susurro.

Continuaron por el túnel de la izquierda. La Lobera siguió el sendero de restos de castañas hasta una sala grande, muy distinta a las cavernas salvajes que habían dejado atrás. Esta estaba dotada de cuatro filas de estantes repletos de cajas y frascos de vidrio cuyo contenido era mejor desconocer. Había braseros y candelabros apagados, además de mesas con papeles, libros desperdigados sobre ellas, toneles apilados e infinidad de cajones de madera y sacos de muchos tamaños distintos.

—Un almacén —comentó Liborio.

Ventas lo mandó callar.

—Silencio, por aquí puede haber gente.

La Lobera deslizó el dedo por un aparador que contenía una vajilla.

—O son guarros de cojones, o por aquí no pasan nunca —opinó—. Pero, bueno, da igual... Es evidente que nos estamos acercando a su guarida.

Orta sacudió a su tía por el hombro y señaló una galería que se abría en la pared de la derecha. Todos los ojos se dirigieron hacia donde apuntaba el dedo del cazador. Un resplandor anaranjado se acercaba desde el fondo del túnel.

—Atrás —ordenó Dino en voz baja—. Que no vean nuestras antorchas.

Villegas andaba demasiado enfrascado en sus tribulaciones para ver algo que no fueran sus propios pies, medio ocultos por la barriga. Sentía agujetas solo de pensar que tendría que arrastrar el caldero de la Lusa hasta la Rosaleda. Los incursores retrocedieron hasta replegarse en el corredor anterior, todos preparados para entrar en acción si fuera necesario. Dino y la Lobera se asomaron agachados, sin antorchas, para espiar el almacén desde la oscuridad. Divisaron la figura gruesa y solitaria de Villegas entrando al almacén. El farol que sostenía alumbró el bigote más caído y deplorable del mundo. D'Angelis dedicó una sonrisa maléfica a la Lobera y desenfundó la daga.

—¿Por qué nunca usas la espada, con lo buen espadachín que dices que eres? —le preguntó ella en un susurro inaudible.

Dino le dedicó un guiño burlón antes de responderle con otra pregunta y abandonar su escondite.

—¿Y tú por qué llamas lobos a tus perros?

D'Angelis apenas oyó el eco del insulto que le dedicó la Lobera. El gordo bigotón parecía buscar algo en el otro extremo de la sala, donde había un amasijo de cacharros de metal. Villegas no se dio cuenta de que no estaba solo en el almacén hasta que Dino le tapó la boca y le puso la punta de la daga en el cuello.

—Ni media palabra —amenazó—. De rodillas, ya.

Villegas se arrodilló, dejó el farol en el suelo y levantó las manos en señal de rendición. Por mucho que gritara, estaba demasiado lejos de la Rosaleda para que alguien lo oyera. Por el rabillo del ojo vio cómo un grupo de hombres armados entraba en el almacén. Los soldados Doncel y Enríquez lo sujetaron por los brazos.

—Tumbadlo panza arriba —ordenó D'Angelis—, y que no se mueva.

Villegas se encontró rodeado de una decena de armas afiladas que le apuntaban directas a la cara. El hombre delgado que lo había emboscado se agachó a su lado y le mostró la daga.

—No tengo tiempo ni para discutir ni para idioteces... Conoces a Gamboa, ¿verdad?

Villegas no respondió. Dino esperó cinco segundos y miró hacia el techo abovedado de la estancia.

—Te he dicho que no tengo tiempo, pero lo que sí me sobra es mala leche.

Dino le tapó la boca con la mano de la daga y con la libre empezó a arrancarle el bigote a tirones. Villegas consiguió gritar algo, pero Ventas lo acalló de un pisotón en el estómago que lo dejó sin aliento. El espía descubrió que el propósito de aquel bigote infame era ocultar un labio leporino cuya abertura conectaba la boca con la base de la nariz.

—Qué feo es el hijo de puta —comentó la Lobera, que en el fondo estaba deseando atizarle al prisionero para descargar la tensión que acumulaba desde el pozo de las ratas.

—Te repetiré la pregunta: ¿conoces a Gamboa?

—No... no sé quién es ese Gamboa, es la primera vez que...

Dino volvió a taparle la boca. Colocó el filo de la daga junto a la nariz de Villegas y comenzó a cortársela muy despacio.

—Mi hijo se debate entre la vida y la muerte por culpa de Gamboa —explicó, sin dejar de cortar la carne como si fuera embutido; la fosa nasal derecha ya era completamente visible entre las pompas de sangre. Los gritos de Villegas rebotaban en el guante de cuero que le cubría la boca. Las lágrimas, una catarata—. Mi mejor amiga, podríamos decir que mi otra hija, está aquí abajo, puede que prisionera o puede que ya esté muerta. Y yo estoy muy muy cabreado. —El dolor que sintió Villegas cuando Dino le cortó la columela nasal fue insoportable, pero este siguió con el movimiento de vaivén de la hoja, ignorando la sangre que le cubría el guante—. Así que te lo preguntaré otra vez: ¿conoces al puto Gamboa?

Dino le arrancó lo que quedaba de nariz de un tirón. Villegas se desmayó. El espía la lanzó por encima del hombro, y lo abofeteó para reanimarlo. Ventas, los soldados, Venancio, los cazadores... Todos intercambiaron miradas aterrorizadas. Nadie se esperaba aquella exhibición de tortura por parte del enviado del emperador.

En ese momento Ventas supo quién era Dino D'Angelis. Su carrera como espía al servicio del emperador. Las cacerías de protestantes. Su carácter sarcástico y amable a la vez... Todo aquello disfrazaba al monstruo despiadado que albergaba en su interior cuando alguien lo enfadaba de verdad.

Las bofetadas reanimaron a Villegas, que se encontró de nuevo a dos dedos del acero cubierto de sangre de Dino.

—¿Nos vas a llevar hasta Gamboa, o prefieres que te corte los labios y te saque los ojos hasta convertirte en una calavera viviente?

Para corroborar sus palabras, Dino tiró del labio leporino y le puso la punta de la daga en el frenillo de la encía superior. Villegas se rindió antes de que empezara a cortar.

—No, no —consiguió pronunciar a duras penas.

Dino retiró el arma.

—Levanta —ordenó.

Los soldados lo ayudaron a incorporarse. El lugar donde una vez hubo una nariz había quedado reducido a un par de agujeros teñidos de rojo que no paraban de hinchar burbujas de sangre en cada respiración. De la herida partían algunos mechones sueltos de bigote.

—Pues a mí me habría gustado ver cómo quedaba de calavera —dijo la Lobera, observando el macabro trabajo del turinés—. Joder, Dino, cómo las gastas.

Este se dirigió a Villegas.

—Antes de nada, ¿has visto a una mujer que habla con acento extranjero? —inquirió Dino—. De unos veintitantos, treinta años...

—Sí, sí, está bien —respondió de forma atropellada—. La acabo de ver hace un rato. Esta mañana también llegaron mujeres y hombres que no conozco —añadió—, y un par de niños.

—Menuda feria —resopló Venancio.

—Deben de ser los de El Parnaso —dedujo Dino—. ¿Dónde está Gamboa?

—Están todos en la misma zona —reveló Villegas—. La llamamos la Rosaleda.

—Un nombre precioso —dijo la Lobera—. ¿Quién más hay en ese lugar?

—Las madres, las mujeres de servicio y guardias —respondió.

—¿Las madres? —repitió la Lobera, extrañada; Villegas asintió—. ¿Conoces a una joven que se llama Rosalía?

Dino le pidió paciencia a Mencía con un ademán. Lo último que quería era que degollara al único guía disponible.

—¿Cuántos guardias hay en la Rosaleda? —preguntó D'Angelis.

—Ahora mismo, ocho o diez —calculó Villegas, que no paraba de cerrar los ojos con fuerza, en un gesto de dolor.

Dino consultó a Ventas con la mirada. Este asintió levemente, como si el número de enemigos le pareciera una cifra manejable.

—¿Cómo te llamas? —preguntó Dino al desnarigado.

—Villegas.

—Pues bien, Villegas, te prometo que ni yo ni mis amigos te tocaremos un pelo si nos llevas hasta la Rosaleda. Pero te lo advierto: cualquier truco, cualquier movimiento que me parezca sospechoso... —Una pausa—. Villegas, ¿sabes lo que es la uretra?

Gamboa se plantó delante de Telmo y Rodríguez, y estos se pusieron de pie de inmediato. El sonido de los cánticos y las palmas se oían desde el corredor. La Cántabra se mantuvo unos pasos atrás, en silencio. Sabía que Charlène tenía sus propios planes, y eso la llenaba de incertidumbre.

—¿Qué pasa ahí dentro? —preguntó Gamboa.

—Varela les ha dicho que pueden beber lo que quieran —informó Rodríguez.

Gamboa convirtió su mirada en dos puñales de hielo. Primero congeló a los guardias, y luego barrió con una corriente de aire gélido el túnel que llevaba al alboroto.

—Le dije que los tratara bien —recordó, casi sin mover los labios.

—Lo del vino fue idea de Varela —se chivó Telmo, con su cara hecha pedazos.

El capataz se lo pensó dos veces antes de seguir adelante. Los borrachos eran impredecibles, y no quería arriesgarse a que una tromba de putas y maricas lo linchase en un momento de revancha. Era consciente de que nunca le había caído bien a las diosas de Sarkis, y menos a los efebos de cuerpos fibrosos que podían suponer un grave problema. Decidió que habría una mejor ocasión para que Charlène conociera a sus nuevos pacientes.

—Será mejor que volvamos en otro momento —propuso.

—Vivo en un palacio con una guarnición completa —rezongó Charlène—, he visto diez veces más borrachos juntos de los que hay ahí dentro.

—¿Tantas ganas tenéis de conocerlos? —preguntó Gamboa con una ceja arqueada.

Charlène le hizo una seña y se lo llevó donde nadie más pudiera oírlos. La Cántabra los siguió con la mirada y una expresión angustiada en el rostro. Aquello le gustaba cada vez menos.

—Gamboa, me considero una mujer inteligente —comenzó a decir Charlène—. Sé que no me queda más que aceptar vuestra oferta o morir. Pero si tengo que pasar diez años trabajando en este lugar, quiero garantías de que podré recuperar el tiempo perdido cuando salga de aquí.

Al capataz le sorprendió el súbito giro que acababa de darle Charlène al asunto, pero coincidió con ella en que había elegido la opción más inteligente.

—¿A qué os referís? —preguntó, intrigado.

—Dinero —respondió Charlène—. Seré vuestro médico, pero quiero contar con fondos suficientes para vivir de forma cómoda después de que mi contrato con vuestra... Hermandad, o como la llaméis, expire.

A Gamboa le agradó la propuesta: alguien bien pagado siempre trabaja mejor que un esclavo. Sobre todo si ignora que el final del trato siempre será la muerte.

—Decid una cifra.

—Tres mil escudos de oro al año, prorrateados en pagos semanales.

Gamboa alzó las cejas. La cantidad era excesiva. El destino final de la inversión no le preocupaba, porque en cuanto Charlène dejara de ser necesaria para el negocio la eliminaría sin pensárselo dos veces; pero justificar pagos semanales era otro asunto.

—Tendré que consultarlo con mi superior —dijo.

—Hacedlo —lo animó ella—. Solo os pido una cosa...

—Vos diréis.

—Si les parece caro, si no aceptan mi propuesta, os ruego que me deis una muerte rápida. Tampoco he hecho nada para merecer una muerte dolorosa.

El capataz no supo disimular la admiración que sintió por aquella mujer.

Era valiente.

—Tenéis mi palabra.

Fue sincero.

—Ahora iré a conocer a mis futuros pacientes —dijo—. Es más, creo que me uniré a la fiesta. ¿Venís?

Aquella proposición resultó una nueva sorpresa para Gamboa.

—Mejor no. Pero vos id, divertíos —la animó.

Charlène hizo de tripas corazón y le dedicó una sonrisa amistosa al capataz.

Una sonrisa que borró en cuanto ambos se dieron la vuelta.

Gamboa se paró un momento junto a la Cántabra.

—Acompáñala —ordenó.

La mujer asintió, tragó saliva y fue detrás de la piamontesa, que ya entraba en el salón repleto de mujeres y hombres que cantaban y bailaban sin cesar. Las miradas convergieron en las dos mujeres en cuanto entraron en la estancia. La Cántabra la agarró del brazo antes de que Charlène se dirigiera a alguno de los presentes.

—Por favor, espera a que yo no esté para hacer lo que sea que planeas hacer.

Charlène la miró a los ojos y luego abarcó la sala con un gesto.

—¿Crees que podría llegar muy lejos con un orfeón de borrachos?

—Entonces ¿para qué quieres mezclarte con ellos?

—Para perder de vista a Gamboa —confesó—. Y puede que también para no sentirme una maldita prisionera, sola en una celda.

Uno de los hombres que danzaba se las quedó mirando con descaro. Charlène apreció que poseía una mirada inteligente y pícara a la vez. Sin dejar de bailar, se les acercó y tomó la mano de la piamontesa, que se dejó llevar. Otro joven se aproximó a la Cántabra y la invitó a bailar, pero esta lo rechazó con un bufido y se quedó en el sitio, con cara de aguafiestas. El que había agarrado a Charlène la llevó al otro extremo de la estancia, lejos de la Cántabra, y empezó a ejecutar pasos de baile.

Aquello se le daba fatal a Charlène.

—¿Quién eres? —le preguntó el bailarín.

—Mi nombre es Charlène.

—Soy Hefesto —se presentó él, girando sobre sí mismo y haciéndola girar—. No vives aquí abajo, ¿verdad? No eres una... de ellos.

Charlène apreció que el aliento del joven no olía en absoluto a alcohol. Se dejó llevar mientras giraba e imitó las reverencias de su pareja de baile.

—No. —Decidió ser sincera—. Soy una prisionera, como vosotros.

—Ajá —respondió él—. ¿Conoces a Sarkis? Es un hombre joven, atractivo...

—Sí —lo interrumpió—, sé dónde lo tienen. Está encerrado con dos niños.

Los ojos de Hefesto se encendieron de furia, pero no dejó de mostrar una sonrisa deslumbrante de dientes blancos.

—Ese hijo de puta de Gamboa nunca nos gustó —dijo—, ni tampoco nos gusta este lugar. Hemos decidido esperar a que algunos de esos tipos se vayan a dormir, buscar a Sarkis y escapar de aquí.

—¿Y con ese plan en mente, os da por emborracharos?

El joven se echó a reír.

—Aquí no hay nadie borracho, hermosa dama —rio—. Las putas sabemos fingir estar ebrias para que los clientes se confíen. Trucos del oficio.

Charlène se dio cuenta de que las mujeres y los hombres que cantaban y bailaban a su alrededor estaban atentos a su conversación con Hefesto, a pesar de que lo disimulaban muy bien. Incluso las cocineras y las sirvientas sentadas en una esquina parecían no perder ripio. Hefesto le guiñó un ojo.

—No hay mejor espía que una buena puta, Charlène.

—Estas minas son un laberinto —advirtió ella—, aunque conozco un método para salir de aquí. Pero antes debemos rescatar a Sarkis, a los niños y a unas muchachas que tienen retenidas en contra de su voluntad. Hay tres encintas —añadió.

Hefesto se puso serio por primera vez.

—¿Mujeres encintas? —Charlène asintió—. Si puedes llevarnos hasta Sarkis, no hará falta esperar a que esos cabrones se vayan a dormir. ¿Tienes un arma?

Los nervios le retorcieron las tripas a Charlène.

—Un cuchillo.

—Bien…, nosotros también.

Hefesto silbó una tonada y las mujeres respondieron con nuevos pasos de baile. Comenzaron a moverse con sensualidad y a remover sus melenas. La luz de los candelabros arrancó destellos a los alfileres que las diosas de El Parnaso desengancharon de sus cabelleras.

Alfileres largos y puntiagudos.

La punta de uno de ellos se posó en la yugular de la Cántabra.

Esta tragó saliva al sentir la muerte cerca. Una de las jóvenes le susurró al oído:

—Quietecita…

La música cesó.

Charlène sacó el cuchillo que llevaba escondido en la falda.

Ya no había marcha atrás.

52

Telmo se jactaba de haber sobrevivido a un toro de Raso de Portillo.

Aseguraba que, después de eso, nada ni nadie podía matarlo.

Apenas tuvo tiempo para darse cuenta de lo equivocado que estaba.

A Telmo le pareció demasiada casualidad que la fiesta terminara justo después de que la extranjera y la Cántabra entraran en la sala.

—Ahora vuelvo —le dijo a Rodríguez.

Telmo jamás imaginó que moriría de aquel modo. Artemisa, Hera, Selena y Eris lo apuñalaron con tal ferocidad que ni siquiera tuvo tiempo de gritar. Vesta corrió al puesto de Rodríguez fingiendo miedo y premura. Tiró de él con ojos suplicantes, la típica doncella en apuros. El joven cayó en la trampa. Apolo lo agarró del cuello y Hefesto se lo rebanó con un pedazo de jarra rota.

Artemisa le quitó la porra de madera al cadáver de Telmo y se la arrojó a Hefesto, que la cogió al vuelo; Vesta agarró el cuchillo de Rodríguez por la hoja y se lo tendió a Zeus.

Aquello no duró más de quince segundos.

La Cántabra seguía con vida porque Charlène intercedió por ella, pero todavía tenía la muerte en la garganta. La piamontesa trataba de asimilar la escena que acababa de presenciar. Trató de enfocar su atención en el presente. Por mucho que la cosa les hubiera salido bien, seguían en peligro. Una de las diosas de Sarkis regresó del corredor al que se había asomado a fisgonear.

—Nadie por los alrededores —informó.

—Hefesto, ¿por qué no hicisteis esto antes de que os metieran aquí? —preguntó Charlène.

—¿Qué querías que hiciéramos? Durante el viaje por los túneles ya nos olimos la encerrona, pero no podíamos librarnos de los guías y perdernos en la mina.

—Tampoco queríamos irnos de aquí sin Sarkis —manifestó otra joven.

—¿Qué hacemos con esta? —preguntó Idalia, que era quien sujetaba a la Cántabra.

Charlène volvió a interceder por ella.

—Coopera, por favor. —Señaló a los guardias muertos—. Ya has visto.

Apolo, el muchacho que había sujetado a Telmo para que Hefesto lo degollara, se acercó a la Cántabra.

—Así nos las gastamos las diosas —canturreó a tres dedos de su cara—. Sobre todo las que tenemos rabo. ¿Qué es lo que más teme un hombre? —Se respondió a sí mismo—. Que le den por el culo. A nosotros nos gusta. No le tenemos miedo a nada ni a nadie —concluyó con una risotada fingida.

La Cántabra se derrumbó.

—Tengo un hijo de siete años en Calatayud —confesó—. Vive con mi madre. Los matarán a los dos si os ayudo.

—Te prometí protección —le recordó Charlène—. Haré que los lleven a Toledo, donde podréis vivir en paz.

La Cántabra soltó una risa triste.

—Toledo —repitió—. Allí la Garduña es mucho más poderosa que en Zaragoza.

Charlène creyó que exageraba. Había pasado gran parte de su vida en la capital, y jamás había oído hablar de la sociedad secreta. Hefesto clavó una mirada severa en la Cántabra.

—No hay tiempo para esto, decide: vida o muerte.

—Elige vida y solucionaré lo de tu hijo —prometió Charlène.

Asintió con los ojos llenos de lágrimas. No le quedaba otra.

—Condúcenos hasta Sarkis —ordenó Hefesto.

—Y calladita —añadió Idalia.

Una pelirroja plagada de pecas mandó callar a todo el mundo desde el principio de la galería que conectaba la estancia con el resto de la mina. Su melena ondulada y voluminosa la hacía parecer una leona.

—¿Qué pasa, Asteria? —preguntó Zeus, que con sus veintisiete años era el más veterano de los dioses de El Parnaso.

—Oigo jaleo.

Zeus se asomó al corredor y vio a un grupo de hombres cruzarse con tres mujeres armadas; corrían como si tuvieran carbones encendidos en los calzones.

—Algo pasa ahí fuera —confirmó—, algo gordo.

Villegas se mareó dos veces antes de llegar a la Rosaleda.

Dino y Orta le devolvieron la consciencia a cogotazos.

La aparición de Villegas había sido proverbial. Sin el mapa, se habrían perdido en la mina sin remedio. Después de caminar unos minutos distinguieron resplandor de antorchas al fondo del túnel. Villegas anunció que habían llegado.

—Dejadme marchar, os lo ruego. Si Gamboa descubre que os he guiado hasta aquí, me asesinará de la manera más lenta que se le ocurra.

La Lobera se interpuso entre Dino y él.

—Antes no me respondiste a una pregunta. ¿Conoces a Rosalía?

Villegas no contestó de inmediato, temeroso de la reacción que su respuesta pudiera provocar en aquella mujer de pinta asilvestrada que mantenía los ojos clavados en él. Su mirada transmitía de todo, menos paciencia.

—Sí —respondió él, con timidez.

La Lobera lo agarró por la manga.

—¿Está viva? —preguntó con vehemencia.

—Sí, está en la Rosaleda.

La alegría solo brilló un instante en el rostro de la Lobera, porque justo en ese momento oyeron gritar a alguien.

—¡Intrusos! ¡INTRUSOS!

—Nos han visto —exclamó Orta, que divisó una silueta que se alejaba a uña de caballo por el fondo de la galería.

—A la mierda el factor sorpresa —maldijo Ventas.

Villegas aprovechó el momento de confusión para zafarse de la presa de Orta y correr en dirección a la Rosaleda. La Lobera no dudó.

Se echó la ballesta al hombro y disparó. El desgraciado se tambaleó un par de pasos antes de caer muerto. Dino se volvió hacia Ventas.

—Ha llegado la hora —dijo.

—Vamos a por esos bastardos.

Alzó la espada, y sus soldados se prepararon para entrar en combate.

La Lobera recargó el arma. El corazón le galopaba en el pecho. Con un poco de suerte, después de seis años, volvería a abrazar a su hija.

Gamboa, Halvor y Martín salieron a la galería en cuanto oyeron los gritos y las carreras. Un grupo de cinco guardias, capitaneado por Valdemoro, apareció por el corredor.

—Se acercan intrusos desde los túneles del sur —anunció Valdemoro.

—¿Cómo han llegado hasta aquí? —se preguntó Gamboa, sin esperar respuesta.

Valdemoro no se la dio, pero necesitaba oír órdenes.

—¿Qué hacemos, patrón?

—Contenedlos. Martín, ve con ellos. Tú, Halvor, conmigo.

El monje no protestó, pero le entristeció que Gamboa lo enviara a primera línea con el resto de sus bellacos y no lo llevara con él. El espadachín y el cazador desaparecieron por un pasillo lateral. Martín rescató del morral un recuerdo que, desobedeciendo las órdenes de Gamboa, había conservado de su atuendo de demonio. Se calzó los guantes peludos con las garras de metal y agarró su cayado. Quiso convencerse a sí mismo de que, tal vez, Gamboa lo enviara a la vanguardia porque lo consideraba el más fuerte.

Eso era.

Él era el más fuerte.

Se colocó a la cabeza del grupo, relegando a Valdemoro a un segundo puesto que este aceptó encantado.

—Vamos a destripar a esos cabrones.

El virote voló entre Dino y Orta, rozó la manga de Ventas y se clavó en el estómago del soldado Méndez. Los compañeros agarraron al herido antes de que pudiera caer al suelo y retrocedieron hasta refugiarse tras la esquina que acababan de doblar. Dino, Venancio, Orta y la Lobera fueron con ellos. Sentaron a Méndez en el suelo, con la espalda apoyada en la pared. Este no apartaba los ojos del astil que le sobresalía del abdomen. La expresión de su cara era la de alguien que no termina de creerse lo que le acaba de pasar. Interrogó con los ojos a sus amigos, abrió la boca e intentó hablar.

El borbotón de sangre se lo impidió.

Murió un segundo después.

Ventas se agachó junto a Méndez, con la esperanza de que solo hubiera perdido el conocimiento. Belarmino negó con la cabeza.

«Tres bajas», rumió Ventas para sus adentros.

—¿Habéis visto al ballestero? —preguntó Dino.

—Yo no he visto a nadie —dijo Orta.

—¿Habrá más de uno? —se preguntó Venancio en voz alta.

—Han disparado una sola vez —observó la Lobera.

Ventas le cerró los ojos a Méndez y se puso de pie. Echó un vistazo a una pequeña estancia que se abría a la derecha.

Sus ojos distinguieron algo en la oscuridad.

—Echadme una mano —ordenó.

Al capitán acababa de ocurrírsele una idea.

Sarkis oyó un alboroto en el pasillo que sonaba a mal presagio.

Ramiro, Blanca y él se asustaron cuando la puerta se abrió de golpe.

Charlène, Hefesto y Demetria entraron a la vez. Esta última se hizo cargo de los niños mientras el joven liberaba a Sarkis de sus ataduras.

—¡No me lo creo! —exclamó en cuanto le quitaron la mordaza; estaba tan nervioso que no sabía si dar las gracias, salir corriendo o llorar de la emoción—. ¡No os esperaba! ¿Qué pasa ahí fuera? ¿Estáis todos bien?

—Estamos bien —lo tranquilizó Hefesto.

—Hay intrusos en las minas —explicó Charlène.

—¿Qué intrusos? —quiso saber Sarkis.

—No lo sabemos —contestó Charlène, que deseaba que fueran Dino y el capitán Ventas quienes estuvieran detrás de aquel ataque—, pero si son enemigos de estos canallas, son amigos nuestros. Tenemos que aprovechar que ahora mismo no hay nadie en estos corredores para salir de aquí... Pero antes tenemos que hacer algo —añadió.

—Tenemos que rescatar a unas mujeres —aclaró Hefesto.

Sarkis se reencontró con sus diosas en el pasillo. Habían formado una barrera humana entre ellas y los niños, para mantenerlos a salvo a toda costa. El yazidí vio que Idalia, una de sus favoritas, le retorcía el brazo a la Cántabra y la amenazaba con un alfiler en la garganta.

—Llévanos donde las mujeres —ordenó.

El numeroso grupo se puso en marcha a través de los corredores.

—¿De dónde habéis sacado esos pinchos? —preguntó Sarkis a Lisa, que era quien caminaba más cerca de él.

—Nos los regaló Cadernis —confesó, revelando un secreto que habían guardado durante años—. Nunca te lo contamos porque seguro que no lo aprobarías.

—Pero mira cómo han servido —rio Hermes—. Ojalá volvamos a ver a Cadernis.

—Se encuentra bien —los tranquilizó Charlène—. Con un poco de suerte, la veréis hoy mismo.

Las diosas recibieron la noticia con alegría. Recorrieron un par de galerías antes de toparse con Montserrat, Ana María y la Lusa, las tres de guardia en la puerta de la sala de las madres. La hachuela que esgrimía la cocinera le temblaba en la mano; lo más grande que había matado en toda su vida había sido un cordero. Ana María, la más veterana —y la que peores pulgas tenía—, sostenía el hacha de la leña, y Montserrat, la más joven, una antorcha encendida con la que trataba de mantener a raya a los recién llegados.

—Coño, Cántabra, te han *pillao* —exclamó Montserrat al verla con el brazo retorcido y un pincho en el pescuezo.

Ana María dio un paso al frente y amenazó al grupo con el hacha.

—Si pensáis que una caterva de putas y maricones me va a asustar, vais listos.

Unos golpes a su espalda le hicieron dar un respingo. Golpes que no cesaban.

Las prisioneras aporreaban las puertas con las palmas de las manos. Un sonido fuerte, insistente, apabullante.

Ana María apretó los dientes, levantó el hacha y profirió un grito.

Charlène y Hefesto intentaron esquivar la acometida.

El arma descendió con una violencia atroz.

Pedro Antuna recargó la ballesta, pero los objetivos habían retrocedido hasta quedar fuera de tiro. Tampoco contaba con un buen arsenal: cuatro míseros virotes, incluido el que acababa de colocar en la ballesta. Cadrolón, que había rescatado un machete de medio metro de hoja de un armario, no ayudaba a mantener la calma.

—*Pedriño, cajondiós*, como vengan para acá nos jodieron, ¿oíste?

—Cállate, gallego, no me pongas más nervioso.

—¿El primer tiro no le dio a nadie? —preguntó Varela, detrás de ellos.

—No oí nada —se lamentó el gallego—. Si hubiera dado, algún grito se oiría.

Antuna chistó y apuntó hacia el fondo del túnel.

—Callaos, veo algo.

Un rectángulo enorme se perfiló al fondo del túnel.

Un rectángulo que parecía caminar hacia ellos.

—¿Qué *carallo* es eso?

Ventas y Belarmino agarraban la mesa por las patas y el tablero y daban pequeños pasos con ella. El peso del mueble les impedía ir más rápido; según la Lobera, aquello pesaba como un ataúd relleno de Villegas. Los demás avanzaban detrás del gigantesco escudo improvisado.

—¡Pero dispara, hostias! —gritó el gallego.

—¿A qué? —protestó Antuna—. Solo veo una mesa que anda.

—Pues a la mesa, coño —lo apremió.

Antuna disparó, pero el virote no consiguió atravesar el grueso tablero de madera. Ventas y Belarmino intercambiaron una mirada de alivio; por ahora estaban a salvo de los proyectiles.

—Nada —maldijo el muchacho, que volvió a cargar—, y eso viene para acá.

—Pero ¿cuánta gente hay detrás? —preguntó Varela; el mango del hacha se le resbalaba de las manos sudadas. La mesa estaba a veinticinco pasos de distancia.

Veinticuatro.

Veintitrés.

Orta se asomó por la izquierda del parapeto para disparar su ballesta hacia el trío de soldados. Antuna hizo lo mismo en cuanto detectó movimiento.

El chaval tenía buena puntería. El virote surcó el aire tan cerca del cazador que le hizo errar el tiro. El dardo de Orta pasó por encima de la cabeza del gallego, que soltó una blasfemia que retumbó por todo el túnel. La Lobera aprovechó que el ballestero enemigo estaría recargando para desplazarse hacia la derecha y disparar la suya. Para su sorpresa, no había nadie en el túnel.

—Hijos de puta, se han largado —maldijo.

Ventas y Belarmino siguieron avanzando detrás de la mesa.

—No os fieis —advirtió Dino, que caminaba medio agachado, justo detrás—. Esa gente conoce estos túneles; nosotros, no.

Antuna, Varela y el gallego, que habían decidido que lo más inteligente era retirarse a tiempo, se tropezaron en su huida con Martín y los cinco guardias.

—Menos mal —resopló Antuna, aliviado al ver refuerzos—, creí que estábamos solos.

—¿Cuántos son? —preguntó el monje, que sostenía el cayado cruzado frente a él.

Las uñas de sus guantes peludos sobresalían a ambos lados del arma.

—No lo sabe ni Dios bendito —dijo el gallego.

—Han puesto una mesa de pie y vienen detrás.

—No me jodas —gruñó Valdemoro.

—Da igual —dijo Martín—. Vienen por ese pasillo, ¿Verdad?

—Sí, por el sur.

—Se me acaba de ocurrir algo —dijo—, vamos a darles una sorpresa.

Hefesto consiguió parar el hachazo con la porra de madera, pero la hoja se enterró en su antebrazo casi hasta tocar el hueso. A pesar del dolor, agarró a Ana María por la muñeca con la mano sana y empezaron a forcejear. Charlène lanzó una tímida cuchillada que se quedó a medias y no acertó a la mujer. Le faltó ímpetu, algo en su interior la frenaba.

«Sirvo para salvar vidas, no para robarlas», pensó durante una milésima de segundo.

Montserrat y la Lusa retrocedieron un par de pasos mientras el concierto de golpes en la puerta proseguía. Era evidente que estaban demasiado asustadas para lanzarse contra la vanguardia de aquella horda de mujeres y hombres. Hefesto sujetaba la mano armada de Ana María, que intentaba por todos los medios propinarle una patada en los testículos mientras profería insultos y maldiciones.

Charlène salió de su parálisis cuando una melena pelirroja la echó a un lado de un empujón. Asteria agarró a Ana María del pelo, la forzó a mirarla y le clavó el alfiler en el ojo hasta el fondo. Murió en el acto. Alguien recogió el hacha del suelo y se la dio a Hermes. Asteria señaló con el alfiler ensangrentado a Montserrat y a la Lusa.

—Largaos —silabeó.

Las mujeres dieron media vuelta y se perdieron en el túnel.

—¿Estás bien? —le preguntó Charlène a Hefesto, que se agarraba el brazo herido y se mordía el labio inferior—. Déjame ver.

—Duele muchísimo —se quejó él.

Charlène le quitó el cinturón al cadáver de Ana María y le hizo un torniquete a Hefesto. Las diosas protegían a los niños y vigilaban la retaguardia. Idalia empujó a la Cántabra hasta la puerta.

—Ábrela —le ordenó.

—Solo hay que quitar el travesaño —dijo esta.

Charlène se adelantó para ayudar a Asteria, que ya tiraba del madero hacia arriba para abrir la puerta. Justo cuando estaban a punto de conseguirlo, oyeron una voz a la izquierda.

Una voz que les puso los pelos de punta.

—Soltad eso —ordenó.

Al volverse se encontraron con la punta de una espada.

Gamboa clavó una mirada cargada de rencor en Charlène.

—Sabía que no podía fiarme de ti —dijo.

Detrás de él, Halvor apuntaba al grupo con la ballesta.

Charlène y Asteria soltaron el travesaño y retrocedieron.

La sonrisa de Gamboa habría llenado de escarcha los jardines espinosos del infierno.

53

Dino D'Angelis tuvo razón en algo que dijo minutos antes.
Los moradores de la mina conocían los túneles.
Ellos, no.
Ventas y Belarmino tenían los brazos doloridos, pero no querían renunciar a la invulnerabilidad que ofrecía la mesa. Orta y la Lobera, que salían del parapeto de tanto en tanto, descubrieron una cara asomada en la boca de una galería que se abría unos pasos por delante de ellos. Pedro Antuna se dejó ver lo justo para que los virotes no le acertaran. Los proyectiles se rompieron contra la piedra, y él huyó por un pasadizo tan estrecho que el escudo improvisado no podía pasar por él.

—Aquí termina nuestra gloria, mi capitán —recitó Belarmino, que sacudía los brazos para mitigar el agarrotamiento que sentía.

Ventas se frotaba los bíceps.

—Mucho nos ha durado —respondió.

Dino echó un vistazo al corredor por el que había desaparecido Antuna. Calculó que tendría unos quince o veinte pasos de profundidad, y conectaba con una cámara sin puerta que desprendía una luz intensa y cálida.

—Parece una cocina —aventuró—. Cuidado, seguro que ahí dentro hay gente.

—Según el gordo, aquí abajo solo hay ocho o diez guardias —recordó Venancio, que sostenía el hacha grande en la izquierda y una arrojadiza en la derecha—, nosotros somos más.

—Acabemos con esto —gruñó Ventas, que alzó la espada en señal de avance.

Dino y Venancio flanqueaban al capitán, seguidos por los cazadores con las ballestas cargadas y por los soldados con sus armas prestas. D'Angelis acertó: la estancia era una cocina abarrotada de mesas enormes, mostradores, alacenas, canastos, cajas, sacos y cacharros de todo tipo. Al fondo, frente a un hogar de gran tamaño con un montón de leños encendidos, encontraron a un joven asustado, con las manos en alto.

—Me rindo —exclamó Antuna, antes de que Orta y la Lobera dispararan.

A Dino le extrañó que estuviera solo. Los soldados comenzaron a rodear las mesas a rebosar de cacharrería, verduras, hortalizas y pollos a medio desplumar. Menos de diez pasos los separaban de Antuna cuando un virote procedente del techo atravesó el hombro del soldado Lozano. Al elevar la vista a las alturas, los invasores descubrieron la abertura natural que conectaba el techo de la cocina con la caverna que la Lusa utilizaba de despensa. Dos hombres tuvieron el arrojo de saltar sobre el grupo, pillándolos con la guardia baja.

Todo sucedió en menos de diez segundos.

Cadrolón descargó un machetazo salvaje contra el soldado Doncel. Este se protegió instintivamente con el brazo, que le quedó colgando por debajo del codo. Valdemoro agarró a Enríquez por detrás y le propinó tres puñaladas mortales en los riñones. Los demás sicarios se descolgaron del techo con más prudencia que sus compañeros, lo que dio tiempo de reacción a los soldados.

El cuchillo de Antuna casi degüella a Liborio, que se dobló hacia atrás y esquivó el envite por un pelo. El soldado contraatacó con la espada, y la longitud del arma marcó la diferencia. El muchacho recibió una estocada no muy diestra en las costillas que le hizo caer de espaldas al hogar encendido. Intentó salir de él, quemándose las manos al apoyarse en las brasas, pero Liborio no se lo permitió. La segunda estocada tampoco fue mortal, pero lo dejó clavado en la leña ardiente. Los alaridos del muchacho eran estremecedores, pero Liborio no cedió y dejó que el fuego envolviera a Pedrito Antuna hasta quemarlo vivo.

Belarmino consiguió parar la puñalada descendente de un tal Carrasco, al que Ventas casi decapita con un movimiento rápido de espada. El hombre de Gamboa regó la cocina con su sangre antes de girar sobre sí mismo y morir entre gorjeos.

El siguiente en caer fue Varela, el único que se había quedado en el piso de arriba intentando tensar la cuerda de la ballesta. No se mostró demasiado habilidoso en la tarea. La Lobera y Orta lo abatieron antes de que pudiera recargarla.

Lorenzo y Teo, dos de los guardias más jóvenes de la Rosaleda, consiguieron herir a Belmonte y Olmos, pero no de gravedad. Estos, furiosos, los despacharon sin piedad.

Dino apuñaló a un tal Ramón Sánchez, que no llevaba ni un mes en la mina. Le fue muy fácil hacerlo. El hombre, asustado, ni siquiera se atrevió a usar el cuchillo mellado que esgrimía y se limitó a morir con un breve quejido. Venancio, muy cerca del turinés, vengó la muerte de Enríquez lanzándole a Valdemoro un hacha arrojadiza que se le clavó en el brazo. Este retrocedió dos pasos, con los ojos espantados fijos en el arma. No tuvo tiempo ni de gritar. La segunda hacha del carcelero giró en el aire hasta incrustarse en mitad del pecho.

El único de los bandidos que quedaba en pie era el gallego, que retrocedió con las manos abiertas y una sonrisa forzada en la cara. A pesar del gesto de paz, sujetaba la empuñadura del machete entre la palma y el pulgar.

—A ver, excelencias, si me rindo y colaboro, me dejaréis vivir ¿verdad? No tengo nada contra vuestras mercedes, *carallo*, que esto ya se perdió. Si necesitáis un buen soldado, yo me ofrez...

El virote de la Lobera lo silenció para siempre. Todas las miradas se volvieron hacia ella.

—Si hay algo que me pone enferma, son los charlatanes que cambian de bando en cuanto se tuerce la cosa —manifestó mirando a todo el mundo por encima de la ballesta.

Daba la impresión de que aquello había terminado. Ventas se agachó al lado de Doncel, que era el que parecía más grave. Había perdido el conocimiento, y el color de su rostro era el de un muerto. Le quitó el cinturón al soldado y le hizo un torniquete. Si sobrevivía, sería muy difícil salvarle el brazo. Antuna seguía asándose en su jugo, y el olor a carne quemada comenzaba a ser desagradable. El suelo de la cocina era un sembradero de muertos. Belarmino se interesó por sus compañeros.

—¿Cómo estáis? —De repente tropezó con un cadáver que vestía los colores de los Cortada—. Dios, a Enríquez lo han cosido a puñaladas.

«Cuatro bajas», pensó Ventas de inmediato.

—Yo estoy herido, pero no grave —manifestó Olmos, que tenía un corte en el torso que apenas sangraba.

—Yo igual —dijo Belmonte, mostrando el brazo a los presentes—. Un arañazo. Eso sí, lo de Lozano no tiene buena pinta.

Este, para sorpresa de todos, estaba de pie y tranquilo, con el virote de ballesta atravesándolo de lado a lado.

—Pues duele menos de lo que parece —dijo Lozano, que palpaba con los dedos el dardo que le asomaba por el hombro derecho—. Seguro que me dolerá más cuando me lo saquen. Lo malo es que no puedo sostener un arma, espero no quedarme tullido para los restos.

Liborio limpió la espada con uno de los trapos de la Lusa.

—Pues si el gordo tenía razón, aquí abajo quedan cuatro gatos, mi capitán.

Aquellas fueron las últimas palabras de Liborio.

Una figura corpulenta se elevó detrás de él. Todos retrocedieron al ver las tres puntas que surgían del torso del soldado. Los ojos de Liborio se desorbitaron, y la boca se le tiñó de rojo. Al caer al suelo reveló la presencia de un hombre barbudo que retaba a los supervivientes con los dientes apretados.

—¡No! —gritó Belarmino al ver morir a su mejor amigo.

El soldado se lanzó hacia Martín, pero este frenó su ataque con un golpe de cayado que dejó al veterano fuera de combate. El casco de metal rodó por el suelo. Venancio retrocedió un par de pasos, evaluando la fortaleza de aquel atacante. Cerca de él, Lozano sostenía el arma con la mano izquierda.

—Me estoy mareando —le confesó al carcelero.

Era evidente que lo único que podría hacer Lozano, en caso de entrar en combate, era morir.

Martín se encaramó a la mesa de un salto, haciendo gala de una agilidad sorprendente para su físico. Belmonte intentó ir a por él, pero el monje lo apartó con un golpe de cayado que derribó al soldado. Tenía claro su objetivo principal.

Orta y la Lobera, que en ese momento recargaban las ballestas.

Martín aterrizó junto a ellos y barrió el aire con el garrote, desarmando al sobrino de Mencía y golpeando a esta en el brazo. Su siguiente movimiento fue describir un arco con la garra que alcanzó a Orta en el pecho. El cazador se estrelló contra una alacena, con tres cortes que partían del hombro hasta el costado. La Lobera gateó para alejarse de aquel monstruo colérico, que mantuvo a raya a Ventas y a Dino cortando el aire de nuevo con el cayado. Olmos trató de sorprenderlo por detrás, pero el ruido de una cacerola al caer lo delató. Martín se volvió hacia él y le desgarró el cuello con las zarpas.

«Cinco bajas».

Ventas no aguantó más y se abalanzó contra el monje, impulsado por una furia frenética. El golpe descendente fue tan potente que el filo de la hoja de los Cortada casi parte el cayado en dos. El esfuerzo que tuvo que hacer el capitán para recuperar el arma casi lo hace caer encima de Dino. Martín sacó partido de su pérdida de equilibrio y lo golpeó con todas sus fuerzas en el hombro. Ventas aulló de dolor, pero el cayado se partió por la mitad.

Dino aprovechó el instante de confusión para asestar una puñalada en el estómago a Martín. La hoja le abrió un corte poco profundo, y el monje, furioso, contraatacó con el trozo de cayado roto que le quedaba.

El universo retumbó en la cabeza del turinés, que se derrumbó justo al lado de la Lobera, quien en ese momento intentaba recargar la ballesta como buenamente podía, agachada en el suelo. Martín le propinó una patada en la cabeza que la dejó fuera de combate en el acto. Ventas y Belmonte se acercaron a él, pero ninguno se encontraba al cien por cien: al capitán le dolía tanto el hombro que apenas podía levantar la espada, y Belmonte, todavía aturdido por el golpe, se tambaleaba.

Así y todo atacaron a la vez.

El monje detuvo la estocada de Ventas con el palo y el hachazo de Belmonte con las púas del guante. La patada que le dio al soldado en el pecho lo dejó sin aliento, pero también proporcionó un segundo a Ventas para trazar un arco desesperado con la espada. La hoja le rajó a Martín el lado izquierdo de la cara, de la frente al mentón, pero el movimiento fue tan violento que el arma del capitán voló por el aire y lo hizo trastabillar, hasta quedar apoyado en una mesa, desarmado. Al ver el resultado del espadazo, se echó a reír.

—Mírate en el espejo, hijo de perra, ya tenemos algo en común.

Martín se tocó la herida, soltó el trozo de cayado con rabia y se abalanzó contra el capitán con las garras de metal por delante. Lo único que se le ocurrió a Ventas fue protegerse con los brazos y prepararse para morir.

El monje cayó sobre él. El capitán estaba de espaldas sobre la mesa, aplastado por el peso de Martín, pero las zarpas que esperaba ver clavadas en su cuerpo estaban inertes sobre el tablero de madera, a ambos lados de su cara. Durante un segundo no entendió nada.

Alguien le quitó al monje de encima. Ventas vio una de las hachas arrojadizas de Venancio clavada en el cráneo de Martín. Lozano, al lado del carcelero, se quejó un poco: una cosa era aguantar el virotazo sin hacer esfuerzo, y otra ayudar a levantar un peso muerto.

—Y me dice mi esposa que para qué pierdo el tiempo lanzando hachas contra árboles —rezongó Venancio—. ¿Estáis bien, capitán?

—Sí, gracias, te debo la vida. ¿Y los demás? —se preocupó.

Belarmino emergió desde detrás de una mesa, mareado, con una brecha cerca de la sien izquierda. Por poco no lo cuenta. Lo primero que hizo tras recuperar la consciencia fue ir hasta donde yacía Liborio. No había nada que hacer. Le agarró la cabeza por la nuca, le cerró los ojos y lloró en silencio. Ventas regresó al lado de Doncel, el más grave de los supervivientes.

—¿Cómo está? —preguntó Belarmino, sin abandonar a Liborio.

—Ha perdido mucha sangre, y lo más probable es que pierda también el brazo. ¿Y tú?

—Lo mío no ha sido nada, pero Liborio...

La Lobera se levantó del suelo, con un chichón en la frente del tamaño de una ciruela. Se espabiló de golpe al ver las heridas de su sobrino, pero este la tranquilizó.

—Son superficiales, no te preocupes.

Mencía ayudó a Dino a levantarse. El espía se palpó el golpe que acababa de recibir en la cabeza, y comprobó, aliviado, que no sangraba. La brecha de la frente, la que le hicieron días atrás, tampoco había vuelto a abrirse. A pocos pasos de él, Belmonte, sentado en el suelo, resoplaba por la patada recibida en el pecho.

—Estoy bien —dijo—, pero Olmos está muerto, mi capitán.

Ventas asintió. Había presenciado su muerte de cerca. La Lobera examinó a Dino y decidió que estaba en condiciones de recibir una reprimenda.

—¿Por qué no has sacado tu puta espada? ¿Para qué la llevas?

¿De adorno? Podrías haberte cargado a ese cabrón a la primera —le reprochó.

—Dice que lo ha entrenado el mejor espadachín de Europa —apuntó Ventas, que acababa de recuperar su arma y se frotaba el hombro dolorido.

—Y es verdad —se defendió Dino—. Pero una espada es engorrosa para pelear en un sitio tan abarrotado y estrecho como este.

—Pues eso no ha supuesto un problema para el barbas, y eso que el cayado era el doble de largo que tu espada —comentó Orta.

D'Angelis forzó un cambio de tema.

—En fin, un demonio menos —dijo—. Nos queda el noruego, la novia de Hugo y Gamboa.

—¿Quiénes podemos seguir luchando? —preguntó Venancio, el único ileso.

Además del carcelero, Dino, Orta, la Lobera, Ventas, Belmonte y Belarmino afirmaron poder seguir adelante. Lozano se ofreció para quedarse a cuidar a Doncel. Alguien tenía que aflojarle el torniquete de vez en cuando.

—Enviaréis a alguien a por nosotros y los caídos, ¿verdad, mi capitán? —preguntó el soldado, con una mirada implorante.

Ventas asintió, compungido.

«Seis bajas».

Había perdido a más de la mitad de sus hombres.

—Te lo prometo.

Orta se limpió las heridas con un paño medio limpio que encontró sobre una mesa.

—¿Adónde vamos ahora? No tenemos ni idea de adónde dirigirnos.

—Por lo menos, esta zona está iluminada —se consoló Dino.

La Lobera cargó la ballesta, le guiñó un ojo al turinés y le dio una palmada en el hombro a su sobrino al pasar.

—Tranquilo, Manuel. Seguro que encontramos a alguien al que Dino pueda torturar para que nos indique dónde están los prisioneros.

Gamboa avanzó, apuntando la espada por turnos a Asteria y Charlène.

Los golpes en la puerta no cesaban.

—No sé a cuál de las dos rajar primero —siseó sin dejar de sonreír.

Hermes se abrió paso a través del grupo, apartó a las dos mujeres y arrojó el hacha con todas sus fuerzas contra Gamboa. El arma rebotó en el pecho del capataz, que se quedó mirando un segundo el hacha para luego clavar sus ojos en los del hombre que acababa de lanzársela. Una vez más la protección que vestía bajo la ropa lo había librado de una muerte cierta. Hizo retroceder la espada para atravesar a Hermes, pero el virote de Halvor se le adelantó.

Y aquello, para Gamboa y el noruego, fue un error.

Asteria empujó a Charlène a un lado y se lanzó sobre Gamboa con el alfiler alzado. Este la esquivó y la atravesó con la espada en un movimiento rápido, justo cuando Hefesto también se arrojaba sobre él. Halvor desenganchó el hacha del cinturón para defender a su patrón, que retrocedía a la vez que le cortaba la cara a Hefesto, para a continuación, con un movimiento vertiginoso, atravesar a Temis, que se había adelantado para atacarlo.

—¡Atrás! —amenazó Gamboa, que reculaba mientras esgrimía la espada frente al erizo de alfileres que se desplegaba frente a él; alguien introdujo a Charlène en el interior de la masa humana que avanzaba sin miedo hacia el capataz y el noruego. Sabían que no estaba hecha para combatir—. ¡Atrás, u os mataré a todos!

La expresión de Gamboa ya no exudaba seguridad. Si aquel enjambre de rameras y bujarrones atacaba a la vez, Halvor y él morirían sin remedio. Para colmo, se oían ruidos de lucha en la cocina.

—¡Atrás! —repitió Gamboa.

Pero el único que retrocedía era él.

Halvor, confuso, también daba pasos hacia atrás, a la espera de recibir una orden.

Cuando estuvieron lo bastante lejos del grupo, Gamboa le dio un toque al noruego y echaron a correr por el pasillo. Hefesto y Apolo se arrodillaron junto a Hermes. A pesar de la muerte, su rostro seguía siendo hermoso. Zeus se sentó en el suelo junto a Temis, que se apretaba la herida del vientre y se esforzaba por no gritar ni llorar. Hablar le era imposible. Charlène se acuclilló a su lado, pero no había mucho que ella pudiera hacer, más que posar una mano cálida en el hombro de Zeus.

Dos segundos después, Temis cerró sus ojos verdes para siempre.

El cabello flamígero de Asteria se desparramaba alrededor de su cabeza y por el suelo del corredor. Su muerte había sido todavía más rápida que la de su compañera. Todos lloraban a sus amigos muertos. La Cántabra sentía el llanto de Idalia en la vibración del alfiler que tenía junto al cuello. Sarkis estaba en medio del grupo, escondido entre sus diosas, con el rostro bañado en lágrimas. Se sentía avergonzado por no estar al frente, pero no servía para luchar. Las únicas que no lloraban eran las cocineras y las sirvientas de El Parnaso, que trataban de entretener a los niños para mantenerlos apartados de la tragedia a toda costa. Blanca les seguía el juego, pero Ramiro ya tenía una edad para saber que seguían en peligro y que había muerto gente en el pasillo.

Hefesto dejó a Apolo con Hermes y se levantó. Sangraba por el tajo de la cara y le dolía el brazo herido, pero su sufrimiento parecía haber quedado relegado a un segundo plano. Se adelantó hasta la puerta que las mujeres seguían aporreando desde dentro, levantó el travesaño y la abrió. El sonido de los golpes fue relevado por el llanto de un recién nacido. Charlène se adelantó para que la reconocieran.

—Oídme —dijo—. Somos amigos. Vamos a irnos todos de aquí.

—¿Han venido soldados? —preguntó una de ellas, con la mano posada en el vientre abultado—. Se oían ruidos de batalla.

—Aunque no lo parezca, nosotros somos un ejército —alardeó Hefesto, que aún tenía los ojos húmedos por las lágrimas vertidas—. Nos largamos de aquí.

—¿Qué hacemos con Ofelia? —preguntó otra de las muchachas.

—Puedo andar —dijo ella, levantándose con esfuerzo—. Que alguien se ocupe de mi hijo.

Una diosa de piel oscura, cabellos rizados y ojos hipnóticos se adelantó.

—Yo lo haré —ofreció—. Me llamo Némeris.

Charlène se dirigió a las madres.

—Quiero conocer vuestros nombres —dijo—. Yo soy Charlène.

—Braulia —dijo una de ellas—. Soy la hija del carnicero de Nuévalos.

—Me llamo Silvia —se presentó la que parecía más joven—. ¿Mis padres viven?

—No lo sé —respondió Charlène—. Ya habrá tiempo para preguntas. —Señaló a una muchacha que parecía no haber cumplido los diecisiete—. ¿Y tú?

—Soy Nuria, y yo no soy de Nuévalos; vivía en una aldea, al oeste de Calatayud.

—Feliciana —dijo la más menuda de todas—, y soy de Alhama.

—Yo soy Rosalía —se presentó la última de ellas, una joven con rasgos duros y gesto decidido; sus ojos eran hermosos, a la vez que fríos—. Soy la que lleva más tiempo aquí.

Hefesto las invitó a salir de la estancia.

—Refugiaos dentro del grupo, mis compañeras os protegerán. Sarkis, ¿te parece bien que tome el mando?

—Ya lo has hecho —respondió—, y mucho mejor de lo que lo haría yo.

Apolo cargó con el cadáver de Hermes, Zeus con el de Temis y entre Gaia y Hera transportaron el de Asteria. No dejarían a nadie atrás, ni vivo ni muerto. A pesar de sus heridas, Hefesto recogió el hacha que había usado Hermes y lideró el grupo. Idalia se colocó a su lado, sin dejar de amenazar a la Cántabra.

—Te seguimos —le susurró al oído.

La Cántabra comenzó a guiarlos hacia la salida más próxima.

Rezó para que no estuviera vigilada.

Se preguntó para qué se molestaba en pedirle algo a Dios.

Dios jamás la escuchaba.

54

Gamboa y Halvor evitaron la cocina en su huida. La rodearon por corredores desiertos y se dirigieron hacia la salida que conocían como la principal, la misma por la que la Cántabra conducía a los fugitivos minutos después de que ellos la usaran.

El grupo llegó a la primera puerta que tendrían que atravesar, antes salir a la superficie. El primer tramo del pasillo estaba oscuro, pero se divisaba luz al final.

—Ahí siempre hay guardias —advirtió la Cántabra.

—¿Cuántos? —quiso saber Hefesto.

—Dos. A veces uno abajo y otro en la trampilla que da a la superficie, pero hoy no lo sé. De todas formas, será más seguro si voy a comprobarlo sola.

Idalia apretó el alfiler.

—De eso nada —le dijo al oído—. Tú no te separas de nosotros.

Caminaron hacia el resplandor que iluminaba el corredor oscuro hasta llegar al puesto de guardia. Lo encontraron vacío, pero aún les aguardaba otra sorpresa: la puerta que conducía a los túneles de salida estaba abierta de par en par. Tampoco se veía un alma en el pasillo que ascendía en cuesta delante de ellos.

—Gamboa y el noruego han tenido que salir por aquí —dedujo la Cántabra.

—¿Y por qué no cerraron la puerta detrás de ellos? —preguntó Charlène.

La Cántabra señaló un madero apoyado en la pared.

—Solo se cierra desde dentro, con ese travesaño.

En ese momento oyeron gritos y una discusión acalorada en la retaguardia del grupo. Idalia apretó el alfiler contra el cuello de la

Cántabra. Charlène creyó reconocer una voz. Dio media vuelta y se abrió paso a través de la multitud que abarrotaba el túnel.

—¡Tranquilos todos! —D'Angelis se interponía, con los brazos extendidos, entre las armas de los soldados y los alfileres de las diosas—. ¡Estamos en el mismo bando! ¡No cometamos ninguna estupidez!

—¡Es Dino! —gritó Sarkis, que acababa de vislumbrar al turinés a través del bosque de cabezas de las diosas—. Es amigo mío, tranquilas.

D'Angelis casi sufre un ataque al corazón al sentir cómo alguien se le abrazaba al cuello desde atrás.

—¡Charlène! —El espía la separó de él para examinarla de pies a cabeza—. ¿Estás bien? ¿Te han hecho algo?

—Estoy bien —confirmó ella—, y feliz de verte. ¿Estás herido?

—Solo un chichón sin importancia. Tenemos que irnos de aquí, Neuit está muy mal.

—Lo veré en cuanto salgamos —prometió—. Hemos encontrado a las chicas desaparecidas. Están aquí.

La Lobera y Venancio se adelantaron al oír las palabras de Charlène. Enseguida empezaros a llamarlas por su nombre. Una voz femenina resonó en la galería.

—¿Padre?

El corazón de Venancio se detuvo durante un segundo.

—¿Silvia?

La Lobera seguía gritando el nombre de su hija.

—¡Rosalía!

Silvia fue la primera en abrirse camino a través del grupo. Padre e hija se quedaron un segundo paralizados, frente a frente, y se abrazaron. La alegría eclipsó a la rabia, y también al miedo. Otra muchacha, unos años mayor que Silvia, surgió de entre las diosas, que habían bajado los alfileres a pesar de que no se fiaban demasiado de los recién llegados. A la Lobera le costó reconocerla. La niña que Halvor Solheim le había arrebatado seis años atrás se había convertido en una mujer de diecinueve. Sus rasgos eran afilados, duros, y algunos prematuros mechones blancos, herencia de su madre, brillaron a la luz de las antorchas. Ambas se miraron unos instantes, hasta que las lágrimas barnizaron sus ojos.

Se fundieron en un abrazo cargado de besos. Mencía repetía el nombre de su hija sin dejar de acariciarle el pelo. Los presentes asistían a la escena con un nudo en la garganta.

—Rosalía, mi pequeña.

Las primeras palabras que pronunció destrozaron a la Lobera.

—Mata a Halvor.

El caserón, propiedad de los Fantova, jamás fue usado por la familia.

El edificio, construido en medio del bosque dos siglos atrás, había sido el pabellón de caza de los antepasados del noble que se lo vendió a José Fantova. Este solo entró dos veces en el viejo caserón: la primera, para descubrir la entrada a la mina romana y considerarla un peligro para sus hijos; la segunda, para cerrarlo con llave y prohibir a sus empleados que se acercaran a él. Ordenó elevar un muro alrededor de un patio exterior, que en tiempos se usó para secar pieles. El error que cometió el difunto José Fantova fue no guardar mejor la llave, y más teniendo dos niños traviesos que no sabían qué inventar para entretenerse.

Gabriel y Regina la descubrieron un día mientras jugaban, sospecharon qué puerta abría y después de comprobar que habían acertado, encontraron la entrada a la mina. El canto del peligro atrae a los niños como el de las sirenas a los marineros. Solo la santa prudencia y un par de ángeles de la guarda bien entrenados impidieron que acabaran perdidos en las oscuras galerías que recorrían el subsuelo de la comarca.

Aquel imperio subterráneo fue su secreto durante años. Ellos inventaron el sistema de romper las esquinas para no perderse, y convirtieron el laberinto en su campo de juegos. El secreto perteneció solo a los hermanos hasta que Gabriel perdió la vida en Cuzco. Una tarde, Regina le contó la existencia de aquella guarida infinita a su nuevo amigo y mentor, Darin de Fulga.

Y a este se le ocurrió una gran idea.

El negocio.

El edificio, invadido por la maleza, mantuvo a los curiosos a raya durante años, no solo por su tétrico aspecto, sino por la leyenda que creció a su alrededor entre los trabajadores de la casa de socorro y los vecinos que laboraban en las granjas alrededor del monasterio de Piedra. Los chiquillos que se atrevieron a pegar la oreja a la puerta, por ganar un reto, juraron haber oído ruidos en su interior.

No mentían.

También hubo una lavandera y una ayudante de cocina de la casa de socorro que juraron haber visto el fantasma de Regina vagabundear por los alrededores del pabellón abandonado. Una historia de terror que la propia Alicia, la comadrona, corroboró al asegurar que ella misma se había encontrado con el espíritu de Regina meses después de que se la llevaran los demonios. Incluso Catalina afirmó haber visto al fantasma de su hija, sin saber que a quien había visto en verdad era a ella, saliendo del caserón después de una visita a la Rosaleda.

La leyenda estaba servida.

Esa tarde Gamboa y Halvor cruzaron la puerta del viejo pabellón de caza por última vez. En el caserón quedaron Tormes y Miguel, los vigilantes habituales de la entrada a la mina, para cumplir la última misión que les encomendó su capataz. Una misión que no fue de su agrado, pero que no se atrevieron a desobedecer, a pesar de que era probable que no volvieran a ver a Gamboa en lo que les quedaba de vida.

—¿De verdad tenemos que hacer esto? —preguntó Tormes, frustrado.

—Lo haremos, pero como yo te diga —planteó Miguel, el mayor de los dos guardias.

Tormes escuchó con atención la proposición de su compañero. Los dos estuvieron de acuerdo en hacerlo al modo de Miguel.

Un minuto después, se perdían en el bosque.

Para nunca más volver.

Antes de abandonar la mina, el grupo formado por soldados y diosas regresó a la cocina a por los heridos. Lozano, aun con el virotazo en el hombro, salió por su propio pie, y hasta intentó ayudar a cargar con Doncel. Charlène torció el gesto ante la herida del brazo de este último, que seguía inconsciente. La piamontesa le ajustó el torniquete, le inmovilizó la extremidad, y dio instrucciones para que lo llevaran a la casa de caridad en cuanto salieran a la superficie.

En la Rosaleda no quedó ni uno solo de sus moradores. Montserrat, la Lusa, y las demás mujeres de la Garduña, huyeron por el mismo camino por el que entraron Dino y los soldados.

Por supuesto, evitaron el foso de las ratas.

D'Angelis, Hefesto y Ventas iban a la vanguardia del grupo, que remontaba la cuesta que llevaba a la salida principal, conducidos por la Cántabra. Por lo que les habían contado las diosas, solo habían visto a Gamboa y Halvor. Ni rastro de Alicia, la comadrona. O el asalto la había pillado fuera de la mina, o se había largado por su cuenta.

La Cántabra los guio a través de un túnel que comenzaba recto, para luego serpentear en curvas hasta un tramo donde encontraron peldaños esculpidos en la misma piedra. Al final del recorrido, una trampilla en el techo representaba el último obstáculo hacia la libertad.

Dino y Ventas sintieron el calor nada más apoyar las manos en la madera.

Cuando ambas hojas cedieron, se encontraron en mitad del infierno.

Los muebles, el artesonado del techo, las vigas de madera.

Todo ardía.

El antiguo pabellón de caza estaba en llamas.

Se había hecho de noche.

Gamboa y Halvor corrieron hacia lo que el capataz llamaba su establo secreto. Un cercado oculto en una espesa arboleda, con un techo medio derruido, un abrevadero nutrido por agua de lluvia y un recipiente para forraje. Era allí donde Gamboa dejaba su caballo en las contadas ocasiones en las que visitaba la mina.

Para su sorpresa, no lo encontró donde debería estar.

—Pero ¿quién te va a robar el caballo? —preguntó Halvor extrañado—. Por aquí no viene nadie, nunca.

—Solo no se ha podido desatar —razonó Gamboa, que no paraba de mirar a su alrededor.

Silbó para llamar a su montura. Alguien respondió a su silbido con otro. Gamboa desenfundó la espada y apuntó hacia el bosque, cada vez más oscuro. No podía ver a nadie, pero intuía que no estaban solos.

—¿Qué ha sido eso? —preguntó Halvor, nervioso.

—No hagas ruido —siseó—. Sígueme.

Caminaron con pasos rápidos hasta la linde del bosque, donde se extendía la explanada en la que se alzaban el hospital, la hospedería y la casa de socorro. Fue al llegar allí cuando vieron el cerco de luces, a unos doscientos pasos al norte y al sur.

—Corre —dijo Gamboa, cruzando la carretera hacia el bosque.

Una barrera formada por cientos de antorchas se aproximaba hacia ellos, forzándolos a ir hacia los terrenos del monasterio de Piedra.

—¿Quiénes son? —preguntó Halvor, sin dejar de correr hacia la única zona donde no había teas encendidas.

—Nuévalos —adivinó Gamboa, a la vez que sorteaba una raíz que apenas podía verse en la oscuridad—. Nuévalos ha despertado y clama venganza.

El calor en el interior del pabellón de caza era insoportable. Había fuego por todas partes, y el humo provocaba toses a quienes emergían por la trampilla. Sin embargo, la gran sorpresa vino cuando encontraron la puerta principal abierta de par en par, detrás de la humareda.

—¡Por aquí, no os paréis! —gritó D'Angelis, apartándose todo lo que pudo para dejar paso a través del corredor libre de llamas; del techo comenzaron a caer rescoldos ardientes en forma de lluvia de fuego—. ¡Todo el mundo fuera!

Las diosas dejaron pasar primero a Braulia y Nuria, las dos embarazadas. Estas atravesaron el pabellón a toda prisa. Venancio caminaba abrazado a su hija, y la Lobera tiraba de Rosalía, que no había vuelto a pronunciar ni una palabra. Ofelia fue la última de las niñas en abandonar la casa. Caminaba despacio, dolorida, agarrada del brazo de Némeris, que cargaba con su hijo recién nacido envuelto en un arrullo. El pequeño no paraba de llorar.

Dino respiró al ver salir a Charlène, con Ramiro de la mano y Blanca en brazos. El hijo de Elías se avergonzaba de que lo trataran como a un niño, pero estaba demasiado asustado para protestar. El resto de fugitivos escapó detrás de ellos, con la Cántabra a la cola e Idalia pegada a su espalda. Ventas y D'Angelis fueron los últimos en salir del caserón en llamas. El espía se reservó un momento para contemplar el incendio, mientras los demás se dirigían a la casa de socorro.

—¿Por qué dejarían la puerta abierta? —se preguntó Ventas en voz alta.

—Quién sabe —murmuró Dino—. Al final va a ser verdad que Dios nos cuida.

—Por supuesto que nos cuida —lo reprendió Ventas, con el ceño fruncido—. Ni te imaginas lo que he rezado ahí abajo.

—Encima de que me estoy volviendo creyente, me regañas —rezongó D'Angelis, divertido—. Vamos a la casa de socorro. Quiero ver a Neuit.

Dino y Ventas jamás averiguaron que Tormes y Miguel decidieron no echar el cerrojo de la trampilla y dejar la puerta principal abierta.

«Bastante han sufrido esas pobres desgraciadas», dijo Tormes cuando le propuso a Miguel cumplir la última orden de Gamboa a su manera.

Dios también los premió a ellos. Consiguieron abandonar la zona sin ser vistos.

Y esa noche el bosque estaba lleno de ojos.

Ojos de hombres y mujeres decididos a no dar un paso atrás.

Charlène echó a todo el mundo de la habitación de Neuit.

El chico estaba inconsciente y febril, y lo último que necesitaba era a Dino hecho un manojo de nervios, con la nariz asomando por encima de su hombro y dando su opinión a cada rato. A la única que permitió quedarse fue a Cadernis. Charlène encontró su bolsa de artes médicas a los pies de la cama de Neuit, cortesía de Cadernis, que previendo su llegada fue al hospital a rescatarla. Doncel y Lozano, los otros dos heridos graves, aguardaban a ser atendidos en la habitación contigua.

Las niñas rescatadas estaban juntas en una sala grande, atendidas por Catalina y sus ayudantes. A excepción de Ofelia, todas estaban ilesas. Venancio y la Lobera no se separaron de Silvia y Rosalía en ningún momento. Catalina, emocionada y aturdida por el regreso de las niñas perdidas, preguntó a Braulia por su hija.

—¿Regina? —La expresión de sorpresa de la hija del carnicero no dejaba lugar a dudas de la sinceridad de sus palabras—. Nunca la vimos. ¿También la raptaron?

—¿Tú tampoco la viste? —le preguntó Catalina a Rosalía.

—He pasado seis años ahí abajo —respondió la hija de la Lobera—, y jamás vi a vuestra hija.

Mencía le cogió las manos a Catalina en un gesto de cariño. No quería que siguiera indagando.

—Al menos vuestra hija no sufrió el cautiverio que han sufrido las nuestras —dijo en un tono dulce—. Regina descansa en paz.

Catalina estaba consternada.

—Pero ¿dónde habéis estado todos estos años, hijas mías? —preguntó.

Idalia, que escuchaba la conversación desde la puerta de la sala, obligó a la Cántabra a dar un paso al frente.

—Explícaselo a la señora —le ordenó.

Y la Cántabra se lo explicó.

La Lobera temió que mencionara a Regina en algún momento. Por fortuna no lo hizo.

Mencía pensó que Catalina no se merecía saber que su hija era un monstruo.

D'Angelis, Ventas, Orta, Belarmino y Belmonte estaban reunidos en la explanada frente a la casa de socorro observando las líneas de luz al norte y al sur de la carretera principal.

—¿Es una procesión de Jueves Santo? —aventuró Orta.

—Ni idea —manifestó Dino—, pero se acercan desde todas direcciones.

—Fray Argimiro dijo que este año no habría procesiones —comentó Belarmino.

Orta entornó los ojos.

—Se acerca un jinete al galope —observó.

A pesar de la distancia, Ventas reconoció al comendador. Víctor detuvo su yegua en cuanto llegó a la altura del grupo.

—Esto sí que es una sorpresa —dijo Dino.

—He visto el incendio desde lejos —respondió el comendador—. Me alegra veros con vida. ¿Cómo os fue ahí abajo?

—Hemos rescatado a seis muchachas —informó D'Angelis, que no quiso mencionar a Sarkis ni a su gente—, cuatro de ellas de la lista de desaparecidas de Nuévalos.

El comendador abrió la boca en un gesto de alegre sorpresa y descabalgó.

—¿Estaban vivas?

—Sí —respondió Ventas con rostro de funeral—, pero hemos sufrido seis bajas, además de dos heridos.

—Lo siento —se lamentó Víctor sin saber qué más decir.

—Tenemos mucho que contarte —dijo Dino.

—Yo también —lo cortó Víctor—. Antes de nada: sabemos que Gamboa y otro más han escapado de las minas.

D'Angelis sintió el cosquilleo de la venganza en la boca del estómago.

—¿Los habéis visto?

—Cosme, el alfarero, y Andrés, el ayudante del pastelero, encontraron un caballo atado en una especie de establo en ruinas, cerca del caserón que ahora arde. Lo llevaron lejos, lo ataron y regresaron al amarradero. Al cabo de un rato aparecieron dos hombres: uno llevaba un pañuelo en la cabeza, seguro que es Gamboa. El otro era un hombre alto. Los han seguido durante un trecho.

—Halvor Solheim —dijo Dino; el turinés recordó que Cosme y Andrés fueron dos de los que le zurraron en Nuévalos, pero, después de su hallazgo, decidió perdonarles todos sus pecados—. ¿Y Alicia? ¿No iba con ellos?

—No la mencionaron —respondió Víctor.

—¿Y qué hacían esos en el bosque, al lado del caserón?

—Esta tarde volví a convocar a todos los habitantes de Nuévalos en la plaza —reveló el comendador—. Se han armado y han tomado todas las salidas del pueblo, los bosques colindantes, los afluentes del río..., solo han dejado una vía de escape abierta para los fugitivos. Creerán que la suerte los acompaña, porque esa vía les permitirá llegar a un lugar donde piensan que jamás los encontraremos, y será justo allí donde los cacemos. Un lugar que ellos llaman «el último refugio».

—¿Cómo has conseguido esa información? —preguntó Ventas.

Víctor le dedicó una sonrisa triste y una respuesta escueta.

—Hugo.

—¿Mi hijo?

—Sí, y si me atendéis un momento, lo entenderéis todo.

—¡Eh, eh, eh!

La Lobera caminaba hacia ellos con la misma decisión que de costumbre. Lo único diferente en su rostro eran los ojos enrojecidos por el llanto.

—No pienso dejar escapar a Halvor Solheim —declaró—, así que, si vais a hacer algo para cazar a ese trío de hijos de puta, contad conmigo. Y disculpad el lenguaje, excelencia —le dijo al comendador.

Víctor de Cortada empezó a hablar.

Según él, no había tiempo que perder.

55

Cuando vives rodeado por el mal, el mal no te parece tan malo.

Esa fue la conclusión a la que llegó Hugo en la celda del castillo, lejos de la influencia constante de Alicia y Gamboa. Durante años justificó sus actos y llegó a pensar que eran correctos. Pero en cuanto la burbuja que le aislaba de la realidad estalló, fue consciente del peso de sus pecados.

No podía quitarse de la cabeza la mirada de su padre. Un hombre bueno y honesto al que él había pagado arrojándole una copa llena de vergüenza en la cara.

Esa tarde de Jueves Santo, Hugo pidió hablar con Víctor de Cortada.

La conversación duró cerca de una hora.

El hijo de Heliodoro Ventas le contó su historia al comendador sin omitir detalle alguno. Confesó haber colaborado en los raptos de las niñas, haber permitido el asesinato de Regina y ser cómplice de lo que Antón Gamboa llamaba «el negocio»: criar a los futuros líderes de la Garduña en el seno de familias poderosas. Sin pedir permiso a sus madres. Violándolas y arrebatándoles sus retoños nada más nacer. Una y otra vez, sin apenas tiempo de recuperación. Y él y Halvor eran los sementales encargados de engendrar a esos hijos fuertes y hermosos.

Víctor sintió el deseo irrefrenable de ordenar ahorcar a Hugo de inmediato. El comendador hizo un esfuerzo sobrehumano por apagar el odio que ardía dentro de sus tripas. Pensó en lo que habría pasado su hermana Daniela antes de enajenarse y huir de aquel cuerpo mancillado. Pensó en la muerte de su padre, en el infortunio de su madre.

En el de todo Nuévalos.

Pero no podía volver a caer en el mismo error vehemente que cometió al ejecutar a Ferrán Gayoso. Víctor de Cortada era un humanista convencido, no un tirano salvaje y sin conciencia.

Y el arrepentimiento que arrastraban las lágrimas de Hugo Ventas era genuino.

—Lo que he hecho es imperdonable —sollozó—. No eludiré la pena de muerte que merezco, pero antes quiero compensar todo el daño que he hecho a este pueblo.

—Solo hay una forma —respondió el comendador—, ayúdanos a acabar con esto.

Víctor informó a Hugo de que su padre estaba en las minas, con un destacamento de soldados, decidido a rescatar a las niñas. Al joven le extrañó que hubieran conseguido un mapa de las galerías, pero lo celebró y juró que lo que más deseaba en aquel momento era que su padre tuviera éxito en la misión y liberaran a las madres retenidas.

—Teníamos un plan de fuga en caso de vernos acorralados por una fuerza superior a la nuestra —explicó Hugo—. Existe un escondite secreto dentro de la misma gruta en la que me capturaron, en el Despeñadero de los Demonios. La entrada está disimulada detrás de una alacena. Ese túnel lleva a otra cámara, donde guardamos el dinero que nos paga la Garduña y provisiones para aguantar una buena temporada. Llamamos a esa cueva «el último refugio». No creo que Gamboa, Halvor o Alicia se arriesguen a pelear contra los soldados de mi padre en los túneles. Se esconderán en esa cueva hasta que las cosas se tranquilicen. —Una pausa—. Aunque podrían tomar otra ruta de escape. Tenéis que daros prisa.

Víctor ordenó retirar el cadáver de Ferrán Gayoso y convocó al pueblo en la misma plaza donde lo ajustició. Nuévalos recibió el nuevo discurso del comendador con entusiasmo.

Y también con espanto.

A muchos les costó creer que Hugo, el hijo del capitán Ventas, fray Martín, el portero del monasterio de Piedra, y Alicia, la comadrona, fueran tres de los cinco demonios que visitaban el pueblo por las noches. Sobre todo esta última, la joven encantadora que tantos niños había traído al mundo y que alegraba las calles con su deslumbrante sonrisa. A Halvor tan solo lo recordaban unos cuantos, hacía años que no se le veía por el pueblo, y Antón Gamboa era un perfecto desconocido. De todos modos, el comendador facilitó a los habitantes de Nuévalos la descripción de los criminales.

Fue entonces cuando Víctor animó a los novalenses a establecer un cerco alrededor de la casa de socorro. Un cerco con una única vía de escape.

El camino hacia el Despeñadero de los Demonios.

—Permaneced siempre cerca unos de otros y no os enfrentéis a ellos —advirtió el comendador—, son muy peligrosos. Empujadlos hacia el bosque prohibido del monasterio de Piedra. Una vez los acorralemos, la guardia se encargará de ellos. Es nuestra oportunidad para cazar a quienes tanto nos han atormentado.

Pepón, el hijo de Pilaruca, asistió al discurso, acongojado. Miró de reojo el árbol donde hasta hacía unos minutos se balanceaba Ferrán. Si atrapaban a fray Martín y este lo delataba, podría acabar igual que el soldado.

Y todo por unas míseras monedas. Qué mal negocio, pensó.

Así fue como Nuévalos se armó y salió de sus murallas, a pesar de que pronto sería de noche. Sus habitantes, embriagados de valor después de seis años de horror, tomaron los caminos, las veredas, los bosques.

Faroles, hachones, antorchas… Las luces brillaron esa noche de Jueves Santo.

Solo dejaron libre el camino hacia la trampa.

Una trampa a la que Gamboa y Halvor se dirigían sin saber que muy pronto tendrían que enfrentarse a su destino.

El grupo de la explanada escuchó el relato del comendador hasta el final. Todos coincidieron en no poner en un compromiso a Venancio Prados, bastante había hecho ya. Después de dos años de tormento y de jugarse el pellejo en las minas, el carcelero se había ganado el derecho a disfrutar de la compañía de su hija Silvia.

El caso de la Lobera era distinto: ella sí deseaba participar en la partida de caza.

—Disponemos de pocos hombres —informó Ventas—. Me llevé a los diez mejores, y solo Belarmino y Belmonte están en condiciones de pelear.

—Envié a algunos soldados para reforzar el cerco a caballo —explicó el comendador—. He dejado un retén mínimo en el pueblo.

—Entonces somos los que estamos aquí —dijo Orta.

—Dos más —lo corrigió la Lobera, echando a andar—. Voy a por mis lobos.

Dino estuvo a punto de corregirla: «Será a por tus perros», pero decidió que bastante cabreada estaba Mencía para andarse con bromas.

—¿Cómo nos encontramos? —preguntó Dino—. Es de noche.

—Mis lobos os encontrarán —contestó ella con desdén, sin volverse.

Ventas se dirigió a sus soldados.

—Belarmino, Belmonte, ¿seguís con ánimo para continuar combatiendo?

El más veterano respondió por los dos.

—Lo haremos, por nuestros compañeros caídos.

—Contad con nosotros, mi capitán —corroboró Belmonte.

El oficial puso las manos en los hombros de sus soldados a modo de agradecimiento. Tuvo que esforzarse por no derramar una lágrima.

Dos hombres que compartían caballo aparecieron por la carretera que llevaba a Nuévalos. Por la forma errática en la que caminaba el animal, el que llevaba las riendas no tenía ni idea de equitación. Ventas, Belarmino y Belmonte reconocieron al estrambótico dúo que se acercaba a ellos.

—Cosme y Andrés —anunció Belarmino.

—Espero que esta vez no me aticen —rezongó Dino.

—Dios os guarde, excelencia —saludó el alfarero al comendador, para luego dirigirse al capitán—. Ventas, me alegro de verte aquí.

—¿Desde cuándo montáis a caballo? —se interesó Belmonte.

—Se lo robé a uno de los bandidos. Ya sabéis, quien roba a un ladrón...

D'Angelis adivinó que sería el caballo de Gamboa.

—Traemos noticias —intervino Andrés.

—Hablad —los instó Víctor.

—Han visto a Alicia, la comadrona, camino del pueblo —dijo Cosme—. Lleva el tridente del Príncipe.

—¿Y por qué no la han detenido? —preguntó Ventas, ceñudo—. A estas alturas, todo el mundo sabe que es uno de los demonios.

—Nadie se atrevió a hacerlo, Ventas —dijo Cosme—. No todos somos héroes.

—Y a la gente le cuesta creer que Alicia sea en verdad uno de ellos —apuntó Andrés—. Mi mujer está convencida de que Hugo la acusó en falso, que es inocente, y como ella, hay muchos más.

—Esto complica las cosas —rumió Víctor, preocupado.

—Veámoslo por el lado bueno —intervino D'Angelis, optimista—, ahora estamos seguros de que solo tendremos que enfrentarnos a Gamboa y al noruego.

—También es verdad —coincidió Ventas—. Belarmino, tú y Belmonte recoged los caballos del establo del monasterio y buscad a Alicia. Es probable que se dirija al castillo, a rescatar a mi hijo —apostó.

Belarmino se dirigió a su superior con ojos asustados.

—Mi capitán, ¿y si se resiste?

—No lo dudéis, matadla.

Belmonte tragó saliva. No se imaginaba a sí mismo dando muerte a Alicia, la comadrona. Así y todo acataría la orden si llegaba el caso. Belarmino y él se encaminaron al monasterio de Piedra. Ventas los llamó antes de que estuvieran demasiado lejos para oírlo.

Tenía una última orden para ellos.

—¡Eh, Belarmino!

—¿Sí, mi capitán?

—Lo mismo te digo de mi hijo. Si ha conseguido escapar y se resiste…

Belarmino mantuvo la mirada de su superior durante unos instantes, asintió apenado y aceleró el paso. Dino hizo recuento de fuerzas.

—Pues somos tres y la Lobera.

—Cuatro contra dos —rumió Ventas—. Y contamos con el factor sorpresa.

Había una pregunta que le hacía cosquillas en la garganta a Víctor de Cortada.

—Si los encontráis, ¿vais a detenerlos?

D'Angelis le dedicó una mirada elocuente.

—Mencía tiene una cuenta pendiente con Halvor, y yo, con Gamboa, así que, excelencia, no prepares celdas para ellos.

Víctor asintió. Nuévalos habría preferido ver morir ajusticiados a los secuestradores de sus hijas, pero sus habitantes tendrían que conformarse con contemplar sus cadáveres expuestos en la plaza.

—Dadme un minuto para ver a Neuit —pidió Dino.

El turinés fue directo a la habitación del muchacho. Los pasillos del lazareto estaban concurridos por las diosas. Con el rabillo del ojo, vio a la Cántabra hablando con Catalina. Idalia, sentada a su lado, parecía algo más relajada. Un poco más allá vio a Venancio junto a su hija. Ambos sonreían.

Ya habían ganado.

Pero aquella victoria no era suficiente para Dino D'Angelis.

Encontró la puerta del cuarto abierta. Charlène se lavaba las manos en un bacín, y Cadernis estaba sentada al lado de la cama de Neuit. Le habían puesto un paño con agua fría en la cabeza, tenía los ojos cerrados y estaba muy pálido. Su respiración apenas se oía. Charlène se secó las manos y fue al encuentro de su amigo.

—Cadernis, cualquier cosa, me avisas…

—Ve tranquila —respondió ella—, estaré atenta.

Dino se quedó unos segundos mirando a Neuit. Charlène tiró de él para sacarlo de la habitación.

—¿Cómo está? —preguntó Dino nada más salir.

—Vamos fuera. Solo puedo estar contigo un minuto, hay dos soldados que me necesitan, y uno de ellos está muy grave.

Salieron a la explanada y se alejaron del grupo, que seguía reunido a unos pasos de la entrada. Charlène respiró hondo antes de hablar.

—Dino, Neuit está mal. Muy mal.

El turinés palideció. Empezó a taconear.

—¿Cómo de mal?

—Le he limpiado y cerrado la herida, pero tiene fiebre, y eso es síntoma de infección.

—¿Y no puedes hacer nada?

—Le he puesto una cataplasma de hierbas, pero tiene los humores desequilibrados. Yo he hecho todo lo que podía hacer, Dino. Ojalá pudiera hacer más.

D'Angelis hundió la mirada.

—Lo sé —murmuró.

Le dedicó una sonrisa forzada a Charlène y regresó a la habitación de Neuit. Se acercó a la cama y le habló al oído. Cadernis, discreta, salió de la estancia.

—Eh, chaval —susurró—. Tienes que ponerte bien. No irás a dejar solo a tu padre, ¿verdad?

Neuit no respondió.

—Imagínate lo aburrida que sería mi vida sin ti. Tenemos muchas cosas que hacer juntos, ¿sabes? Ir a Toledo, pasear por la ciudad, buscar una casa cómoda, enseñarte a hablar como las personas, a leer, a escribir… Seguro que conocerás a una doncella en la capital que te haga la existencia más feliz. Quién sabe, incluso puede que te enseñe a montar a caballo.

Neuit sonrió entre sueños.

—Caballo, no —dijo en un hilo de voz que desembocó en una leve risa—. Dino, cabrón.

El espía sonrió a la vez que una lágrima rodaba por su mejilla.

—Vale, caballo no. Pero tú ponte bien, ¿de acuerdo?

Dino le dio un beso en la frente, le acarició la mejilla y se secó la lágrima.

—Hasta luego, don Neuit.

Su rostro se endureció al darse la vuelta.

Oyó cómo Charlène le pedía a alguien una sierra en el cuarto de al lado.

Doncel.

El horror continuaba dentro del lazareto.

D'Angelis salió a la explanada y se dirigió a su equipo.

—Nos vamos, pero antes tenéis que hacerme una promesa.

Ventas alzó una ceja.

—¿Qué promesa?

—Prometedme que dejaréis que me ocupe personalmente de Antón Gamboa.

A pesar de ser de noche, el comendador había ordenado dejar las puertas de Nuévalos abiertas para que sus habitantes pudieran entrar y salir a voluntad mientras durara el cerco. El soldado que hacía guardia en la puerta este reconoció a la mujer nada más verla. Alicia le dedicó una sonrisa radiante que no recibió la respuesta que esperaba. En lugar de devolvérsela, el centinela adelantó la lanza y la apuntó con ella.

—Tira el arma, Alicia, no me obligues a usar esto.

Ella se hizo la sorprendida sin dejar de sonreír.

—No te asustes, Antonio, acabo de encontrar esto en el bosque —mintió—. Venía a entregárselo al comendador, dicen que podría ser de uno de los demonios.

—Tira el tridente, sé quién eres.

—Pues claro que sabes quién soy —exclamó ella—. Alicia, la hija de Sabela.

—Tira el arma —insistió Antonio.

La sonrisa de ella se congeló un momento, justo antes de que se transformara en una mueca que provocó escalofríos en la columna vertebral del guardia. Los ojos de Alicia perdieron el brillo cuando el tridente giró dos veces en su mano derecha.

Giros de malabarista.

—Está bien, Antonio —dijo—. Tendrás que usar eso.

El soldado se planteó pedir ayuda a gritos, pero el compañero que hacía guardia en la puerta norte apenas lo oiría, y si lo hacía, tardaría demasiado en llegar.

Tendría que resolver el problema por su cuenta.

Y le partía el corazón tener que atravesarle el suyo a Alicia Gómez.

Antonio lanzó una estocada a fondo. Alicia la esquivó con un giro sobre sí misma, la desvió con el astil del tridente y barrió el aire en diagonal con la punta del arma. El coleto de cuero se rajó como si fuera de seda, al igual que la camisa que vestía debajo de la armadura y la carne que cubría. El tridente volvió a girar delante de los ojos del sorprendido Antonio, que no tuvo tiempo ni de sentir el dolor del triple corte. El golpe con el astil le rompió la mandíbula, haciéndole caer de espaldas. Al siguiente giro, los tres puñales que componían la cabeza de armas le atravesaron el estómago.

Alicia oyó un grito de horror procedente de la alfarería. La mujer de Cosme cerró la ventana en cuanto el tridente ensangrentado la señaló. Los tres arañazos de las garras de Gamboa eran todavía visibles en la puerta. En La Perdiz Pardilla, dos ancianos que disfrutaban de una noche de vinos, después de seis años de confinamiento nocturno, se espantaron al ver a Alicia subir la cuesta que llevaba al castillo y al guardia muerto en la entrada. El más viejo reaccionó por instinto.

—¡Socorro! —gritó—. ¡Socorro!

Una puerta se abrió en la calle de San Antonio. Rafael, el padrastro de Sebastián, salió armado con un cuchillo enorme, alertado por los gritos. A la última persona que esperaba encontrarse era a Alicia, la comadrona. El hombre había pasado la tarde bebiendo en casa mientras su mujer se moría de pena encerrada en su habitación. Por supuesto, no había asistido a la arenga del comendador, por lo que desconocía la identidad secreta de la joven.

—Coño, la matrona —rio, con voz de borracho—. ¿Adónde vas con eso, a filetear recién nacidos?

La sonrisa de Alicia se amplió hasta convertirse en una mueca cruel.

—Cuántas veces he soñado con este momento —dijo en éxtasis—. Hay que ser muy hijo de puta para darle la vida que le has dado a Lucía y a su hijo.

—¿De qué cojones hablas?

Alicia barrió los pies de Rafael, que cayó de bruces con los tobillos hechos jirones de carne y piel. El siguiente movimiento le amputó la mano que sostenía el cuchillo a la altura de la muñeca. El alarido del hombre acabó en llanto.

—Sebastián era un ángel. —Alicia caminaba a su alrededor con movimientos lentos, como si decidiera el siguiente trozo que cortar; de un tajo, eligió los dedos de la mano que Rafael todavía conservaba intacta. Otro aullido de dolor—. Cuántas horas he pasado con él, hablando de sus cosas, contándome sus muchas penas y sus pocas alegrías. Un niño eterno, carente de maldad... Quise mucho a Sebastián, ¿sabes? Hay que ser muy cobarde para hacerle daño a alguien como él.

Levantó el tridente y lo enterró en la parte trasera de la pierna de Rafael. El nuevo alarido fue más intenso que los anteriores. Las ventanas comenzaron a abrirse por todo Nuévalos.

—Un niño eterno al que te gustaba torturar —prosiguió Alicia—, un niño eterno que doblegabas a golpe de cinturón, como a Lucía.

Extrajo las hojas del tridente de la pierna, le dio la vuelta y golpeó a Rafael en la columna vertebral con el astil.

—Date la vuelta, hijo de puta —ordenó.

—Por... por favor...

—Date la vuelta o lo haré mucho más lento.

Rafael se dio la vuelta como pudo llorando como un niño. Alicia ignoró los gritos de terror procedentes de las ventanas. El tridente volvió a girar.

—Espero que me condenen a la misma parcela del infierno que a ti, para seguir torturándote por toda la eternidad.

Alicia le clavó la cabeza de armas justo debajo del pecho. Le plantó el pie en los genitales y tiró del tridente muy despacio, hacia abajo. Los intestinos afloraron, como si desearan escapar del cuerpo de su dueño. Las ventanas que se habían abierto volvieron a cerrarse de golpe.

Una vez más un demonio andaba suelto en Nuévalos.

Pero lo más terrible era que ese demonio era uno de sus habitantes más queridos.

Alicia siguió caminando rumbo al castillo. Una lágrima de decepción rodó mejilla abajo: solo se le ocurría una explicación para que Antonio, el guardia, supiera que ella era uno de los monstruos que aterrorizaban al pueblo. Al igual que solo había una razón por la que Nuévalos se había echado al campo con antorchas y armas.

Hugo los había delatado.

El tridente también vertió lágrimas de sangre a cada paso.

56

Gamboa contempló la miríada de puntos de luz desde lo más alto del Despeñadero de los Demonios. Los más lejanos pertenecían, sin duda, a las antorchas que portaban los hombres y mujeres que los cercaban por todas direcciones. También divisó tres luminarias que se aproximaban por el sendero que llevaba a la guarida. Halvor, detrás de él, no paraba de moverse sobre el sitio, con los nervios arañándole las tripas. Deseaba encerrarse en el último refugio y acurrucarse en un rincón hasta que todo aquel jaleo pasara. Desvió un momento la mirada hacia la derecha y se llevó otra desagradable sorpresa.

—¡Mierda! —exclamó—. También se acercan luces desde el monasterio de Piedra. ¡Y por los Chorreaderos! Tenemos que escondernos, Antón, ¡ya!

Gamboa seguía con la mirada fija en las tres luces que se aproximaban.

—Me preocupan más esos de ahí abajo —dijo—, saben que estamos aquí.

—Claro que lo saben, conocen la guarida, pero no el último refugio.

—¿Cómo sabes que no lo conocen? —preguntó Gamboa, sin apartar la vista de los intrusos—. Hugo podría haberlos informado. Los soldados que llegaron a la Rosaleda a través de las minas conocían el camino. ¿Quién crees que los guio? ¿El Espíritu Santo?

Halvor fue incapaz de rebatir aquel argumento. Si Hugo había revelado el camino hasta la Rosaleda, el refugio también podría estar comprometido.

—De todas formas, nadie habrá podido escapar de las minas

por la puerta principal —razonó el noruego—. El caserón ardió hasta los cimientos.

—Pero sí que han podido salir por el mismo camino por el que entraron —elucubró Gamboa—. A todos los efectos, considero que tanto las fulanas como las guardianas de la herencia han conseguido escapar. Ya no podemos hacer nada —suspiró—, hemos perdido.

A Halvor se le agotaba la paciencia por momentos.

—Tú dirás qué hacemos.

El capataz señaló las luces que se acercaban.

—Esas antorchas vienen directas hacia nosotros. Solo distingo tres, pero eso no significa que sean solo tres hombres. —Gamboa se tomó un tiempo para reflexionar—. Nuévalos no tiene tanta guarnición, estoy seguro de que ese gran cerco que nos rodea está formado por campesinos y tenderos, pobremente armados y sin experiencia en combate. Prefiero enfrentarme a diez civiles antes que a cuatro soldados entrenados, y esos que se acercan por el sendero vienen muy decididos. Deberíamos romper el cerco y escapar a través de él —concluyó.

—Estoy de acuerdo —corroboró Halvor—, pero tenemos que pasar antes por el último refugio: necesito recoger mi dinero.

Gamboa no atesoraba fondos en la cueva secreta. Él recibía su salario en El Parnaso, y lo había guardado en cuatro bolsas que colgaban de su cinturón antes de abandonarlo. De todos modos, se dijo que un extra no les vendría mal para la fuga.

—Claro que sí, vaciemos ese cofre.

—¿Todo? —preguntó Halvor, sorprendido—. ¿Nos vamos a quedar con todo?

—Hugo está en la cárcel, Alicia no sobrevivirá a esta noche y Martín debe de haber muerto. No lo necesitan.

Halvor dejó escapar una risa malévola.

—Tú lo has dicho.

El capataz comenzó a bajar por el sendero agreste que llevaba a la cueva tras la cascada. Se resbaló en una piedra mojada y a punto estuvo de caer. Odiaba aquellos bosques y, sobre todo, la guarida, siempre húmeda y traicionera. Aborrecía aquellas selvas malditas, sus arboledas y sus saltos de agua. En el fondo deseaba dejar aquellas tierras atrás.

Halvor y él atravesarían el cerco por su parte más débil, aunque tuvieran que asesinar a unos cuantos novalenses, y abandonarían la comarca para siempre.

Esa fue su decisión.

Dino, Ventas y Orta remontaron la pendiente que llevaba a la gruta, atentos a cualquier cepo que pudieran haber pasado por alto. El capitán escudriñaba los alrededores en busca de la Lobera, pero a excepción de las antorchas que ellos portaban, no había más luces en el bosque que las que correspondían al cerco. Víctor de Cortada lo recorría a lomos de su yegua, arengando a las gentes y animándolos a reforzar el perímetro, cada vez más numeroso y denso. No podían permitir que pasara ni una mosca. Hasta los monjes del monasterio de Piedra cerraron filas, armados con faroles encendidos y aperos de labranza tan letales como cualquier arma de guerra.

Ventas se dirigió a Orta mientras ascendían por el sendero.

—Me preocupa tu tía —confesó.

El cazador miró en todas direcciones, pero tampoco divisó una luz cercana.

—Este bosque es tan espeso, y tiene tantos desniveles, que podría estar ahí al lado y no verla.

—Espero que no cometa ninguna estupidez —refunfuñó Ventas.

—¿Como cuál?

—Como atacar a Halvor Solheim por su cuenta.

Orta reflexionó durante unos instantes.

—Ojalá pudiera garantizar que no lo hará.

El último refugio tenía capacidad para seis personas, camastros en el suelo y provisiones para dos semanas. Llamarlo austero era quedarse corto. Gamboa y Halvor tardaron menos de cinco minutos en saquear el arcón donde sus compañeros atesoraban sus ganancias.

—Esto me va a venir muy bien —afirmó Halvor, que había reunido una pequeña fortuna al sumar sus ahorros con la mitad de los de sus compañeros—. ¿Adónde tienes pensado que nos dirijamos?

—A Zaragoza —respondió Gamboa—, pero antes tenemos que atravesar el cerco.

Abandonaron la cámara secreta y recolocaron la alacena en su sitio. El mueble estaba dotado de un mecanismo que lo fijaba a unos agujeros invisibles en el suelo, aparentando estar fijo: imposible moverlo sin conocer el sistema. Apagaron los faroles de la cueva y la antesala antes de irse. Gamboa descubrió que las tres antorchas se encontraban peligrosamente cerca. Treparon de nuevo por el camino escarpado que ascendía hasta la cima del Despeñadero de los Demonios, y se llevaron una desagradable sorpresa al comprobar que el cerco era más denso y estaba más cerca que la última vez que lo vieron. Gamboa calculó un centenar de antorchas en menos de cincuenta metros. También vio azadas, horcas...

—Intentar romper el cerco por aquí es un suicidio —asumió, decepcionado al ver que su plan se iba al garete—. Imposible.

—Contamos con la ventaja de la altura —razonó Halvor, que comenzaba a cargar la ballesta—. Podemos emboscar a los que vienen desde abajo en la antesala de la gruta.

—¿Tienes virotes suficientes?

—Me sobran —presumió.

La bajada a ciegas no fue tan rápida como la subida. Lo hicieron con sumo cuidado para no despeñarse. Un par de tropezones de Gamboa les hicieron perder más tiempo de la cuenta. Cuando llegaron a la antesala de la guarida encontraron los faroles encendidos.

—Están dentro —adivinó Halvor, sin preocuparse en bajar la voz; el sonido de la cascada era tan fuerte que hacía imposible que alguien lo oyera—. Si es verdad que Hugo ha cantado, pensarán que estamos escondidos detrás de la alacena.

Gamboa agarró al noruego por la hombrera y lo obligó a mirar hacia abajo.

—No necesitamos pelear —dijo—. ¿Qué ves?

Halvor solo vio negrura.

—Nada. —Enseguida se dio cuenta de lo que quería decir Gamboa—. ¡Nada! ¡Tenemos vía libre!

El capataz echó un último vistazo a la puerta abierta del escondite.

—Me encantaría saber quiénes son nuestros invitados, pero prefiero largarme y olvidarme de este sitio. Ve delante y no te alejes, recuerda que no conozco bien estos bosques.

Tomaron el mismo sendero por el que habían subido los intrusos. A pesar de ir casi a ciegas, Halvor se movía con soltura entre matorrales, pedruscos y ramas caídas; Gamboa, sin embargo, se paraba con frecuencia para mirar dónde pisaba.

—No te alejes —le ordenó a Halvor por cuarta vez.

—Estoy aquí —lo tranquilizó el cazador, que se detuvo unos pasos por delante de él, para esperarlo—. Ten cuidado: hay un pequeño terraplén a tu izquierda.

Se oyó un chasquido en la oscuridad. Gamboa dio varios pasos antes de caer rodando por el terraplén con un virote de ballesta clavado en mitad de la espalda. Halvor apuntó su arma hacia la oscuridad. Había un tirador oculto en las tinieblas, pero era imposible verlo.

El noruego no podía arriesgarse a ir en busca de Gamboa. Escupió una maldición en su lengua natal y echó a correr. Conocía el terreno lo bastante bien para dejar atrás al ballestero.

Halvor ignoraba que su atacante conocía aquel bosque igual que él.

Víctor les había explicado cómo mover la alacena que cubría la entrada al último refugio. Orta desbloqueó la palanca oculta que la mantenía fija y separó el mueble de la entrada. Encontraron el arcón abierto, con varias faltriqueras de cuero vacías en el fondo.

—Parece que han vaciado las arcas y se han largado —dedujo Dino.

—Pues entonces no hay nada que hacer —concluyó Ventas, descorazonado—. Imposible buscarlos de noche por esta selva. Esta era nuestra única oportunidad.

—Esta zona está rodeada por un cerco —recordó Orta—. No creo que puedan atravesarlo. Si os sirve de consuelo, es posible que el pueblo los linche.

—Me habría gustado ocuparme personalmente de Gamboa —se lamentó Dino—, pero, en fin...

—Salgamos de aquí sin bajar la guardia —aconsejó Ventas—. Esos bastardos podrían estar escondidos en cualquier parte.

Abandonaron la guarida y cruzaron la antesala pegados a la pared para que las salpicaduras no apagaran las antorchas. Orta escudriñó la oscuridad en cuanto dejaron la cascada atrás.

—Empiezo a preocuparme por mi tía. Ya debería haber dado señales de vida.

Se metió dos dedos en la boca y emitió un silbido tan fuerte que sonó por encima del estruendo del Despeñadero de los Demonios. Se oyeron unos ladridos en la lejanía. Dino dirigió la mirada hacia la procedencia del sonido.

—Son los perros de tu tía. Si están por aquí, ella andará cerca —dedujo.

—No necesariamente —replicó Orta—. Si mi tía les ordena quedarse en un sitio, se quedan en él. Lo hace cuando quiere evitar que espanten a una presa, por ejemplo. Han respondido a mi silbido, pero no se moverán de donde estén hasta que ella los llame.

Dino y Ventas cruzaron una mirada de preocupación.

Los tres aceleraron el paso.

Todo apuntaba a que la Lobera había decidido ir a por Halvor por su cuenta.

El noruego corrió por el sendero hasta llegar a un barranco que cortaba de forma abrupta el camino frente a él. El precipicio era alto, pero si se descolgaba con cuidado, alcanzaría una zona libre de pueblerinos envalentonados y podría huir de la comarca, amparado por las sombras. Era la vía de escape perfecta, pero antes debería deshacerse de su perseguidor.

Se ocultó tras una roca y aguardó, paciente. Apenas podía ver en la oscuridad, pero oía pasos acercarse a la carrera. Halvor reconoció a la Lobera cuando la tuvo a pocos metros de distancia. Avanzaba a una velocidad poco prudente.

La zancadilla provocó que Mencía saliera volando con los brazos por delante. La ballesta se le escapó de las manos al aterrizar. Al intentar recuperarla, sintió cómo alguien la agarraba por el cuello de la chaqueta y por la trasera del pantalón. De repente dejó de tocar el suelo. Halvor la arrojó a tres metros de distancia. Lo siguiente que sintió la Lobera fue la presión de una bota en la espalda que la aplastaba contra el suelo, dejándola inmovilizada.

—Menuda sorpresa, Mencía —exclamó Halvor—. ¿Cuántos años hace que no nos vemos? ¿Me has echado de menos?

La pisó con más fuerza.

—Vete a la mierda, cabrón —logró decir la Lobera con voz ahogada.

Él se echó a reír.

—Tienes el mismo temperamento que la zorra de tu hija, ¿sabes?

La Lobera quiso gritar de rabia, pero la creciente presión de la suela redujo su grito a una especie de estertor.

—Fui yo quien se la llevó, ¿sabes? —confesó Halvor—. Está conmigo desde entonces. Esa misma noche me la follé hasta quedarme exhausto. Lloró cuando le rompí la virginidad y sangró como una cerda, pero, créeme, mereció la pena. Trece añitos tenía...

Mencía no podía seguir escuchando aquello. Ardía por dentro. Trató de incorporarse, pero el pisotón la dejó sin respiración.

—Su cuerpo es fuerte, terso, maravilloso. O mejor dicho, lo era, porque ha parido cuatro hijos, tres de ellos míos. ¿Te hace ilusión saber que eres abuela, Mencía?

Los brazos de la Lobera estaban tensos. Sus pulmones, medio vacíos.

Halvor levantó el pie para darle otro pisotón.

Mencía fue más rápida que él: rodó en cuanto dejó de sentir la presión en la espalda.

La bota impactó en las costillas, pero ella pudo agarrarse a la caña de cuero y seguir rodando con todas sus fuerzas. Halvor le disparó, y el virote quedó clavado en la tierra después de rozarle la frente a la Lobera. Aquel raspón dolió, pero el grito que soltó ella fue de triunfo al ver caer al noruego al suelo.

La Lobera se impulsó con brazos y piernas hasta colocarse encima de él. El cazador, tumbado de espaldas, la golpeó con la cureña de la ballesta en la clavícula. Una nueva oleada de dolor la azotó. Halvor se la quitó de encima lanzándola por los aires con una facilidad pasmosa. Por suerte se encontraban lejos del precipicio. Mencía aterrizó a varios pasos de distancia. Estaba perdida.

Él era muchísimo más fuerte que ella.

—Estás muerta, ¿lo sabes? —se burló Halvor, que se había arrodillado para recargar la ballesta.

El proyectil atravesó la parte trasera del muslo de Mencía justo cuando se ponía de pie. El alarido fue breve. La Lobera apretó los dientes para no darle a Halvor el gusto de oírla gritar. Cayó a cuatro patas mientras él se reía y sacaba otro virote de la aljaba con toda la tranquilidad del mundo. Se levantó y caminó hacia ella dispuesto a rematarla.

La mano de Mencía tropezó con algo que encontró en el suelo. El muslo le ardía, pero sacó fuerzas para ponerse de pie. Halvor mantenía su expresión burlona con el virote entre los dientes mientras tensaba la cuerda de la ballesta. Apenas se le entendió al hablar.

—Quédate quieta —intentó decir—, prometo que no te dolerá.

La Lobera giró sobre sus talones y se abalanzó contra Halvor con un grito de rabia.

Y no lo hizo con las manos desnudas.

El mismo virote que le había rozado acabó incrustado en la fosa clavicular de Halvor, que torció el cuello en una postura grotesca al atravesarle el nervio. Trató de mover el brazo, pero no lo consiguió. El noruego cayó de espaldas, con Mencía encima de él. Esta le arrebató el proyectil con el que había intentado recargar la ballesta y lo apuñaló en la frente, no lo bastante fuerte para taladrar el hueso frontal, pero sí para desgarrársela en un doloroso corte que le abrió la carne hasta la oreja.

La Lobera apuntó mejor en el segundo intento.

El virote perforó el globo ocular hasta alcanzar el cerebro. Halvor dejó de moverse de inmediato. Mencía extrajo el dardo, contempló el rostro del noruego durante unos instantes y trató de levantarse. Sintió un dolor insoportable en la pierna. Apretó los dientes con rabia y apuñaló por tercera vez el rostro de Halvor, pero este ya no estaba vivo para sentirlo. Lo hizo una y otra vez hasta convertir las atractivas facciones del cazador en una masa sanguinolenta de carne picada. No paró hasta desmayarse sobre el cuerpo sin vida del padre de sus nietos.

Unos nietos a los que nunca llegaría a conocer.

Gamboa se arrancó el virote de la espalda. El disparo había logrado atravesar la armadura interior y producirle una herida no grave, pero sí dolorosa. Aquella coraza le había salvado el pellejo en incontables ocasiones.

Tres veces en los últimos días.

El capataz había oído gritar a una mujer, por lo que supuso que Halvor seguía vivo. A ciegas, trepó por el mismo terraplén por el que había caído. Justo se ponía de pie en el sendero cuando divisó antorchas encendidas a treinta pasos de distancia. Gamboa reconoció a D'Angelis y al capitán Ventas en compañía de un desconocido. Ellos vislumbraron su silueta al mismo tiempo que él se percató de su presencia.

—¡Alto! —gritó el capitán.

Gamboa echó a correr por el sendero con una sonrisa en la cara. Solo eran tres, pan comido.

—¡Alto!

Oyó el sonido lejano de una ballesta. Se agachó por instinto, pero el virote le pasó lejos. Era imposible que un tirador le acertara a esa distancia, a la carrera y en una oscuridad casi total. Avanzó por la pendiente, que se empinaba cada vez más. Descubrió un amasijo de matorrales a su derecha. Sin pensárselo dos veces, desenfundó la espada y se zambulló en él.

Orta, el más joven de los tres y conocedor del camino, se había adelantado a Ventas y a D'Angelis, con la ballesta cargada en una mano y la antorcha en la otra.

Jamás habría esperado que una espada surgiese de la maleza para atravesarlo de lado a lado.

El cazador se paró en seco, sin terminar de asimilar lo que acababa de sucederle. Gamboa surgió del matorral, le arrebató la antorcha y le golpeó con ella en la mano que sujetaba la ballesta. Orta soltó el arma, que se disparó al caer al suelo; el proyectil se perdió en la noche. El capataz extrajo la hoja y el sobrino de la Lobera se desplomó, con ambas manos sobre la herida de entrada. Gamboa alejó la ballesta de una patada y retó a sus enemigos desde lo alto de la vereda.

—Caballeros —gritó—, creo que vuestro amigo está un poco descompuesto.

Dicho esto, corrió sendero arriba. Dino y Ventas se detuvieron junto a Orta, que los apremió para que continuaran con la persecución.

—Corred —los instó, con una mueca de dolor—. No os preocupéis por mí, saldré de esta.

Gamboa casi se despeñó. El barranco, de altura desconocida, creaba un abismo de profundidad incierta frente a él, mientras que una pared vertical le cerraba el paso a su derecha. La luz de la antorcha no bastaba para determinar la profundidad del precipicio: lo mismo podía tener tres metros que cien. El capataz descubrió dos cuerpos a pocos pasos de donde se encontraba. No tuvo problemas en identificar a Halvor, a pesar de que tenía la cara hecha papilla. El segundo, boca abajo y encima de él, pertenecía a una mujer de melena canosa. Torció el gesto en una expresión de asco y los dio a los dos por muertos. Dino y Ventas llegaron a la explanada. Gamboa dejó la antorcha en el suelo y los recibió con un saludo de esgrima.

—Bien, bien, bien, D'Angelis —canturreó—. Al final tendréis que complacerme y aceptar el duelo que os propuse, pero hoy no será un juego. Esta noche solo uno de los dos saldrá vivo de aquí.

El capitán le dio un codazo a Dino.

—Puedes con él, ¿verdad?

Este lo miró de reojo.

—No lo sé —dijo sin apenas mover los labios.

—Te entrenó el mejor maestro de Europa —le recordó Ventas.

—¿No será mejor que ataquemos los dos a la vez?

—Te ha retado a un duelo. Me parecería deshonroso. Pero si te mata, te vengaré.

—No me parece buen negocio.

Gamboa se acercó unos pasos y cortó el aire dos veces con la espada.

—Basta de cuchicheos. En guardia.

El espadachín adoptó una posición defensiva.

D'Angelis desenfundó la espada y la daga a la vez.

La postura que adoptó hizo que los ojos de Ventas se abrieran como platos. Los de Gamboa también.

—Habéis adaptado una posición típica de Johannes Liechtenauer con un arma moderna —recitó Gamboa con los ojos entornados; el movimiento le pareció peculiar, pero no quiso adelantar su veredicto hasta comprobar la técnica de su oponente—. Adelante.

Dino se acercó al círculo de luz de la antorcha. Lo último que deseaba era despeñarse por el cortado que se abría a la izquierda. Detrás de él, Ventas, con la espada en la mano, observaba el duelo con nervios e interés.

Gamboa se adelantó dos pasos.

D'Angelis lanzó una estocada a fondo. Su oponente la detuvo, hizo girar su hoja, enganchó el gavilán del arma de Dino y la espada voló, precipicio abajo.

—¡No puede ser! —protestó Ventas, enfadado—. ¿No decías que te había entrenado el mejor maestro de esgrima de Europa?

—Y es verdad —se defendió—, pero nunca dije que fuera su mejor alumno.

Gamboa se echó a reír.

—Sois un tipo divertido, D'Angelis —dijo, con sinceridad—. Os juro que me apena mataros.

—En fin, de algo hay que morir. —Dino abrió los brazos, dejando el pecho desprotegido; su mano izquierda todavía sostenía la daga—. Eso sí, os ruego que seáis rápido.

Gamboa echó hacia atrás el brazo que empuñaba la espada, dispuesto a asestarle la estocada definitiva. En un movimiento vertiginoso, Dino le dio la vuelta a la daga en el aire, la cogió por la hoja y se la lanzó a la cara. El tiro no fue acertado del todo, pero el arma le abrió una dolorosa herida al espadachín, justo encima de la ceja derecha.

—¡Cobarde! —gritó.

El capataz lanzó una estocada a fondo, pero esta jamás llegó a su destino.

La espada de Ventas la desvió con un movimiento descendente.

D'Angelis retrocedió hasta ponerse fuera del alcance de Gamboa, que lanzaba espadazos al capitán con el ojo derecho cegado por la sangre, lo que le hacía calcular mal la distancia. El espía oyó un silbido mientras trataba de sacar la daga de la bota.

—¿Dónde hay una puta ballesta? —escuchó decir a la Lobera, que trataba de arrastrarse aturdida, como si se hubiera bebido una docena de frascas de vino.

Mencía profirió un aullido cuando el virote que le atravesaba la pierna se enganchó con el cadáver de Halvor. Se había olvidado de que estaba herida. A pocos pasos de ella, Ventas perdía el combate por momentos. Lo único que lo mantenía vivo era el mayor peso de la espada de los Cortada, que le permitía parar los ataques más contundentes de Gamboa. La tizona del espadachín esquivó la hoja del capitán para terminar clavándose en el muslo.

Fue una estocada rápida, de entrada y salida.

El oficial apretó los dientes, pero siguió luchando. Dino rodeó a Gamboa, daga botera en mano. Estaba decidido a asesinarlo por la espalda, por muy deshonroso que le pareciera a Ventas. El espadachín previó el movimiento, se dio la vuelta y trazó un arco con la espada que rajó en diagonal el torso del turinés. Este retrocedió, dolorido, y volvió a poner distancia de por medio. Gamboa esquivó el siguiente ataque de Ventas y contraatacó con otra estocada, esta vez en el brazo, para luego girar sobre sí mismo, evitando un segundo envite, y golpear al capitán en la cabeza con el pomo de la espada. Este se desplomó, inconsciente. El capataz se disponía a rematarlo cuando notó un dolor lacerante justo debajo de la nuca.

Dino acababa de clavarle la daga botera entre la armadura y la espalda.

Gamboa se dio la vuelta tan rápido que a D'Angelis se le escapó la empuñadura del arma. Evaluó el estado del espadachín, pero este parecía más furioso que moribundo. La puñalada había sido dolorosa, pero superficial.

—Te juro que vas a sufrir —prometió Gamboa.

La hoja barrió el aire a un lado y a otro, abriendo sendos cortes en los brazos de Dino, que lo único que podía hacer era defenderse a duras penas y retroceder de forma peligrosa hacia el barranco. Una estocada a fondo le pasó rozando, pero por suerte no mordió carne. El espía no aguantaría mucho más.

Tenía el precipicio justo detrás, y estaba desarmado.

Había llegado su hora.

Gamboa se arrancó la daga de la espalda y la arrojó por el cortado. D'Angelis estaba indefenso y acorralado, así que el capataz decidió disfrutar del momento.

—Has resultado ser una auténtica molestia —dijo—. Pensaba darte una muerte rápida, pero no va a ser así…

El capataz apuntó al bajo vientre de Dino e hizo retroceder la espada.

Pero esa estocada jamás se produjo.

Dos sombras aparecidas de la nada lo impidieron.

Rómulo y Remo mordieron a la vez el brazo y la muñeca de Gamboa. Los gruñidos se mezclaron con sus aullidos de dolor. El colmillo que rozó el tendón del capataz lo obligó a soltar el arma. D'Angelis la recogió del suelo a toda prisa. Habría preferido usar una daga, pero no hizo ascos a la tizona. Sabía que tirarle al torso era una pérdida de tiempo, así que describió un arco con la espada que partió en dos la cara de Gamboa.

El espadachín trastabilló hasta quedar al borde del precipicio. Otro silbido de la Lobera hizo que Rómulo y Remo soltaran su presa y corrieran hacia ella. El suelo se desmoronó bajo el peso del capataz, que movió los brazos con desesperación antes de perder el equilibrio por completo y precipitarse al vacío con un alarido final.

Luego, silencio.

Dino se alejó todo lo que pudo del barranco, hasta acabar sentado en el suelo, medio mareado. A pocos pasos de él, Ventas trataba de levantarse. Tenía una brecha en la cabeza, un pinchazo en el brazo y la pierna atravesada.

—Dios, me duele todo...

—A mí también, pero reconozco que he escapado mejor que tú. —Se dirigió a la Lobera—. ¿Tú qué tal, Mencía?

—Tu amiga tendrá que sacarme este palo de la pierna —respondió mientras acariciaba a sus mascotas—. ¿Qué te han parecido mis perros, so cabrón?

D'Angelis se echó a reír.

—No los llames perros ni de broma. Menudo par de lobos. Les debo la vida.

—Gamboa no habrá sobrevivido a la caída —vaticinó la Lobera—. Ese precipicio tiene más de veinte metros de altura.

Ventas cojeaba, pero podía andar.

—Orta está malherido —les recordó.

—¿Malherido? —exclamó Mencía, preocupada.

Intentó levantarse, pero fue incapaz de hacerlo.

—Tú quédate ahí —le ordenó Dino—. Helio y yo lo ayudaremos.

Bajaron hasta donde estaba Orta. Lo encontraron consciente, pero la herida le impedía moverse.

—¿Qué ha pasado ahí arriba? —preguntó con los dientes apretados.

—Los lobos me han salvado el pellejo.

—Oí silbar a mi tía —dijo con una sonrisa dolorida.

—La vamos a bajar aquí, contigo —decidió Ventas—. Tiene un virote clavado en la pierna.

—Pues sí que estamos bien —rezongó Orta—. Y vosotros, ¿qué? Tampoco tenéis muy buena pinta.

—Sobreviviremos —afirmó Ventas.

—Voy a buscar ayuda —se ofreció Dino—. ¿Puedes andar, Helio?

El capitán había usado trozos de su sobrevesta para vendarse el brazo y hacerse un torniquete en la pierna.

—Sí, pero te retrasaría.

—Es para traer aquí a Mencía.

El capitán asintió.

—Eso sí puedo hacerlo —aseguró.

Dino y Ventas ayudaron a la Lobera a reunirse con su sobrino. El oficial les devolvió sus ballestas y la de Halvor, además de todos los virotes que encontró por el camino. Cuando dio su trabajo por terminado, se sentó junto a ellos.

Se sentía agotado.

—No tardes, Dino.

—No lo haré.

D'Angelis recogió la antorcha y la espada de Gamboa y bajó por el sendero. Al llegar al pie del precipicio, se tomó un momento para ver si localizaba el cadáver del capataz. No dio con él ni tampoco con la espada que le regaló Arthur Andreoli. Se dijo que ya aparecerían al día siguiente, cuando la luz del sol iluminara aquel paraje selvático.

Tenía cosas más urgentes de las que ocuparse.

Trató de enfundar la tizona de Gamboa en la vaina vacía de su espada, pero la hoja era un poco más ancha y no entraba. Se la encajó en el cinto lo mejor posible y caminó lo más rápido que pudo hacia el cerco de antorchas.

Tenía que buscar ayuda para sus amigos.

Cuanto antes lo hiciera, antes podría ver a Neuit.

57

Charlène no paró de trabajar hasta bien entrada la madrugada del Viernes Santo.

Un Viernes Santo que había gravitado sobre Nuévalos como una espada de Damocles, y que amanecería en unas horas como un día de victoria. Para los novalenses, hubo un antes y un después de la que se conoció, durante años, como «La noche de los mil fuegos».

Aunque también fue una noche de nuevas viudas y dolor.

El soldado Doncel perdió el brazo, pero salvó la vida. Las ayudantes de Catalina comprobaron, atónitas, la destreza de Charlène al realizar una amputación que creían reservada para los mejores cirujanos.

Hombres.

Lozano quedaría en la memoria de Charlène como el mejor paciente de todos los tiempos. Mantuvo su sentido del humor, y su buena disposición, hasta en los momentos más dolorosos de la extracción del virote. En cuanto comprobó que podía mover el brazo, se ofreció para ayudar a los demás heridos.

Charlène no se lo permitió y lo mandó a la cama a descansar.

D'Angelis pasó un momento por la casa de caridad mientras la partida que iba a rescatar a Ventas, Mencía y Orta preparaba la carreta en la que iban a transportarlos. Llegó a lomos de Barlovento, al que recuperó de los establos del monasterio de camino al lazareto. Ignacio Sánchez había delegado en unos chavales el cuidado de los caballos, y él se había encargado de capitanear a los monjes conversos en el cerco al Despeñadero de los Demonios. El novicio le contó a todo el mundo que colgaría el hábito para hacerse soldado.

—Me lo ha propuesto el capitán Ventas —aseguraba con los ojos brillantes de ilusión.

Dino encontró a Neuit igual que la última vez. Charlène le pidió paciencia y se interesó por él. Tenía la chaqueta desgarrada por varios sitios, y las heridas de los brazos seguían sangrando. El espía le prometió que se dejaría coser —una vez más— en cuanto trajera de vuelta a sus compañeros. El turinés acompañó al grupo de rescate, que trasladó a los heridos desde el lugar donde los había dejado hasta la casa de socorro. Charlène decidió atender primero a Orta, al que consideró el más grave de los tres. Sin embargo, quitó hierro a las heridas de Ventas y Mencía alegando que eran más llamativas que severas.

—Esperadme aquí, y ni se os ocurra poneros a bailar —bromeó—. Os atenderé enseguida.

—A mí primero —le gritó Mencía a Charlène, que estaba a punto de desaparecer por la puerta de la sala en la que se encontraban; tanto ella como el capitán se hallaban recostados en sendos jergones, la Lobera con el virote aún clavado en el muslo—. Seguro que a este vejestorio le duelen las piernas desde mucho antes de que le pincharan.

Ventas la miró de reojo.

—¿Vejestorio?

La presencia de Rosalía interrumpió la sarta de pullazos que Ventas y Mencía se atizaban sin piedad. Rómulo y Remo, que no se separaban de su ama, fueron a recibirla. La joven interrogó a su madre con la mirada. No le hizo falta formular la pregunta.

—Está hecho —dijo la Lobera—. No volverás a ver a Halvor nunca más. Todo ha terminado.

La joven se arrodilló junto a su madre y la abrazó. Rómulo y Remo lamieron las lágrimas que rodaron por ambas mejillas.

Ventas apartó la vista de la escena y la clavó al techo.

El eco de las palabras de Mencía resonó durante un tiempo en su cabeza.

Todo ha terminado.

Víctor de Cortada ordenó disolver el cerco de madrugada, después de que le comunicaran la noticia de la muerte de Gamboa y Halvor. Estaba agotado, apenas se había bajado de la yegua en toda la noche. Se disponía a visitar a los heridos ingresados en la casa de caridad cuando Torcuato, el marido de Pilaruca, apareció por la carretera de Nuévalos montado en un burro y haciéndole señas con una vehemencia que no auguraba nada bueno.

—¡Excelencia! —lo llamó—. ¡Excelencia!

Víctor se acercó a él sin desmontar.

—¿Qué sucede, Torcuato?

—Alicia se ha atrincherado en el sótano del castillo —informó—. Ha asesinado a cinco hombres, y tiene a Pilaruca y Belarmino de rehenes. Exige hablar con vos y con nadie más. Si entra alguien distinto, los asesinará.

Víctor comprobó el manojo de llaves que colgaba de su cinturón. Confiaba en que la guardia hubiera detenido a Alicia antes de que pudiera llegar al castillo.

La había subestimado.

—¿Y mi madre? —preguntó con el corazón en un puño.

—Está a salvo: Juana y Antoñita se han encerrado con ella en sus aposentos. Pero don Víctor, mi mujer... Pilaruca...

El hombre se echó a llorar.

—Tranquilo, Torcuato, lo solucionaré. —Le mostró el llavero—. Si es esto lo que Alicia quiere, a cambio de sus vidas, se lo daré.

Víctor galopó hacia el pueblo, adelantando a los novalenses que habían participado en el cerco y regresaban a sus casas, comentando lo especial y emocionante que había sido aquella noche de abril. El comendador entró por la puerta este. La poca gente que había quedado en el pueblo estaba asomada a las ventanas, asustada y expectante. Se había formado un corrillo alrededor de Antonio, el guardia que yacía muerto en el suelo. Su viuda estaba sentada cerca de él, inmóvil, con la espalda apoyada en la fachada de la alfarería y la vista perdida en el infinito. Dos mujeres compartían con ella su tétrico silencio.

Luego vislumbró a Rafael, medio tapado por una sábana ensangrentada en mitad de la calle de San Antonio. Un matrimonio anciano esperaba la llegada de alguien más joven, que los ayudara a meterlo en su casa. Lucía lloraba a gritos, de rodillas, en compañía de unas vecinas que eran incapaces de apartarla de él. Las mujeres estaban convencidas de que aquella pérdida era una bendición para ella, aunque no es extraño que las víctimas se aferren a sus verdugos.

A pesar de estar cubiertos con mantas procedentes del barracón, Víctor identificó a los dos cadáveres que encontró en el patio delantero del castillo. Se trataba de Luis Murcia y Bernardo Meléndez, los soldados más antiguos de la guarnición, que se habían quedado de retén precisamente por eso, por ser demasiado viejos para formar parte del grupo de asalto. Fray Argimiro, que rezaba al lado de los muertos, interrumpió el padrenuestro al oír llegar al comendador.

—Abajo hay otro más. —Víctor adivinó, por descarte, que Argimiro se refería a Belmonte—. Os ha avisado Torcuato, ¿verdad?

—Así es —confirmó Víctor—, y me ha comentado el ultimátum de Alicia.

—Por eso no me he atrevido a bajar —explicó el monje—. Me he quedado en la puerta para no dejar entrar a nadie en el castillo. Temo por los rehenes.

El comendador respiró hondo.

—Habéis hecho bien —aprobó.

Víctor ató la yegua a un amarradero próximo.

De camino al sótano, pasó por la cocina.

Tenía algo que hacer antes de enfrentarse a Alicia.

Dino esperaba a Charlène sentado junto a Neuit.

Cadernis entró en la habitación con una palangana de agua tibia y unos paños limpios. Golpeó dos veces la hoja de la puerta abierta, como si necesitara permiso para entrar.

—¿Puedo?

D'Angelis la invitó a pasar con un gesto amable.

—Charlène me ha pedido que te limpie las heridas.

—Gracias, pero no es necesario. Puedo hacerlo yo.

—También quiero hablar contigo.

El espía estudió el rostro hipnótico de Cadernis en busca de mentiras. Su intento de descifrarlo fue un fracaso, así que se rindió. Se quitó la chaqueta rajada y la camisa ensangrentada, mostrando su torso delgado marcado por el corte que le había hecho la misma espada que reposaba a los pies de la cama de Neuit.

El arma de Antón Gamboa.

—Las heridas de los brazos son más profundas —apreció Cadernis, que limpió con el paño húmedo la del pecho; le guiñó un ojo a Dino y le obsequió con una sonrisa capaz de derretir un témpano—. Esto es un arañazo, no se te van a salir las tripas por ahí...

—¿Qué querías decirme? —preguntó D'Angelis, que recordó que dejarse engatusar por Cadernis podía desembocar en un despertar desnudo y atado bocabajo a una cama.

—Sarkis ha decidido marcharse con su gente —dijo—. Lo más probable es que se vayan lejos de España. Quieren pasar por El Parnaso, recoger todo lo que puedan y desaparecer. —Cadernis miró a Dino a los ojos—. ¿Tienen que preocuparse por la justicia?

Dino sacó la llave de El Parnaso de su morral y se la tendió a Cadernis.

—Yo no pienso denunciar nada de lo que sucedía en esa casa —aseguró—, vine aquí por otro motivo. Sarkis tendrá que guardarse más de la Garduña que de los alguaciles.

Cadernis aceptó la llave con una sonrisa sincera.

—Gracias.

—¿No vas con ellos?

—De eso quería hablarte.

D'Angelis volvió a perder el tiempo tratando de leer en el rostro de Cadernis.

—Te escucho.

—He hablado con las muchachas a las que habéis rescatado; he oído sus testimonios. He visto con mis propios ojos de lo que es capaz esa gentuza que se hace llamar la Garduña, y he comprobado hasta qué punto pueden ser crueles e inhumanos... Llevo toda la vida al amparo de la familia de Sarkis, y creo que ha llegado la hora de ser libre. Estoy harta de vivir en una cárcel de mármol, oro y obras de arte.

—¿Adónde quieres llegar, Cadernis?

—Quiero ir a Toledo, con Charlène y contigo —respondió con decisión—. El único miembro de la Garduña que me conocía era Gamboa, y está muerto. Podría ayudarte a luchar contra ellos, desde las sombras.

—¿Y quién te ha dicho que voy a luchar contra ellos?

Cadernis señaló a Neuit.

—Él, las jóvenes raptadas, los recién nacidos vendidos... Si cometen tales atrocidades en un pueblo perdido, imagina qué no harán en Sevilla y Toledo.

D'Angelis le ofreció los brazos para que le limpiara los cortes.

—La espía del espía —consideró, a la vez que contraía el rostro en una mueca de dolor; Cadernis tenía razón, aquellas heridas eran más profundas que la del torso—. Podría funcionar. Pero ¿puedo fiarme de ti?

Ella dejó de limpiarle las heridas para clavar sus ojos de serpiente en los suyos.

—Si te respondo que sí, ¿me creerías?

—No, pero me lo pensaré, de todos modos —prometió.

Cadernis volvió a humedecer el paño en agua templada.

D'Angelis miró a Neuit de reojo.

De repente el chico empezó a toser.

Los gritos de Dino se oyeron hasta en el último rincón del lazareto.

Víctor encontró a Belmonte al pie de las escaleras, con tres puñaladas horrendas en el tórax, los ojos desorbitados y la boca abierta en una expresión que combinaba el dolor con el asombro.

Respiró hondo varias veces antes de internarse en el sótano.

Tenía que mantener la mente fría.

Cruzó el almacén y torció hacia el corredor donde estaban las tres celdas. Encontró a Alicia sentada en el suelo, frente a la puerta de la que ocupaba Hugo. Tenía las piernas cruzadas y el tridente reposaba entre ellas. A un lado estaba Belarmino, maniatado y con una herida en la cabeza. El veterano le dedicó una mirada de disculpa al comendador, avergonzado por su derrota. Pilaruca lloraba en otra celda, que tenía la puerta abierta. La cocinera estaba tan asustada que jamás se le ocurriría huir.

Alicia, la encantadora Alicia. Con esa sonrisa cautivadora, siempre tan atenta…

Tan cariñosa con los niños.

Con Sebastián.

Hugo se levantó de su catre y se asomó al ventanuco en cuanto oyó llegar a Víctor.

La comadrona se puso de pie muy despacio, con una mirada de fuego clavada en Víctor de Cortada. Agarró el tridente decidida a cualquier cosa. El comendador, plantado al principio del pasillo, avanzó con decisión hacia Alicia. Esta adoptó una posición defensiva.

Víctor abrió la mano frente a ella.

—Baja eso ahora mismo —le ordenó.

Alicia dudó un instante, asombrada. Hugo, asomado al ventanuco, murmuró.

—No puede ser...

—Cállate, Hugo —rezongó Víctor, para luego dedicar una mirada de desprecio a Belarmino y otra a la celda donde lloriqueaba Pilaruca—. Alicia, ven, tenemos que hablar.

Hugo, boquiabierto, vio cómo la comadrona seguía al comendador hasta el almacén. Este cerró la puerta para que los demás no pudieran oír la conversación.

—Gamboa ha muerto —anunció Víctor—, al igual que Martín y Halvor. Las minas están vacías, y los soldados de mi padre han liberado a las madres. El negocio se ha ido a pique para siempre, y Hugo, tú y yo somos los únicos supervivientes.

—Pero, vos... vos sois el comendador.

—¿Quién te crees que llevaba las riendas del negocio? —rio Víctor—. ¿Gamboa? No me hagas reír. Siempre he sido yo, desde el principio.

—¿Y Daniela?

Víctor soltó una risa amarga.

—No existe mejor coartada que convertir a tu propia hermana en una víctima. Luego solo tienes que convencer a tu padre para que la mate y se quite la vida. Pero no contaba con ese cabrón de D'Angelis. Por su culpa tuve que acabar con el carnicero y con el joyero judío. Luego con Elías...

—Y Sebastián, ¿por qué? —preguntó ella, con ojos llorosos.

—Eso no fue cosa mía, Alicia, sino de mi padre. Yo sabía lo mucho que lo querías.

Ella rompió a llorar.

—No contaba con que D'Angelis descubriera nuestro escondite —prosiguió Víctor—, pero esto, Alicia, no es el final. La Hermandad nos necesita en otro lugar, y yo os necesito a Hugo y a ti.

La comadrona agarró el astil del tridente con más fuerza.

—Hugo es un cobarde y un traidor —lo acusó—. Vine aquí para ajusticiarlo, pero no pude romper la puerta y me dijeron que vos teníais la llave.

Víctor le posó las manos en los hombros en un gesto paternal.

—Te equivocas, Alicia —dijo con voz suave—. Hugo no es un

traidor. El negocio estaba abocado al fracaso desde que D'Angelis llegó a Nuévalos. Había que salvar lo que se pudiera. Le ordené a Hugo que se dejara prender por su padre para traerlo aquí. Sabía que tú vendrías a por él. De un plumazo nos quitamos de encima a Gamboa, a Halvor y al imbécil de Martín. La Garduña tiene planes, y quiero que vosotros dos forméis parte de ellos.

—¿Planes?

—Por lo pronto no hables de esto con Hugo —le advirtió—. Mañana por la noche saldremos los tres de aquí y desapareceremos para siempre. Pero, por ahora, tenemos que fingir, así que haz lo que yo te diga.

Alicia dudó por un segundo. Se sentía asustada y confusa.

Asintió.

Víctor extendió la mano. Ella volvió a fijarse en los tres puntos que formaban un triángulo.

La marca de la Garduña.

—Dame el tridente —le pidió el comendador.

Ella se lo entregó, y él lo dejó apoyado en una estantería cercana. Abrió la puerta que daba al calabozo y la invitó a pasar. Luego abrió la de la celda donde estaba Pilaruca.

—Vuelve a la cocina —le ordenó Víctor, para a continuación dirigirse a Alicia y guiñarle un ojo con disimulo—. Entra.

Pilaruca abandonó el sótano como si la persiguiera Lucifer en plena forma. Alicia, con la cabeza gacha, echó un último vistazo a lo poco que podía ver de la cara de Hugo a través del ventanuco. Este asistía al arresto sin dar crédito a lo que veía. La comadrona entró en la celda, el comendador cerró la puerta y dio dos vueltas a la llave.

Comprobó que estaba bien cerrada y soltó un suspiro de alivio.

Se mojó el dedo con la lengua y borró con saliva los tres puntos de hollín que se había pintado en la palma de la mano en su visita a la cocina. Alicia presenció aquella operación perpleja, para luego ver cómo el comendador procedía a desatar a Belarmino, que no se enteraba de nada.

—Excelencia..., ¿cómo lo habéis hecho? —quiso saber el soldado, tan estupefacto como los prisioneros.

Víctor terminó de desatarlo.

—Belarmino, la inteligencia es la mejor arma del ser humano. Ayúdame a subir a Belmonte al patio.

—Por supuesto, excelencia. Una pena, tantos hombres...

El comendador dedicó una última mirada de desprecio a Hugo y a Alicia, que seguían asomados a sus respectivos ventanucos.

—Pagarán por ello, como ya lo han hecho sus compañeros —prometió Víctor.

Belarmino y él abandonaron el calabozo, dejando a los dos amantes solos.

Alicia intercambió una mirada confundida con Hugo.

—Esto es otro ardid del maestre, ¿verdad?

Hugo lo entendió todo de repente.

Empezó a reír.

A carcajadas.

Se merecían el destino que les esperaba.

Charlène dejó a medias el punto de sutura al oír cómo D'Angelis la llamaba a gritos.

—Id, Charlène —la instó Orta—, o el que se va a morir del disgusto será Dino.

Llegó a la habitación y encontró al turinés desnudo de medio cuerpo para arriba, a Cadernis sosteniendo la palangana y a Neuit en mitad de un ataque de tos. Charlène apartó a D'Angelis y se inclinó sobre el chico. Le abrió la boca y comprobó que no había ni obstrucción ni sangre en ella. Neuit se quejó.

—Ay...

Charlène le puso la mano en la frente y le dio dos toquecitos en las mejillas.

—Neuit, ¿me oyes?

El chico arrugó la nariz y asintió.

—Duele...

—¡Le duele, Charlène! —gritó Dino—. ¿Qué podemos hacer?

Charlène se volvió hacia él.

—Celebrarlo —dijo—. La fiebre baja y está consciente, por eso le duele.

—Pero ¡está tosiendo! —exclamó Dino, señalando a Neuit como si estuviera de cuerpo presente.

—¿Tú nunca te has atragantado con saliva estando boca arriba en la cama? Cadernis, sigue limpiándole las heridas a este llorón para que se entretenga mientras termino de coser a Orta. Y no lo hagas con delicadeza, que le sirva de entrenamiento para los costurones que pienso darle.

Charlène abandonó la habitación aguantando la risa. Dino se asomó a la puerta, para ver cómo su amiga se alejaba por el pasillo.

—Pero ¿seguro que está bien? —insistió.

Ella respondió sin volverse.

—No cantemos victoria todavía, pero sí, tiene pinta de que saldrá de esta.

D'Angelis se apoyó con brusquedad contra la pared y resopló. Regresó a la habitación y comprobó que Neuit había vuelto a cerrar los ojos.

—¿Qué le pasa ahora? —preguntó.

—Que duerme —respondió Cadernis—. Siéntate, no he acabado contigo.

El turinés obedeció.

—Ser padre es una mierda —sentenció—. Ahora entiendo que los míos me abandonaran.

Cadernis se mordió el labio para no reírse y siguió limpiando la herida.

—Entonces ¿qué? ¿Lo has pensado?

—¿El qué?

—Lo de llevarme contigo a Toledo.

—Charlène no querrá dejar a sus pacientes desatendidos, así que lo más seguro es que nos quedemos unos días más en Nuévalos —vaticinó—. Tendré tiempo para pensarlo.

—Pero ya no habrá más espadazos ni puñaladas, ¿no?

—Espero que no —rezongó Dino.

Cadernis siguió limpiándole las heridas de los brazos.

La madrugada del Viernes Santo avanzaba hacia un amanecer libre de terror.

Un Viernes Santo en el que ninguna niña moriría.

SEXTA PARTE

Viernes Santo
(y después...)

58

El cadáver de Antón Gamboa no apareció al pie del barranco. Tampoco la espada que Arthur Andreoli le había regalado a Dino D'Angelis en el Nuevo Mundo. Sin embargo, sí se encontraron trozos de ramas rotas de un joven acebuche silvestre, que sobrevivía desde hacía años acantonado en un roquedo de la pared, justo encima de la zona donde debería estar el cuerpo del capataz. Todo apuntaba a que el árbol había amortiguado la caída de Gamboa.

D'Angelis encontró sus dos dagas por los alrededores. Dedicó una mirada de cariño a la más grande. Cuántas veces le había salvado la vida, y a cuántos enemigos había enviado al patio de los *callaos*, como decía el gaditano.

El espía intentó seguir el rastro de Gamboa, decidido a rematar el trabajo que había dejado a medias la noche anterior. Lo perdió a los pocos pasos. Los mejores rastreadores, Neuit, Orta y la Lobera, no estaban en condiciones de emprender una búsqueda, así que a Dino no le quedó más opción que resignarse. A pesar de que le habría gustado mandar al espadachín al infierno, decidió que lo mejor sería pasar página. Al fin y al cabo no volvería a encontrarse con Antón Gamboa durante el resto de su vida.

O eso creía él.

Ese mismo día, Sarkis y su gente abandonaron Nuévalos para siempre.

Lo hicieron sin hacer ruido. Más que marcharse, se esfumaron. Dejaron las puertas de El Parnaso abiertas, con la llave puesta y una escueta nota de Sarkis al comendador.

«Mi casa ahora os pertenece, haced con ella lo que veáis oportuno».

Víctor de Cortada y Dino D'Angelis se encargaron personalmente de registrar el palacio. Bajaron al sótano donde estaban los almacenes, la sala de las orgías y el templo. Encontraron las puertas abiertas, los estantes vacíos y el altar desmantelado. Apenas quedaron objetos de valor en el edificio, aparte del mobiliario y algunos cuadros y esculturas. Tampoco quedó rastro del culto a Melek Taus. Incluso la imponente vidriera que lo representaba había quedado reducida a añicos multicolores sobre los peldaños de la escalera principal y la hierba que alfombraba el jardín trasero. Como le dijo Dino a Víctor, el pájaro había volado. Sarkis demostró ser listo: había borrado hasta la última prueba que pudiera comprometerlo ante el Santo Oficio.

El comendador optó por cerrar el palacio y entregar la llave al monasterio de Piedra. Que los monjes decidieran qué hacer con él. Semanas después, el abad ordenó demolerlo y emplear sus materiales en la reforma del convento.

Fue como si El Parnaso jamás hubiera existido.

Sin embargo, los monjes hicieron la vista gorda con La Casa de las Alegrías. Después de todo lo que habían pasado los novalenses, no iban a cerrar su principal centro de recreo. Así que el establecimiento no solo permaneció abierto, sino que prosperó y siguió prestando sus servicios durante muchos años más.

Neuit intentó levantarse de la cama el Domingo de Resurrección.

Charlène se lo prohibió.

El resto de los heridos evolucionaba bien. Manuel Orta, que era el que estaba más grave, se encontraba fuera de peligro, y la Lobera ya daba paseos con sus mascotas y con Rosalía por el exterior de la casa de caridad. Ventas solía acompañarla cuando no estaba con su hija, y ambos disfrutaban de los alrededores del lazareto caminando despacio, sin prisas, apoyados en sus muletas.

Muletas que ambos desecharían tres días después.

El capitán fue el primero en retomar sus labores. La pierna le dolía, pero su sentido del deber le impidió seguir en reposo un día más. La guarnición le preocupaba. El pequeño ejército de los Cortada había quedado tan mermado que sus efectivos podían contarse con los dedos de una mano. Doncel, que había perdido el brazo, no podría reincorporarse a la vida castrense, y a Lozano le quedaban semanas de recuperación, por mucho que él insistiera en que el tremendo virotazo no había supuesto más que un pinchazo para él.

Pero a Ventas le aguardaba una sorpresa de lo más inesperada en el castillo. Encontró a Víctor en el salón, ataviado con la ropa que solía utilizar para sus viajes. Sobre la mesa reposaba un documento firmado por él. Un documento en el que nombraba a Heliodoro Ventas comendador de la plaza de Nuévalos. La discusión al respecto duró cerca de una hora, pero Víctor ya había decidido renunciar al cargo y llamar a la puerta de la recién fundada Universidad de Zaragoza, donde estaba seguro de que necesitarían profesores. Le prometió a Ventas visitar Nuévalos con frecuencia. Al fin y al cabo, su madre se quedaría en el castillo.

Víctor solo se despidió de su madre y del personal. Montó a lomos de su yegua y desapareció ese mismo día. Estuvo tentado de pasar por la casa de caridad y hablar con Charlène por última vez, pero decidió que no era una buena idea. Ella había visto su lado más oscuro, un lado que él mismo había ignorado que existía y que lo aterraba. Una parte oculta de su personalidad que lo acompañaría, en silencio, hasta el día de su muerte.

Marina Giso Valera malvivió cuatro años más, entre llantos, infusiones, siestas interminables y pesadillas. Juana y Antoñita la cuidaron lo mejor que pudieron, hasta el día de su muerte; al igual que Pilaruca y su familia, incluido Pepón, que redimió sus pecados pasando a formar parte de la guarnición. Víctor llegó a tiempo para despedirse de su madre, y regresó a Zaragoza cuando cayó sobre su tumba la última paletada de tierra. Heliodoro Ventas no volvió a verlo. Jamás regresó a Nuévalos, aunque corrió el rumor de que se había casado con una viuda e impartía clases en la universidad, como siempre había deseado.

Nunca se supo más de él.

Nuévalos aceptó con agrado el gobierno de Heliodoro Ventas. El viejo capitán se había ganado el respeto del pueblo, no solo por haber dedicado toda su vida a servir a los novalenses, sino también por su heroica participación en el rescate de las niñas. Poco después de recuperar a las hijas perdidas, el enfado del pueblo por esos seis años de inacción de las autoridades contra los demonios se disolvió como una neblina arrastrada por el viento.

En el fondo, todos habían sido esclavos de la superstición.

La vida en Nuévalos cambió de manera radical. Ahora la alegría fluía por sus calles como el agua por las cascadas del monasterio de Piedra. Los monjes retiraron los cráneos de animales y limpiaron las veredas de trampas y cepos. El pueblo volvió a recorrer aquellos parajes hermosos, después de que desmantelaran la guarida de la cueva tras el Despeñadero de los Demonios y condenaran la cámara secreta.

Desalojar aquel lugar fue como un último exorcismo.

El problema de la guarnición de Nuévalos se subsanó con el reclutamiento de una decena de jóvenes que el propio Ventas entrenó; entre ellos, Ramiro, el hijo de Elías. Suficientes soldados para hacer las rondas nocturnas, ahora muy tranquilas con las puertas cerradas, y para echar una mano a Venancio Prados, el alguacil, en alguna pelea de borrachos que se fuera de las manos en La Perdiz Pardilla.

Después de «La noche de los mil fuegos», Nuévalos se convirtió en un remanso de paz. Incluso Lucía, la madre de Sebastián, volvió a sonreír cuando el tiempo arrastró el luto consigo y recuperó algo que nunca había tenido.

Tranquilidad.

Pero la mayor alegría de todas fue el regreso de las niñas.

Manuel Lebrija, el abogado, regresó a Nuévalos acompañado de toda su familia, para llevarse a Zaragoza a su hija Ofelia y al pequeño que consideró su nieto desde el primer momento en que lo vio. Braulia, que había perdido a su padre durante los últimos días de su cautiverio, se quedó con su madre en la carnicería. Parió a su hijo meses después, y todo el pueblo lo recibió con alegría. Braulia heredó el negocio de sus padres y lo regentó hasta que murió, con setenta y nueve años.

No parió ningún hijo más.

La familia de Venancio Prados regresó a Nuévalos al enterarse de la resurrección —así lo llamaba su madre— de Silvia. Allí vivieron el resto de sus días.

Fueron muy felices.

Feliciana se marchó a Alhama con sus padres. Venancio y Silvia la acompañaron, no fuera a ser que la confundieran con una aparecida; por fortuna, no fue así. Su familia la recibió con unos abrazos tan fuertes que casi le descoyuntan la espalda.

Quien no tuvo tanta suerte fue Nuria. Esta no encontró a los suyos en la aldea en la que la raptaron. Sus padres y su hermano llevaban poco tiempo trabajando en la casa de un señor de la comarca, y cuando ella desapareció y la dieron por muerta, se marcharon lejos y sin decir adónde se dirigían. Nuria los buscó durante meses, embarazada, hasta que acabó vagabundeando por Calatayud. Se negó a buscar ayuda en un convento, los espacios cerrados la aterraban. Una mañana de invierno apareció muerta en la calle con su hija recién nacida, y las dos fueron enterradas en una fosa común.

Nadie supo cómo se llamaba.

La pequeña jamás llegó a tener un nombre.

Dos víctimas más de la Garduña.

Durante su estancia en la casa de caridad de los Fantova, Rosalía se encariñó con Ramiro y Blanca, con los que pasó gran parte del tiempo. El chico, de doce años, ya era todo un hombrecito y aspirante a soldado, pero la niña, de seis, necesitaba cuidados y no tenían familia en el pueblo ni parientes conocidos en la comarca.

Estaban solos.

Fue Blanca, con toda su inocencia, quien propuso a Rosalía y a la Lobera vivir en su casa, con su hermano. Además, a la niña le encantaban Rómulo y Remo. Mencía y Rosalía lo consultaron con Ventas, y a este le pareció bien, siempre y cuando la propiedad de la vivienda siguiera siendo de los hijos de Elías.

Rosalía estuvo con ellos hasta el día de su muerte, con cincuenta y siete años.

Jamás volvió a tocar a un hombre.

Mencía, sin embargo, solo duró en aquella casa unas semanas.

Tampoco es que se fuera demasiado lejos, pero su destino fue otro, muy distinto al que esperaba.

La vida, a veces, da muchas vueltas.

59

Dino, Neuit y Charlène se marcharon de Nuévalos a finales de mayo de 1543, dos meses después de su llegada. No solo esperaron a que el chico se recuperara lo suficiente para poder viajar.

D'Angelis y Charlène tenían cosas que resolver antes de irse.

Charlène escribió a sus colegas de Toledo, y estos localizaron un par de médicos jóvenes y una matrona dispuestos a trabajar en Nuévalos. La piamontesa le había prometido a Catalina que no se marcharía hasta que alguien se hiciera cargo del hospital. La viuda de Fantova le propuso a Cadernis quedarse, ya que esta aprendió mucho de Charlène durante el tiempo que estuvo con ella en el lazareto, pero ella no aceptó.

Tenía otros planes.

Dino, por su parte, mandó traer una cuadrilla de ingenieros de Zaragoza para cegar las entradas a la mina. Además de retirar los cadáveres de los caídos en la batalla de «La noche de los mil fuegos», la exploración de aquellas galerías trajo sorpresas desagradables. El equipo encontró una cámara de los horrores, con cuatro cadáveres momificados listos para hacerlos pasar por niñas muertas. También un pequeño cementerio que probó que en la Rosaleda hubo más niñas de las que rescataron, y no todas eran de Nuévalos. Y más recién nacidos que no salieron adelante. No todas las madres ni todos los niños sobrevivieron.

La última entrada que derrumbaron a base de pólvora fue el acceso principal, en las ruinas del pabellón de caza incendiado. La explosión retumbó por todo Nuévalos, pero las minas pasaron a la historia.

O, mejor dicho, no llegaron a pasar.

Cayeron en el más absoluto de los olvidos.
Hoy nadie se acuerda de ellas.

Dino tenía una sorpresa para Neuit justo el día que se disponían a partir de vuelta a Toledo.

Una sorpresa que a este, en un principio, no le gustó un pelo.

—¡No, Dino! ¡No quiero! ¡Tú, cabrón!

—Neuit, estuviste en el mundo de los espíritus durante días —le recordó D'Angelis, rememorando el relato con el que el indio narraba sus episodios febriles—. Has vuelto convertido en un guerrero, mucho más valiente, más fuerte...

—¡Es muy grande! —protestó.

—¡Como tú! —replicó el espía, muy serio—. He pasado semanas familiarizándome con él, y es un ejemplar magnífico, que solo un gran soldado puede montar. —Lo señaló con el dedo, solemne—. Tú eres el elegido.

Dino tenía a Dante agarrado por las riendas. El cartujano tordo movía la cabeza, como si corroborara las palabras del turinés. Neuit miraba al caballo con la misma desconfianza con la que miraría a una anaconda cabreada.

—Tócale el hocico —le pidió D'Angelis—. Hazlo por mí.

Neuit se acercó al animal con timidez. Muy despacio, acercó la mano. Dante agachó la cabeza y se dejó hacer. El muchacho lo acarició y se acercó un paso más. Le pasó la mano por el cuello.

Charlène y Cadernis, a pocos pasos de la escena, intercambiaron una mirada divertida.

Neuit apoyó la frente en la de Dante, y este bajó la cabeza.

Durante unos segundos parecieron estar en comunión.

—*Inan* —susurró Neuit, para a continuación dirigirse a Dino—. Es bueno.

—Claro que lo es —dijo este sonriendo.

Para sorpresa de todos, Neuit se desplazó a su costado, metió el pie descalzo en el estribo y subió a la silla como si llevara toda la vida haciéndolo.

Dante aceptó su peso con un breve relincho.

—¡Mira, Dino! —exclamó—. ¡Monto!

Neuit jamás lo había hecho antes, pero se había fijado en cómo lo hacía Dino, así que apretó los talones, agarró las riendas y puso a Dante al paso.

—¡Monto! —repitió entusiasmado.

El caballo se desbocó un poco, pero Neuit reía sobre él y lo agarraba de las riendas.

—¡Despacio, Neuit, coño! —exclamó D'Angelis, que se subió a la silla de Barlovento para no perder al chico de vista—. ¡Pero no trotes todavía! ¡Este niño es imbécil!

El turinés corrió en pos de Dante, que se internó por el bosque donde se alzaban las ruinas del pabellón de caza. Charlène le dio un codazo a Cadernis, que no paraba de reír.

—Prefiero ir en tu grupa que en la suya —bromeó.

—Dalo por hecho —rio.

La última parada del cuarteto, antes de partir rumbo a Toledo, fue el castillo de Nuévalos.

Dino les pidió a Neuit, Charlène y Cadernis que esperaran en el patio.

Todavía tenía que tratar un asunto con Heliodoro Ventas. Uno muy serio.

Encontró al comendador en el piso de arriba, en lo que fueran los aposentos de Ricardo de Cortada. Estaba sentado tras una mesa grande, con un libro frente a él.

—¿Ahora te ha dado por la lectura, Helio? —preguntó D'Angelis, sarcástico.

—Aprendí una cosa de Víctor —respondió, elevando la vista de las páginas—: que la inteligencia es el arma más poderosa del ser humano. Me tengo que cultivar.

—Víctor tiene razón. A mí me han salvado más veces las palabras que el acero. También las piernas —añadió.

Ventas soltó una risa sorda. El turinés lo miró unos segundos, sin hablar.

—¿Sucede algo, Dino? —preguntó.

—Los prisioneros.

—¿Qué pasa con los prisioneros?

—¿Qué piensas hacer con ellos?

—Escribí una carta a un juez de Calatayud —explicó—. Se celebrará un juicio en Nuévalos, y que sea la justicia la que decida.

—Los van a condenar a muerte —profetizó Dino.
—Lo sé.
Dino sacó un papiro doblado de la bolsa.
—Lee esto.
Antes de leer el documento, Ventas dedicó una mirada de ceja alzada al turinés.
Lo leyó dos veces.
—Esto es injusto —resolvió, una vez leído.
—Lo es —le dio la razón Dino—, pero es algo ventajoso para todos.
El ceño de Ventas se frunció todavía más.
—Te lo repito: es injusto.
—Ese documento lleva estampada la firma de don Francisco de los Cobos y Molina —le recordó—. Lo que te parezca a ti, le importa una puta mierda. Y a mí también.
El comendador puso cara de asco.
—Qué mal hablas —rezongó—. ¿Tú usas esas palabras con el secretario del emperador?
—Emborraché a Clemente VII, tengo bula papal.
Guardaron silencio unos segundos para luego romper a reír.
—Te voy a echar de menos, ¿sabes? —confesó Ventas.
—Si algún día vuelves a necesitarme, no dudes en escribirme.
Una visita inesperada apareció por la puerta.
—Anda, mis dos héroes juntos, como hermanos —rio la Lobera, que hacía un par de semanas que había dejado de cojear—. ¿Qué trae por aquí a su excelencia, el enviado del emperador? Hace mucho que no se te ve el pelo grasiento ese que tienes. Recuerda comprarte un sombrero en cuanto puedas —lo picó.
—Dino se va —anunció Ventas.
Mencía compuso una expresión de tristeza que Dino no supo si era real o fingida.
—Me lo he figurado al ver a Charlène, Neuit y a la bruja guapa en el patio —comentó la Lobera—. Así que tu misión ha terminado.
—Me queda una última cosa que hacer aquí. A propósito, ¿y tus putos lobos?
—Me han sustituido por Blanca, los muy hijos de perra.
—Tendrás que domesticar dos nuevos para tus cacerías.
La respuesta de Mencía sorprendió a Dino.

—¿Para qué? Ya no los voy a necesitar.

—¿Y eso?

—Se acabó cazar, al menos para ganarme la vida. —La Lobera se volvió hacia Ventas con el entrecejo contraído—. Pero ¿es que no se lo has contado, pedazo de cabrón?

Ventas enrojeció.

—No le tengo que contar mi vida a todo el mundo —protestó.

—Helio me pidió matrimonio hace dos semanas —reveló Mencía—. Ya sabes, eso de pasear los dos cojos une mucho. Es como un avance de lo que será el futuro. Para este será un futuro próximo, que está en las últimas.

Dino agrandó los ojos.

—¡No jodas! ¡Enhorabuena!

La Lobera soltó una carcajada cargada de maldad.

—Yo, comendadora, con lo que me odia la gente del pueblo... ¡Me lo voy a pasar en grande! Bueno, tenemos a doña Marina, que es la emérita, pero esa ni se entera, la pobre.

D'Angelis se dirigió a Ventas.

—Al final has acabado con una esposa que habla peor que yo. Menos mal que no estáis en edad de procrear, o el niño nacería blasfemando en lugar de llorando.

Ventas se levantó de la silla.

—Ya está —finiquitó—, lárgate de una vez. ¡Belarmino!

El veterano saludó a Dino con la cabeza en cuanto apareció por la puerta.

—¿Sí, excelencia?

—No me toques las narices —dijo Ventas, al que todavía le costaba encajar el tratamiento que le dispensaban desde que asumiera el cargo—. Acompaña a Dino al calabozo y haz lo que él te diga.

—Como ordenéis, excelencia.

Dino rodeó la mesa y se plantó delante de Ventas. Le posó una mano en el hombro, y él lo correspondió con otra. Un segundo después se abrazaron.

—Gracias —le susurró Ventas al oído—. Sé que lo que has hecho lo has hecho en gran parte por mí.

—Tirar una manzana que no está podrida del todo es un desperdicio —contestó Dino—. Tendrás noticias nuestras.

Se despidieron. El siguiente abrazo fue iniciativa de Mencía.

—Sin ti, Rosalía y las demás niñas seguirían ahí abajo —dijo.

—Sin ti, yo estaría muerto —replicó Dino.
Mencía bajó la voz, de forma que su prometido no pudiera oírla.
—También me tienes que dar las gracias por otra cosa.
La Lobera apretó el dedo corazón contra la espalda de Dino.
—No lo olvidaré —susurró él.
—¿Qué andáis cuchicheando? —se mosqueó Ventas.
—Nada —respondió D'Angelis—, le decía a Mencía que si se había pensado bien eso de ser esposa de un santurrón cascarrabias al que le quedan dos meadas antes de hacérselo en la cama.
—Lárgate de una puta vez.
—Has dicho puta.
—Por vuestra culpa.
Se despidieron.
Esta vez, de verdad.
Y lo hicieron con una sonrisa que rezumaba amistad.

Belarmino condujo a Dino a los calabozos.
Alicia ya no estaba allí. Después de cuatro días sin dejar de insultar y amenazar a Hugo de celda a celda, decidieron trasladarla a la cárcel, bajo la custodia de Venancio Prados.
Los soldados estaban convencidos de que había perdido el juicio.
Puede que, a pesar de su eterna sonrisa y sus buenos modales, nunca lo tuviera.
Venancio pasaba horas sentado frente a su celda, imaginando mil formas distintas de asesinarla, cada una más atroz que la anterior. Se reprimió. Él encarnaba la justicia, pero eso no era óbice para que fantaseara sobre el día de la ejecución. Se había jurado a sí mismo que cometería algún error para que la muerte no fuera rápida.
Hugo, por su parte, había pasado las últimas semanas en absoluta soledad. Su padre apenas lo visitó un par de veces, de noche, mientras dormía. Él nunca lo vio.
Cuando el hijo de Ventas oyó descorrer el cerrojo y vio a Dino en el corredor del calabozo, pensó que había llegado su hora. Se levantó y le dedicó una sonrisa triste y sincera que este no le devolvió.

—Hugo Ventas Solano —recitó D'Angelis—, por orden del secretario de Estado del emperador, don Francisco de los Cobos, se os traslada a la Cárcel Real de Toledo, donde esperaréis juicio por vuestros crímenes. Vamos —ordenó.

Belarmino, sorprendido, lo maniató y precedió la marcha, escaleras arriba, hasta el patio. Todavía no podía creerse que se llevaran al hijo del comendador fuera de Nuévalos. Cerca de la puerta, al lado de sus monturas, aguardaban Neuit, Charlène y Cadernis.

—Esperad —pidió Belarmino, que se ausentó un par de minutos para regresar con un caballo ensillado del establo—. El comendador ni siquiera se dará cuenta de que falta, pero os hará el viaje más fácil.

D'Angelis agradeció el detalle. Ató el caballo de Hugo a Barlovento y le ordenó que ocupara la silla de montar. El hijo de Ventas se despidió del castillo con una expresión triste en el rostro, la misma que mantuvo durante el camino hacia la puerta norte de Nuévalos mientras era asaeteado por miradas de odio, decepción y vergüenza.

Dejaron atrás El Parnaso y La Casa de las Alegrías, y emprendieron la ruta hacia Toledo. La sonrisa de Neuit revelaba que disfrutaba a lomos de Dante, aunque esa noche lo pagaría con unas dolorosas agujetas. Después de una hora de viaje, Dino tiró de la cuerda que unía a Barlovento con el caballo de Hugo para acercarlo a él.

El joven vio la daga en la mano del espía y cerró los ojos, preparado para lo peor.

—Estate quieto —le dijo D'Angelis.

Para su sorpresa, la hoja cortó las ataduras de las muñecas.

—No creas, ni por un momento, que eres libre —le advirtió el turinés—. Vas a purgar tus pecados, pero no colgando de una soga o descabezado en un tajo. Las malas obras se pagan cuando equilibras la balanza. A partir de ahora, considérate mi esclavo. Trabajarás para mí a cambio de comida, agua y catre, y me agradecerás constantemente que te haya dejado vivir. Harás lo que te ordene, te infiltrarás donde te diga, bailarás con quien a mí me dé la gana y te acostarás con quien yo decida, ya sea mujer, hombre u obispo.

Hugo abrió y cerró las manos para que la sangre circulara. Agarró las riendas del caballo y formuló una única pregunta.

—¿Por qué?

—Porque sé que deseas volver a poder dormir en paz.
—Soy un monstruo. ¿Por qué os fiais de mí?
—Porque llevas dos meses llorando día y noche; porque sé cuándo un hombre está realmente arrepentido, y porque reconozco a una oveja descarriada que intenta volver al redil. —Dino le dedicó una mirada dura y comprensiva a la vez—. Yo también estuve en el lado equivocado, Hugo. Yo también hice cosas horribles, y si me hubieran ajusticiado en su momento, como merecía, habría muerto mucha más gente de la que yo maté. Redención, Hugo. Se llama redención. ¿Estás dispuesto a redimirte?
—Hasta hace un momento me consideraba un hombre muerto —reconoció—. Si me das la oportunidad, no me importará morir por ello.
—¿Me puedo fiar de ti?
—Te puedes fiar de mí.
El espía dio por terminada la conversación cuando un grito sobresaltó a la compañía.
—¡Dino! ¡Dino!
Este volvió la cabeza hacia la voz.
Manuel Orta frenó al caballo que había comprado esa misma mañana en Nuévalos.
Charlène fue la primera en saludarlo.
—Me alegra verte cabalgar —dijo—, señal de que estás mejor.
—Me encuentro perfectamente —afirmó—. Dino, ¿podría acompañaros a Toledo?
—¿Qué se te ha perdido allí?
—Cazar sin mi tía es aburrido, y ahora se pasa todo el día con Ventas. A Zaragoza no puedo volver por asuntos personales...
Dino sonrió para sus adentros. Él sí conocía los motivos por los que Orta no podía asomar la nariz por la capital. Lo interrumpió, no necesitaba oír más.
Le agradaba la compañía del sobrino de la Lobera.
—De acuerdo —concedió—, acompáñanos.
—No os molestaré —prometió—. Incluso puedo cazar algo para vosotros, el viaje es largo.
—Cojonudo —aceptó D'Angelis—, pero, ahora, os pido un rato de silencio. Quiero disfrutar del paisaje.
Dino cerró los ojos y respiró el aire del monte.
Todavía les quedaba mucho camino por delante.

Llegaron a Toledo nueve días después.

Habían tardado tres en confiar en Hugo, al que ni Neuit ni Orta quitaban ojo de encima por las noches. Sin embargo, Dino estaba convencido desde el principio de que el hijo de Ventas no era una amenaza para ellos.

Cadernis, Orta y Hugo se asombraron al cruzar la Puerta de Alcántara por primera vez. Jamás habían estado en una ciudad tan grande y señorial, ni con tal tráfico de almas en la calle. Cabalgaron al paso hasta el alcázar, deleitándose en los olores de los puestos callejeros de comida y en la imagen pacífica de las damas y caballeros que paseaban vestidos con sus mejores galas por la capital.

Quiso la casualidad que fuera el sargento Cabrejas, el mismo que lo había recibido en marzo, quien estuviera de guardia ese día en la puerta del palacio.

—¡Dino! —exclamó—. Ya me dijeron que escapaste entero una vez más. —Su mirada se desvió a Charlène, a quien obsequió con una reverencia—. Señorita Dubois, un placer enorme teneros de vuelta.

El turinés descabalgó y saludó al sargento con una palmada amistosa en el hombro. Unos soldados muy jóvenes corrieron a hacerse cargo de sus monturas. Neuit los espantó con aspavientos. Él se ocuparía de Dante, y solo él.

—Ya te contaré, Cabrejas —resopló Dino—, casi me pelan el lomo.

—Veo que te acompañan nuevos amigos, aparte del mocoso.

—Don Neuit —lo corrigió este—. Mira, monto a caballo.

—Ya veo —rio el sargento.

—Yo soy Cadernis —se presentó.

Los ojos de Cabrejas se perdieron unos instantes en los de la mujer. Los soldados que corrieron a hacerse cargo de los equipajes rompieron el hechizo que parecía flotar alrededor de ella. La piamontesa le hizo una seña.

—Ven conmigo, Cadernis, te enseñaré tus aposentos. Dino, nos vemos luego.

—De acuerdo —se despidió, para luego hablarle de nuevo al sargento—. Acomoda a estos dos donde puedas. Este es Hugo.

—Ah, este es el…

—Sí —lo interrumpió Dino, antes de que Cabrejas soltara algo que pudiera sonar extraño; era evidente que la guarnición estaba al tanto de la llegada de lo que don Francisco de los Cobos llamaba «el nuevo agente» o, tal vez, «el nuevo asesino»—. Y él es Manuel Orta, todavía no sabe si se quedará, pero sería un soldado perfecto. Tiene buena puntería, así que a ver si lo convences.

Orta era incapaz de apartar la vista del patio del alcázar.

—Ya estoy medio convencido —murmuró asombrado.

—Díselo a don Francisco —le propuso Cabrejas a D'Angelis—, seguro que tenemos un hueco para él.

Dino dejó a sus amigos con Cabrejas y atravesó el patio para enfilar las escaleras que llevaban al despacho de don Francisco de los Cobos. Sintió que los nervios le hacían cosquillas en las tripas. Sin poderlo remediar, se puso a taconear frente a la puerta del secretario.

—Adelante —lo invitó a pasar una voz desde dentro.

El espía saludó al secretario, y este le hizo una seña para que se sentara.

—Desde luego, Dino D'Angelis, no defraudáis —afirmó don Francisco, obsequiándolo con una mirada de admiración.

Dino no se anduvo por las ramas. Quería saber la respuesta a la pregunta que estaba a punto de formular.

—¿Significa eso que he recuperado mi empleo?

El secretario lo sorprendió con otra cuestión que a Dino le resultó molesta.

—¿Os ha sobrado algo del dinero que os di para la misión?

—Sí, aquí os lo traigo.

Dino hizo amago de descolgar la bolsa del cinturón, pero don Francisco lo detuvo con un ademán de su mano derecha, a la vez que sacaba otra faltriquera de un cajón con la izquierda y la lanzaba al otro lado de la mesa.

Su peso se notó al aterrizar sobre el tablero del escritorio.

Estaba a reventar de monedas.

—Aquí tenéis vuestro pago, y quedaos también con lo que sobró. Os lo merecéis.

—Entonces…

—Sí, D'Angelis, volvéis a trabajar para el emperador.

Dino estuvo a punto de ponerse a dar saltos de alegría, pero se limitó a resoplar antes de hacerle otra pregunta a don Francisco.

—¿Habéis investigado lo que os adelanté por carta?

El secretario se recostó en el respaldo de la silla y unió las puntas de los dedos al hablar.

—Se cuentan historias de la Garduña desde hace más de un siglo, pero nunca se ha podido demostrar su existencia. He consultado con miembros de la Santa Hermandad, y no se ponen de acuerdo ni entre ellos. Mientras unos aseguran que esa sociedad secreta es real, otros la consideran un cuento para asustar a los niños.

—Me he enfrentado a ellos, don Francisco. Existen, y sé de buena tinta que operan en Toledo.

—Según vos, ¿tenemos que preocuparnos?

—Hasta que los desenmascaremos, sí. He traído a dos personas que podrían ayudarnos: Hugo, el antiguo miembro de la Garduña al que rescaté del patíbulo, conoce su funcionamiento. Podríamos aprender mucho de él. Luego está Cadernis, una mujer que podría infiltrarse en el mismísimo infierno. Ya la conoceréis, es muy especial.

—Ya veo que habéis formado un equipo. Eso os dará tiempo para otra tarea...

—¿Tendré que compaginar la caza de garduños con la limpieza de las cuadras?

—Será algo más divertido. —El rostro de don Francisco adoptó una expresión misteriosa—. El emperador está organizando un grupo de agentes especiales con una tarea muy concreta. Más que un grupo, una hermandad. Como bien sabéis, su sacra majestad es un gran amante de los libros.

—Lo sé. Una vez tuve que recuperar un viejo códice para él en Leipzig. Según me dijo, alguien se lo robó, en sus tiempos, a Alfonso X el Sabio.

—Pues esa nueva hermandad tendrá como misión principal hacerse con ciertos libros que son de interés para el Imperio. Algunas veces se tratará de recuperar viejos volúmenes, como hicisteis en Leipzig. Otras puede que haya que... —soltó una breve risa—. Iba a buscar un eufemismo, pero entre vos y yo no creo que haga falta: robarlos. El emperador los llama *buchjäger*... Disculpad mi alemán, está más que oxidado.

—Cazadores de libros —tradujo Dino.

—Eso es. Los ha seleccionado entre un buen número de eruditos con ciertas cualidades físicas, pero necesitarán entrenamiento militar y, ahí entráis vos, adiestramiento en el arte del espionaje y del disfraz.

—Don Francisco, no os ofendáis, pero no me gustaría abandonar España…

—No tendréis que hacerlo —lo tranquilizó el secretario—. Los diez primeros aspirantes a *buchjäger* llegarán la semana próxima. Los entrenaremos en palacio.

—En ese caso no puedo hacer más que aceptar.

—Pues ya tenéis trabajo —concluyó el secretario a la vez que se ponía de pie y daba por terminada la reunión. De repente chasqueó los dedos como si acabara de acordarse de algo—. Casi se me olvida… esperad aquí un momento.

Don Francisco desapareció por una puerta ubicada al fondo del despacho para reaparecer un minuto después. Llevaba algo pequeño en la mano.

Algo pequeño que brillaba y que Dino reconoció al instante.

—Se lo llevé al mejor relojero de Toledo, a ver qué podía hacer con él. Lo ha dejado como nuevo.

Dino contempló la esfera de su reloj.

Marcaba la hora.

Eran las dos de la tarde pasadas.

—Don Francisco…, no sé qué decir.

—Tendremos mucho tiempo para hablar, D'Angelis. Ahora marchaos a descansar. He ordenado que os preparen vuestros antiguos aposentos mientras buscáis dónde asentaros.

Dino le dio las gracias de nuevo y abandonó el despacho.

La Garduña.

Los *buchjäger*.

Don Francisco tenía razón.

Dino D'Angelis volvía a tener trabajo.

Madrid, 9 de octubre de 2023

Nota del autor

Si has llegado hasta aquí, muchas gracias.
Para mí, misión cumplida.
Visité por primera vez el parque del monasterio de Piedra a finales de los ochenta, cuando dedicarme a la escritura era algo que ni siquiera me planteaba. De hecho, mi trabajo como empresario no me dejaba tiempo para escribir una línea. De todos modos me prometí que, si algún día tenía tiempo para hacerlo, aunque fuera solo para mi propio disfrute, crearía alguna historia alrededor de ese enclave tan hermoso, hipnótico e inquietante a la vez.
He tenido que publicar cinco novelas y dos recopilaciones de relatos antes de que esa idea se hiciera realidad en este libro.
Regresé al monasterio de Piedra y a su parque en 2023, para recorrer el mismo escenario donde se moverían Dino, Ventas, la Lobera y los demás personajes. Me he tomado muchas licencias, sobre todo con los alrededores del convento, porque la remodelación paisajística que hizo Juan Federico Muntadas en el siglo XIX fue enorme y gloriosa, y encontré muy escasa documentación de cómo era antes, ni en internet, ni en la bibliografía que conseguí. Es posible que muchos de los caminos que menciono, incluso los nombres de las cascadas, no existieran en aquella época (a excepción del Despeñadero de los Demonios, que se llamaba así antes de ser rebautizado como la Cola de Caballo), pero creo que carece de relevancia en la historia que yo quería proponeros: un thriller descarnado de algo que podría haber sucedido en aquella época y que hoy, por desgracia, sigue sucediendo.
Espero que hayáis disfrutado con esta historia lo mismo que yo he disfrutado escribiéndola. Quienes me conocéis, mis lectores más

fieles, sabéis que lo que más me importa es haceros pasar un buen rato con mis novelas.

¿Vamos con los agradecimientos?

El primero es para Clara Rasero, mi editora desde que comencé a publicar con Ediciones B. Después de tres libros, la considero una amiga, además de la persona que me dice, de vez en cuando, que estoy fatal de la cabeza. Es que tiene razón, para qué vamos a negarlo.

A Marta Junquera, mi compañera de vida, que me aguanta cada vez que me atasco en el proceso creativo, se me encona una escena o me peleo con un personaje. Hasta que ella no le da el visto bueno al manuscrito, no duermo tranquilo. Lo mejor de levantarme de la silla del despacho, después de escribir durante ocho o diez horas seguidas, es saber que voy a encontrar tu sonrisa en el salón. Te quiero.

A mis lectoras cero, que tanto han currado cazando gazapos y criticando malas decisiones mías a lo largo de la escritura de este libro: Arantxa Galiano, Isabel de Torre, María Criado, Susana López Tocón y Vane Gómez. Solo vuestro criterio supera a esos ojos privilegiados que tenéis para ver lo que a mí se me escapa. Gracias a vosotras, he reescrito muchas partes de esta novela que no estaban a la altura. Sois impresionantes.

También me gustaría darle las gracias a fray Antonio Manuel, el hermano bibliotecario del monasterio de Huertas, por sus amables atenciones y las recomendaciones que me dio para escribir lo poco que describo de la vida monacal de un convento cisterciense. En un principio pensé introducir una trama más profunda dentro del monasterio, pero me di cuenta de que es imposible ni siquiera rascar los talones de *El nombre de la rosa*, así que hice lo que mejor sé hacer: un thriller que espero os haya proporcionado muchas emociones, algunas —lo sé— nada agradables [insertar risa maléfica aquí]. Pero también disfruto arrancándoos una sonrisa, aunque sea de vez en cuando.

Y por último, un agradecimiento muy especial a mi amigo y compañero de letras Manel Loureiro, que no solo me ha regalado un gran blurb para este libro, sino que también me corrigió ciertas expresiones en gallego de Cadrolón. Te debo unas cervezas, Manel.

Como de costumbre, si queréis dejarme vuestra opinión, os invito a hacerlo en Amazon, Goodreads, o cualquier otra plataforma de reseñas. Y si queréis decirme qué os ha parecido esta novela personalmente, podéis hacerlo a través de mis redes sociales.

Ah, una cosa: si alguna escena os ha llegado a parecer excesiva por explícita o violenta, estad seguros de que era mi intención. Los que me conocéis, ya sabéis cómo soy.

¡Gracias otra vez!

Facebook: https://www.facebook.com/amartinezcaliani
X: @AlbertoMCaliani
Instagram: @alberto_m_caliani